Liana Moriarty

ALLE außer ALICE

LIANE
MORIARTY

ALLE *außer* ALICE

ROMAN

AUS DEM ENGLISCHEN
VON SYLVIA STRASSER

DIANA

Von Liane Moriarty sind im Diana Verlag erschienen:
Neun Fremde
Alle außer Alice (zuvor: Vergiss ihn nicht)

FSC www.fsc.org
MIX
Papier aus verantwortungsvollen Quellen
FSC® C014496

Penguin Random House Verlagsgruppe FSC® N001967

Überarbeitete Neuveröffentlichung 10/2021

Titel der australischen Ausgabe: *What Alice Forgot*

in der Penguin Random House Verlagsgruppe GmbH,
Neumarkter Straße 28, 81673 München
Redaktion: Antje Steinhäuser
Umschlaggestaltung: Verlagsatelier Romy Pohl, Landsberg am Lech
Umschlagmotive: © 2M media/Shutterstock.com
Satz: Leingärtner, Nabburg
Druck und Bindung: GGP Media GmbH, Pößneck
Printed in Germany

ISBN 978-3-453-36121-8

www.diana-verlag.de

Das ganze Leben besteht aus Erinnerungen,
abgesehen von jenem gegenwärtigen Augenblick,
der so schnell vorbeigeht,
dass man ihn kaum wahrnimmt.

TENNESSEE WILLIAMS

Die Ehe ist eine Tortur.

JOSEPH CAMPBELL

Für Adam

1

Die Arme ausgebreitet, trieb sie im Wasser, das sanft gegen ihren Körper plätscherte, und nahm den sommerlichen Duft von Salz und Kokosnuss wahr. Sie hatte einen angenehmen Geschmack vom Frühstück im Mund – Croissants, Schinken und Kaffee. Als sie das Kinn hob, musste sie die Augen zusammenkneifen und blinzeln, um ihre Füße sehen zu können, so grell wurde die Morgensonne vom Wasser reflektiert. Ihre Fußnägel waren lackiert, jeder in einer anderen Farbe: rot, gold, lila. Lustig. Der Nagellack war unordentlich aufgetragen worden und warf kleine Blasen.

Neben ihr befand sich noch jemand im Wasser. Jemand, den sie schrecklich gernhatte, der sie häufig zum Lachen brachte und dessen Fußnägel genauso lackiert waren wie ihre. Diese andere Person wackelte ihr freundschaftlich mit ihren nassen Zehen zu. Träge Zufriedenheit erfüllte sie. Irgendwo in der Ferne rief eine Männerstimme: »Marco?«, und ein Chor aus Kinderstimmen antwortete: »Polo!« Der Mann schrie abermals: »Marco, Marco, Marco?«, und die Stimmen riefen fröhlich zurück: »Polo, Polo, Polo!« Ein Kind lachte ausgelassen.

Eine Stimme sagte ihr ruhig und eindringlich ins Ohr: »Alice?« Sie ließ ihren Kopf in den Nacken fallen und das kühle Wasser über ihr Gesicht fluten.

Winzige Lichtpünktchen tanzten ihr vor den Augen.

War das ein Traum oder eine Erinnerung?

»Ich weiß es nicht«, sagte eine panische Stimme. »Ich hab nicht gesehen, wie es passiert ist.«

Ach, mach dir doch nicht ins Hemd.

Der Traum oder die Erinnerung oder was immer es war, löste sich auf, verflüchtigte sich wie ein Spiegelbild im Wasser. Stattdessen wirbelten ihr Gedankenfetzen durch den Kopf, so als wachte sie spät an einem Sonntagmorgen aus einem langen, tiefen Schlaf auf.

Ist Frischkäse eigentlich ein Weichkäse?

Ein Hartkäse ist es jedenfalls nicht. Er ist …

… überhaupt nicht hart. Logischerweise sollte man also … denken. Etwas denken.

Etwas Logisches.

Lavendel ist wunderschön.

Logischerweise wunderschön.

Der Lavendel muss zurückgeschnitten werden!

Hier riecht es nach Lavendel.

Nein, tut es nicht.

Doch, tut es.

In diesem Moment bemerkte sie zum ersten Mal die Schmerzen in ihrem Kopf. Er tat auf der einen Seite so höllisch weh, als hätte ihr jemand einen Schlag mit dem Hammer verpasst.

Ihre Gedanken schärften sich. Woher kamen diese Kopfschmerzen? Niemand hatte etwas von Kopfschmerzen gesagt. Sie hatte eine ganze Liste von merkwürdigen Dingen, auf die sie gefasst sein musste, Dinge wie Sodbrennen, den Geschmack von Aluminiumfolie im Mund, Schwindel, bleierne Müdigkeit, aber rasende Kopfschmerzen gehörten nicht dazu. Das hätte man ihr aber sagen müssen, weil die Schmerzen wirklich schlimm waren. Andererseits, wie sollte das werden, wenn sie nicht einmal imstande war, hundsgewöhnliche Kopfschmerzen auszuhalten?

Der Lavendelduft wehte heran und wieder fort wie eine laue Brise.

Sie ließ sich von Neuem treiben.

Das Beste wäre, einfach wieder einzuschlafen und diesen bezaubernden Traum mit dem Wasser und den verschiedenfarbigen Fußnägeln weiterzuträumen.

Vielleicht hatte man sie ja vor Kopfschmerzen gewarnt, und

sie hatte es nur vergessen? Ja, richtig, jetzt fiel es ihr wieder ein. Ganz üble Kopfschmerzen. Na toll.

Da war so vieles, das man beachten musste. Kein Frischkäse, kein geräucherter Lachs, kein Sushi, weil man von diesen Nahrungsmitteln etwas bekommen konnte, von dessen Existenz sie nicht einmal etwas geahnt hatte. Listeriose. Wurde hervorgerufen durch Bakterien, die Listerien hießen. Schädlich für das Baby. Deshalb durfte man auch keine Reste essen. Ein einziger Bissen von einer übrig gebliebenen Hähnchenkeule konnte das Baby töten. Die enorme Verantwortung einer Mutter.

Jetzt würde sie erst mal weiterschlafen. Das war das Beste.

Listerien.

Wisterien.

Die Wisteria über dem Gartenzaun wird hinreißend aussehen, wenn sie es irgendwann einmal schaffen sollte zu blühen. Listerien, Wisterien.

Ha! Komische Wörter sind das.

Sie lächelte, aber ihr Kopf tat wirklich höllisch weh. Sie gab sich alle Mühe, tapfer zu sein.

»Alice? Kannst du mich hören?«

Der Lavendelduft wurde wieder stärker. Es war ein süßlicher Duft, ein bisschen Übelkeit erregend.

Frischkäse ist ein streichfähiger Käse. Nicht zu weich, nicht zu hart, gerade richtig. Wie das Bett des kleinen Bären.

»Ihre Augenlider flattern. Als ob sie träumen würde.«

Es hatte keinen Sinn. Sie konnte nicht wieder einschlafen, obwohl sie so müde war, dass sie das Gefühl hatte, bis in alle Ewigkeit schlafen zu können. Hatten alle Schwangeren so grauenvolle Kopfschmerzen? Sollten sie dadurch auf die Geburtswehen vorbereitet, gleichsam abgehärtet werden? Gleich nach dem Aufstehen würde sie in ihren Babybüchern nachsehen, ob sie etwas darüber fand.

Sie vergaß immer wieder, wie nervtötend Schmerzen waren. Einfach grausam. Geradezu kränkend. Man wollte nichts weiter, als dass sie aufhörten, und zwar auf der Stelle, bitte sehr. Eine Periduralanästhesie, jawohl, das war genau das, was sie jetzt brauchte. Bitte eine PDA für meine Kopfschmerzen. Vielen Dank.

»Alice, kannst du die Augen öffnen? Bitte versuch es.«

Zählte Frischkäse überhaupt zu Käse? Auf eine Käseplatte gab man schließlich keinen Klacks Frischkäse. Vielleicht hatte »Käse« in »Frischkäse« eine andere Bedeutung als »Käse«. Sie würde ihren Arzt fragen, nur für den Fall, dass das wieder einer von diesen peinlichen »O-Alice!«-Schnitzern war.

Es war so furchtbar unbequem. Die Matratze fühlte sich wie kalter Beton an. Warum nicht ein Stück rutschen und Nick mit dem Fuß anstupsen, damit er sich im Schlaf umdrehte, sie an sich zog und sie sich in seine Arme kuscheln konnte? Nick, ihre menschliche Wärmflasche.

Wo war er eigentlich? War er schon aufgestanden? Vielleicht kochte er ihr eine Tasse Tee.

»Nicht bewegen, Alice. Bleib einfach still liegen und mach die Augen auf, Schätzchen.«

Elisabeth weiß bestimmt, wie es sich mit dem Frischkäse verhält. Sie wird ihr die Sache exakt erklären. Mum hingegen hat garantiert keinen blassen Schimmer. Sie wird sagen: »O nein, ach, du großer Gott! Ich bin sicher, dass ich Frischkäse gegessen habe, als ich mit euch beiden schwanger war! Damals hat man das alles doch noch gar nicht gewusst!« Sie wird reden und reden und beunruhigt sein, weil sie, Alice, versehentlich gegen eine Regel verstieß. Mum glaubte an Regeln. Sie selbst übrigens auch.

Frannie würde zwar nicht wissen, wie es sich mit dem Frischkäse verhielt, aber sie würde sich ganz stolz daranmachen, es mithilfe ihres neuen Computers herauszufinden, so wie sie Alice und Elisabeth früher immer geholfen hatte, in ihrer Encyclopædia Britannica nachzuschlagen, wenn sie Informationen für irgendwelche Schulprojekte benötigten.

Ihr Kopf tat wirklich weh.

Die Schmerzen waren wahrscheinlich nur ein winziger Bruchteil dessen, was sie in den Wehen erwarten würde. Das war großartig, einfach großartig.

Es war ja nicht so, dass sie tatsächlich Frischkäse gegessen hätte. Jedenfalls nicht dass sie wüsste.

»Alice? *Alice!*«

Sie mochte Frischkäse eigentlich gar nicht.

»Hat schon jemand einen Krankenwagen gerufen?«

Wieder dieser Lavendelduft.

Einmal, als sie sich im Auto gerade abschnallten, hatte Nick, die Hand schon auf dem Türgriff (als Reaktion auf eine Bemerkung von ihr, mit der sie auf Bestätigung aus war), geantwortet: »Red keinen Unsinn, du dumme Gans, du weißt doch ganz genau, dass ich total verrückt nach dir bin.«

Sie hatte die Autotür geöffnet und die Sonne auf ihren Beinen gespürt und den Lavendel gerochen, den sie neben dem Vordereingang gepflanzt hatte.

Total verrückt.

Es war ein nach Lavendel duftender Augenblick purer Glückseligkeit gewesen, als sie vom Einkaufen kamen.

»Ja, er ist schon unterwegs. Ich habe dreimal die Null gewählt! Den Notruf! Zum allerersten Mal in meinem Leben! Ich war richtig nervös. Ich hätte beinah 911 gewählt wie in Amerika. Ich hatte die Neun schon gedrückt. Ich gucke eindeutig zu viel von diesen amerikanischen Serien.«

»Hoffentlich ist es nichts Ernstes. Ich meine, sie könnte mich doch nicht verklagen oder so? Meine Choreografie war doch nicht zu schwer, oder?«

»Na ja, diese letzte Spin-Pirouette war vielleicht ein bisschen viel, wenn einem nach dem Double Kick und dem anschließenden Reverse Turn sowieso schon schwindlig war.«

»Das ist ein Fortgeschrittenenkurs! Mache ich es zu einfach, beschweren sich die Leute. Ich biete Alternativen an! Die einzelnen Abschnitte bauen aufeinander auf. Herrgott, man kann es den Leuten aber auch nie recht machen!«

War das eine Radiosendung, bei der die Zuschauer anrufen konnten, die da im Hintergrund lief? Sie hasste diese Sendungen. Die Anrufer waren immer so exzentrisch, immer jagte ihnen irgendetwas Angst ein. Alice hatte einmal gesagt, dass ihr noch nie irgendetwas Angst gemacht habe, worauf Elisabeth entgegnet hatte, dass das aber wirklich beängstigend sei.

Die Augen fest geschlossen, sagte sie laut: »Hast du das Radio an, Nick? Ich habe solche Kopfschmerzen, weißt du.« Ihre Stimme klang quengelig und gar nicht nach ihr, aber schließlich war sie *schwanger*, und ihr Kopf schmerzte, und ihr war kalt, und irgendwie fühlte sie sich … merkwürdig.

Vielleicht lag das an der morgendlichen Übelkeit?

War es überhaupt Morgen? O *Alice*!

»Alice, kannst du mich hören? Kannst du mich hören, Alice?«

Rosine, kannst du mich hören? Kannst du mich hören, Rosine?

Nick legte jeden Abend vor dem Schlafengehen eine leere Klopapierrolle an ihren Bauch, durch die er mit dem Baby redete. Das hatte er in irgendeiner Radiosendung aufgeschnappt. Dort war behauptet worden, das Ungeborene würde auf diese Weise lernen, die Stimme seines Vaters zu erkennen.

»Hey!«, rief er. »Kannst du mich hören, Rosine? Hier spricht dein Vater! Wie geht es dir?« Sie hatten irgendwo gelesen, dass das Baby jetzt die Größe einer Rosine hatte. Deshalb nannten sie es so. Natürlich nur, wenn sie allein waren. Sie waren coole Eltern in spe. Kein albernes Benehmen in der Öffentlichkeit.

»Alles okay, danke, Dad«, antwortete die Rosine, »manchmal langweil ich mich ein wenig, aber ansonsten alles bestens.« Anscheinend hatte sie irgendwann die Nase voll von all dem stinklangweiligen Grünzeug, das ihre Mummy aß, und wünschte sich zur Abwechslung mal eine richtige Pizza. »Schluss mit dem Kaninchenfutter!«, lautete Rosines Forderung.

Die Rosine würde aller Wahrscheinlichkeit nach ein Junge werden. Dieser Meinung waren sie beide. Sie hatte jetzt schon so etwas Männliches. Der kleine Halunke.

Alice legte sich entspannt auf den Rücken, wenn Nick mit dem Ungeborenen sprach, und betrachtete seinen Kopf. Ein paar glänzende Silberfäden durchzogen seine Haare. Sie wusste nicht, ob er es selbst schon gesehen hatte, deshalb sagte sie nichts. Er war zweiunddreißig. Die Silberfäden trieben ihr Tränen in die Augen. Zu viele verrückte Schwangerschaftshormone.

Alice redete nie laut mit ihrem Baby. Aber sie sprach im Stillen mit ihm, in der Badewanne (das Wasser durfte nicht zu heiß sein – eine von den unzähligen Regeln, die man beachten musste), ganz scheu. Hallo, Baby, sagte sie im Geist, und dann war sie jedes Mal so überwältigt von dem Wunder des Lebens, das da in ihr heranwuchs, dass sie mit der flachen Hand das Wasser verwirbelte wie ein Kind in der Vorfreude auf Weihnachten. Ihr dreißigster Geburtstag stand vor der Tür, auf dem Haus lastete eine horrende Hypothek, sie hatte einen Ehemann und erwartete ein Kind, und trotzdem fühlte sie sich fast noch wie eine Fünfzehnjährige.

Der einzige Unterschied zu damals war, dass sie noch nicht diese Augenblicke ungetrübter Glückseligkeit beim Einkaufen von Lebensmitteln gekannt hatte. Nick war noch nicht in ihr Leben getreten. Ihr würde noch einige Male das Herz gebrochen werden, bevor er auftauchte und es mit Wörtern wie »total verrückt nach dir« wieder zusammenklebte.

»Alice? Alles in Ordnung? Bitte, mach die Augen auf!«

Eine Frauenstimme, zu laut und schrill, als dass man sie ignorieren könnte. Sie zerrte sie hoch, zurück ins Bewusstsein, und ließ sich nicht abschütteln.

Die Stimme reizte Alice auf eine vertraut unangenehme Weise, wie das Kratzen einer zu engen Strumpfhose.

Diese Person hatte in ihrem Schlafzimmer nichts zu suchen. Sie drehte den Kopf langsam auf die Seite. »Au!« Sie öffnete die Augen.

Nicht identifizierbare Farben und Formen, alle miteinander verschmolzen. Sie konnte nicht einmal ihr Nachttischchen erkennen, auf dem ihre Brille lag. Ihre Augen wurden offenbar schlechter.

Sie blinzelte und blinzelte noch einmal, und dann endlich fokussierte sich ihr Blick wie ein Fernglas, das man auf die richtige Entfernung eingestellt hat. Das waren Knie, die sie direkt vor sich sah. Wenn das nicht komisch war!

Knubbelige, blasse Knie.

Sie hob ihr Kinn ein ganz klein wenig an.

»Da bist du ja endlich wieder!«

Von allen Leuten war es ausgerechnet Jane Turner aus der Firma, die neben ihr kniete. Ihr Gesicht war gerötet, schweißnasse Haare klebten ihr auf der Stirn. Ihre Augen wirkten müde. Und ihr Hals! Alice war noch nie aufgefallen, wie weich und schwabbelig er war. Sie trug ein verschwitztes T-Shirt und Shorts. Ihre dünnen weißen Arme waren mit dunklen Leberflecken übersät.

Alice hatte noch nie zuvor so viele unbedeckte Körperteile von Jane gesehen. Es war irgendwie peinlich. Die arme alte Jane.

»Listerien, Wisterien«, murmelte Alice im Scherz.

»Du redest wirres Zeug«, sagte Jane. »Bleib schön liegen. Nicht aufsetzen!«

»Hmpf«, machte Alice und versuchte, ihren Kopf zu heben. »Ich will mich gar nicht aufsetzen.« Sie hatte das Gefühl, gar nicht im Bett zu liegen, sondern auf einem kühlen Laminatboden. War sie betrunken? Hatte sie etwa *vergessen*, dass sie schwanger war, und sich *sinnlos betrunken*?

Ihr Frauenarzt war ein weltgewandter Mann mit Fliege und einem runden Gesicht, das einem von Alice' Ex-Freunden irritierend ähnlich sah. Er habe kein Problem mit einem »sagen wir, Aperitif und einem Glas Weißwein zum Essen«, meinte er. Alice dachte, ein Aperitif sei eine bestimmte Spirituosenmarke (»O *Alice*!«, seufzte Elisabeth). Nick hatte ihr erklärt, ein Aperitif sei ein appetitanregender Drink, den man vor dem Essen zu sich nehme. Nick kam aus einer Aperitif trinkenden Familie. Alice kam aus einer Familie, wo in der Küche ganz hinten im Regal eine verstaubte Flasche Baileys hoffnungsvoll hinter den Spaghetti stand. Obwohl ihr Frauenarzt also nichts gegen ein gelegentliches Gläschen einzuwenden hatte, hatte Alice nur ein halbes Glas

Champagner getrunken, seit sie den Schwangerschaftstest gemacht hatte, und selbst das mit schlechtem Gewissen, auch wenn alle sie beruhigten und meinten, das sei völlig in Ordnung.

»Wo bin ich?«, fragte sie. Sie hatte Angst vor der Antwort. War sie in irgendeinem verrufenen Nachtklub gelandet? Wie sollte sie Nick erklären, dass sie ihre Schwangerschaft offenbar vergessen hatte?

»Du bist im Fitnessstudio«, erwiderte Jane. »Du bist hingefallen und ohnmächtig geworden. Du hast mir einen ganz schönen Schrecken eingejagt, mir ist fast das Herz stehen geblieben! Obwohl ich zugeben muss, dass ich froh war über die Verschnaufpause.«

Im Fitnessstudio? Alice ging doch nicht ins Fitnessstudio. War sie *betrunken* in einem *Fitnessstudio* aufgewacht?

»Sie haben das Gleichgewicht verloren«, warf eine schrille, muntere Stimme ein. »Sie sind ganz schön auf den Boden geknallt. Sie haben uns allen einen Mordsschrecken eingejagt, Sie kleiner Unglücksrabe! Aber keine Angst, der Krankenwagen ist schon unterwegs, es kann nicht mehr lange dauern, bis professionelle Hilfe kommt!«

Die Stimme gehörte einer dünnen, kaffeefarben gebräunten Frau mit einem blondierten Pferdeschwanz. Sie kniete neben Jane und trug glänzende Lycrashorts und ein knappes rotes Top mit dem leuchtenden Schriftzug STEP CRAZY auf der Brust. Sie war Alice auf Anhieb unsympathisch. Sie hasste es, »kleiner Unglücksrabe« genannt zu werden. Das verletzte ihre Würde. Ihre Schwester Elisabeth sagte immer, sie nehme sich viel zu ernst, das sei eine ihrer großen Schwächen.

»Bin ich ohnmächtig geworden?«, fragte Alice hoffnungsvoll. Schwangere wurden durchaus mal bewusstlos. Sie war noch nie in Ohnmacht gefallen. Dabei hatte sie es in der vierten Klasse so fleißig geübt, immer in der Hoffnung, irgendwann zu den Glücklichen zu gehören, die beim Gottesdienst umkippten und dann von Mr. Gillespie, ihrem Sportlehrer, auf dessen starken Armen hinausgetragen wurden.

»Ich bin nämlich schwanger«, fügte sie hinzu. Sollte diese Kuh ruhig wissen, wen sie da als »kleinen Unglücksraben« bezeichnet hatte.

Jane klappte die Kinnlade herunter. »Großer Gott, Alice, das kann nicht dein Ernst sein!«

Das Step-Crazy-Mädchen spitzte die Lippen, als hätte sie Alice bei etwas sehr Ungezogenem erwischt. »Ach herrje, Schätzchen, warum haben Sie das nicht gleich gesagt? Ich habe doch vor Beginn des Kurses gefragt, ob jemand schwanger ist. Ich hätte mich darauf einstellen können.«

Alice' Kopf fiel auf den Boden zurück. Nichts von dem, was hier gesprochen wurde, ergab irgendeinen Sinn.

»Schwanger«, sagte Jane. »Ausgerechnet jetzt! Das ist eine Katastrophe!«

»Nein, ist es nicht«, protestierte Alice. Sie legte eine Hand schützend auf ihren Bauch, damit die kleine Rosine es nicht hörte und womöglich gekränkt war. Ihre finanzielle Situation ging Jane nichts an. Die Leute sollten sich einfach freuen, wenn man ihnen mitteilte, dass man ein Kind erwartete.

»Ja, aber ich meine, was wirst du jetzt *machen*?«, fragte Jane.

Du meine Güte! »Machen? Was meinst du damit, was werde ich jetzt machen? Ich werde ein Baby bekommen.« Sie schnupperte. »Du riechst nach Lavendel. Mir war so, als würde ich Lavendel riechen.« Die Schwangerschaft hatte ihren Geruchssinn enorm geschärft.

»Das ist mein Deodorant.« Jane sah völlig verändert aus. Ihre Augen. Mit ihren Augen stimmte etwas nicht. Vielleicht sollte sie anfangen, eine spezielle Augencreme zu benutzen.

»Alles in Ordnung, Jane?«

Jane schnaubte. »Mir geht's bestens. Mach dir lieber Sorgen um dich selbst. Du bist doch diejenige, die schwanger und in Ohnmacht gefallen ist.«

Das Baby! Wie hatte sie nur so selbstsüchtig sein und an ihren schmerzenden Kopf denken können, wo sie sich um die arme kleine Rosine sorgen sollte! Sie würde ja eine schöne Mutter werden!

Laut sagte sie: »Hoffentlich ist dem Baby bei dem Sturz nichts passiert.«

»Oh, deswegen würde ich mir keine Gedanken machen, so ein Baby hält einiges aus«, sagte eine fremde Frauenstimme.

Zum ersten Mal blickte Alice auf. Eine Gruppe rotgesichtiger Frauen mittleren Alters in Sportkleidung scharte sich um sie. Einige beugten sich vor und gafften wie Schaulustige bei einem Verkehrsunfall, andere standen da, die Hände in die Seiten gestemmt, und plauderten miteinander wie auf einer Party. Der Raum, in dem sie sich befanden, war lang und neonerleuchtet. Irgendwo in der Ferne tönte blecherne Musik, sie konnte scheppernde metallische Geräusche und das plötzliche Gelächter eines Mannes hören.

»Aber Sportarten, die einen extrem körperlich beanspruchen, sollte man trotzdem nicht betreiben, wenn man schwanger ist«, warf eine andere Frau ein.

»Ich treibe überhaupt keinen Sport«, erwiderte Alice. »Ich sollte viel mehr Sport treiben.«

»Du, mein liebes Kind, könntest gar nicht mehr Sport treiben, selbst wenn du wolltest«, sagte Jane.

»Ich hab keine Ahnung, wovon du redest.« Alice betrachtete die fremden Gesichter rings um sie her. Das alles war so … so albern. »Wo bin ich eigentlich?«

»Wahrscheinlich hat sie eine Gehirnerschütterung«, sagte

jemand ganz aufgeregt. »Eine Gehirnerschütterung äußert sich unter anderem in Benommenheit und geistiger Verwirrung.«

»Hört, hört, die Frau Doktor spricht!«

»Ich habe in der Schule gerade einen Erste-Hilfe-Kurs absolviert. Ich kann mich genau an diesen Wortlaut erinnern: Benommenheit und geistige Verwirrung. Hoffentlich hat sie keine Gehirnquetschung. Das ist sehr gefährlich.«

Das Step-Crazy-Mädchen machte ein erschrockenes Gesicht und streichelte hektisch Alice' Arm. »Ach herrje, Schätzchen! SIE HABEN BESTIMMT NUR EINE GANZ LEICHTE GEHIRNERSCHÜTTERUNG!«

»Selbst wenn, taub ist sie deswegen sicher nicht«, wies Jane sie schroff zurecht. Sie beugte sich näher zu Alice und sagte mit gedämpfter Stimme: »Alles in Ordnung. Du bist im Fitnessstudio, im Freitag-Step-Aerobic-Kurs, zu dem du mich seit einer Ewigkeit hast schleppen wollen, erinnerst du dich? Ich frage mich allerdings, was so Besonderes daran sein soll. Also jedenfalls bist du spektakulär auf den Boden geknallt und hast dir den Kopf angeschlagen, das ist alles. Das wird schon wieder. Aber wieso hast du mir nicht gesagt, dass du schwanger bist?«

»Was ist ein Freitag-Step-Aerobic-Kurs?«, fragte Alice.

»O Gott, dich hat's aber wirklich böse erwischt«, entfuhr es Jane.

»Der Krankenwagen ist da!«, rief jemand.

Das Step-Crazy-Mädchen flippte schier aus vor Erleichterung. Sie sprang auf und scheuchte die Damen mit Handbewegungen weg wie eine energische Hausfrau mit einem Besen.

»Okay, Leute, macht mal ein bisschen Platz!«

Jane blieb auf dem Fußboden neben Alice knien und tätschelte ihr zerstreut die Schulter. Plötzlich hielt sie inne. »O Mann! Warum passieren immer dir die wirklich guten Sachen?«

Alice drehte mühsam den Kopf. Zwei gut aussehende Männer

in blauen Overalls, einen Erste-Hilfe-Koffer in Händen, eilten auf sie zu. Peinlich berührt, versuchte sie noch einmal, sich aufzusetzen.

»Nicht bewegen, Schätzchen!«, rief der Größere der beiden ihr zu.

»Er sieht aus wie George Clooney«, hauchte Jane ihr ins Ohr.

Sie hatte recht. So sah er wirklich aus. Alice fühlte sich unwillkürlich viel besser. Ihr war, als wäre sie in einer Folge von *Emergency Room* aufgewacht.

»Hallo.« George Clooney ging neben ihnen in die Hocke. »Wie heißen Sie?«

»Jane«, antwortete Jane wie aus der Pistole geschossen. »Oh. Ach so. Sie heißt Alice.«

»Wie heißen Sie mit vollem Namen, Alice?« George ergriff behutsam ihr Handgelenk und legte zwei Finger auf ihren Puls.

»Alice Mary Love.«

»Sie sind hingefallen, nicht wahr, Alice?«

»Ja, anscheinend. Ich kann mich nicht daran erinnern.« Wie meistens, wenn sie mit jemandem aus einem Heilberuf sprach, und sei es nur ein Apotheker, war Alice den Tränen nahe und fühlte sich als etwas ganz Besonderes. Daran war nur ihre Mutter schuld, sie hatte immer viel zu viel Aufhebens um sie gemacht, wenn sie als Kind krank geworden war. Sie und Elisabeth waren fürchterliche Hypochonderinnen.

»Wissen Sie, wo Sie sind?«, fragte George.

»Nein, eigentlich nicht«, antwortete Alice. »Anscheinend bin ich in einem *Fitnessstudio*.«

»Wir machen einen Step-Aerobic-Kurs.« Jane schob den Träger ihres BHs unter ihr Top zurück. »Plötzlich hat sie einen fulminanten Rückwärtssalto geschlagen und ist mit dem Kopf auf den Boden geknallt. Ich hab gesehen, wie's passiert ist. Sie war ungefähr zehn Minuten bewusstlos.«

Das Step-Crazy-Mädchen trat wieder zu ihnen. Ihr Pferdeschwanz schwang hin und her, und Alice schaute an ihren langen, glatten Beinen hinauf zu ihrem flachen, straffen Bauch. Er sah aus wie ein falscher Bauch.

»Ich glaube, sie war einen Augenblick unkonzentriert«, sagte das Step-Crazy-Mädchen in jenem vertraulichen Tonfall, den Profis untereinander benutzen, zu George Clooney. »Schwangeren rate ich unbedingt von diesem Kurs ab. Und ich habe ausdrücklich gefragt, ob jemand schwanger ist.«

»In der wievielten Woche sind Sie denn, Alice?«, fragte George.

Alice machte den Mund auf, um zu antworten, und stieß zu ihrer Überraschung auf ein Vakuum in ihrem Kopf.

»In der dreizehnten«, sagte sie nach ein paar Sekunden.

»Nein, in der vierzehnten. Ja, genau, in der vierzehnten.«

Seit der Zwölf-Wochen-Ultraschalluntersuchung waren mindestens zwei Wochen vergangen. Die Rosine hatte einen sonderbaren kleinen Hüpfer gemacht, wie eine Tänzerin in der Disco, so als hätte jemand sie von hinten angestupst. Nick und Alice hatten danach allen Bekannten versucht vorzumachen, wie das ausgesehen hatte. Alle hatten sehr höflich reagiert und gemeint, das sei wirklich bemerkenswert.

Sie legte sich eine Hand auf den Bauch und bemerkte zum ersten Mal, was sie anhatte. Turnschuhe und weiße Socken. Schwarze Shorts und ein ärmelloses gelbes Top mit einer glänzenden Goldfolienapplikation darauf. Soweit sie erkennen konnte, war es ein Dinosaurier. In der Sprechblase, die aus seinem Maul kam, stand: ROCK ON. *Rock on?* Was in aller Welt hatte das zu bedeuten? »Was für Klamotten habe ich denn da an?«, fragte sie Jane vorwurfsvoll. »Diese Sachen gehören mir nicht.«

Jane sah George an und zog vielsagend eine Braue hoch.

»An meinem Hemd klebt ein Dinosaurier«, sagte Alice ehrfürchtig.

»Was für einen Tag haben wir heute, Alice?«, fragte George.

»Freitag«, antwortete sie. Sie schummelte. Sie wusste, dass es Freitag war, weil Jane ihr gesagt hatte, dass sie in ihrem Freitag-Step-Aerobic-Kurs waren. Was immer das sein mochte.

»Wissen Sie noch, was Sie zum Frühstück gegessen haben?« George untersuchte behutsam ihren Kopf, während er die Frage stellte. Der andere Rettungssanitäter legte ihr unterdessen eine Manschette um den Oberarm und blies sie auf, um ihren Blutdruck zu messen.

»Toast mit Erdnussbutter?«

Das aß sie normalerweise zum Frühstück. Mit dieser Antwort dürfte sie auf der sicheren Seite sein.

»Er weiß ja nicht, was du gefrühstückt hast«, meinte Jane. »Er will nur versuchen herauszufinden, ob du dich daran erinnern kannst.«

Die Manschette quetschte Alice' Oberarm zusammen. George hockte sich wieder auf die Fersen und sagte: »Seien Sie so nett, Alice, und sagen Sie mir, wie unser ehrenwerter Premierminister heißt.«

»John Howard«, antwortete Alice brav und hoffte, er werde ihr keine weiteren Fragen zum Thema Politik stellen. Politik war nicht gerade ihre Stärke. Es gelang ihr einfach nicht, genügend Entsetzen aufzubringen.

Die Antwort löste bei Jane einen Heiterkeitsausbruch aus, der sich in prustendem Geräusch äußerte.

»Oh, äh … Er ist doch noch Premierminister, oder?«, murmelte Alice zutiefst gedemütigt. Das würde man ihr jetzt jahrelang unter die Nase reiben. O *Alice,* du kennst nicht einmal den Namen unseres Premierministers? Hatte sie eine Wahl verschlafen? »Ich bin mir ganz sicher, dass er Premierminister ist.«

»Und welches Jahr haben wir?« George schien nicht allzu beunruhigt.

»1998«, lautete die prompte Antwort. In diesem Punkt war sich Alice ganz sicher. 1998 würde ihr Baby zur Welt kommen.

Jane schlug sich die Hand vor den Mund. George wollte etwas sagen, aber Jane ließ ihn nicht zu Wort kommen. Sie legte ihre Hand auf Alice' Schulter und sah sie eindringlich an, die Augen vor Aufregung weit aufgerissen. Winzige Mascaraklümpchen klebten an ihren Wimpernspitzen. Die Kombination aus ihrem Lavendeldeodorant und ihrem Knoblauchatem stach Alice unangenehm in die Nase.

»Wie alt bist du, Alice?«

»Neunundzwanzig, Jane«, antwortete Alice gereizt. Janes theatralischer Tonfall ging ihr auf die Nerven. Worauf wollte sie hinaus? »Genauso alt wie du.«

Jane richtete ihren Oberkörper wieder auf und sah George Clooney triumphierend an. Dann sagte sie: »Ich habe gerade eine Einladung für die Party zu ihrem vierzigsten Geburtstag bekommen.«

Das war der Tag, an dem Alice Mary Love ins Fitnessstudio ging und durch eine gewisse Nachlässigkeit ein Jahrzehnt ihres Lebens verbummelte.

2

Sie hätte sie ja gern ins Krankenhaus begleitet, sagte Jane, aber sie müsse um zwei im Gericht sein.

»Was willst du denn im Gericht?«, fragte Alice, der es ganz recht war, dass Jane nicht mit ins Krankenhaus kommen konnte.

Für heute hatte sie genug von ihr gesehen. *Eine Einladung für die Party zu ihrem vierzigsten Geburtstag.* Was genau hatte sie eigentlich damit gemeint?

Jane setzte ein sonderbares Lächeln auf und ging nicht auf Alice' Frage ein. Stattdessen sagte sie: »Ich werde jemanden ins Krankenhaus schicken, der dort auf dich warten soll.«

»Nicht *jemanden*«, sagte Alice und beobachtete, wie die Rettungssanitäter eine Trage auseinanderklappten. Sie kam ihr ein bisschen klapprig vor. »Nick!«

»Ja, selbstverständlich, ich werde *Nick* anrufen.« Jane sprach jedes Wort so langsam und übertrieben deutlich aus, als wirkte sie in einem Theaterstück für Kinder mit.

»Das brauche ich nicht, ich kann gehen«, sagte Alice zu George Clooney. Sie mochte es nicht, getragen zu werden, nicht einmal von Nick, der ziemlich stark war. Sie hatte Angst, dass sie viel zu schwer war. Wenn die Rettungssanitäter nun beim Hochheben der Trage ächzten und vor Anstrengung das Gesicht verzogen wie Möbelpacker? »Mir geht's gut. Es ist bloß mein Kopf.«

»Sie haben eine ziemlich schwere Gehirnerschütterung«, erwiderte George. »Mit Kopfverletzungen ist nicht zu spaßen.«

»Seien Sie doch nicht so«, meinte sein Kollege. »Das Schönste an unserem Job ist es, attraktive Frauen herumzutragen. Gönnen Sie uns doch die Freude.«

»Ja, gönn ihnen die Freude, Alice«, warf Jane ein. »Dein Gehirn hat etwas abbekommen. Du glaubst, du bist neunundzwanzig.«

Was genau wollte sie damit sagen?

Alice legte sich wieder hin, und die beiden Männer hoben sie routiniert auf die Trage. Als ihr Kopf zur Seite rollte, wurde ihr schwindlig vor Schmerz.

»Oh, hier, ihre Tasche!« Jane war quer durch den Saal gelaufen und hatte einen Rucksack geholt, den sie neben Alice auf die Trage quetschte.

»Die gehört nicht mir«, protestierte Alice.

»Und ob die dir gehört.«

Alice starrte die rote Segeltuchtasche an. Auf der obersten Klappe befanden sich nebeneinander drei glänzende Dinosaurierapplikationen wie der auf ihrem Top. Ihr kam der Gedanke, dass sie sich bestimmt gleich übergeben musste.

Die beiden Rettungssanitäter hoben die Trage scheinbar mühelos an. Alice vermutete, dass es zu ihrem Job gehörte, Leute aller Gewichtsklassen zu tragen.

»Das Büro!«, entfuhr es ihr in plötzlicher Panik. »Du musst im Büro anrufen und Bescheid sagen. Wieso sind wir eigentlich nicht im Büro, wenn es Freitag ist?«

»Das ist eine gute Frage. Wieso sind wir eigentlich nicht im Büro?«, entgegnete Jane, wobei sie abermals jedes Wort sorgfältig artikulierte wie im Kindertheater. »Aber mach dir keine Sorgen, ich werde *Nick* anrufen, und dann werde ich im *Büro* anrufen. Mit Büro meinst du doch sicher ABR Bricks, nehme ich an?«

»Ganz recht, Jane, ABR Bricks«, antwortete Alice vorsichtig. Sie arbeiteten seit drei Jahren bei ABR. Litt das arme Mädchen womöglich an irgendeiner Form von Geisteskrankheit? »Du solltest Sue Bescheid sagen, dass ich heute nicht kommen kann«, fügte sie hinzu.

»Sue«, wiederholte Jane langsam. »Damit meinst du wahrscheinlich Sue Mason.«

»Richtig, Jane. Sue Mason«, erwiderte Alice und dachte: Bei der ist definitiv eine Schraube locker.

Sue Mason war ihre Chefin. Sie legte allergrößten Wert auf Pünktlichkeit und ärztliche Atteste und angemessene Kleidung. Alice konnte es kaum erwarten, sich in die Babypause zu verabschieden. Sie war ja so froh, wenn sie diesen Laden nicht mehr sehen musste.

Sie sah Jane, die zuschaute, als die Rettungssanitäter sie hinaustrugen. Jane kniff sich die Unterlippe mit Daumen und Zeigefinger zusammen, sodass ihr Mund einem Fischmaul ähnelte.

»Gute Besserung!«, rief das Step-Crazy-Mädchen ihr zu. Sie stand auf einer Bühne im vorderen Teil des Saals und hatte ein Headset an, das ihre Stimme verstärkte. Als die Rettungssanitäter die Tür erreicht hatten, erscholl laute, hämmernde Musik. Alice warf einen Blick zurück. Das Step-Crazy-Mädchen stieg zackig auf ein niedriges Plastikpodest und wieder herunter, rauf und runter, rauf und runter. Die Frauen, die sich um Alice geschart hatten, ahmten jede ihrer Bewegungen auf ihren eigenen Plastikpodesten exakt nach. »Auf geht's, LADYS! Ich will ein Basic sehen, ich will einen Hamstring Curl, und jetzt REITEN wir ein RODEO!« Die Frauen stellten sich breitbeinig über die Podeste und ließen imaginäre Lassos über ihren Köpfen kreisen.

Du lieber Himmel! Das musste sie unbedingt Nick erzählen, vor allem die Sache mit dem »Rodeoreiten«. Das musste sie ihm vormachen. Er würde es bestimmt urkomisch finden. Dieser ganze Tag war ein absoluter Knaller!

Andererseits war das alles aber auch ein bisschen beängstigend, denn was in aller Welt machte sie mit Jane Turner, die ganz offensichtlich einen Sprung in der Schüssel hatte, in einem Fitnessstudio?

Durch eine Glastür gelangten sie in einen langen Raum von der Größe eines Supermarktes. Nichts kam Alice irgendwie bekannt vor.

An kompliziert aussehenden Geräten, von denen es unzählige gab, mühten sich Männer und Frauen ab, irgendwelche Dinge, die viel zu schwer für sie waren, hochzustemmen, heranzuziehen oder wegzudrücken. Es herrschte eine Atmosphäre wie in einer Bücherei, gedämpft und von stillem Fleiß erfüllt. Niemand hielt in seinem Tun inne, als Alice vorbeigetragen wurde. Lediglich die Blicke folgten ihr, ausdruckslos und innerlich unbeteiligt, so als wäre sie eine Meldung in den Fernsehnachrichten.

»Alice!«

Ein Mann stieg vom Laufband. Er schob seinen Kopfhörer auf die Schultern herunter und fragte: »Was ist denn mit Ihnen passiert?«

Sein Gesicht, hochrot und mit Schweißperlen übersät, sagte ihr überhaupt nichts. Sie blickte zu ihm auf und suchte in ihrem Gehirn nach einer höflichen Erwiderung. Auf einer Trage zu liegen und sich mit einem Fremden zu unterhalten hatte etwas Surreales. Es war wie einer jener Träume, in denen sie im Schlafanzug auf einer Cocktailparty erschien.

»Ein kleiner Schlag auf die Birne«, antwortete George Clooney, was ganz und gar nicht nach medizinischem Fachvokabular klang.

»O nein!« Der Mann wischte sich mit einem Handtuch über die Stirn. »Und das ausgerechnet jetzt, wo der große Tag vor der Tür steht!«

Alice versuchte, ein zerknirschtes Gesicht aufzusetzen. Vielleicht war das einer von Nicks Kollegen, und der große Tag, über den sie Bescheid wissen sollte, hatte etwas mit seiner Arbeit zu tun?

»Das kommt davon, wenn man so ein Fitnessfreak ist. Das wird Ihnen bestimmt eine Lehre sein, was, Alice?«

»Ho«, entgegnete sie. Sie war sich nicht sicher, was sie eigentlich hatte sagen wollen, aber heraus kam es als »Ho«.

Die Rettungssanitäter gingen weiter. Der Mann stieg wieder auf das Laufband und schaltete es ein. »Passen Sie gut auf sich auf, Alice!«, rief er ihr nach. »Ich werde Maggie sagen, sie soll

Sie anrufen!« Er hielt Daumen und Zeigefinger seitlich ans Gesicht, um seine Worte mit der Geste zu unterstreichen.

Alice machte die Augen zu. In ihrem Magen rumorte es.

»Alles in Ordnung mit Ihnen, Alice?«, fragte George Clooney.

Alice öffnete die Augen. »Mir ist ein bisschen schlecht.«

»Okay, das ist normal.« Sie hielten vor einem Lift.

»Ich hab wirklich keine Ahnung, wo ich bin«, sagte sie, weil sie fand, dass das noch einmal erwähnt werden sollte.

»Machen Sie sich deswegen mal keine Gedanken«, erwiderte George.

Die Fahrstuhltüren glitten leise zischend auf. Eine Frau mit einem glatten Bubikopf trat heraus. »Alice! Was ist denn passiert? Alles in Ordnung?« Sie hatte eine schrecklich kultivierte Stimme. »So ein Zufall! Gerade habe ich an dich gedacht! Ich wollte dich anrufen wegen des … kleinen Zwischenfalls in der Schule, Chloe hat mir davon erzählt, du Ärmste! Das hat dir gerade noch gefehlt, nicht? Und das ausgerechnet jetzt, vor dem morgigen Abend und wo der große Tag bevorsteht!«

Die Rettungssanitäter hatten unterdessen die Trage in den Lift bugsiert und den Erdgeschossknopf gedrückt. Kurz bevor die Türen sich schlossen, machte die Frau draußen die gleiche Geste wie der Typ auf dem Laufband, um anzudeuten, dass sie telefonieren würden, und eine Stimme rief: »War das *Alice Love* da auf der Trage?«

»Sie kennen aber eine Menge Leute«, bemerkte George.

»Nein«, erwiderte Alice. »Nein, überhaupt nicht.«

Sie dachte wieder an Janes Worte: *Ich habe gerade eine Einladung für die Party zu ihrem vierzigsten Geburtstag bekommen.*

Und dann drehte Alice den Kopf zur Seite und erbrach sich über George Clooneys schöne glänzende schwarze Schuhe.

*

Die Mittagspause war fast zu Ende, als der Anruf kam. In fünf Minuten ging es weiter, und ich hätte eigentlich auf der Toilette sein und mich vergewissern müssen, dass ich keine Essensreste zwischen den Zähnen hatte. Sie sagte: »Elisabeth? Oh, hi, hier ist Jane, ich hab da ein kleines Problem«, so als ob es nur eine einzige Jane auf der ganzen Welt gäbe (man sollte meinen, jemand mit einem Allerweltsnamen wie JANE *wäre es gewohnt, seinen Nachnamen zu nennen), und ich dachte, Jane, Jane, Jane, eine Jane mit einem kleinen Problem, und dann wurde mir plötzlich klar, dass das Jane Turner war. Alice' Jane.*

Sie sagte, Alice sei im Fitnessstudio während des Step-Aerobic-Kurses umgekippt.

Da stand ich also mit einhundertdreiundvierzig Leuten, die schon wieder an ihren Tischen Platz genommen hatten, sich eisgekühltes Wasser einschenkten, ihre Pfefferminzdrops lutschten und erwartungsvoll und zum Mitschreiben bereit in Richtung Podium guckten. Jeder von ihnen hatte zweitausendneunhundertfünfzig Dollar bezahlt, um mich reden zu hören, oder, mit Frühbucherrabatt, immerhin noch zweitausendfünfhundert Dollar.

So viel bezahlen mir die Leute dafür, dass ich ihnen zeige, wie man erfolgreiche Direct-Mail-Kampagnen auf den Weg bringt. Ja, ich weiß, diese hässliche kommerzielle Welt da draußen ist Ihnen vollkommen fremd, nicht wahr, Dr. Hodges? Sie haben aus reiner Höflichkeit genickt, als ich Ihnen zu erklären versuchte, was ich beruflich mache, das habe ich Ihnen angesehen. Ihnen ist garantiert noch nie der Gedanke gekommen, dass all diese Werbesendungen in Ihrem Briefkasten von richtigen Menschen verfasst werden.

Richtigen Menschen wie mir. Ich wette, Sie haben einen

KEINE-REKLAME-*Aufkleber an Ihrem Briefkasten, stimmt's? Keine Sorge, ich nehme Ihnen das nicht übel.*

Es war der denkbar ungünstigste Zeitpunkt, alles stehen und liegen zu lassen und zu Alice zu eilen, bloß weil sie einen kleinen Unfall im Fitnessstudio hatte (es gibt Leute, die arbeiten müssen und keine Zeit haben, mitten am Tag ins Fitnessstudio zu gehen). Außerdem redete ich seit dem Zwischenfall mit den Bananenmuffins ja nicht mehr mit ihr. Ich weiß, wir haben uns schon früher ausführlich darüber unterhalten, dass ich versuchen soll, ihre Handlungsweise aus einem »rationaleren Blickwinkel« zu betrachten, aber ich rede trotzdem nicht mit ihr. (Sie weiß natürlich nicht, dass ich nicht mit ihr rede, aber gestatten Sie mir diese kindische Genugtuung.)

Leicht gereizt und wichtigtuerisch, wie ich zugeben muss, sagte ich zu Jane: »Ist es denn was Ernstes?« Nicht im Traum hätte ich gedacht, dass es wirklich etwas Ernstes sein könnte.

»Sie denkt, wir hätten 1998«, antwortete Jane, »und sie sei neunundzwanzig und wir würden immer noch zusammen bei ABR *Bricks arbeiten. Glaub mir, das ist so ernst, dass es schon richtig unheimlich ist.« Und dann sagte sie noch: »Oh, und ich nehme an, du weißt, dass sie schwanger ist?«*

Ich schäme mich zutiefst für meine Reaktion. Alles, was ich dazu sagen kann, Dr. Hodges, ist, dass sie so spontan und nicht vom Willen gesteuert und unaufhaltbar war wie ein durch Heuschnupfen ausgelöster Niesanfall.

Blinde Wut packte mich, sie raste vom Bauch in meinen Kopf hinauf, und ich hörte mich sagen: »Tut mir leid, Jane, aber ich muss jetzt gehen.« Und dann beendete ich das Gespräch.

*

George Clooney war überhaupt nicht böse wegen seiner Schuhe. Alice, zutiefst entsetzt, wollte von der Trage klettern und das Erbrochene wegwischen. Hatte nicht jemand ein Tuch für sie? Vielleicht war eines in dieser komischen Segeltuchtasche. Aber die beiden Rettungssanitäter wollten nichts davon wissen. Streng befahlen sie ihr, liegen zu bleiben und sich nicht zu rühren.

Alice' Magen beruhigte sich ein wenig, als sie hinten im Krankenwagen festgeschnallt wurde. Das klobige, saubere weiße Plastik ringsumher hatte etwas Vertrauenerweckendes, alles fühlte sich vernünftig und steril an.

Die Fahrt zum Krankenhaus verlief so gemächlich wie eine Fahrt im Taxi. Alice hatte nicht den Eindruck, dass sie mit quietschenden Reifen durch die Straßen rasten und andere Autofahrer mit blinkendem Blaulicht anwiesen, schnellstmöglich den Weg frei zu machen.

»Ich muss also nicht sterben?«, fragte sie George. Er saß hinten bei ihr, sein Kollege vorne am Steuer. Ihr fielen Georges buschige Brauen auf. Nick hatte auch so kräftige, buschige Brauen. Einmal, es war schon spätabends gewesen, hatte Alice ihm die Brauen zupfen wollen, und da hatte er so laut geschrien, dass sie befürchtet hatte, Mrs. Bergen, ihre wachsame Nachbarin, werde die Polizei rufen.

»Keine Angst, Sie werden bald wieder im Fitnessstudio trainieren können«, antwortete George.

»Ich gehe nicht ins Fitnessstudio«, entgegnete Alice. »Fitnessstudios sind nicht mein Ding.«

»Meins auch nicht.« George lächelte und tätschelte ihren Arm.

Durch das Fenster hinter Georges Kopf sah sie Teile von Reklametafeln und von Bürogebäuden und vom Himmel vorbeiflitzen.

Okay, das Ganze war wirklich lachhaft. Das lag nur an diesem »kleinen Schlag auf die Birne«, dass ihr alles so sonderbar vorkam. Es war wie eine längere, intensivere Version dieses komischen, traumähnlichen Gefühls, das einen überkam, wenn man in den Ferien aufwachte und im ersten Moment nicht wusste, wo man war. Kein Grund zur Panik. Sie musste das Ganze als eine interessante Erfahrung betrachten. Und sie musste sich konzentrieren.

»Wie spät ist es?«, fragte sie George mit fester Stimme.

Er warf einen kurzen Blick auf seine Armbanduhr. »Fast Mittag.«

Gut. Kurz vor Mittag. An einem Freitag.

»Warum wollten Sie vorhin wissen, was ich zum Frühstück hatte?«

»Das ist eine der Standardfragen, die wir Leuten mit Kopfverletzungen immer stellen. Damit versuchen wir herauszufinden, wie es um ihre geistige Verfassung steht.«

Könnte sie sich also daran erinnern, was sie gefrühstückt hatte, würden sich die restlichen Stücke möglicherweise zusammenfügen und die Lücke schließen.

Frühstück. Heute Morgen. Ach, komm schon! Das konnte doch nicht so schwer sein.

Sie hatte eine klare *Vorstellung* von einem gewöhnlichen Werktagsfrühstück. Zwei Scheiben Toast, die gleichzeitig aus dem Toaster hüpften, und der verdrießlich blubbernde Wasserkocher und das Sonnenlicht, das unmittelbar vor dem Kühlschrank schräg über den Fußboden fiel, direkt auf den großen braunen Fleck im Linoleum, der aussah, als könnte man ihn im Nu wegschrubben, was jedoch ein Irrtum war. Frühstück, das hieß auch, einen Blick auf die Bahnhofsuhr zu werfen, die Nicks Mutter ihnen zum Einzug in ihr Haus geschenkt hatte, und inständig hoffen, dass es früher als gedacht war (es war aber immer später). Frühstück, das war das Knistern des Rundfunksenders ABC im Hintergrund, beunruhigte, eindringliche Stimmen, die über das Weltgeschehen sprachen. Nick hörte zu und machte manchmal eine Bemerkung wie »Das soll wohl ein Witz sein!«, während Alice die Stimmen über sich hinwegplätschern ließ und so zu tun versuchte, als würde sie noch schlafen.

Sie und Nick waren Morgenmuffel. Da sie beide vorher in Beziehungen mit unerträglich fröhlichen Morgenmenschen gelebt hatten, wussten sie dieses Mürrische sehr zu schätzen. Nach dem Aufstehen wechselten sie kaum mehr als ein paar kurze Sätze. Manchmal war es ein Spiel, bei dem sie es mit ihrer Griesgrämigkeit übertrieben, und manchmal war es Ernst, und auch das war in Ordnung, weil sie beide wussten, dass ihr wahres Ich abends nach der Arbeit wieder zum Vorschein käme.

Alice durchforschte ihr Gedächtnis nach einer *speziellen* Frühstückserinnerung.

Da war jener kühle Morgen, als sie die Küche zur Hälfte gestrichen hatten. Es regnete in Strömen, und der beißende Geruch von Farbe prickelte ihr in der Nase, als sie auf dem Fußboden saßen, weil sie sämtliche Möbel mit Planen abgedeckt hatten, und schweigend Erdnussbuttertoast aßen. Alice war noch im Nachthemd, aber sie hatte eine Strickjacke an und Nicks alte Fußballsocken übergestreift und bis zu den Knien hochgezogen. Nick war rasiert und fertig angezogen, nur die Krawatte fehlte noch. Er habe am anderen Tag eine wirklich erschreckend wichtige Präsentation vor den drei großen Bossen seiner Firma, dem glatzköpfigen Armleuchter, dem Despotenarsch Megatron und dem Obermacker, hatte er ihr am Abend zuvor erzählt. Alice, die eine Heidenangst davor hatte, vor einem größeren Publikum zu reden, hatte gespürt, wie sich ihr Magen vor Mitgefühl regelrecht zusammengekrampft hatte.

Nick nippte an seinem Tee und stellte den Becher ab. Als er in seinen Toast beißen wollte, rutschte ihm die Brotscheibe aus der Hand und landete mit der gebutterten Seite nach unten auf seinem blau gestreiften Lieblingshemd, wo sie kleben blieb. Sie wechselten einen erschrockenen Blick. Nick schälte den Toast langsam von seinem Hemd. Ein großer, rechteckiger Fettfleck zeichnete sich auf dem Stoff ab. Im Tonfall eines Angeschossenen, der den Tod vor Augen hat, sagte Nick: »Das war mein letztes sauberes Hemd.« Dann klatschte er sich die Brotscheibe gegen die Stirn.

»Nein, ich hab gestern Abend, als du beim Squash warst, eine Ladung weggebracht«, entgegnete Alice. Da sie noch keine Waschmaschine hatten, brachten sie all ihre Sachen in die Wäscherei ein Stück die Straße hinunter. Nick fummelte den zermatschten Toast von seiner Stirn und meinte: »Ist das wahr?« Und sie erwiderte: »Wenn ich es dir sage.« Und da rutschte er auf Händen und Knien zwischen den Farbeimern hindurch zu ihr, nahm ihr Gesicht in seine Hände und gab ihr einen langen, zärtlichen, nach Erdnussbutter schmeckenden Kuss.

Aber das war nicht an diesem Morgen gewesen. Das war Monate her oder Wochen oder so. Die Küche war fertig. Und damals war sie auch nicht schwanger gewesen. Sie hatte noch Kaffee getrunken.

Sie erinnerte sich an einige aufeinanderfolgende Frühstücksmahlzeiten, als sie auf einem Gesundheitstrip waren und nur Joghurt mit Obst aßen. Wann war das? Diese Phase hatte nicht allzu lange gedauert, obwohl sie anfangs mit Feuer und Flamme dabei waren.

Dann waren da jene Frühstücke, wo sie ihren Toast allein im Bett knabberte, weil Nick beruflich unterwegs war. Sie schwelgte förmlich in der romantischen, quälenden Sehnsucht nach ihm, so als ob er ein Seemann oder ein Soldat wäre. Es war wie das lustvolle Gefühl bohrenden Hungers in der Vorfreude auf ein üppiges Abendessen.

Sie erinnerte sich an jenes Frühstück, bei dem sie sich heftig gestritten hatten – die Gesichter wutverzerrt und hässlich, die Augen lodernd vor Zorn –, weil die Milch alle war. Das war nicht so schön gewesen. Das war definitiv auch nicht an diesem Morgen gewesen. Sie erinnerte sich nämlich, wie sie sich am Abend jenes Tages versöhnt hatten, im Theater, wo sie sich ein erstaunlich langes, postmodernes und völlig rätselhaftes Stück ansahen, in dem Nicks jüngste Schwester eine winzige Rolle spielte. Nick hatte sich zu ihr hinübergebeugt und ihr ins Ohr geflüstert: »Ach übrigens, ich verzeihe dir.« Und sie hatte zurückgeflüstert: »Wie bitte? *Ich* verzeihe *dir*.« Eine Frau in der Reihe vor ihnen hatte sich umgedreht und gezischt: »Schsch! Ruhe da hinten!«, wie eine erzürnte Lehrerin. Da hatten sie beide angefangen zu kichern und dann einen so unbändigen Lachkrampf bekommen, dass sie schließlich aufstanden, sich an etlichen Paar Knie vorbeizwängten und das Theater eilig verließen.

Nicks Schwester war stocksauer gewesen.

Einmal hatte sie beim Frühstück Babynamen aus einem Buch vorgelesen, in verdrießlichem Ton, und Nick hatte nach jedem Namen genauso bärbeißig Ja oder Nein gebrummt. Das war lustig gewesen, weil sie beide nur so getan hatten, als ob sie schlecht gelaunt wären. »Ich kann nicht glauben, dass man *uns* den Namen für einen Menschen aussuchen lässt«, hatte Nick gemeint. »Sollte das nicht eher dem Herrscher des Reichs vorbehalten sein?« »Oder der Herrscherin«, entgegnete Alice. »Als ob man eine Frau mit einer so wichtigen Aufgabe betrauen könnte«, versetzte Nick.

War das an diesem Morgen gewesen? Nein. Nein, das war … schon einige Zeit her.

Sie hatte keinen blassen Schimmer, was sie an diesem Morgen gefrühstückt hatte.

»Das mit dem Erdnussbuttertoast zum Frühstück habe ich nur gesagt, weil ich das morgens immer esse«, gestand sie. »Daran erinnern kann ich mich ehrlich gesagt nicht.«

»Das macht doch nichts, Alice«, erwiderte George Clooney. »Ich glaube, ich weiß auch nicht mehr, was ich gefrühstückt habe.«

»Oh.« So viel zum Thema geistige Verfassung. Wusste George eigentlich, was er machte? »Vielleicht haben Sie ja auch eine Gehirnerschütterung.« George lachte pflichtschuldigst. Sie schien ihn zu langweilen. Vielleicht hoffte er, sein nächster Patient wäre ein interessanterer Fall. Wahrscheinlich spielte er gern mit diesen Herzdefibrillator-Dingern herum. Alice jedenfalls würde das gern tun, wäre sie Rettungssanitäterin.

Eines Sonntags war Nick ziemlich verkatert gewesen. Alice wollte ihn überreden, mit ihr zum Strand zu gehen. Aber er lag mit geschlossenen Augen auf der Couch und reagierte nicht. Plötzlich rief sie: »O verdammt, wir verlieren ihn!« Sie rieb zwei Bratenwender aneinander, presste sie ihm auf die Brust und schrie: »Defi!« Nick tat ihr den Gefallen und bäumte sich kurz und realistisch auf, blieb aber liegen, bis sie zu guter Letzt kreischte »Er atmet nicht mehr! Intubieren, sofort!« und ihm einen Strohhalm zwischen die Lippen zu zwängen versuchte.

Als der Krankenwagen an einer Ampel halten musste, verlagerte Alice ihr Gewicht ein wenig. Alles an ihrem Körper fühlte sich falsch an. Eine bleierne Müdigkeit steckte ihr in den Gliedern, so als könnte sie bis in alle Ewigkeit schlafen, und gleichzeitig fühlte sie sich energiegeladen und ganz kribbelig vor Tatendrang, sodass sie am liebsten aufgesprungen wäre und mit irgendetwas losgelegt hätte. Das musste an der Schwangerschaft liegen. Alle sagten, in der Schwangerschaft komme einem der eigene Körper völlig fremd vor.

Sie senkte das Kinn auf die Brust und betrachtete die seltsamen feuchten Sachen, die sie anhatte. Solche Kleider würde sie niemals für sich aussuchen. Sie trug weder Gelb noch ärmellose Tops. Wieder stieg Panik in ihr auf. Sie wandte den Blick von sich ab und starrte erneut an die Decke des Krankenwagens.

Merkwürdigerweise konnte sie sich auch nicht daran erinnern, was sie am Abend zuvor gegessen hatte.

Sie hatte nicht die leiseste Ahnung. Nicht die leiseste.

Ihr Thunfischdingsda mit Bohnen? Das Lammcurry, das Nick so gern aß? Sie wusste es einfach nicht mehr.

Andererseits glich ein Wochentag dem anderen, sie verschmolzen zu einem gleichförmigen Einerlei. Was hatte sie denn vergangenes Wochenende gemacht?

Ein verknäulter Haufen Erinnerungen wie ein umgedrehter Wäschekorb stürzte auf sie ein – Erinnerungen, die von verschiedenen Wochenenden stammten. Zeitungslektüre im Park, auf dem Rasen sitzend. Picknicks. Durch Gartencenter bummeln und über Pflanzen diskutieren. Arbeiten am Haus. Immerzu irgendwelche Arbeiten am Haus. Kinobesuche. Abendessen.

Kaffee mit Elisabeth. Sex am Sonntagmorgen, danach noch eine Runde schlafen, danach Croissants aus der vietnamesischen Bäckerei. Geburtstage von Freunden. Dann und wann eine Hochzeit. Kurzreisen. Irgendwelche Sachen mit Nicks Familie.

Obwohl sie es nicht erklären konnte, wusste sie, dass nichts davon am letzten Wochenende geschehen war. Sie hatte keine Ahnung, wann all diese Dinge sich ereignet hatten, ob erst vor Kurzem oder schon vor langer Zeit. Sie waren einfach passiert.

Das Problem war, dass sie kein »Heute« oder »Gestern« oder

auch nur »Letzte Woche« festmachen konnte. Sie schwebte hilflos über dem Kalender wie ein Luftballon, den jemand losgelassen hatte.

Vor ihrem inneren Auge tauchte ein Bild auf, ein grauer, wolkenverhangener Himmel, in den rosarote Luftballons aufstiegen, mit weißen Bändern zusammengebunden wie Blumensträuße. Ein stürmischer Wind riss an den Ballonsträußen und peitschte sie durch die Luft, und eine grenzenlose Traurigkeit überkam sie.

Das Gefühl verebbte wie plötzlich auftretende und wieder abklingende Übelkeit.

Du meine Güte. Was hatte das alles zu bedeuten?

Sie wünschte, Nick wäre hier. Er würde alles ins Lot bringen. Er könnte ihr genau sagen, was sie am Abend zuvor gegessen und was sie am Wochenende gemacht hatten.

Hoffentlich wartete er im Krankenhaus schon auf sie. Vielleicht hatte er ihr sogar Blumen gekauft. Ja, das hatte er mit ziemlicher Wahrscheinlichkeit getan. Sie hoffte, er hatte es sein lassen, weil es viel zu extravagant war.

Nein, das war geschwindelt, in Wirklichkeit hoffte sie, dass er ihr welche gekauft hatte. Immerhin wurde sie mit dem *Krankenwagen* eingeliefert. Da hatte sie schon einen Blumenstrauß verdient.

Wieder stieg ein Bild vor ihrem inneren Auge auf, ein riesengroßer Strauß langstieliger roter Rosen und Schleierkraut in der Kristallvase, die Nicks Cousine ihnen zur Hochzeit geschenkt hatte. Wie kam sie nur auf so etwas? Nick schenkte ihr nie Rosen. Er wusste, sie mochte Rosen nur im Garten. Rosen aus dem Blumenladen dufteten nicht, und aus irgendeinem Grund brachte sie sie immer mit einem Serienmörder in Verbindung.

Der Krankenwagen hielt, der Motor wurde abgestellt. George sprang auf und zog gleichzeitig den Kopf ein, damit er ihn sich nicht anstieß.

»So, da wären wir, Alice. Wie geht es Ihnen? Sie machen ein Gesicht, als wären Sie in äußerst tiefschürfende Gedanken versunken.«

Er drückte den Hebel an der Tür herunter und stieß sie auf.

Sonnenlicht flutete herein. Alice musste blinzeln.

»Ich weiß nicht einmal, wie Sie heißen«, sagte sie.

»Kevin«, antwortete er entschuldigend, so als wüsste er, was für eine Enttäuschung er ihr damit bereitete.

*

ELISABETHS TAGEBUCH FÜR DR. HODGES

Es ist mir peinlich, das zuzugeben, aber die Wahrheit ist, dass meine Arbeit mir nicht selten einen kleinen Kick beschert, Dr. Hodges. Wie gesagt, nur einen kleinen, aber der ist unverkennbar vorhanden. Das Adrenalin schießt mir jedes Mal ins Blut, wenn die Lichter im Saal gedimmt werden und es still wird im Publikum und ich ganz allein dort oben auf dem Podium stehe und Layla mir so todernst signalisiert, dass alles in Ordnung ist, als ob es sich um den Countdown eines Raketenstarts in einem Raumfahrtzentrum handelte. Der Scheinwerfer wärmt mein Gesicht wie Sonnenstrahlen, und man hört nichts als das gelegentliche Klirren eines Wasserglases und vielleicht ein respektvolles Hüsteln. Ich liebe diesen klaren, herben, geschäftsmäßigen Geruch hoteleigener Veranstaltungsräume und die frische, klimatisierte Luft darin. Sie macht mir den Kopf frei. Und wenn ich rede, verleiht das Mikrofon meiner Stimme einen vollen, samtigen Klang und Autorität.

Es gibt aber auch Tage, da schleppe ich mich förmlich aufs Podium hinauf, gebückt wie unter einer schweren Last, mit hängendem Kopf und krummem Rücken, wie ein altes Weib. Dann würde ich am liebsten ins Mikrofon sagen: »Was für einen Sinn hat das Ganze eigentlich, meine Damen und Herren? Sie machen alle einen so netten Eindruck, wären Sie so freundlich, mir zu erklären, was für einen Sinn das Ganze hat?« Aber im Grunde weiß ich das selbst.

Diese netten Damen und Herren tragen dazu bei, dass wir unsere Hypothek abbezahlen können. Sie alle leisten einen Beitrag für die Kosten unserer Lebensmittel und unseres Stroms und unseres Wassers und unserer Kreditkarte. Jeder von ihnen beteiligt sich großzügig an den Ausgaben für die Injektionsnadeln und für die unförmigen Krankenhauskittel und für diesen letzten Anästhesisten mit seinen lieben Hundeaugen, der meine Hand hielt und sagte: »Schlafen Sie schön, Schätzchen.«

Ich schweife schon wieder ab. Aber Sie wollen ja, dass ich abschweife. Ich soll aufschreiben, was mir gerade in den Sinn kommt. Ich frage mich, ob Sie mich wohl langweilig finden. Sie machen immer ein milde interessiertes Gesicht, wenn ich zu Ihnen komme und darauf brenne, Ihnen die erbärmlichen Einzelheiten meines Lebens anzuvertrauen, aber vielleicht würden Sie an manchen Tagen lieber die Ellenbogen auf den Schreibtisch und das Kinn in die Hand stützen und sagen: »Was für einen Sinn hat das Ganze eigentlich, Elisabeth?« Und dann fällt Ihnen wieder ein, was für einen Sinn das Ganze hat, nämlich dass ich mit meinem Geld dazu beitrage, dass Sie sich Ihre Kreditkarte, Ihre Hypothek, Ihr Essen leisten können. Das ist der Lauf der Dinge.

Sie haben neulich gesagt, ein Gefühl von Sinnlosigkeit sei ein Anzeichen für eine Depression, aber sehen Sie, mir ist der Sinn des Ganzen durchaus bewusst – es dreht sich einzig und allein ums Geld. Folglich kann ich auch nicht an einer Depression leiden.

Nachdem ich das Gespräch mit Jane abrupt beendet hatte, klingelte das Handy sofort wieder (wahrscheinlich war sie es, weil sie dachte, die Verbindung wäre unterbrochen worden), aber ich schaltete es mitten im Klingeln aus. »Manchmal fragt man sich, ob wir ohne diese verdammten Dinger nicht besser dran wären!«, sagte ein Mann, der gerade vorbeiging, und ich erwiderte: »Verdammt richtig!« (Das habe ich noch nie in meinem Leben gesagt, aber in diesem Moment kam es mir aus heiterem Himmel in den Sinn: »Verdammt richtig!« Das gefällt mir. Vielleicht werfe ich es Ihnen in unserer nächsten Sitzung an den Kopf; bin schon gespannt auf Ihre Reaktion.) »Meinen Glückwunsch übrigens«, fuhr der Mann fort. »Ich habe schon eine Menge solcher Workshops besucht, aber noch nie jemanden mit so vernünftigen Ansichten erlebt!«

Er flirtete mit mir. Das passiert manchmal. Das muss am Mikrofon und an der Beleuchtung liegen. Ich finde das lustig, weil ich immer denke, die Männer müssen doch sehen, dass mir meine Sexualität vollständig entzogen worden ist. Ich komme mir wie ein Stück Dörrobst vor. Ja, genau. ICH BIN EINE GETROCKNETE APRIKOSE, *Dr. Hodges. Keine dieser feinen, samtigen, saftigen frischen Früchte, sondern eine gedörrte, geschrumpfte, ihres Geschmacks beraubte Aprikose, die so hart ist, dass einem beim Kauen der Kiefer wehtut.*

Ich atmete ein paar Züge der knackig frischen, klimatisierten Luft ein und klemmte mir das Mikrofon wieder an meine Jacke. Ich war so versessen darauf, wieder auf das Podium zu steigen, dass ich regelrecht zitterte vor Erregung. Ich kann nicht ausschließen, dass ich heute Nachmittag vorübergehend geistig verwirrt war, Dr. Hodges. Wir können bei unserer nächsten Sitzung darüber sprechen.

Vielleicht dient zeitweilige Unzurechnungsfähigkeit aber auch nur als Entschuldigung für unentschuldbares Verhalten.

Vielleicht schäme ich mich ganz einfach zuzugeben, dass eine Bekannte mich anrief und mir mitteilte, dass meine einzige

Schwester einen Unfall hatte, und ich das Gespräch abrupt beendete. Ich präsentiere mich Ihnen auf bestimmte Weise, Dr. Hodges. Ich möchte den Eindruck einer psychisch Gestörten erwecken, damit Sie das Gefühl haben, Sie werden gebraucht, und gleichzeitig möchte ich, dass Sie mich für einen netten Menschen halten, Dr. Hodges. Einen netten, psychisch gestörten Menschen.

Ich betrat das Podium mit federnden Schritten wie ein Rockstar. Ich begann darüber zu reden, dass man sich »seinen Kunden bildlich vorstellen« solle, und ich heizte ihnen ein. Ich brachte sie zum Lachen. Sie wetteiferten miteinander, wer mir die Antworten als Erster zurief, und die ganze Zeit, während sie sich ihren Kunden bildlich vorstellten, stand mir das Bild meiner kleinen Schwester vor Augen.

Mit Kopfverletzungen ist nicht zu spaßen, dachte ich. Nick ist nicht da, und Jane geht das Ganze im Grunde nichts an, dachte ich.

Und dann dachte ich noch: 1998 war Alice mit Madison schwanger.

3

Im Krankenhaus wartete kein Nick mit Blumen. Und auch sonst wartete niemand auf Alice. Sie kam sich wie eine heldenhafte kleine Einzelkämpferin vor.

Ihre beiden Rettungssanitäter verschwanden, als hätte es sie nie gegeben. Alice konnte sich nicht erinnern, dass sie sich von ihr verabschiedet hätten, und so hatte sie nicht einmal Gelegenheit dazu gehabt, sich bei den beiden zu bedanken.

Im Krankenhaus wechselten sich Phasen hektischer Betriebsamkeit ab mit solchen, in denen sie allein in einem kleinen weißen, schachtelförmigen Raum auf einer Trage lag und an die Decke starrte.

Ein Arzt kam. Er leuchtete ihr mit einem winzigen, bleistiftdünnen Stablämpchen in die Augen, bewegte seinen Finger vor ihrem Gesicht hin und her und bat sie, ihm mit den Augen zu folgen. Eine Krankenschwester mit ungewöhnlich grünen Augen, deren Farbe zu ihrer Schwesterntracht passte, und einem Klemmbrett in der Hand trat ans Fußende der Trage und erkundigte sich nach Alice' Krankenversicherung und nach eventuellen Allergien und nach ihren Angehörigen. Als Alice ihr ein Kompliment wegen ihrer schönen grünen Augen machte, erwiderte sie, das seien farbige Kontaktlinsen. »Oh«, machte Alice nur und fühlte sich betrogen.

Sie bekam eine Eispackung auf das »Straußenei«, wie die grünäugige Schwester es nannte, an ihrem Hinterkopf und zwei weiße Tabletten in einem kleinen Plastikbecherchen gegen die Schmerzen. Aber Alice meinte, so schlimm seien die Schmerzen nicht, und sie wolle ohnehin keine Medikamente nehmen, weil sie schwanger sei.

Jeder stellte ihr irgendwelche Fragen und sprach dabei viel zu laut, so als müsste sie geweckt werden, dabei blickte sie ihnen direkt ins Gesicht. Ob sie sich an ihren Sturz erinnere, an die Fahrt ins Krankenhaus. Ob sie wisse, was für ein Tag es war.

Was für ein Jahr.

»1998?« Eine besorgt dreinblickende Ärztin, die eine rot gerahmte Brille trug, sah sie prüfend an. »Sind Sie da ganz sicher?«

»Ja, natürlich«, antwortete Alice. »Ich weiß das, weil mein Kind am 8. November 1998 zur Welt kommen soll.«

»Die Sache ist nur die«, sagte die Ärztin langsam, »wir haben schon das Jahr 2008.«

»Das ist völlig ausgeschlossen«, erwiderte Alice so liebenswürdig wie möglich. Vielleicht gehörte die Ärztin zu diesen weltfremden Intelligenzlern, die mit alltäglichen Dingen wie Jahreszahlen hoffnungslos überfordert waren.

»Und warum ist das völlig ausgeschlossen?«

»Weil der Jahrtausendwechsel noch nicht stattgefunden hat«, antwortete Alice und kam sich sehr schlau vor. »Irgendein Computervirus soll einen totalen Stromausfall verursachen, hab ich gehört.« Sie war ganz stolz auf ihr Wissen; das zeigte doch, dass sie auf dem Laufenden war.

»Mir scheint, Sie sind ein bisschen durcheinander. Sie können sich also nicht an den Jahrtausendwechsel erinnern? An das großartige Feuerwerk auf der Hafenbrücke?«

»Nein«, erwiderte Alice. »Ich kann mich an kein Feuerwerk erinnern.« Hören Sie bitte auf damit, hätte sie die Ärztin am liebsten angefleht. Das ist nicht witzig, und mein Kopf tut wirklich furchtbar weh. Ich lasse es mir nur nicht anmerken.

Sie erinnerte sich, wie Nick eines Abends gesagt hatte: »Ist dir eigentlich klar, dass wir mit einem einjährigen Baby ins neue Jahrtausend feiern werden?« Er hielt einen Vorschlaghammer in beiden Händen, weil er eine Wand einreißen wollte.

Alice ließ die Kamera, mit der sie das Ende der Wand hatte festhalten wollen, sinken. »Stimmt«, sagte sie ehrfürchtig und erschrocken zugleich. Ein einjähriges Baby, die Miniaturausgabe eines richtigen Menschen, den sie geschaffen hatten, der zu ihnen gehörte und doch ein eigenständiges Wesen war.

»Wir werden einen Babysitter für den kleinen Hosenscheißer suchen müssen«, fuhr Nick betont lässig fort. Dann holte er fröhlich aus, der Hammer krachte gegen die Wand, und Alice drückte genau in dem Moment auf den Auslöser, als ein Regen aus rosaroten Gipsteilchen über ihnen niederging.

»Wollen Sie nicht eine Ultraschalluntersuchung veranlassen, um sicherzugehen, dass meinem Baby bei dem Sturz nichts passiert ist?«, fragte Alice mit fester Stimme. Genau so würde

Elisabeth sich in so einer Situation verhalten. Jedes Mal, wenn Alice sich besonders selbstbewusst geben musste, fragte sie sich: Was würde Elisabeth jetzt tun?

»In der wievielten Woche sind Sie denn?«, fragte die Ärztin.

»In der vierzehnten«, antwortete Alice zwar, doch die sonderbare Leere in ihrem Kopf spürte sie auch dieses Mal, so als wäre sie sich selbst nicht hundertprozentig sicher. »Kontrollieren Sie wenigstens die Herztöne«, fügte sie mit ihrer Elisabeth-Stimme hinzu.

»Mmmm.« Die Ärztin schob ihre Brille die Nase hinauf.

Im Geist hörte Alice eine Frauenstimme mit leicht amerikanischem Akzent sagen: *»Es tut mir leid … aber ich kann keine Herztöne feststellen.«*

Sie erinnerte sich ganz deutlich. Die kleine Pause nach »es tut mir leid«.

Es tut mir leid … aber ich kann keine Herztöne feststellen.

Wer war das? Wer hatte das gesagt? War das wirklich passiert? Alice kamen die Tränen, und sie dachte an die zusammengebundenen rosaroten Luftballons, die der Wind in den grauen Himmel peitschte. Hatte sie die Szene in irgendeinem längst vergessenen Film gesehen? Einem todtraurigen Film? Ein unerklärliches, befremdendes Gefühl stieg in ihr auf, so ähnlich wie während der Fahrt im Krankenwagen. Es war eine Mischung aus tiefer Trauer und ohnmächtigem Zorn. Sie sah sich selbst schluchzen, wimmern, sich die Fingernägel in die Handflächen bohren, dabei hatte sie sich in ihrem ganzen Leben noch nie derart aufgeführt. Und gerade als sie dachte, dieses Gefühl würde sie mit sich fortreißen, löste es sich in nichts auf. Das war richtig unheimlich, so merkwürdig war das Ganze.

»Wie viele Kinder haben Sie?«, fragte die Ärztin. Sie hatte Alice' T-Shirt hochgeschoben und den Bund ihrer Shorts ein wenig nach unten gezogen, damit sie ihren Bauch abtasten konnte.

Alice blinzelte ihre Tränen fort. »Keine. Das ist meine erste Schwangerschaft.«

Die Ärztin hielt mitten in der Bewegung inne und sah sie an. »Das hier sieht mir aber sehr nach einer Kaiserschnittnarbe aus.«

Alice hob unbeholfen den Kopf. Die Ärztin zeigte mit ihrem hübsch geformten Fingernagel auf Alice' Unterleib, wo eine blassrote Linie an der Schamhaargrenze verlief.

»Ich weiß nicht, was das ist«, erwiderte Alice beschämt. Sie musste an den ernsten Gesichtsausdruck ihrer Mutter denken, wenn diese Elisabeth und ihr eingeschärft hatte: »Ihr dürft niemals irgendjemandem eure intimsten Damenstellen zeigen!« Als Nick das zum ersten Mal gehört hatte, hatte er sich halb totgelacht. Warum war ihm diese komische Narbe nie aufgefallen? Er hatte doch weiß Gott genug Zeit damit verbracht, ihre intimsten Damenstellen zu untersuchen.

»In der vierzehnten Woche, sagten Sie? Dafür scheint mir Ihre Gebärmutter aber nicht groß genug«, bemerkte die Ärztin.

Alice blickte auf ihren Bauch hinunter und sah, dass er tatsächlich ziemlich flach war. So flach wie der einer mageren Person, was ein unerwarteter Pluspunkt wäre, würde sie nicht ein Kind erwarten. Nick hatte jedes Mal fröhlich losgelacht, wenn sie etwas trug, das ihr Bäuchlein betonte.

»Sind Sie sicher, dass Ihre Schwangerschaft schon so weit fortgeschritten ist?«

Alice starrte auf ihren Bauch – ihren äußerst flachen Bauch – und schwieg. Sie empfand eine Mischung aus Verwirrung und Angst und grenzenloser Verlegenheit. Jetzt erst bemerkte sie, dass ihre Brüste, die so schwer und prickelnd geworden und nicht mehr zu übersehen waren, sich zu ihrer früheren bescheidenen, unauffälligen Größe zurückgebildet hatten. Sie fühlte sich auch nicht schwanger. Auch wenn sie sich ganz und gar nicht wie sie selbst fühlte, schwanger fühlte sie sich jedenfalls nicht.

Woher kam diese Narbe? Sie musste an die Horrorgeschichten über Leute denken, die unter Drogen gesetzt und dann um irgendwelche Organe erleichtert wurden, die anschließend teuer verkauft wurden. War sie ins Fitnessstudio gegangen, hatte sich sinnlos betrunken und damit irgendjemandem die Gelegenheit verschafft, an ihre Organe heranzukommen?

»Na ja, vielleicht bin ich auch noch nicht in der vierzehnten Woche«, gab sie kleinlaut zu. »Kann sein, dass ich da etwas durcheinanderbringe. In meinem Kopf herrscht ein einziges Chaos. Mein Mann wird sicher bald da sein. Er wird Ihnen alles erklären können.«

»Schön. Jetzt entspannen Sie sich erst einmal und machen Sie sich keine Sorgen.« Die Ärztin zog ihr das T-Shirt und die Shorts zurecht und tätschelte sie beruhigend. »Wir werden jetzt als Erstes eine Computertomografie machen, um sicherzugehen, dass Sie keine ernsten Verletzungen haben. Das wird sich alles bald wieder einrenken, Sie werden sehen. Erinnern Sie sich an den Namen Ihres Gynäkologen? Ich könnte ihn anrufen und fragen, in der wievielten Woche Sie sind. Ich möchte Sie nicht beunruhigen, falls wir keine Herztöne hören, weil Ihre Schwangerschaft noch nicht so weit fortgeschritten ist.«

Es tut mir leid … aber ich kann keine Herztöne feststellen.

Die Erinnerung daran war ganz deutlich. Das musste wirklich passiert sein.

»Dr. Sam Chapple«, antwortete Alice. »Er arbeitet am Chatswood.«

»Gut. Machen Sie sich keine Sorgen. Es ist ganz normal, dass man nach einem schweren Sturz auf den Kopf verwirrt ist.«

Die Ärztin lächelte mitfühlend und verließ das Zimmer. Alice wartete, bis sie gegangen war. Dann zog sie ihr T-Shirt hoch und betrachtete ihren Bauch. Er war nicht nur sehr flach, sondern an den Seiten auch mit zarten silbrigen Linien versehen. Schwangerschaftsstreifen. In ehrfürchtigem Staunen fuhr sie mit den Fingerspitzen darüber. War das wirklich ihr Bauch?

Eine Kaiserschnittnarbe, hatte die Ärztin gesagt. (Falls sie sich nicht irrte. Vielleicht war es ja gar keine Kaiserschnittnarbe, sondern eine ganz normale … Narbe. Von was auch immer.)

Aber wenn die Ärztin recht hatte, würde das bedeuten, dass irgendein Doktor (womöglich ihr Dr. Chapple) ihr mit einem Skalpell den Bauch aufgeschnitten und ein blutiges, quäkendes Baby herausgeholt hatte und sie sich an nichts erinnern konnte.

War es möglich, dass ein kleiner Schlag gegen den Kopf ein so wichtiges Ereignis einfach aus ihrem Gedächtnis auslöschte? War das nicht ein bisschen unverhältnismäßig?

Ihr fiel ein, wie sie manchmal beim Fernsehen mitten in einem Film eingeschlafen war, den Kopf in Nicks Schoß gebettet. Sie hasste das, weil das Leben der Filmfiguren weitergegangen war, wenn sie mit klebrig trockenem Mund wieder aufwachte, und die beiden, die sich anfangs nicht ausstehen konnten, sich jetzt einen Regenschirm unter dem Eiffelturm teilten.

»Du hast das Baby schon bekommen«, sagte sie zaghaft zu sich selbst, »weißt du nicht mehr?«

Das war grotesk. Sie würde sich doch bestimmt nicht mit der Hand an die Stirn schlagen und ausrufen: »Ach so, das *Baby*, na klar! Natürlich hab ich das Baby schon bekommen! Komisch, dass mir das entfallen ist!«

Wie konnte sie vergessen haben, wie ihr Kind in ihr herangewachsen war und sie getreten und sich bewegt hatte? Hatte sie das Baby schon bekommen, so bedeutete das, dass sie und Nick bereits einen Geburtsvorbereitungskurs besucht hatten. Es bedeutete, dass sie sich Umstandskleidung gekauft hatte. Es bedeutete, dass sie das Kinderzimmer gestrichen und ein Bettchen und einen Kinderwagen und Windeln und einen Buggy und einen Wickeltisch ausgesucht hatten.

Es bedeutete, dass sie ein Kind hatte.

Die Hände fest auf ihren Bauch gepresst setzte sie sich auf.

Und wo war es dann, dieses Kind? Wer kümmerte sich um es? Wer gab ihm zu essen?

Das war kein gewöhnlicher »O-Alice!«-Patzer. Das war eine ganz andere Dimension. Das war gigantisch. Beängstigend.

Herrgott, wo blieb Nick denn so lange? Dem würde sie was husten, und wenn er eine noch so gute Entschuldigung hätte.

Die grünäugige Krankenschwester kam wieder herein und fragte: »Wie geht es Ihnen?«

»Gut, danke«, antwortete Alice mechanisch.

»Wissen Sie, weshalb Sie hier sind und was passiert ist?«

Mit diesen ständigen Fragen sollte wahrscheinlich ihre geistige Verfassung überprüft werden. Alice hätte am liebsten gebrüllt: »ICH VERLIERE DEN VERSTAND, WENN SIE'S GENAU WISSEN WOLLEN!« Aber sie wollte die Schwester nicht aus der Fassung bringen. Die Leute waren immer peinlich berührt, wenn sich jemand wie ein Irrer aufführte.

Also sagte sie stattdessen: »Können Sie mir sagen, welches Jahr wir haben?« Sie sprach schnell, falls die Ärztin mit der Brille zurückkommen sollte. Sie wollte nicht dabei ertappt werden, wie sie sich hinter ihrem Rücken vergewisserte, ob sie ihr die Wahrheit gesagt hatte.

»2008.«

»Ganz sicher?«

»Ganz sicher. Es ist der 2. Mai 2008. Nächsten Sonntag ist Muttertag.«

Muttertag! Alice' erster Muttertag als Mutter.

Das heißt, wenn es tatsächlich 2008 war, würde es keineswegs ihr erster Muttertag sein.

Wenn es 2008 war, war die Rosine ungefähr zehn Jahre alt. Und längst keine Rosine mehr. Aus der Rosine wäre eine Weintraube und aus der Weintraube ein Pfirsich und aus dem Pfirsich ein Tennisball und aus dem Tennisball ein Basketball und aus dem Basketball ein Baby geworden.

Alice spürte unbändiges, unangebrachtes Gelächter in sich aufsteigen.

Ihr Baby war fast zehn Jahre alt!

*

ELISABETHS TAGEBUCH FÜR DR. HODGES

Zu Laylas Entsetzen kürzte ich den Abschnitt über die »Visualisierung des Kunden« um die Hälfte ab und ging zur »Ideenolympiade« über. Sie werden bestimmt staunen, Dr. Hodges, wenn ich Ihnen erzähle, dass ich meine Zuhörer an dieser Stelle dazu kriege, unter ihren Tischen nach ihrem »Wunderprodukt« zu suchen. Alle ducken sich mit Feuereifer unter ihre Tische. Es ist wirklich bemerkenswert, dass so viele unterschiedliche Leute EXAKT *die gleichen Witze machen. Das verstärkt in mir das Gefühl, dass die Jahre verrinnen, ohne dass sich irgendetwas ändert. Ich bin wie ein Hamster, der wie besessen in seinem Rad rennt und nicht von der Stelle kommt.*

Hören Sie, in zehn Minuten fängt Grey's Anatomy *an.*

Ich will mir meine allabendliche Fernsehorgie nicht vom Führen dieses Tagebuchs verderben lassen. Ganz egal, was Ben sagt, ohne die einschläfernde Wirkung des Fernsehens wäre ich wahrscheinlich schon vor langer Zeit übergeschnappt.

Also: Während die Teilnehmer ihre Ideen für die Vermarktung ihrer Wunderprodukte auf dickem Einwickelpapier niederschrieben, versuchte ich, Jane zu erreichen. Aber jetzt hatte sie ihr Handy ausgeschaltet. »Verdammte Scheiße«, fluchte ich laut. Layla verzog die Lippen zu einem kleinen, verkrampften Lächeln. Ich hatte sie mit der Umstellung der Tagesordnung gekränkt. Als ob die Tagesordnung völlig unwichtig wäre, wo sich doch ihr ganzes Leben um die Tagesordnung drehte.

Meine Schwester habe einen Unfall gehabt, erklärte ich ihr, und ich wisse nicht, in welches Krankenhaus sie eingeliefert worden sei, und ich müsse jemanden organisieren, der ihre Kinder von der Schule abhole. »Okay«, sagte Layla, »aber wann wollen Sie den Abschnitt über die Visualisierung des Kunden fortsetzen?« Pflichtbewusstsein und Engagement sind zweifelsohne Pluspunkte bei einer Angestellten, aber ist das nicht schon ein bisschen krankhaft, Dr. Hodges? Was sagen Sie als Fachmann dazu?

Ich rief meine Mutter an, wurde aber nur mit ihrer Mailbox verbunden. Was waren das noch für herrliche Zeiten, als Mum kein eigenes Leben hatte! Vor noch nicht allzu langer Zeit hätte ich zuerst versucht, Frannie zu erreichen. Sie war immer der Fels in der Brandung. Aber seit ihrem Umzug in die Seniorenresidenz verzichtet sie aufs Autofahren. Mir will das immer noch nicht in den Kopf. Sie war eine wirklich gute Fahrerin.

Ich rief in der Schule an und wurde in die Warteschleife geschaltet, wo ich mir eine aufgezeichnete Botschaft über familiäre Werte anhören musste. Ich rief in Alice' Fitnessstudio an, um zu fragen, ob sie wüssten, in welches Krankenhaus sie eingeliefert worden war, und wurde in die Warteschleife geschaltet, wo ich mir einen Vortrag über gesunde Ernährung anhören musste.

Zu guter Letzt rief ich Ben an.

Er nahm nach dem ersten Klingeln ab, hörte sich mein wirres Gerede an und sagte: »Ich kümmere mich darum.«

4

Alice' CT zeigte dem Vernehmen nach keine Auffälligkeiten, was zur Folge hatte, dass sie sich für ihre Durchschnittlichkeit schämte. Das erinnerte sie an ihre Schulzeugnisse, wo hinter jedem Fach »Zufriedenstellend« angekreuzt war, ergänzt von Bemerkungen wie »Stille Schülerin, sollte sich intensiver am Unterricht beteiligen«. Genauso gut hätten sie auch gleich quer darüberschreiben können »Wer ist diese langweilige graue Maus eigentlich?«. In Elisabeths Zeugnissen war hinter manchen Fächern »Hervorragend« angekreuzt, hinter anderen »Ungenügend«, ergänzt von Bemerkungen wie »Ist zuweilen ein bisschen aufsässig«. Alice hätte ihr so gern darin nachgeeifert, aber sie wusste nicht, wie sie das anstellen sollte, dieses Aufsässigsein.

»Ihr Gedächtnisverlust macht uns ein wenig Sorge, deshalb werden wir Sie über Nacht zur Beobachtung hierbehalten«, teilte die Ärztin mit dem roten Brillengestell ihr mit.

»Oh, gut, danke«, erwiderte Alice und strich sich verlegen ihre Haare zurück. Sie stellte sich vor, wie ein paar Ärzte und Krankenschwestern, alle mit Klemmbrettern bewaffnet, an ihrem Bett saßen und beobachteten, wie sie schlief. Sie schnarchte manchmal.

Die Ärztin verschränkte die Arme über ihrem an die Brust gedrückten Klemmbrett und sah sie so freudig an, als wartete sie darauf, dass Alice ein wenig mit ihr plauderte.

O Gott! Nachdem Alice eine Weile nach einem interessanten Gesprächsthema gesucht hatte, sagte sie: »Haben Sie schon mit meinem Gynäkologen gesprochen? Mit Dr. Chapple?« Und aus Angst, die Ärztin könnte sie anfauchen, sie habe keine Zeit, da sie viel zu beschäftigt damit sei, jemandem das Leben zu retten, fügte sie schnell hinzu: »Aber wahrscheinlich sind Sie noch nicht dazu gekommen.«

Die Ärztin machte ein nachdenkliches Gesicht. »Doch, ich habe bereits angerufen. Sam Chapple ist seit drei Jahren im Ruhestand. Die Sekretärin sagte mir, er habe sich eine kleine Insel gekauft. Ganz schön ausgeflippt, nicht?«

»Eine kleine Insel gekauft«, echote Alice. Sie war ganz irritiert, dass die Ärztin ein Wort wie »ausgeflippt« gebrauchte. Das klang viel zu jugendlich, viel zu erstaunt. Eine Ärztin sollte eigentlich nichts verblüffen dürfen, fand sie.

Sie musste an George Clooney, den Rettungssanitäter, denken, mit dem sie Ähnliches erlebt hatte. Erst kamen diese medizinischen Profis wie Halbgötter daher, und dann stellte sich heraus, dass sie ganz normale Durchschnittsmenschen waren, und man war maßlos enttäuscht. Aber wie auch immer, das Ganze hörte sich völlig unglaubwürdig an. Wer kaufte sich schon eine *Insel*?

»Hey, Sie haben bestimmt für seine Insel mitbezahlt«, sagte die Ärztin fröhlich.

Alice konnte nicht glauben, dass Dr. Chapple nicht mehr in seinem großen Ledersessel saß und die Antworten auf seine höflichen Fragen in seiner wunderschönen, gestochenen Handschrift auf weißen Karteikarten niederschrieb. Stattdessen lag er faul in einer Hängematte und nippte an einem Cocktail mit einem Papierschirmchen darin. Ob er sich immer noch eine Fliege umband? Sie sah ihn vor sich, in Shorts und Frackschleife, wie ein Stripper. Sie nahm sich vor, dieses Bild Nick zu schildern. (Wo zum Teufel steckte er eigentlich?)

Falls es allerdings tatsächlich schon das Jahr 2008 war, waren zehn Jahre vergangen, und das bedeutete, dass sich in Dr. Chapples Leben eine Menge geändert hatte. Und nicht nur in seinem Leben, auch in ihrem eigenen, von der Tatsache, dass sie IHR BABY VERMUTLICH SCHON BEKOMMEN HATTE, einmal ganz abgesehen.

Viele, viele Dinge wären in den vergangenen zehn Jahren geschehen.

Eine Million Dinge. Eine Milliarde Dinge. Eine Trillion Dinge!

Wenn es nicht so beängstigend wäre, wäre es richtig faszinierend. Sie musste diese … diese Sache klären, ein für alle Mal. Und zwar fix! Zack, zack, wie Frannie sagen würde. Ob Frannie noch am Leben war? Alte Damen starben nun einmal, damit musste man rechnen. Man durfte sich nicht einmal übermäßig erschüttert zeigen. Bitte mach, dass Frannie noch am Leben ist! Bitte mach, dass alle noch am Leben sind! »In unserer Familie wird keiner mehr sterben«, hatte Elisabeth ihr versichert, als sie zehn und Alice neun Jahre alt war. »Das wäre nämlich nicht gerecht.« Damals, als sie noch Kinder waren, hatte Alice Elisabeth jedes Wort geglaubt.

Womöglich war Elisabeth gestorben? Oder Nick? Oder Mum? Oder das Baby? (*Es tut mir leid … aber ich kann keine Herztöne feststellen.*)

Zum ersten Mal seit vielen Jahren überkam Alice jenes Gefühl, das sie als kleines Mädchen nach dem Tod ihres Vaters so häufig verspürt hatte, eine namenlose Angst, noch jemand, den sie liebte, könnte sterben. Am liebsten hätte sie alle, an denen sie hing, um sich geschart und sie unter ihrem Bett bei ihren Lieblingspuppen versteckt, wo sie in Sicherheit wären. Es kam vor, dass die Angst ihr regelrecht die Kehle zuschnürte und sie keine Luft mehr bekam, sodass Elisabeth ihr eine braune Papiertüte bringen musste, in die sie atmete.

»Vielleicht werde ich eine Tüte brauchen«, sagte Alice zu der Ärztin. Im nächsten Augenblick dachte sie: Das ist ja lächerlich. Ich bin doch kein Kind mehr, das beim Gedanken an den Tod eines Menschen hyperventiliert.

»Eine Tüte?«

»Ich meine, eine Tasche«, verbesserte sich Alice. »Ich hatte einen roten Rucksack mit einem Aufkleber dabei. Sie wissen nicht zufällig, wo der geblieben ist?«

Die Ärztin schien leicht verstimmt über diese Frage, die nicht in ihren Zuständigkeitsbereich fiel, antwortete dann aber: »Ach so, ja, doch, der ist hier. Möchten Sie ihn haben?« Sie hielt den merkwürdigen Rucksack, der auf einem Regal an der Wand lag, hoch. Alice betrachtete ihn misstrauisch.

»Nein. Das heißt, ja, doch. Bitte.«

Die Ärztin reichte ihr den Rucksack. »Ruhen Sie sich ein wenig aus, bis jemand kommt, der Sie nach oben auf eine Station bringt. Es tut mir leid, dass Sie so lange warten müssen, aber so ist das nun mal in Krankenhäusern.« Sie tätschelte Alice mütterlich die Schulter und verließ dann das Zimmer mit schnellen Schritten, so als sei ihr plötzlich eingefallen, dass noch andere Patienten auf sie warteten.

Alice fuhr über die drei glänzenden Dinosaurierapplikationen auf der Klappe des Rucksacks. In den Sprechblasen, die alle drei hatten, stand entweder DINOSAURIER HERRSCHEN! oder DINOSAURIER ROCKEN! Sie schaute auf die Applikation an ihrem Top und zog sie ab. Sie passte eindeutig zu jenen auf der Tasche.

Sie brachte sie wieder an (irgendwie fühlte sie einen inneren Zwang, dies zu tun) und wartete darauf, dass sich ein Gefühl oder eine Erinnerung einstellte.

Gehörten diese Applikationen der Rosine? Ihr Verstand scheute vor diesem Gedanken zurück wie ein verängstigtes Tier. Sie wollte das nicht wissen. Sie wollte kein ausgewachsenes Kind. Sie wollte ihr eigenes kleines zukünftiges Baby zurück.

Das durfte alles nicht wahr sein.

Aber es ist so, also reiß dich zusammen, Alice.

Als sie den Rucksack öffnete, fiel ihr Blick auf ihre Fingernägel.

Sie hielt ihre Hände hoch, die Handrücken zu sich gedreht. Ihre Nägel waren wunderschön in Form gefeilt und lang und in einem hellen Beige lackiert. Normalerweise waren sie immer kurz und eingerissen und schwarz gerändert von der Gartenarbeit oder den Malerarbeiten oder von irgendeiner anderen handwerklichen Tätigkeit, die die Renovierung des Hauses mit sich brachte. Nur ein einziges Mal hatten ihre Hände so ausgesehen wie jetzt – als sie sie für ihre Hochzeit hatte maniküren lassen. In den Flitterwochen hatte sie Nick in einem fort mit den Händen vor dem Gesicht herumgewedelt und gesagt:

»Schau mal, ich bin eine richtige Dame!«

Von den Nägeln einmal abgesehen sahen ihre Hände immer noch wie ihre Hände aus. Es waren schöne Hände. Sie trug keinen Schmuck, aber das war nicht ungewöhnlich. Ihre Ringe steckte sie sich nur zu besonderen Anlässen an, weil sie sonst ständig irgendwo hängen blieb, besonders, wenn sie mit Renovierungsarbeiten beschäftigt war. Sie hielt ihre linke Hand hoch und sah den schmalen weißen Streifen am Ringfinger – von einem Trauring. Ein Gefühl des Losgelöstseins überkam sie, so wie kurz zuvor, als sie die silbrigen Spuren von Schwangerschaftsstreifen auf ihrem Bauch entdeckt hatte. Ihr Verstand glaubte, alles sei noch so wie früher, aber ihr Körper erzählte ihr, dass die Zeit ohne sie weitergegangen war.

Die Zeit. Langsam hob sie die Hände und legte sie sich aufs Gesicht. Da sie angeblich Einladungen für die Party zu ihrem vierzigsten Geburtstag verschickt hatte (im Geist schnappte sie bei diesem Gedanken erschrocken nach Luft), musste ihr Gesicht sich verändert haben. Gealtert sein. Über dem Waschbecken in der vorderen Ecke des Zimmers hing ein Spiegel. Sie konnte ihre Füße mit den kurzen weißen Socken darin sehen. Eine von den Krankenschwestern, die immer wieder hereingeschneit kamen, hatte ihr ihre seltsamen Turnschuhe, klobige

Gummidinger, ausgezogen und neben dem Bett auf den Boden gestellt. Alice überlegte, ob sie aufstehen und zu dem Spiegel gehen sollte.

Vermutlich war Aufstehen streng verboten. Sie hatte schließlich eine Kopfverletzung. Sie könnte ohnmächtig werden und sich den Kopf ein zweites Mal anschlagen. Gesagt hatte ihr niemand, sie dürfe auf keinen Fall aufstehen, wohl weil alle dachten, das verstehe sich von selbst.

Sie sollte wirklich einen Blick in den Spiegel werfen. Andererseits wollte sie sich gar nicht sehen. Sie wollte es nicht wissen. Sie wollte nicht, dass das Wirklichkeit war. Außerdem hatte sie im Moment keine Zeit. Sie musste nachgucken, was in der Tasche war. Mit schnellen Bewegungen machte sie die Schnallen der Rucksackgurte auf und steckte dann die Hand hinein wie in einen Grabbelsack. Heraus zog sie … ein Handtuch.

Ein schlichtes, unauffälliges, sauberes blaues Badetuch. Alice betrachtete es und war über alle Maßen peinlich berührt. Sie kramte in irgendjemandes persönlichen Dingen herum. Jane Turner hatte offenbar irgendeine Tasche geschnappt und behauptet, es sei ihre. Typisch Jane! Immer ungeduldig, immer alles besser wissend.

Na schön.

Alice betrachtete abermals ihre wunderschön manikürten Fingernägel, steckte die Hand dann wieder in den Rucksack und zog eine zusammengelegte Plastiktüte heraus. Sie war von Country Road. Oooh, von diesem teuren Laden! Sie öffnete die Tüte, drehte sie um und ließ den Inhalt auf ihren Schoß gleiten.

Damenkleidung. Unterwäsche. Ein rotes Kleid. Eine cremefarbene Strickjacke, die mit einem einzigen großen Holzknopf geschlossen wurde. Kniehohe beige Stiefel. Eine kleine Schmuckschatulle.

Die Unterwäsche war aus cremefarbenem Satin und mit

Spitze eingefasst. Alice trug Unterwäsche, die im Allgemeinen verwaschen und eher verspielt war: lustige Seepferdchen auf den Slips und lila Baumwoll-BHs mit Vorderverschluss.

Sie hielt das Kleid hoch. Es war wunderschön, ein schlichter Schnitt aus einem seidigen, mit kleinen Blumen bedruckten Stoff. Ihr fiel auf, dass das helle Beige der Strickjacke exakt zur Farbe der kleinen Blumen passte.

Alice warf einen Blick auf das Etikett. Größe 36. Das war ihr zu klein. Das konnte nicht ihr Kleid sein.

Sie legte die Sachen wieder zusammen und öffnete die Schmuckschatulle. Sie nahm eine dünne goldene Halskette mit einem großen Topas heraus. Der Stein war zwar zu groß für ihren Geschmack, aber als sie die Kette an das Kleid hielt, musste sie zugeben, dass sie ausgezeichnet dazu passte. Wem immer diese Sachen gehören mochten, Geschmack hatte sie jedenfalls.

Es lag noch ein Schmuckstück in der Schatulle, Alice' goldenes Tiffany-Armband mit den Talismanen.

»Was machst du denn hier?«, murmelte Alice. Sie legte sich das Armband um und fühlte sich mit einem Mal so sicher und geborgen, als ob Nick endlich da wäre.

Er hatte ihr das Armband einen Tag, nachdem sie von ihrer Schwangerschaft erfahren hatte, gekauft. Es war ihr gar nicht recht gewesen, dass er so viel ausgegeben hatte, weil sie unter »schwerem finanziellen Stress« litten, wie Nick es ausdrückte, da sämtliche Arbeiten am Haus mehr Geld verschlangen, als ursprünglich veranschlagt. Aber Nick hatte gemeint, das könnten sie unter »außergewöhnliche Belastungen« absetzen, weil es ja außergewöhnlich war, dass sie ein Kind bekämen.

Die Rosine war an einem Mittwochabend gezeugt worden. Das war ein ziemlich gewöhnlicher Abend für ein so einschneidendes Ereignis, und der Sex war nicht einmal besonders leidenschaftlich oder romantisch gewesen. Im Fernsehen war nichts Gescheites gekommen. Nick hatte gegähnt und gemeint: »Wir sollten den Flur streichen«, worauf Alice erwiderte: »Ach was, lass uns vögeln«, und Nick gähnte abermals und meinte: »Mmmm, meinetwegen.« Und als sie entdeckten, dass im Nachttischchen keine Kondome mehr lagen, waren sie bereits viel zu sehr bei der Sache, und keiner hatte Lust, aufzustehen und ein Kondom aus dem Bad zu holen. Und außerdem war es ein gewöhnlicher Mittwoch, und es war ja nur dieses eine Mal, und verheiratet waren sie schließlich auch. Verheiratete Paare durften ein Kind zeugen, deshalb war es im Grunde unwahrscheinlich, dass es wirklich passierte. Tags darauf stellte Alice fest, dass ganz hinten in der Nachttischschublade doch noch ein Kondom gewesen wäre. Sie hätte die Hand nur ein kleines Stückchen weiter ausstrecken müssen. Doch da war es bereits zu spät. Die Rosine hatte schon alles Erforderliche in die Wege geleitet, um ein Mensch zu werden.

Am Tag nach den acht positiven Schwangerschaftstests (sie hatten auf Nummer sicher gehen wollen) hatte Nick, als er von der Arbeit nach Hause kam, ihr ein kleines, hübsch eingewickeltes Päckchen überreicht. Auf der beigefügten Karte stand: »Für die Mutter meines Kindes«. In dem Päckchen war das Armband gewesen.

Alice liebte dieses Armband mehr als ihren Verlobungsring.

Na ja, wenn sie ganz ehrlich war, liebte sie ihren Verlobungsring überhaupt nicht. Eigentlich konnte sie ihn nicht ausstehen.

Das hatte sie nie irgendjemandem erzählt. Es war ihr einziges tiefes, sorgfältig gehütetes Geheimnis – ein Jammer, dass es nicht pikanter war. Der Ring, ein antikes Schmuckstück aus dem frühen 20. Jahrhundert, hatte Nicks Großmutter gehört. Alice hatte Granny Love nie kennengelernt, doch nach allem, was sie über sie gehört hatte, musste sie eine zwar bewundernswerte, aber auch Furcht einflößende Frau gewesen sein. Nicks vier Schwestern, die Zicken, wie Nick sie nicht ohne Grund nannte, waren alle ganz scharf auf diesen Ring. Als Granny Love ihn Nick vermachte, hatte das für eine Menge böses Blut gesorgt. Es gab immer eine von den Zicken, die Alice an der linken Hand packte und wimmerte: »Schmuck wie diesen bekommt man heute einfach nicht mehr!«

Alice fand den Ring hässlich. Es war ein großer, von Diamanten eingefasster Smaragd in Form einer Blüte. Er erinnerte sie an eine Hibiskusblüte, und Hibiskus hatte sie noch nie sonderlich gemocht. Aber anscheinend hatte sie keine Ahnung, denn jedes zweite Mädchen fand den Ring einfach *göttlich*, und allem Anschein nach war er ein kleines Vermögen wert.

Und das war das zweite Problem an der ganzen Sache. Der Ring war das teuerste Schmuckstück, das Alice je besessen hatte, und Alice neigte dazu, Dinge zu verlieren. Und zwar ständig. Wie oft schon war sie den Weg, den sie gekommen war, noch einmal zurückgegangen, hatte den Mülleimer umgedreht, in Bahnhöfen, Restaurants und Supermärkten angerufen, ob sie vielleicht ihren Geldbeutel oder ihre Sonnenbrille oder ihren Schirm hatte liegen lassen.

»O *nein*!«, hatte Elisabeth ausgerufen, als sie hörte, dass Alice' Ring ein unersetzliches Familienerbstück war. »Vielleicht solltest du ihn dir irgendwie chirurgisch am Finger befestigen lassen.«

Vorsichtshalber ließ Alice den Ring meistens zu Hause. Sie trug ihn nur zu besonderen Anlässen oder wenn sie sich mit den Zicken traf. Sonst hatte sie nur ihren schlichten goldenen Ehering oder gar nichts am Finger. Sie war ohnehin nie der Schmuck tragende Typ gewesen.

Das goldene Tiffany-Armband jedoch liebte sie über alles.

Es kam ihr wie ein Symbol für all die wunderbaren Dinge

vor, die ihr in den letzten paar Jahren widerfahren waren – Nick, das Baby, das Haus.

Als sie das Armband um ihr Handgelenk gelegt und den Verschluss geschlossen hatte, ließ sie den Kopf in das weiße Krankenhauskissen sinken und drückte den Rucksack an ihren Bauch. Ihr kam der Gedanke, dass es wahrscheinlich eine Million Armbänder wie dieses gab und es genauso gut jemand anders gehören könnte. Schließlich hatte sie sonst keins von den Dingen in der Tasche wiedererkannt. Aber irgendwie wusste sie, dass das Armband ihr gehörte.

Allmählich verlor sie die Geduld mit sich.

Reiß dich gefälligst zusammen! Erinnere dich! Warum stellst du dich immer so dumm an? Warum passieren solche Dinge immer dir?

Wütend fuhr sie mit der Hand in den Rucksack und zog eine Brieftasche heraus, ein langes, exklusives Rechteck aus schwarzem Leder. Sie drehte es hin und her, bemerkte den winzigen, diskreten, eingeprägten Schriftzug. Gucci. Du meine Güte! Sie klappte die Brieftasche auf, und das Erste, was sie sah, war ihr eigenes Gesicht, das sie von einem Führerscheinfoto anstarrte. Ihr Gesicht. Ihr Name. Ihre Adresse.

So, jetzt hatte sie den Beweis, dass der Rucksack ihr gehörte.

Obwohl das Foto eine dieser unscharfen Aufnahmen war, konnte sie erkennen, dass sie eine weiße Bluse und eine lange schwarze Perlenkette trug. Eine lange Perlenkette? War aus ihr die Sorte Frau geworden, die lange Perlenketten trug? Ihre knapp schulterlangen Haare schienen in einem sehr hellen Blond gefärbt. Sie hatte sich die Haare schneiden lassen! Nick hatte ihr einmal das Versprechen abgenommen, sich nie ihre langen Haare schneiden zu lassen. Alice hatte das damals außerordentlich romantisch gefunden. Elisabeth dagegen hatte ein würgendes Geräusch von sich gegeben und gemeint: »Du kannst doch nicht versprechen, mit vierzig immer noch wie eine Vierzehnjährige herumzulaufen!«

Mit vierzig.

Oh.

Alice hob zögerlich einen Arm und fasste sich an den Hinterkopf. Sie hatte am Rande wahrgenommen, dass ihre Haare zu einem Pferdeschwanz zusammengebunden waren. Jetzt merkte sie, dass es eher ein Rattenschwänzchen war. Sie zog das Gummiband ab und fuhr sich mit den Fingern durch die Haare. Sie waren sogar noch kürzer als auf dem Führerscheinfoto. Ob Nick das gefiel? Sie würde später sehr tapfer sein und sich im Spiegel betrachten müssen.

Später. Jetzt war sie noch zu beschäftigt. Es eilte ja nicht.

Sie steckte den Führerschein in sein Fach zurück und schaute nach, was sonst noch alles in der Brieftasche war. Verschiedene Kredit- und Bankkarten mit ihrem aufgedruckten Namen auf der Vorderseite, darunter auch eine goldene American-Express-Karte. War Letztere nicht so eine Art Statussymbol für Leute, die auch einen BMW fuhren? Ein Büchereiausweis. Ein Mitgliedsausweis des Automobilklubs. Eine Krankenkassenkarte. Eine schlichte weiße Visitenkarte eines gewissen Michael Boyle, *staatl. geprüfter Physiotherapeut*. Eine Melbourner Adresse. Alice drehte die Karte um. Auf der Rückseite stand handgeschrieben: *Alice, wir haben uns gut eingelebt und fühlen uns wohl. Ich denke oft an dich und glücklichere Zeiten. Du kannst mich jederzeit anrufen. Mike.*

Sie ließ die Karte in den Schoß fallen. Glücklichere Zeiten? Was sollte diese wichtigtuerische Anspielung? Sie wollte keine glücklicheren Zeiten mit einem Physiotherapeuten in Melbourne erlebt haben. Dieser Michael Boyle hörte sich grauenvoll an. Alice stellte sich einen dickbäuchigen Typ mit schütteren Haaren, weichen Händen und feuchten Lippen vor.

Wo zum Teufel blieb eigentlich Nick?

Ob Jane vergessen hatte, ihn anzurufen? Sie hatte sich im Fitnessstudio so merkwürdig benommen. Sie hätte ihn selbst anrufen sollen, sagte sich Alice, ihm erklären, wie ernst die Sache war und dass er unbedingt kommen musste, und zwar auf der Stelle. Wieso war sie nicht eher darauf gekommen? Plötzlich konnte sie es kaum erwarten, Nicks vertraute, wunderbare Stimme zu hören. Ein merkwürdiges Gefühl beschlich sie, so als hätte sie seit einer Ewigkeit nicht mehr mit ihm gesprochen.

Hektisch blickte sie sich in dem kleinen Raum um, doch natürlich gab es hier nirgends ein Telefon. Hier gab es überhaupt nichts außer dem Waschbecken, dem Spiegel und einem Hinweis zu korrektem Händewaschen.

Ein Handy! Das war genau das, was sie jetzt brauchte. Sie hatte ihr erstes Mobiltelefon erst kurz zuvor bekommen. Es war ein altes Ding, das Nicks Vater gehört hatte und von einem Gummiband zusammengehalten wurde, ansonsten aber einwandfrei funktionierte. Irgendetwas sagte ihr, dass sie inzwischen vermutlich ein besseres, teureres Handy besaß. Und so war es auch. Als sie die Reißverschlusstasche vorne an dem Rucksack öffnete, fand sie ein elegantes, glänzendes silberfarbenes Handy darin, so als hätte sie gewusst, dass es dort sein musste. (Hatte sie es gewusst? Sie konnte es nicht sagen.)

In der Tasche befand sich auch ein ledergebundener Terminkalender. Alice schlug ihn hastig auf. Mit geradezu morbider Faszination blätterte sie die Seiten um, die in ihrer eigenen Handschrift beschrieben waren. Und oben auf jeder Seite stand schwarz auf weiß 2008. 2008, 2008, 2008. Sie ließ den Terminkalender fallen und griff nach dem Handy. Ihr Atem ging so flach, als hätte man ihr eine schwere Eisenstange auf die Brust geknallt.

Sie fragte sich eine Sekunde lang, ob sie überhaupt mit diesem seltsamen Telefon umgehen könnte. Technik war nicht gerade ihre Stärke, aber ihre elegant manikürten Finger schienen genau zu wissen, was zu tun war. Sie drückten die Silberknöpfe auf beiden Seiten, und das Handy klappte auf. Alice gab die Durchwahl von Nicks Büro ein und hielt das Telefon ans Ohr. Es klingelte. *Bitte geh ran! Bitte geh ran!* Wahrscheinlich würde sie vor Erleichterung, seine Stimme zu hören, in Schluchzer ausbrechen.

»Hallo, Verkaufsabteilung hier?«

Die Jungmädchenstimme schäumte über vor guter Laune.

Im Hintergrund war dröhnendes Gelächter zu hören.

»Ist Nick da?«, fragte Alice. »Nick Love?«

Eine kleine Pause. Als die junge Frau wieder sprach, klang ihre Stimme, als sei sie scharf zurechtgewiesen worden. Das Gelächter im Hintergrund verstummte abrupt. »Es tut mir leid, das ist der falsche Apparat, aber wenn Sie möchten, stelle ich Sie zu Mr. Loves persönlicher Assistentin durch.«

Die Tatsache, dass Nick jetzt eine persönliche Assistentin hatte, brachte Alice eine Sekunde aus der Fassung. Eine persönliche Assistentin. Wie nobel.

In einem Ton, als hätte Alice protestiert, fuhr die junge Frau fort: »Mr. Love hält sich diese Woche in Portugal auf, aber seine Assistentin kann Ihnen sicher weiterhelfen.«

Portugal! »Was macht er denn in Portugal?«, fragte Alice.

»Nun, es handelt sich meines Wissens um eine internationale Konferenz«, erwiderte die junge Frau zögernd. »Am besten, ich verbinde Sie weiter …«

Portugal und eine persönliche Assistentin. Das konnte nur bedeuten, Nick war befördert worden. Darauf würden sie mit Champagner anstoßen müssen!

»Äh … welche Position bekleidet Mr. Love gleich noch mal?«, fragte Alice (ganz schön raffiniert!).

»Er ist der Geschäftsführer«, antwortete die junge Frau in einem Das-weiß-doch-jeder-Tonfall.

Großer Gott!

Nick hatte den Job des Despotenarschs Megatron!

Das war mehr als eine einzige Beförderung. Das war ein gigantischer Superman-Sprung die Karriereleiter hinauf. Die Vorstellung, dass *Nick* durch die Firma stolzierte und den Leuten Anweisungen erteilte, erfüllte Alice mit Stolz und dem Verlangen, loszuprusten. Würden die Leute ihn nicht einfach auslachen?

»Ich werde Sie mit seiner persönlichen Assistentin verbinden«, sagte die junge Frau mit Bestimmtheit. Es klickte in der Leitung.

Nach kurzem Klingeln meldete sich eine kultivierte Frauenstimme. »Vorzimmer Mr. Love, Sie sprechen mit Annabelle, was kann ich für Sie tun?«

»Oh«, machte Alice. »Hier ist Nicks ... äh ... Mr. Loves Frau. Eigentlich wollte ich meinen Mann sprechen, aber ... äh ...«

Annabelles Stimme wurde rasiermesserscharf. »Hallo, Alice. Wie geht es Ihnen?«

»Nun, ehrlich gesagt ...«

»Wie Sie sicherlich wissen, kehrt Nick erst Sonntagmorgen nach Sydney zurück. Falls es sehr dringend ist, kann ich natürlich versuchen, ihn zu erreichen, aber ich würde ihn nur höchst ungern stören. Sein Terminkalender ist randvoll.«

»Oh«, machte Alice abermals. Warum war diese Person so gemein zu ihr? Offenbar kannte sie sie. Was hatte Alice ihr getan, dass sie ihr so unsympathisch war?

»Also? Kann es warten oder nicht, Alice?«

Sie bildete sich das nicht ein; Annabelles Stimme triefte regelrecht vor Hass. Alice' Kopfschmerzen wurden stärker. Am liebsten hätte sie gefaucht: »He, Lady, ich bin im Krankenhaus! Man hat mich mit dem *Krankenwagen* eingeliefert!«

»Du solltest dir nicht immer alles gefallen lassen«, rügte Elisabeth sie ständig. Manchmal, nach irgendeinem Zwischenfall, den Alice längst vergessen hatte, sagte Elisabeth zu ihr: »Mir ist die ganze Nacht im Kopf herumgegangen, was diese Frau in der Apotheke zu dir gesagt hat. Ich kann nicht glauben, dass du das einfach hingenommen hast! Du hast überhaupt kein Rückgrat!« Alice klappte dann in sich zusammen und sank auf den Fußboden, um ihren Mangel an Rückgrat unter Beweis zu stellen, und Elisabeth seufzte gereizt: »O mein Gott!«

Das Problem war, dass Alice eine gewisse Vorlaufzeit brauchte, um Selbstbewusstsein demonstrieren zu können. Von solchen Situationen wurde sie immer überrumpelt, und sie benötigte nun einmal ein paar Stunden, um die Dinge gründlich zu überdenken. Hatten es die Leute wirklich böse gemeint oder war sie nur überempfindlich? Was, wenn sie nun an diesem Morgen erfahren hatten, dass sie unheilbar krank waren, und deshalb ein Recht auf schlechte Laune hatten?

Sie wollte gerade ein paar flehentliche, rührselige Worte stammeln, als ihr Körper gegen ihren Willen einen ihr völlig fremden Handlungsablauf in Gang setzte. Ihr Rücken richtete sich kerzengerade auf. Ihr Kinn reckte sich in die Höhe. Ihre Bauchmuskeln strafften sich. Als sie zu sprechen anfing, erkannte sie ihre eigene Stimme nicht wieder, so hart und scharf und ausgesprochen arrogant klang sie. »Nein, es kann nicht warten«, herrschte sie Nicks Assistentin an. »Es ist dringend. Ich hatte einen Unfall. Nick möchte mich so schnell wie möglich anrufen.«

Alice hätte nicht erstaunter sein können, wenn sie unversehens einen dreifachen Salto rückwärts geschlagen hätte.

»Gut, ich werde sehen, was sich machen lässt«, antwortete die Frau mit unverhohlener Verachtung.

»Danke.«

Alice beendete das Gespräch. Das Handy noch am Ohr zischte sie: »Blöde Kuh! Elendes Miststück! Schlampe!« Sie spie die Wörter aus ihrem Mundwinkel wie eine giftige Schrotladung.

Sie schluckte. Sie hatte sich schon wieder selbst überrascht. Sie hörte sich an wie eins dieser tätowierten Mädchen bei einem Ringerinnenschaukampf.

In diesem Moment klingelte das Handy, das sie noch in der Hand hielt, und sie fuhr erschrocken zusammen.

Das ist bestimmt Nick, dachte sie grenzenlos erleichtert. Auch dieses Mal wussten ihre Finger, welche Taste sie drücken mussten: die mit dem grünen Telefonsymbol. »Nick?«, fragte sie hoffnungsvoll.

Eine mürrische Kinderstimme antwortete: »Mummy?«

5

GEISTREICHE GEDANKEN EINER URGROSSMAMA!

Bin heute schlecht gelaunt. Ich hoffe, ihr nehmt es mir nicht übel, dass ich Dampf ablassen muss, wie die jungen Leute sagen. (Eigentlich mag ich den Ausdruck nicht, aber Sprache hat so etwas Ansteckendes!)

Wie viele von euch wissen, bin ich Vorsitzende des Komitees für Geselligkeit hier in unserer Seniorenresidenz Waldfrieden. Seit Monaten bereiten wir eine Familientalentshow vor. Sie soll nächsten Mittwoch stattfinden. Jeder von uns hat Angehörige, also Kinder, Enkelkinder und so weiter, die auftreten und irgendwelche Darbietungen zum Besten geben werden. Wird bestimmt ein Mordsspaß! Na ja, einige Darbietungen werden sicherlich grauenvoll sein, aber wenigstens werden sie uns eine Weile von unseren arthritischen Knochen ablenken.

Heute nun nahm ein neuer Mitbewohner an der Versammlung unseres Komitees teil. Ich freue mich über jeden, der frische Ideen mitbringt, deshalb habe ich auch Herrn X. herzlich willkommen geheißen. (Ich glaube zwar nicht, dass irgendjemand vom Waldfrieden meinen Blog liest – für die meisten alten Leutchen hier ist das Internet ein Buch mit sieben Siegeln –, aber ich möchte dennoch den richtigen Namen des Mitbewohners nicht nennen.)

Herr X. hatte eine Unmenge Vorschläge. Bei unserer Familientalentshow wollen wir Tee, Kaffee, Sandwiches und Gebäck anbieten. Fragte doch Herr X., warum wir keine *Cocktailbar* aufbauen. Er habe einmal ein Jahr als Barkeeper auf irgendeiner Karibikinsel gearbeitet, meinte er, und sei imstande, einen Cocktail zu mixen, der mir »garantiert die Schuhe von den Füßen reißt«. Das ist kein Witz. Genau das waren seine Worte.

Dann sagte er noch, er kenne da jemanden, die nicht direkt zu seiner Familie gehöre, ob sie dennoch auftreten dürfe? Ja, natürlich, antwortete ich. Wunderbar, meinte er, ihre Poledance-Nummer sei nämlich vom Allerfeinsten. Die Männer brüllten vor Lachen und schlugen sich auf die Schenkel. Das ist überhaupt nicht komisch, Leute! Das ist sexistisch. Und ordinär. Sogar ein paar Frauen kicherten mit. Rita lachte wie eine Bekloppte. Sie leidet an Altersdemenz, aber trotzdem!

Es war total merkwürdig. Ich hatte das völlig absurde, peinliche Verlangen, in Tränen auszubrechen. Auf einmal fühlte ich mich wie vor meiner allerersten Klasse nach dem Lehrerseminar. (Für diejenigen unter euch, die den Abschnitt »Über mich« nicht gelesen haben: Ich habe zwanzig Jahre lang Mathematik unterrichtet. Zehn davon als stellvertretende Schulleiterin. Weitere zehn als Schulleiterin. Ich habe mein ganzes Leben dem Bildungssystem gewidmet.) In meiner Klasse war ein Junge namens Frank Neary. Ich sehe sein verschlagenes Gesicht heute noch vor mir. Er war ein kluger Kopf, aber aufmüpfig. Riss immerzu Witze und brachte die anderen Jungs zum Lachen. Ich kam mir so humorlos und langweilig vor. Wie eine vertrocknete alte Jungfer.

Es gab natürlich in jeder Klasse immer einen Frank Neary, und ich lernte bald, wie ich diese Bengel mürbe machen konnte, dass ihnen Hören und Sehen verging. Aber in jenem ersten Jahr war ich ein unerfahrener Grünschnabel, und Frank gab mir das Gefühl, absolut keinen Spaß zu verstehen. Und genau das gleiche Gefühl hatte ich heute wieder.

Dabei habe ich wirklich Sinn für Humor, Leute! Es ist nicht so, als ob ich einen guten Witz nicht zu schätzen wüsste. Aber Poledance? Findet das einer von euch etwa zum Lachen?

Als Nächstes stand dieses leicht umstrittene Outing, das ich in meinem letzten Beitrag erwähnte, auf der Tagesordnung. (Damit habe ich offenbar in ein Wespennest gestochen, wie eure zahlreichen Kommentare zeigten!) Ich dachte mir gleich, dass Herr X. mich in diesem Punkt sicher nicht unterstützen würde, und ich sollte …

ICH UNTERBRECHE FÜR EINE WICHTIGE NACHRICHT!

Ach herrje, ich bin ganz durcheinander! Ich habe gerade einen Anruf von meiner »Tochter« Barb bekommen, dass meine »Enkelin« Alice in ihrem Fitnessstudio (das sie meiner Meinung nach viel zu oft besucht) böse gestürzt ist und ins Krankenhaus eingeliefert wurde. Diese Nachricht erschüttert mich umso mehr, als Alice gerade eine ganze Menge durchmacht und ein folgenschwerer Unfall das Letzte ist, was sie brauchen kann. Anscheinend leidet sie aufgrund einer Kopfverletzung an Gedächtnisschwund und glaubt, wir hätten das Jahr 1998. Allmächtiger! Sie wird ihr Erinnerungsvermögen sicher bald zurückerlangen, aber ich mache mir dennoch schreckliche Sorgen. Wie unwichtig meine eigenen Probleme doch dagegen sind! Ich werde für heute Schluss machen und mich wieder melden, sobald ich etwas Neues weiß.

KOMMENTARE

Beryl schreibt:
Ich bin ganz deiner Meinung, Frannie! Sag diesem furchtbaren Herrn X., dass er in eurem Komitee nichts zu suchen hat! Und unsere besten Wünsche für Alice. Wir werden für sie beten.

Anonymus schreibt:
Ich bin möglicherweise der einzige Mann, der seine Meinung in diesem Blog äußert, aber auch auf die Gefahr hin, von euch Frauen niedergebrüllt zu werden, frage ich euch: Was ist denn so schlimm an einer Cocktailbar auf eurem Familienabend? Ich finde das eine tolle Idee und breche hiermit eine Lanze für Herrn X. (Entschuldige, Frannie, aber ich muss auch darüber lachen! Sei nicht so streng mit dem Knaben. Er wollte doch bloß die Atmosphäre ein bisschen auflockern.)

Doris aus Dallas schreibt:
Vielleicht solltest du Herrn X. zu einem Drink und einem Gespräch unter vier Augen einladen? Geh mit weiblicher List zu Werke, bezirze ihn! Du könntest ihm deine Käse-Zwiebel-Quiche backen, von der du in einem früheren Beitrag berichtet hast.

PS: Warum eigentlich die Gänsefüßchen bei »Tochter« und »Enkelin«?

Groovy Granny schreibt:
Arme Frannie! Arme Alice. Es stimmt schon, ein Unglück kommt selten allein. Halte uns auf dem Laufenden.

Lady Jane schreibt:
Sag Alice, dass ich einmal in der Abteilung für Tiefkühlkost bei Woolworth's umgekippt bin. Als ich wieder zu mir kam und nach meinem Namen gefragt wurde, gab ich meinen Mädchennamen an, obwohl ich zu dem Zeitpunkt schon seit dreiundvierzig Jahren verheiratet war! Es ist wirklich komisch, was für Streiche einem der Verstand manchmal spielt.

Frank Neary schreibt:
Hallo, Miss Jeffrey! Als ich heute meinen eigenen Namen googelte, stieß ich auf Ihren Blog. Es tut mir leid, dass ich so ein Klugscheißer war, aber ich habe Ihren Matheunterricht in allerbester Erinnerung. Ich glaube, ich war sogar ein klein wenig in Sie verknallt. Heute bin ich im Ingenieurwesen tätig, und ich bin überzeugt, dass ich meine erfolgreiche Karriere nur Ihnen und Ihrer unermüdlichen Arbeit zu verdanken habe.

Mad Mabel schreibt:
Habe deinen Blog erst vor Kurzem entdeckt. Glückwunsch! Was für ein Lesespaß! Auch ich bin eine Großmama, allerdings von der anderen Seite der Welt (Indiana, USA!), und spiele mit dem Gedanken, meinen eigenen Blog zu starten. Eine Frage: Was sagt deine Familie dazu, dass du über sie schreibst? Ich könnte mir vorstellen, meine Familie wäre nicht so begeistert darüber.

AB74 schreibt:
War das wirklich der *Frank Neary, dein ehemaliger Schüler, der geantwortet hat? Das wäre ja ein Ding! Wenn das kein gutes Beispiel für die Macht des Internets ist!*

*

»Mummy?«, wiederholte das Kind, ungeduldiger dieses Mal.

Alice konnte nicht sagen, ob es sich um einen Jungen oder ein Mädchen handelte. Es war eine Kinderstimme wie jede andere, hastig, eine Spur näselnd, geräuschvoll atmend. Irgendwie liebenswert. Abgesehen von den gelegentlichen Anrufen zum Geburtstag, wenn sie einem oder einer von Nicks Neffen oder Nichten mit gestelzten Worten gratulierte, telefonierte sie so gut wie nie mit einem Kind. Aber sie war jedes Mal verblüfft über ihre reizenden, lieblichen Stimmen. In Fleisch und Blut wirkten sie so viel größer und Furcht einflößender und schmutziger.

Ihre Hand war feucht geworden. Sie schloss die Finger fester um das Telefon, fuhr sich mit der Zungenspitze über die Lippen und krächzte rau: »Hallo?«

»Mummy! *Ich* bin's doch!« Die Kinderstimme sprudelte aus dem Handy und scheinbar direkt in ihr Ohr. »Warum hast du gedacht, es wär Dad? Hat er dich von Portugal aus angerufen? Oh! Wenn du mit ihm sprichst, sag ihm bitte, das Xbox-Spiel, das ich mir wünsche, heißt *Lost Planet, Extreme Condition*! Hast du das? Ich glaub nämlich, ich hab ihm den falschen Namen genannt! Hör zu, Mummy, das ist wirklich wichtig, schreib es dir bitte auf, ja? Ich wiederhol es noch mal, ganz langsam zum Mitschreiben. Pass auf: *Lost … Pla-net … Ext-reme … Con-dition.* Hast du's? Wo bist du überhaupt? Ich hab Schwimmen, und du weißt doch, dass ich unbedingt pünktlich sein will, sonst muss ich wieder dieses dämliche Paddelbrett nehmen. Oh, da kommt Onkel Ben! Fährt er uns heute zum Schwimmen? Okay! Cool! Warum hast du uns nichts davon gesagt? HI, ONKEL BEN! Okay, ich muss jetzt los, bis später, Mummy!«

Ein Rauschen, ein dumpfer Knall, Kindergeschrei in der Ferne, eine Männerstimme, die rief: »Hallo, Sportsfreund!«, und dann war die Leitung tot.

Alice ließ das Handy in ihren Schoß fallen und starrte durch die offene Tür in den Krankenhauskorridor. Jemand mit einer grünen Duschkappe auf dem Kopf eilte vorbei und sagte laut: »Jetzt reicht's mir aber!« Irgendwo weiter weg schrie ein Neugeborenes.

Hatte sie gerade mit der *Rosine* gesprochen?

Sie wusste nicht einmal Rosines richtigen Namen. Sie stritten noch darüber, wie das Kind heißen sollte. Nick war für »Tom« – ein »ehrlicher, rechtschaffener Name für einen Mann« – und Alice war für »Ethan«, weil der Name sexy klang und Erfolg verhieß. Sollte die Rosine ein Mädchen werden, wollte Alice es »Madeline« nennen und Nick »Addison«. Ein Mädchen brauchte offenbar keinen »ehrlichen, rechtschaffenen« Namen.

Ich kann doch nicht die Mutter eines Kindes sein und seinen Namen nicht kennen, dachte Alice. Das ist schlicht unmöglich. Das liegt jenseits alles Vorstellbaren.

Das Kind hatte sich bestimmt verwählt. Ja, so musste es sein. Hatte es nicht von einem Onkel Ben gesprochen? In Alice' Familie gab es keinen Ben. Sie kannte keinen einzigen Ben. Sie war sich nicht einmal sicher, ob sie jemals einen Ben kennengelernt hatte. Sie durchforschte ihr Gedächtnis und förderte schließlich einen hünenhaften, bärtigen Neonreklamedesigner zutage, dessen Bekanntschaft sie im Psychic-Arts-Laden von Dora, Nicks älterer Schwester, gemacht hatte. Sein Name hätte aber genauso gut Bill oder Brad sein können.

Das Problem war nur, dass das Kind gefragt hatte: »Warum hast du gedacht, es wär Dad?«, als sie »Nick?« gesagt hatte. Und es wusste über Portugal Bescheid.

Es lag tatsächlich jenseits alles Vorstellbaren, und doch schien es irgendwie schlüssig.

Sie machte kurz die Augen zu. Als sie sie wieder öffnete, versuchte sie, sich einen zehnjährigen Sohn vorzustellen. Wie groß würde er sein? Welche Augenfarbe, welche Haarfarbe würde er haben?

Während ein Teil von ihr vor nacktem Entsetzen angesichts dieser absurden Situation am liebsten laut gekreischt hätte, wollte ein anderer Teil sich halb totlachen, weil das alles so lächerlich war. Das Ganze war ein unglaublicher Witz. Eine lustige Geschichte, die sie noch viele Jahre später erzählen würde: »Und *dann* rufe ich in Nicks Büro an, und diese Frau sagt mir, er ist in Portugal! Und ich denke, *Portugal*!?«

Vorsichtig, als könnte es in ihrer Hand explodieren, griff sie wieder zum Telefon und überlegte, wen sie anrufen könnte. Elisabeth? Mum? Frannie?

Nein. Lieber nicht. Sie wollte nicht noch eine fremde Stimme hören, die ihr über jemanden, den sie liebte, etwas erzählte, das sie nicht wusste.

Ihr Körper fühlte sich schwach und schwer an. Nichts würde sie tun. Gar nichts. Irgendwann würde etwas geschehen. Irgendjemand würde kommen. Die Ärzte würden ihren Kopf wiederherstellen, und alles wäre wieder in Ordnung. Sie räumte alles zurück in den Rucksack. Als sie den ledergebundenen Terminkalender hineinstecken wollte, fiel ein Foto heraus.

Es zeigte drei Kinder in Schuluniform. Es war eine gestellte Aufnahme, alle drei saßen nebeneinander auf einer Treppenstufe, die Ellenbogen auf den Knien und das Kinn in die Hände gestützt.

Ein Junge wurde von zwei Mädchen eingerahmt. Er hatte weißblonde, verwuschelte Haare, abstehende Ohren und eine Stupsnase. Den Kopf zur Seite gelegt, biss er die Kiefer in einer grotesken Grimasse, die ein Lächeln darstellen sollte, aufeinander. Alice kannte mindestens hundert Fotos, auf denen ihre Schwester exakt die gleiche Grimasse schnitt. »Wieso mache ich das?«, fragte Elisabeth jedes Mal ganz traurig, wenn sie sich auf dem Foto betrachtete.

Das Mädchen rechts von dem Jungen schien älter als dieser zu sein. Sie war ein stämmiges Ding, das eine unerschütterliche

Gelassenheit ausstrahlte. Sie hatte ein langes Gesicht und trug ihre glatten braunen Haare zu einem Pferdeschwanz zusammengebunden, der ihr über die Schulter fiel. Ihre ganze Haltung drückte aus: Ich hab keine Lust, in dieser lächerlichen Stellung dazuhocken. Ihre Lippen waren zusammengepresst, und sie blickte grimmig auf einen Punkt irgendwo rechts von der Kamera. Sie hatte eine böse Schürfwunde an einem ihrer knubbeligen Knie, und ihre Schnürsenkel waren offen. Nichts an ihr kam Alice auch nur im Entferntesten vertraut vor.

Links von dem Jungen saß ein kleines Mädchen, dessen blonde Locken zu zwei dicken Rattenschwänzchen zusammengefasst waren. Sie strahlte selig und hatte Grübchen in ihren engelsgleichen Pausbäckchen. Am Kragen ihrer Uniform war etwas befestigt. Alice hielt sich das Foto näher an die Augen und erkannte zwei glänzende Dinosaurierapplikationen wie jener an ihrem Top.

Sie drehte das Foto um. Auf der Rückseite klebte ein maschinengeschriebener Aufkleber:

> Kinder (von links nach rechts):
> Olivia Love (Kindergarten), Tom Love (Kl. 4B), Madison Love (Kl. 5M)
> Mutter: Alice Love
> Anzahl bestellte Abzüge: 4

Alice drehte das Foto wieder um und betrachtete die drei Kinder von Neuem.

Ich habe euch noch nie zuvor gesehen.

In ihren Ohren summte es, ihr Atem ging flach und stoßweise, ihre Brust hob und senkte sich so schnell, als befände sie sich irgendwo in großer Höhe. (»Ich sage euch, das war so was von *komisch*! Ich gucke also dieses Foto von den drei Kindern an, und das sind meine *eigenen* Kinder, und ich erkenne sie nicht einmal wieder! Zum Totlachen, sage ich euch!«)

Eine Krankenschwester, die bisher noch nicht da gewesen war, kam herein, warf Alice einen kurzen Blick zu und griff dann nach dem Klemmbrett am Fußende ihrer Trage. »Es tut mir wirklich leid, dass Sie so lange warten müssen. Aber in ein paar Minuten wird ein Bett für Sie frei sein. Wie geht es Ihnen?«

Alice berührte mit Fingerspitzen, die wie Espenlaub zitterten, ihren Kopf. »Ich kann mich offen gestanden nicht an die letzten zehn Jahre meines Lebens erinnern.« Eine Spur Hysterie begleitete ihre bebende Stimme.

»Ich werde mal sehen, ob ich Ihnen eine schöne Tasse Tee und ein Sandwich besorgen kann.« Die Schwester schaute auf das Foto in Alice' Schoß und meinte: »Ihre Kinder?«

»Sieht ganz so aus«, erwiderte Alice. Sie lachte kurz auf, aber das Lachen ging in ein Schluchzen über. Der Geschmack von Tränen in ihrem Mund kam ihr so vertraut vor, und der Gedanke *Aufhören! Ich hab's so satt, satt, satt, andauernd zu weinen* durchzuckte sie, aber sie wusste nicht, was das zu bedeuten hatte, weil sie ihrer Meinung nach nicht mehr so heftig geweint hatte, seit sie ein kleines Mädchen gewesen war. Und selbst wenn sie gewollt hätte, wäre sie nicht imstande gewesen aufzuhören.

6

ELISABETHS TAGEBUCH FÜR DR. HODGES

In der Teepause am Nachmittag rief ich Ben auf seinem Handy an. Er habe die Kinder von der Schule abgeholt und fahre sie jetzt zum Schwimmunterricht, sagte er. Dem Lärmpegel im Hinter-

*grund nach handelte es sich nicht um drei, sondern um zwanzig Kinder. Den Schwimmunterricht dürften sie auf gar keinen Fall versäumen, auch nicht eine einzige Stunde, hätten sie ihm erklärt, weil Olivia sich gerade in ein Krokodil oder ein Schnabeltier oder irgend so etwas verwandelt habe. Ich hörte Olivia glucksend lachen und rufen: »*IN EINEN DELFIN, *du Dussel!« Ich konnte auch Tom hören, der anscheinend vorn neben Ben saß und mit monotoner Stimme herunterleierte: »Du fährst fünf Stundenkilometer* SCHNELLER *als erlaubt, du fährst vier Stundenkilometer* SCHNELLER *als erlaubt, du fährst zwei Stundenkilometer* LANGSAMER *als erlaubt …«*

Ben klang gestresst, aber glücklich. Glücklicher als seit vielen Wochen. Alice würde uns normalerweise nie darum bitten (uns nie mit der heiklen Aufgabe betrauen), die Kinder abzuholen und zum Schwimmunterricht zu fahren, und ich nahm an, dass so viel Verantwortung Ben in gute Laune versetzte. Ich stellte mir vor, wie die Leute, die an einer roten Ampel flüchtig zu ihm hinüberguckten, einen ganz normalen Dad (na ja, vielleicht war er etwas größer und haariger als der Durchschnitt) mit seinen drei Kindern sehen würden.

Ich darf nicht zu lange darüber nachdenken, sonst tut es furchtbar weh, also lass ich es lieber sein. Ben sagte, Tom habe mit Alice telefoniert, und Tom zufolge habe sie nichts von einem Sturz im Fitnessstudio gesagt, sie habe sich »genau wie Mummy angehört, bloß vielleicht zehn bis fünfzehn Prozent griesgrämiger als sonst«. Anscheinend nimmt er in der Schule gerade Prozentrechnen durch.

Komischerweise kam mir in dem Moment erst der Gedanke, dass ich Alice ja selbst auf ihrem Handy anrufen könnte. Und das habe ich dann sofort getan.

Als sie ranging, klang ihre Stimme so fremd, dass ich sie nicht wiedererkannte. Ich glaubte zunächst, eine Krankenschwester habe das Gespräch angenommen. »O Entschuldigung«, sagte ich, »ich wollte eigentlich Alice Love sprechen.« Und dann erst merkte ich, dass sie selbst am Telefon war. Sie schluchzte: »O Libby, Gott sei Dank, dass du anrufst!« Sie hörte sich grauenvoll an, total hysterisch, und faselte etwas von einem Foto und Dinosaurierapplikationen und einem roten Kleid, das ihr doch unmöglich passen könne, aber wunderschön sei, und dass sie sinnlos betrunken in einem Fitnessstudio zu sich gekommen sei, und was mache Nick eigentlich in Portugal, und sie habe keine Ahnung, ob sie schwanger sei oder nicht, und sie habe gedacht, es sei 1998, aber alle sagten, wir hätten schon 2008. Mich überlief es kalt, als ich sie hörte, sie jagte mir wirklich eine Heidenangst ein. Ich kann mich nicht erinnern, wann ich Alice das letzte Mal weinen sah oder hörte (oder wann sie mich das letzte Mal Libby nannte). Sie hat in den vergangenen zwölf Monaten Grund genug zum Weinen gehabt, aber vor mir ist sie nicht ein einziges Mal in Tränen ausgebrochen, und wenn wir miteinander reden, dann immer in diesem grauenvoll höflichen, ach so vernünftigen Ton.

Irgendwie tat es mir gut, Alice weinen zu hören. Es fühlte sich so real an. Es war eine halbe Ewigkeit her, dass sie mich gebraucht hatte – die ältere Schwester zu sein, die Alice vor der Welt da draußen in Schutz nahm, war ein so wichtiger Teil meiner Identität gewesen. (Ich könnte mir eigentlich das Geld sparen und mich selbst analysieren, Dr. Hodges.)

Ich sagte ihr also, sie solle sich keine Sorgen machen, ich würde sofort kommen, und dann würde sich alles klären. Als ich das Gespräch beendet hatte, eilte ich in den Saal zurück, stieg auf das Podium und teilte meinen Zuhörern mit, ich müsse wegen einer dringenden Familienangelegenheit leider weg, aber Layla, meine überaus tüchtige Assistentin, werde mich vertreten. Bei diesen Worten schaute ich zu ihr hinüber, und sie strahlte über ihr ganzes gerötetes Gesicht, als sei sie soeben erleuchtet worden. Das war also geregelt.

Das Krankenhaus, in das Alice eingeliefert worden war, war natürlich das Royal North Shore. Wie könnte es anders sein.

Jedes Mal, wenn ich auf den Parkplatz dort fahre, kommt es mir so vor, als hätte ich einen riesengroßen Brocken verschluckt, der wie ein Anker geformt ist. Er quält sich meinen Hals hinunter und hakt sich dann in meinem Bauch fest.

Da ist noch etwas: Der Himmel dort scheint immer so weit, er wölbt sich wie eine gigantische leere Muschelschale über mir. Woher kommt das? Ich starre immer nach oben, wenn ich hinfahre. Vielleicht liegt es daran, dass ich mich so winzig und unbedeutend fühle, aber vielleicht liegt es auch nur an der geografischen Lage, Herrgott noch mal, weil die Straße erst bergauf führt, bevor sie sich zum Parkplatz hinuntersenkt.

Ich bin wegen Alice hier, schärfte ich mir ein, als ich aus dem Auto stieg.

Aber wohin ich auch schaute, überall sah ich Ben und mich selbst. Wir gehen an diesem Ort um wie Gespenster. Falls Sie je dorthin kommen sollten, Dr. Hodges, halten Sie die Augen nach uns offen. Die zwei, die an einem sonnigen, eiskalten Tag am Gebäude entlang zum Parkplatz zurücktrotten, das sind wir. Ich habe diesen wenig schmeichelhaften Hippierock an, von dem ich mich nicht trennen kann, weil er nicht gebügelt werden muss, und ich halte Bens Hand, lasse mich von ihm führen, den Blick zu Boden gerichtet und im Stillen mein Mantra herunterleiernd:

Denk nicht daran, denk nicht daran, denk nicht daran.

Sie werden uns an der Anmeldung sehen, Dr. Hodges, beim Ausfüllen der Formulare, Ben dicht hinter mir, seine Hand massiert mein Kreuz mit kleinen, kreisförmigen Bewegungen, und mir kommt es so vor, als hielten diese Bewegungen mich am Atmen, ein, aus, ein, aus. Wir sind die zwei, die im Lift von einer fröhlichen, aufgeregten Familie ganz nach hinten gedrängt werden und fast untergehen in einem Meer von Blumen und Luftballons mit dem Aufdruck »Es ist ein Mädchen!«. Ben und ich haben die Arme in exakt der gleichen Haltung vor dem Bauch verschränkt, so als wollten wir uns vor dieser übersprudelnden Freude rings um uns her schützen.

Sie haben mir neulich gesagt, es sei nicht das, wodurch ich mich definiere, aber da irren Sie sich, Dr. Hodges. Es ist genau das, wodurch ich mich definiere.

Denk nicht daran.

Ich ging durch die hallenden Korridore (klack, klack, klack machten meine Absätze, und dann dieser Geruch! Sie kennen diesen grässlichen Geruch nach gekochten Kartoffeln sicherlich, Dr. Hodges, Sie wissen, wie er Erinnerungen an alle früheren Krankenhausbesuche in die Nebenhöhlen schwemmt). Ich ignorierte die geschmacklos gekleideten Gespenster vergangener Besuche und konzentrierte mich auf Alice. Ob sie immer noch dachte, wir hätten 1998? Und wenn ja, wie würde das wohl sein?

Ich konnte es mir nur so vorstellen wie damals, als ich mich als Teenager auf einer ausgelassenen Geburtstagsparty volllaufen ließ, aufstand und einen langen, liebevollen Trinkspruch auf das Geburtstagskind ausbrachte, einen Jungen, den ich an diesem Abend zum ersten Mal in meinem Leben gesehen hatte. Am anderen Tag konnte ich mich an absolut nichts erinnern, nicht einmal dunkel. Anscheinend hatte ich in meiner Rede das Wort »Distributivzahl« gebraucht, und das irritierte mich doch sehr, weil ich in nüchternem Zustand dieses Wort meines Wissens noch nie verwendet hatte und mir nicht einmal ganz sicher war, was es eigentlich bedeutete. Das war das erste und einzige Mal, dass ich mich derart betrunken habe. Ich bin ein viel zu großer Kontrollfreak, als dass ich mir von anderen unter schallendem Spottgelächter erzählen lassen möchte, wie ich mich aufgeführt habe.

Wenn es für mich schon so unerträglich war, mich nicht an zwei Stunden erinnern zu können, wie mochte es dann erst sein, zehn Jahre einfach vergessen zu haben?

Als ich Alice' Zimmernummer suchte, fiel mir plötzlich ein, wie Mum und Frannie und ich ganz aufgeregt, so wie jene Familie im Lift, nach Madisons Geburt auf der Suche nach Alice' Zimmer im Laufschritt durch die Korridore eines anderen Krankenhauses geeilt waren. Zufällig sahen wir Nick ein ganzes Stück vor uns, und wir kreischten »Nick!« wie aus einem Mund. Er drehte sich um und blieb stehen, und während er auf uns wartete, tänzelte er im Kreis herum und boxte in die Luft, als wäre er Rocky. »Er ist ein richtiger Spaßvogel!«, sagte Frannie liebevoll. In diesem Moment beschloss ich, mich von dem herablassenden Städteplaner, mit dem ich damals zusammen war, zu trennen, weil Frannie ihn niemals einen Spaßvogel nennen würde.

Wenn die letzten zehn Jahre tatsächlich aus Alice' Gedächtnis gelöscht worden sind, dachte ich, würde sie sich weder an jenen Tag noch an Madison als Baby erinnern. Sie würde auch nicht mehr wissen, wie wir alle uns eine Dose Quality-Street-Bonbons teilten, während der Kinderarzt Madison untersuchte. Er drehte sie in alle Richtungen und hielt sie mit der Lässigkeit eines Fachmanns in einer Hand, wie ein Basketballer, der den Ball auf der Handfläche tanzen lässt, und Alice und Nick riefen gleichzeitig: »Vorsicht!«, und wir mussten alle lachen. Der Arzt lächelte und meinte: »Ihre Tochter kriegt zehn von zehn Punkten, Alice, eine Eins plus!« Und während wir Beifall klatschten und Madisons allererste gute Note bejubelten, wickelte er sie wieder in die weiße Decke ein, eine zarte Portion Fish and Chips, und überreichte sie Alice mit einer feierlichen Geste.

Ich fing gerade an, mir das Ausmaß all dessen, was Alice in den letzten zehn Jahren erlebt hatte, vor Augen zu führen, als ich ihre Zimmernummer fand. Ich spähte durch die geöffnete Tür und sah sie in dem ersten, durch einen Vorhang abgeteilten Bett sitzen, gegen die Kissen gelehnt, die Hände im Schoß, den Blick starr geradeaus gerichtet. Alles an ihr war farblos. Sie hatte ein weißes Krankenhausnachthemd an, trug einen weißen Kopfverband, lag in weißem Bettzeug. Sogar ihr Gesicht war kalkweiß. Es war merkwürdig, sie so vollkommen still dasitzen zu sehen. Normalerweise ist Alice immer in Bewegung. Sie schreibt eine SMS *auf ihrem Handy, spielt mit ihren Autoschlüsseln, schnappt eines der Kinder am Ellenbogen und zischt ihm einen strengen Tadel ins Ohr – alles gleichzeitig. Sie ist immerzu beschäftigt, beschäftigt, beschäftigt, rast- und ruhelos.*

Vor zehn Jahren war sie noch keineswegs so. Damals schliefen sie und Nick sonntags immer bis zwölf Uhr aus. »Ich frage mich, wie die beiden es je schaffen wollen, dieses riesige Haus zu renovieren!«, seufzten Mum und Frannie und ich, als wären wir besorgte ältere Tanten.

Sie hat mich zuerst gar nicht gesehen, als ich das Zimmer betrat. Dann, als ich auf sie zuging, wandte sie mir ihre unruhig flackernden Augen zu. Sie wirkten so groß und blau in ihrem blassen Gesicht. Noch bemerkenswerter aber war die Art und Weise, wie sie mich ansah, irgendwie anders als sonst und doch so vertraut. Ich weiß nicht, wie ich es beschreiben soll, aber in diesem Moment durchzuckte mich der seltsame Gedanke: Da bist du ja wieder.

Wissen Sie, was sie als Erstes zu mir sagte, Dr. Hodges? Sie sagte: »O Libby, was ist denn mit dir passiert?«

Glauben Sie mir jetzt, dass ich mich dadurch und durch nichts anderes definiere?

Aber vielleicht lag es ja auch nur an meinen Falten.

*

Alice war endlich in ein Zimmer verlegt worden. Man hatte ihr ein Krankenhausnachthemd und eine Fernbedienung für den Fernseher und eine weiße Schubfachkommode zur Verfügung gestellt. Eine Frau brachte ihr auf einem Servierwagen eine Tasse dünnen Tee und vier winzige, dreieckige, mit Curry gewürzte Eiersandwiches. Die Schwester hatte recht: Nach dem Tee und den Sandwiches ging es ihr besser, auch wenn sie nichts gegen die gigantische Kluft in ihrem Gedächtnis hatten ausrichten können.

Elisabeths Stimme am Telefon hatte sie an ihre katastrophale Europareise erinnert, an ihre Anrufe zu Hause. Alice war neunzehn gewesen und hatte die Abenteuerlustige, die Extrovertierte gespielt, die Art Mensch, die für ihr Leben gern den ganzen Tag allein Kathedralen und Ruinen besichtigt und sich abends in der Jugendherberge mit betrunkenen Jungs aus Brisbane unterhält. In Wirklichkeit hatte sie Heimweh gehabt und sich einsam gefühlt und oft gelangweilt und war aus den Zugfahrplänen einfach nicht schlau geworden. Sooft sie Elisabeth von einer Telefonzelle vom anderen Ende der Welt aus angerufen und ihre klare, laute Stimme gehört hatte, waren ihr die Knie weich geworden vor Erleichterung, und sie hatte die Stirn an das Glas gelehnt und gedacht: Gott sei Dank, ich bin ein richtiger Mensch.

»Meine Schwester wird gleich hier sein«, sagte sie zu der Krankenschwester, als sie das Gespräch beendet hatte, so als müsste sie sich als Person legitimieren, als Person mit einer eigenen Familie, die sie auch wiedererkennen würde.

Doch als Elisabeth dann hereinkam, erkannte sie sie zunächst keineswegs wieder. Sie nahm an, dass diese Frau in dem cremefarbenen Kostüm, mit der Brille und den locker fallenden schulterlangen Haaren, eine Krankenhausverwaltungsangestellte war, die wegen irgendwelcher verwaltungstechnischer Fragen gekommen war. Aber etwas an der selbstbewusst forschen Haltung der Frau, etwas, das ausdrückte »Keine Sorge, ich kümmere mich schon darum«, verriet sie, und da wusste sie, dass es Elisabeth war.

Alice war schockiert, weil Elisabeth scheinbar über Nacht um einiges zugenommen hatte. Da sie leidenschaftlich gern ruderte und joggte und was sie sonst noch alles machte, war sie immer schlank, muskulös und durchtrainiert gewesen. Fett war sie auch jetzt nicht, aber eindeutig fülliger, runder und großbusiger, eine prallere Version ihrer selbst, so als hätte man sie aufgeblasen wie ein Plastikbadespielzeug. Das gefällt ihr bestimmt nicht, dachte Alice. Elisabeth hatte doch immer so moralinsauer gegen fettreiche Ernährung gepredigt und eine Meringue mit Schlagsahne so entsetzt abgelehnt, als ob es sich um einen dicken Brocken Crack handelte.

Einmal, als Nick, Alice und Elisabeth gemeinsam übers Wochenende weggefahren waren, hatte Elisabeth beim Frühstück die Nährwertangaben auf einem Becher Joghurt genauestens studiert und sie dann mit düsterer Stimme gewarnt: »Passt bloß auf, Joghurt ist echt gefährlich.« Danach hatten Nick und Alice jedes Mal, wenn einer von ihnen nach einem Joghurtbecher griff, in gespielter Panik ausgerufen: »Achtung, aufpassen!!!«

Als Elisabeth näher ans Bett und in den hellen Lichtschein der Lampe, die darüber hing, trat, konnte Alice die haarfeinen Fältchen in ihren Mund- und Augenwinkeln erkennen. Wie sie selbst hatte auch Elisabeth die Augen ihres Vaters geerbt, große, hellblaue, schwarz bewimperte Augen, für die man ihnen Komplimente machte, aber jetzt wirkten ihre Augen kleiner und blasser, wie ausgebleicht.

Diesen verwaschenen Augen haftete etwas Wachsames und zugleich Ausgelaugtes, völlig Entkräftetes an, so als hätte sie in einem Kampf eine böse und absolut unerwartete Niederlage einstecken müssen.

Alice war plötzlich tief beunruhigt. Irgendetwas Schreckliches musste passiert sein.

Doch dann, als Elisabeth auf ihre Frage in lebhaftem, energischem Ton entgegnete: »Was meinst du damit, was ist mit *mir* passiert?«, kamen Alice Zweifel an ihrer Einschätzung.

Elisabeth zog sich einen Plastikstuhl heran und setzte sich.

Alice sah, wie ihr Rock sich wenig schmeichelhaft über ihrem Bauch spannte, und wandte rasch den Blick ab, weil sie fürchtete, gleich in Tränen auszubrechen. »*Du* bist doch ins Krankenhaus eingeliefert worden«, sagte Elisabeth. »Die Frage ist, was ist mit *dir* passiert?«

Alice glitt unwillkürlich in die Rolle der Unverwüstlichen hinein. »Etwas absolut Verrücktes, sage ich dir. Mir kommt es vor wie ein Traum. Anscheinend bin ich im Fitnessstudio hingefallen. Ich, im Fitnessstudio! Kannst du dir das vorstellen? Jane Turner zufolge war ich in meinem Freitag-Step-Aerobic-Kurs.« Jetzt, wo Elisabeth, die Vernünftige, da war, konnte Alice in aller Gelassenheit die Alberne sein.

Elisabeth starrte sie so grimmig, so entsetzt und so angespannt an, dass Alice ihr einfältiges Grinsen verging.

Sie griff nach dem Foto auf der Schubfachkommode neben ihrem Bett, streckte es Elisabeth hin und sagte in schüchternem, höflichem Tonfall: »Sind das meine …« Sie stockte. Nie zuvor in ihrem Leben war sie sich so dumm vorgekommen. »Sind das meine Kinder?«

Elisabeth nahm das Foto und warf einen flüchtigen Blick darauf. Ein kleiner Schatten huschte über ihr Gesicht, ein kaum wahrnehmbares Flackern. Es verschwand so schnell, wie es gekommen war. Sie lächelte zurückhaltend und antwortete: »Ja, Alice.«

Alice tat einen tiefen, zittrigen Atemzug und schloss die Augen. »Ich habe diese Kinder noch nie zuvor gesehen.«

Sie hörte, wie Elisabeth geräuschvoll einatmete. »Das ist

sicher nur vorübergehend, du wirst sehen. Wenn du dich erst einmal richtig ausgeruht und erholt hast …«

»Wie sind sie denn so?«, fiel Alice ihr ins Wort und öffnete die Augen wieder. »Diese Kinder? Sind es … nette Kinder?«

»Sie sind ganz wunderbar, Alice«, erwiderte Elisabeth mit mehr Nachdruck.

»Bin ich eine gute Mutter?«, fragte Alice. »Kümmere ich mich gut um sie? Was kriegen sie denn zu essen? Sie sind so groß!«

»Dein ganzes Leben dreht sich um deine Kinder, Alice«, sagte Elisabeth. »Es wird dir bestimmt bald wieder einfallen. Das gibt sich schon wieder. Du musst nur …«

»Ich könnte ihnen Würstchen braten«, sagte Alice, die der Gedanke fröhlich stimmte. »Kinder lieben Würstchen.«

Elisabeth starrte sie entgeistert an. »Du würdest ihnen niemals Würstchen zu essen geben.«

»Ich dachte, ich sei schwanger«, fuhr Alice fort. »Aber sie haben eine Blutuntersuchung gemacht, eine Schwangerschaft kann definitiv ausgeschlossen werden, haben sie mir versichert. Ich fühle mich ja auch nicht schwanger, aber ich kann nicht glauben, dass ich es nicht bin! Ich kann es einfach nicht glauben.«

»Nein … na ja, ich denke, eine Schwangerschaft wäre jetzt auch …«

»*Drei* Kinder!«, staunte Alice. »Wir wollten immer nur zwei haben.«

»Olivia war ein Betriebsunfall«, erklärte Elisabeth hölzern. Es klang irgendwie missbilligend.

»Das kommt mir alles so unwirklich vor«, sagte Alice. »Ich fühle mich wie Alice im Wunderland. Weißt du noch, wie ich dieses Buch gehasst habe? Weil nichts einen Sinn ergab. Dir gefiel es auch nicht. Bei uns musste immer alles einen Sinn ergeben.«

»Ich kann mir vorstellen, wie total merkwürdig das sein muss, aber das wird nicht so bleiben, du wirst sehen, dein

Erinnerungsvermögen wird bald zurückkehren. Du musst dir den Kopf ja ganz schön kräftig angeschlagen haben.«

»Ja. Ganz schön kräftig.« Alice griff wieder nach dem Foto. »Das kleine Mädchen da … Das kleine Mädchen ist die Älteste, sie muss also mein erstes Kind gewesen sein, stimmt's? Wir haben also ein Mädchen bekommen?«

»Ja, genau.«

»Wir dachten immer, es wird ein Junge.«

»Ja, ich weiß.«

»Und die Wehen! Ich lag dreimal in den Wehen? War es sehr schlimm? Der Gedanke daran macht mich ganz nervös …«

»Ich glaube, mit Madison ging es ziemlich schnell, aber bei Olivia gab es Komplikationen …« Elisabeth rutschte unruhig auf ihrem Plastikstuhl hin und her. »Hör mal, Alice, ich glaube, ich sollte mit einem deiner Ärzte reden. Das alles hier setzt mir ehrlich gesagt ganz schön zu. Es ist richtig unheimlich. Es ist geradezu … beängstigend.«

Alice griff panisch nach Elisabeths Arm. Sie wollte auf keinen Fall wieder allein sein. »Nein, bitte bleib da! Es wird bestimmt bald jemand kommen. Es kommt andauernd jemand, um nach mir zu sehen. Hey, Libby, ich hab Nick in der Firma angerufen, und sie haben mir gesagt, er sei in Portugal. In Portugal! Was macht er denn da? Ich habe eine Nachricht für ihn bei seiner Sekretärin hinterlassen. Ein richtiger Drachen ist das! Aber ich habe mich nicht einschüchtern lassen. Du wärst stolz auf mich! Ich hab Rückgrat bewiesen. Mein Rückgrat war wie aus Stahl.«

»Schön für dich«, murmelte Elisabeth. Sie machte ein Gesicht, als hätte sie gerade etwas gegessen, das ihr ganz und gar nicht bekam.

»Aber er hat mich immer noch nicht zurückgerufen«, seufzte Alice.

*

Erst als sie anfing, über Nick in Portugal zu reden, dämmerte es mir. Ich war regelrecht schockiert, fast noch mehr als über die Frage, ob ihre Kinder »nett« seien.

Sie kann sich tatsächlich an nichts mehr erinnern.

Auch nicht an Gina.

7

»Du kannst dich also an rein gar nichts erinnern? Du hast ernsthaft alles seit 1998 vergessen?« Elisabeth rückte mit ihrem Plastikstuhl näher an Alice' Bett heran und beugte sich vor, als ob sie entschieden hätte, dass es nun an der Zeit war, der Sache wirklich auf den Grund zu gehen. »Absolut alles?«

»Na ja, ab und zu schießen mir so ein paar komische Dinge durch den Kopf«, erwiderte Alice. »Aber sie ergeben keinen Sinn.«

»Erzähl mir davon«, forderte Elisabeth sie auf. Jetzt, wo ihr Gesicht ganz nah war, konnte Alice sehen, dass die Falten in den Mundwinkeln ihrer Schwester noch tiefer waren, als sie gedacht hatte. Du meine Güte! Alice fasste sich unwillkürlich ins Gesicht, presste die Fingerspitzen auf ihre Haut. Sie hatte sich immer noch nicht im Spiegel betrachtet.

»Als ich wieder zu mir kam, erinnerte ich mich daran, einen Traum gehabt zu haben«, sagte sie, »aber ich weiß nicht, ob es wirklich nur ein Traum war oder ob es tatsächlich passiert ist. Ich war im Wasser, ich schwamm auf dem Rücken, es war ein wunderschöner Sommermorgen, und meine Fußnägel waren lackiert, jeder in einer anderen Farbe. Da war jemand neben mir, dessen Fußnägel ganz genauso lackiert waren. Hey, vielleicht warst du das! Ja, genau, ich wette, das warst du!«

Elisabeth schüttelte langsam den Kopf. »Nein, das sagt mir überhaupt nichts. Und was sonst noch?«

Alice dachte an den Strauß rosaroter Luftballons, die vor einem grauen Himmel an ihren Schnüren zerrten, aber sie wollte Elisabeth nichts von der gewaltigen Welle der Trauer und des Kummers erzählen, die sie erfasste und mit sich fortriss, sie fürchtete sich davor herauszufinden, was das bedeutete.

Sie sagte: »Ich erinnere mich an eine Amerikanerin, die sagte: Es tut mir leid ... aber ich kann keine Herztöne feststellen.«

»Oh«, machte Elisabeth nur.

*

ELISABETHS TAGEBUCH FÜR DR. HODGES

Ich muss zugeben, es berührte mich seltsam, ja, es schmeichelte mir sogar, dass von den unzähligen Erinnerungen, die bedeutsam genug waren, sich in Alice' Bewusstsein Bahn zu brechen, gerade diese eine davon war.

Alice war immer schon eine gute Stimmenimitatorin gewesen, und sie ahmte die Stimme dieser Frau perfekt nach. Tonfall und Rhythmus waren genau so, wie ich es in Erinnerung hatte. Einen Augenblick lang befand ich mich wieder in jenem düsteren Zimmer und versuchte die Worte, die ich gerade gehört hatte, zu begreifen. Ich habe eine Ewigkeit nicht mehr daran gedacht.

Stellen Sie sich vor, Dr. Hodges, ich könnte in die Vergangenheit zurückkehren und mir an jenem Tag ins Ohr flüstern: Das ist erst der Anfang, Schätzchen. Dann würde ich den Kopf in den Nacken werfen und in ein irres Hexengelächter ausbrechen.

Sie mögen diesen galligen schwarzen Humor nicht, habe ich

recht? Mir ist aufgefallen, wie höflich und irgendwie traurig Sie lächeln, wenn ich mich dazu hinreißen lasse, so als würde ich einen Idioten aus mir machen und Sie den Grund dafür genau kennen, als wäre ich ein Teenager, der seine peinlichen Emotionen nicht unter Kontrolle hat.

Wie auch immer, ich hatte keine Lust, über diese Amerikanerin und das, was sie gesagt hatte, zu reden. Vor allem nicht mit Alice. Mit Ihnen möchte ich auch nicht darüber sprechen.

Ich möchte nicht einmal daran denken. Oder darüber schreiben.

Es ist einfach passiert. Wie alles andere auch.

*

Elisabeth strich die weiße Decke neben Alice' Bein mit der flachen Hand glatt. Ihr Gesicht schien zu versteinern. »Sorry, aber das sagt mir auch nichts. Nicht das Geringste.«

Warum klang sie auf einmal so zornig? Alice hatte das Gefühl, etwas Falsches gesagt zu haben, wusste aber nicht, was es gewesen sein könnte. Sie kam sich dumm und unbeholfen vor, wie ein Kind, das etwas immens Wichtiges zu begreifen versucht, etwas, das die Erwachsenen ihm verschweigen.

Elisabeths und ihr Blick trafen sich. Elisabeth verzog den Mund zu einem angedeuteten Lächeln und schaute schnell wieder weg.

Eine Frau mit einem Blumenstrauß betrat das Zimmer, streifte Alice und Elisabeth mit einem erwartungsvollen Blick, blinzelte enttäuscht und eilte dann weiter zum nächsten Bett hinter dem Trennvorhang, von wo eine körperlose Stimme quietschte: »Gerade habe ich an dich gedacht!«

»Ich hätte dir Blumen mitbringen sollen«, murmelte Elisabeth.

»Du bist verheiratet!«, sagte Alice unvermittelt.

»Wie bitte?«

Alice griff nach Elisabeths linker Hand und hielt sie hoch. »Das ist ein Verlobungsring! Und was für ein wunderschöner! Genauso einen Ring hätte ich mir ausgesucht, wenn wir uns selbst einen gekauft hätten. Nicht dass mir Granny Loves Ring nicht gefallen würde«, fügte sie hastig hinzu.

»Du kannst Granny Loves Ring nicht ausstehen, Alice«, erwiderte Elisabeth trocken.

»Oh. Habe ich dir das gesagt? Daran kann ich mich gar nicht erinnern.«

»Das ist Jahre her, ich glaube, du hattest zu viel getrunken, deshalb kann ich auch nicht verstehen, warum … ach, egal.«

»Na komm schon, spann mich nicht auf die Folter! Wer ist es? Wen hast du geheiratet? Diesen süßen Städteplaner?«

»*Dean?* Nein, mit dem war ich gerade mal fünf Minuten zusammen. Außerdem ist er tot. Er kam bei einem Tauchunfall ums Leben. Tragisch. Na ja, jedenfalls habe ich Ben geheiratet. Erinnerst du dich an Ben? Er kümmert sich im Moment um deine Kinder.«

»Oh, das ist aber nett von ihm, prima«, entgegnete Alice schwach. Ihr wurde wieder übel. Hätte eine gute Mutter sich nicht als Erstes erkundigt, wer sich um ihre Kinder kümmerte? Das Problem war, dass die Existenz ihrer Kinder ihr immer noch absurd vorkam. Sie legte sich eine Hand auf ihren flachen Bauch, in dem kein Baby mehr war, und kämpfte gegen das Schwindelgefühl an. Sie durfte nicht zu lange darüber nachdenken, sonst fing sie vielleicht zu schreien an und würde nicht mehr aufhören können.

Sie konzentrierte sich auf Elisabeth. »Ben«, sagte sie. »Du hast also jemanden namens Ben geheiratet.« Ihr fiel wieder ein, wie das schniefende Kind am Telefon einen Onkel Ben erwähnt hatte. Das Ineinandergreifen verschiedener Teilchen war fast noch schlimmer, weil es den Eindruck erweckte, dass alles für jeden einen Sinn ergab – außer für Alice.

»Komisch«, sagte sie, »gerade vorhin habe ich gedacht, dass der einzige Ben, den ich kenne, dieser hünenhafte Neonreklamedesigner ist, den ich einmal im Laden von Nicks Schwester getroffen habe. Ich habe den Typen nie vergessen, weil er so riesig und schwerfällig und schweigsam war. Wie ein gigantischer Grizzlybär in Gestalt eines Mannes.«

Elisabeth lachte laut heraus. An ihrem herzhaften, schallenden Lachen (wer es hörte, würde die witzige Bemerkung, die es ausgelöst hatte, am liebsten wiederholen) und der Art, wie sie den Kopf dabei zurückwarf, war die alte, die richtige Elisabeth wiederzuerkennen.

»Ich möchte auch mitlachen«, sagte Alice lächelnd.

»Das ist der Ben, den ich geheiratet habe. Ich habe ihn bei der Eröffnung von Doras Laden kennengelernt. Wir sind seit acht Jahren verheiratet.«

»Ehrlich?« Elisabeth hatte den hünenhaften grizzlybärähnlichen Neonreklamedesigner geheiratet? Normalerweise stand sie doch auf unglaublich witzige, erfolgreiche Karrieretypen, in deren Gegenwart Alice sich dumm vorkam. »Hatte er nicht einen Bart?«

Elisabeth würde doch niemals einen Mann mit Bart heiraten.

Elisabeth schüttelte sich förmlich vor Lachen. »Ja, den hat er immer noch.«

»Und er entwirft immer noch Neonreklame?«

»Ja, und zwar wunderschöne. Die für *Rob's Ribs and Rumps* in Killara ist mein absoluter Favorit. Sie hat letztes Jahr einen Preis gewonnen.«

Alice sah sie mit durchdringendem Blick an, aber Elisabeth schien es durchaus ernst zu meinen.

»So, Ben ist also mein Schwager. Dann kenne ich ihn, nehme ich an. Ich kenne ihn sogar ziemlich gut. Und Nick? Kommt er gut mit ihm aus? Gehen wir öfter zusammen aus, wir vier?«

Elisabeth schwieg einen Augenblick, und Alice konnte ihren Gesichtsausdruck nicht deuten. Dann antwortete sie: »Vor vielen Jahren, als Ben und ich noch nicht verheiratet waren, haben wir uns gemeinsam ein Haus über Ostern in Jervis Bay gemietet. Madison war noch ganz klein, und du warst schwanger mit Tom. Das Haus lag direkt am Hyams Beach, wo es den weißesten Sand auf der Welt geben soll, und das Wetter war traumhaft, und Madison war so süß, wir waren alle ganz vernarrt in sie. Wir vertrieben uns die Zeit mit albernen Kartenspielen, und eines Abends haben Nick und Ben sich betrunken und zu Musik aus den Achtzigern getanzt. Ben tanzt *nie*! Ich glaube, das war das einzige Mal, dass ich ihn tanzen sah. Die beiden haben herumgeblödelt wie die Verrückten, und wir hatten Seitenstechen vor lauter Lachen. Irgendwann wachte Madison auf, kletterte aus ihrem Bett und hopste in ihrem Schlafanzug zwischen den beiden herum. Das waren ganz besondere Ferien gewesen. Die Erinnerung daran macht mich richtig wehmütig. Ich habe lange nicht mehr an jene Ostern gedacht.«

»Ich kann mich überhaupt nicht daran erinnern«, sagte Alice. Es kam ihr grausam vor, dass ein wunderschöner Urlaub einfach aus ihrem Gedächtnis gelöscht worden war, so als ob eine andere Alice ihr Leben für sie gelebt hätte.

»Komisch, dass du dich nicht an Ben erinnerst«, fuhr Elisabeth fort. »Er war gestern noch bei dir, weil du Probleme mit deinem Auto hattest. Du hast ihm Bananenmuffins gebacken, die mag er doch so gern. Ihr hattet eine wirklich *interessante* Unterhaltung.«

Ein fast aggressiver Unterton schwang in Elisabeths Stimme mit. Sie sah Alice scharf an, als wollte sie sich jeden Einwand verbitten. Es war wirklich sehr merkwürdig.

»Dann haben wir jetzt also ein Auto?«, sagte Alice nervös.

»Mmmm. Ja, ihr habt jetzt ein Auto, Alice.«

»Und ich backe Bananenmuffins?«

Elisabeth lächelte. »Mmmm. Fettarm und ballaststoffreich, aber erstaunlich lecker.«

Alice' Gedanken sprangen hektisch hin und her, wuselten von diesen drei fremden, nebeneinandersitzenden Kindern zu Bananenmuffins und dann zu einem Auto (sie mochte Autos nicht, sie mochte den Bus, die Fähre; sie war auch keine besonders gute Fahrerin) und dann zu Elisabeth, die einen Neonreklamedesigner namens Ben geheiratet hatte. Ihr wurde ganz schwindlig, so rastlos flatterten ihre Gedanken umher.

Plötzlich kriegte sie einen davon, einen, der sie kränkte, zu fassen. »He, hast du etwa ohne mich geheiratet?« Alice liebte Hochzeiten. Eine Hochzeit würde sie niemals vergessen.

»Du warst meine Brautjungfer, Alice«, erwiderte Elisabeth. »Und Madison streute Blumen. Ihr hattet die gleichen Kleider an, in Orchideenrosa. Du hast eine lustige Rede gehalten und mit Nick eine tolle Schau abgezogen, als ihr zu *Come on Eileen* getanzt habt. Ihr habt uns einen Mixer geschenkt.«

»Oh.« Alice war frustriert. »Ich kann nicht glauben, dass ich mich an rein gar nichts von alldem erinnern kann. Nichts davon klingt auch nur im Entferntesten vertraut!« Sie bohrte die Finger durch die Löcher in der Decke über ihren Beinen und knautschte sie in einer kindlichen Geste zusammen. »Das ist so eine Unmenge von ... *Zeugs*!«

»Hey, reg dich doch nicht auf.« Elisabeth rieb Alice ein bisschen zu kräftig über die Schulter und blickte sich hektisch, gleichsam Hilfe suchend, um. »Weißt du was? Ich werde mich jetzt auf die Suche nach einem Arzt machen, der mir ein paar Fragen beantworten kann.«

Elisabeth war eine Problemlöserin. Für sie gab es keine Probleme, nur Lösungen.

Nebenan brandete das schrill kreischende Gelächter von

Frauen auf. »Das *gibt's* doch nicht!« – »Wenn ich es dir *sage*!« Alice und Elisabeth sahen sich an, die Brauen in stummer Missbilligung hochgezogen. Eine beruhigende schwesterliche Zuneigung erfüllte Alice.

Sie ließ die Decke los, die sie zusammengeknüllt hatte, und legte ihre Hände gelassen in ihren Schoß. »Bitte, bleib bei mir«, bat sie. »Es wird sicher bald eine Schwester kommen, um nach mir zu sehen, dann kannst du mit ihr reden. Mir hilft es am meisten, wenn du bei mir bleibst und mit mir sprichst.«

»Na, ich weiß nicht recht«, murmelte Elisabeth mit einem Blick auf ihre Armbanduhr, lehnte sich dann aber wieder zurück.

Alice rutschte ein bisschen hin und her, bis sie bequem saß. Sie überlegte, ob sie Elisabeth über die Kinder auf dem Foto ausfragen sollte (*drei* Kinder! Die Zahl kam ihr so unglaublich vor, so sperrig), aber das Ganze mutete einfach lächerlich an, so unwirklich war es, wie ein Film, dessen Handlung so absurd war, dass man alle Mühe hatte, still zu sitzen und nicht laut herauszuplatzen. Sie beschloss, sich stattdessen lieber nach Elisabeths Leben zu erkundigen.

Ihre Schwester hatte den Kopf gesenkt und kratzte sich zerstreut am Handgelenk. Alice betrachtete abermals die Falten, die Elisabeths Mundwinkel nach unten zu ziehen und ihr Gesicht zu einer traurigen Grimasse zu verzerren schienen. Lag das nur am Alter? (Zeigten ihre eigenen Mundwinkel auch so nach unten? Bald würde sie einen Blick in den Spiegel werfen. Bald.) Aber es waren nicht nur die Falten. Eine tiefe Traurigkeit umgab Elisabeth, lastete auf ihr, drückte sie gleichsam herunter. War sie unglücklich in ihrer Ehe mit dem Grizzlybär-Mann?

(Konnte man einen Mann mit Bart überhaupt lieben? Blödsinn. Natürlich konnte man. Sogar wenn es ein ausgesprochen buschiger Bart war.)

Alice beobachtete, wie Elisabeths Hals sich bewegte, als sie krampfhaft schluckte.

»Woran denkst du?«, fragte Alice.

Elisabeth zuckte zusammen und blickte auf. »Ach, an nichts Besonderes.« Sie unterdrückte mühsam ein Gähnen. »Entschuldige. Das soll nicht heißen, dass ich mich langweile. Ich bin bloß hundemüde. Ich hab letzte Nacht nur ein paar Stunden geschlafen.«

»Oh«, machte Alice.

Elisabeth brauchte ihr keine weiteren Erklärungen zu geben. Sie hatten beide ihr ganzes Leben lang unter schwerer Schlaflosigkeit gelitten. Das Erbe ihrer Mutter. Nach dem Tod ihres Vaters waren Alice und Elisabeth oft die ganze Nacht hindurch mit ihrer Mutter aufgeblieben, hatten in ihren Morgenmänteln nebeneinander auf der Couch gesessen, sich Videos angesehen und Malzkaffee getrunken. Den nächsten Tag hatten sie dann einfach verschlafen, trotz der Sonne, die durch die Fenster in das stille Haus fiel.

»Wie ist es in letzter Zeit mit meiner Schlaflosigkeit gewesen?«, fragte Alice.

»Keine Ahnung, ehrlich gesagt. Ich weiß nicht, ob es besser geworden ist oder nicht.«

»Du weißt es nicht?« Alice sah sie verblüfft an. Sie hielten sich gegenseitig immer auf dem Laufenden, was ihren Kampf gegen die Schlaflosigkeit betraf. »Aber … aber reden wir denn nicht miteinander?«

»Doch, natürlich, aber du hast immer so viel um die Ohren, weißt du, mit den Kindern und so, du hast ja nie Zeit, und deshalb fallen unsere Unterhaltungen vielleicht ein bisschen knapp aus.«

Alice starrte sie an. Es gefiel ihr gar nicht, was sie da hörte. Leuten, die nie Zeit hatten, die von sich selbst sagten »Ich bin *total* erledigt! Diese *Hetze* den ganzen Tag!«, hatte sie immer schon ein wenig misstraut. Wozu die Eile? Warum schalteten sie nicht einfach einen Gang herunter? Was genau veranlasste sie denn, sich dermaßen abzuhetzen?

»Oh«, sagte Alice abermals. Sie fühlte sich unerklärlicherweise gehemmt. Sie hatte das Gefühl, zwischen ihr und Elisabeth stimmte etwas nicht. Da war so eine gespreizte, höfliche Freundlichkeit zwischen ihnen, wie zwischen einstmals guten Freundinnen, die sich aber inzwischen kaum noch sahen.

Sie nahm sich vor, mit Nick darüber zu sprechen. Dass er gern über Menschen redete, sie studierte und analysierte, war einer seiner großen Vorzüge. Ihn faszinierte die Vielschichtigkeit menschlicher Beziehungen. Außerdem hatte er Elisabeth sehr gern, und wenn er sich über sie lustig machte oder sich über sie beschwerte (sie konnte einem zuweilen schrecklich auf die Nerven gehen), fand er immer den richtigen Ton, sodass Alice sich nicht verpflichtet fühlte, Partei für sie ergreifen zu müssen.

Alice betrachtete Elisabeths wunderschön geschnittenes Kostüm (nicht nur ihre, auch Elisabeths Garderobe schien 2008 wesentlich geschmackvoller geworden zu sein) und fragte: »Arbeitest du immer noch für diesen Katalog? *Die Schatztruhe?*«

Elisabeths Arbeit bestand darin, Texte für einen umfangreichen Versandhauskatalog, *Die Schatztruhe*, zu schreiben, der monatlich erschien. Sie musste sich findige, überzeugende Formulierungen für Aberhunderte Produkte ausdenken, vom Lipgloss mit Bananengeschmack über einen Eierkocher bis hin zu einem wasserdichten Transistorradio fürs Bad. Sie durfte immer eine Menge dieser Produkte mit nach Hause nehmen und verschenken, was natürlich toll war. Kam ein neuer Katalog heraus, stürzte sich die ganze Familie darauf, und jeder las Elisabeth seinen speziellen Lieblingstext daraus vor. Frannie hob alle

Ausgaben der *Schatztruhe* gut sichtbar auf und gab sie ihren Freunden zu lesen, wenn sie sie besuchten.

»*Die Schatztruhe?* Ach Gott, das ist eine halbe Ewigkeit her«, antwortete Elisabeth. Sie schaute Alice an und schüttelte den Kopf ein wenig, so als hätte sie so etwas wirklich noch nie erlebt. »Du kommst mir wie eine Zeitreisende vor, weißt du das?«

»Du arbeitest also nicht mehr dort?«, hakte Alice leicht gereizt nach. Das würde ziemlich ermüdend werden, wenn jeder sie bei jeder einfachen Frage, die sie stellte, verwundert anstarrte. Wie viel konnte sich denn in zehn Jahren geändert haben? Alles, wie es schien.

»*Die Schatztruhe* ist jetzt eine Website«, sagte Elisabeth. »Und ich habe vor ungefähr sechs Jahren dort aufgehört. Danach habe ich vier Jahre für eine Agentur gearbeitet, und seit etwa zwei Jahren gebe ich Kurse über das Abwickeln von Direct-Mail-Kampagnen. Oder Werbebriefe, wie die meisten es nennen würden. Sie sind ziemlich … nun, ziemlich erfolgreich, so merkwürdig das auch scheinen mag. Jedenfalls kann ich davon leben. Janes Anruf erreichte mich, als ich gerade einen dieser Kurse abhielt.«

»Dann bist du deine eigene Chefin?«

»Ja.«

»Wow! Ganz schön beeindruckend. Eine richtige Erfolgsgeschichte. Ich hab immer gewusst, dass du Karriere machen würdest. Kann ich mal mitkommen und dir zusehen?«

»Mitkommen und zusehen? Du willst *mir* zusehen?«, schnaubte Elisabeth.

»Oh, das habe ich wahrscheinlich schon getan, nicht wahr?«

»Nein, Alice, du hast dich nie auch nur im Geringsten für meine Seminare interessiert«, erwiderte Elisabeth. Wieder lag diese seltsame Schärfe in ihrer Stimme.

»Oh.« Alice war verwirrt. »Das ist aber … Warum denn nicht?«

Elisabeth seufzte. »Du hast einfach eine Menge um die

Ohren, Alice. Du hast nie Zeit. Das ist alles.« Schon wieder diese Anspielung!

»Außerdem habe ich das Gefühl, du findest das, was ich mache, ein bisschen … ordinär.«

»Ordinär? Das habe ich gesagt? Das habe ich über dich gesagt? So etwas würde ich niemals sagen!« Alice war entsetzt.

Hatte sie sich in einen dieser grässlichen Menschen verwandelt, die andere nach ihrem Beruf beurteilten? Sie war immer so stolz auf Elisabeth gewesen. Elisabeth war die Kluge, die Gescheite, diejenige, die herumkam, während Alice die Sicherheit des Vertrauten vorzog und blieb, wo sie war.

»Nein, nein, das hast du nie so gesagt«, entgegnete Elisabeth. »Wahrscheinlich denkst du es nicht einmal. Vergiss es einfach.«

Vielleicht, dachte Alice ängstlich, ist die andere Alice, die mein Leben in den letzten zehn Jahren gelebt hat, keine besonders nette Person.

Laut sagte sie: »Und ich? Was mache ich beruflich?«

Sie hatte als Verwaltungsangestellte in der Lohnbuchhaltung bei ABR gearbeitet. Sie hatte ihre Arbeit weder geliebt noch gehasst, es war einfach ein Job. Für sie gab es wichtigere Dinge, als Karriere zu machen. »Du bist ein richtiges Heimchen am Herd. Wie eine Hausfrau aus den 1950er-Jahren«, hatte Elisabeth einmal zu ihr gesagt, als Alice ihr gestanden hatte, dass sie einen herrlichen Tag mit Gartenarbeit, dem Nähen neuer Vorhänge für die Küche und dem Backen eines Schokoladenkuchens für Nick verbracht hatte.

»Du arbeitest nicht.« Elisabeth bedachte sie mit einem unergründlichen Blick.

»Oh, das hört sich gut an!«, sagte Alice fröhlich.

»Aber du bist immerzu beschäftigt, du hast nie Zeit.« Da, schon wieder dieses *du hast nie Zeit*! »Du machst zum Beispiel viel für die Schule.«

»Was denn für eine Schule?«

»Die deiner Kinder.«

Oh. Ach so, die Kinder. Die drei Furcht einflößenden kleinen Fremden.

»Frannie!«, sagte Alice unvermittelt. »Was ist mit Frannie? Sie ist doch nicht etwa … krank geworden oder so was, oder?« Sie brachte das Wort »gestorben« nicht über die Lippen.

»Nein, nein, Frannie geht's gut«, erwiderte Elisabeth. »Sie ist putzmunter.«

Plötzlich kam Leben in das silberfarbene Handy auf der Kommode neben Alice' Bett.

»Das ist bestimmt Nick! Endlich!« Alice fuhr herum, um nach dem Telefon zu greifen.

»Oh!« Elisabeth sprang auf. »Lass mich zuerst mit ihm reden.«

»Kommt nicht infrage. Wieso denn?« Alice hielt das Telefon so, dass Elisabeth es nicht zu fassen bekam, und drückte auf die grüne Taste, ohne ihre Antwort abzuwarten. »Hallo?«

»Ja, hi, ich bin's.« Es war tatsächlich Nick. Eine grenzenlose Erleichterung durchflutete Alice wie ein kräftiger, wärmender Schuss Brandy.

»Was ist denn passiert? Ist was mit den Kindern?« Seine Stimme war tiefer, rauer als sonst, so als wäre er erkältet.

Nick wusste also auch von »den Kindern«. Alle wussten von den Kindern.

Elisabeth hüpfte auf und ab, wedelte mit den Armen und machte eine ungeduldige Handbewegung in Richtung Telefon. Alice streckte ihr die Zunge heraus.

»Nein, nicht mit den Kindern, mit mir«, antwortete Alice. Sie hatte ihm so viel zu erzählen, sie wusste gar nicht, wo sie anfangen sollte. »Ich bin hingefallen, im … Fitnessstudio, ich war mit Jane Turner dort und hab mir den Kopf angeschlagen. Ich bin ohnmächtig geworden. Dann kam der Krankenwagen, und im

Lift wurde mir schlecht, und ich hab diesem armen Kerl direkt auf seine Schuhe gekotzt, das war so was von peinlich! Du wirst es nicht glauben, wenn ich dir von diesen Frauen und ihren Übungen, die wie Rodeoreiten aussehen, erzähle, ich kann's kaum erwarten! Das war echt zum Totlachen. Hey, du bist in Portugal, hab ich gehört, ich kann nicht glauben, dass du tatsächlich in Portugal bist! Wie ist es denn so?«

Sie hatte ihm unendlich viel zu erzählen, es kam ihr so vor, als hätte sie ihn jahrelang nicht gesehen. Sobald er aus Portugal zurück war, würden sie zum Essen zum Mexikaner gehen und reden, reden, reden.

Sie würden sich Margaritas bestellen; jetzt, wo sie nicht mehr schwanger war, konnte sie guten Gewissens wieder Alkohol trinken. Oh, sie wünschte sich nichts sehnlicher, als in diesem Augenblick mit ihm in ihrem Restaurant zu sitzen, in einer schummrigen Nische, wo er mit dem Daumen ihre Handfläche liebkoste.

Am anderen Ende der Leitung herrschte Schweigen. Wahrscheinlich der Schock über ihren Unfall.

»Aber mir geht's gut«, versicherte Alice eilig. »Es ist nichts Ernstes. Das wird schon wieder. Ich fühle mich prima.«

Da sagte er: »Warum hab ich dich dann unbedingt zurückrufen müssen, verdammte Scheiße?«

Alice zuckte zurück, als wäre sie geschlagen worden. So hatte Nick noch nie mit ihr geredet, nicht einmal im heftigsten Streit. Er sollte sie doch aus diesem Albtraum erlösen und ihn nicht noch verschlimmern.

»Nick?« Ihre Stimme bebte. Dem würde sie was erzählen, wenn er nach Hause kam! Er hatte sie wirklich tief verletzt. »Was ist denn los?«

»Ist das irgendeine neue Taktik von dir? Wenn ja, dann kapier ich sie nicht so ganz, und ich hab ehrlich gesagt auch keine Zeit für so einen Quatsch. Geht's um die Vereinbarung fürs Wochenende? Ist es das? O großer Gott, erzähl mir bloß nicht, dass es schon wieder um Weihnachten geht!«

»Warum redest du so mit mir?«, stammelte Alice. Ihr Herz raste. Nicks Aggressivität war schlimmer als alles, was ihr heute zugestoßen war. »Was habe ich dir denn getan?«

»Verflucht, verschon mich mit deinen Scheißspielchen! Ich hab wirklich keine Zeit für so was!«

Er brüllte. Er schrie sie an, und das, obwohl sie im Krankenhaus lag.

»Paprika«, flüsterte Alice mit brüchiger Stimme. »Du musst dir den Mund mit Paprika ausreiben, Nick.«

Elisabeth beugte sich vor und befahl: »Gib mir das Telefon! Los, her damit!«

Sie wand das Handy aus Alice' zitternden Fingern, hielt es sich ans eine Ohr und stöpselte sich das andere mit dem Zeigefinger zu. Sie wandte sich von Alice ab und senkte das Kinn. »Nick, hier ist Elisabeth. Hör mal, die Sache ist ziemlich ernst. Sie hat eine schlimme Kopfverletzung und leidet an Gedächtnisverlust. Sie hat alles seit 1998 vergessen. Verstehst du, was ich sage? *Alles.*«

Alice' Kopf fiel nach hinten gegen das Kissen, ihr Atem ging flach und stoßweise. Was hatte das alles zu bedeuten?

Elisabeth, die Stirn in Falten gezogen, lauschte einen Augenblick in den Hörer. »Ja, ja, ich weiß, aber sie kann sich nicht daran erinnern, verstehst du?« Eine Pause. Dann: »Ben kümmert sich um sie. Er hat sie zum Schwimmunterricht gefahren, und ich denke, wir werden heute bei ihnen übernachten, und dann …« Pause. »Ja, okay, und dann kann deine Mum sie abholen, wie es abgemacht war. Ich bin sicher, dass Alice bis Sonntagabend wieder auf den Beinen ist und alles wieder normal läuft.« Pause. »Nein, ich hab noch nicht mit dem Arzt gesprochen.« Pause. »Gut. In Ordnung. Soll ich dir Alice noch mal geben?«

Alice streckte die Hand nach dem Telefon aus (Nick hatte sich sicherlich beruhigt), aber da sagte Elisabeth: »Oh. Okay, also dann, bis bald, Nick.« Sie drückte die Auflegen-Taste.

»Er wollte nicht mit mir reden? Er wollte tatsächlich nicht mit mir reden?« Alice spürte schmerzhafte Stiche am ganzen Körper, so als ob ein dürrer, langer Hexenfinger sich voll genüsslicher Grausamkeit in sie bohrte.

Elisabeth klappte das Handy zu, legte ihre Hand auf den Arm ihrer Schwester und sagte sanft: »Du wirst dich bald wieder an alles erinnern. Es ist alles in Ordnung. Es ist nur so, dass ihr euch getrennt habt, Nick und du.«

Alice hatte das Gefühl, dass alles ringsumher auf einen Punkt in der Mitte zwischen Elisabeths sich bewegenden Lippen zutaumelte. Sie konzentrierte sich angespannt auf diese Lippen, die himbeerrot geschminkt und in einem dunkleren Rot umrandet waren. Elisabeth benutzte anscheinend einen Konturenstift. Nicht zu fassen! Sie zeichnete die Konturen ihrer Lippen nach!

Was sagte sie da? Sie musste sich verhört haben.

»Was?«, fragte Alice.

»Ihr habt die Scheidung eingereicht«, sagte Elisabeth.

Das glaub ich nicht!, dachte Alice.

8

Alice hatte beim Schminken ein Glas Champagner mit ihren Brautjungfern getrunken, ein weiteres halbes Glas in der Limousine, dreieinviertel Gläser (einschließlich Erdbeeren) beim Hochzeitsempfang und dann noch ein Glas mit Nick, als sie in dieser Nacht auf ihrem übergroßen Doppelbett im Hotelzimmer saßen.

Sie war also ziemlich beschwipst, aber das war völlig in Ordnung, schließlich war sie die Braut, und es war ihr Hochzeitstag, und alle hatten ihr versichert, wie wunderschön sie aussehe, und deshalb war das ein wunderschöner romantischer Schwips, den sie sicher nicht mit einem Kater würde büßen müssen.

»Gefällt dir mein Brautkleid?«, fragte sie Nick zum vermutlich dritten Mal, während sie mit einer Hand über den schimmernden, edlen Stoff strich. Elfenbeinfarbener Herzoginnenseidensatin hieß das Gewebe. Es zu berühren, verschaffte ihr ein sinnlich genussvolles Gefühl und erinnerte sie an den seidigen rosaroten Stoff, mit dem ihre Spieldose ausgekleidet war, die sie als kleines Mädchen besessen hatte. Aber das hier war sogar noch besser, denn damals hatte sie sich so sehr gewünscht, sie könnte in die Spieldose schlüpfen und sich auf den rosaroten Satin legen. »Ich liebe mein Brautkleid. Es sieht irgendwie wie Zaubereiscreme aus, findest du nicht? Warum schleckst du es nicht einfach auf?«

»Würde ich ja gern«, antwortete Nick, »aber ich kann nicht mehr! Ich hab drei Stück Kuchen gegessen. Die Torte war einsame Spitze. Die Leute werden noch nach Jahren von unserer Hochzeitstorte schwärmen, du wirst sehen. Die meisten Hochzeitstorten sind fade, aber unsere nicht. Ich bin echt stolz auf unsere Torte. Ich hab sie nicht gebacken, aber ich bin echt stolz darauf. Ein Prosit auf die Torte!«

Anscheinend hatte auch Nick dem Champagner kräftig zugesprochen.

Alice stellte ihr Glas auf dem Nachttischchen ab und ließ sich in ihrem raschelnden Kleid aufs Bett fallen. Nick legte sich neben sie. Er hatte seinen Schlips abgelegt und sein weißes Smokinghemd aufgeknöpft. Seine Augen waren leicht gerötet, auf Wangen und Kinn warfen die ersten Barthärchen seit der morgendlichen Rasur einen bläulichen Schatten, aber sein Haar saß immer noch perfekt. Alice berührte es und zog dann ihre Hand zurück. »Fühlt sich an wie Stroh!«

»Meine Schwestern«, sagte Nick zur Erklärung. »Mit Gel bewaffnet.«

Er strich Alice übers Haar und sagte: »Fühlt sich hübsch synthetisch an, Frau.«

»Haarspray, Mann. Jede Menge Haarspray.«

»Ehrlich, Frau?«

»Wenn ich es dir sage, Mann.«

»Interessant, Frau.«

»Werden wir noch lange so weiterreden, Mann?«

»Auf gar keinen Fall, Frau.«

Sie schauten beide an die Decke und schwiegen.

»Was sagst du zu Ellas Rede?«, fragte Alice nach einem Augenblick.

»Ich glaube, sie sollte ergreifend sein.«

»Ah!«

»Und was sagst du zum Kleid deiner Tante Dingsbums?«

»Ich glaube, es sollte … äh … schick sein.«

»Ah!«

Sie brachen in gedämpftes Kichern aus.

Alice drehte sich auf die Seite. »Stell dir vor«, begann sie, und ihre Augen wurden feucht (sie wurde immer sentimental, wenn sie zu viel Champagner getrunken hatte), »stell dir vor, wir wären uns nie begegnet …«

»Das war Schicksal«, erwiderte Nick. »Dann wären wir uns eben einen Tag später begegnet.«

»Aber ich glaube nicht an Schicksal!«, wimmerte Alice.

Sie schwelgte in dem lustvollen Gefühl heißer Tränen, die ihr über die Wangen liefen, wo ihre dreifach aufgetragene Wimperntusche schwarze Schlieren hinterlassen würde. Sie fand es regelrecht beängstigend, dass sie Nick nur durch einen unglaublichen Zufall kennengelernt hatte. Genauso gut hätte es nie passieren können, und dann hätte sie gleichsam halb tot ein Schattendasein geführt, wie irgendein im Wald beheimatetes Wesen, das nie die Sonne sieht. Sie hätte nicht einmal geahnt, wie sehr sie lieben und geliebt werden konnte. Elisabeth hatte einmal in sehr bestimmtem, ernstem Ton gesagt, wer nicht aus sich heraus glücklich sei, könne es auch durch den richtigen Mann nicht werden, und Alice hatte gelassen dazu genickt und gedacht: Hast du eine Ahnung!

»Wenn wir uns nie begegnet wären«, fuhr Alice fort, »wäre heute ein Tag wie jeder andere, und wir würden jetzt in verschiedenen Wohnungen vor dem Fernseher sitzen, und ich hätte Jogginghosen an und … und wir würden morgen nicht in die Flitterwochen fahren!« Das ganze Ausmaß dessen, was hätte sein können, traf sie mit voller Wucht. Entsetzen packte sie.

»Wir würden zur Arbeit gehen! Zur *Arbeit*!«

»Komm her zu mir, meine allerliebste betrunkene Braut.« Nick zog sie an sich, und sie legte den Kopf an seine Schulter. Sie konnte sein Aftershave riechen; er duftete viel stärker danach als sonst, wahrscheinlich hatte er sich an diesem Morgen eine Extraportion ins Gesicht gespritzt, sie konnte ihn direkt vor sich sehen, wie er sich das Rasierwasser in die Haut klopfte, und das fand sie so unglaublich süß von ihm, dass sie noch heftiger weinte. »Die Hauptsache ist doch«, sagte er, »pass gut auf, was ich jetzt sage, ist wirklich sehr wichtig und sehr klug – bist du so weit?«

»Ja.«

»Okay. Die Hauptsache ist doch, *dass* wir uns begegnet sind.«

»Stimmt«, pflichtete Alice ihm bei. »Wir sind uns begegnet.«

»Und deshalb ist alles gut geworden.«

»Richtig«, schniefte Alice. »Es ist alles gut geworden.«

»Es ist alles gut geworden.«

Und dann waren sie in einen tiefen, erschöpften Schlaf gesunken, eingehüllt in Alice' Brautkleid aus elfenbeinfarbenem Herzoginnenseidensatin. Ein einzelnes rotes Konfettiblättchen klebte Nick seitlich im Gesicht. Es hinterließ einen roten, kreisrunden Abdruck, den er die ersten drei Tage ihrer Flitterwochen mit sich herumtrug.

»Wir haben uns bestimmt nur heftig gestritten«, sagte Alice zu Elisabeth. »Wir lassen uns doch nicht scheiden. Wir würden uns nie scheiden lassen!«

Das war so ein hässliches Wort – Scheidung. Nein, nein.

Nicht sie und Nick. Niemals.

Nicks Eltern hatten sich scheiden lassen, als er noch ein Kind war. Er erinnerte sich noch ganz genau daran, an jede Einzelheit. Bei jeder Nachricht von einer Scheidung – selbst wenn es sich dabei um ein lachhaftes, drittklassiges Promi-Pärchen handelte –, sagte Nick im traurigen Tonfall einer Großmutter:

»Ach herrje, das ist wirklich eine Schande.«

Nick glaubte an die Ehe. Seiner Meinung nach machten es sich die Leute zu einfach, trennten sich viel zu schnell, wenn Schwierigkeiten in ihrer Beziehung auftraten. Falls sie jemals Probleme in ihrer Ehe hätten, hatte er einmal zu Alice gesagt, würde er Himmel und Erde in Bewegung setzen, um alles wieder ins Lot zu bringen. Alice hatte ihn nicht ernst genommen, weil es ja gar nicht nötig sein würde, Himmel und Erde in Bewegung zu setzen. Ein paar Stunden Rückzug in getrennte Zimmer, eine Umarmung im Flur, ein Schokoriegel, den man dem anderen unter den Ellenbogen schob, oder ein leichter Rippenstoß, der bedeutete: »Lass uns wieder Frieden schließen!«, und schon vertrugen sie sich wieder.

Nick hatte eine regelrechte Scheidungsphobie, seine einzige

Phobie. Falls sie wirklich die Absicht hatten, sich scheiden zu lassen, würde er am Boden zerstört sein. Das, wovor er sich am meisten gefürchtet hatte, war eingetroffen. Er tat Alice in der Seele leid.

»Hatten wir einen wirklich bösen Streit?«, fragte sie Elisabeth. Sie war entschlossen, der Sache auf den Grund zu gehen, sie aus der Welt zu schaffen.

»Ich glaube nicht, dass es nur ein einziger Streit war, eher eine ganze Reihe von Reibereien, aber du hast mir, ehrlich gesagt, nicht allzu viel darüber erzählt. Du hast mich nur am Tag, nachdem Nick ausgezogen war, angerufen und gemeint …«

»Er ist *ausgezogen*? Er ist von zu Hause ausgezogen?«

Der Gedanke war so unfassbar, dass er ihre Vorstellungskraft sprengte. Sie versuchte, sich die Szene bildlich vorzustellen – Nick, wie er ein paar von seinen Sachen in einen Koffer schmiss, aus dem Haus stürmte, die Tür hinter sich zuknallte, zu einem gelben Taxi stapfte, das schon am Straßenrand wartete. Es musste ein gelbes Taxi sein, so wie in Amerika, weil das alles unmöglich Wirklichkeit sein konnte, das konnte nur eine von herzzerreißender Musik untermalte Filmszene sein. Das war doch nicht ihr Leben!

»Alice, ihr habt euch vor sechs Monaten getrennt. Aber du wirst sehen, sowie dein Erinnerungsvermögen zurückgekehrt ist, wirst du merken, dass das völlig in Ordnung ist, dass du überhaupt kein Problem damit hast. Du hast es selbst so gewollt. Ich habe erst letzte Woche mit dir darüber gesprochen. ›Bist du sicher, dass du das wirklich willst?‹, habe ich dich gefragt, und du hast geantwortet: ›Absolut sicher. Unsere Ehe ist schon vor langer Zeit in die Brüche gegangen.‹«

Lügnerin! Das hatte sie sich doch ausgedacht! Bemüht, sich ihren Zorn nicht anmerken zu lassen, erwiderte Alice: »Das sagst du doch nur, damit ich mich nicht aufrege, hab ich recht?

In die Brüche gegangen! So etwas würde ich nie sagen. Das klingt nicht einmal nach mir! So rede ich doch gar nicht. Warum tust du das? Das alles ist schon schwer genug für mich.«

»O Alice«, seufzte Elisabeth traurig. »Glaub mir, daran ist nur deine Kopfverletzung schuld, das ist nur … oh, hallo, guten Tag!«

Eine Krankenschwester, die bisher noch nicht da gewesen war, hatte den Trennvorhang energisch zurückgezogen. Elisabeth war sichtlich erleichtert über die Ablenkung.

»Wie geht es Ihnen?« Die Schwester legte Alice einmal mehr eine Manschette zur Blutdruckmessung um den Oberarm und pumpte sie auf.

»Gut«, antwortete Alice resigniert. Sie kannte die Prozedur mittlerweile: Blutdruck messen, Pupillen prüfen, Fragen stellen.

»Ihr Blutdruck ist gestiegen«, bemerkte die Schwester, als sie den Wert notierte.

Mein Mann hat mich gerade angeschrien, als wäre ich sein schlimmster Feind. Mein wunderbarer Nick. Mein Nick. Ich würde es ihm gern erzählen, weil er außer sich wäre, wenn irgendjemand so mit mir spräche. Er ist immer der Erste, dem ich es erzählen will, wenn ich mich über jemanden aufgeregt habe. Ich kann es kaum erwarten, nach Hause zu kommen, ich trete das Gaspedal fast bis zum Boden durch, denn sobald ich mir alles von der Seele geredet habe und sehe, wie sein Gesicht lodert vor Wut über das, was ich erlebt habe, ist es besser; dann ist alles wieder gut.

Nick, du wirst nicht glauben, wie dieser Kerl mit mir geredet hat! Wenn ich dir das erzähle, dann würdest du ihm am liebsten eins auf die Nase hauen. Das Komische ist nur, dass du es warst, Nick. Du warst dieser Kerl.

»Sie hat ein paar Schocks erlitten«, sagte Elisabeth.

»Sie sollten jede Aufregung vermeiden, Sie brauchen jetzt vor allem Ruhe.« Die Schwester beugte sich über Alice, hob mit einer raschen, federleichten Berührung ihre Augenlider an und leuchtete ihr mit ihrer kleinen Stablampe in die Pupillen. Ihr Parfüm erinnerte Alice an etwas – oder jemanden? –, aber als die Schwester sich aufrichtete, verflüchtigte sich auch dieses Gefühl sofort wieder. Würde das von jetzt an ihr Leben sein, eine Aneinanderreihung von Déjà-vu-Erlebnissen, irritierend wie ein juckender Ausschlag?

»Ich werde Ihnen jetzt wieder ein paar langweilige Fragen stellen, in Ordnung?«, fuhr die Schwester fort. »Wie heißen Sie?«

»Alice Mary Love.«

»Und wo sind Sie, und warum sind Sie hier?«

»Ich bin im Royal North Shore Hospital, weil ich im Fitnessstudio gestürzt und auf den Kopf gefallen bin.«

»Und welchen Tag haben wir heute?«

»Freitag, den 2. Mai … 2008.«

»Gut, hervorragend!« Die Schwester drehte sich zu Elisabeth um, als müsste diese beeindruckt sein. »Wir überprüfen nur, ob ihre kognitiven Fähigkeiten durch die Verletzung beeinträchtigt wurden.«

Elisabeth blinzelte gereizt. »Toll, fantastisch, aber sie glaubt trotzdem immer noch, dass es 1998 ist.«

Alte Petze, dachte Alice. Laut sagte sie: »Ist gar nicht wahr! Ich weiß, dass wir 2008 haben. Das habe ich doch gerade gesagt.«

»Sie hat alles seit 1998 vergessen«, fuhr Elisabeth unbeirrt fort. »Oder fast alles. Sie kann sich nicht an ihre Kinder erinnern. Sie kann sich nicht daran erinnern, dass ihre Ehe in die Brüche gegangen ist.«

Dass ihre Ehe in die Brüche gegangen ist. In die Brüche gegangen. Wie Glas. Oder ein Ei.

Alice machte die Augen zu und beschwor Nicks Gesicht herauf, vom Schlaf zerknittert auf dem Kissen neben ihr an einem

Sonntagmorgen. Manchmal standen ihm die Haare senkrecht vom Kopf ab, oben, genau in der Mitte. »Du hast einen Irokesenkamm«, sagte Alice, als sie es zum ersten Mal bemerkte. »Na klar«, erwiderte er. »Es ist Sonntag. Der Tag des Irokesenkamms.« Selbst mit geschlossenen Augen spürte er, wenn sie wach war und ihn betrachtete und auf eine Tasse Tee im Bett hoffte. »Vergiss es«, sagte er, noch bevor sie die Frage gestellt hatte. »Denk nicht mal dran, Frau.« Und dann stand er doch jedes Mal auf, um ihr ihren Tee ans Bett zu bringen.

Alice hätte alles, wirklich alles dafür gegeben, läge sie jetzt neben Nick im Bett und wartete auf ihren Tee. Vielleicht hatte er es sattgehabt, ihr immer ihren Tee aufbrühen und ans Bett servieren zu müssen? War es das? Hatte sie ihn zu sehr für selbstverständlich genommen? Wofür hielt sie sich denn, für eine Art Prinzessin, die, ohne sich wenigstens vorher die Zähne zu putzen, im Bett auf ihren Tee wartete? So hübsch, dass ihr ein solches Benehmen nachgesehen wurde, war sie nicht. Sie hätte aufstehen sollen, bevor er aufwachte, sich frisieren und schminken, ihm Pfannkuchen mit Erdbeeren machen und sie ihm in einem langen Spitzenneglig̃é servieren sollen. So brachte man neuen Schwung in eine Beziehung! In den Frauenmagazinen, die sie las, mangelte es doch weiß Gott nicht an Ratschlägen. Das gehörte zum Grundwissen! Sie hatte das Gefühl, unverzeihlich nachlässig – gedankenlos, achtlos – mit dem kostbarsten, wundervollsten Geschenk, das sie je erhalten hatte, umgegangen zu sein.

Alice hörte, wie Elisabeth leise und mit Nachdruck auf die Krankenschwester einredete – ob sie mit dem Arzt sprechen könne, welche Untersuchungen bisher durchgeführt worden seien. »Woher wissen Sie, dass sie nicht vielleicht ein Gerinnsel im Gehirn hat?« Elisabeths Stimme war eine Spur hysterisch geworden, und Alice musste schmunzeln. Elisabeth übertrieb mal wieder, wie üblich.

(Andererseits, war es möglich, dass sich ein Blutgerinnsel gebildet hatte? Irgendein dunkles, unheilvolles Ding, das in ihrem Kopf herumflatterte wie eine bösartige Fledermaus? Ja, das sollten sie wirklich abklären.)

Vielleicht war Nick ihrer überdrüssig geworden, weil sie ihn langweilte. War es das? In der Highschool hatte sie einmal zufällig ein Mädchen sagen hören: »Alice ist ganz in Ordnung, wenn sie nur nicht so eine Transuse wäre.«

Eine Transuse. Das Mädchen hatte es ohne jede Bosheit gesagt, so als handelte es sich um eine Tatsache, und Alice, damals vierzehn, hatte es kalt überlaufen, als sie die Bestätigung dafür bekommen hatte, was sie selbst immer von sich gedacht hatte. Ja, natürlich war sie fade und langweilig, zum Sterben langweilig! Andere Leute hatten einen so viel faszinierenderen Charakter. Im selben Jahr hatte sich ein Junge beim Bowling einmal zu ihr herübergebeugt, so nahe, dass sie seinen süßlichen Cola-Atem riechen konnte, und gesagt: »Du hast ein Gesicht wie ein Schwein.« Und damit hatte er ihren lang gehegten Verdacht bestätigt: Sie hatte keine süße kleine Stupsnase, wie ihre Mutter immer beteuerte, sie hatte eine richtige Schnauze, einen Schweinerüssel.

Der Junge hatte ein hageres, spitzes Rattengesicht mit winzigen Knopfaugen. Alice war schon fünfundzwanzig, als ihr der Gedanke kam, dass sie mit dieser Retourkutsche hätte reagieren sollen, aber die Regel besagte nun einmal, dass die Jungs darüber entschieden, welches Mädchen hübsch war und welches nicht; es spielte im Grunde keine Rolle, wie potthässlich sie selbst waren.

Vielleicht hatte sich eines Morgens, als Nick ihr eine Tasse Tee ans Bett brachte, der Schleier über seinen Augen ganz plötzlich gehoben, und er hatte gedacht: He, Moment mal, wie konnte ich nur diese langweilige, fade Transuse mit ihrem schweineartigen Gesicht heiraten?

O Gott, war es möglich, dass die schreckliche Unsicherheit von früher immer noch so dicht an der Oberfläche lauerte? Sie war doch eine erwachsene Frau, sie war neunundzwanzig Jahre alt!

Kürzlich, als sie auf dem Heimweg vom Friseur war und sich richtig gut fühlte, trippelte eine Schar junger Mädchen an ihr vorbei. Ihr schrilles Gekicher veranlasste sie, ihrem vierzehnjährigen Ich eine Nachricht in die Vergangenheit zu übermitteln: Mach dir keine Sorgen, alles wird gut. Du kriegst Persönlichkeit, du findest einen Job, du wirst die richtige Frisur für dich finden, und du wirst einen Jungen kennenlernen, der dich für wunderschön hält. An diesem Tag hatte sie eine unglaubliche innere Reife verspürt, so als wären ihre pubertären Ängste und ihre gescheiterten Beziehungen Teil eines annehmbaren Plans gewesen, der sie zu Nick und zu diesem Augenblick geführt hatte, in dem sie neunundzwanzig Jahre alt und endlich alles so sein würde, wie es sein sollte.

Neununddreißig. Nicht neunundzwanzig. Sie war neununddreißig. Und die Begegnung mit diesen Teenagern auf dem Heimweg vom Friseur musste zehn Jahre zurückliegen.

Elisabeth trat wieder ans Bett und setzte sich zu Alice. »Sie will versuchen, ob sie die Ärztin dazu bewegen kann, noch einmal vorbeizuschauen. Das scheint eine Mordssache zu sein, weil du nur zur Beobachtung hier bist und die Ärztin ›äußerst beschäftigt‹ ist, aber sie wird sehen, ›was sie tun kann‹. Das heißt, die Chancen stehen wahrscheinlich gleich null.«

Alice sah sie an. »Bitte sag, dass das nicht wahr ist. Das mit Nick.«

»O Alice.«

»Ich liebe ihn doch. Ich liebe ihn wirklich. Ich liebe ihn so sehr!«

»Du hast ihn geliebt. Früher einmal.«

»Nein, ich liebe ihn noch immer. Jetzt, in diesem Augenblick. Ich weiß, dass ich ihn noch immer liebe.«

Elisabeth gab ein zischendes, mitleidiges Geräusch von sich und hob resigniert die Hände. »Wenn dein Erinnerungsvermögen erst einmal zurückgekehrt ist ...«

»Aber wir sind doch glücklich!«, fiel Alice ihr verzweifelt ins Wort. Warum wollte Elisabeth das nicht verstehen? »Glücklicher kann man gar nicht sein.« Tränen rollten ihr seitlich übers Gesicht und in ihre Ohren, wo sie kitzelten. »Was ist passiert? Hat er sich in eine andere verliebt? Ist es das?«

Nein, bestimmt nicht. Ausgeschlossen. Nicks Liebe zu Alice war eine Tatsache. Eine unumstößliche Tatsache. Und Tatsachen durfte man als gegeben hinnehmen. Einmal, als Nick sich hatte überreden lassen, sich mit Alice ein Musical anzusehen (dabei mochte er selbst Musicals ganz gern), hatte ein Freund gespottet: »Mir scheint, du stehst ganz schön unterm Pantoffel.« Nick hatte nur mit den Achseln gezuckt. »Was soll ich tun, Kumpel? Ich liebe sie mehr als die Luft zum Atmen.«

Sicher, er hatte zu dem Zeitpunkt schon ein paar Bierchen gekippt, aber er hatte das in einer Kneipe gesagt, wo er und seine Freunde gern die harten Kerle markierten. Er liebte sie mehr als die Luft zum Atmen, hatte er gesagt.

Und jetzt brauchte der Junge plötzlich keine Luft zum Atmen mehr?

Elisabeth berührte mit ihrem Handrücken Alice' Stirn und strich ihr übers Haar. »Soviel ich weiß, gibt es niemand anderen, und du hast recht, ihr wart glücklich miteinander, und ihr hattet eine wunderbare, eine ganz besondere Beziehung. Ich kann mich gut daran erinnern. Aber die Dinge ändern sich nun mal. Die Menschen ändern sich. Das passiert einfach. So ist das Leben. Die bevorstehende Scheidung ändert nichts an der Tatsache, dass du diese vielen wunderbaren Jahre gehabt hast. Die kann dir keiner nehmen. Und ich schwöre dir, du wirst glücklich sein über die gegenwärtige Situation, sobald du dich wieder erinnern kannst.«

»Nein.« Alice schloss die Augen. »Nein, ganz bestimmt nicht. Ich will nicht glücklich darüber sein.«

Während Elisabeth ihr zärtlich die Stirn streichelte, schweiften Alice' Gedanken in ihre Kindheit zurück, zu jenem Tag, an dem sie von einer Geburtstagsparty nach Hause kam, noch immer ganz aufgedreht, weil sie eines der Geburtstagsspiele gewonnen hatte. In der einen Hand hielt sie einen Luftballon, in der anderen einen Korb aus glänzender Pappe voller Lutscher. Elisabeth passte sie an der Haustür ab und befahl: »Komm mit.«

Alice trottete brav hinter ihr her, bereit für das neue Spiel, das Elisabeth sich ausgedacht haben musste, und bereit, ihre Süßigkeiten mit ihrer Schwester zu teilen (bis auf eine ganz bestimmte Sorte, die Schaumgummizähne, die sie schrecklich gern mochte). Als sie, ihren Luftballon hinter sich herziehend, am Wohnzimmer vorbeikam, fielen ihr die vielen fremden Erwachsenen auf, die sich um ihre Mum scharten. Mum saß auf der Couch und hatte den Kopf in einem merkwürdigen Winkel nach hinten geneigt (komisch, aber vielleicht hatte sie ja Kopfschmerzen). Alice rief ihr keinen Gruß zu, weil sie fürchtete, sich dann mit all den fremden Erwachsenen unterhalten zu müssen. Sie folgte Elisabeth durch den Flur zu ihrem Zimmer.

Dort sagte Elisabeth: »Ich muss dir etwas sagen, etwas wirklich Schlimmes, du solltest deinen Schlafanzug anziehen und dich hinlegen und darauf gefasst sein, damit es nicht so wehtut.«

Alice fragte nicht: »Was denn? Was musst du mir sagen? Ich will es jetzt gleich wissen!«, weil sie erst sechs Jahre alt und ihr noch nie etwas wirklich Schlimmes widerfahren war. Außerdem machte sie immer, was Elisabeth wollte. Also schlüpfte sie in ihren Schlafanzug, während Elisabeth eine Wärmflasche mit heißem Wasser füllte und sie dann in einen Kissenbezug steckte. Danach holte sie Wick VapoRub, ein Glas Wasser und ein halbes Aspirin und einen Löffel Honig. So machte ihre Mutter es immer, wenn eine von ihnen krank war, und Alice fand es wunderbar, krank zu sein. Elisabeth deckte ihre Schwester gut zu, nachdem sie ihr die Brust mit der Erkältungssalbe eingerieben hatte, und strich ihr die Haare aus der Stirn, so wie ihre Mum es immer machte, wenn eine von ihnen wirklich schlimme Bauchschmerzen hatte. Alice schloss die Augen und genoss all die guten Seiten des Krankseins, ohne sich wirklich krank zu fühlen.

Nach einer Weile sagte Elisabeth: »Okay, jetzt muss ich dir das Schlimme sagen. Es wird dich traurig machen, und du wirst verdutzt sein, also mach dich darauf gefasst, okay? Steck den Daumen in den Mund, wenn du willst.« Da hatte Alice die Augen aufgemacht und ihre Schwester verstört angeschaut, weil sie schon lange nicht mehr am Daumen lutschte, es sei denn, sie hatte einen wirklich furchtbaren Tag, und selbst dann nuckelte sie nur an der Daumenspitze. Und dann sagte Elisabeth: »Daddy ist gestorben.«

Alice wusste später nicht mehr, was sie bei diesen Worten empfunden hatte oder was danach passiert war. Das Einzige, woran sie sich erinnerte, waren Elisabeths Bemühungen, sie vor ihren traurigen Gefühlen zu beschützen. Sie war schon vierundzwanzig, als ihr plötzlich klar wurde, dass Elisabeth damals ja selbst noch ein kleines Mädchen gewesen war. Sie hatte sie angerufen, um mit ihr darüber zu reden und sich bei ihr zu bedanken, aber das Komische war, dass Elisabeth jenen Tag, an dem ihr Dad gestorben war, ganz anders in Erinnerung hatte. Sie wusste nicht einmal mehr, dass sie Alice zu Bett gebracht und umsorgt hatte.

Sie hatte allerdings auch schon einmal eine Nagelschere nach Alice geworfen, die sich ihr ins Genick gebohrt hatte. Aber dennoch …

Jetzt schlug Alice die Augen auf und flüsterte: »Du bist eine wunderbare große Schwester.«

Elisabeth zog ihre Hand zurück. »Nein, das bin ich nicht«, erwiderte sie nüchtern.

Eine Zeit lang schwiegen sie beide. Dann fragte Alice: »Und, Libby, bist du denn glücklich? Du wirkst so …« Todunglücklich, hätte sie am liebsten gesagt.

»Mir geht's gut.« Elisabeth schien zu überlegen, was sie hinzufügen sollte, aber nichts Passendes zu finden.

Sei doch einfach du selbst!, hätte Alice sie anschreien mögen.

Zu guter Letzt sagte Elisabeth: »Mir scheint, in unser beider Leben ist es nicht ganz so gelaufen, wie wir uns das mit dreißig vorgestellt haben.«

Bevor Alice etwas darauf erwidern konnte, rief eine Stimme: »Na, endlich! Da seid ihr ja! Ich dachte schon, ich würde euch nie mehr finden!«

Eine Frau trat ans Fußende des Bettes, ihr Gesicht hinter einem großen Strauß gelber Tulpen verborgen.

Dann ließ sie den Blumenstrauß sinken. Alice blinzelte verwirrt.

9

»Mum?«, sagte Alice ungläubig.

Am Fußende des Bettes stand Alice' Mutter, aber diese Barb Jones unterschied sich drastisch von jener, die Alice kannte.

Zuerst einmal ihre Haare (genauso gut hätte man aber auch

woanders anfangen können): Sie trug sie nicht mehr kurz und braun in jenem unauffälligen Nonnenhaarschnitt, so wie Alice sie ihr ganzes Leben lang gekannt hatte. Nein, jetzt fiel es ihr in einem satten Mahagonirot bis über die Schultern, rechts und links vom Gesicht zurückgesteckt (sodass ihre abstehenden Koboldohren lustig hervortraten) und oben mit einer großen, feschen, tropischen Seidenblume geschmückt.

Und dann ihr Make-up! Ihre unscheinbare, farblose Mutter, die normalerweise höchstens einen schuldbewussten Hauch blassrosa Lippenstift trug, war geschminkt wie für einen Bühnenauftritt. Ihre Lippen waren mahagonirot wie ihre Haare, ihre Augenlider lila, ihre Wangen leuchtend rot, ihre zu dunkle Grundierung war zu dick aufgetragen, und zu allem Überfluss hatte sie sich, man sollte es nicht für möglich halten, falsche Wimpern angeklebt. Zu einem Neckholderglitzertop, das sich unter einem breiten schwarzen Gürtel eng an ihre Taille schmiegte, trug sie einen schwingenden scharlachroten Rock. Alice hob den Kopf ein wenig und sah Netzstrümpfe und hochhackige Riemchenschuhe.

»Alles in Ordnung, mein Schatz?«, fragte ihre Mutter. »Ich hab doch immer gesagt, diese Step-Aerobic-Kurse sind nicht gut für deine Gelenke. Siehst du, das hast du jetzt davon!«

»Gehst du auf einen Kostümball?«, wollte Alice wissen. Das wäre zwar völlig ungewöhnlich, aber wenigstens würde es diese komische Aufmachung erklären.

»Aber nein, Dummerchen, ich hatte eine Vorführung in der Schule, als Elisabeth anrief, habe ich alles stehen und liegen lassen und bin gleich hergekommen, ohne mich vorher umzuziehen. Dass die Leute mich anstarren, bin ich mittlerweile ja gewöhnt. Aber lassen wir das jetzt. Was genau ist denn passiert? Was sagen die Ärzte? Du bist ja leichenblass!«

Ihre Mutter setzte sich zu ihr auf die Bettkante und tätschelte ihr das Bein. Funkelnde Armreifen klirrten an ihrem Handgelenk.

War ihre Mutter etwa braun gebrannt? Trug ihre Mutter etwa Dekolleté?

»Eine Vorführung? Was denn für eine Vorführung?« Alice starrte dieses exotische Geschöpf, das ihre Mutter war und auch wieder nicht, unverwandt an. Anders als Elisabeth hatte Mum keine neuen Falten bekommen. Die dicke Make-up-Schicht ließ ihr Gesicht glatt und makellos und dadurch sogar jünger erscheinen.

»Alice hat ihr Gedächtnis verloren, Mum, zumindest teilweise«, erklärte Elisabeth. »Sie hat alles seit 1998 vergessen.«

»Oje, das hört sich aber gar nicht gut an! Sie ist mir doch gleich so blass vorgekommen. Wahrscheinlich eine Gehirnerschütterung. Schlaf ja nicht ein! Nach einer Gehirnerschütterung darf man auf keinen Fall einschlafen! Hörst du, Alice, Schätzchen, *du musst unbedingt wach bleiben*!«

»Nach heutigem Stand ist das ein Märchen«, warf Elisabeth ein. »Das wird heute nicht mehr empfohlen.«

»Also, ich weiß nicht so recht. Ich habe gerade erst kürzlich im Readers Digest über diesen kleinen Jungen gelesen, Andy hieß er, er ist draußen im Busch von einem dieser Minimotorräder gefallen und mit dem Kopf aufgeschlagen, und genau das Gleiche ist Sandras Enkel passiert, also, ich würde Tom auf keinen Fall mit diesen Dingern fahren lassen, Alice, obwohl der kleine Satansbraten es bestimmt liebend gern täte, weil sie schrecklich gefährlich sind, sogar dann, wenn man einen Helm trägt, aber dieser kleine Junge, dieser Andy, hatte keinen auf, war es Andy oder vielleicht eher Arnie, obwohl, so einen lustigen, altmodischen Namen hört man heutzutage nicht mehr oft …«

»Mum!«, fiel Alice ihr ins Wort. Sie wusste, dass es aus diesem Andy-Arnie-Labyrinth keinen Ausweg geben würde. Ihre

Mutter war immer schon ein krankhaftes Plappermaul gewesen. In der Öffentlichkeit allerdings dämpfte sie ihre Stimme aus Rücksicht auf ihre Umgebung so sehr, dass man sie immerzu auffordern musste: »Sprich lauter, Mum!« Kam jemand hinzu, den sie nicht seit mindestens zwanzig Jahren gut kannte, brach ihr Geplapper mitten im Satz ab wie ein Radio, das abgestellt worden war, und sie zog den Kopf ein, vermied jeden Blickkontakt und lächelte so gehemmt, dass es einen rasend machte. Ihre Schüchternheit war extrem.

Als Alice und Elisabeth noch zur Schule gingen, wurde sie vor den Elternabenden vor Nervosität regelrecht krank. Weiß im Gesicht und am ganzen Körper zitternd, kam sie wieder nach Hause, kaum imstande, sich an das, was die Lehrer gesagt hatten, zu erinnern, was Elisabeth jedes Mal zur Weißglut trieb, weil sie doch all die netten Dinge hören wollte, die die Lehrer über sie sagten. (Alice interessierte das nicht – die meisten Lehrer wussten wahrscheinlich sowieso nicht, wer sie war. Sie litt wie ihre Mutter unter Schüchternheit, fast so, als hätte sie diese gesellschaftlich nicht akzeptierte Eigenschaft geerbt.)

Jetzt sprach Alice' Mutter in normaler Lautstärke (eigentlich sogar ein bisschen lauter, als nötig gewesen wäre), und sie blickte sich auch nicht ständig verstohlen nach allen Seiten um, ob sich vielleicht von irgendwo ein einflussreicher Fremder näherte. Außerdem hielt sie ihren Kopf anders als sonst, das Kinn vorgereckt und den Hals kerzengerade, wie ein Pfau. Diese Haltung erinnerte Alice an jemanden – an jemanden, den sie garantiert nicht vergessen hatte, den sie sehr gut kannte, auch wenn sein Name ihr im Moment entfallen war.

»Ich verstehe trotzdem immer noch nicht, warum du so aufgetakelt bist, Mum«, sagte Alice. »Du siehst einfach … unglaublich aus.«

*

ELISABETHS TAGEBUCH FÜR DR. HODGES

Ich flehte im Stillen: Bitte sag nichts von Roger, Mum! Bitte erwähne seinen Namen nicht! Sie kann keine weiteren Schocks mehr verkraften. Am Ende explodiert noch ihr Gehirn.

*

»Nun, wie ich sagte, Schatz, Roger und ich waren bei einer Salsa-Vorführung in der Schule, als Elisabeth anrief und eine Nachricht hinterließ. Ich war zu Tode erschrocken, als ich hörte …«

»Hast du gerade Salsa-Vorführung gesagt?«

»Du kannst doch unmöglich vergessen haben, dass wir Salsa tanzen! Unseren letzten Auftritt hast du unvergesslich genannt! Das war erst letzten Mittwochabend! Wir hatten Olivia zu uns auf die Bühne geholt, Madison oder Tom konnten wir natürlich nicht überreden, es einmal zu versuchen, genauso wenig wie dich im Übrigen. Roger war ziemlich enttäuscht, aber ich habe versucht, ihm begreiflich zu machen, dass …«

»Roger?«, wiederholte Alice. »Wer ist Roger?«

*

ELISABETHS TAGEBUCH FÜR DR. HODGES

Wem wollte ich denn etwas vormachen? Es vergehen doch keine fünf Minuten, ohne dass Mum Rogers Namen erwähnt.

*

»Na, Roger! Du wirst dich doch an Roger erinnern! Oder etwa nicht?« Ihre Mutter machte ein erschrockenes Gesicht. »Das ist ziemlich ernst, nicht?«, sagte sie zu Elisabeth. »Sie ist mir gleich so blass vorgekommen. Sie hat ja keinen Tropfen Blut im Gesicht!«

Alice suchte im Geist nach Namen, die ähnlich wie Roger klangen. Rod vielleicht? Oder Robert? Ihre Mutter hatte die Angewohnheit, Namen zu verwechseln: Aus Jamie wurde Johnny, aus Susan Susannah und so weiter.

»Der einzige Roger, den ich kenne, ist Nicks Dad«, sagte Alice und lachte kurz auf, weil Nicks Dad ein klein wenig lächerlich war.

Ihre Mutter starrte sie an. Mit den langen schwarzen Wimpern, die wie Spinnenbeine aussahen, ähnelte sie einer Puppe. »Genau den Roger meine ich, Schatz. Roger, meinen Ehemann.«

»Ehemann?«, echote Alice fassungslos.

»Oh, gib mir Kraft«, murmelte Elisabeth.

Alice wandte sich ihr zu. »Mum hat *Roger* geheiratet?«

»Ich fürchte, ja.«

»Aber ... *Roger*? Im Ernst?«

»Im Ernst.«

Noch eine Hochzeit, die die andere Alice an ihrer statt besucht hatte, aber dies war eine Hochzeit, die Alice sich nicht einmal in ihren kühnsten Träumen auszumalen vermochte.

Ihre Mutter hatte sich stets geweigert, auch nur die Möglichkeit in Betracht zu ziehen, sich mit anderen Männern zu verabreden. »Ach, dafür bin ich doch viel zu alt!«, lautete ihre Begründung. »Für ein Date muss man jung und hübsch sein! Und außerdem gibt es nur eine große Liebe im Leben, und für mich war das euer Vater. Kein anderer Mann könnte ihm je das Wasser reichen.«

Obwohl Elisabeth und Alice ihr gut zugeredet und ihr versichert hatten, dass sie immer noch jung und attraktiv war und ihr Vater niemals von ihr erwartet hätte, dass sie für alle

Zeit um ihn trauerte, war Alice insgeheim stolz auf ihre Mutter gewesen. Ihre Treue über den Tod hinaus hatte etwas Bezauberndes, etwas Ergreifendes. Andererseits war es aber auch ärgerlich und lästig, weil dadurch Alice und Elisabeth die Verantwortung für das gesamte soziale Leben ihrer Mutter aufgebürdet wurde.

Gut, sie hatte ihre Angst vor Verabredungen also überwunden (und das dürfte wohl entscheidender gewesen sein als ewige Treue), aber hatte sie deswegen ausgerechnet Nicks Vater heiraten müssen?

»Aber wieso?«, stammelte Alice. »Wieso hast du Roger geheiratet?«

Plötzlich fiel ihr wieder ein, an wen diese seltsame Kopfhaltung sie erinnerte. An Roger. Natürlich.

Barb riss die Augen auf und spitzte verschämt die Lippen. Ihr Gesichtsausdruck war auf so groteske Weise untypisch für sie, dass Alice den Blick abwandte, als hätte sie ihre Mutter bei einer perversen sexuellen Handlung ertappt.

»Ich habe mich bis über beide Ohren in ihn verknallt«, erwiderte sie, »weißt du nicht mehr, doch, natürlich, das weißt du bestimmt noch, bei Madisons Taufe fing alles an, da erwähnte Roger, dass er gern Salsa tanzen lernen würde, und fragte, ob ich nicht Lust hätte mitzukommen, er wartete meine Antwort gar nicht ab, er schien davon auszugehen, dass ich mitkommen würde, und da wollte ich ihn nicht enttäuschen, Nein zu sagen wäre mir so unhöflich vorgekommen, obwohl ich enorm aufgeregt deswegen war, ich wollte sogar einen Termin bei Dr. Holden vereinbaren, damit er mir etwas für meine Nerven verschrieb, ihr Mädchen wart richtig sauer deswegen, als ob ich die Absicht hätte, mir Crack zu beschaffen oder so etwas, du meine Güte, dabei hab ich nur an Valium gedacht, von dem bekommt man so ein angenehm schwebendes Gefühl, aber ich kriegte keinen Termin, was ja wieder typisch war, diese neue Arzthelferin ist so was von hochnäsig, was wohl aus dieser reizenden Kathy geworden …«

»Wie lange seid ihr denn schon verheiratet?«, fiel Alice ihr ins Wort. Wieder packte sie das Entsetzen darüber, dass sie die Fakten ihres eigenen Lebens nicht kannte. Sie kam sich vor wie in einer Achterbahn, wo sie erst nach links, dann nach rechts geschleudert wurde und eine Zeit lang mit dem Kopf nach unten weitersauste. Und weil der Blickwinkel auf dieser rasanten Fahrt ständig wechselte, erschien einem Vertrautes plötzlich ganz fremd. Alice hasste Achterbahnfahren.

»Nun, bald sind es fünf Jahre. Du erinnerst dich doch an unsere Hochzeit, Alice? Aber natürlich erinnerst du dich! Madison hat Blumen gestreut. Sie hat so süß ausgesehen in ihrem gelben Kleidchen, Gelb steht ihr ganz hervorragend, nicht viele Leute können Gelb tragen, aber sie sieht allerliebst darin aus, deshalb hab ich ihr auch zu Weihnachten ein gelbes Top gekauft, ob sie es anziehen wird, ist natürlich eine andere Frage …«

»Mum«, stieß Elisabeth angespannt aus, »Alice kann sich nicht einmal an Madison erinnern. Das Letzte, woran sie sich erinnern kann, ist, dass sie mit ihr schwanger war.«

»Sie kann sich nicht an Madison erinnern«, wiederholte Barb mit ehrfürchtig gedämpfter Stimme. Sie holte tief Luft und sagte dann in gekünstelt fröhlichem Tonfall, so als müsse Alice nur ein bisschen aufgeheitert werden, damit alles wieder gut wurde: »Also, ich kann verstehen, dass du dich im Moment nicht an Madison erinnern willst, sie ist ein richtiger kleiner Trotzkopf, aber das gibt sich schon wieder, an Tom und Olivia, das kleine Schätzchen, kannst du dich doch bestimmt erinnern, nicht wahr? Du meine Güte, was rede ich denn da! Natürlich kannst du dich an die beiden erinnern! Ich meine, du wirst doch nicht deine eigenen Kinder vergessen. Das wäre ja … undenkbar.«

Das Zittern in ihrer Stimme tröstete Alice seltsamerweise. *O ja, Mum, das ist wirklich beängstigend. O ja, das ist wirklich undenkbar.*

»Mum«, begann Elisabeth von Neuem, »sie kann sich an *nichts* erinnern, sie hat *alles* seit 1998 vergessen. Bitte versuch das doch zu begreifen.«

»Alles?«

Elisabeth nickte. »Das ist sicher nur vorübergehend.«

»Oh! Ja, natürlich. Nur vorübergehend!« Ihre Mutter verfiel in Schweigen und fuhr sich mit dem Fingernagel den Rand ihrer stark geschminkten Lippen nach.

Alice befasste sich unterdessen im Geist mit diesem neuen Sachverhalt: *Meine Mutter ist mit meinem Schwiegervater verheiratet.* Obwohl das eine ebenso unvergessliche Tatsache war wie *Ich habe drei Kinder* oder *Mein Mann, den ich über alles liebe, hat das gemeinsame Haus verlassen,* war es ihr entfallen.

Das alles konnte einfach nicht wahr sein. Da wollte irgendjemand sie auf den Arm nehmen. Das musste ein unglaublich realistischer Traum sein. Eine lebhafte Halluzination. Ein Albtraum, aus dem es kein Erwachen gab.

Roger! Was konnte ihre liebe, plappernde, vorsichtige Mutter bewogen haben, sich ausgerechnet in jemanden wie Roger »bis über beide Ohren zu verknallen« (so etwas würde ihre Mum doch nie sagen)? Roger mit seinem aufdringlichen Rasierwasser, seiner Radiomoderatorenstimme und seiner Angewohnheit, ständig »mich dünkt« und »möglichenfalls« in seine Sätze einzubauen? Roger, der Alice auf Familienfeiern nach ein paar Drinks in eine Ecke drängte und sie mit einem Monolog über sich und seine faszinierende, schillernde Persönlichkeit beglückte? »Bin ich ein sportlicher Mensch? Die Frage kann ich eindeutig bejahen. Bin ich ein Intellektueller? Nun, vielleicht nicht im engsten Sinn des Wortes. Ich habe keinen Doktortitel erworben. Aber anders formuliert, bin ich ein intelligenter Mensch? Die Antwort darauf muss Ja lauten, Alice, denn ich habe einen Doktor der Philosophie von der Universität des Lebens. Bin ich ein spiritueller Mensch? Mich dünkt, auch diese Frage muss mit Ja beantwortet werden.«

Alice nickte nur hilflos, bemüht, flach zu atmen, damit ihr nicht schlecht wurde von seinem Aftershave, bis irgendwann Nick auftauchte und meinte: »Mich dünkt, die Dame braucht einen Drink, Dad.«

Was würde Nick von dieser Entwicklung halten? Seine Beziehung zu seinem Vater war undurchsichtig und anfällig. Hinter seinem Rücken äffte er ihn gnadenlos nach, und in seiner Stimme schwang fast so etwas wie Hass mit, wenn er erzählte, wie sein Vater seine Mutter bei der Scheidung behandelt hatte. Andererseits jedoch war Alice aufgefallen, wie Nicks Stimme in Gegenwart seines Vaters tiefer wurde, seine Schultern sich strafften und er gerne irgendein gutes Geschäft, das er abgewickelt hatte, oder eine andere Leistung, von der Alice gar nichts wusste, ganz beiläufig erwähnte, so als sehnte er sich insgeheim immer noch nach der Anerkennung seines Vaters, was er natürlich heftig, ja, sogar zornig abstreiten würde.

Alice konnte sich gar nicht vorstellen, wie er auf Rogers Heirat mit ihrer Mutter reagiert haben mochte. Ein Gedanke durchzuckte sie. Das bedeutete ja, dass Nick und sie jetzt miteinander verwandt waren! Er war ihr Stiefbruder! Sie hatten sich wahrscheinlich halb totgelacht darüber, herumgealbert, schlüpfrige Witze über ihre inzestuöse Beziehung gerissen und so getan, als wären sie Greg und Marcia Brady von der Fernsehfamilie.

Vielleicht, so dachte sie dann, war es aber keineswegs komisch gewesen. Wer wusste schon, ob Nick vielleicht sogar wütend auf seine Mutter gewesen war, auch wenn diese ihren Ex-Mann wie einen trotteligen, weitläufigen Verwandten zu behandeln schien.

Und die Zicken? O Gott, die Zicken! Nicks verrückte Schwestern waren jetzt ihre Stiefschwestern. *Sie* hatten die Nachricht garantiert nicht gelassen aufgenommen, sie nahmen nie irgendetwas gelassen auf, nein, sie fielen in Ohnmacht, sie schluchzten, sie redeten kein Wort mehr miteinander, sie fassten die harmloseste Bemerkung als Beleidigung auf. Immerzu steckte wenigstens eine von ihnen in irgendeiner Krise. Alice hatte gar nicht gewusst, wie dramatisch es in einer Familie zugehen konnte, bis sie Nick und seine Familie mit all seinen Schwestern, den angeheirateten Verwandten, den Freunden, Tanten, Cousins und Cousinen kennengelernt hatte. Wie langweilig und bedächtig war ihr ihre eigene kleine, höfliche Minifamilie dagegen vorgekommen.

Alice sagte: »Ist das der Grund, weshalb Nick und ich … Weil er sich so darüber aufgeregt hat, dass sein Dad unsere Mum geheiratet hat?«

»Unsinn!«, antwortete ihre Mutter energisch. »Keiner von uns versteht, wie es zu dieser Trennung kommen konnte, aber mit Roger und mir hat das nichts zu tun! Roger wäre tief gekränkt, wenn er wüsste, dass du so etwas auch nur denkst. Natürlich hat Roger seine eigenen Vermutungen, was die Scheidung anbelangt, aber …«

»Mum und Roger sind seit vielen Jahren zusammen«, fiel Elisabeth ihr ins Wort und sah Alice an. »Du und Nick, ihr wart damals nicht besonders begeistert, und die Zicken haben völlig hysterisch reagiert, wie könnte es anders sein, aber die ganze Aufregung hat sich gelegt, und heute findet niemand mehr etwas dabei. Alice, ich verspreche dir, das, was dich jetzt so schockiert, ist in Wirklichkeit gar nicht so dramatisch. Wenn dein Erinnerungsvermögen zurückgekehrt ist, wirst du über dich selbst lachen.«

Alice wollte kein Selbst zurückhaben, das ihre Trennung von

Nick als nicht dramatisch ansah. Sie konnte nicht glauben, wie nüchtern und emotionslos ihre Mutter von ihrer Scheidung redete, so als ob die Trennung etwas Reales, etwas Unumstößliches wäre, als ob es sich um ein *Ding* handelte.

»Nun, ich habe nicht mehr die Absicht, mich scheiden zu lassen«, sagte Alice. »Es wird keine Scheidung geben.«

»Oh!« Ihre Mutter schlug entzückt die Hände zusammen, als wollte sie zu beten anfangen. »Das ist ja wundervoll!«

»Mum, kein Wort zu Roger oder zu irgendjemandem sonst«, sagte Elisabeth beschwörend. »Versprich mir das! Sie weiß nicht, was sie sagt.«

»Und ob ich das weiß«, widersprach Alice. Sie fühlte sich ein wenig beschwipst. »Du kannst es der ganzen Welt erzählen, Mum. Erzähl's Roger. Erzähl's den Zicken. Erzähl's unseren drei Kindern. Es wird keine Scheidung geben. Nick und ich werden eine Lösung finden, was immer das Problem sein mag.«

»Wundervoll!«, kreischte Barb. »Ich bin ja so glücklich!«

»Sobald du dich wieder an alles erinnern kannst, wirst du anders darüber denken«, sagte Elisabeth. »Das Scheidungsverfahren ist bereits eingeleitet. Jane Turner wird einen Herzinfarkt kriegen, wenn du alles wieder rückgängig machen willst.«

»Jane Turner?« Alice sah sie verständnislos an. »Was hat denn Jane Turner damit zu tun?«

»Jane ist deine Anwältin«, erwiderte Elisabeth.

»Meine Anwältin? Jane ist doch keine Anwältin.« Eine Erinnerung blitzte in ihr auf. Sie sah irgendeinen Typen aus ihrer Firma, der Jane in einer Auseinandersetzung unterlegen war und sagte: »Du hättest Anwältin werden sollen«, worauf Jane erwiderte: »Ja, genau das Gleiche hab ich mir auch schon gedacht.«

»Sie praktiziert schon seit einigen Jahren und hat sich auf Scheidungsrecht spezialisiert«, fuhr Elisabeth fort. »Sie hilft dir bei der Scheidung von Nick.«

»Oh.« Es war lachhaft, geradezu idiotisch, dass Jane Turner ihr »bei der Scheidung von Nick« half. »Eine kleine Jane macht noch lange keine großen Sprünge«, hatte Nick einmal gesagt, und Alice hatte ihm zugestimmt. Wie in aller Welt war es möglich, dass Jane Turner etwas mit ihrer beider Leben zu tun hatte?

»Ihr steckt mitten in einem wirklich ernsten Sorgerechtsstreit«, fügte Elisabeth hinzu.

Sorgerechtsstreit. Noch so ein hässliches Wort.

»Das hat sich erledigt«, erklärte Alice. (Warum sollte sie das Sorgerecht für drei Kinder wollen, die sie nicht einmal kannte? Sie wollte Nick!) »Es wird keinen Sorgerechtsstreit geben, weil es keine Scheidung geben wird, und damit basta.«

»Hurra!«, jubelte ihre Mutter. »Ich bin ja so froh, dass du dein Gedächtnis verloren hast. Dieser kleine Unfall entpuppt sich als wahrer Segen.«

»Tja, da gibt es nur ein winziges Problem«, sagte Elisabeth.

»Und das wäre?«

»Im Gegensatz zu Alice leidet Nick nicht an Gedächtnisverlust.«

10

»Nick?«, murmelte Alice.

»Nein, Schätzchen, tut mir leid, ich bin's nur«, antwortete die Krankenschwester.

Sie wurde stündlich geweckt, damit man ihr in die Pupillen leuchten und die gleichen Fragen immer und immer wieder stellen konnte. »Alice Mary Love. Royal North Shore Hospital. Hab mir den Kopf angeschlagen«, nuschelte Alice. Die Schwester lachte leise. »Gut gemacht. Und jetzt schlafen Sie schön weiter.«

Alice schlief brav wieder ein und träumte von Schwestern, die sie aufweckten. »Aufwachen! Es ist Zeit für Ihren Salsa-Tanzkurs!«, dröhnte eine Schwester mit einem riesigen Hut auf dem Kopf, der in Wirklichkeit ein Windbeutel war.

»Ich hab geträumt, dass wir uns scheiden lassen«, sagte Alice zu Nick. »Und dass wir drei Kinder haben und dass meine Mum deinen Dad geheiratet hat und dass Elisabeth schrecklich traurig war.«

»Weißt du was? Das interessiert mich einen Scheißdreck!«, antwortete Nick.

Alice schnappte erschrocken nach Luft und begann, an ihrem Daumen zu lutschen. Nick schälte sich ein rotes Konfettiplättchen vom Hals und zeigte es ihr. »War nur ein Scherz!«

»Nick?«, sagte Alice.

»Ich liebe dich nicht mehr, weil du immer noch am Daumen nuckelst.«

»Tue ich doch gar nicht!« Alice wäre vor lauter Scham am liebsten im Boden versunken.

»Wie heißen Sie?«, rief eine Krankenschwester. Aber auch sie konnte nicht wirklich sein, weil sie, die Schnüre rosaroter Luftballonsträuße in der Hand, durch die Luft schwebte. Alice beachtete sie nicht.

»Ich bin's schon wieder«, sagte eine Schwester.

»Nick? Ich hab Kopfschmerzen. Ganz schlimme Kopfschmerzen.«

»Nein, ich bin nicht Nick. Mein Name ist Sarah.«

»Sie sind keine richtige Schwester. Sie sind nur in meinem Traum.«

»Eigentlich bin ich schon eine richtige Schwester. Würden Sie bitte die Augen aufmachen und mir Ihren Namen sagen?«

*

Hi, da bin ich wieder, Dr. Hodges. Es ist halb vier morgens, und schlafen kommt mir wie etwas Unmögliches und Unsinniges vor, das nur andere Leute machen. Ich bin aufgewacht und musste an Alice denken und wie sie zu mir sagte: »Du bist eine wunderbare große Schwester.«

Aber das bin ich nicht. Das bin ich absolut nicht.

Natürlich haben wir uns immer noch gern. Das ist es nicht.

Keine von uns würde jemals den Geburtstag der anderen vergessen. Im Gegenteil, es herrscht sogar eine Art stillschweigender Wettbewerb zwischen uns, wer mit dem schönsten Geschenk aufwarten kann, so als rivalisierten wir ständig um den ersten Platz als großzügigste, aufmerksamste Schwester. Wir treffen uns ziemlich regelmäßig. Wir können immer noch miteinander lachen. Wir sind nicht anders als Millionen anderer Schwestern. Ich weiß eigentlich gar nicht genau, was ich sagen will. Es ist einfach nicht mehr so wie früher zwischen uns.

Aber so ist das Leben, nicht wahr, Dr. Hodges? Beziehungen verändern sich. Es fehlt einfach die Zeit. Fragen Sie Alice! Sie füllt die Rolle der viel beschäftigten North-Shore-Mum mit einer Begeisterung aus, als handele es sich um eine neue Religion.

Hätte ich vielleicht wachsamer sein müssen? Wäre es als ältere Schwester meine Aufgabe gewesen, dafür zu sorgen, dass wir eine funktionierende Beziehung haben?

Aber die letzten sechs Jahre habe ich nur überstanden, weil ich mich wie ein Paket eingepackt und die Schnur darum herum immer enger gezogen habe. Inzwischen sitzt sie so fest, dass ich beim Reden (sofern es sich nicht um die Gestaltung des perfekten Werbebriefs handelt) das Gefühl habe, dass mir etwas den Hals zuschnürt, so als ob sich mein Mund für eine normale, spontane Unterhaltung nicht mehr weit genug öffnen ließe.

Mein Problem ist die Wut. Sie brodelt ständig in mir, auch dann, wenn ich sie nicht bewusst wahrnehme. Tue ich mir irgendwo weh oder lasse in der Küche auch nur eine Schale Blaubeeren fallen, kocht sie hoch und bricht aus wie ein Vulkan. Sie hätten mein Wutgeheul hören sollen, als ich mir neulich beim Ausräumen des Geschirrspülers den Kopf an einer Schranktür angeschlagen habe! An den Kühlschrank gelehnt, hockte ich auf dem Fußboden und schluchzte zwanzig Minuten lang. Das ist ziemlich peinlich, so etwas.

Bevor Alice und Nick sich trennten, hatte ich manchmal das Gefühl, dass mir jedes Mal, wenn ich mit Alice sprach, unverzeihliche Sätze auf der Zunge lagen, Sätze wie: »Du denkst wohl, die ganze Welt dreht sich nur um dich und deine perfekte kleine Familie und dein perfektes kleines Leben, und Stress bedeutet für dich, die farblich perfekt passenden Kissen für dein neues Zehntausend-Dollar-Sofa zu finden.«

Am liebsten würde ich diese letzten Sätze durchstreichen, weil sie böse und nicht einmal wahr sind. Ich denke diese Dinge ja gar nicht, aber ich hätte sie sagen können, ich könnte sie immer noch sagen, und hätte ich sie ausgesprochen, hätten sie sich für alle Zeiten in ihr und in mein Gedächtnis eingeprägt. Es war also sicherer, gar nichts zu sagen und so zu tun als ob, und sie wusste, dass ich mich verstellte, und sie verstellte sich auch, und irgendwann waren wir nicht mehr in der Lage, ehrlich und unverkrampft miteinander umzugehen.

Deshalb war ich auch total schockiert, als sie anrief und mir sagte, Nick sei ausgezogen. Ich hatte nicht den blassesten Schimmer, dass sie Eheprobleme hatten. Das war der unwiderlegbare Beweis dafür, dass wir uns unsere Geheimnisse nicht mehr anvertrauten. Ich hätte wissen müssen, was in ihrem Leben vor sich ging. Sie hätte mich um klugen, schwesterlichen Rat fragen müssen. Aber das tat sie nicht. Ich habe sie genauso im Stich gelassen wie sie mich.

Deshalb wusste ich auch nicht, was ich tun sollte, als ich von Gina erfuhr. Sollte ich Alice anrufen? Sollte ich sofort zu ihr fahren? Sollte ich erst anrufen und fragen, ob ich vorbeikommen solle? Ich hatte keine Ahnung, was Alice recht war. Ich machte mir Gedanken über die richtigen Umgangsformen, so als handelte es sich um eine praktisch Fremde. NATÜRLICH *hätte ich sofort zu ihr fahren sollen! Allmächtiger! Was war bloß los mit mir, dass ich mir diese Frage überhaupt stellte?*

Als wir das Krankenhaus verließen, sagte Mum ganz zaghaft und in einer für sie völlig untypischen Stimme: »Sie erinnert sich vermutlich auch nicht an Gina, oder?« Und ich antwortete: »Nein, vermutlich nicht.« Wir wussten beide nicht, was wir dazu sagen sollten.

Wie findet man das Ende des Fadens, mit dem alles anfing, und verfolgt ihn zurück durch das Knäuel von Anrufen und Weihnachtstreffen und Kinderpartys bis ganz zum Anfang, als wir nichts weiter als Alice und Elisabeth Jones waren? Können Sie mir das verraten, Dr. Hodges?

Egal … vielleicht sollte ich versuchen, wieder einzuschlafen.

Nein. Ich kann nicht mal so tun, als ob ich gähnen müsste.

Morgen werde ich Alice im Krankenhaus abholen und nach Hause fahren. Sie soll um zehn Uhr entlassen werden. Sie schien es für ganz selbstverständlich zu halten, dass ich diejenige bin, die sie abholen wird. Normalerweise würde sie unter keinen Umständen auf mich angewiesen sein wollen. Eine Gefälligkeit lässt sie sich nur von anderen Müttern aus der Schule erweisen, weil sie sich dann mit komplizierten Abmachungen bezüglich irgendwelcher Treffs ihrer Kinder revanchieren kann.

Ich frage mich, ob sie sich morgen wieder an alles erinnern wird. Ich frage mich, ob ihr das, was sie heute Nachmittag gesagt hat, besonders das über Nick, peinlich sein wird. Ich frage mich, ob da ihr wirkliches Ich gesprochen hat oder ihr altes Ich oder nur ein vom Sturz verwirrtes Ich. Ist sie im tiefsten Innern verzweifelt wegen der Scheidung? War das heute Nachmittag ein kleiner Einblick in ihre wahren Gefühle? Ich weiß es nicht. Ich weiß es wirklich nicht.

Die Ärztin, mit der ich gesprochen habe, ist zuversichtlich, dass Alice sich morgen wieder an alles erinnern wird. Von all den Ärzten, die ich im Lauf der Jahre kennengelernt habe, ist sie eine von den netteren. Sie hat mir tatsächlich in die Augen geschaut und mich ausreden lassen. Für sie sei das Wichtigste, sagte sie, dass Alice' CT keinerlei Hinweise auf eine Gehirnblutung ergeben habe. Als ich entgegnete, Alice könne sich nicht einmal an die Existenz ihrer eigenen Kinder erinnern, stutzte sie zwar, meinte dann aber, eine Gehirnerschütterung könne sich in unterschiedlicher Weise äußern. Ruhe sei das Beste. Das Erinnerungsvermögen werde zurückkehren, sobald der Heilungsprozess abgeschlossen sei. Ich hatte das Gefühl, sie wollte andeuten, dass sie, indem sie Alice über Nacht zur Beobachtung dabehalten hatten, ohnehin schon mehr als sonst in solchen Fällen üblich getan hätten.

Ich hatte merkwürdigerweise ein schlechtes Gewissen, weil ich Alice im Krankenhaus zurückließ. Sie kommt mir so viel jünger vor. Das war es, was ich der Ärztin begreiflich machen wollte, aber sie verstand mich einfach nicht. Alice ist nicht nur verwirrt. Es ist, als ob ich mich wirklich und wahrhaftig mit der neunundzwanzigjährigen Alice unterhalte. Sogar ihre Art zu reden ist anders, langsamer und leiser und unbedachter. Sie spricht aus, was ihr gerade in den Sinn kommt.

»Habe ich meinen dreißigsten Geburtstag mit einer Party

gefeiert?«, fragte sie, kurz bevor wir gingen. Ich konnte mich beim besten Willen nicht erinnern.

Später, im Auto, fiel mir ein, dass sie eine Grillparty veranstaltet hatten. Alice hatte einen dicken Babybauch, und sie steckten mitten in den Renovierungsarbeiten. Überall Leitern und Farbeimer und klaffende Löcher in den Wänden. Ich weiß noch, wie ich Alice und Nick in der Küche half, die Torte mit Kerzen zu dekorieren, als Alice plötzlich sagte: »Ich glaube, das Baby hat einen Schluckauf.« Nick legte seine Hand auf ihren Bauch, und dann nahm er meine Hand und legte sie auch auf ihren Bauch, damit ich die verrückten Strampler des schwimmenden Wesens da drin auch spüren konnte. Ich sehe ihre Gesichter noch deutlich vor mir, ihre Augen glänzten, ihre Wangen waren gerötet vor freudiger Erregung und ehrfürchtigem Staunen. Beiden klebten Farbspritzer in den Augenbrauen vom Streichen des Kinderzimmers. Sie sahen entzückend aus. Sie waren mein Lieblingspaar.

Ich habe Nick oft heimlich beobachtet, wenn Alice eine Geschichte erzählte, dieser zärtliche, stolze Ausdruck auf seinem Gesicht, sein Lachen, das immer lauter war als das der anderen, wenn sie etwas Lustiges oder etwas für sie Typisches sagte. Nick verstand sie, vielleicht mehr als wir. Er gab ihr Selbstvertrauen, stärkte ihren Witz, ihre Klugheit. Er brachte alles zur Entfaltung, was bereits in ihr angelegt war, sodass sie ganz sie selbst sein konnte und gleichsam von einem inneren Licht erleuchtet wurde. Er liebte sie so sehr, dass sie durch seine Liebe noch liebenswerter erschien.

(Ob Ben mich auch so liebt? Ja. Nein. Ich weiß es nicht. Am Anfang vielleicht. Liebe und das ganze romantische Zeug scheinen unwichtig geworden zu sein. Das ist etwas für andere, jüngere, dünnere, glücklichere Menschen. Und außerdem: Wie soll eine gedörrte Aprikose von innen heraus leuchten?)

Ich vermisse den alten Nick und die alte Alice. Denke ich an jenen Tag in der Küche zurück, als sie Kerzen in die Torte steckten, kommt es mir so vor, als erinnerte ich mich an zwei Menschen, die ich einmal kannte, die dann aber ins Ausland zogen und nie wieder von sich hören ließen.

*

Um halb fünf morgens schreckte Alice aus dem Schlaf auf. Ihr erster Gedanke war: Ich habe Elisabeth gar nicht gefragt, wie viele Kinder sie hat.

Wie war es möglich, dass sie die Antwort auf diese Frage nicht kannte? Und, was viel wichtiger war, wie war es möglich, dass sie vergessen hatte, ihr diese Frage zu stellen? Was für eine selbstsüchtige, selbstbezogene, oberflächliche Person sie doch war. Kein Wunder, dass Nick sich scheiden lassen wollte. Kein Wunder, dass Elisabeth sie mit anderen Augen sah.

Gleich nachher würde sie ihre Mum anrufen. Sie würde so tun, als ob sie sich selbstverständlich an Elisabeths Kinder erinnerte (sie hatte nur ihre eigenen vergessen), und beiläufig fragen: »Ach, sag mal, wie geht's eigentlich dem kleinen Dingsbums?«

Und wenn Mum nun eine andere Telefonnummer hatte? Sie wusste nicht einmal, wo sie jetzt wohnte. War sie zu Roger in seine cremefarbene, chromdominierte Wohnung in Potts Point gezogen? Oder war Roger bei Mum eingezogen und lebte jetzt zwischen Spitzendeckchen, Nippes und Topfpflanzen? Das eine schien so lachhaft wie das andere.

Das junge Mädchen im Bett nebenan schnarchte. Es hörte sich an wie das Sirren einer Stechmücke. Alice warf sich auf den Bauch und drückte ihr Gesicht in das Kopfkissen.

Das ist das Schlimmste, das mir jemals passiert ist.

Aber nicht einmal das wusste sie mit absoluter Sicherheit.

*

Als Mum und ich heute Nachmittag aus dem Krankenhaus kamen, sind wir zu Alice' Haus gefahren, wo Ben auf die Kinder aufpasste. Wir bestellten uns Pizza zum Abendessen. Zum Glück war Roger auf einer Versammlung des Rotary Clubs. Ich war wirklich nicht in Stimmung für Roger. Andererseits kenne ich niemanden, der je in Stimmung für Roger ist, außer Mum und Roger selbst natürlich.

Wir haben den Kindern nicht gesagt, dass Alice ihr Gedächtnis verloren hat. Wir haben ihnen nur erzählt, sie sei im Fitnessstudio auf den Kopf gefallen, werde aber bald wieder ganz gesund sein.

Olivia schlug die Hände zusammen und rief: »Meine allerliebste Mummy! Das ist eine absolute Tragödie!« Ben, der mit dem Rücken zu uns an der Besteckschublade stand, schüttelte es regelrecht vor unterdrücktem Gelächter. »Weiß Dad schon Bescheid?«, fragte Madison mit verächtlich gekräuselten Lippen und stapfte in ihr Zimmer hinauf, als wüsste sie die Antwort bereits.

Olivia saß am Küchentisch und bastelte eine riesige Grußkarte für Alice. Da nahm Tom mich bei der Hand und führte mich ins Wohnzimmer hinüber. Als ich mich gesetzt hatte, blickte er mir fest in die Augen und sagte: »Okay, sag mir die Wahrheit. Hat Mummy einen Hirntumor?« Bevor ich antworten konnte, fügte er hinzu: »Lüg mich nicht an! Ich bin ein menschlicher Lügendetektor! Wenn du nach rechts oben guckst, heißt das, du lügst.« Nur mit äußerster Anstrengung gelang es mir, nicht nach rechts oben zu gucken.

Es war ein lustiger Abend. Ich weiß auch nicht, wieso. Ein lustiger Abend auf Kosten der armen Alice.

Oh, ein Gähnen! Ein richtiges, kostbares Gähnen! Ich muss jetzt Schluss machen, Dr. Hodges. Es könnte sich um einen Vorboten von Schlaf handeln.

*

Als der Himmel draußen vor dem Krankenhaus heller zu werden begann, sank Alice in den tiefsten Schlaf in dieser langen, seltsamen, zersplitterten Nacht. Sie träumte, dass Nick an einem langen Kiefernholztisch saß, den sie noch nie gesehen hatte. Er schüttelte den Kopf, griff nach einem Kaffeebecher und sagte: »Es geht immer um Gina, nicht? Gina, Gina, Gina!« Er setzte den Becher an die Lippen, und Alice empfand tiefen Abscheu. Sie wandte sich ab und putzte wie wild über den eingetrockneten Fettfleck auf der Granitplatte.

Alice warf sich im Schlaf so heftig hin und her, dass sie das Bett verrückte. Sie träumte, dass sie in einem kleinen, abgedunkelten Raum stand. Elisabeth lag neben ihr und schaute verängstigt zu ihr auf. Sie flüsterte: »Was meint sie damit: ›Ich kann keine Herztöne feststellen.‹?«

Sie träumte, dass sie ein gigantisches Nudelholz einen Hügel hinaufrollen musste. Tausende säumten den Weg und sahen ihr zu. Sie durfte sich auf keinen Fall anmerken lassen, wie mühsam diese Arbeit war.

»Guten Morgen, Schlafmütze!« Die helle, klirrende Stimme der Krankenschwester erinnerte an zerspringendes Glas.

Alice fuhr hoch und schnappte nach Luft, als hätte sie den Atem angehalten.

11

GEISTREICHE GEDANKEN EINER URGROSSMAMA!

Heute bin ich mit den Hühnern aufgestanden! Ich bin um fünf Uhr morgens aufgewacht und konnte nicht mehr einschlafen, und da habe ich beschlossen, aufzustehen und zu schreiben.

Danke für die vielen E-Mails, in denen ihr mir eure Anteilnahme bekundet habt. Gute Nachrichten, was Alice' Verletzung betrifft. Barb rief mich gestern Abend an und versicherte, alles werde wieder gut. Sie haben eine CT-Aufnahme gemacht (so was wie Röntgen, denke ich, bloß moderner), und alles sah normal aus. Sie wollten sie über Nacht im Krankenhaus behalten, aber heute Morgen soll sie entlassen werden. Das Komische ist, dass Alice anscheinend alles, was nach 1998 geschah, vergessen hat. Sie glaubt, sie und ihr Mann Nick seien immer noch zusammen, und jetzt jubelt Barb schon, weil sie denkt, Alice und Nick würden sich versöhnen, aber das halte ich für ziemlich unwahrscheinlich. Seit sie angefangen hat, Salsa zu tanzen, ist Barb erstaunlich optimistisch geworden.

Alice' Gedächtnisverlust erinnert mich an meine liebe Freundin Ellen, bei der kürzlich Demenz diagnostiziert wurde. Als ich neulich mit ihr telefonierte, machte sie einen völlig klaren Eindruck. Sie habe gerade einen Geburtstagskuchen für ihre Großnichte gebacken, erzählte sie und fügte dann beiläufig hinzu, sie könne den Rasenmäher nicht mehr hören, Ernie sei anscheinend mit dem Mähen fertig, deshalb müsse sie sich jetzt beeilen, damit sein Essen fertig sei, wenn er ins Haus komme. Nun, Ernie ist 1987 gestorben. Ich kriegte einen ganz schönen Schrecken. Als ich sie daran erinnerte, dass Ernie nicht mehr da war, fing sie an zu weinen, als hörte sie das zum allerersten Mal. Ich fühlte mich furchtbar, aber ich wollte nicht, dass sie zwei Stunden lang Kartoffeln für Ernies Essen schälte. (Ich habe einmal erlebt, wie er *siebzehn* gebackene Kartoffeln verschlang! Der Mann war unersättlich.)

Zum Glück ist Alice viel zu jung für Demenz! Ich bin sicher, sie ist wieder ganz die Alte, wenn ich sie heute besuchen werde. Ich muss ihr noch ein kleines Mitbringsel kaufen. Wenn ich nur wüsste, was. Das ist so schwierig. Ich habe immer das Gefühl, dass ich die falschen Dinge aussuche. Früher, als die Mädchen noch klein waren, war das so einfach. Die Freude auf ihren Gesichtern hat mich immer ganz glücklich gemacht. Heute denke ich, sie tun nur aus Höflichkeit so, als ob sie sich über meine Geschenke freuten.

Irgendwelche Vorschläge, Leute?

Ich glaube, es war Doris aus Dallas, die wissen wollte, warum ich Barb, meine »Tochter«, und Alice, meine »Enkelin«, mit Gänsefüßchen schreibe. Nun, ganz einfach – weil wir nicht miteinander verwandt sind. Ich habe viele Jahre neben ihnen gewohnt. Wäre Barbs Mann nicht gestorben, als die Mädchen noch klein waren, hätte sich diese enge Beziehung wahrscheinlich nie ergeben. Barb kam nach dem Tod ihres Mannes nur schwer zurecht. Da sie sonst keine Angehörigen hatte, sprang ich ein und wurde zur Großmutter »ehrenhalber«. Für mich war das ein Segen, da ich nie geheiratet und auch keine Neffen und Nichten habe. Jetzt habe ich drei nette »Urenkel«, die mir sehr viel Freude machen!

So viel also dazu. Und nun zu anderen Dingen.

In meinem letzten Beitrag habe ich euch von dem Treffen unseres Komitees für Geselligkeit berichtet. Als das alberne Gekicher über den Poledance-Auftritt endlich verstummt war, kamen wir zum nächsten Punkt der Tagesordnung, dem Busausflug, den ich organisiert habe. Es soll ein unterhaltsamer Tag werden. Wir werden eine Reihe von Vorträgen von Fachleuten (einem Arzt, einem Rechtsanwalt usw.) zum Thema STERBEHILFE hören und anschließend in einem Gartencenter zu Mittag essen. Herr X. zieht es natürlich vor, bei diesem Thema den Kopf in den Sand zu stecken. »Das Leben ist zum Leben da!«, posaunte er, »genießt den Augenblick!« und ähnliche Phrasen. Anscheinend hat er nie miterleben müssen, wie ein geliebter Mensch einen langsamen, qualvollen Tod stirbt, so wie es mir erging, als meine geliebte Mutter vor dreißig Jahren an Krebs starb.

Ich erklärte ihm in einfachen Worten (er ist offensichtlich kein gebildeter Mensch), dass ich selbst entscheiden wolle, wann und wie ich aus diesem Leben ginge. Das ist eine Frage der Würde. Der Selbstbestimmung. Ich glaube, ich war ziemlich wortgewandt. Als ich fertig war, sah Herr X. mich einen Moment nachdenklich an. Nanu, dachte ich, ist ihm meine Erklärung vielleicht doch in seinen dicken Schädel gegangen? Dann sagte er: »Warum gehen wir stattdessen nicht zum Fallschirmspringen?« Und Harry Palisi, dieser Idiot, reißt seine Hand hoch und schreit: »Ich bin dabei!« (Ich möchte darauf hinweisen, dass Harry im Rollstuhl sitzt!) Eine Sekunde später löste sich die Versammlung auf.

Seitdem bekomme ich eine Absage nach der anderen für meinen »Es-ist-eure-Entscheidung«-Ausflug. Stattdessen tragen sich die Leute für einen Ausflug ein, den Herr X. für *denselben Tag* geplant hat. Unter dem Motto »Lasst uns leben!«. Ich weiß nicht genau, was sie vorhaben. Die einen reden von einer Kneipentour, die anderen von einem Dragster-Rennen, wieder andere vom Schnorcheln vor Coogee Beach.

Zwar habe ich immer noch eine stattliche Zahl von Anmeldungen für meinen Ausflug, aber, ich sage es nur ungern, die meisten Teilnehmer sind griesgrämige, sauertöpfische Muffel. Die Sorte, die sich im Gartencenter über den Kaffee beschweren wird. Sogar meine beste Freundin hier in der Seniorenresidenz, Shirley, hat gefragt, ob ich sehr böse wäre, wenn sie sich für den Ausflug von Herrn X. einträgt. Ich muss schon sagen, ich bin außer mir. Es ist eine Unverschämtheit von X. (den »Herrn« werde ich von jetzt an weglassen), seinen Ausflug zur selben Zeit aufs Programm zu setzen wie ich meinen.

Irgendwie fühle *ich* mich in dieser Angelegenheit als griesgrämiger, sauertöpfischer Muffel. Wieso stelle ich in meinem Alter meine Persönlichkeit infrage? Dafür bin ich nun wirklich zu alt. Es ist zu spät für einen Persönlichkeitsumbau! Und dennoch fühle ich mich tief im Innersten wieder so unsicher wie vor vierzig Jahren.

Ich werde euch etwas verraten, was ich noch keiner Menschenseele anvertraut habe. 1975, als ich Mathelehrerin war, organisierten ein paar Kolleginnen ein Picknick am Strand. Ich war die Einzige, die nicht dazu eingeladen wurde! Ich fand es durch Zufall heraus, als ich einige von ihnen dabei überraschte, wie sie sich später Fotos von jenem Tag anschauten. Mein Gott, war ich gekränkt! Ich kann es heute noch spüren.

Na ja! So was Dummes! Ich werde jetzt einen kleinen Marsch machen, um auf andere Gedanken zu kommen.

Oh, das hätte ich beinah vergessen. Ich bezweifle stark, dass einer der Kommentare von Frank Neary, meinem ehemaligen Schüler, war. Meines Wissens kam er in Vietnam ums Leben.

KOMMENTARE

Doris aus Dallas schreibt:

Danke, dass du uns erklärt hast, wie es sich mit der »Tochter« und der »Enkelin« usw. verhält. Seht ihr euch oft? Erzähl uns mehr von ihnen! Ich an deiner Stelle würde die Gänsefüßchen weglassen. Klingt, als ob du eine richtige (Ur-)Großmama wärst! Oh, hast du meinen Rat befolgt und X. zu einem Drink eingeladen? Ich glaube, da liegt das ganze Geheimnis: Freunde dich mit ihm an! Vielleicht habt ihr mehr gemeinsam, als du glaubst.

Beryl schreibt:

Als ich zehn war, wurde meine ganze Klasse zu Mary Murrays Geburtstagsparty eingeladen – alle außer mir. Das liegt sechzig

Jahre zurück, und ich denke immer noch daran. Warum bin ich nicht eingeladen worden? Was hatte ich getan? Ich kann deine Gefühle daher sehr gut verstehen, Frannie. Und ich bin der gleichen Meinung wie Doris: Freunde dich mit X. an. Da gibt es doch diesen schönen Satz: Umgib dich mit deinen Freunden, aber schare deine Feinde noch näher um dich. Ach, übrigens, wie wäre es mit einem guten Körperpuder für Alice? Meine Enkelinnen freuen sich immer sehr darüber.

Anonymus schreibt:
Klar bin ich für Sterbehilfe unter den richtigen Umständen, aber ich hab keine Lust, andauernd darüber zu reden. Vielleicht geht es X. genauso. Oder er will nicht an den Tod denken. Lasst ihn doch seine Kneipentour machen, wenn er unbedingt will!

Frank Neary schreibt:
Nein, nein, Miss Jeffrey, ich weile immer noch unter den Lebenden und bin putzmunter! He, warum haben Sie eigentlich nie geheiratet? Sie waren doch eine attraktive Person. Wundert mich, dass Sie keiner vom Fleck weg geheiratet hat. (Ich wette, das war der Grund, warum diese anderen Lehrerinnen Sie nicht mit an den Strand eingeladen haben. Sie waren definitiv die Hübscheste. Sie hätten doch keine Chance gehabt gegen Sie in Ihrem winzig kleinen, gelb getüpfelten Bikini!)

Mad Mabel schreibt:
Ich war überrascht und angewidert von deinem Beitrag. Selbstmord ist eine Todsünde. Da gibt es keine Grauzone. Wo bleibt das Vertrauen in die Weisheit des Allmächtigen? Ich fürchte, ich werde künftig nicht mehr in diesem Blog schreiben können.

Groovy Granny schreibt:
Ich bin ja so froh, dass es Alice besser geht. Ignoriere X. einfach. Ich persönlich halte nichts von Sterbehilfe (bei guter Palliativmedizin ist das nicht nötig, denke ich), aber es ist dein Recht, Frannie, dich mit dieser Thematik zu befassen. Niemand zwingt dich, diesen Blog zu lesen, Mad Mabel! Bin ich übrigens die Einzige, die der Meinung ist, dass Frank Neary ein bisschen zu weit gegangen ist? Man sollte Ihnen tüchtig auf die Finger hauen, junger Mann!

*

Also dann! Zeit, in die Gänge zu kommen. Eine schöne heiße Dusche. Anziehen. Frisieren. Schminken.

Nachdem die letzte Krankenschwester gegangen war, befahl eine scharfe Stimme in Alice' Kopf ihr, was sie zu tun hatte.

Ich bin viel zu müde, erwiderte Alice aufsässig. Ihre trockenen Augen brannten. *Ich hab die schlimmste Nacht meines Lebens hinter mir. Ich finde, ich sollte warten, bis eine Schwester kommt, und sie fragen.*

Blödsinn! Nach dem Duschen wirst du dich besser fühlen, das ist immer so.

Wirklich?

Wenn ich es dir sage! Und guck endlich in den Spiegel, Herrgott noch mal. Du bist erst neununddreißig, nicht neunundachtzig. Wie schlimm kann es schon sein?

Ich weiß nicht, welches Handtuch ich benutzen darf. Vielleicht gibt es irgendwelche Vorschriften?

Du riechst nach Schweiß, Alice. Von deinem Besuch im Fitnessstudio. Du hast eine Dusche bitter nötig.

Alice setzte sich auf. Bloß kein Körpergeruch! Der Gedanke war unerträglich. Körpergeruch war die ultimative Demütigung. Selbst wenn Nick nur beiläufig erwähnte, dass ihr Atem nach einem besonders knoblauchhaltigen Essen nach Knoblauch roch, schlug sie entsetzt die Hand vor den Mund, sprang auf, rannte ins Bad, putzte sich gründlich die Zähne und kaute den ganzen Tag einen Kaugummi nach dem anderen. Nick amüsierte sich köstlich darüber. Ihm war es völlig gleichgültig, ob er irgendeinen unangenehmen Geruch ausdünstete. Hatte er den ganzen Tag am Haus gewerkelt, schnupperte er abends nur an seinen Achselhöhlen wie ein Affe und verkündete fröhlich: »Ich stinke!«, so als ob das eine besondere Leistung wäre.

Vielleicht ließ sich Nick scheiden, weil sie ganz fürchterlich aus dem Mund roch.

Alice tastete nach der Beule an ihrem Kopf. Es tat nicht mehr ganz so weh wie am Tag zuvor, der Schmerz war eher wie eine Erinnerung.

Aber an ihre Kinder oder an Nicks Auszug konnte sie sich immer noch nicht erinnern.

Sie schwang ihre Beine aus dem Bett, stellte ihre nackten Füße auf den kühlen Fußboden und blickte sich um. Die Tulpen von ihrer Mutter hoben sich als dicke goldene Knollen von der weißen Wand ab. Sie versuchte, sich ihre Mutter beim Salsa-Tanzen mit Roger vorzustellen, wie sie sich im Takt zusammen bewegten. Sie konnte sich zwar Roger beim Hüftschwung vorstellen, aber ihre Mutter? Der Gedanke faszinierte sie und stieß sie zugleich ab. Sie konnte es kaum erwarten, mit Nick darüber zu sprechen.

Nun ja.

Alice dachte an den Hass in seiner Stimme, als sie gestern mit ihm telefoniert hatte. Schlechter Atem allein konnte nicht der Grund dafür sein. Wenn es so wäre, hätte seine Stimme mitfühlend und peinlich berührt geklungen.

Und dennoch rechnete sie irgendwie immer noch damit, dass er jeden Moment auftauchte, ganz außer Atem und zerknittert, sich für das Missverständnis entschuldigte und sie in seine Arme nahm. Dieses Scheidungsgerede war so albern, dass sie es nicht ernst nehmen und sich deshalb auch nicht darüber aufregen konnte. Hier ging es um Nick! Ihren Nick! Sobald sie ihn wiedersah, würde alles wieder in Ordnung sein.

Der Rucksack mit den Dinosaurierapplikationen lag auf der Kommode neben ihrem Bett. Alice dachte an das wunderschöne rote Kleid. Vielleicht gelang es ihr ja, sich hineinzuzwängen.

Sie klemmte sich den Rucksack unter den Arm und hielt sich mit der anderen Hand verschämt ihr Krankenhaushemd hinten zu, damit man ihren Slip nicht sehen konnte, aber das wäre gar nicht nötig gewesen. Das junge Mädchen hinter dem Vorhang in dem anderen Bett schnarchte immer noch.

Ob Nick sie verlassen hatte, weil ihr Schnarchen schlimmer geworden war? Sie sollte sich eines dieser grässlichen Anti-Schnarch-Mundstücke besorgen. *Das* Problem war nun wirklich leicht zu lösen. Komm wieder nach Hause, Nick.

Sie war so erschöpft, dass sie das Gefühl hatte, sich durch knöcheltiefen, trockenen Sand zu kämpfen.

Ich glaube, ich sollte mich wieder hinlegen.

Wag es ja nicht! Sonst kommen sie wieder zu spät zur Schule, und dann ist der Teufel los.

Alice hob überrascht den Kopf. Wo war das denn hergekommen? Sie dachte an das Foto der drei Kinder in ihren Schuluniformen. Anscheinend war es Alice' Aufgabe, dafür zu sorgen, dass sie morgens pünktlich in die Schule kamen.

Ihr kam es so vor, als erspähte sie in diesem Moment – vielleicht, aber nur vielleicht – einen winzigen Zipfel einer Erinnerung: polternde Schritte einen Flur hinunter, knallende Türen, lautes Hupen, das leise Wimmern eines Kindes, ein bohrender Schmerz mitten auf ihrer Stirn. Aber als sie die Erinnerung zu fassen versuchte, war sie verschwunden, so als hätte sie sie nur erfunden.

Sie hatte das Gefühl, geradeaus zu schauen, aber rechts und links von ihr lagen Erinnerungen im Wert von zehn Jahren. Sie müsste nur einen Weg finden, den Kopf drehen zu können, um sie zu erfassen.

Sie ging in das kleine Bad, das sie sich mit dem schnarchenden Mädchen teilte, schloss die Tür hinter sich ab und knipste die Lampe an. Sie blinzelte in dem grellen Licht. Am Abend zuvor hatte sie es geschafft, auf die Toilette zu gehen und sich die Hände zu waschen, ohne in den Spiegel über dem Waschbecken zu schauen. Jetzt war Schluss damit. Jetzt würde sie Nägel mit Köpfen machen.

Alice löste die Bändel hinten an ihrem Hemd, ließ es zu Boden fallen und trat vor den Spiegel. Sie konnte sich von der Taille an aufwärts betrachten.

Ganz schön mager, dachte sie, während sie ihre Fingerspitzen von ihrer schmalen Taille über die Rippen hinauf- und wieder hinunterwandern ließ. Sie konnte tatsächlich ihre Rippen sehen. *Du bist ja bloß Haut und Knochen.* Ihr Bauch war straff und flach wie der von diesem Mädchen im Fitnessstudio. Wie war denn das passiert?

Sicher hatte sie immer gesagt, sie müsse abnehmen und mehr Sport treiben, ohne aber wirklich etwas dafür zu tun. Es wurde von einem erwartet, dass man solche Dinge in regelmäßigen Abständen zu seinen Freundinnen sagte: »O Gott, ich bin ja so was von fett!« Damit outete man sich als richtige Frau. Hatte Richard, der Mann, mit dem sie vor Nick zusammen war, ihr beim Anziehen ihrer Jeans zugesehen und gewitzelt »Soll ich dir helfen?«, wenn sie sie über ihre Schenkel zerrte, war die Unzufriedenheit mit ihrem Körper manchmal in regelrechten Selbsthass umgeschlagen. Dann hungerte sie einen ganzen Tag lang, bevor sie abends eine ganze Packung Schokoladenkekse hinunterschlang.

Als sie Nick kennenlernte, wurde alles anders. Er versicherte ihr, wie schön sie sei, und wenn er sie berührte, hatte sie das Gefühl, dass seine Berührung sie tatsächlich zu der Schönheit machte, die er an ihr sah. Es gab also keinen Grund, auf das zweite Stück Kuchen oder das Glas Champagner zu verzichten, wenn Nick, ein boshaftes Grinsen im Gesicht, das Kuchenmesser in der Hand oder die geöffnete Flasche bereithielt. »Man lebt nur einmal«, sagte er immer, so als ob jeder Tag ein Fest wäre. Nick liebte Süßigkeiten und wusste gutes Essen, edle Weine und schönes Wetter zu schätzen. Mit Nick in der heißen Sonne zu essen und zu trinken war wie Sex. Bei Nick kam sie sich wie eine wohlgenährte, glückliche Katze vor: träge, geschmeidig, zufrieden schnurrend vor sinnlichem Wohlgefühl.

Alice konnte sich nicht entscheiden, ob ihr neuer, flacher Bauch ihr gefiel oder nicht. Einerseits empfand sie Stolz, so als hätte sie ein neues Talent an sich entdeckt. (Seht euch das an! Ich habe einen Bauch wie ein Topmodel!) Andererseits verursachten die Knochen, die sie ertasten konnte, einen leichten Abscheu, so als hätte man ihr das Fleisch weggeschnitten.

Was Nick wohl von diesem neuen mageren Körper hielt? Vielleicht interessierte es ihn gar nicht. *»Warum hab ich dich dann unbedingt zurückrufen müssen, verdammte Scheiße?«*

Ihre Brüste waren viel kleiner und nicht mehr ganz so fest. Genauer gesagt waren sie hässlich, hingen länglich und schlaff wie Socken an ihr herunter. Sie hob sie mit beiden Händen an und ließ sie wieder fallen. Mist! Das gefiel ihr aber gar nicht. Wo waren ihre hübschen, runden, fröhlichen, hüpfenden Brüste geblieben?

Lag das daran, dass sie drei Kinder gestillt hatte? Dagegen wäre absolut nichts einzuwenden, wenn sie sich daran erinnern könnte, wie sie nachts in einem Schaukelstuhl saß, einen Säugling in den Armen. Aber sie konnte sich eben nicht daran erinnern. Sie freute sich aufs Stillen. Das war etwas, was noch passieren sollte und nicht bereits geschehen war.

Okay, vergiss die Brüste. Das Gesicht. Es war Zeit, sich ihrem Gesicht zu widmen.

Sie trat noch einen Schritt näher an den Spiegel und hielt den Atem an.

Im ersten Moment empfand sie Erleichterung, weil es immer noch ihr altes Alice-Gesicht war, das sie verschlafen anschaute. Sie war weder entstellt, noch waren ihr Hörner gewachsen. Sie fand ihr schmaleres Gesicht sogar hübsch. Seine Züge schienen schärfer hervorzutreten, und ihre Augen wirkten größer. Ihre Brauen waren perfekt geformt, die Wimpern dunkel. Sie hatte weniger Sommersprossen als früher. Ihre Haut sah glatt und rein aus. Bei näherem Hinsehen entdeckte sie allerdings eine Reihe seltsamer kleiner Risse, insbesondere um Mund und Augen. Vielleicht rührten sie von ihrem Sturz her? Sie beugte sich näher an den Spiegel.

Oh.

Das waren keine Risse. Das waren Falten, Runzeln, wie Elisabeth sie hatte, vielleicht sogar noch schlimmer. Zwischen ihren Brauen hatten sich zwei tiefe Furchen eingegraben, die auch dann nicht weggingen, als sie sich zwang, ihre Augenpartie zu entspannen. Unter ihren Augen hatten sich kleine rosarote Säcke gebildet. Alice erinnerte sich, wie sie am Tag zuvor gedacht hatte, mit Janes Augen stimme etwas nicht. Jetzt begriff sie, dass mit Janes Augen alles in Ordnung war – Jane war nur zehn Jahre älter geworden.

Sie rieb mit der Fingerspitze über die Linien in ihren Mund- und Augenwinkeln, als könnte sie sie dadurch einfach entfernen. Die gehörten da nicht hin, fand sie. *Vielen Dank, wirklich nicht, auf meinem Gesicht haben die nichts zu suchen.*

Schließlich gab sie es auf und wich einen Schritt zurück, damit sie die Falten nicht mehr erkennen konnte.

Ihre Haare waren knapp schulterlang. Sie fragte sich, was sie wohl dazu bewogen hatte, sie abzuschneiden. Auch die Farbe war anders, nicht mehr braun, sondern eher blond, ein dunkles Aschblond. Als sie es mit den Fingern ordnete, wurde der elegante Schnitt erkennbar, der ihren Hals länger wirken ließ. Obwohl der Haarschnitt nicht nach ihrem Geschmack war, musste sie zugeben, dass er besser zu ihrem Gesicht passte als jede andere Frisur, die sie bisher getragen hatte.

Sie war erwachsen geworden. Das war es. Die Frau im Spiegel war eine erwachsene Frau. Aber Alice fühlte sich nicht so, wie sie aussah.

Okay, na schön. Das bist du, Alice. Das ist die Frau, die aus dir geworden ist. Eine erwachsene, magere Mutter von drei Kindern, die mitten in einer Schlammschlacht-Sorgerechtsstreit-Scheidung steckt.

Sie kniff ihre Augen zusammen und stellte sich vor, ihr altes, ihr wirkliches Ich guckte sie aus dem Spiegel an. Lange braune Haare ohne besonderen Schnitt, ein runderes, weicheres Gesicht, größere, straffere Brüste, ein dickerer (ziemlich dicker) Bauch, mehr Sommersprossen, keine nennenswerten Falten, in Nick verliebt und mit ihrem ersten Kind schwanger.

Aber dieses Ich gab es nicht mehr. Wozu Gedanken an es verschwenden?

Alice wandte sich vom Spiegel ab. Ein Gefühl grenzenloser Einsamkeit übermannte sie, als sie sich in dem fremden Badezimmer umschaute. Sie musste wieder an ihre dumme, einsame Europareise denken, auf der sie sich in irgendeinem Bad die Zähne geputzt, sich in fleckigen Spiegeln betrachtet und dabei ein benommenes Gefühl von Auflösung empfunden hatte, während sie herauszufinden versuchte, wer sie eigentlich war. Zu

Hause, umgeben von den Menschen, die sie liebten und die ihre Persönlichkeit widerspiegelten, hatte sich diese Frage nicht gestellt. Jetzt befand sie sich zwar nicht in einem fremden Land, wo die Menschen eine ihr unbekannte Sprache sprachen, aber sie war in eine seltsame neue Welt hineingeworfen worden, wo alle außer ihr wussten, was Sache war, während sie eine Idiotin aus sich machte, die das Falsche sagte, die Regeln nicht kannte.

Sie holte zitternd Luft.

Das würde vorübergehen. Bald würde ihr Erinnerungsvermögen zurückkehren und das Leben seinen gewohnten Lauf nehmen.

Die Frage war nur: Wollte sie ihr Erinnerungsvermögen tatsächlich zurückhaben? Wollte sie sich erinnern? Die Antwort lautete: nein. Sie wollte in ihre Zeitmaschine klettern und geradewegs ins Jahr 1998 zurückkehren. Das war es, was sie wirklich wollte.

Tja, Pech gehabt, Schätzchen. Sieh zu, wie du damit klarkommst. Jetzt dusch erst mal. Trink einen Kaffee und iss einen Frischkäsebagel dazu, bevor die Kinder aufwachen.

Bevor die Kinder aufwachen. Diese ätzende, autoritäre Stimme, die sich in ihrem Kopf zu Wort meldete, nervte sie. Und was sollte der Unsinn mit dem Frischkäsebagel? Sie mochte keinen Frischkäsebagel zum Frühstück.

Oder doch? Sie leckte sich versuchsweise über die Lippen. Frischkäse auf einem Bagel oder Erdnussbutter auf Toast? Beides kam ihr verlockend und abstoßend zugleich vor.

Das ist wohl kaum eine Frage von Leben und Tod, oder, Alice?

Ach, halt doch die Klappe. Nimm's nicht persönlich, aber du hörst dich wie ein kleines Miststück an, Alice.

Sie beugte sich über den Rucksack und zog die schicke Kosmetiktasche heraus. Die neue Alice hatte doch sicherlich Shampoo und Haarspülung eingepackt. Sie wühlte die klobigen, teuer aussehenden Fläschchen und Tiegel durch (du meine Güte, und das alles brauchte man für einen simplen Abstecher ins Fitnessstudio?) und förderte zwei schmale, hohe dunkle Flaschen zutage. Sie kannte die Marke nicht, die »Profi-Haarpflege wie im Haarsalon« versprach.

Als sie unter der Dusche stand und sich das Shampoo in die Haare massierte, stieg ihr ein Pfirsichduft in die Nase, der ihr so vertraut war, dass ihre Knie unwillkürlich nachgaben. *Natürlich, natürlich!* Ein ersticktes Schluchzen drang aus ihrer Kehle, als sie sich erinnerte: Ein kräftiger Duschstrahl prasselte auf sie herunter, Dampfschwaden waberten rings um sie her, sie lehnte die Stirn gegen blaue Fliesen und weinte hemmungslos, während ihr der Schaum des Pfirsichshampoos in die Augen lief.

Ich ertrage das nicht. Ich ertrage das einfach nicht …

Die Erinnerung war ein paar Sekunden lang so lebendig, als hätte sich das alles in diesem Augenblick abgespielt, aber schon entglitt sie ihr wieder, floss davon wie der Schaum, der an ihr hinunterlief.

Der Duft des Shampoos war ihr geradezu lachhaft vertraut, aber so sehr sie sich auch anstrengte, an etwas anderes konnte sie sich nicht erinnern.

Nur an diese unsägliche Traurigkeit, diesen abgrundtiefen Kummer, an den Wunsch, der Schmerz möge aufhören.

War es die Verzweiflung über ihre Trennung von Nick, an die sie sich erinnerte?

Wenn das die Erinnerungen waren, die in ihrem Kopf eingeschlossen waren, Erinnerungen an eine wundervolle Ehe, die zerbrach, Erinnerungen an bittere Tränen unter der Dusche – wollte sie sie dann wirklich zurückhaben?

Alice stellte das Wasser ab und wickelte sich in das Handtuch aus dem Rucksack. Dann reihte sie die Tiegel und Döschen aus der Kosmetiktasche nebeneinander auf. Was fing sie nur mit dem ganzen Zeug an?

Nun mach schon, beeil dich!

Ihre Hände griffen instinktiv nach einem Tiegel mit einem goldenen Deckel. Sie schraubte ihn auf, tupfte sich die reichhaltige Feuchtigkeitscreme mit flinken, geübten Bewegungen ins Gesicht und verteilte sie. Dann öffnete sie mechanisch ein Glasfläschchen mit einer Grundierung, gab etwas auf ein Schwämmchen und trug sie auf. Ein Teil ihres Verstandes registrierte das alles staunend. Grundierung? Sie benutzte nie eine Grundierung. Sie schminkte sich so gut wie nie. Aber ihre Hände bewegten sich so geschickt, ihr Kopf neigte sich automatisch dahin und dorthin, als hätte sie das alles schon eine Million Mal gemacht. Nach der Grundierung griff sie nach einem schimmernden goldfarbenen Stift, den sie auf ihren Wangen verrieb.

Es folgten Wimperntusche, Eyeliner, Lippenstift.

Nach höchstens fünf Minuten war sie fertig und räumte alle Utensilien wieder in das Köfferchen zurück. Ohne innezuhalten, zog sie den Reißverschluss an einer Seitentasche auf, der sie einen Föhn und eine Rundbürste entnahm. Oh, okay, das war nur fair. Zeit zum Haaretrocknen. Sie steckte den Stecker in die Dose, und von Neuem fingen ihre Hände an, sich ganz von allein zu bewegen. Während der Föhn warme Luft röhrte, fuhr die Bürste routiniert durch ihre Haare.

Okay, sobald du hier rauskommst, musst du …

Was musste sie? Sie hatte nicht die geringste Ahnung.

… musst du … musst du …

Ihre Haare waren geföhnt und frisiert.

Sie schaltete den Föhn aus, zog den Stecker, wickelte die Schnur auf, packte Föhn und Bürste zurück in die Seitentasche und kramte nach etwas anderem. Du meine Güte! Wieso denn diese Hektik? Brannte es irgendwo?

Alice holte die Plastiktüte mit den Kleidern heraus, schüttelte sie auf und nahm die Unterwäsche und das rote Kleid heraus.

Die Unterwäsche fühlte sich seidig und kostbar auf ihrer Haut an, und der BH brachte ihre Brüste wieder in ihre frühere frech-selbstbewusste Form. Sie bezweifelte, dass das Kleid ihr passen würde, aber als sie es sich über den Kopf streifte, glitt es problemlos an ihr hinunter, und sie zog den seitlichen Reißverschluss zu, ohne auch nur hinzusehen. Nirgendwo zeichnete sich eine Speckrolle unter dem Stoff ab, weil sie keine mehr hatte.

Jetzt der Schmuck. Sie nestelte die Topashalskette und Nicks Armband hervor und legte beides an. Die Schuhe. Sie schlüpfte hinein.

Sie hielt inne. Als sie die Frau im Spiegel betrachtete, klappte ihr vor Staunen der Unterkiefer herunter. Sie sah wirklich gut aus, das musste sie schon sagen. Sie drehte sich nach links, nach rechts, blickte über ihre Schulter.

Eine attraktive, elegante, schlanke Frau, das war es, was sie sah. Eine von jenen Frauen, die zu sein sie niemals für möglich gehalten hätte, deren Erscheinung zu perfekt war, um wahr zu sein.

Warum wollte sich Nick von ihr trennen, wenn sie so verdammt gut aussah?

Irgendetwas fehlte noch.

Parfüm.

Sie fand es in einem Reißverschlusstäschchen vornc in der Kosmetiktasche. Als sie es sich auf beide Handgelenke sprühte, war es, als hätte sie ein Keulenhieb getroffen. Sie musste sich am Waschbecken festhalten, um nicht umzufallen. Ihr ganzes Leben ließ sich in diesen Duft nach Vanille, Mandarine und Rose packen. Sie wurde in einen gewaltigen Strudel gerissen, einen Sog aus Kummer und Wut und dem Klingeln des Telefons und dem lauter werdenden wimmernden Kreischen eines Kindes und dem Gebrabbel des Fernsehers und Nick, der vornübergebeugt am Fußende des Bettes saß, beide Hände fest hinter dem Kopf verschränkt.

»Entschuldigung?«

Jemand klopfte an die Badezimmertür.

»Entschuldigung, aber brauchen Sie noch lange? Ich muss ganz dringend!«

Alice richtete sich langsam auf. Alle Farbe war aus ihrem Gesicht gewichen. Würde ihr wieder schlecht werden? Nein, entschied sie nach einem Augenblick.

»Ich bin gleich fertig«, rief sie.

Sie pumpte Seife aus dem Seifenspender auf ihre Hände und wusch sie gründlich, schrubbte das Parfüm von ihren Handgelenken. Als sie den kräftigen Geruch, eine Mischung aus Erdbeerkaugummi und Desinfektionsmittel, einatmete, gelang es ihr, dem Sog zu entrinnen.

Ich kann mich nicht erinnern.

Ich kann mich nicht erinnern.

Ich will mich nicht erinnern.

*

ELISABETHS TAGEBUCH FÜR DR. HODGES

Sie wartete fertig angezogen auf mich, als ich sie im Krankenhaus abholte. Sie hatte dunkle Ringe unter ihren stark geröteten Augen, aber sie war tadellos frisiert und so perfekt geschminkt wie immer.

Sie sah wieder ganz wie die Alte aus, deshalb war ich davon überzeugt, dass ihr Erinnerungsvermögen zurückgekehrt und diese seltsame Episode vorüber war.

»Kannst du dich wieder an alles erinnern?«, habe ich sie gefragt, und sie antwortete: »Ja, mehr oder weniger.« Sie wich meinem Blick aus, und ich dachte, weil es ihr unangenehm war, was sie über Nick gesagt hatte. Sie sei noch einmal untersucht

worden, meinte sie, sie habe alle Formulare ausgefüllt und könne es jetzt kaum erwarten, nach Hause und in ihr eigenes Bett zu kommen.

Sie war ziemlich schweigsam auf dem Weg zum Auto, und ich redete auch nicht viel. Dann, als ich annahm, sie würde von den hunderttausend Dingen sprechen, die sie am Wochenende erledigen musste, und sich über die kostbare Zeit beklagen, die sie durch den Krankenhausaufenthalt verloren hatte, sagte sie plötzlich: »Wie viele Kinder hast du eigentlich?«

»Alice!« Ich fuhr herum und starrte sie an und hätte vor lauter Schreck beinah das Steuer verrissen.

»Tut mir leid, dass ich dich nicht früher gefragt habe«, meinte sie, »das muss der Schock gewesen sein. Zuerst wollte ich Mum anrufen und sie danach fragen, aber ich war mir nicht sicher, ob sie noch ihre alte Telefonnummer hat, und außerdem dachte ich: Was, wenn Roger rangeht?«

»Ich hab gedacht, du kannst dich wieder an alles erinnern?«, fragte ich vorwurfsvoll, und sie erwiderte: »Na ja, nicht so ganz.«

Als ich sie fragte, ob sie die Ärztin belogen habe, damit sie entlassen würde, und darauf bestand, umzukehren und zum Krankenhaus zurückzufahren, schob sie trotzig das Kinn vor (in diesem Moment sah sie genau wie Madison aus) und meinte, wenn ich das täte, würde sie der Ärztin einfach sagen, sie habe keine Ahnung, wovon ich spräche, weil sie sich wieder an alles erinnern könne. Dann müsse das Krankenhaus entscheiden, welche von uns beiden die Verrückte sei, und sie gehe jede Wette ein, dass sie mich dafür halten und mich im Handumdrehen in eine Zwangsjacke stecken würden.

Ich glaube, Zwangsjacken werden heutzutage nicht mehr verwendet, erwiderte ich. (Oder? Haben Sie eine Zwangsjacke in Ihrem Büro für Notfälle parat, Dr. Hodges?)

Alice verschränkte die Arme vor der Brust, zappelte herum und tat so, als versuchte sie, sich aus einer Zwangsjacke zu befreien. »Nehmt mir das Ding ab! Meine Schwester ist die Bekloppte! Ich bin die, die bei Verstand ist!«, kreischte sie.

Ich war völlig geplättet. Sie benahm sich so furchtbar albern.

So wie die alte Alice.

Eine Sekunde später prusteten wir beide los wie Schulmädchen. Wir lachten und lachten, und ich fuhr weiter, zu ihr nach Hause, weil ich nicht wusste, was ich sonst tun sollte. Es war ein sonderbares Gefühl, so unbändig mit Alice zu lachen. Als ob ich etwas Köstliches naschte, das ich seit vielen Jahren nicht mehr gegessen hatte. Ich hatte dieses euphorische, berauschende Gefühl unbekümmerten, herzlichen Gelächters ganz vergessen.

Uns kommen die Tränen, wenn wir richtig lachen müssen; das haben wir von unserem Dad. Komisch. Auch das hatte ich völlig vergessen.

*

Nach einer ganzen Weile beruhigten sie sich wieder. Stille trat ein. Alice fragte sich, ob Elisabeth immer noch darauf bestehen würde, sie ins Krankenhaus zurückzubringen, aber Elisabeth sagte nichts mehr. Sie wischte sich mit der Fingerspitze die Lachtränen ab, schniefte und stellte dann das Autoradio an.

Alice wappnete sich innerlich. Elisabeth liebte laute, zornige Heavy-Metal-Musik, wie sie Teenager in aufgemotzten Autos bevorzugten. Alice bekam immer Kopfschmerzen davon. Doch stattdessen drangen eine weiche Frauenstimme und langsame Akkorde aus der Stereoanlage, Musik wie in einer verrauchten Jazzbar. Elisabeths musikalischer Geschmack hatte sich offenbar geändert. Alice entspannte sich und schaute aus dem Fenster. Die Straßen von Sydney sahen im großen Ganzen noch so aus, wie sie sie in Erinnerung hatte. War das Café dort immer schon da gewesen? Diese Mehrfamilienhäuser sahen neu aus. Aber vielleicht standen sie auch schon seit zwanzig Jahren da, und sie hatte sie bisher nur nicht bemerkt.

Es herrschte unglaublich dichter Verkehr, aber alle Autos ähnelten sich irgendwie. Als kleines Mädchen hatte sie geglaubt, dass sie im Jahr 2000 im Raumfahrtzeitalter samt fliegenden Autos leben würde.

Sie streifte Elisabeth mit einem Seitenblick. Um die Lippen ihrer Schwester spielte immer noch ein Lächeln, Überreste ihres Lachanfalls.

»Ich habe heute Nacht wieder von dieser Frau mit dem amerikanischen Akzent geträumt«, sagte Alice. »Und dieses Mal warst du mit dabei. Bist du sicher, dass dir das nichts sagt?«

Das Lächeln verschwand von Elisabeths Gesicht, und ihre vom Lachen geröteten, aufgeblähten Backen schienen in sich zusammenzufallen. Alice wünschte, sie hätte nichts gesagt.

Schließlich murmelte Elisabeth: »Das ist schon gut sechs Jahre her.«

*

ELISABETHS TAGEBUCH FÜR DR. HODGES

Ich erzählte ihr alles, als handelte es sich um eine x-beliebige Geschichte. Ich brannte plötzlich regelrecht darauf, es ihr zu erzählen, bevor sie sich von selbst daran erinnerte und das Ganze als unbedeutenden kleinen, traurigen Zwischenfall abtat, der sich vor langer Zeit ereignete.

Folgendes war geschehen, Dr. Hodges – nur zu Ihrer Information:

Alice und ich waren beide schwanger. Ihr Kind sollte genau eine Woche nach meinem zur Welt kommen.

Alice' dritte Schwangerschaft war natürlich ein Betriebsunfall gewesen, irgendetwas Kompliziertes und Alice-Typisches (typisch für die alte Alice, nicht für die neue, pedikürte, manikürte, gepeelte, wachsenthaarte, gefärbte Alice), das mit dem Wechsel zu einer anderen Antibabypille zu tun hatte.

Meine Schwangerschaft war kein Unfall. Der bloße Gedanke an eine nicht gewollte Schwangerschaft hat etwas Oberflächliches und Sorgloses für mich. Das erinnert mich an Sommerferien, stundenlanges Knutschen, glatte, junge Haut und … ich weiß nicht, verdammte Piña Coladas. Das ist etwas, was mir nie hätte passieren können, nicht nur wegen meines blöden Körpers, sondern weil ich einfach nicht der Typ dafür bin. Ich bin nicht launisch, nicht spontan genug. Ich lasse mich nicht von der Stimmung eines Augenblicks mitreißen. Am liebsten würde ich den Frauen, die ungewollt schwanger werden, zurufen: Warum habt ihr denn nicht VERHÜTET? *Hätte sie die Hand nur ein bisschen weiter ausgestreckt, hätte sie das Kondom in der Nachttischschublade ertastet, und Madison wäre nie gezeugt worden, erzählte Alice mir einmal. Das brachte mich total auf die Palme, ich meine, wie schwer ist es denn, die Hand auszustrecken,* ALICE?

Ben und ich haben zwei Jahre lang alles versucht, um ein Kind zu bekommen. Wir haben alles ausprobiert: Temperatur messen, Diagramme zeichnen, Akupunktur, chinesische Kräuter, erholsame Ferien, in denen wir so taten, als dächten wir überhaupt nicht an jene Sets, wo man seinen Speichel unter dem Mikroskop nach dem hübschen farnähnlichen Muster absuchen kann, das bedeutet, dass man seinen Eisprung hat.

Wir hatten noch Sex, der Spaß machte. Das war, bevor eine gedörrte Aprikose aus mir wurde, Dr. Hodges, und ich noch schlank und fit war. Manchmal fiel mir allerdings schon auf, dass Ben den gleichen Ausdruck grimmiger Entschlossenheit im Gesicht hatte, wie wenn er mit dem Schraubenschlüssel etwas am Auto zu reparieren versuchte.

Ich regte mich zwar darüber auf, dass ich einfach nicht schwanger wurde, aber ich war trotz allem noch guter Dinge, weil ich im Grunde eine Optimistin war. Ich las damals bergeweise Ratgeber. Ich besuchte Wochenendseminare und schöpfte Kraft aus mir selbst, brüllte mir die Seele aus dem Leib und umarmte Wildfremde. O ja, ich glaubte fest daran. Bewarf mich jemand mit Zitronen, machte ich Limonade daraus. Ich heftete mir weise Sprüche an das Schwarze Brett vor meinem Schreibtisch. Das war mein ganz persönlicher Berg, und ich würde ihn erklimmen. (Ich war eine blöde Kuh.)

Zu guter Letzt versuchten wir es mit künstlicher Befruchtung.

Und es klappte gleich beim allerersten Mal. Das gab es so gut wie nie! Wir konnten unser Glück kaum fassen. Wir waren ganz aus dem Häuschen vor Freude. Wir mussten jedes Mal lachen, wenn wir uns ansahen, so glücklich waren wir. Das war der Beweis dafür, dass positives Denken funktionierte! Das Wunder der modernen Medizin! Wir liebten die Wissenschaft. Gute, alte Wissenschaft! Wir liebten unseren Arzt. Wir liebten sogar die täglichen Injektionen. Sie waren absolut kein Problem, sie taten weder weh noch waren sie besonders angsteinflößend. Ich war durch die Behandlung nicht übermäßig launisch geworden und auch nicht aufgeschwemmt. Eigentlich war das Ganze nur spannend und lustig gewesen!

Ich verachte die, die wir damals waren, und empfinde gleichzeitig Zuneigung zu ihnen, weil sie es nicht besser wussten (und außerdem: Soll man denn eine pessimistische Einstellung zum Leben haben und immer das Schlimmste befürchten, nur damit man am Ende nicht dumm dasteht?).

Ich ertrage es kaum, wenn ich daran denke, wie wir uns in die Arme fielen und weinten und am Telefon albern kicherten, wie zwei Figuren in einer dämlichen Sitcom. Wir überlegten uns sogar schon einen Namen. Einen Namen! Ich hätte gute Lust, mein Ich von damals anzuschreien: »Bloß weil du schwanger bist, heißt das noch lange nicht, dass du ein Baby bekommen wirst, du blöde Gans!«

Es gibt ein Foto von Alice und mir, wie wir Rücken an Rücken stehen und unsere Hände vielsagend auf unseren Bauch gelegt haben. Wir sehen hübsch aus. Ich habe nicht dieses dumme, zähneknirschende, gekünstelte Lächeln im Gesicht, und Alice hat nicht die Augen zu. Wir waren ganz aufgeregt, als wir erfuhren, dass unsere Kinder im Abstand von nur wenigen Tagen zur Welt kommen sollten. »Vielleicht werden sie sogar am selben Tag geboren!«, riefen wir und machten Kulleraugen dazu. »Sie werden praktisch Zwillinge sein!«

Wir nahmen uns vor, jeden Monat ein Foto von uns in der gleichen Haltung zu machen, um das Dickerwerden unserer Bäuche zu dokumentieren. Das war so scheißsüß. (Entschuldigen Sie das derbe Wort, Dr. Hodges, ich wollte mich nur einen Moment lang cool und zornig anhören. Einen Löffel voll Paprika für mich! Das hat unsere Mutter uns immer eingeflößt, wenn wir als Kinder geflucht haben, statt uns den Mund mit Seife und Wasser auszuspülen; sie fand, das war unhygienisch. Sooft ich »Scheiße« sage, schmecke ich Paprika im Mund. Ben muss immer lachen, wenn ich fluche. Ich kann es nicht richtig. Alice übrigens auch nicht. Das muss an der Paprika liegen. Ich glaube, unsere Gesichter verzerren sich in Erwartung des widerlichen Geschmacks, und dann vermasseln wir es.)

Alice begleitete mich zur Zwölf-Wochen-Ultraschalluntersuchung, weil Ben in Canberra auf einer Autoausstellung war. Madison war in der Spielgruppe, Tom kam mit uns. Er saß kerzengerade und aufmerksam in seinem Sportwagen und knabberte an einem Zwieback, während er die Welt ringsumher mit wachen Augen wahrnahm. Ich war total vernarrt in Toms Lachen, als er noch ganz klein war. Ich beugte mich oft über ihn, mit ernstem Gesicht, und dann blähte ich plötzlich meine Backen auf und schüttelte den Kopf hin und her wie ein Hund. Tom fand das zum Brüllen komisch. Er beobachtete mich mit tanzenden Augen, und wenn ich meine Grimasse schnitt, ließ er sich nach hinten fallen und lachte, dass es ihn schüttelte, und er schlug sich mit der Hand aufs Knie, wie Nicks Dad das immer tat, weil er anscheinend glaubte, das gehöre zum Lachen dazu.

Sein Lachen war so köstlich wie Schokolade.

Alice schob den Sportwagen mit Tom ins Untersuchungszimmer und stellte ihn in eine Ecke. Ich schlüpfte aus meinem Rock und legte mich auf die Liege. Ich achtete nicht besonders auf die Frau mit den strähnigen Haaren und dem amerikanischen Akzent, die kaltes Gel auf meinen Bauch spritzte und etwas in ihren Computer eingab, weil ich Toms Blick suchte. Ich wollte ihn wieder zum Lachen bringen. Tom sah mich an, sein strammer kleiner Körper zitterte schon in Vorfreude dessen, was kommen würde. Alice plauderte mit der Frau, sie waren sich beide einig, dass ihnen Kälte lieber wäre als diese Schwüle, aber allzu kalt sollte es natürlich auch nicht sein.

Die Frau fuhr mit dem Tastkopf über meinen Bauch und tippte gleichzeitig auf die Tastatur. Ich warf einen Blick auf den Monitor und sah meinen Namen in Druckbuchstaben in der rechten oberen Ecke über der Mondlandschaft, die einen Ausschnitt aus meinem Körper darstellte. Ich wartete darauf, dass die Frau mir das Baby zeigen würde, aber sie schwieg. Sie runzelte die Stirn und gab noch mehr Daten in den PC ein. Alice starrte auf den Monitor und kaute an einem Fingernagel. Ich guckte wieder Tom an, riss die Augen auf, schob mein Kinn nach vorne und schüttelte heftig den Kopf.

Tom ließ sich glückselig lachend nach hinten fallen, und in diesem Moment sagte die Frau: »Es tut mir leid … aber ich kann keine Herztöne feststellen.« Sie hatte einen weichen Südstaatenakzent, so wie Andie MacDowell.

Ich begriff nicht, wovon sie redete, weil Ben und ich die Herztöne bei unserem ersten Besuch beim Gynäkologen ja bereits gehört hatten. Es war ein merkwürdiges, unheimliches Geräusch, wie das Trappeln von Pferdehufen unter Wasser, und es war mir irgendwie unwirklich vorgekommen, aber Ben und mein Arzt hatten mich erfreut und stolz angegrinst, so als wäre das ganz allein ihr Verdienst. Die Frau mit den strähnigen Haaren spricht vermutlich von einem technischen Problem, dachte ich; daher kann sie den Herzschlag nicht hören. Ich wollte gerade sagen »Macht nichts, kein Problem«, aber dann fiel mein Blick auf Alice. Sie musste sofort begriffen haben, denn sie hatte ihre Hand zur Faust geballt und an ihren Mund gepresst, und als sie mich ansah, hatte sie Tränen in den Augen. Die Frau berührte mich leicht am Arm und sagte leise: »Es tut mir leid …« Da dämmerte es mir. Offenbar war etwas sehr Schlimmes passiert. Ich schaute zu Tom hinüber, der seinen Zwieback mümmelte und strahlte und darauf wartete, dass ich ihn wieder zum Lachen brachte, und ich lächelte ihn unwillkürlich an und sagte: »Was meinen Sie?«

Später hatte ich Schuldgefühle, weil ich mich nicht auf mein eigenes Kind konzentriert hatte. Ich hätte nicht mit Tom herumalbern sollen, während mein armes kleines Baby um sein Leben kämpfte. Wahrscheinlich hatte es gespürt, dass ich abgelenkt war. Ich hätte den Monitor mit den Augen fixieren, hätte meinem Kind helfen müssen, indem ich es anspornte: Schlag, kleines Herz, schlag, schlag, schlag!

Ich weiß, dass das absurd ist, Dr. Hodges. Ich werde Ihnen nicht die Genugtuung verschaffen, mir zu erklären, wie irrational meine Gefühle sind, nur damit Sie sich für Ihre professionelle Leistung auf die Schulter klopfen können.

Glauben Sie mir, ich weiß, wie absurd das ist, und ich weiß, dass ich nichts hätte ändern können.

Aber ich weiß auch, dass eine gute Mutter sich auf die Herztöne ihres Kindes konzentriert hätte.

Ich habe nie wieder diese alberne Grimasse für Tom geschnitten. Ob sein Kleinkinderverstand sie vermisst hat? Armer kleiner Tom. Armer kleiner verlorener Astronaut.

*

»Erinnerst du dich wieder?«, fragte Elisabeth. »Die Frau mit den strähnigen Haaren? Tom hatte das ganze Gesicht voller Zwieback. Es war ein unglaublich heißer, schwüler Tag, und du hattest Khakihosen und ein weißes T-Shirt an. Auf dem Heimweg musstest du tanken, und als du wieder eingestiegen bist, haben Tom und ich beide geweint. Du hattest Schokoriegel im Tankstellenshop gekauft und sie verteilt, und der Fahrer hinter uns hupte wütend, weil du nicht von der Zapfsäule weggefahren bist. Da hast du den Kopf zum Fenster hinausgestreckt und hast ihn angebrüllt. Ich war richtig stolz auf dich.«

Alice versuchte, sich zu erinnern. Sie bemühte sich verzweifelt. Sich nicht an diese Episode erinnern zu können, kam ihr wie ein Verrat an Elisabeth vor. Sie strengte sich an, mobilisierte all ihre Kraft, um das sperrige Ding, das ihr den Zugang zu ihrem Gedächtnis verwehrte, aus dem Weg zu schaffen.

Szenen tauchten vor ihrem geistigen Auge auf, sie sah ein Kleinkind, das in seinem Sportwagen lachte, sah Elisabeth, wie sie im Auto saß und weinte, einen Mann, der wütend hupte. Sie konnte aber nicht sagen, ob das tatsächlich Erinnerungen waren oder nur Bilder, die ihre Fantasie anhand von Elisabeths Schilderungen malte. Es fühlte sich nicht an wie richtige Erinnerungen, dafür waren die Szenen zu substanzlos und schemenhaft, ohne jeden Zusammenhang.

»Weißt du's wieder?«, fragte Elisabeth.

»Ja, ich glaub schon.« Alice wollte sie nicht enttäuschen, Elisabeth sah sie so erwartungsvoll an.

»Dann ist ja gut. Denke ich.«

»Es tut mir leid«, sagte Alice leise.

»Das braucht dir doch nicht leidzutun. Du kannst doch nichts dafür. Du bist doch nicht absichtlich mit dem Kopf auf den Fußboden geknallt.«

»Nein, ich meine, das mit deinem Baby. Das tut mir leid.«

12

Alice suchte nach den richtigen Worten. Normalerweise hätte sie unter diesen Umständen gefragt »Habt ihr's noch einmal versucht?«, aber das hätte sich wahrscheinlich so angehört wie: »Na ja, das Leben geht weiter! Wenn's beim ersten Mal nicht geklappt hat, dann sicher beim zweiten Mal.«

Sie blickte flüchtig zu Elisabeth hinüber. Sie konnte ihre Augen hinter der Sonnenbrille nicht sehen. Elisabeth hielt das Lenkrad mit einer Hand, während sie sich mit der anderen ständig die Wange rieb.

Alice wandte den Blick ab. Sie waren nur noch eine Straße von ihrem Haus entfernt. Wie oft waren sie und Nick abends durch dieses Viertel geschlendert und hatten sich die anderen Häuser angesehen, um Ideen für die Renovierung ihres eigenen Hauses zu klauen. War das wirklich schon zehn Jahre her? Sie konnte sich so deutlich daran erinnern, als wäre es erst gestern gewesen. War ihnen jemand auf der Straße begegnet, hatte Nick immer zuerst gegrüßt. »Schöner Abend, nicht wahr?«, rief er fröhlich und völlig uncool aus, und dann blieb er stehen und plauderte mit den Leuten, als ob sie alte Bekannte wären. Alice stand daneben, lächelte verkrampft und dachte: Wieso müssen wir uns mit diesen wildfremden Leuten abgeben? Andererseits war sie stolz auf Nicks ungehemmte Kontaktfreudigkeit, auf die Art und Weise, wie er auf einer Party, wo sie niemanden kannten, auf jemanden zuging, seine Hand ausstreckte und sagte: »Hallo, ich bin Nick, das ist meine Frau Alice.« Es war, als hätte er ein besonderes Talent, so wie andere ein schwieriges Musikinstrument beherrschen.

Alice fehlte diese Begabung völlig. Sie genoss es, sich an Nicks Seite mühelos auf gesellschaftlichem Parkett zu bewegen; eine Party war keine qualvolle Tortur mehr, sondern eine lustige, glamouröse Angelegenheit, sodass sie sich manchmal fragte, ob sie tatsächlich so schüchtern gewesen war, wie sie dachte. Selbst wenn sie sich mit jemandem unterhielt, wusste sie, dass sie nicht einsam und verlassen in der Menge gestrandet war, falls ihr Gesprächspartner sich plötzlich abwenden sollte: Sie brauchte nichts weiter zu tun, als Nick zu suchen, er würde ihr den Arm um die Schultern legen und sie mühelos in die Unterhaltung mit einbeziehen.

Ob sie von jetzt an wieder allein auf Partys gehen müsste?

Sie konnte sich an den scharfen Schmerz erinnern, den sie verspürt hatte, wenn frühere Beziehungen zerbrochen waren. Noch Monate später war es ihr so vorgekommen, als wäre sie gehäutet worden. Wenn sie schon nach all den nichtssagenden Jungs derart gelitten hatte, was würde sie dann erst nach der Trennung von Nick erwarten? Sie hatte sich so geborgen gefühlt im Kokon ihrer Beziehung; sie hatte geglaubt, sich bis an ihr Lebensende hineinkuscheln zu können.

Als Alice von ihrem Armband, an dem sie herumgespielt

hatte, aufblickte, sah sie, dass sie in die Rawson Street einbogen. Sie betrachtete die lange Reihe von belaubten Liquidambarbäumen und das Auto vor ihnen, das den Blinker setzte, um nach rechts in die King Street abzubiegen. Jähes Entsetzen packte sie. Ihr Herz hämmerte, als wäre sie aus einem Albtraum hochgeschreckt; ihre Kehle war wie zugeschnürt, nackte Angst presste sie in ihren Sitz.

Sie wollte die Hand nach Elisabeth ausstrecken, weil sie glaubte, jeden Augenblick sterben zu müssen, aber sie war wie versteinert. Sie konnte sich nicht rühren. Elisabeth bremste, schaute nach links und nach rechts, bevor sie abbog. Alice hatte einen Herzanfall, und Elisabeth unmittelbar neben ihr bemerkte es nicht einmal.

Als der Wagen in die King Street rollte, normalisierte sich Alice' Herzschlag wieder. Der eiserne Griff um ihre Kehle lockerte sich, sie bekam wieder Luft. Sie gab ein zischendes Geräusch von sich, als Luft in ihre Lungen strömte.

Elisabeth warf ihr einen kurzen Blick zu. »Alles in Ordnung?«

»Einen Moment lang hab ich mich wirklich komisch gefühlt«, erwiderte Alice mit hoher Stimme.

»Ist dir schwindlig? Soll ich dich lieber ins Krankenhaus zurückfahren? Das ist kein Problem, weißt du.«

»Nein, nein, es geht schon wieder. Es war nur … ach, nichts weiter.«

Die Angst war von ihr abgefallen, aber sie fühlte sich so zittrig und schwach, als wäre sie nach einer halsbrecherischen Fahrt gerade aus der Achterbahn geklettert. Was hatten diese gigantischen Wellen von Emotionen zu bedeuten? Erst diese unsagbare Trauer und Verzweiflung, jetzt dieses Entsetzen.

Als sich der Wagen ihrem Haus näherte, bemerkte sie das Schild im Garten des Anwesens genau gegenüber. »Zu verkaufen« stand darauf. »Oh, wollen die Pritchetts wegziehen?«, fragte Alice.

Elisabeth blickte kurz zu dem Schild hinüber. Ein merkwürdiger, undefinierbarer Ausdruck huschte über ihr Gesicht. »Äh ... die Pritchetts sind schon vor einigen Jahren weggezogen. Die Familie, die ihnen das Haus abgekauft hat, will es nun ihrerseits wieder verkaufen. So ...« Sie bog in die Auffahrt ein und zog die Handbremse an. »Da wären wir. *Home, sweet home.*«

Alice schaute aus dem Fenster auf das Haus und schlug staunend die Hand vor den Mund. Sie warf die Tür auf und stieg aus. Der weiße Kieselbelag in der Auffahrt knirschte unter ihren Schuhen. Weißer Kies! »Oh!«, rief sie verzückt aus. »Schau nur, was wir daraus gemacht haben!«

Es war ein trüber Tag im Juli, als sie das Haus zum ersten Mal gesehen hatten.

»Oje«, entfuhr es ihnen gleichzeitig, als sie davor hielten. Sie blieben eine Weile im Auto sitzen, schwiegen und betrachteten das Gebäude. »Hmmm?«, machten sie dann beide, als wollten sie sagen: Vielleicht lässt sich ja was daraus machen?

Das Dach des baufälligen, zweistöckigen Hauses hing durch, die Fenster waren mit Decken verhängt, der unkrautüberwucherte Garten glich einem Schrottplatz. Das Ganze machte einen trostlosen, völlig heruntergekommenen Eindruck, aber wenn man die Augen ein wenig zusammenkniff, konnte man sich vorstellen, was für ein stattliches Anwesen es einmal gewesen sein musste.

Auf dem »Zu-verkaufen«-Schild im Vorgarten stand der Zusatz IDEAL FÜR HEIMWERKER, und jeder wusste, was damit gemeint war.

»Zu viel Arbeit«, meinte Nick.

»Viel zu viel«, pflichtete Alice ihm bei. Sie warfen sich verstohlene, verdächtige Seitenblicke zu.

Sie stiegen aus. Als sie fröstelnd auf der Straße auf den Immobilienmakler warteten, ging plötzlich knarrend die Haustür auf, und eine gebeugte alte Dame trat heraus. Sie trug einen Herrenpullover zu einem karierten Rock, lange Socken und Turnschuhe. Langsam schlurfte sie über den Gartenweg zum Briefkasten.

»O *Gott!*«, wimmerte Alice gequält.

Es war schlimm genug, ein Paar mittleren Alters flüchten zu sehen, bevor man durch ihr Haus trampelte und abschätzige Bemerkungen über den Bodenbelag machte. Alice brach es jedes Mal das Herz, wenn sie sah, was sie alles unternahmen, um ihr Haus den Interessenten schmackhaft zu machen: frische Blumen überall, die Arbeitsflächen in der Küche noch feucht vom gründlichen Putzen, Kaffeekanne und Tassen auf dem Couchtisch im Wohnzimmer, damit es heimelig wirkte. Nick schnaubte verächtlich, wenn jemand Duftkerzen im Bad angezündet hatte, als ob sie das für sich selbst auch täten, aber Alice war immer gerührt über so viel frohe Erwartung. »Macht euch doch nicht all die Mühe, nur um *mich* zu beeindrucken«, hätte sie den Leuten am liebsten gesagt. Das war alles schon schlimm genug, und jetzt diese gebrechliche alte Dame! Wo würde sie an diesem kalten Tag hingehen, während sie ihr Haus besichtigten? Hatte sie womöglich extra für diesen Termin auf arthritischen Knien die Böden geschrubbt, wenn sie das Haus wahrscheinlich doch nicht kaufen würden?

»Hi!«, rief Nick ihr zu.

Alice duckte sich hinter ihn und machte: »Schsch!« Nick fasste sie am Arm und zog sie hinter sich hervor, und da sie nicht in aller Öffentlichkeit einen Ringkampf mit ihm austragen wollte, ergab sie sich in ihr Schicksal und ging neben ihm auf die alte Frau zu.

»Wir sind hier mit unserem Immobilienmakler verabredet«, erklärte Nick.

Die alte Frau lächelte nicht. »Der Termin ist erst um drei.«

»O nein!«, sagte Alice.

Drei Uhr. Irgendwie kam ihr das bekannt vor. Sie und Nick neigten dazu, solche Dinge durcheinanderzubringen. (»Helfe euch Gott, falls ihr beide jemals Kinder haben solltet«, hatte Nicks Mutter einmal gesagt.)

»Dann entschuldigen Sie bitte«, meinte Nick. »Wir werden noch eine Runde durch das Viertel fahren. Es ist eine schöne Gegend.«

»Warum kommen Sie nicht rein, wo Sie schon mal da sind«, entgegnete die alte Frau. »Ich kann Ihnen das Haus besser zeigen als dieses schmierige Schlitzohr.«

Ohne eine Antwort abzuwarten, drehte sie sich um und schlurfte den Weg zurück zum Haus.

»Sie wird uns in einen Käfig sperren und mästen, und dann wird sie uns fressen«, flüsterte Nick Alice ins Ohr.

»Streu vorsichtshalber Brotkrumen, damit wir zurückfinden«, wisperte Alice zurück.

Beide bebten vor unterdrücktem Gelächter, als sie der alten Frau folgten.

Am oberen Ende der Verandatreppe wachten zwei imposante Sandsteinlöwen. Ihre Augen schienen Nick und Alice zu folgen, als sie vorbeigingen.

»Grrr!«, machte Nick, die Hand zu einer Klaue geformt.

Alice knuffte ihn in die Seite. »Schsch!«

Das Innere des Hauses sah einerseits besser, andererseits schlimmer aus als erwartet. Es hatte hohe Decken, verzierte Wandleisten und Stuckrosen an der Decke, dazu alte Marmorkamine. Nick schob mit dem Fuß eine Kante des ausgefransten Teppichs zurück, um Alice die Mahagonidielen darunter zu zeigen. Es herrschte aber auch ein stechender Geruch nach Moder und Verwahrlosung, in den Wänden klafften Löcher, die vorsintflutlichen Bäder schimmelten vor sich hin, und die Küche wartete mit einem Linoleumboden aus den 1950er-Jahren und einem Herd auf, der direkt aus dem Museum zu kommen schien.

Die alte Dame bot ihnen einen Platz vor einem Heizstrahler an und brachte ihnen Tee und Kekse. Alice war es gar nicht recht, dass sie sich nicht von ihr helfen lassen wollte. Jede Bewegung schien ihr Schmerzen zu bereiten. Schließlich setzte sie sich zu ihnen. Sie hatte ein verstaubtes schwarzes, altes Fotoalbum mitgebracht, das sie aufschlug.

»So sah das Haus vor fünfzig Jahren aus«, sagte sie.

Obwohl es sich bei den Fotos um kleine Schwarz-Weiß-Aufnahmen handelte, konnte man erkennen, was für ein wunderschönes, stattliches Haus es einmal gewesen war.

Die alte Frau zeigte mit ihrem gelblichen Fingernagel auf ein Foto, das ein junges Mädchen mit ausgebreiteten Armen im Garten vor dem Haus zeigte. »Das bin ich an dem Tag, als wir hier einzogen.«

»Sie waren bildhübsch«, bemerkte Alice.

Die alte Frau nickte. »Ja, das war ich. Natürlich wusste ich das nicht. Genauso wenig wie Sie wissen, wie hübsch Sie sind.«

»Stimmt, sie weiß es wirklich nicht«, pflichtete Nick ihr in ernstem Ton bei. Er aß seinen dritten muffigen Keks mit einer Gier, als hätte er seit Wochen gehungert.

»Eigentlich sollte ich das Haus meinen Kindern und Enkeln hinterlassen«, fuhr die alte Frau fort. »Aber meine Tochter starb, als sie dreißig war, und mein Sohn redet nicht mehr mit mir, und deshalb will ich es verkaufen. Ich will zweihunderttausend dafür.«

Nick verschluckte sich an seinem Keks und musste husten. Der Immobilienmakler hatte es für über dreihunderttausend Dollar angeboten.

»Der Makler wird Ihnen erzählen, dass ich viel mehr dafür haben will, aber wenn Sie mir zweihunderttausend geben, bin ich damit einverstanden. Ich weiß, dass ich von einem Investor, der es abreißt und neu baut und dann weiterverkauft, mehr bekommen könnte, aber ich hatte gehofft, ein junges Paar als Käufer zu finden, zwei junge Leute wie Sie, die es liebevoll renovieren und die glücklichen Erinnerungen zurückbringen. Wir hatten viele schöne Stunden hier, auch wenn man sich das heute wahrscheinlich nicht mehr vorstellen kann.«

Sie stieß die Worte »viele schöne Stunden« mit leichtem Abscheu aus.

»Es könnte wunderschön sein«, fuhr sie fort, und es klang wie ein Tadel. »Es *sollte* wunderschön sein. Nur ein bisschen Farbe und da und dort ein paar Nägel.«

Später, im Auto, saßen sie noch lange da und sahen das Haus schweigend an.

»Nur ein bisschen Farbe und da und dort ein paar Nägel«, murmelte Alice.

Nick lachte. »Ja, eimerweise Farbe und tonnenweise Nägel.«

»Was meinst du? Sollen wir das Ganze einfach vergessen? Wir sollten es besser vergessen, oder?«

»Du zuerst. Was meinst du?«

»Nein, du zuerst.«

»*Ladies first.*«

»Na schön.«

Alice holte tief Luft. Sie betrachtete das Haus, stellte sich einen neuen Anstrich vor, einen gemähten Rasen, ein kleines Kind, das tollpatschig herumlief. Natürlich war es Wahnsinn. Es würde Jahre dauern, bis sie die alte Hütte instand gesetzt hätten. Erstens fehlte ihnen das nötige Geld, zweitens waren sie beide voll berufstätig. Sie waren sich einig gewesen, kein Haus zu kaufen, bei dem größere Renovierungen anfielen.

»Ich will es haben«, sagte sie.

»Ich auch«, meinte Nick.

Alice schwebte im siebten Himmel. Wohin sie auch blickte, überall entdeckte sie etwas Neues, etwas Wunderschönes. Die großen, rechteckigen Sandsteinplatten, die zur Veranda führten (Nicks Idee); die glänzenden weißen Holzfensterrahmen, hinter denen man cremefarbene Gardinen erspähen konnte; die rosarote Bougainvillea, die an einer Seite der Veranda an ihrem Klettergerüst emporrankte. (Alice hätte schwören mögen, dass ihr die Idee erst vor wenigen Tagen gekommen war. »Wenn wir dort sitzen und frühstücken, ist das, als wären wir auf einer griechischen Insel«, hatte sie zu Nick gesagt.) Und dann die Haustür! Irgendwann hatten sie es offenbar doch noch geschafft, sie abzubeizen und neu zu streichen.

»Wir hatten eine Liste«, sagte sie zu Elisabeth. »Weißt du noch? Drei DIN-A4-Seiten mit all den Dingen, die wir an dem Haus erneuern mussten. Dreiundneunzig Punkte hatten wir notiert! Wir nannten unsere Liste ›Die unmöglichen Träume‹. Der letzte Punkt darauf war ›eine weiß gekieste Auffahrt‹.«

Sie bückte sich, hob einen glatten weißen Kieselstein auf und zeigte ihn Elisabeth. Hatten sie tatsächlich sämtliche Punkte auf ihrer Liste abgehakt? Das würde an ein Wunder grenzen. Das würde bedeuten, dass ihre »unmöglichen Träume« Wirklichkeit geworden waren.

Elisabeth lächelte müde. »Ihr habt euch ein Traumhaus geschaffen. Warte, bis du es erst von innen siehst! Die Schlüssel sind wahrscheinlich in deinem Rucksack.«

Alice bückte sich, zog, ohne nachzudenken, eine Reißverschlusstasche des Rucksacks auf und nahm einen dicken Schlüsselbund heraus. Der Schlüsselring bestand aus einer winzigen Sanduhr. Obwohl sie gewusst hatte, wo die Schlüssel waren, hatte sie sie noch nie zuvor gesehen.

Sie und Elisabeth gingen zur Veranda hinauf, wo angenehme Kühle herrschte. Ein paar Korbstühle mit blauen Kissen (ein wunderschönes Blau) standen um einen runden Tisch mit Mosaikplatte herum. Auf dem Tisch stand ein halb leeres Glas Saft. Alice schob ihren Rucksack über die Schulter, ging zu dem Tisch und griff mechanisch nach dem Glas. Ihr Fuß stieß gegen etwas, einen schwarz-weißen Fußball. Er rollte weg und gegen das Rad eines Tretrollers, der auf der Seite lag. Der Lenker war mit glänzenden Bändern umwickelt.

»Oh!«, sagte sie in plötzlicher Panik. »Die Kinder! Sind sie etwa da drinnen?«

»Sie sind bei Nicks Mutter. An diesem Wochenende hat er die Kinder. Er kommt morgen früh aus Portugal zurück. Er wird sie Sonntagabend wie üblich bei dir abliefern.«

»Wie üblich«, wiederholte Alice schwach.

»Ja, das scheint die übliche Prozedur zu sein«, meinte Elisabeth entschuldigend.

»Verstehe«, murmelte Alice.

Elisabeth nahm ihr das Glas Orangensaft ab. »Wollen wir reingehen? Du solltest dich ein bisschen hinlegen. Du bist immer noch ziemlich blass um die Nase.«

Alice blickte sich um. Irgendetwas fehlte.

»Wo sind George und Mildred?«, fragte sie.

»Ich habe keine Ahnung, wer George und Mildred sind«, erwiderte Elisabeth im sanften, geduldigen Tonfall eines Menschen, der es mit einer Geisteskranken zu tun hat.

»So haben wir die Sandsteinlöwen getauft«, erklärte Alice mit einer Handbewegung zu der leeren Stelle auf der Veranda. »Die alte Dame hat sie uns überlassen. Die Löwen sind unser ganzer Stolz.«

»Oh! Ja, jetzt fällt's mir wieder ein. Die habt ihr wahrscheinlich weggegeben. Sie haben nicht zu deinem Stil gepasst, Alice.«

Alice verstand nicht, was sie damit meinte. Sie und Nick hätten sich niemals von den Löwen getrennt. »Wir gehen nur schnell einkaufen«, verabschiedeten sie sich von George und Mildred, wenn sie das Haus verließen. »Passt gut auf das Haus auf!«

Nick würde wissen, was mit den Löwen geschehen war. Sie würde ihn fragen. Sie drehte sich zur Haustür hin. Die Schlösser hatte sie nie zuvor gesehen. Und dennoch fanden ihre Finger sofort den richtigen Schlüssel für das stabile goldene Riegelschloss. Sie drückte die Türklinke herunter und schob gleichzeitig mit der Schulter die Tür auf. Es war wirklich bemerkenswert, dass ihr Körper bestimmte Dinge gespeichert hatte – das Bedienen des Handys, das Auftragen ihres Make-ups, das Öffnen dieser Tür –, ihr Verstand sich aber nicht erinnern konnte, all diese Bewegungen jemals ausgeführt zu haben. Sie wollte Elisabeth gerade darauf ansprechen, als ihr Blick in die Diele fiel und es ihr buchstäblich die Sprache verschlug.

»Okay, hör gut zu, ich bin nämlich ein Visionär«, hatte Nick zu ihr gesagt, als er in der ersten chaotischen Woche nach ihrem Einzug in dem modrigen dunklen Gang stand. (Seine Mutter hatte geweint, als sie das Haus zum ersten Mal gesehen hatte.) »Stell dir vor, wie das Sonnenlicht in diesen Gang flutet, und zwar durch die Oberlichter, die wir da und da einbauen werden. Stell dir die Wände ohne Tapete vor, dafür in einem hellen Grün gestrichen. Stell dir vor, dieser Teppich ist komplett entfernt worden, und der Dielenboden glänzt in der Sonne. Stell dir einen kleinen Tisch mit frischen Blumen darauf und einem Silbertablett mit Briefen vor, so als hätte der Butler sie dort hingelegt, weißt du, dazu einen Schirmständer und einen Hutständer. Stell dir Fotos unserer entzückenden Kinder vor, die wir an den Wänden aufgehängt haben, nicht diese grässlichen Porträtaufnahmen, sondern Schnappschüsse vom Strand oder auf einer Wiese oder wie sie in der Nase popeln.«

Alice hatte versucht, sich das alles vorzustellen, aber sie hatte eine schlimme Erkältung, ihr tränten die Augen, sie bekam nur Luft durch ein Nasenloch, und sie hatten gerade mal zweihundertelf Dollar auf ihrem Konto, und zwanzig Minuten zuvor hatten sie entdeckt, dass das Haus eine neue Heißwasseraufbereitungsanlage brauchte. Alles, was sie dazu sagen konnte, war: »Wir müssen von allen guten Geistern verlassen gewesen sein.« Nicks Gesichtsausdruck hatte sich verändert. »Bitte nicht, Alice!«, hatte er gefleht.

Und jetzt lag die Diele so vor ihr, wie Nick es ihr beschrieben hatte: das Sonnenlicht, das Tischchen, die wie flüssiges Gold glänzenden Holzdielen. In einer Ecke stand ein lustiger antiker Hutständer, an dem Strohhüte und Basecaps und ein paar um die Haken drapierte Strandtücher hingen.

Alice ging langsam durch den Flur und ließ eine Fingerspitze zärtlich über den einen oder anderen Gegenstand gleiten, ohne innezuhalten. Sie streifte die gerahmten Fotos mit einem flüchtigen Blick: ein dickes Baby auf allen vieren im Gras, die großen Kulleraugen auf die Kamera gerichtet; ein blondes Kleinkind, das sich ringelte vor Lachen, neben einem kleinen Mädchen in einem Spiderman-Kostüm, das die Hände in die Seiten gestemmt hatte; ein magerer, braun gebrannter Junge in Badeshorts, vor einem strahlend blauen Himmel fröhlich mit Armen und Beinen rudernd, beim Sprung ins kühle Nass, Wassertröpfchen auf das Objektiv spritzend. Jedes Foto war eine Erinnerung, die Alice fehlte.

Der Flur führte in das frühere winzige Wohnzimmer, wo die alte Dame ihnen Tee und Kekse serviert hatte. Alice hatte die Idee gehabt, drei Wände in diesem rückwärtigen Teil des Hauses einzureißen, damit ein großzügiger, offener Raum entstand und man von der Küche aus bis zu dem Jacarandabaum ganz hinten im Garten sehen konnte. »Du bist nicht der einzige

Visionär hier«, neckte sie Nick, als sie ihre Vorstellung auf die Rückseite einer Serviette von Dominos Pizza gezeichnet hatte. Es war fast genau so geworden, wie sie es skizziert hatte, nur besser. Sie konnte die langen, glatten Marmorarbeitsflächen in der Küche sehen, einen wirklich gigantischen Edelstahlkühlschrank und lauter hochwertige Elektrogeräte.

Elisabeth ging in die Küche (als ob es eine hundsgewöhnliche Küche wäre!) und schüttete den Orangensaft weg.

Alice ließ ihren Rucksack auf den Fußboden fallen. Dieses Scheidungsgerede konnte unmöglich ernst gemeint sein. In so einem Haus musste man einfach glücklich miteinander sein!

»Ich kann es nicht glauben«, sagte sie zu Elisabeth. »Oh, sieh nur! Ich hab doch gewusst, dass weiße Jalousien perfekt zum hinteren Fenster passen! Nick wollte welche aus Holz. Aber bei den Fliesen hat er sich durchgesetzt, wie ich sehe. Er hat recht gehabt, ich geb's zu. Oh, und für die Ecke dort haben wir eine Lösung gefunden! Das ist genial! Die Vorhänge finde ich allerdings nicht so toll.«

»Alice«, sagte Elisabeth, »kannst du dich überhaupt an *irgendetwas* erinnern?«

»O mein Gott, ist das etwa ein Swimmingpool da draußen? Ein richtiger Pool? Wir sind reich, Libby, oder? Haben wir in der Lotterie gewonnen?«

»Was hast du denen im Krankenhaus erzählt?«

»Und sieh dir bloß diesen Fernseher an! Du meine Güte, das ist ja wie im Kino!« Alice merkte selbst, dass sie zu viel plapperte, aber sie konnte nicht aufhören.

»Alice!«, sagte Elisabeth mit Nachdruck.

Alice bekam auf einmal weiche Knie. Sie ließ sich auf das braune Ledersofa (teuer!) vor dem Fernseher fallen. Etwas pikste sie ins Bein. Sie tastete danach und zog eine kleine Plastikfigur hervor, ein Kerl mit grimmigem Gesichtsausdruck und einem

Maschinengewehr unter dem Arm. Sie stellte die Figur behutsam auf den Couchtisch.

Elisabeth setzte sich neben sie. Sie reichte ihr ein zusammengefaltetes Blatt Papier. »Weißt du, von wem das ist?«

Es war eine selbst gebastelte Karte. Flitter klebte vorne drauf, und mit Filzstift war ein Gesicht gemalt worden, dessen Mundwinkel traurig nach unten zeigten. Ein Pflaster klebte auf der Stirn. Alice klappte das Blatt auf und las laut vor: »Meine allerliebste Mummy, werde bald wieder gesund, alles Liebe, deine Olivia.«

»Von Olivia natürlich«, antwortete sie auf Elisabeths Frage und fuhr mit dem Finger über den Flitter.

»Und kannst du dich an Olivia erinnern?«

»Irgendwie schon.«

Sie konnte sich nicht einmal dunkel an Olivia erinnern, aber deren Existenz schien unbestreitbar.

»Was hast du denen im Krankenhaus erzählt?«, fragte Elisabeth noch einmal.

Alice legte ihre Hand auf die schmerzende Stelle an ihrem Hinterkopf, wo die Beule war. »Na ja, ich hab gesagt, dass manches noch ein bisschen verschwommen ist, ich mich aber an das meiste erinnern kann. Sie haben mir einen Neurologen genannt und gemeint, den sollte ich aufsuchen, falls ich irgendwelche Beschwerden hätte. Spätestens in einer Woche sollte alles wieder im normalen Bereich sein. Und ich glaube, an das eine oder andere kann ich mich wirklich schon wieder erinnern.«

»An das eine oder andere?«

Die Türglocke ertönte.

»Oh«, rief Alice aus, »das klingt aber hübsch! Ich konnte diese fürchterliche alte Klingel nicht ausstehen!«

Elisabeth zog die Brauen hoch. »Ich geh schon. Oder willst du lieber?«, fügte sie nach einer Pause hinzu.

Alice guckte sie mit großen Augen an. Wieso sollte Elisabeth nicht die Tür öffnen? »Nein, nein, geh du nur.«

Als Elisabeth hinausgegangen war, lehnte Alice den Kopf gegen das Lederpolster und schloss die Augen. Sie versuchte, sich die Szene vorzustellen, wenn Nick ihr am folgenden Abend die Kinder bringen würde. Ihre normale Reaktion wäre, sich ihm an den Hals zu werfen, wie sie es immer tat, wenn er von einer Reise zurückkehrte. (Sie hatte das bestimmte Gefühl, dass sie ihn eine Ewigkeit nicht gesehen hatte, so als wäre er wochenlang fort gewesen.) Aber wenn er ihre Umarmung nun nicht erwiderte? Wenn er sich aus ihren Armen löste? Oder sie gar von sich wegstieß? Nein, so etwas würde er nie tun. Wie kam sie nur auf so etwas?

Und die »Kinder« wären auch alle da. Und würden herumwuseln. Oder tun, was Kinder eben so trieben.

Alice sagte im Stillen ihre Namen auf.

Madison.

Tom.

Olivia.

Olivia war ein schöner Name.

Was würde sie ihnen sagen? »Es tut mir leid, ich kenne dein Gesicht, ich weiß nur nicht, wo ich dich unterbringen soll«? Nein, ausgeschlossen. Das konnte sie nicht machen. Eine Mutter konnte ihrem Kind nicht sagen, dass sie sich nicht mehr an es erinnerte. Das würde ihm nur Angst einjagen. Sie würde einfach so tun als ob, bis ihr Erinnerungsvermögen zurückgekehrt war. Was sicher ohnehin bald der Fall sein würde.

Sie würde sich anstrengen und in normalem Ton mit ihren Kindern reden. Nicht in diesem gekünstelt fröhlichen Tonfall, den Erwachsene Kindern gegenüber anzuschlagen pflegten. Kinder waren schlau. Denen konnte man nichts vormachen. O Gott, worüber sollte sie denn mit ihnen reden? Das war fast noch schlimmer, als sich Gesprächsthemen für die Geschäftspartys auszudenken, zu denen sie Nick begleiten musste.

Stimmen näherten sich.

Elisabeth kam herein, gefolgt von einem Mann mit einer Sackkarre, auf der drei Kartons gestapelt waren. »Die Gläser«, sagte Elisabeth. »Für heute Abend.«

»Wo soll das Zeug hin?«, grummelte der Mann.

»Äh …«, machte Alice. *Für heute Abend?*

»Stellen Sie alles hier in der Küche ab«, wies Elisabeth ihn an.

Der Mann wuchtete die Kartons auf eine Arbeitsfläche.

»Sie müssen hier noch unterschreiben«, sagte er dann. Elisabeth unterschrieb. Er riss einen Durchschlag ab, reichte ihn ihr und blickte sich flüchtig um. »Hübsches Haus.«

»Danke!«, strahlte Alice.

»Hallo?«, dröhnte eine Stimme durch den Flur. »Ich bringe die Getränke!«

»Alice«, sagte Elisabeth, »dass du heute Abend eine Party gibst, weißt du vermutlich auch nicht mehr, oder?«

13

Elisabeth und Alice sahen in Alice' Terminplaner nach.

»Cocktailparty Kindergarten, 19 Uhr«, las Alice laut vor. »Was hat das zu bedeuten?«

»Ich würde sagen, das bedeutet, dass du alle Eltern aus Olivias Kindergartenklasse zu Gast hast«, antwortete Elisabeth.

Alice sah sie an. »Alle Eltern? Hier bei mir? Warum sollte ich sie zu mir einladen?«

»Ich glaube, du lädst häufig zu solchen Veranstaltungen zu dir ein.«

»Du *glaubst?* Was heißt, du glaubst? Nimmst du denn nicht daran teil?«

»Äh ... nein. Das sind Dinge, die mit der Schule zu tun haben. Das sind alles Mütter. Ich bin keine Mutter.«

Alice blickte von ihrem Terminplaner auf. »Du bist keine Mutter?«

Elisabeth schien zusammenzuzucken. »Nein. In dieser Hinsicht habe ich kein Glück gehabt. Also, was willst du jetzt machen? Wegen der Party, meine ich.«

Doch die Party war Alice völlig egal. Sie hatte nicht die Absicht, eine »Cocktailparty Kindergarten« zu geben. »Willst du mir nicht erzählen, was passiert ist? Bitte! Habt ihr es noch einmal versucht nach deiner Fehlgeburt damals?« Elisabeth wandte den Blick ab.

*

GEISTREICHE GEDANKEN EINER URGROSSMAMA!

Doris aus Dallas hat mich nachdenklich gemacht mit ihrer Bemerkung wegen der Gänsefüßchen, wenn ich von meiner »Tochter« und meiner »Enkelin« spreche.

Ich finde, sie hat recht. Barb ist meine Tochter. Elisabeth und Alice sind meine Enkelinnen. Basta.

Nach dem Tod von Barbs Ehemann änderte sich mein ganzes Leben. Bis dahin waren die Jones einfach die nette junge Familie von nebenan gewesen. Barbs Mann war ein reizender Mensch, groß, mit Brille. Elektriker von Beruf. Er hat mir immer die Mülltonne hereingeholt. Seine Töchter haben ihn abgöttisch geliebt. Ich sehe sie heute noch, wie sie mit hüpfenden Rattenschwänzchen den Gartenweg hinunter- und auf ihn zugestürmt sind, wenn er von der Arbeit nach Hause kam.

Ich lebte allein. Um Frank Nearys Frage zu beantworten

(ich habe keine Ahnung, ob Sie wirklich Frank Neary, mein ehemaliger Schüler, oder nur ein dreister Betrüger sind!), ich habe nie geheiratet. Ich habe einige Enttäuschungen in der Liebe erlebt, könnte man sagen.

Aber einsam oder unerfüllt war mein Leben deshalb nicht. Ich hatte meine Arbeit, die ich liebte, ich hatte Freunde und Hobbys. Ich war nicht auf der Suche nach einer Familie. Und dann erfuhr ich, dass dieser reizende junge Mann von nebenan an einem Herzinfarkt gestorben war. Ich war zutiefst erschüttert. Ich werde niemals vergessen, wie die beiden Mädchen am Tag der Beerdigung aus der Haustür traten, so still, so blass, so verstört.

Eines Tages, als ich einen Eintopf vorbeibrachte, wurde mir klar, dass Barb mit der Situation völlig überfordert war. Sie hatte resigniert. Sie hatte ihre eigenen Eltern als Teenager verloren, und ich glaube, durch den Tod ihres Mannes brachen die alten Narben wieder auf.

So gewöhnte ich es mir an, jeden Nachmittag bei ihr vorbeizuschauen. Zuerst nur aus Pflichtgefühl, aber mit der Zeit wuchsen mir die beiden kleinen Mädchen richtig ans Herz.

Es war, als hätten sie sich vorgenommen, auf der Stelle erwachsen zu werden.

Alice wollte unbedingt kochen lernen. Ich zeigte ihr, wie man Rippchen briet. Es dauerte nicht lange, bis sie selbst herumexperimentierte, andere Gewürze hinzugab und solche Dinge. Elisabeth interessierte sich mehr für die praktischen Dinge des Lebens. »Wie bekommt man eine Arbeit?«, wollte sie zum Beispiel wissen. Oder: »Was muss ich tun, wenn ich ein Bankkonto haben möchte?«

Obwohl ich mein Bestes getan habe, frage ich mich manchmal, in welchem Maß der frühe Tod ihres Vaters die beiden Mädchen geprägt hat. Beide sind sehr darauf bedacht, die »perfekte Familie« zu haben. Ob sie unbewusst versuchen, sich jene unschuldige Zeit, als sie noch einen Vater hatten, zu erschaffen? Andererseits, wünschen wir uns nicht alle, dass alles perfekt ist?

Ich werde nie vergessen, wie Alice mich bat, sie in die Schule zu einem Großelterntag zu begleiten.

»Das ist Frannie. Sie wohnt nebenan, und sie ist meine Granny«, sagte sie zu ihrer Lehrerin, und dann guckte sie mich an, als wollte sie sagen: Das ist doch in Ordnung, oder? Ich weiß noch, dass ich vor Rührung kein Wort herausbrachte.

Hier ist ein Foto von mir mit Elisabeth und Alice. Das war am ersten Weihnachtsfest nach dem Tod ihres Vaters. (Seht euch bloß mein »psychedelisches« Kleid an! Typisch 1970er-Jahre!) Die beiden haben sich alle Mühe gegeben, damit es ein schönes Weihnachten für ihre Mutter wurde.

Sie sind wirklich ein Segen gewesen.

KOMMENTARE

Doris aus Dallas schreibt:
Danke für diesen Einblick in dein Leben! Das waren zwei wunderschöne kleine Mädchen, deine Enkelinnen. Sie können sich glücklich schätzen, dass sie dich gehabt haben. Und du selbst warst auch eine überaus attraktive Frau!

PS: Du sprichst von Enttäuschungen in der Liebe. Darf ich fragen, was das für Enttäuschungen waren?

*

ELISABETHS TAGEBUCH FÜR DR. HODGES

Alice' Frage, ob wir es noch einmal versucht hätten, hatte etwas Surreales. Ich hätte fast laut herausgelacht, so ehrfürchtig und mit weit aufgerissenen Augen guckte sie mich an. Ich fragte mich, ob sie schauspielerte.

Ich habe lange nicht mehr daran gedacht, an diese frühen »Verluste«, wie Sie es nennen, Dr. Hodges, und dabei ein Gesicht machen, als litten Sie unter Verstopfung. Ich hasse es, wenn Sie das Gesicht so verziehen. Ihre Frau kann es bestimmt auch nicht leiden. Ich muss dann jedes Mal daran denken, was ich mit den hundertfünfzig Dollar, die mich jede Sitzung bei Ihnen kostet, alles anfangen könnte. Ich weiß noch, wie Sie mich einmal aufforderten, Ihnen zu sagen, was mir beim Gedanken an diese »frühen Verluste« (Grimasse, Grimasse) in den Sinn komme. Ich habe dramatisch geseufzt und erwidert, ich könne nicht darüber reden, aber in Wirklichkeit hat mich nur Ihr Gesichtsausdruck genervt.

Inzwischen sehe ich meine »Verluste« als Daten in meiner Krankengeschichte. Werde ich von einem Arzt nach meiner Vorgeschichte gefragt, kann ich jede einzelne Prozedur und jeden Test und jede niederschmetternde Enttäuschung mit fester Stimme herunterleiern, so als bedeutete mir das alles gar nichts, als wäre es jemand anderem passiert.

Ich kann »zweite Fehlgeburt im ersten Schwangerschaftsdrittel im August 2002« sagen, ohne auch nur mit der Wimper zu zucken. Ich denke nicht einmal mehr darüber nach, was ich damals empfunden habe.

Wissen Sie, dass ich jetzt Grey's Anatomy *verpasst habe? Da können Sie mal sehen, wie ernst ich diese Therapie nehme. Ich wünschte, Sie würden mir eine Note geben. Sie sollten Ihre auf Lob erpichten Patienten benoten, Dr. Hodges.*

Ich weiß noch, wie glücklich wir waren, als ich wieder schwanger wurde, weil wir es dieses Mal aus irgendeinem Grund auf »natürlichem« Wege geschafft hatten.

Das Baby sollte am 17. Januar zur Welt kommen, einen Tag nach Bens Geburtstag (nicht auszudenken, wenn es an seinem

Geburtstag zur Welt käme! Pst, still, nichts sagen, bloß nichts beschreien!). Dieses Mal behielten wir meine Schwangerschaft für uns. Wir glaubten, es sei ein typischer Anfängerfehler gewesen, seinerzeit jedem von dem Baby zu erzählen, das wir erwarteten. Ich stellte mir vor, wie ich nach dem ersten Schwangerschaftsdrittel gelassen und selbstbewusst verkünden würde, dass ich wieder schwanger war. Das erschien mir sicherer und viel reifer. »Nein, nein, nicht durch künstliche Befruchtung«, würde ich den Leuten abgeklärt mitteilen. »Eine natürliche Schwangerschaft.« Dieses Mal diskutierten wir weder über einen Namen noch tätschelte Ben meinen Bauch, bevor er morgens das Haus verließ. Wir sagten Sätze wie »Wenn ich an Weihnachten noch schwanger bin« und sprachen das Wort Baby nur im Flüsterton aus, so als wäre alles an unserem Optimismus gescheitert, als könnten wir die Götter überlisten, damit sie nicht merkten, wie wir klammheimlich versuchten, ein Baby zu bekommen.

Dieses Mal kam Ben zur Ultraschalluntersuchung mit. Wir zogen uns so sorgfältig an, als müssten wir zu einem Vorstellungsgespräch, als hinge alles von unserer Garderobe ab. Die Frau, die die Untersuchung durchführte, war jung, Australierin und ein bisschen mürrisch. Ich war nervös, aber irgendwie war meine Nervosität nur Schau, sozusagen für die Fotogalerie, wenn Sie verstehen, was ich meine. Rein äußerlich war ich angespannt und kribbelig, aber in meinem Inneren hörte ich eine gelassene Stimme, die sich über meine Angst lustig machte:

Oh, sieh sie dir an, wie sie ihre Fingernägel in ihre Handflächen bohrt, das arme, traumatisierte Ding, dabei wird dieses Mal alles in Ordnung sein, NATÜRLICH *werden die Herztöne zu hören sein, so etwas passiert doch nicht zweimal hintereinander!*

Ich konnte schon die unsägliche Erleichterung spüren, die durch mich hindurchfluten würde. Ich hatte Freudentränen aufgestaut, die nur darauf warteten, mir aus den Augen zu schießen. Ich war bereit, meinem ersten Baby eine rührende Botschaft zu übermitteln, etwas wie »Ich werde dich niemals vergessen, du wirst immer einen Platz in meinem Herzen haben«, und dann würde ich mich ausschließlich auf dieses Baby konzentrieren, unser richtiges Baby. Alice' Kind würde nur wenige Monate älter sein. Wir könnten sie immer noch als Zwillinge betrachten.

Da sagte die mürrische junge Frau: »Es tut mir leid ...«

Ben biss die Kiefer aufeinander und trat einen Schritt zurück, als hätte ihm jemand in einer Kneipe Prügel angedroht und er wollte dem Streit aus dem Weg gehen.

Ich habe schon so viele professionelle »Es-tut-mir-leid«-Floskeln gehört, Dr. Hodges. Es tut mir leid. Es tut mir leid. Es tut mir leid. O ja, Ihren Ärztekollegen tut es immer sehr leid. Ob Sie eines Tages das Gleiche zu mir sagen werden? »Es tut mir leid, aber ich kann Ihnen nicht helfen. Sie sind eine Irre. Vielleicht sollten wir andere Optionen erwägen, zum Beispiel eine Persönlichkeitstransplantation.«

Es war mir peinlich, dass es zum zweiten Mal passiert war, unter praktisch den gleichen Umständen. Ich hatte das Gefühl, dass ich diesen Leuten die Zeit stahl, indem ich mit einem toten Baby im Bauch zu den Ultraschalluntersuchungen kam. Was? Sie schon wieder? Sie haben im Ernst geglaubt, das Baby in Ihrem Bauch lebt? Machen Sie sich doch nicht lächerlich! Doch nicht bei Ihnen! Sie mit Ihren halbherzigen, grotesken Versuchen, schwanger zu werden, Sie sind doch keine richtige Frau! Da draußen laufen genug Frauen mit dicken Bäuchen und lebendigen, herumstrampelnden Babys darin herum.

Hinterher fand ich, es war ein Fehler gewesen, niemandem von meiner Schwangerschaft zu erzählen. Ich wollte, dass jeder von der Fehlgeburt erfuhr, damit sie von der Existenz des Babys wussten. Aber als ich es ihnen erzählte, schienen sie sich mehr für die Tatsache zu interessieren, dass ich meine Schwangerschaft verheimlicht hatte. Sie fühlten sich hinters Licht geführt. Ich bekam Dinge zu hören wie: »Oh, ich hab mich noch gewundert, warum du auf der Grillparty letztens keinen Alkohol getrunken hast, aber du hast gesagt, dir sei nicht danach!« Mit anderen Worten, sie brandmarkten mich als Lügnerin.

Bens Mutter war tödlich beleidigt. Wir mussten ihr zweimal Genießergutscheine für ein Essen im Black Stump schenken, bevor sie uns verzieh. Dass ich meine Schwangerschaft vor ihr geheim gehalten hatte, schien sie mehr zu treffen als meine Fehlgeburt. Die Leute waren nicht so bestürzt, wie sie es beim ersten Mal gewesen waren. Wie auch, wo sie doch gerade erst von der Existenz des Kindes erfahren hatten. Ich hegte geradezu lächerlich zärtliche Gefühle für mein Januar-Kind, so als bräuchte es meinen besonderen Schutz, weil niemand es geliebt hatte. Als ob es weniger hübsch oder weniger klug als das erste Baby gewesen wäre.

Es war übrigens ein Mädchen. Dieses Mal hatten sie das »fötale Gewebe« zur Untersuchung eingeschickt und mir mitgeteilt, es habe sich um einen weiblichen Fötus gehandelt. Die Chromosomen hätten keine Auffälligkeiten gezeigt. Es täte ihnen leid, aber sie hätten nicht feststellen können, warum ich das Kind verloren habe. Über die Gründe für eine Fehlgeburt wisse man noch längst nicht alles, aber der Statistik zufolge hätte ich beim nächsten Mal eine hervorragende Chance, ein gesundes Baby zu bekommen. Kopf hoch! Versuchen Sie es weiter!

Eine Woche nach der Kürettage (was für ein elegantes Wort für etwas so Grauenvolles; als ich nach der Ausschabung im Aufwachraum zu mir kam, war ich am Boden zerstört; ich habe mich nie in meinem Leben einsamer gefühlt) habe ich Alice und ihr neu geborenes Mädchen im Krankenhaus besucht. Alice meinte natürlich, das sei doch nicht nötig, und Ben war dagegen, dass ich hinging, aber ich wollte es. Ich weiß auch nicht, wieso, aber ich war entschlossen, alles zu tun, was ich unter normalen Umständen auch getan hätte.

Ich ging in den Zeitschriftenladen und kaufte eine mit rosarotem Flitter bestreute Karte, auf der stand: »Wir gratulieren zu eurem allerliebsten kleinen Mädchen!« Ich ging in ein Geschäft für Kindermoden und suchte ein winziges gelbes, mit Schmetterlingen besticktes Kleidchen aus. »Da möchte man am liebsten selbst ein kleines Mädchen haben, nicht wahr?«, säuselte die Verkäuferin.

Ich wickelte das Kleidchen in rosarotes Geschenkpapier, schrieb ein paar Zeilen in die Karte, fuhr zum Krankenhaus, suchte einen Parkplatz, ging durch den Haupteingang und marschierte durch die Korridore, mein Geschenk unter dem einen Arm, ein paar Boulevardmagazine für Alice unter dem anderen. Und die ganze Zeit schwebte ich gleichsam neben mir und war sehr beeindruckt von mir.

Du machst das großartig. Sehr gut! Bald hast du es überstanden, und dann kannst du nach Hause und fernsehen.

Alice war allein im Zimmer und stillte Olivia.

Meine eigenen Brüste schmerzten immer noch. Es ist so niederträchtig, wie der Körper immer noch so tut, als ob man schwanger wäre, obwohl der Embryo nicht mehr da war. »Oh, sieh sie dir an!«, flötete ich, bereit, meine Baby-Litanei herunterzubeten.

Darin bin ich wirklich gut geworden. Erst letzte Woche habe ich eine Freundin besucht, die ihr drittes Kind zur Welt gebracht hat, und, wenn mir das Eigenlob gestattet sei, eine makellose Vorstellung abgeliefert. »Oh, sieh nur, diese winzigen Händchen!« Und: »Oh, die Augen/die Nase/den Mund hat sie aber von dir!« Und: »O ja, ich würde sie zu gern einmal halten!« Und atmen! Und plaudern! Und lächeln! Nur nicht nachdenken, nur nicht nachdenken, nur nicht nachdenken! Für eine solche Vorstellung sollte es einen Oscar geben.

Aber bevor ich in meine Rolle schlüpfen konnte, streckte Alice ihren freien Arm nach mir aus, verzog schmerzlich das Gesicht und sagte: »Ich wünschte, es wäre umgekehrt, und ich würde dich besuchen.«

Ich setzte mich zu ihr aufs Bett und ließ mich von ihr umarmen. Alice' Tränen tropften auf Olivias weiches, kahles Köpfchen, aber sie nuckelte unbeirrt und gierig weiter an Alice' Brustwarze. Die Kleine war immer schon ein Nimmersatt.

Ich hatte bis jetzt gar nicht mehr an jenen Tag gedacht und wie viel mir Alice' aufrichtiges Mitgefühl bedeutete. Es war, als würde sie mir einen Teil meines Kummers abnehmen. Ich dachte: Alles in Ordnung, irgendwie werde ich darüber hinwegkommen, bald geht's mir wieder gut, ich schaff das schon.

Mir war eben nicht klar, dass »das« sich noch unzählige Male wiederholen würde.

Hmmm. Das eben könnte ein kleiner Durchbruch in meiner Tagebuchtherapie gewesen sein. Bilden Sie sich bloß nichts darauf ein, Dr. Hodges!

Es ist nicht so, als hätte ich diese spezielle Erinnerung an Alice verdrängt. Ich hab bloß eine ganze Weile nicht mehr daran gedacht. Aber trotzdem, bravo, vielleicht hat das Ganze ja doch etwas gebracht, auch wenn ich jetzt eine als »spannungsgeladen« angekündigte Folge von Grey's Anatomy *verpasst habe.*

Als ich meinen nächsten »Verlust« erlitt, war ich jedenfalls abgehärtet.

*

Elisabeth sah ihre Schwester an und sagte: »Du tust hoffentlich nicht so, als hättest du alles vergessen, nur um irgendetwas zu beweisen, oder?«

Alice war, als hätte ihr jemand in den Magen geboxt. Es war das gleiche Gefühl wie bei ihrem Telefonat mit Nick. Auch er hatte eine Andeutung in die Richtung gemacht.

»Was meinst du? Was sollte ich beweisen wollen?«

»Ach, vergiss es. Wahrscheinlich bin ich paranoid.« Elisabeth stand auf und ging in die Küche. Vor dem Kühlschrank, an dem Magnete, Merkzettel, Fotos und Kinderzeichnungen hafteten, blieb sie stehen. »Vielleicht ist hier irgendwo eine Einladung für deine Party dabei.«

Alice drehte sich so, dass sie sie sehen konnte. Ihr Kopf schmerzte. »Libby, bitte. Was sollte ich beweisen wollen? Ich verstehe das nicht. Manchmal redest du mit mir, als ... na ja, als könntest du mich nicht mehr leiden.«

»Ha!« Elisabeth riss etwas von der Kühlschranktür ab und ging zu Alice zurück. »Hier hab ich eine gefunden. Da steht auch der Name einer Frau, die wohl für Zu- und Absagen zuständig ist. Du solltest sie anrufen und dich mit ihr wegen der Party besprechen.«

Alice ignorierte ihre ausgestreckte Hand mit der Einladungskarte.

Elisabeth seufzte. »Natürlich kann ich dich immer noch leiden. Mach dir keine Gedanken deswegen. Du hast wirklich keinen Grund dazu. Hier, die Frau heißt Kate Harper. Ich glaube, du hast sie mir gegenüber schon einmal erwähnt. Wenn mich nicht alles täuscht, bist du ziemlich gut mit ihr befreundet.«

Sie sah Alice erwartungsvoll an.

»Noch nie von ihr gehört«, murmelte Alice teilnahmslos.

»Na schön. Dann werde ich sie eben anrufen, und du gehst nach oben und legst dich ein wenig hin. Du siehst aus wie eine Leiche auf Urlaub.«

Alice musterte Elisabeths von Falten durchzogenes, sorgenvolles Gesicht.

Habe ich dich im Stich gelassen? Habe ich dich und Nick verloren?

14

Alice stand mitten in ihrem Schlafzimmer, das ihr so fremd war, und schaute sich nach etwas um, das Nick gehörte. Nichts deutete auf ihn hin. Keine Bücher- oder Zeitschriftenstapel auf dem Nachttisch (er liebte blutrünstige Thriller, genau wie Alice, Kriegsgeschichten und Wirtschaftszeitungen). Keine zylindrisch gestapelten Münzen, die er täglich aus seinen Hosentaschen kramte. Keine Krawatten über der Türklinke. Keine riesigen schmutzigen Turnschuhe. Nicht einmal ein einziges zerknittertes T-Shirt oder eine Socke.

Sie waren beide unordentlich. Normalerweise warfen sie ihre getragenen Sachen einfach auf den Fußboden, wo sie in leidenschaftlicher Umarmung liegen blieben. Es kam vor, dass sie nur deshalb jemanden zu sich einluden, damit sie gezwungen waren, in hektischer Eile Ordnung zu schaffen.

Aber der Teppich (ein dunkles Kastanienbraun, Alice konnte sich nicht erinnern, ihn ausgesucht zu haben) war frisch gesaugt, und es lag nichts darauf herum.

Sie ging zum Kleiderschrank (sie hatten ihn vor einem Haus entdeckt, wo er für den Sperrmüll bereitlag; es war Herbst gewesen, so wie jetzt, und als sie Staub und heruntergefallene Blätter mit der Hand weggewischt hatten, war eine Einlegearbeit aus Mahagoni zum Vorschein gekommen). Auf schweren, guten Bügeln hingen wunderschöne Kleider, die, wie Alice vermutete, ihr gehörten. Es verschaffte ihr ein wohliges Vergnügen, die edlen Stoffe zu berühren, aber viel lieber hätte sie eins von Nicks Hemden angefasst, und wäre es nur ein langweiliges weißes Hemd fürs Büro gewesen. Sie hätte gern die Ärmel um sich geschlungen, als wären es seine Arme, hätte die Nase am Kragen vergraben. Aber im Schrank befand sich nicht ein einziges Kleidungsstück von ihm.

Sie machte die Schranktür langsam wieder zu und schaute sich um. Das ganze Zimmer roch und wirkte ausgesprochen feminin. Eine weiße Spitzendecke und einige kleine, glänzende blaue Kissen lagen auf dem Bett. Es sah wunderschön aus (ihr absolutes Traumbett), aber im Geist hörte sie Nick murren, dieses verspielte Zeug würde ihn auf der Stelle impotent machen, aber gut, wenn sie das nicht störte, er wollte es nur mal gesagt haben. Beim Anblick des Kunstdrucks von Margaret Olley, der über dem Bett hing, hätte Nick sich gekrümmt, als müsste er sich plötzlich übergeben. Auf dem Frisiertisch standen eine Reihe Glasflaschen in verschiedenen Farben (wozu soll *das* denn gut sein?, hätte Nick gesagt) sowie eine Kristallvase mit einem großen Rosenstrauß darin.

So ein Schlafzimmer hätte sie sich eingerichtet, wenn sie allein gelebt hätte. Sie hatte immer schon außergewöhnliche Flaschen sammeln wollen, aber nie gedacht, dass sie das wirklich einmal tun würde.

Ihr Blick fiel auf die Rosen. Sie mochte keine Rosen. Sie erinnerte sich, wie sie am Tag zuvor im Krankenwagen exakt diesen Rosenstrauß vor sich gesehen hatte. Sie trat an den Frisiertisch. Von wem mochte der Strauß sein? Und warum hatte sie ihn ins Schlafzimmer gestellt, wenn sie Rosen nicht ausstehen konnte?

Eine kleine rechteckige Karte lehnte an der Vase. Hatte Nick ihr die Rosen geschickt? Wollte er sich mit ihr versöhnen und hatte nicht mehr daran gedacht, dass sie keine Rosen mochte? Oder wollte er *irgendein Statement machen*, indem er ihr Rosen schenkte, *obwohl* er wusste, dass sie keine mochte?

Alice griff nach dem Kärtchen.

Liebe Alice, stand darauf, *ich hoffe, wir werden das bei Gelegenheit wiederholen – das nächste Mal bei Sonnenschein? Dominick.*

O Gott, sie verabredete sich mit anderen Männern!

Sie ließ sich fassungslos aufs Fußende des Bettes fallen, die Karte zwischen den Fingern.

Verabredungen sollten eigentlich der Vergangenheit angehören, nicht Teil ihrer Zukunft sein. Das hatte ihr sowieso nie besonders viel Spaß gemacht. Dieses Gehemmtsein, wenn man zum ersten Mal nebeneinander im Auto saß und sich wie in einer Falle fühlte; die ständige Furcht, man könnte Essensreste zwischen den Zähnen haben; das Gefühl gelangweilter Erschöpfung bei der verzweifelten Suche nach einem Gesprächsthema. *Und, was machst du so am Wochenende?*

Natürlich gab es nichts Schöneres als ein *erfolgreiches* Date. Sie konnte sich gut an die Euphorie jener ersten Verabredungen mit Nick erinnern. Einmal hatten sie sich am Nationalfeiertag in einer Bar in den Rocks das Feuerwerk angesehen. Sie hatte sich einen großen, cremigen Cocktail bestellt, und Nick erzählte ihr eine Geschichte über eine seiner Schwestern, und er war so witzig und so sexy, und Alice' Haare saßen perfekt, und ihre Schuhe drückten nicht, und auf ihrem Cocktail schwammen Schokoraspel, und Nicks Hand massierte zärtlich ihr Kreuz, und Alice hatte ein so überwältigendes Glücksgefühl verspürt, dass sie es mit der Angst zu tun bekam. Irgendwann, hatte sie gedacht, werde ich für diese rauschhafte Glückseligkeit bezahlen müssen. Hatte sie jetzt, so viele Jahre danach, die schwindelerregende Rechnung dafür bekommen? In Form der verletzenden Worte, mit denen Nick sie am Telefon beschimpft hatte?

Ein Date mit einem anderen Mann als Nick würde zwangsläufig langweilig und blöd und linkisch sein. Dominick. Was für ein Name war das denn – Dominick?

In plötzlich auflodernder Wut zerriss sie die Karte in kleine Schnipsel. Wie konnte sie diesen Strauß in ihr Schlafzimmer stellen und Nick derart hintergehen?

Ihr fiel die Karte ein, die sie in ihrer Brieftasche gefunden hatte, von jenem Physiotherapeuten in Melbourne, der auf »glücklichere Zeiten« angespielt hatte. Wer war er? War dieser Dominick etwa schon ihre zweite Affäre nach ihrer Trennung von Nick? Hatte sie sich in ein Flittchen verwandelt? Ein Flittchen, das irgendetwas beweisen wollte und ins Fitnessstudio ging und die geliebte Schwester kränkte und Cocktailpartys für Schülereltern gab? Sie hasste die Person, die aus ihr geworden war. Das einzig Gute an ihr waren ihre schönen Kleider.

Das alles musste ein Ende haben. Diese Rosen mussten raus aus ihrem Schlafzimmer, und Nicks Kleingeld und seine Socken und seine Turnschuhe mussten wieder Einzug halten.

Sie ließ sich nach hinten aufs Bett fallen. Unten telefonierte Elisabeth mit dieser Kate Harper und versuchte, die geplante Party zu verschieben.

Alice drehte sich um, kroch auf allen vieren ans Kopfende, schlug die Decke zurück und schlüpfte in ihrem roten Kleid zwischen die sauberen, frisch gebügelten Laken.

Sie schaute an die Decke hinauf (von den Rissen und Wasserflecken war absolut nichts mehr zu sehen) und dachte an jenen Augenblick im Krankenhausbadezimmer, als sie das Gefühl gehabt hatte, kopfüber in ihre Erinnerungen zu stürzen. Es war, als wäre sie absichtlich einen Schritt vom Abgrund zurückgetreten. Dabei wäre es besser gewesen, sich dem Sog zu überlassen, damit sie sich endlich wieder erinnern konnte und wusste, was zum Teufel eigentlich los war in ihrem Leben. Sie schnupperte an ihrem Handgelenk, aber der kaum noch wahrnehmbare Duft des Parfüms rief dieses Mal nur eine zähe Masse konfuser Empfindungen hervor, die ihr entglitten, bevor sie auch nur daran denken konnte, sie zu identifizieren.

Das ist nicht das Schlimmste, was mir jemals passiert ist, dachte sie, als der Schlaf ihren Verstand einzukreisen begann. Es ist nur das Lächerlichste.

Als Alice aufwachte, saß Frannie an ihrem Bett.

»Hallo, Schlafmütze!«

»Hallo.« Alice lächelte erleichtert, weil Frannie genauso aussah, wie sie sollte. Sie trug eine blassrosa Bluse, die bis obenhin zugeknöpft war und die Alice viele Male an ihr gesehen hatte (oder zumindest so eine ähnliche) und eine gut sitzende graue Hose. Sie hielt sich kerzengerade. Irgendwie sah sie wie eine kleine Elfe aus. Die kurzen weißen Haare hatte sie hinter ihre winzigen Ohren frisiert, ihre Haut war milchweiß, und an einer Goldkette hing ihre Brille mit den runden Gläsern.

»Du hast dich überhaupt nicht verändert«, fuhr Alice fröhlich fort. »Du siehst noch genauso aus.«

»Wie vor zehn Jahren, meinst du?« Frannie rückte ihre Brille zurecht. »Für mehr Falten war wahrscheinlich kein Platz mehr. Hier.« Sie reichte ihr ein hübsch verpacktes Päckchen. »Ich weiß nicht, ob dir das gefällt, aber ich wollte dir etwas mitbringen.«

Alice setzte sich im Bett auf. »Das gefällt mir ganz bestimmt.« Sie packte eine Dose Körperpuder aus. »Oh, wie reizend!« Sie schraubte den Deckel ab, schüttete ein wenig Puder in ihre Handfläche und schnupperte daran. Es war ein schlichter, blumiger Duft, der sie an nichts erinnerte. »Vielen Dank!«

»Wie geht's dir denn?«, fragte Frannie. »Du hast uns einen ganz schönen Schrecken eingejagt.«

»Gut. Bin noch ein bisschen verwirrt. Manchmal habe ich das Gefühl, dass ich mich gleich an alles erinnern werde, und dann wieder kommt mir alles wie ein Scherz vor, so als wolltet ihr alle mich auf den Arm nehmen und würdet nur so tun, als ob ich neununddreißig bin, während ich in Wirklichkeit demnächst erst dreißig werde.«

»Ja, das Gefühl kenne ich«, meinte Frannie nachdenklich. »Neulich bin ich aufgewacht und hab mich wie neunzehn gefühlt. Als ich ins Bad ging und diese alte Frau mich im Spiegel anstarrte, kriegte ich einen richtigen Schreck. Wer ist denn diese alte Vogelscheuche?, dachte ich.«

»Du bist keine alte Vogelscheuche«, widersprach Alice.

Frannie machte eine wegwerfende Handbewegung. »Egal. Jedenfalls glaube ich, dass du einen Nervenzusammenbruch hast. Schau mich nicht so an! So etwas kommt vor, und du hast in letzter Zeit eine Menge durchgemacht. Der ganze Stress mit der Scheidung und …«

»Ja, genau«, fiel Alice ihr ins Wort. »Warum haben Nick und ich uns getrennt?« Sie brachte das Wort Scheidung nicht über die Lippen. Erwartungsvoll sah sie Frannie an. Sie wusste, Frannie würde ihr nichts verheimlichen.

Doch Frannie erwiderte: »Ich habe nicht die leiseste Ahnung. Ich weiß nur, dass ihr beide fest zu diesem Schritt entschlossen seid. Eine Versöhnung scheint ausgeschlossen. Also haben wir anderen unseren Mund gehalten und eure Entscheidung akzeptiert.«

»Aber du musst doch eine Meinung haben! Du hast doch immer zu allem eine Meinung!«

Frannie lächelte. »Das stimmt. Aber in diesem Fall kann ich dir nicht mehr sagen, weil du nie mit mir darüber gesprochen hast. Für die Kinder ist das alles natürlich ein Drama. Vor allem dieser grässliche Sorgerechtsstreit. Davon halte ich rein gar nichts, wie du weißt.«

»Nein, ich weiß es eben nicht. Ich kann mich nicht erinnern.«

»Oh. Tja, also was das betrifft, habe ich meinen Standpunkt klargemacht. Zu klar, könnte man sagen.«

»Glaubst du, ich kann ihn zurückgewinnen?«, fragte Alice.

»Zurückgewinnen? Wen? Nick? Aber das willst du doch gar nicht. Erst am Mittwoch hast du mir erzählt, ein Mann namens Dominick habe dir Rosen geschickt. Du warst ganz aufgeregt deswegen.«

Alice warf einen angewiderten Blick auf die Rosen und sagte säuerlich: »Du hast doch selbst gesagt, dass ich ziemlich viel Stress habe.«

»Ja, schon, aber über die Rosen hast du dich gefreut.«

Alice seufzte. »Wie geht es dir denn, Frannie? Du wohnst immer noch neben Mum?«

»Nein, Schatz.« Frannie tätschelte ihr das Bein. »Ich bin vor fünf Jahren in eine Seniorenresidenz gezogen. Kurz nachdem deine Mutter zu Roger gezogen ist.«

»Oh. Gefällt es dir dort? Macht es Spaß?«

»Spaß«, wiederholte Frannie versonnen. »Das ist es, was heutzutage zählt, nicht wahr? Spaß haben, alles auf die leichte Schulter nehmen.«

»Na ja, alles sicher nicht.«

»Sag mal, glaubst du, dass ich Humor habe?« Der Ausdruck in Frannies Augen war ungewöhnlich empfindsam.

»Aber natürlich hast du Humor!«

»Und was hältst du von Sterbehilfe?«

Alice machte ein verdutztes Gesicht. Dann schnellte ihr Oberkörper vor, und sie fragte panisch: »Frannie, was ist los? Du bist doch nicht etwa krank?«

»Nein, nein, mir geht's blendend. Das Thema interessiert mich einfach. Ich will darüber informiert sein. Ich meine, in meinem Alter ist es sinnvoll, seine Optionen zu kennen, oder? Was ist daran so ungewöhnlich? Ich finde, man kann gar nicht genug über dieses Thema diskutieren!« Sie hatte sich in eine gewisse Erregung gesteigert.

»Ja, sicher, aber … und dir fehlt wirklich nichts?« Alice sah sie eindringlich an. »Warum solltest du über so etwas nachdenken, wenn du völlig gesund bist?«

Frannie seufzte und lächelte dann. Sie lächelte nicht oft, deshalb war jedes Lächeln von ihr wie ein Geschenk. »Ich versichere dir, ich bin kerngesund. Das Thema interessiert mich einfach. Und jetzt komm, gehen wir hinunter. Deine Mutter macht uns etwas zu essen.«

Als sie gemeinsam die Treppe hinuntergingen, beobachtete Alice die alte Dame genau. Sie wirkte zerbrechlicher. Sie hielt sich sorgfältig am Handlauf fest.

»Alice, meine Liebe! Ich wollte dich gerade holen!«

»Hallo, Roger! Wie geht's dir?« Entsetzen packte Alice, als sie ihn am Fuß der Treppe stehen sah. Ohne Nick wirkte er völlig aus dem Zusammenhang gerissen. Er war ein Gast, auf den man sich vorbereitete (gegen den man sich wappnete), und nicht jemand, der einen unten an der Treppe in Empfang nahm, als gehörte er in dieses Haus.

»Ich bin mopsfidel! Um dich haben wir uns Sorgen gemacht!«

Unten fasste Roger sie am Ellenbogen und führte sie in den Wohnbereich. Alice fühlte die Fingerspitzen seiner anderen Hand in ihrem Kreuz.

»Hast du gut geschlafen, Alice?«, fragte Barb, die aus der Küche kam und sich die Hände an einem Tuch abwischte. »Ruhe ist das Allerbeste für dich, glaub mir. Und, kannst du dich jetzt wieder an alles erinnern?« Sie wartete nicht auf eine Antwort. »Frannie, Liebes, wo sitzt du am bequemsten? Zieht es dir hier?«

»Ich bin kein kleines Kind mehr, Barbara«, fauchte Frannie, als Barb sie auf einen Stuhl drückte.

Barb hatte zum Glück nicht mehr das Salsa-Kostüm vom Vortag an. Stattdessen trug sie ein ziemlich tief ausgeschnittenes T-Shirt und eine Caprihose. Die Haare hatte sie sich zu einem kecken Pferdeschwanz zusammengebunden. Alice beobachtete fasziniert, wie ihre Mutter kokett den Kopf schief hielt und zu Roger aufblickte.

»Ich habe uns einen feinen Thunfischsalat gemacht. Vor allem deinetwegen, Alice, weil Fisch Nahrung fürs Gehirn ist.

Roger und ich nehmen jeden Tag Fischöl zu uns, nicht wahr, Liebster?«

Liebster. Ihre Mutter hatte Roger gerade Liebster genannt.

Roger schien sich in den letzten zehn Jahren überhaupt nicht verändert zu haben. Er war braun gebrannt und geschniegelt und sehr zufrieden mit sich, wie eh und je. Plastische Chirurgie? Alice würde ihm das ohne Weiteres zutrauen. Er hatte ein pinkfarbenes Polohemd an, zwischen ergrauenden Brusthaaren glänzte eine Goldkette. Muskulöse braune Beine schauten aus den Shorts heraus, die eine Spur zu eng saßen.

Als Barb sich umdrehte, um in die Küche zurückzukehren, gab Roger ihr einen neckischen und keineswegs diskreten Klaps auf den Po. Alice wandte peinlich berührt den Blick ab. (Roger besaß ein Wasserbett, wie sie sich erinnerte. »Die Damen lieben es«, hatte er ihr einmal anvertraut.)

Frannie lachte leise und legte ihre Hand mitfühlend auf die von Alice. Um sich abzulenken, betrachtete Alice den langen Kiefernholztisch, an dem sie saßen. Von diesem Tisch hatte sie im Krankenhaus geträumt. Sie hatte in der Küche sauber gemacht, während Nick am Tisch saß und etwas sagte, das keinen Sinn ergab. Was war es nur gleich gewesen?

Elisabeth kam herein. Sie schlang sich den Riemen ihrer Handtasche über die Schulter und sagte: »Ich muss jetzt los.«

»Wohin gehst du?«, fragte Alice panisch. Wie sollte sie allein mit Roger und ihrer Mutter klarkommen? »Kommst du wieder?«

Elisabeth warf ihr einen eigenartigen Blick zu. »Ich treffe mich mit ein paar Leuten zum Lunch. Wenn du möchtest, komme ich anschließend wieder her.«

»Mit wem denn?«, fragte Alice, um Zeit zu schinden. »Mit wem triffst du dich?«

»Mit ein paar Freunden«, antwortete Elisabeth ausweichend. »Hör zu, wenn das Telefon klingelt, musst du rangehen. Ich hab dieser Kate Harper drei Nachrichten wegen der Party heute Abend hinterlassen, aber sie hat noch nicht zurückgerufen.« Sie sah Alice prüfend an. »Du bist immer noch ganz schön blass. Du solltest dich nach dem Essen wieder hinlegen.«

»Der Meinung bin ich auch!«, pflichtete ihre Mutter ihr bei. Sie trug eine gläserne Salatschüssel aus der Küche herein. »Ich werde sie gleich nach dem Lunch wieder ins Bett packen, mach dir keine Sorgen! Sie muss sich richtig erholen, bevor diese kleinen Monster nach Hause kommen!«

Alice betrachtete die große, gläserne Schüssel in den Händen ihrer Mutter, und plötzlich schoss ihr der Name Gina durch den Kopf.

Es geht immer um Gina, nicht wahr? Gina, Gina, Gina! Genau, das war es. Das war es, was Nick in ihrer Erinnerung oder in ihrem Traum gesagt hatte, als er an diesem Tisch saß.

»Wer ist Gina?«, fragte sie unvermittelt.

Eine lähmende, atemlose Stille trat ein.

Frannie räusperte sich. Roger starrte auf den Boden und spielte an seiner goldenen Halskette herum. Barb blieb an der Schwelle zur Küche wie versteinert stehen und presste die Salatschüssel an ihren Bauch. Elisabeth nagte an ihrer Unterlippe.

»Warum antwortet ihr nicht? Wer ist Gina?«, fragte Alice noch einmal.

*

ELISABETHS TAGEBUCH FÜR DR. HODGES

Ich habe viel darüber nachgedacht, wie es wäre, wenn zehn Jahre einfach aus meinem Gedächtnis gelöscht würden. Was würde mich überraschen oder freuen oder ärgern an meinem Leben?

Vor zehn Jahren kannte ich Ben noch nicht. Er wäre also ein Fremder für mich. Ein großer, haariger, Angst einflößender

Fremder, der in meinem Bett liegt. Wie könnte ich meinem alten Ich erklären, dass ich mich zufällig in einen schweigsamen Kleiderschrank von einem Mann verliebt habe, der sich seinen Lebensunterhalt mit dem Entwerfen von Neonreklamen verdient und dessen ganze Leidenschaft Autos sind? Bevor ich Ben kennenlernte, gehörte ich zu den Frauen, die von Autos keine Ahnung haben. Ich beschrieb sie nach Größe und Farbe: ein großes weißes Auto, ein kleines blaues Auto. Heute kenne ich die einzelnen Marken und Modelle. Ich schaue mir Formel-1-Rennen an. Manchmal blättere ich sogar in Bens Automagazinen.

Mögen Sie Autos, Dr. Hodges? Sie scheinen mir eher der Typ zu sein, der Kunstgalerien und Opern besucht. Auf Ihrem Schreibtisch steht ein Foto von Ihrer Frau und Ihren beiden kleinen Kindern. Ich betrachte es jedes Mal ganz verstohlen, wenn Sie mir mein Rezept ausstellen. Ihre Frau ist bestimmt auf Anhieb schwanger geworden, nicht wahr? Danken Sie Ihren Sternen manchmal dafür, dass Sie nicht mit einer fortpflanzungsresistenten Frau wie mir gestraft wurden? Werfen Sie einen zärtlichen Blick auf dieses Foto, sowie ich den Raum verlasse, und denken Sie im Stillen: Gott sei Dank, dass meine Frau so gebärfreudig ist?

Machen Sie sich deswegen keine Vorwürfe. Das ist biologisch bedingt, das ist den Männern angeboren, dass sie eine Frau wollen, die ihnen Kinder schenken kann. Ich hatte diese Diskussion einmal mit Ben. Er müsse mich insgeheim doch hassen, weil ich keine Kinder bekomme, und ich könne ihn sogar verstehen, sagte ich zu ihm. Er wurde schrecklich wütend. So zornig habe ich ihn noch nie erlebt. »Sag das nie wieder«, brauste er auf. Aber ich wette, er regte sich nur deshalb so auf, weil ich den Nagel auf den Kopf getroffen hatte.

Bevor ich Ben traf, stand ich auf witzige, erfolgreiche Typen. Ich war noch nie mit einem Mann ausgegangen, der einen

Werkzeugkasten besaß. Einen richtigen, schmutzigen, viel benutzten Werkzeugkasten mit Schraubenziehern und solchem Zeug, Sie wissen schon. Als ich das erste Mal erlebte, wie Ben einen klobigen, öligen Schraubenschlüssel aus diesem Werkzeugkasten nahm, hat mich das regelrecht angetörnt. Peinlich, nicht? Mein Dad hatte auch so einen Werkzeugkasten. Vielleicht habe ich unbewusst auf einen Mann mit einem Werkzeugkasten gewartet. Sie haben bestimmt keinen, Dr. Hodges, oder? Nein, kann ich mir nicht vorstellen.

Früher dachte ich, eine der wichtigsten Eigenschaften, die ein Mann bei mir haben muss, ist, dass er auf Dinnerpartys eine gute Figur macht. So wie Alice' Nick. Aber Ben ist ein hoffnungsloser Fall auf Dinnerpartys. Er scheint immer viel zu groß für seinen Stuhl, und dann nimmt sein Gesicht diesen gehetzten Ausdruck an, als säße er in der Falle. Es ist, als hätte ich einen großen zahmen Affen mitgebracht. Findet er zufällig einen Mann (oder eine Frau – er ist kein Chauvi), mit dem er sich über Autos unterhalten kann, geht es ja noch, aber meistens fühlt er sich absolut unwohl in seiner Haut, und sobald er wieder im Auto sitzt, atmet er vor Erleichterung so geräuschvoll aus, als hätte man ihn gerade aus dem Knast entlassen.

Es ist schon komisch. Jahrelang haben Mum und Alice mich in den Wahnsinn getrieben mit ihrer Angst vor gesellschaftlichen Einladungen. »O nein!«, stöhnten sie in einem Ton, dass ich dachte, jemand sei gestorben. Dabei waren sie nur zu einer Party oder einem Essen eingeladen worden, wo sie praktisch niemanden kannten. Alle Ausflüchte waren ihnen recht, um sich davor zu drücken, sie arbeiteten regelrechte Strategien aus. Mein Gott, was war das für ein Drama! Und wie sie sich gegenseitig bedauerten! »Ach, du Ärmste! Das ist ja grauenvoll! Da darfst du auf keinen Fall hingehen!« Wie habe ich das gehasst!

Und dann habe ich einen Mann geheiratet, der soziale Kontakte als notwendiges Übel ansieht und Einladungen als etwas, das man über sich ergehen lassen muss. Dabei ist er nicht einmal schüchtern, wie Mum und Alice es waren. Er hat weder ein nervöses Kribbeln in der Magengrube noch interessiert es ihn, was andere über ihn denken. Er ist in keiner Weise gehemmt oder befangen. Eitelkeit ist ihm fremd. Er ist einfach nicht der Mensch, der viel redet. Er hat keinerlei Talent zum Small Talk. (Mum und Alice dagegen waren Plaudertaschen und begierig darauf, andere Menschen kennenzulernen. Sie waren geselliger als ich. Aber ihre Schüchternheit hinderte sie daran, ihre Kontaktfreudigkeit auszuleben. Sie waren wie Sportler, die an den Rollstuhl gefesselt sind.)

Ben und ich besuchen nicht mehr viele Dinnerpartys. Ich kann sie nicht ausstehen. Ich habe mein Talent zum zwanglosen Plaudern eingebüßt. Ich höre zu, wie die Leute von ihrem spannenden, ausgefüllten Leben erzählen. Sie trainieren für einen Marathonlauf, sie lernen Japanisch, sie fahren mit den Kindern zum Zelten und sie renovieren ihr Bad. Ich hatte auch mal so ein abwechslungsreiches Leben. Ich war interessant und aktiv und informiert. Heute besteht mein Leben nur noch aus drei Dingen: Arbeit, fernsehen, künstliche Befruchtung. Es gibt keine Anekdoten mehr, die ich erzählen könnte. »Was hast du in letzter Zeit so getrieben, Elisabeth?«, werde ich gefragt, und dann muss ich mich beherrschen, damit ich nicht die neueste Version meiner vollständigen Krankengeschichte herunterspule.

Ich kann jetzt verstehen, warum alte und sehr kranke Menschen das geradezu zwanghafte Bedürfnis haben, von ihren Krankheiten zu erzählen. Meine Unfruchtbarkeit füllt jeden Winkel meines Verstandes aus.

Wie sich die Dinge geändert haben! Heute bin ich diejenige, die aufstöhnt, wenn mich jemand am Telefon fröhlich fragt, ob ich nächsten Samstag schon etwas vorhabe, während Alice Cocktailpartys für Schülereltern gibt und Mum dreimal die Woche Salsa tanzen geht.

Alice kann nicht glauben, dass sie drei Kinder hat. Ich würde nicht glauben können, dass ich keine habe. Ich hätte nie gedacht, dass ich Probleme haben könnte, schwanger zu werden. Natürlich rechnet niemand damit, ich bin also sicher kein Einzelfall. Ich will damit nur sagen, gerade dieses Problem hätte ich nicht erwartet – im Gegensatz zu einer ganzen Reihe anderer gesundheitlicher Beschwerden. Unser Dad starb an einem Herzinfarkt, deshalb gerate ich beim leisesten Anflug von Sodbrennen schon in Panik. Zwei von meinen Großeltern sowohl mütterlicher- als auch väterlicherseits sind an Krebs gestorben, deshalb rechne ich ständig damit, dass die Krebszellen auch bei mir zuschlagen. Lange Zeit hatte ich schreckliche Angst, ich könnte an einer Motoneuron-Erkrankung leiden, weil ich einen ergreifenden Artikel über einen Mann gelesen hatte, der an so etwas erkrankt war. Es fing mit harmlosen Schmerzen im Fuß an, als er beim Golfspielen war. Verspürte ich auch nur ein Zwicken im Fuß, dachte ich, aha, das ist es, jetzt kriegst du es auch. Als ich Alice von dem Artikel erzählte, fing auch sie an, sich Sorgen zu machen. Wir zogen unsere hochhackigen Schuhe aus und massierten unsere schmerzenden Füße und überlegten, wie wir zurechtkommen würden, wenn wir im Rollstuhl sitzen müssten. Nick verdrehte nur die Augen und meinte: »Sagt mal, geht's noch bei euch zweien?«

Alice ist der zweite Grund, warum ich nie damit gerechnet hätte, unfruchtbar zu sein. In puncto Gesundheit sind wir uns immer sehr ähnlich gewesen. Wir bekommen beide jeden Winter einen trockenen Reizhusten, der exakt vier Wochen anhält.

Wir haben beide schwache Knie, schlechte Augen, eine leichte Milchunverträglichkeit und hervorragende Zähne. Als Alice problemlos schwanger wurde, dachte ich, das Gleiche würde auch für mich gelten.

Es ist also Alice' Schuld, dass ich mir zu wenig Sorgen um meine Fruchtbarkeit gemacht habe. Ich habe mich nie dagegen versichert, indem ich mich davor fürchtete. Dieser Fehler wird mir nicht noch einmal unterlaufen.

Heute vergesse ich keinen einzigen Tag, mir Sorgen zu machen, Ben könnte auf dem Weg zur Arbeit tödlich mit dem Auto verunglücken. Ich achte sorgfältig darauf, mir in regelmäßigen Abständen Sorgen um Alice' Kinder zu machen, und hake dabei jede dieser furchtbaren Kinderkrankheiten wie Hirnhautentzündung oder Leukämie ab. Wenn ich abends im Bett liege, mache ich mir Sorgen, ein geliebter Mensch könnte in dieser Nacht sterben. Jeden Morgen sorge ich mich, jemand, den ich kenne, könnte bei einem Terroranschlag ums Leben kommen. Das ist genau das, was die Terroristen erreichen wollen, sagt Ben. Er versteht nicht, dass ich gegen die Terroristen kämpfe, indem ich mir ihretwegen Sorgen mache. Das ist mein ganz persönlicher Krieg gegen den Terror.

Das war nur ein kleiner Scherz, Dr. Hodges. Ich habe manchmal den Eindruck, Sie verstehen meine Scherze nicht so ganz. Ich weiß auch nicht, warum es mir so wichtig ist, dass Sie darüber lachen. Ben findet mich komisch. Er lässt immer eine anerkennende Lachsalve über meine Witze los. Zumindest war das früher so, als ich noch keine Langweilerin war, die nur ein einziges Gesprächsthema kennt.

Vielleicht sollten wir uns in einer der nächsten Sitzungen über dieses Sorgenmachen unterhalten. Natürlich ist es nur ein kindischer, dummer Aberglaube – ich meine, schließlich bin ich nicht der Mittelpunkt des Universums, und es spielt keine Rolle, was ich denke und was nicht. Ich ahne schon, was für vernünftige Dinge Sie sagen, was für kluge Fragen Sie stellen werden, um mich behutsam zu meinem Augenblick der Erleuchtung zu führen. Aber wozu das Ganze? Ich werde nicht aufhören, mich zu sorgen. Ich sorge mich gern. Ich komme aus einer Familie, in der man sich immerzu Sorgen macht. Das liegt mir im Blut.

Sorgen Sie nur dafür, dass es nicht mehr wehtut, Dr. Hodges. Das ist der Grund, warum ich Ihnen so einen Haufen Geld bezahle. Ich will mich einfach wieder als die fühlen, die ich einmal war.

Aber ich bin abgeschweift. Mein Ausgangspunkt war, wie es wohl wäre, wenn ich mein Gedächtnis verlöre. Ich schlage mir also kräftig den Kopf an, und wenn ich wieder zu mir komme, haben wir schon 2008, und ich bin fett geworden und Alice ist dünn geworden, und ich bin mit diesem Mann namens Ben verheiratet.

Ob ich mich wohl wieder in Ben verlieben würde? Schön wäre es. Ich weiß noch, wie es sich ganz langsam entwickelte, wie die Zuneigung in mir emporkroch wie die Wärme meiner alten elektrischen Heizdecke, die mein kaltes Bett fast unmerklich aufheizte, bis ich irgendwann dachte: He, ich bibbere schon eine ganze Weile nicht mehr. Eigentlich ist mir schön warm. Ja, tatsächlich, mir ist herrlich, mollig warm!

Und genauso war es mit Ben. Es fing an mit: Ich sollte diesem Typen keine falschen Hoffnungen machen, wo ich mich doch gar nicht für ihn interessiere, ging dann über in: Eigentlich sieht er gar nicht so übel aus und: Im Grunde bin ich gern mit ihm zusammen bis hin zu: Ehrlich gesagt bin ich verrückt nach ihm.

Ob Ben schlechte Neuigkeiten von mir fernhalten würde, so wie wir in Alice' Gegenwart manche Themen meiden? Ben ist ein miserabler Lügner. Wenn ich ihn fragen würde »Wie viele Kinder haben wir eigentlich?«, würde er murmeln »In dieser Beziehung haben wir nicht viel Glück gehabt, weißt du«, und er würde sich am Kinn kratzen und sich räuspern und meinem Blick ausweichen.

Aber ich würde ihn so lange löchern, bis er irgendwann mit der Sprache herausrücken müsste.

In den letzten sechs Jahren warst du dreimal durch künstliche Befruchtung schwanger und zweimal auf natürlichem Wege, würde er sagen. Keines dieser potenziellen Babys ist ein richtiges Baby geworden. Einmal warst du in der sechzehnten Woche, als du es verloren hast, und wir waren beide so verzweifelt darüber, dass wir dachten, wir würden nie darüber hinwegkommen. Außerdem hast du acht erfolglose IVF-*Zyklen hinter dir. Ja, das hat dich verändert. Ja, das hat unsere Ehe beeinflusst und deine Beziehung zu deiner Familie und zu deinen Freunden. Du bist zornig, verbittert und offen gestanden manchmal ein bisschen merkwürdig. Nach einem peinlichen Zwischenfall in einem Café hast du eine Therapie begonnen. Ja, das alles hat eine Unmenge Geld gekostet, aber über Zahlen wollen wir nicht sprechen.*

(Genau genommen hatte ich sechs Fehlgeburten, Dr. Hodges. Aber das weiß Ben nicht. Ich war erst in der fünften Woche, das hat praktisch nicht gezählt. Ben war mit einem Freund zum Angeln gefahren, und ich hatte den Schwangerschaftstest gerade erst am Tag zuvor gemacht, und am nächsten Tag setzte die Blutung ein, und das war's. Ben kam schmutzig und sonnenverbrannt und glücklich von seinem Ausflug zurück, ich brachte es nicht übers Herz, ihm davon zu erzählen. Es war nur ein weiteres kleines, potenzielles Baby, das ich verloren hatte. Noch ein winziger Astronaut, der schwerelos im All treibt.)

Was würde ich erwidern, wenn Ben mir diese lange, traurige Geschichte erzählt hätte?

Da ich mich an mein altes, energisches, zupackendes, trotteliges Ich erinnere, war mein erster Gedanke, dass ich etwas Aufmunterndes sagen würde, etwas wie »Ohne Fleiß kein Preis«.

Ich meine, schließlich galt jeden Morgen mein erster Blick dem gerahmten Bild eines schneebedeckten Berges, und darunter stand ein Zitat von Leonardo da Vinci: »Hindernisse können mich nicht aufhalten, Entschlossenheit bringt jedes Hindernis zu Fall.«

Kein schlechter Spruch, Leonardo.

Aber je länger ich darüber nachdenke, desto größer werden meine Zweifel.

Kann gut sein, dass ich mir mit den Händen auf die Knie klopfen und sagen würde: »Mir scheint, du solltest dich endlich damit abfinden.«

15

Es war Barb, die das Schweigen als Erste brach. »Gina war eine Freundin von dir«, sagte sie, ohne Alice dabei anzusehen. Sie stellte die Salatschüssel auf den Tisch. »Soviel ich weiß, hat sie dir diese Schüssel geschenkt. Deshalb hast du wahrscheinlich gerade an sie gedacht.«

Alice sah die Glasschüssel an und schloss die Augen. Sie sah zerknülltes gelbes Papier. Sie schmeckte Champagner auf der Zunge. War das ein helles Frauenlachen im Hintergrund? Dann nichts mehr.

Sie öffnete die Augen wieder. Alle sahen sie an.

»Tja, also, ich muss jetzt los«, meinte Elisabeth mit einem Blick auf ihre Armbanduhr.

Erleichterte Betriebsamkeit setzte ein. »Ich glaube, ich hab dich zugeparkt!«, rief Roger fröhlich aus. Er sprang auf und zog einen riesigen Schlüsselbund aus seiner Hosentasche.

»Denk dran, dass diese Kate dich noch anrufen wird!«, sagte

Elisabeth, während sie eilig das Zimmer verließ. »Sonst wirst du heute Abend noch eine Party geben müssen!«

»Ich bring dich zur Tür.« Barb folgte Elisabeth in den Flur.

Anscheinend wollte sie unter vier Augen mit ihr reden.

Alice und Frannie blieben allein zurück. Alice angelte sich eine Kirschtomate aus dem Salat und fragte: »Woher kenne ich diese Gina?«

»Sie wohnte gegenüber«, antwortete Frannie. »Ich glaube, sie zogen kurz vor Olivias Geburt hierher. Du erinnerst dich nicht mehr an sie?«

»Nein. Sie wohnt also nicht mehr hier?«

Frannie antwortete nicht sofort. Sie schien nach den richtigen Worten zu suchen. Schließlich sagte sie: »Nein, die Familie ist nach Melbourne gezogen. Noch gar nicht so lange her.« Plötzlich begriff Alice.

Diese Gina hatte etwas mit Nick. Natürlich! Das erklärte alles. Deshalb benahmen sich alle so sonderbar und führten einen solchen Eiertanz um sie auf.

Gina. Ja, mit diesem Namen war eindeutig ein scharfer Schmerz verknüpft.

Hatte sie tatsächlich geglaubt, sie sei die Einzige, der so etwas nicht passieren würde? Diese Dinge passierten andauernd.

Seitensprünge waren ein Bestandteil jeder abgeschmackten Seifenoper, man amüsierte sich darüber, wenn es anderen widerfuhr, aber traf es einen selbst, war man schockiert und zutiefst verletzt.

Alice dachte an die arme Hillary Clinton. Die ganze Welt hatte von der schmutzigen Affäre ihres Ehemannes erfahren. Und wenn ein Bill Clinton der Versuchung erlegen war (man sollte denken, als Präsident der Vereinigten Staaten hätte er genug anderes zu tun), dann würde auch Nick ihr nicht widerstehen können.

Immerhin waren sie seit mehr als zehn Jahren verheiratet. Sie erschrak, als ihr das bewusst wurde. Vielleicht hatte Nick im verflixten siebten Jahr dieses gewisse Kribbeln verspürt, und diese grässliche Frau hatte die Situation ausgenutzt und ihn verführt.

So ein Miststück!

Wahrscheinlich war er betrunken gewesen. Wahrscheinlich war es nur ein einziges Mal passiert. Vielleicht hatte er sie auf einer Party geküsst (ganz flüchtig! So gut wie gar nicht!), und Alice hatte überreagiert, und Nick hatte sich entschuldigt, aber Alice bockte und wollte nichts davon hören (idiotisch!), und jetzt ließen sie sich deswegen scheiden. Es war alles nur ihre Schuld. Und Ginas.

Sie musste bildschön sein.

Gina war eine Schönheit, und Nick fand sie attraktiv. Der Gedanke schnitt ihr so schmerzhaft ins Herz, dass sie laut aufstöhnte.

»Erinnerst du dich wieder?«, fragte Frannie besorgt.

»Ich glaube, ja«, murmelte Alice und massierte sich die Stirn.

»O Schätzchen!«, sagte Frannie mitleidig. Alice blickte auf. Als sie das tiefe Mitgefühl auf Frannies Gesicht sah, wusste sie, dass es mehr gewesen sein musste als nur ein harmloser Kuss.

Wie konntest du nur, Nick? Statt sich in seine Arme zu werfen, würde sie auf ihn losgehen, ihn mit Fäusten traktieren! Erst tat er alles, damit sie sich so unendlich sicher in ihrer Ehe fühlte, so geborgen, so *unantastbar* – und dann zerstörte er alles aus purer Bosheit, und sie stand wie ein Volltrottel da!

Hillary hatte trotzdem zu ihrem Mann gehalten. Sie blieb an seiner Seite, *während seine Spermaflecken auf dem Kleid einer anderen Frau analysiert wurden.* Arme alte Hillary.

Alice durchzuckte der Gedanke, dass diese ganze Monica-

Lewinsky-Affäre mittlerweile zehn Jahre her sein musste. Ob die Clintons immer noch verheiratet waren?

Das Telefon klingelte.

Alice stand mechanisch auf und nahm den Hörer ab.

»Hallo?«

»Alice? Hier ist Kate! Ich habe gerade erst die Nachrichten deiner Schwester abgehört, du glaubst nicht, was ich alles um die Ohren habe! Tausend Sachen! Ich war ganz krank vor Sorge, als ich dich gestern Morgen im Fitnessstudio gesehen habe, ich hab's allen erzählt, ich hätte dich schon längst angerufen, aber ich komme im Moment einfach zu gar nichts, ich laufe mir die Hacken ab, das kann ich dir sagen, und dann hab ich von Melanie gehört, sie habe dich im Auto an der Ampel Roseville gesehen, und du habest gelacht, da hab ich gedacht: Gott sei Dank, dann geht es ihr also gut! Aber jetzt hat deine Schwester gemeint, die Party sollte besser verschoben werden, weil du noch nicht ganz auf der Höhe seist.«

Alice erkannte die schrecklich kultivierte Stimme wieder. Sie gehörte der schlanken Blondine, die sie im Fitnessstudio gesehen hatte, kurz bevor sie in den Lift geschoben worden war und sich über George Clooneys Schuhe erbrochen hatte.

»Äh …«, machte Alice.

»Normalerweise würde ich sagen, kein Problem, dann machen wir es eben hier bei uns«, sprudelte es am anderen Ende der Leitung weiter. »Aber jetzt, wo wir die Handwerker im Haus haben und Sams Mutter bei uns zu Besuch ist, geht es einfach nicht! Es ist schlicht und ergreifend unmöglich! Und ich meine, es ist ja nicht so, als ob du heute Abend irgendetwas tun müsstest, wenn du noch ein bisschen Kopfweh hast. Ich werde mich um alles kümmern. Mir geht es zwar selbst nicht so besonders, aber das ist nur eine leichte Erkältung, nichts Ernstes, ich meine, davon werde ich mich doch nicht unterkriegen lassen. Du bist eine richtige Superfrau, hat Melanie erst kürzlich zu mir gesagt, wie schaffst du das bloß alles? Nein, ich bin keine Superfrau, habe ich darauf erwidert, ich bin eine erschöpfte Frau, die nach Kräften hilft, wo sie kann. Sam sagt immer, ich müsste endlich lernen, Nein zu sagen, anstatt mir ständig die Arbeit von anderen aufzuladen, aber was soll ich machen? Ich kann nun mal nicht über meinen Schatten springen. Also jedenfalls, wie gesagt, wenn du immer noch Kopfweh hast, dann bleibst du heute Abend einfach sitzen und legst die Füße hoch, und wir verwöhnen dich und bringen dir deine Drinks. Ich meine, du brauchst uns ja nicht zu verköstigen oder so was.«

Eine sonderbare Apathie hatte Alice erfasst, während sie Kate zuhörte. Diese Frau war ihre *Freundin*? Alice konnte sich nicht vorstellen, sich länger als fünf Minuten mit ihr zu unterhalten. Da war ihr Jane Turners schnippische Schroffheit tausendmal lieber als diese zuckersüße falsche Freundlichkeit mit ihrem rasiermesserscharfen Unterton.

»Oh. Also gut, meinetwegen«, murmelte sie.

Ihr Leben war ein einziger Albtraum. Was machte es da schon für einen Unterschied, ob ein paar Hundert Leute, die sie nicht kannte, heute Abend durch ihr Haus trampelten?

»Dann bleibt es also dabei? Oh, Gott sei Dank! Ich wusste, dass ich mich auf dich verlassen kann! Ich hab mir gleich gedacht, dass deine Schwester etwas falsch verstanden haben muss. Das ist doch diese verbitterte, schrullige Karrieretussi mit dem Unfruchtbarkeitsproblem, nicht? Die hat wahrscheinlich keine Ahnung, was eine Mutter alles auf die Reihe kriegt, wenn's sein muss! So, jetzt muss ich aber los, wird höchste Zeit! Ich freu mich schon auf heute Abend! Bis dann!«

Es knackte, dann war Stille in der Leitung. Alice knallte den Hörer so fest hin, dass das Telefon in die Höhe hüpfte. Was fiel dieser grässlichen Person ein, so über Elisabeth zu reden?

Sie sah Elisabeths Gesicht vor sich, wie es förmlich in sich zusammengesunken war, als sie über die Herztöne des Babys geredet hatte. Alice ballte in ohnmächtiger Wut die Faust. Am liebsten hätte sie dieser Zicke Kate eins auf ihre vornehme Nase gehauen.

»Alles in Ordnung?«, fragte Frannie.

Dann kam ihr der Gedanke, dass Kate ihre Informationen über Elisabeth vermutlich von ihr hatte. Waren die Worte »verbittert« und »schrullig« etwa ihrem eigenen verräterischen Mund entschlüpft?

»Alice?«

Ihr fiel auf, wie brüchig Frannies Stimme klang. Wie die einer alten Frau. Alice schaute sie an und sah sie in diesem Augenblick, wie ein Fremder sie sehen würde: eine schmächtige, zerbrechliche Greisin.

Sie riss sich zusammen. Sie war fast dreißig – upps, vierzig Jahre alt. Sie konnte nicht mehr zu ihrer Großmutter laufen, um sich bei ihr auszuheulen.

»Ja, ja, alles in Ordnung. Ich habe dieser Kate Harper gesagt, dass die Party wie geplant hier stattfinden kann.«

»Tatsächlich?« Ihre Mutter, die, gefolgt von Roger, gerade hereinkam, hatte den letzten Satz gehört. »Wird dir das nicht zu viel werden?«

»Nein, nein, ich schaff das schon«, erwiderte Alice teilnahmslos.

»Sie kann sich an Gina erinnern«, warf Frannie ein.

»O *Darling*!«, sagte Barb mitfühlend. Rogers Gesicht verzerrte sich zu einer unerträglich betrübten Grimasse, die vermutlich Anteilnahme ausdrücken sollte.

Alice erinnerte sich, wie Nicks Mutter ihr einmal anvertraut hatte: »Ich fürchte, mein Ex-Mann war ein Schürzenjäger.« Dabei hatte sie anmutig geseufzt, und Alice war beeindruckt gewesen, weil es ihr gelang, sogar von einem untreuen Ehemann zu sprechen, als handelte es sich um etwas Elegantes und sehr Exklusives.

Sie fragte sich, ob auch Roger ihre Mutter betrog.

Vielleicht war es also gar nicht verwunderlich, dass Nick fremdgegangen war. Wie lautete doch gleich dieses alte Sprichwort? Irgendetwas mit einer Orange, die nicht weit vom Baum fiel. Sie überlegte, ob sie Roger fest in die Augen blicken und höhnisch sagen sollte: »Tja, Roger, die Orange fällt nicht weit vom Baum, nicht wahr?« Aber so, wie sie sich kannte, würde sie irgendetwas falsch verstanden haben, und keiner wüsste, was sie eigentlich damit sagen wollte. »Wovon redest du denn, Schatz?«, würde ihre Mutter fröhlich fragen und alles verderben.

Stimmt, jetzt, wo sie darüber nachdachte, hatte sie das komische Gefühl, dass es ein Apfel war und keine Orange. Und es war ein Stamm, kein Baum. Der Apfel fiel nicht weit vom Stamm, so musste es heißen. Sie unterdrückte mühsam das hysterische Kichern, das in ihr aufstieg. Sie war wirklich eine dumme Kuh. »O *Alice*!«, würden alle seufzen.

»Alice?« Ihre Mutter sah sie an. »Soll ich dir einen Tee machen? Oder eine Schmerztablette bringen?«

»Wie wär's mit einem Drink?« Roger zog seine Brauen zusammen. »Ein Brandy vielleicht?«

»Mein Gott, Roger, Alkohol braucht sie im Moment am allerwenigsten«, fauchte Frannie. »Warum schlägst du nicht gleich eine Partie Poker vor?«

»Hä?«, machte Roger.

»Nein, danke, ich möchte nichts«, versicherte Alice.

Sie nahm sich vor, später darüber nachzudenken, wenn sie den Anblick von Roger und seiner grotesk mitleidigen Grimassen nicht mehr zu ertragen brauchte.

Ganz egal, wie sehr sich ihre Welt verändert haben mochte, egal, ob Apfel oder Orange – Nick hatte absolut nichts mit seinem Vater gemeinsam.

*

ELISABETHS TAGEBUCH FÜR DR. HODGES

Alice sah mich so flehentlich an, dass ich einen Augenblick versucht war, meine Verabredung zum Essen abzusagen, aber dann sagte ich mir, ich ließ sie ja nicht allein mit Roger-Dodger zurück. So nennt Ben ihn immer – Herumtreiber. Das passt zu ihm, finde ich.

Wie auch immer, ich wollte jedenfalls nicht in eine Unterhaltung über Gina verwickelt werden. Meine Gefühle hinsichtlich Gina sind sehr komplex. Oder soll ich sagen kindisch? Das trifft es vielleicht eher.

Ich war zum Lunch mit den Unfruchtbaren verabredet. Wir haben uns vor ungefähr fünf Jahren kennengelernt, als ich mich der Selbsthilfegruppe Unfruchtbarkeit anschloss. Zuerst trafen wir uns im Gemeindehaus unter der Leitung einer geschulten Therapeutin, ein Profi wie Sie, Dr. Hodges, die dafür sorgte, dass wir nicht vom Thema abkamen. Das Problem war, dass sie uns zu einer positiven Einstellung zu bewegen versuchte.

»Sehen wir die Sache doch einmal von einer positiveren Seite«, forderte sie uns immer wieder auf. Aber wir hatten keine Lust, positiv zu sein. Nicht für uns, vielen Dank. Wir sehnten uns danach, all die bitteren, negativen, bösen Dinge, die in unseren Köpfen herumgeisterten, laut auszusprechen. Die medizinische Behandlung, die Hormone und die unsägliche Frustration in unserem Leben machen uns zu launischen Kratzbürsten, und in der Öffentlichkeit darf man keine launische Kratzbürste sein, sonst verscherzt man sich sämtliche Sympathien. Aus diesem

Grund haben wir unsere eigene kleine Gruppe gegründet. Jetzt treffen wir uns einmal im Monat in einem todschicken Restaurant, wo wir vor jungen Müttern und ihrer Flotte aus Kinderwagen relativ sicher sind. Wir essen, wir trinken, wir lästern auf Teufel komm raus über unsere Ärzte, unsere Familien, unsere Freunde, vor allem aber über die Taktlosigkeit der »Fruchtbaren«.

Anfangs habe ich mich dagegen gewehrt, die Welt wie in irgendeinem Science-Fiction-Film in »Fruchtbare« und »Unfruchtbare« einzuteilen. Inzwischen habe ich diese Unterscheidung aber übernommen. »Die Fruchtbaren begreifen es einfach nicht ...«, sagen wir untereinander. Ben kann es nicht leiden, wenn ich so rede. Er mag die Gruppe nicht, obwohl er sie überhaupt nicht kennt. Eigentlich wollten wir irgendwann einmal etwas zusammen mit unseren Partnern unternehmen, aber dazu ist es bis heute nicht gekommen.

Diese Frauen sind nicht so furchtbar, wie sich das jetzt anhört. Na ja, vielleicht sind sie es auch, und ich merke es nur nicht, weil ich genauso bin. Ich weiß nur eines: Hätte ich den regelmäßigen Lunch mit diesen Mädels nicht, hätte ich vielleicht schon den Verstand verloren. Und zu allem Überfluss ist nächsten Sonntag auch noch Muttertag! (Wie könnte ich das vergessen, wo das Fernsehen mich alle zwei Minuten daran erinnert.) Für eine Unfruchtbare ist das der schlimmste Tag des Jahres. Wenn ich am Muttertag aufwache, bin ich eigentlich nicht traurig, sondern ich schäme mich. Ich komme mir irgendwie dumm vor. Ähnlich wie in der Highschool, als ich die Einzige in meiner Klasse war, die noch keinen BH trug. Ich bin keine richtige Frau.

Ich bin nicht erwachsen.

Heute trafen wir uns in einem Restaurant in Manly direkt am Hafen. Als ich hinkam, saßen alle draußen in einem Geflimmer von Sonnenschein und Wasser und blauem Himmel. Sie hatten ihre Sonnenbrillen in ihre Haare geschoben und sich über etwas gebeugt, das mitten auf dem Tisch lag.

»Anna-Maries Schwangerschaftstests«, erklärte Kerry, als sie mich entdeckte. »Wir sind natürlich dagegen. Was meinst du dazu?«

Anna-Marie macht das nach jedem IVF-*Zyklus. Die Ärzte raten einem dringend davon ab, nach Einsetzen des Embryos zu Hause einen Schwangerschaftstest durchzuführen, weil das Resultat unzuverlässig ist. Der Test fällt möglicherweise positiv aus, obwohl man gar nicht schwanger ist, weil sich immer noch Hormone von der Trigger-Injektion im Körper befinden, die eine Schwangerschaft vortäuschen; der Test kann aber auch negativ ausfallen, weil es einfach noch zu früh ist. Am besten, man wartet den Bluttest ab. Ich mache nie einen Schwangerschaftstest, weil ich ein braves Mädchen bin und außerdem gern ein zuverlässiges Ergebnis hätte, aber Anna-Marie führt ihren ersten Test bereits am Tag nach dem Einsetzen des Embryos durch. Einmal habe sie sieben Tests am selben Tag gemacht, hat sie uns gestanden. Keine von uns macht sich darüber lustig, weil wir alle diese Zwangshandlungen kennen – jede von uns hat ihre eigene Variante.*

Ich warf einen Blick auf Anna-Maries Tests. Es waren drei, wie üblich in Alufolie eingewickelt. Für mich sahen sie alle negativ aus, aber hätte ich ihr das sagen sollen? Das da auf dem einen Stäbchen könnte eine blasse rosa Linie sein, sagte ich, und sie meinte, ihr Mann habe gesagt, er sei überzeugt, dass alle Tests negativ seien, und da habe sie ihn angebrüllt, er solle doch nicht so verdammt pessimistisch sein und sich gefälligst mehr anstrengen. Man müsse sich inständig wünschen, den zweiten Strich zu sehen, habe sie ihn angeschrien, und daraufhin hätten sie einen Mordskrach gehabt.

Anna-Marie versucht seit über zehn Jahren, schwanger zu

werden, sie hat noch keinen einzigen erfolgreichen IVF-*Zyklus gehabt. Ihre Ärzte, ihr Mann, ihre Familie beschwören sie, sich doch endlich damit abzufinden. Sie ist erst dreißig, die Jüngste von uns, sie kann sich noch weitere zehn Jahre ihres Lebens ruinieren. Oder auch nicht. Das trifft auf jede von uns zu: Vielleicht gibt es beim nächsten Zyklus ja doch noch das Happy End, dem wir so lange nachgejagt sind.*

Kerry (zwei Jahre IVF *mit gespendeten Eizellen, eine Extrauterinschwangerschaft, die sie beinah das Leben gekostet hätte) sagte zu Anna-Marie: »Bei Elisabeth fand der Transfer vor zehn Tagen statt, und ich wette, sie hat nicht einmal darüber nachgedacht, einen Test zu machen.«*

Wir halten uns per E-Mail über unsere IVF-*Zyklen auf dem Laufenden. Anne, Kerry und ich sind mitten in einem Zyklus, die anderen drei befinden sich in der Pause zwischen zwei Zyklen oder stehen unmittelbar vor einem neuen Transfer.*

Ehrlich gesagt bin ich durch das Drama um Alice ziemlich abgelenkt worden. Am Anfang, als ich noch an die Macht des Verstandes glaubte, habe ich jeden Morgen nach einem Transfer meditiert. »Bitte niste dich bei mir ein, kleiner Embryo«, leierte ich wie ein Mantra herunter. »Niste dich ein, niste dich ein, niste dich ein.« Ich habe mein potenzielles Baby bestochen, habe ihm Versprechungen gemacht, damit es bei mir blieb: Ich werde mit dir nach Disneyland fahren, wenn du fünf bist. Du musst nie in die Schule gehen, wenn du keine Lust dazu hast. Aber lass mich bitte deine Mutter sein, in Ordnung?

Es hat nichts genützt. Jetzt gehe ich gleich davon aus, dass es nicht klappen wird, und falls es wider Erwarten doch klappen sollte, verliere ich es sowieso. Eigentlich will ich mich damit vor Illusionen schützen, aber es funktioniert leider nicht, weil sich die Hoffnung immer irgendwie einschleicht. Ich bin mir dessen nicht bewusst, bis sie jäh zerstört wird, bis ein neuerliches »Es tut mir leid ...« mir wieder einmal den Teppich unter den Füßen wegzieht.

Als der Kellner uns unsere Drinks brachte, scherzte er: »Darf ich raten? Heute kümmern sich die Väter um Ihre Kinder, damit die Damen sich einen schönen Tag machen können.«

Ach ja, die süße Unschuld der Fruchtbaren! Bei Frauen eines bestimmten Alters kann es sich ihrer Meinung nach nur um Mütter handeln.

»Warum sehen wir eigentlich wie scheißverdammte Mütter aus, wenn wir es scheißverdammt nicht sind«, knurrte Sarah, die noch nicht lange mit dabei ist. Sie hat erst einen IVF-*Zyklus hinter sich, ist aber bereits hochgradig verbittert. Mir wird bewusst, wie abgestumpft ich gegen Abgestumpftheit bin. Ich liebe ihre ordinäre Ausdrucksweise.*

Wir nehmen ihre Bemerkung zum Anlass, die Kränkungen aufzuzählen, die uns seit unserem letzten Treffen zugefügt wurden.

Wir haben Folgendes zu bieten:

den Chef, der sagte: »Sie unterziehen sich freiwillig dieser IVF-*Prozedur, das ist nicht, als hätten Sie die Grippe bekommen, deshalb werde ich Ihre Krankmeldung auch nicht akzeptieren.«*

die Tante, die sagte: »Entspann dich und geh zur Massage, du bist einfach zu verkrampft, deshalb wirst du nicht schwanger.« (Von denen ist immer eine dabei.)

den Bruder, der sagte (während sein Kind im Hintergrund brüllte): »Du und deine romantischen Vorstellungen! Kinder haben ist ein verflucht hartes Stück Arbeit!«

die Cousine, die mitfühlend sagte: »Ich weiß genau, was du durchmachst. Ich sitze seit sechs Jahren an meiner Doktorarbeit!«

»Was ist eigentlich mit deiner Schwester?«, fragte Kerry unvermittelt zu mir. »In deiner letzten E-Mail hast du angedeutet, sie hätte etwas getan, was dich rasend gemacht hat.«

»Ach ja, die Supermami mit den drei Kindern.« Anna-Maries Lippen kräuselten sich verächtlich. »Die Frau, die keinen Finger zu rühren braucht, weil sie einen reichen Mann geheiratet hat.«

Alle guckten mich gespannt an, bereit, über Alice herzuziehen. Ich muss Ihnen gestehen, Dr. Hodges, dass ich mich mehr als einmal über sie beklagt habe.

Doch dann sah ich Alice vor mir, wie sie auf dem Heimweg im Auto so getan hatte, als steckte sie in einer Zwangsjacke. Ich sah ihren bestürzten, tief verletzten Gesichtsausdruck vor mir, als sie mit Nick telefonierte. Ich dachte daran, wie sie gesagt hatte, es käme ihr fast so vor, als würde ich sie nicht mehr mögen, und wie sie heute in ihrem vom Schlaf zerknitterten Kleid und ihren nach einer Seite abstehenden Haaren heruntergekommen war. Dass sie vorher keinen einzigen Blick in den Spiegel geworfen hatte, war so typisch für die alte Alice. Ich musste daran denken, wie sie im Krankenhaus, als Olivia zur Welt gekommen war, mit mir geweint hatte und wie sie heute in aller Unschuld gefragt hatte: »Wer ist Gina?«

Ich schämte mich so sehr, dass mir richtiggehend schlecht war, Dr. Hodges. Am liebsten hätte ich gesagt: »He, ihr redet von meiner kleinen Schwester!«

Stattdessen erzählte ich ihnen, Alice habe ihr Gedächtnis verloren und denke, sie sei neunundzwanzig, und dass ich mich jetzt fragte, was wohl mein altes Ich zu meinem jetzigen Leben sagen würde. Mein jüngeres Ich würde wahrscheinlich denken, dass es Zeit sei aufzugeben, fuhr ich fort. Sich einfach damit abfinden. Keine Injektionen mehr. Keine Teströhrchen mit warmem Blut mehr. Keine Verzweiflung mehr.

Da gingen sie natürlich sofort auf die Barrikaden! Sie waren wie gute Soldaten, die wissen, was ihre Pflicht ist.

»Gib niemals auf«, schärften sie mir ein. Und dann erzählten sie nacheinander schaurige Geschichten von Unfruchtbarkeit

und Fehlgeburten, die alle mit einem quicklebendigen gesunden Baby geendet hatten.

Ich hörte zu und nickte und lächelte und beobachtete die Möwen, die sich um einen Futterbrocken zankten.

Ich weiß es nicht, Dr. Hodges. Ich weiß es wirklich nicht.

*

Roger übernahm es, Alice beim Lunch über seine ganz persönliche Sicht der politischen Ereignisse der letzten zehn Jahre aufzuklären, während Barb ihr gleichzeitig erzählte, was es im Leben jedes Menschen, den sie jemals getroffen hatte, Neues gab. »Und dann marschierten die Amerikaner im Irak ein, weil Saddam, der alte Knabe, Massenvernichtungswaffen hortete«, polterte Roger.

»Ja, bloß stellte sich dann heraus, dass gar keine Waffen da waren«, warf Frannie ein.

»Tja, aber das weiß kein Mensch so ganz genau, oder?«

»Das kann nicht dein Ernst sein, Roger!«

»Und dann hat Marianne Elton, an die erinnerst du dich sicher, sie hat Elisabeths Korbballteam trainiert, diesen Jonathan Knox geheiratet, du weißt schon, dieser nette junge Klempner, der mal da war, als wir an jenem besonders kalten Ostern Probleme mit den Toiletten hatten, die Hochzeit fand auf einer Südseeinsel statt, das war furchtbar umständlich für alle Beteiligten, und das arme kleine Blumenmädchen kriegte einen schrecklichen Sonnenbrand, na, jedenfalls bekamen sie vor zwei Jahren ein kleines Mädchen, Madeline nannten sie es, wie Mariannes Mutter, was Madeline natürlich riesig freute, wie du dir denken kannst, also, ich hätte von meinen Töchtern nicht erwartet, dass sie ihre Kinder Barbara nennen, sagte ich, und das stimmt, das hätte ich wirklich nicht erwartet, aber Madeline ist jetzt so ein beliebter Name, und dann stellte sich heraus, dass die arme Madeline …«

»… und weißt du, was die Regierung sofort nach den Terroranschlägen von Bali hätte tun müssen? Ich werd's dir sagen, Alice. Sie …«

»… oh, einer von Felicitys Jungen war seinerzeit auf Bali!«, plapperte Barb dazwischen. Plötzlich kreuzten sich die privaten mit den politischen Ereignissen. »*Einen Tag* vor diesen grauenvollen Anschlägen ist er nach Hause geflogen, stell dir vor! Felicity glaubt, das bedeutet, dass er für etwas wirklich Großes ausersehen ist, aber bis jetzt tut er nicht viel mehr, als sich dieses Facebook anzusehen. So heißt es doch, nicht wahr, Roger? Facebook?«

Frannie sah Alice an. »Kommt dir irgendetwas davon bekannt vor, Alice?«

Alice hatte nur mit halbem Ohr zugehört. Sie dachte über die Geste des Verzeihens nach. Der Gedanke an sich war etwas Wunderbares, etwas Großmütiges, vorausgesetzt, es handelte sich nicht um eine abscheuliche Tat, die verziehen werden musste. War sie ein nachsichtiger Mensch? Ein Mensch mit Herzensgüte? Sie hatte keine Ahnung. Sie war noch nie in der Situation gewesen, dass sie etwas so Monströses wie Untreue hätte verzeihen müssen. Wollte Nick überhaupt, dass sie ihm verzieh?

»Ich weiß nicht recht«, antwortete sie auf Frannies Frage.

Einiges von dem, was Roger erzählt hatte, kam ihr irgendwie bekannt vor, wie Fakten, die sie in der Schule gelernt und dann wieder vergessen hatte. Als die Rede auf die Terroranschläge kam, hatte sie reflexartig Entsetzen verspürt, sich möglicherweise sogar flüchtig an etwas erinnert: an eine Frau mit einer Schirmblende über den Augen, eine Hand erschrocken auf den Mund gepresst und »O mein Gott, o mein Gott!« stammelnd.

Doch sie wusste nicht mehr, wo sie zuerst von den Anschlägen gehört hatte, ob im Fernsehen oder im Radio, ob sie mit Nick zusammen oder allein gewesen war. Auch einiges in den Geschichten ihrer Mutter kam ihr bekannt vor, zum Beispiel die Sache mit dem Blumenmädchen, das einen schrecklichen Sonnenbrand hatte. Es war wie die Pointe eines Witzes, den sie schon einmal gehört hatte.

»Sie muss unbedingt noch einmal zum Arzt«, sagte Frannie. »Irgendetwas stimmt nicht mit ihr. Man muss sie sich doch nur ansehen!«

»Ich bezweifle, dass ein Arzt ihr helfen kann«, bemerkte Roger. »Soll er ihr ihre Erinnerungen ins Gehirn transplantieren?«

»Oh, entschuldige, Roger, ich hatte ja keine Ahnung, dass du Erfahrung auf dem Gebiet der Neurochirurgie hast«, spottete Frannie.

»Noch jemand ein Stück Apfeltorte?«, fragte Barb fröhlich.

16

Alice war allein.

Es hatte nach dem Essen lange Diskussionen gegeben, ob man sie wirklich allein lassen dürfe. Barb und Roger hatten an diesem Nachmittag ihren Fortgeschrittenenkurs im Salsa-Tanzen. Natürlich könnten sie den Unterricht *ausnahmsweise* ausfallen lassen, obwohl es eigentlich wichtig sei, dass sie gerade heute daran teilnähmen, weil sie für die Familientalentshow in Frannies Seniorenresidenz proben würden, aber wenn Alice sie hier brauche, sei das natürlich wichtiger, und es sei absolut kein Problem, wenn sie die Stunde versäumten. Frannie hatte einen wichtigen Termin in ihrer Seniorenresidenz. Sie leitete die Versammlung, aber sie könne sofort Bev oder vielleicht Dora anrufen und sie bitten, sie zu vertreten, obwohl die beiden keine guten Rednerinnen seien und vermutlich von diesem neuen, sehr selbstbewussten Seniorenresidenzbewohner glatt überfahren würden. Aber das sei nicht das Ende der Welt, ihre Enkelin habe Vorrang.

»Das ist wirklich nicht nötig«, versicherte Alice ein ums andere Mal. »Ich bin fast *vierzig*!«, fügte sie flapsig hinzu.

Irgendetwas an ihrem Tonfall musste merkwürdig gewesen sein, weil alle eine Sekunde innehielten und sie anstarrten, und dann ging es von vorne los, und jeder beteuerte, dass er wirklich gern hier bei ihr bliebe.

»Elisabeth wird sicher gleich zurück sein!« Alice scheuchte Barb, Frannie und Roger aus der Küche, durch den Flur und zur Haustür hinaus. »Geht nur! Es ist alles in Ordnung! Ich komm schon zurecht!«

Wenige Minuten später saßen sie in Rogers großem glänzendem Auto, schemenhafte Figuren hinter den getönten Scheiben. Kies spritzte nach allen Seiten, als der Wagen die Auffahrt hinunterrollte.

»Ich komm schon zurecht«, sagte Alice leise zu sich selbst.

Die alte Mrs. Bergen von nebenan kam gerade heraus. Sie hatte einen breitkrempigen mexikanischen Hut auf und eine Gartenschere in der Hand. Alice mochte Mrs. Bergen. Von ihr lernte sie alles über Gartenpflege. Als Alice Probleme mit ihrem Zitronenbäumchen hatte, hatte Mrs. Bergen ihr viele gute Ratschläge gegeben. (Einer davon war, Nick solle ihn gelegentlich anpinkeln, was Nick mit geradezu ekelerregender Begeisterung getan hatte.) Außerdem brachte sie Alice immer Ableger aus ihrem Garten und erklärte ihr, welche Pflanzen gewässert oder zurückgeschnitten oder gejätet werden müssten. Da Mrs. Bergen nicht gern kochte, revanchierte sich Alice, indem sie ihr

Reste von Aufläufen und Quiche oder Möhrentorte in Tupperwaredosen brachte. Mrs. Bergen hatte schon drei Paar Babyschuhe gehäkelt und hatte mit einem Mützchen und einem Ausfahrjäckchen begonnen.

Aber das alles war schon zehn Jahre her.

Ob die winzigen Kleidungsstücke in irgendeiner Schachtel verstaubten?

Alice hob grüßend die Hand. Mrs. Bergen senkte den Kopf und wandte sich demonstrativ ihren Azaleen zu.

Oh.

Kein Zweifel, Mrs. Bergen hatte sie gerade absichtlich brüskiert.

Würde die reizende, pummelige Mrs. Bergen sie anschreien, wie Nick es am Telefon getan hatte, wenn sie zu ihr hinüberginge? Das würde sie nicht weniger schockieren, als wenn der Kopf der alten Dame um die eigene Achse rotierte, so wie der des Mädchens in jener gruseligen Szene in *Der Exorzist*.

Alice flüchtete ins Haus und schloss die Tür hinter sich. Sie verspürte das absurde Verlangen loszuweinen.

Vielleicht wurde Mrs. Bergen allmählich senil und erkannte sie nicht mehr. Das war eine ganz logische Erklärung. Ja, das genügte, wenigstens für den Moment. Sobald ihr Erinnerungsvermögen zurückgekehrt wäre, würde sich alles wieder finden, und sie würde sich an die Stirn schlagen und sagen: Stimmt ja, *natürlich*!

Gut. Was jetzt?

Sie fragte sich, was genau sie eigentlich an den Wochenenden, wenn »Nick die Kinder hatte«, machte. Genoss sie die Ruhe? Fühlte sie sich einsam? Konnte sie es kaum erwarten, die Kinder wieder um sich zu haben?

Vielleicht sollte sie sich im Haus umsehen, nach Hinweisen auf ihr Leben forschen, damit sie gerüstet war, wenn Nick morgen Abend zurückkam. Sie sollte eine überzeugende Präsentation vorbereiten: Zehn Gründe, warum wir uns nicht scheiden lassen sollten.

Ob sie irgendetwas über Gina finden würde? Liebesbriefe vielleicht? Aber die hätte Nick bei seinem Auszug sicher mitgenommen.

Oder sollte sie etwas für die Party am Abend vorbereiten? Aber was? Die Party schien ihr schrecklich unwichtig.

Im Grunde wollte sie nicht in diesem Haus sein. Ihr Magen fühlte sich unangenehm voll an nach dem Essen. »Du willst ein zweites Stück Kuchen?«, hatte ihre Mutter gestaunt, woraus Alice folgerte, dass das sehr ungewöhnlich für sie war.

Sie beschloss, einen Spaziergang zu machen. Die frische Luft würde ihr den Kopf freimachen. Es war so ein herrlicher Tag, es wäre ein Jammer, ihn drinnen zu verbringen.

Sie ging nach oben. Im Flur blieb sie stehen und schaute nacheinander die Türen der drei weiteren Schlafzimmer an. Das mussten die Kinderzimmer sein. Sie und Nick hatten nur ein einziges Zimmer für das Baby hergerichtet. Stundenlang hatten sie im Schneidersitz auf dem Fußboden gesessen und die Einrichtung geplant. Die Farbe, die sie sich für den Anstrich ausgesucht hatten, hieß Meerblau. Das würde auch dann passen, falls das Baby ein Mädchen werden sollte (was es ja schließlich auch geworden war).

Alice stieß zaghaft die Tür zu jenem Zimmer auf.

Na ja, was hatte sie erwartet? Natürlich standen weder ein weißes Kinderbettchen noch ein Wickeltisch oder ein Schaukelstuhl darin. Es war kein Säuglingszimmer mehr.

Stattdessen sah sie ein zerwühltes Einzelbett, auf dem diverse Kleidungsstücke lagen, ein Buchregal, das proppenvoll war mit Büchern, alten, leeren Parfümflaschen und Glasgefäßen. Die Wände waren fast vollständig zugepflastert mit düsteren Schwarz-Weiß-Aufnahmen europäischer Großstädte. Zwischen zwei Postern entdeckte Alice ein winziges Rechteck blauer Farbe. Sie ging hin und berührte es mit der Fingerspitze.

Meerblau.

An einer Wand stand ein Schreibtisch mit einem Ringbuch darauf, das mit *Madison Love* beschriftet war. Die Handschrift kam Alice bekannt vor. Sie ähnelte ihrer eigenen Schrift, als sie Grundschülerin gewesen war. Ein Kochbuch lag aufgeschlagen mit dem Einband nach oben auf dem Schreibtisch. Alice drehte es um. Ein Rezept für Lasagne. War Madison nicht noch ein bisschen klein, um kochen zu lernen? Und die Wände ihres Zimmers mit Postern von europäischen Städten zu tapezieren? Alice hatte in dem Alter noch mit Puppen gespielt. Verglichen mit ihrer eigenen Tochter kam sich ihr neunjähriges Ich unterlegen vor.

Sie legte das Kochbuch an seinen Platz zurück und schlich aus dem Zimmer.

Die Tür des nächsten Zimmers war geschlossen. Ein Zettel hing daran:

ZUTRITT VERBOTEN! EINTRITT NUR MIT AUSDRÜCKLICHER ERLAUBNIS!
FÜR MÄDCHEN VERBOTEN!
JEDE ZUWIDERHANDLUNG WIRD
MIT DEM TOD BESTRAFT!

Du meine Güte! Alice nahm die Hand von der Klinke und wich zurück. Immerhin war sie auch ein Mädchen. Das musste Toms Zimmer sein. Vielleicht erwartete sie drinnen irgendeine unliebsame Überraschung. Kleine Jungs! Sie konnten einem richtig Angst machen.

Das nächste Zimmer war einladender. Alice schob den Perlenvorhang hinter der Tür beiseite. Das Bett war ein Kleinmädchentraum: ein Himmelbett mit einem Baldachin aus lila Gaze. Feenflügel hingen an einem Wandhaken. Alice bestaunte kleine Glasornamente, einige Dutzend Stofftiere, einen von kleinen Lämpchen eingerahmten Schminkspiegel, Haarspangen und -bänder, eine Spieldose, Glitzerarmreifen und lange Perlenketten, ein rosarotes Kofferradio, eine Kostümkiste voller Kleider.

Alice kniete sich vor die Kiste und wühlte in den Sachen. Sie zog ein grünes Sommerkleid heraus, das ihr bekannt vorkam. Ja, das hatte sie sich eigens für ihre Flitterwochen gekauft. Es war eines der teuersten Kleider, die sie je besessen hatte. Durfte nur chemisch gereinigt werden. Jetzt hatte es einen braunen Fleck am Ausschnitt und einen ausgefransten Saum, weil es mit der Schere abgeschnitten worden war. Alice ließ das Kleid fallen. In ihrem Kopf drehte sich alles. Ihr wurde fast schlecht von dem süßlichen Duft, der den Raum erfüllte, ein Duft wie nach Erdbeerlipgloss. Frische Luft. Sie musste unbedingt an die frische Luft.

Sie stand auf, eilte in ihr Schlafzimmer, zog Shorts und T-Shirt aus der Kommode und kramte ihre Turnschuhe und die Sonnenbrille aus dem Rucksack, den sie aus dem Krankenhaus mitgebracht hatte. Sie lief wieder nach unten, wo sie sich eine der Basecaps vom Hutständer schnappte. PHILADELPHIA stand auf dem Schirm.

Als sie die Haustür hinter sich zugesperrt hatte, zögerte sie einen Moment. Mrs. Bergen war wieder hineingegangen, wie sie erleichtert feststellte.

Wohin? Sie wandte sich nach links und marschierte in zügigem Tempo los. Eine Frau mit einem Kindersportwagen kam ihr entgegen. Das ernst dreinblickende Kind, das darin saß, hielt sich sehr gerade. Als Alice näher kam, schaute das Kind finster zu ihr auf. Die Frau dagegen lächelte und meinte: »Na, wird heute gar nicht gejoggt?«

»Nein, heute nicht«, erwiderte Alice lächelnd und ging weiter.

Joggen? Du meine Güte! Sie *hasste* joggen. Sie wusste noch, wie sie und ihre Freundin Sophie auf der Highschool im Sportunterricht über die ovale Laufbahn geschlurft waren, gestöhnt und sich die Seiten gehalten hatten, während Mr. Gillespie schrie: »Schneller, Mädels, hopp hopp, ihr schlaft ja ein!«

Sophie! Sie würde Sophie gleich nachher anrufen. Vielleicht hatte sie ihr mehr erzählt als Elisabeth, vielleicht wusste Sophie, was eigentlich zwischen ihr und Nick vorgefallen war.

Sie schaute sich im Gehen aufmerksam um, sah Häuser, deren Größe sich verdoppelt hatte, so wie ein Kuchen, der im Backofen aufgegangen war. Aus Backstein-Cottages waren pilzfarbene Villen mit Türmchen und Säulen geworden.

Ihr fiel auf, dass sie ihr Tempo steigerte, schneller und schneller wurde, fast über den Asphalt hüpfte, und auf einmal kam ihr der Gedanke zu joggen gar nicht mehr so dumm vor. Im Gegenteil, er hatte etwas … Verlockendes.

Es war vermutlich keine gute Idee, mit einer Kopfverletzung zu joggen, oder? Nein, das war garantiert keine gute Idee. Aber vielleicht würden ihre Erinnerungen durchgeschüttelt werden und dadurch wieder an den richtigen Platz rutschen.

Alice lief los.

Ihre Arme und Beine bewegten sich in harmonischem Rhythmus. Sie atmete tief und gleichmäßig durch die Nase ein und durch den Mund wieder aus. Wie herrlich sich das anfühlte! Es fühlte sich so richtig an, wie etwas, das sie immer tat.

An der Ecke Rawson Street bog sie nach links ab und steigerte ihr Tempo weiter. Das satte rote Laub der Liquidambarbäume zitterte in der Sonne. Ein weißes Auto voller kreischender Teenager fuhr vorbei, wummernde Musik dröhnte heraus. In einer Einfahrt spielten Kinder unter schrillem Geschrei mit Wasserpistolen.

Irgendwo wurde ein Rasenmäher angelassen.

Das weiße Auto mit den Teenagern hielt an der Ecke King Street.

Jähe Panik ergriff Alice, explodierte förmlich in ihrer Brust. Genau die gleiche Panikattacke hatte sie im Auto gehabt, als Elisabeth sie nach Hause gefahren hatte. Ihre Beine zitterten so sehr, dass sie auf dem Bürgersteig in die Hocke gehen und warten musste, bis es vorüber war. Ein Entsetzensschrei steckte ihr in der Kehle. Ließe sie ihn heraus, wäre das ziemlich peinlich, deshalb unterdrückte sie ihn mit aller Macht.

Sich mit beiden Händen auf dem Asphalt abstützend, blickte sie sich schwer atmend um. Die Kinder mit den Wasserpistolen rannten einander immer noch nach, als wäre nichts passiert, als hätte sich die Welt nicht in etwas Böses, Bedrohliches verwandelt. Alice drehte den Kopf. Das weiße Auto wartete an der Ecke immer noch auf eine Lücke im Verkehr, um abbiegen zu können.

Es hatte etwas mit einem Auto zu tun, das an dieser Straßenecke hielt.

Alice schloss die Augen. Sie sah die Bremslichter eines roten Minis aufleuchten. Auf dem Nummernschild stand GINA 333.

Das war alles. Mehr gab ihr Gedächtnis nicht preis. Es überlief sie heiß und kalt zugleich, als hätte sie eine üble Grippe. Um Gottes willen! Musste sie sich etwa schon wieder übergeben?

Hätte sie bloß nicht so viel Kuchen gegessen. Na ja, falls sie sich auf den Gehweg erbrach, könnten die Kinder es mit ihren Wasserpistolen wegspritzen. Jemand hupte, dann: »Alice?« Sie machte die Augen auf.

Ein Auto hielt am gegenüberliegenden Straßenrand, ein Mann beugte sich aus dem Fenster. Er stieß die Tür auf und eilte über die Straße auf sie zu.

»Alles in Ordnung? Was ist denn los?«

Er verdeckte die Sonne, als er vor ihr stand. Alice blinzelte stumm zu ihm auf. Sie konnte sein Gesicht nicht erkennen. Er schien sehr groß zu sein. Er ging neben ihr in die Hocke und berührte sie am Arm.

»Bist du umgekippt?«

Jetzt konnte sie sehen, dass er ein durchschnittliches, freundliches, schmales Gesicht mittleren Alters hatte, das unauffällige Gesicht eines netten Zeitungsverkäufers, mit dem man ein paar Worte übers Wetter wechselte.

»Na komm, hoch mit dir!« Er fasste sie an den Ellbogen und zog sie auf die Füße. »Wir bringen dich nach Hause.«

Er führte sie über die Straße und hielt ihr die Beifahrertür auf. Alice wusste nicht, was sie sagen sollte, deshalb sagte sie gar nichts. Eine Stimme aus dem Fond fragte: »Bist du hingefallen und hast dir wehgetan?«

Alice drehte sich um. Ein kleiner Junge mit braunen Augen sah sie ängstlich an.

»Nein, nein«, erwiderte sie, »mir war nur ein bisschen komisch zumute. Es geht schon wieder.«

Der Mann war um das Auto herumgegangen und wieder eingestiegen. Er ließ den Motor an. »Wir waren gerade auf dem Weg zu dir, als Jasper dich plötzlich da drüben entdeckte. Warst du joggen?«

»Ja.« Der Wagen hielt Ecke Rawson und King Street. Alice dachte an das Auto mit dem GINA-Kennzeichen und fühlte rein gar nichts.

»Heute Morgen hab ich zufällig Neil Morris im Supermarkt getroffen«, sagte der Mann. »Er hat erzählt, er habe gesehen, wie du gestern von zwei Rettungssanitätern aus dem Fitnessstudio getragen wurdest. Ich hab ein paar Nachrichten für dich hinterlassen, aber ich wollte nicht …« Seine Stimme verebbte.

»Ich bin in meinem Step-Aerobic-Kurs gestürzt und mit dem

Kopf aufgeschlagen«, sagte Alice. »Heute geht's mir schon wieder gut, aber ich hätte nicht joggen sollen. Das war wirklich dumm von mir.«

Der kleine Junge namens Jasper kicherte. »Du bist nicht dumm! Mein Dad ist manchmal dumm. So wie heute, da hat er drei Sachen vergessen, und wir mussten jedes Mal anhalten und zurück, und dann hat er ›Doofkopf!‹ zu sich selbst gesagt. Das war richtig lustig. Also, das Erste, was er vergessen hat, war seine Brieftasche. Das Zweite war sein Handy, und das Dritte … äh … das dritte war … Dad, was war das Dritte, das du vergessen hast?«

Der Wagen bog in Alice' Einfahrt ein. Der Mann stellte den Motor ab, und der kleine Junge riss die Wagentür auf und lief zur Veranda hinauf.

Der Mann zog die Handbremse an. Dann wandte er sich Alice zu, sah sie besorgt an und legte ihr eine Hand auf die Schulter. »Du solltest dich besser ausruhen, Jasper und ich schaffen das auch allein mit den Luftballons.«

Luftballons. Wahrscheinlich für die Party heute Abend.

»Das ist jetzt ein bisschen peinlich«, begann Alice zögernd.

Der Mann lächelte. Es war ein reizendes Lächeln. »Was ist peinlich?«

»Ich habe absolut keine Ahnung, wer Sie sind.« (In Wirklichkeit hatte sie schon eine leise Ahnung, dafür sorgten sein Lächeln und die Berührung seiner Hand.)

Die Hand schnellte von ihrer Schulter zurück wie ein Gummiband, das gedehnt und losgelassen worden war.

»Alice!«, sagte der Mann bestürzt. »Ich bin's! Dominick!«

*

GEISTREICHE GEDANKEN EINER URGROSSMAMA!

Nur ganz kurz, weil so viele von euch mir gemailt und sich nach Alice' Befinden erkundigt haben. Ich muss euch leider mitteilen, dass Alice definitiv NOCH NICHT wieder die Alte ist! Sie konnte sich in keiner Weise an ihre Freundin Gina erinnern. (Ich habe hier über die schrecklichen Ereignisse berichtet.) Das ist offen gestanden beängstigend.

Gina spielte lange Zeit eine immens wichtige Rolle in Alice' Leben. (Alice neigt ein klein wenig zur Heldenverehrung – sie sucht immer nach einem Idol.) Ich weiß noch, wie Gina irgendwann auf einer Kindergeburtstagsparty eine Bemerkung über Alice' Garderobe machte, etwas in der Art wie: »Deine soundso Bluse passt viel besser zu diesem Rock.« Sie hatte immer zu allem eine feste Meinung. Alice machte auf dem Absatz kehrt, ging nach oben und zog sich um. Obwohl das nur ein harmloser kleiner Zwischenfall war, hat sich Nick ziemlich darüber geärgert, wie mir schien.

KOMMENTARE

Groovy Granny schreibt:
Ich hatte auch mal so eine tyrannische Freundin. Meinem Mann gefiel das ebenfalls nicht! Ich hoffe nur, Alice befindet sich in guter ärztlicher Behandlung.

Doris aus Dallas schreibt:
Ich bin sicher, Alice wird bald wieder frisch und munter sein. Was gibt's Neues von X.?

*

Als ich heute von meinem Lunch mit den Unfruchtbaren nach Hause kam, passierte etwas wirklich Komisches. Nicht komisch im Sinne von »Ha, ha, ha«, sondern komisch im Sinne von »Was für eine dämliche Ironie«.

Auf dem Heimweg von meinem Treffen konnte ich an nichts anderes als ans Aufgeben denken. Der Gedanke hatte sich in mir festgesetzt und wurde immer stärker. Auf einmal kommt es mir so vor, als läge das ganz klar auf der Hand. Ich ertrage nicht noch eine Fehlgeburt. Ich kann einfach nicht mehr. Bei der Vorstellung, das alles ein weiteres Mal durchzumachen, habe ich das Gefühl, mir fällt ein Zementblock auf die Brust. Ich will nicht mehr. Mir reicht's. Ich habe nicht gewusst, dass es mir reicht, aber jetzt merke ich, dass es so ist.

Wir haben uns immer irgendwelche Fristen gesetzt. Nach meinem vierzigsten Geburtstag ist Schluss. Nach Weihnachten ist Schluss. Aber dann haben wir uns jedes Mal gesagt: Was sollen wir sonst machen? Wir sind viel gereist, haben eine Unmenge Partys und Konzerte besucht und uns ebenso viele Filme angesehen, wir haben uns morgens richtig ausgeschlafen. Wir haben all die Dinge getan, die Eltern so wahnsinnig gern täten und oft nicht tun können. Aber das alles wollten wir nicht mehr.

Wir wollten ein Baby.

Ich weiß noch, wie ich immer daran dachte, dass eine Mutter sich in ein brennendes Haus stürzen würde, um ihre Kinder zu retten. Da sollte ich doch in der Lage sein, noch ein bisschen Schmerzen, noch ein paar Unannehmlichkeiten mehr zu ertragen, um meinen Kindern das Leben überhaupt erst zu schenken. Ich kam mir so edel vor bei diesem Gedanken. Aber jetzt wird mir klar, dass ich eine Verrückte bin, die sich in ein brennendes Haus stürzt, um Kinder zu retten, die gar nicht existieren. Meine

Kinder haben immer nur in meiner Vorstellung existiert. Das ist das wirklich Peinliche an der ganzen Sache. Jedes Mal, wenn ich um ein verlorenes Baby geweint habe, war es, als weinte ich wegen der Trennung von einem Mann, mit dem ich nie ausgegangen bin. Meine Babys waren keine Babys. Sie waren kleine Zellklumpen, aus denen niemals etwas anderes werden würde. Sie waren meine verzweifelten Hoffnungen. Traumbabys.

Aber manchmal muss man seine Träume eben aufgeben. Wer zum Ballett will, muss unter Umständen akzeptieren, dass sein Körper sich nicht dafür eignet. Kein Mensch bedauert ihn deswegen. Tja, dann musst du dir eben einen anderen Beruf suchen.

Mein Körper eignet sich nicht für ein Baby. Pech gehabt.

Als ich an einem Zebrastreifen halten musste, sah ich eine Schwangere, eine Frau mit einem Kinderwagen, eine Frau, die ein Kind an der Hand hielt. Und ich fühlte nichts dabei, Dr. Hodges. Rein gar nichts! Eine Schwangere zu sehen und nichts dabei zu fühlen ist eine große Sache für eine Unfruchtbare. Keine Verbitterung, die sich wie ein Messer in die Eingeweide bohrt. Kein Neid, der meinen Mund zu einer Grimasse verzerrt.

Nichts. Keinerlei Emotionen.

Und jetzt kommt das wirklich Komische.

Als ich nach Hause kam, bastelte Ben nicht wie üblich in der Garage an seinem Auto. Nein, er saß am Küchentisch, der voller Papierkram war. Seine Augen waren leicht gerötet und verschwollen.

»Ich hab nachgedacht«, sagt er.

»Ich auch«, sage ich. »Aber du zuerst.«

Er sagte, er habe darüber nachgedacht, was Alice in der Woche zuvor zu ihm gesagt habe, und er finde, dass sie hundertprozentig recht habe.

O Alice!

*

Alice saß auf der Couch und sah zu, wie Dominick blaue und silberfarbene Ballons mit Helium aus einer Flasche füllte. Vom Geruch des Heliums leicht benebelt, hatten er und Jasper sich in hohem, schnatterndem Tonfall unterhalten, als wären sie zwei Eichhörnchen. Als sein Dad mit schriller Stimme *Somewhere over the Rainbow* quietschte, hatte Jasper so heftig darüber lachen müssen, dass Alice schon Angst hatte, er würde keine Luft mehr bekommen. Jetzt spielte er draußen im Garten mit einem ferngesteuerten Spielzeughelikopter.

»Er ist wirklich ein lieber kleiner Kerl«, bemerkte Alice. Offenbar gingen Jasper und Olivia in dieselbe Kindergartengruppe. Olivia, ihre Tochter. Die mit den dicken blonden Rattenschwänzchen.

»Ja, wenn er sich nicht gerade wie ein gestörtes kleines Monster aufführt«, erwiderte Dominick trocken.

Alice lachte, vielleicht eine Spur zu laut. Elterlichen Humor verstand sie nicht so ganz. Möglicherweise war Jasper tatsächlich ein gestörtes kleines Monster, und das war überhaupt nicht komisch. Nach einer Pause fragte sie: »Sag mal, wie lange … sind wir denn schon zusammen?«

Dominick warf ihr einen flüchtigen Blick zu. Er verknotete den Zipfel des Ballons, den er gerade aufgeblasen hatte, ließ ihn los und schaute zu, wie er an die Decke zu den anderen schwebte.

Ohne Alice anzusehen, antwortete er: »Ungefähr einen Monat.«

Alice hatte ihm erzählt, dass sie laut ihren Ärzten an einem vorübergehenden Gedächtnisverlust litt. Dominick war völlig schockiert gewesen. Er sprach langsam und behutsam mit ihr, so als hätte sie eine leichte geistige Behinderung. Natürlich war es auch denkbar, dass er immer so mit ihr redete.

»Und wie … läuft es so mit uns?«, fragte Alice unbekümmert.

Es war eine absurde Situation. Hatte sie ihn geküsst? *Mit ihm geschlafen?* Er war sehr groß und nicht unattraktiv. Nur eben ein Fremder. Der Gedanke an Sex mit ihm stieß sie ab und reizte sie zugleich. Sie fühlte sich an Unterhaltungen zwischen Teenagern erinnert, an das Gekicher hinter vorgehaltener Hand.

O mein Gott, stell dir vor, du hast Sex mit ihm!

»Gut«, antwortete Dominick. Er machte etwas Komisches mit seinem Mund, aus Nervosität, wie es Alice schien. Er war einer von diesen etwas unbeholfenen, hölzernen Typen.

Als er einen weiteren Ballon über das Ventil der Heliumflasche gestülpt hatte, sah er Alice direkt an und fügte hinzu: »Glaube ich wenigstens.« Er sah wirklich nicht übel aus.

»Oh.« Alice fühlte sich auf seltsame Weise bloßgestellt. »Das ist schön. Denke ich.«

Sie wünschte, Nick wäre an ihrer Seite, hätte seine warme Hand auf ihr Bein gelegt. Um seinen Besitzanspruch zu demonstrieren. Damit sie die Unterhaltung mit diesem netten Mann genießen, vielleicht sogar risikolos mit ihm flirten könnte.

»Du kommst mir verändert vor«, sagte Dominick.

»Verändert? Inwiefern?«

»Ich weiß nicht recht, wie ich es beschreiben soll.«

Er verstummte und sagte nichts mehr. Anscheinend war er ein eher wortkarger Typ, so wie Nick. Alice fragte sich, was sie wohl an ihm fand. Konnte sie ihn wirklich so gut leiden? Er schien ein bisschen fade zu sein.

»Was machst du beruflich?« Die Standardfrage bei ersten Dates, um den anderen unfairerweise in eine bestimmte Schublade zu stecken.

»Ich bin Steuerberater«, antwortete er.

Na, großartig. »Ach ja, stimmt.«

Er grinste. »Das war nur ein Test. Ich wollte wissen, ob du dich wirklich nicht erinnern kannst. Ich bin Lebensmittelhändler. Ich hab mit Obst und Gemüse zu tun.«

»Wirklich?« Alice dachte an Mangos und Ananas, die sie umsonst bekäme.

»Ach was.«

O Gott, was für ein Trottel!

»Ich bin Schulleiter.«

»Das glaub ich dir nicht.«

»Es ist aber so. Kein Witz. Ich bin der Leiter der Schule.«

»Welcher Schule?«

»Die deiner Kinder. So haben wir uns kennengelernt.« Der Schulleiter. *Sofort ins Büro des Schulleiters, aber dalli!*

»Dann wirst du heute Abend auch hier sein? Auf der Party?«

»Ja. Sozusagen in doppelter Funktion, weil Jasper auch in den Kindergarten geht und die Party für die Eltern der Kindergartenkinder ist. Also werde ich …«

Seine Stimme verebbte, als ob er es für unnötig hielte, den Satz zu beenden, weil ja sowieso klar war, was er hatte sagen wollen. Das war offenbar eine kleine Macke von ihm.

»Und warum findet die Party ausgerechnet bei mir statt?« Alice kam das höchst seltsam vor. Weshalb sollte sie auch nur an so etwas denken?

Dominick hob die Brauen. »Na ja, weil du und deine Freundin Kate Harper, weil ihr Elternvertreterinnen der Kindergartenklasse seid, Klassenmütter sozusagen.«

»Klassenmütter? Ist das so was wie klasse Mütter?«

Er lächelte unsicher. »Klassenmütter organisieren Veranstaltungen für alle anderen Mütter, sie führen Besprechungen mit den Lehrern, stellen Leselisten zusammen und, na ja, all solche Dinge …«

O Gott! Das klang ja grauenvoll! Sie war eine von diesen Frauen geworden, die voll in ihren ehrenamtlichen Tätigkeiten aufgingen. Wahrscheinlich war sie richtig eingebildet und selbstgefällig geworden. Sie hatte immer schon zu Überheblichkeit geneigt. Sie konnte sich direkt vor sich sehen, wie sie in ihren wunderschönen Kleidern umherstolzierte.

»Du tust sehr viel für die Schule«, fuhr Dominick fort. »Wir können von Glück sagen, dass wir dich haben. Da fällt mir gerade ein, der große Tag steht ja vor der Tür! Wow! Hoffentlich bist du bis dahin wieder richtig fit!«

Der Mann auf dem Laufband im Fitnessstudio hatte auch einen »großen Tag« erwähnt. »Ich weiß nicht, was du meinst«, sagte Alice mit einem mulmigen Gefühl im Bauch.

»Na, du willst uns doch einen Eintrag im Guinnessbuch der Rekorde verschaffen.«

Sie lächelte, bereit, über seinen nächsten Scherz zu lachen.

»Nein, im Ernst! Erinnerst du dich wirklich nicht mehr? Am Muttertag wirst du den größten Zitronenbaiserkuchen der Welt backen. Das ist eine Mordsveranstaltung. Die Hälfte der Einnahmen geht an die Schule, die andere Hälfte kommt der Brustkrebsforschung zugute.«

Alice fiel der Traum mit dem gigantischen Nudelholz ein.

»*Ich* backe ihn?«, stieß sie panisch hervor. »Diesen Riesenkuchen?«

»Nicht du allein. Hundert Mütter beteiligen sich daran. Das wird eine ganz große Sache werden.« Er verknotete die Zipfel eines weiteren Ballons. Alice schaute auf und sah, dass die Decke vollständig mit blauen und silberfarbenen Ballons bedeckt war.

An diesem Abend gab sie eine große Party, und nächstes Wochenende würde sie versuchen, einen Weltrekord aufzustellen.

Du meine Güte! Was war nur aus ihr geworden?

Als sie ihren Blick wieder senkte, bemerkte sie, dass Dominick sie prüfend ansah.

»Jetzt weiß ich es. Was anders an dir ist.«

Er setzte sich neben sie. Viel zu nah. Alice wäre gern ein Stück von ihm abgerückt, aber auf dem viel zu weichen Ledersofa war das nicht möglich, ohne dass es aufgefallen wäre. Sie legte also ihre Hände in den Schoß wie ein Schulmädchen und blieb still sitzen. Da sein Sohn in der Nähe war, würde er sicherlich nicht auf dumme Gedanken kommen.

Sie konnte die winzigen dunklen Härchen auf seinem Kinn sehen und roch Zahnpasta und Waschpulver. (Nick roch nach Kaffee, Rasierwasser und dem Knoblauch vom letzten Abendessen.)

Seine Augen hatten die gleiche Farbe von flüssiger Schokolade wie die seines Sohnes. (Nicks Augen waren je nach Lichteinfall haselnussbraun oder grün, die Iris war golden umrändert, und seine hellen Wimpern sahen weiß aus in der Sonne.)

Dominick beugte sich zu ihr. Ach du lieber Himmel, gleich würde der Schulleiter sie küssen, und sie würde ihm nicht mal eine knallen können, weil sie ihn möglicherweise vorher schon einmal geküsst hatte.

Doch nichts dergleichen geschah. Anstatt sie zu küssen, legte er seinen Daumen zwischen ihre Augenbrauen. Was bitte schön sollte *das* denn? War das irgendein geheimnisvolles Ritual unter Leuten mittleren Alters? Erwartete er, dass sie das Gleiche bei ihm tat?

»Deine Sorgenfalten sind weg«, sagte er. »Du hast hier immer, auch wenn du glücklich warst, zwei kleine Falten gehabt, so als würdest du dich auf etwas konzentrieren oder dir wegen irgendetwas Sorgen machen. Jetzt sind sie ...«

Er nahm seinen Daumen weg. Alice atmete erleichtert aus. »Ich weiß nicht, ob man einer Frau sagen sollte, dass sie Sorgenfalten im Gesicht hat.« Ihr Tonfall war kokett.

»Wie auch immer, du siehst fantastisch aus.« Er legte seine Hand an ihren Hinterkopf und küsste sie.

Es fühlte sich gar nicht übel an.

»Das hab ich gesehen!«

Die beiden fuhren auseinander. Jasper stand vor ihnen, mit großen, lachenden Augen, seinen Helikopter an einem Rotorblatt haltend.

Alice legte ihre Fingerspitzen an ihren Mund. Sie hatte einen anderen Mann geküsst. Sie hatte sich nicht nur küssen lassen, nein, sie hatte seinen Kuss erwidert. Im Grunde nur aus Neugier. Aus Höflichkeit. (Und nur ein ganz klein wenig aus Sympathie.) Schuldgefühle brannten ihr wie Sodbrennen in der Brust.

Jasper gluckste. »Das werd ich Olivia sagen! Ich werde ihr sagen, dass mein Dad ihre Mum geküsst hat!« Das Gesicht zu einer Grimasse aus Abscheu und wilder Begeisterung verzerrt, hüpfte er auf der Stelle auf und ab und boxte in die Luft. »Mein Dad hat ihre Mum geküsst! Mein Dad hat ihre Mum geküsst!«

Großer Gott! Alice fragte sich, ob ihre eigenen Kinder auch so … so überdreht waren.

Dominick berührte Alice zärtlich und respektvoll am Arm und stand dann auf. Er schnappte Jasper, packte ihn an den Fußknöcheln und schwenkte ihn mit dem Kopf nach unten durch die Luft. Der Junge kreischte vor Vergnügen und ließ seinen Helikopter fallen.

Alice beobachtete die beiden. Ein seltsames Gefühl von Distanziertheit überkam sie. Hatte sie tatsächlich gerade diesen Mann geküsst? Diesen schüchternen Schulleiter? Diesen lustigen Vater?

Vielleicht war ihre Kopfverletzung schuld daran. Ja, das musste es sein. Sie war nicht sie selbst.

Dann fiel ihr ein, dass sie keinen Grund hatte, ein schlechtes Gewissen zu haben, weil Nick ja eine Affäre mit dieser Gina gehabt hatte. Jetzt waren sie quitt.

Jasper bemerkte plötzlich, dass ein Teil von seinem Helikopter abgebrochen war. Er schrie und wand sich, als hätte er grausame Schmerzen. »He, was ist denn los, Kleiner?«, sagte Dominick und stellte seinen Sohn wieder auf die Füße.

Alice bekam wieder Kopfschmerzen.

Wann würde Elisabeth wohl zurückkommen? Sie brauchte sie hier. Dringend.

*

ELISABETHS TAGEBUCH FÜR DR. HODGES

Auf dem Weg zurück zu Alice dachte ich über Gina nach. Ich denke ziemlich oft an sie. Eine geheimnisvolle Aura umgibt sie. Aber es gab einmal eine Zeit, da ist sie mir nur auf die Nerven gegangen.

Ich weiß selbst nicht genau, warum ich sie von Anfang an nicht leiden konnte. Vielleicht lag es daran, dass sie und Michael und Alice und Nick so ein harmonisches Quartett bildeten. Ständig waren sie zusammen, besuchten sich gegenseitig, klopften nicht einmal an, bevor sie die Haustür des anderen öffneten. Sie rissen Witze, die nur sie verstanden. Hatten immerzu die Kinder der anderen bei sich zum Essen. Gina kam in ihrem Badeanzug herüber, ohne sich ein T-Shirt überzustreifen oder sich in ein Handtuch zu wickeln, so unbefangen wie ein Kind. Sie hatte einen weichen, runden mokkafarbenen Körper und wunderschöne hüpfende Brüste, denen die Blicke der Männer überallhin folgten. Ich glaube mich zu erinnern, dass sie sich in einer Sommernacht einmal betranken und nackt im Swimmingpool badeten, alle vier. Wie in den wilden 1970ern.

Gina und Alice waren vergnügt und ausgelassen und schlürften Champagner, und ich war steif wie eine Pappfigur. Mein Lachen war gezwungen. Im Handumdrehen kannte Gina meine Schwester besser als ich.

Ginas Kinder waren Retortenbabys. Sie stellte mir viele Fragen, die ihre Kenntnisse auf diesem Gebiet bewiesen. Sie rieb mit ihrer Hand mitfühlend über meine. (Gina war der Typ, der die Berührung suchte; bei jeder Begegnung küsste sie einen sanft und duftend auf beide Wangen. »Ich muss schon sagen, die Art, wie ihr Europäerinnen einen zur Begrüßung küsst, gefällt mir sehr«, meinte Roger einmal zu ihr.) Sie wisse ganz genau, was ich durchmache, sagte Gina. Wahrscheinlich war es auch so, aber der Unterschied war der, dass das alles längst hinter ihr lag. Das Happy End hatte ihre Erinnerungen rosa getönt. Man sollte meinen, ich hätte sie mir als Vorbild genommen. Immerhin hatte sie das Minenfeld der Unfruchtbarkeit durchquert und war wohlbehalten auf der anderen Seite angekommen. Sie war eine Erfolgsstory. Aber ich fand sie herablassend. Wer sich in Sicherheit befindet und gefahrlos zuschauen kann, wie andere hochgehen, kann leicht sagen, das Minenfeld sei halb so schlimm gewesen. Gina konnte sich nicht vorstellen, dass ihre Kinder nicht existierten. Dafür waren sie zu real und füllten ihre Gedanken vollständig aus. Ich hatte das Gefühl, mich nicht mehr bei Alice ausweinen zu können, weil Gina ihr vermutlich einflüsterte, so schlimm sei das Ganze nun wirklich nicht, ich sei einfach ein Jammerlappen, der maßlos dramatisiere.

Eines Abends rief ich Alice an, um ihr zu sagen, dass wir ein weiteres Baby verloren hatten.

Ich hatte während jener Schwangerschaft unter schrecklicher Übelkeit gelitten. Beim Zähneputzen musste ich jedes Mal würgen. Einmal rannte ich im Laufschritt aus einem Kino, weil das Parfüm der Frau neben mir (ich weiß noch, dass es Opium war) und der Geruch des Popcorns, das sie knabberte, einen Brechreiz bei mir ausgelöst hatten. Ich war fest überzeugt, dass das gute Anzeichen waren, dass es diesmal klappen würde.

Ha, ha! Es bedeutete überhaupt nichts.

Alice lachte, als sie den Hörer abnahm. Ich hörte Gina im Hintergrund etwas schreien, irgendetwas mit Ananas. Die beiden erfanden Cocktailrezepte für eine Schulveranstaltung. Alice hörte natürlich sofort auf zu lachen, als ich ihr die Neuigkeit erzählte, und schlug einen traurigen Tonfall an, aber sie konnte die Heiterkeit nicht vollständig aus ihrer Stimme verbannen. Ich kam mir wie eine Idiotin vor. Die langweilige Schwester, die wieder einmal eine langweilige Fehlgeburt hatte und allen anderen die Stimmung verdirbt mit ihren unappetitlichen gynäkologischen Neuigkeiten. Alice musste Gina ein Zeichen gegeben haben, weil deren Gelächter so abrupt verstummte, als wäre ein Schalter umgelegt worden.

Sie solle sich keine Gedanken machen, wir würden später darüber reden, sagte ich und legte schnell auf. Dann schleuderte ich das Telefon quer durchs Zimmer. Es traf eine wunderschöne Vase, die ich mit zwanzig in Italien gekauft hatte und die jetzt in tausend Stücke zersprang. Ich warf mich auf die Couch, drückte das Gesicht in ein Kissen und schrie mir die Seele aus dem Leib.

Der Vase trauere ich heute noch nach.

Alice rief mich am nächsten Tag nicht an. Und am Tag danach hatte Madison ihren Unfall. Das drängte natürlich alles andere in den Hintergrund, wir eilten ins Krankenhaus und waren voller Sorge um sie. Meine Fehlgeburt ging irgendwo zwischen den Cocktails mit Gina und der Sorge um Madison unter. Alice hat nie mehr ein Wort darüber verloren. Ich fragte mich, ob sie es einfach vergessen hatte. Ja, sie hat es wohl einfach vergessen.

Ich glaube, danach kühlte sich unsere Beziehung ab.

Ja, ich weiß. Kleinlich und kindisch, aber so war es nun einmal.

17

GEISTREICHE GEDANKEN EINER URGROSSMAMA!

Gestern fragte mich meine Tochter Barb, was ich mir zum Muttertag wünsche. Wisst ihr, was mir als Erstes in den Sinn kam?

Eine dieser Tüten, die man sich über den Kopf stülpen kann, damit man friedlich im Schlaf an Sauerstoffmangel stirbt. Oder wahlweise die *peaceful pill*, eine Tablette, die einen schmerzlosen Tod herbeiführt. Dummerweise würde Barb dafür nach Mexiko fahren müssen, und für sie ist schon eine Fahrt nach Parramatta (für all jene von euch, die es nicht wissen – das ist ein Vorort von Sydney) eine halbe Weltreise.

Ich kann mir direkt vorstellen, wie ihr vor euren PCs sitzt und beim Lesen dieser Zeilen nach Luft schnappt. Keine Sorge, ich hab ihr gesagt, ich wünsche mir ein schönes Handtuch und eine parfümierte Seife dazu.

Ich bin nicht krank. Ich bin meines Wissens sogar bei bester Gesundheit. Aber im August werde ich fünfundsiebzig. So alt war meine geliebte Mutter, als sie an Krebs starb. Bei dem Gedanken, den gleichen würdelosen Tod zu sterben wie sie, packt mich die Panik. Ich fürchte nicht so sehr die Schmerzen als das Ausgeliefertsein, den Kontrollverlust. Herablassende Krankenschwestern, die fragen: »Na, wie fühlen wir uns heute?« Nicht mehr in der Lage zu sein, selbstständig zu entscheiden, wann ich essen oder schlafen oder mich waschen möchte. Oh, mich schaudert, wenn ich nur daran denke! Hätte ich eine dieser Todestüten oder diese schmerzlose Pille in meinem Nachttischchen, wäre das eine solche Beruhigung für mich! Das wäre wirklich ein ganz besonderes Geschenk. Dann könnte ich diese Gedanken endlich beiseiteschieben.

Ich habe übrigens acht weitere Absagen für meine Busfahrt

zu der Diskussionsrunde über Sterbehilfe bekommen. Das ganze Gerede über eine »Kneipentour« war offensichtlich Unsinn. X. hat eine achtbare Hafenrundfahrt organisiert. Alle sind schon ganz aufgeregt deswegen, anscheinend denkt keiner mehr daran, dass ich bereits letztes Jahr Weihnachten eine Hafenrundfahrt organisiert habe. Man könnte meinen, X. hätte die Hafenrundfahrt erfunden!

Ich muss zugeben, das alles deprimiert mich schon ein bisschen.

Aber es gibt auch gute Neuigkeiten. Meine wunderschöne Urenkelin Olivia wird bei unserer Familientalentshow auftreten! Ich darf nicht vergessen, euch ein paar Fotos davon zu zeigen. Barbara und ihr Mann Roger werden eine Salsa-Nummer vorführen. Sie haben mich schon gefragt, ob die Bewohner der Residenz vielleicht Interesse daran hätten, Salsa zu lernen. Das würde X. natürlich genau ins Konzept passen! Je schlüpfriger, desto besser.

KOMMENTARE

Beryl schreibt:
O Frannie, ob du's glaubst oder nicht, aber ich habe mich an meinem Sandwich verschluckt, als ich deinen Beitrag las! Frannie, Schätzchen, meinst du nicht, dass das bei dir zu einer fixen Idee geworden ist? Ich mache mir ernsthaft Sorgen um dich.

AB74 schreibt:
Das ist doch alles überhaupt kein Problem. Besorg dir eine Knarre! Eine Kugel in den Kopf, peng!, das war's. Kurz und schmerzlos. Und jetzt mach zusammen mit den anderen die Hafenrundfahrt und vergiss das Ganze! (Falls ich dir helfen soll, eine billige, zuverlässige Waffe zu beschaffen, schreib mir eine E-Mail.)

Doris aus Dallas schreibt:
Hast du X. eigentlich schon auf einen Drink eingeladen? Das wolltest du doch, oder?

PS: Du hast uns noch nichts über deine Enttäuschung in der Liebe erzählt!

PPS: Du solltest AB74 auf keinen Fall mailen! Für mich hört sich das an, als ob er der Mafia angehört!

Sporty Mama schreibt:
Ich habe diesen Blog von Anfang an gelesen und mich noch nie zu Wort gemeldet, aber ich muss schon sagen, dein letzter Beitrag war einfach unverantwortlich und unmoralisch. Mir wurde regelrecht schlecht davon. Ich werde diese Seite nicht mehr besuchen.

Anonymus schreibt:
!!!!!!!!!!!!!!!!!!!!!!!!

Frank Neary schreibt:
Tut mir wirklich leid, dass irgend so ein dämlicher Idiot Sie enttäuscht hat, Miss Jeffrey! Aber für die Liebe ist es nie zu spät! Ich würde Sie gern einmal ausführen. Zum Tanzen vielleicht? Oder ins Kino? Worauf hätten Sie Lust?

Groovy Granny schreibt:
Vielleicht ist es Glück im Unglück, dass Alice sich nicht mehr erinnern kann, was mit Gina geschah.

*

»Nick!«

Alice fuhr mit einem Aufschrei aus dem Schlaf hoch. Ihr Herz raste, ihr Atem ging flach und stoßweise. Sie tastete mit einer Hand über das Bett, auf der Suche nach Nick, um ihn zu wecken und ihm von ihrem Albtraum zu erzählen. Schon entglitten ihr die Einzelheiten, kamen sie ihr albern vor. Irgendetwas mit einem … Baum?

Ja, ein riesiger Baum. Schwarze Äste im Sturm vor einem bedrohlichen Himmel.

»Nick?«

Normalerweise war er sofort wach, wenn sie aus einem bösen Traum hochschreckte, und tröstete sie mechanisch, mit vom Schlaf rauer Stimme: »Alles in Ordnung, das war nur ein Traum, nur ein böser Traum.« Dann dachte ein Teil von ihr jedes Mal: Er wird ein wunderbarer Vater sein.

Sie klopfte mit der Hand auf das Bettzeug neben sich. Kein Nick. Wahrscheinlich holte er sich ein Glas Wasser. Oder war er noch gar nicht heraufgekommen?

Nick ist nicht da, Alice. Er wohnt nicht mehr hier. Wenn er aus Portugal zurückkommt, wirst du ihn nicht am Flughafen abholen. Vielleicht übernimmt Gina das. Oh, und du hast heute einen Schulleiter geküsst. Weißt du nicht mehr? Weißt du nicht mehr? Könntest du dich vielleicht endlich wieder an dein Leben erinnern, du dämliche Kuh?

Sie knipste die Nachttischlampe an, warf die Bettdecke zurück und stand auf. Vorerst würde sie garantiert nicht mehr einschlafen können.

Gut.

Sie strich mit den Handflächen an ihrem Nachthemd hinunter, einem ärmellosen, austernfarbenen Seidennachthemd. Es musste ein Vermögen gekostet haben. Nur zu dumm, dass sie sich nicht mehr daran erinnern konnte, es gekauft zu haben.

Sie hatte es satt, sich nicht erinnern zu können. Sie wollte ihre Erinnerungen zurück, und zwar auf der Stelle.

Alice ging ins Bad, suchte die Parfümflasche, die sie im Krankenhaus dabeigehabt hatte, versprühte das Parfüm großzügig mit weit ausholenden Bewegungen und atmete es tief durch die Nase ein. Dieses Mal würde sie keinen Rückzieher machen, sondern sich kopfüber in den Strudel von Erinnerungen stürzen.

Ihr wurde ein bisschen schlecht, als ihr der Duft in die Nase stieg. Sie wartete darauf, Bilder der letzten zehn Jahre vor ihrem geistigen Auge aufsteigen zu sehen, aber alles, was sie sah, waren die lächelnden, fremden Gesichter auf der Party am Abend, Dominicks schmelzend braune Augen, ihre Mutter, wie sie Roger kokett anlächelte, und die Falten der Enttäuschung rings um Elisabeths Mund.

Diese neuen Erinnerungen waren zu frisch und verwirrend. Das war das Problem. Es war einfach kein Platz für all die alten Erinnerungen.

Alice setzte sich auf den kalten Fliesenboden und zog die Knie an. Sie dachte an die vielen fremden Leute, die gut gelaunt in ihr Haus geströmt waren, Champagner und winzige Kanapees von den Tabletts nahmen, die herumgereicht wurden (die Angestellten vom Partyservice in ihren weißen Schürzen waren Punkt fünf Uhr erschienen und hatten die Küche mit gelassener Effizienz übernommen), und in kleinen Grüppchen ihren Garten bevölkerten, wo die hohen Absätze der Frauen im Gras einsanken. »Alice!«, hatten sie sie wie eine alte Freundin begrüßt und auf beide Wangen geküsst (dieses Küsschengeben schien 2008 groß in Mode zu sein). »Wie *geht* es Ihnen?« Die Frisuren waren glatter als 1998, wodurch der Kopf auf geradezu komische Weise klein wirkte.

Die Leute redeten über die Benzinpreise (was es über ein so todlangweiliges Thema überhaupt zu reden gab!), über die Immobilienpreise, über Baugesuche und irgendeinen politischen Skandal. Sie sprachen von ihren Kindern – »Emily«, »Harry«,

»Isabel« –, als ob Alice sie sehr gut kennen würde. Sie erzählten lustige Geschichten über einen Schulausflug, an dem sie offenbar teilgenommen hatte und auf dem einiges schiefgegangen war. Sie raunten in ernstem Ton über einen Lehrer, den alle hassten. Sie unterhielten sich über Jazzballettkurse, Saxofonunterricht, Schwimmunterricht, die Schulband, das Schulfest, den Schulkiosk, die Sonderklasse für hochbegabte Kinder.

Nichts davon ergab irgendeinen Sinn für Alice. Die Gespräche gingen sehr ins Detail, eine Unmenge Namen fielen und dazu Daten und Uhrzeiten und Abkürzungen. Zweimal wurde Alice von verschiedenen Frauen das Wort Botox ins Ohr geflüstert, als eine andere Frau vorüberging. Alice, die mit diesem Begriff nichts anfangen konnte, wusste nicht, ob es als schmähliche Beleidigung oder als neidisches Kompliment gemeint war. Dominick hielt sich fürsorglich und unauffällig in ihrer Nähe auf und erklärte jedem, dass sie nach ihrem Unfall noch nicht wieder ganz auf der Höhe sei und eigentlich ins Bett gehörte. »Typisch Alice! Die ist hart im Nehmen, die lässt sich von so etwas nicht kleinkriegen«, sagten alle. War das wirklich typisch für sie? Seltsam. Normalerweise war ihr doch jede Entschuldigung recht, sich ins Bett verkriechen zu können.

Es schien keine große Rolle zu spielen, dass sie niemanden wiedererkannte. Sie brauchte nichts weiter zu tun, als zu nicken und zu lächeln, um die Unterhaltung in Gang zu halten, und während sie das tat, ließ sie ihre Blicke über ihren Garten wandern. War das da in der Ecke ein Gemüsegarten? Sie hatte sich immer einen Gemüsegarten gewünscht. Die Kinderschaukel schwang im Abendwind leicht hin und her, und die Rutsche dort – war die Rosine dort herunter und direkt in ihre Arme gerutscht? Sie wollte diese Erinnerung zurückhaben. Und das schillernde Blau des Swimmingpools! Es musste aufregend gewesen sein, als sie zum ersten Mal in diesem Pool geschwommen waren. Noch eine Erinnerung, die sie unbedingt zurückhaben wollte.

Alice fuhr mit der Fingerspitze die Fugen zwischen den weißen Fliesen des Bades nach, das durch eine Tür mit dem Schlafzimmer verbunden war. (Sie hatten das Bad selbst gefliest – Nummer 46 auf ihrer Liste »Die unmöglichen Träume«; sie hatte mit Nick eigens dafür einen Kurs im Baumarkt besucht.) Sie konnte sich nicht mehr an diese Arbeiten erinnern. Möglicherweise waren *Tausende* Erinnerungen aus ihrem Gedächtnis gelöscht worden.

Ob Nick in diesem Moment mit Gina im Bett lag?

Das war einfach absurd. Die bloße Vorstellung war zu grauenvoll, um sie auch nur in Erwägung zu ziehen. Nicht einmal mit seinen Ex-Freundinnen hatte sie sich Nick im Bett vorgestellt.

Auf der Party war Ginas Name gefallen, was zu einer peinlichen Situation geführt hatte. Alice hatte sich mit einer Frau unterhalten – besser gesagt, sie hatte ihr zugehört –, die auffällig große Diamantohrringe trug. Der Mann, der bei ihnen stand, war regelrecht versessen auf die Mini-Samosas und ließ die Tabletts des Partyservices nicht aus den Augen. Das Gespräch drehte sich um Hausaufgaben und die Belastung, die diese für die Eltern darstellten.

»Es ist drei Uhr morgens, und ich sitze da und klebe Eisstielhölzchen zusammen, um eine Siedlerhütte für Erin zu basteln, und plötzlich *pling!* und mir reißt der letzte Nerv!« Die Diamantohrringfrau schnippte mit den Fingern, und ihre Diamanten blitzten.

»Kann ich mir vorstellen«, murmelte Alice, die es sich keineswegs vorstellen konnte. Wieso hatte diese Erin ihre Hausaufgaben nicht selbst erledigt? Oder wieso hatten sie nicht wenigstens gemeinsam gebastelt? Im Geist sah sie sich mit einer süßen Tochter fröhlich lachend am Tisch sitzen und heiße Schokolade trinken, während sie Eisstielhölzchen zusammenklebten. Alice war große Klasse in solchen Dingen. Die Siedlerhütte ihres Kindes wäre bestimmt die schönste in der ganzen Klasse.

»Der Sinn von Hausaufgaben ist es doch, den Kindern Disziplin beizubringen, oder irre ich mich?«, warf der Mann ein. »Hey! Entschuldigung, aber sind das Samosas, was Sie da haben? Oh, Kebabs. Außerdem kann man heutzutage doch alles googeln.«

Was? Hatte er »gurgeln« gemeint? Oder »gokeln«? Alice hatte Kopfschmerzen.

»Man kann keine aus Eisstielhölzchen gebastelte Siedlerhütte googeln! Und ich wette, Sie sind nicht derjenige, der Ihren Kindern bei den Hausaufgaben helfen muss, oder?« Die Frau hatte Alice einen vielsagenden Blick zugeworfen *(»Männer!«)*, den Alice zu erwidern versuchte. Sie war sicher, dass Nick seinen Kindern bei den Hausaufgaben helfen würde. »Wenn Sie von der Arbeit nach Hause kommen, hat Laura bestimmt schon mit den Kindern gelernt. Ich weiß noch, wie Gina Boyle einmal sagte, dass Hausaufgaben ihrer Meinung nach …«

Die Frau verstummte mitten im Satz und verzog ihr Gesicht zu einer übertriebenen Grimasse von Verlegenheit. »Oh, entschuldigen Sie, Alice! Wie taktlos von mir!«

Der Mann hatte Alice seinen Arm um die Schultern gelegt und sie kurz und freundschaftlich gedrückt. »Das hat Sie ziemlich mitgenommen, nicht wahr? Oh, sehen Sie nur! Samosas. Ich werde Ihnen eine bringen.«

Alice war zutiefst schockiert gewesen. Wusste etwa jeder, dass Nick sie mit Gina betrogen hatte? War das Allgemeinwissen in dieser seltsamen, cliquenhaften Gesellschaft?

Plötzlich stand Dominick neben ihr und erlöste sie taktvoll aus der Situation. Sie fing an, sich auf ihn zu verlassen. Sie ertappte sich sogar dabei, wie sie ihre Blicke suchend über die Menge schweifen ließ und dachte: Wo steckt Dominick eigentlich? Gleichzeitig stellte sie sich vor, wie sie Nick später erzählen würde: »Ob du's glaubst oder nicht, der Typ spielte den ganzen Abend über meinen Freund! Wie findest du das?«

Elisabeth und ihr Mann Ben waren ebenfalls gekommen. Alice hatte darauf bestanden. Sie werde eine Panikattacke kriegen, wenn sie nicht komme, hatte sie zu ihrer Schwester gesagt. Ben war noch hünenhafter und einem Grizzlybär noch ähnlicher, als Alice ihn in Erinnerung hatte. Er sah aus wie ein aus einem Märchenbilderbuch entsprungener Holzfäller, und inmitten der glatt rasierten Männer mit ihren adretten Hemden, deren Kragen ordentlich zugeknöpft waren, und ihren fitnessstudiogestählten Schultern stach er besonders hervor. Er schien Alice zu mögen. Er habe viel über ihre Unterhaltung neulich nachgedacht, sagte er und fügte dann hinzu, wobei er sich einen Klaps seitlich an den Kopf gab: »Ach Gott, wahrscheinlich kannst du dich gar nicht daran erinnern!« Elisabeth presste die Lippen aufeinander und schaute in die andere Richtung.

»Worüber haben wir denn geredet?«, fragte Alice.

»Nicht jetzt«, stieß Elisabeth angespannt hervor.

Elisabeth und Ben blieben fast die ganze Zeit für sich. Nur mit Dominick, den sie anscheinend noch nicht kannten, unterhielten sie sich ausgiebig. Es war merkwürdig, Elisabeth zu sehen, wie sie sich an ihrem Drink festhielt und Ben nicht von der Seite wich. Früher war sie auf Partys von einem Gast zum anderen gegangen, als betrachtete sie es als ihre Pflicht, mit jedem Einzelnen zu reden.

Noch merkwürdiger aber war, dass Alice bald das Gefühl hatte, diese Party auch ohne Elisabeths oder Dominicks oder sogar Nicks Hilfe meistern zu können. Obwohl die Begegnung mit all den fremden Leuten, die nicht nur ihren Namen, sondern auch intime Einzelheiten über ihre gesundheitliche Verfassung kannten (eine Frau hatte sie beiseitezuziehen versucht, um eine ein paar Wochen zuvor geführte Unterhaltung fortzusetzen, die sich anscheinend um Alice' *Beckenboden* gedreht hatte), etwas Surreales und Traumähnliches hatte, war Alice nicht ein einziges Mal in jene Schockstarre verfallen, die sie normalerweise bei solchen Gelegenheiten überkam. Sie schien instinktiv zu wissen, welche Haltung sie einnehmen, was sie mit ihren Armen und ihrem Gesicht machen sollte. Sie konnte ihre Anmut und ihren sprühenden Geist förmlich spüren, ja, sie erzählte den Leuten sogar, wie sie im Fitnessstudio gestürzt und ohnmächtig geworden war und geglaubt hatte, sie sei zehn Jahre jünger und erwarte ihr erstes Kind, als sie wieder zu sich kam. Die Worte kamen ihr wie von selbst über die Lippen. Hatte sich ein Kreis von Zuhörern gebildet, stellte sie zu jedem Blickkontakt her. *Sie gab eine Anekdote zum Besten!* Allem Anschein nach war sie jetzt, mit fast vierzig Jahren, eine ganz normale, kultivierte Frau geworden, die sich auf gesellschaftlichem Parkett zu bewegen verstand.

Ob es ihr gutes Aussehen war, das ihr so viel Selbstvertrauen schenkte? Sie hatte ein blaues Kleid ausgesucht, das am Ausschnitt und am Saum mit kostbarer Stickerei verziert war. »O Alice, Schätzchen, du hast aber wirklich immer traumhaft schöne Kleider an!«, hatte Kate Harper, die Frau vor dem Lift, geflötet. Ihre gerundeten Vokale wurden mit jedem Drink noch runder, und gegen Mitternacht hörte sie sich an wie die Queen. Alice konnte sie nicht ausstehen.

Gegen ein Uhr früh waren die letzten Gäste gegangen, darunter auch Dominick. Er küsste sie keusch auf die Wange und versprach, am anderen Tag anzurufen. Es schien selbstverständlich, dass er nicht über Nacht blieb. Vielleicht war ihre Beziehung ja noch nicht so weit gediehen. Er war ein sehr netter Mann, und Alice würde ihn ohne Bedenken mit einer Freundin verkuppeln, aber den Gedanken, sich vor ihm auszuziehen, fand sie einfach nur zum Totlachen. Oder war er nur so zurückhaltend gewesen, weil er wusste, dass Elisabeth und Ben bei ihr übernachteten?

Vielleicht hatten sie ein besonders reges Sexualleben.

Alice schauderte.

In gut zwölf Stunden würde sie Nick und die Kinder sehen, und dann würde sich alles wieder einrenken.

Es wurde langsam kalt auf dem Fliesenboden. Alice stand auf und betrachtete ihr schmales, müdes Gesicht im Spiegel.

Wer bist du geworden, Alice Love?

Sie kehrte ins Schlafzimmer zurück, aber an Schlaf, das wusste sie, war sowieso nicht mehr zu denken. Die Antwort war heiße Milch. Das hatte ihr zwar noch nie geholfen, aber das Ritual, sich Milch aufzuwärmen, und das Gefühl, etwas zu tun, was in den Zeitschriften gegen Schlaflosigkeit empfohlen wurde, hatten etwas Beruhigendes. Und außerdem ging die Zeit schneller vorbei.

Die Tür des Gästezimmers war geschlossen, als Alice durch den Flur schlich. Sie war angenehm überrascht gewesen, dass sie ein vollständig eingerichtetes Gästezimmer besaß. (Früher hatten sie hier, wie in einigen anderen Räumen auch, allen möglichen Krempel aufbewahrt.)

»Habe ich Besuch erwartet?«, hatte sie Elisabeth gefragt.

»Das sieht hier immer so ordentlich aus«, hatte ihre Schwester geantwortet. »Du überlässt nichts dem Zufall, Alice.«

Wieder schwang diese Schärfe in ihrer Stimme mit. Alice konnte sich keinen Reim darauf machen. So langsam ging ihr Elisabeth damit auf die Nerven.

Da sie kein Licht gemacht hatte, wäre sie an der Treppe am Ende des Flurs um ein Haar ins Leere getreten. Sie schwankte und konnte sich gerade noch am Handlauf festhalten. Vielleicht wäre es gar nicht schlecht, wenn sie hinunterfiele und sich den Kopf ein zweites Mal anschlüge. Möglicherweise würde das ihr

Erinnerungsvermögen zurückbringen. »Ach ja, stimmt!«, würde sie dann ausrufen. »Natürlich lasse ich mich von Nick scheiden! Natürlich habe ich eine Beziehung mit Dominick! Natürlich sind meine Schwester und meine alte Nachbarin sauer auf mich! Natürlich will ich den größten Zitronenbaiserkuchen der Welt backen! Wir haben 2008, und alles ist ganz fantastisch!«

Eine Hand auf dem Handlauf, ging sie die Treppe hinunter.

Unten sah sie, dass Licht in der Küche brannte.

»Hi«, sagte sie.

Elisabeth stand vor der Mikrowelle. »Oh, hi. Ich mach mir Milch warm. Willst du auch ein Glas?«

»Ja, gern.«

»Helfen tut es allerdings nicht. Ich kann trotzdem nicht schlafen.«

»Ja, mir geht's genauso.«

Alice lehnte sich an die Küchentheke und schaute zu, wie Elisabeth Milch in einen zweiten Becher goss. Sie hatte ein riesiges Herren-T-Shirt an, das wahrscheinlich Ben gehörte. Alice kam sich übertrieben fein in ihrem langen Seidennachthemd vor.

»Wie geht es dir?«, fragte Elisabeth. »Was macht dein Gedächtnis?«

»Unverändert«, erwiderte Alice. »Ich kann mich weder an die Kinder noch an die Scheidung erinnern. Ich weiß nur, dass es etwas mit Gina zu tun hat.«

Elisabeth sah sie überrascht an. »Wie kommst du darauf?«

»Schon in Ordnung, du brauchst mich nicht zu schonen.« Alice winkte ab. »Nick hat eine Affäre mit ihr gehabt, so viel ist mir klar geworden.«

»*Nick* hatte eine Affäre mit *Gina*?«

»Stimmt doch, oder? Anscheinend wissen alle davon.«

»Also, ich höre das zum ersten Mal.« Elisabeth schien ehrlich bestürzt.

»Vermutlich ist er in diesem Moment mit ihr im Bett«, sagte Alice betont lässig.

Die Mikrowelle klingelte, aber Elisabeth achtete nicht darauf. »Das bezweifle ich stark, Alice.«

»Ach ja? Und wieso?«

»Weil Gina tot ist.«

18

»Oh«, machte Alice. Nach einer Pause fuhr sie fort: »Hab ich sie etwa umgebracht? In einem Anfall von rasender Eifersucht? Aber dann wäre ich wahrscheinlich im Gefängnis, oder? Es sei denn, ich hätte mildernde Umstände gekriegt.«

Elisabeth lachte entrüstet auf. »Nein, du hast sie nicht umgebracht.« Ihre Miene verdüsterte sich. »Willst du damit sagen, du *erinnerst* dich daran, dass Nick eine Affäre mit Gina hatte?«

»Nein, nicht direkt«, gab Alice zu. Plötzlich begriff sie, warum alle so mitfühlend reagierten, sooft Ginas Name fiel – weil sie tot war! Sie hatte überhaupt keine Affäre mit Nick gehabt! Alice' Gesicht hellte sich auf. Sie empfand Erleichterung und schuldbewusste Zärtlichkeit für Nick.

Natürlich hast du mich nicht betrogen, Schatz. Ich habe das nie wirklich geglaubt, nicht eine Sekunde lang.

Es hatte also keine Affäre gegeben. Dann war Gina vielleicht ganz nett gewesen. Und es war irgendwie furchtbar, dass sie tot war.

Elisabeth nahm die beiden Milchbecher aus der Mikrowelle, trug sie zum Couchtisch hinüber und schaltete eine Leuchte ein. Die Heliumballons von der Party schwebten immer noch lautlos an der Decke. Auf einem Fensterbrett standen zwei halb leere Gläser Champagner, daneben lag ein Stoß abgenagter Spieße von den Hühnchenkebabs.

Alice setzte sich mit gekreuzten Beinen auf das Ledersofa und zog ihr Nachthemd über ihre Knie. »Wie ist Gina gestorben?«

»Es war ein Unfall«, erwiderte Elisabeth, ohne Alice anzusehen. Sie rührte ihre Milch mit dem Finger um und fügte hinzu: »Ein Autounfall. Vor ungefähr einem Jahr.«

»Hat mich das sehr erschüttert?«

»Sie war deine beste Freundin. Für dich ist eine Welt zusammengebrochen.« Elisabeth nahm einen kräftigen Schluck Milch, setzte ihren Becher aber sofort wieder ab und verzog schmerzlich das Gesicht. »Autsch! Viel zu heiß!«

Eine Welt zusammengebrochen. Was für eine dramatische Redewendung. Alice nippte an ihrer Milch und verbrannte sich ebenfalls die Zunge. Für sie war also eine Welt zusammengebrochen, als diese Frau tödlich verunglückte, aber ihre Scheidung nahm sie offenbar mit großer Gelassenheit hin. Das war wirklich merkwürdig. Sie wusste nicht, wie das war, wenn die Welt für einen zusammenbrach. In ihrem Leben war ihr nie etwas so Furchtbares zugestoßen.

Als ihr Vater starb, war sie sechs Jahre alt gewesen, aber im Grunde hatte sie nichts als Verwirrung empfunden. Von ihrer Mutter wusste sie, dass sie wochenlang einen alten Pullover ihres Vaters nach dessen Tod getragen und sich strikt geweigert hatte, ihn wieder auszuziehen. Sie hatte gebrüllt wie am Spieß und um sich getreten und geschlagen, als Frannie ihn ihr schließlich mit Gewalt über den Kopf zerrte. Alice konnte sich überhaupt nicht mehr daran erinnern. Aber sie wusste noch ganz genau, wie sie am Tag der Beerdigung beim anschließenden Tee von einer der Tennisfreundinnen ihrer Mutter ausgeschimpft worden war, weil sie ihre Finger in den Käsekuchen gebohrt hatte, und wie Elisabeth genau das Gleiche getan, ja, ihre Finger sogar noch tiefer in den Kuchen gesteckt hatte, aber nicht dafür getadelt worden war. Nicht Trauer und Kummer über den Tod ihres Vaters hatte sie im Gedächtnis behalten, sondern die furchtbare Ungerechtigkeit des Käsekuchen-Zwischenfalls.

In der Nacht vor ihrer Hochzeit hatte sie im Bett geweint, weil ihr Dad nicht mehr da war und sie zum Altar führen konnte. Sie hatte die unverhofften Tränen der Nervosität wegen der bevorstehenden Hochzeit zugeschrieben und befürchtet, dass sie nur weinte, weil sie selbst das in dieser Situation von sich erwartete. Schließlich wusste sie ja gar nicht mehr, wie das war, einen Vater zu haben. Sie hatte diesen Gefühlsausbruch aber auch genossen, weil er möglicherweise bedeutete, dass sie sich eben doch noch an ihren Vater erinnern konnte und ihn vermisste. Da hatte sie noch heftiger geweint und daran gedacht, wie er ihr beim Rasieren immer einen großen Klacks samtigen, cremigen Schaums in ihre ausgestreckten hohlen Hände gegeben hatte, damit sie ihn sich ins Gesicht schmieren konnte, und das war so süß, so rührend gewesen, und hoffentlich kriegte die Friseurin am kommenden Morgen ihren Pony richtig hin, sonst sah sie nämlich wie ein Wombat aus und …

Sie brach mitten in diesem Gedankengang ab. Was war sie doch für eine grässlich oberflächliche Person! Da sorgte sie sich tatsächlich mehr um ihre Frisur als um ihren verstorbenen Vater! Irgendwann war sie eingeschlafen, in Emotionen eingemummelt, von denen sie nicht wusste, ob sie sie der Trauer um ihren Vater oder der Sorge um ihre Frisur zuschreiben sollte.

Aber jetzt hatte sie offenbar richtigen Schmerz empfunden, den Schmerz einer Erwachsenen um eine Frau namens Gina.

»Du warst dabei«, sagte Elisabeth ruhig.

»Wie bitte? Wobei?«

»Als der Unfall geschah. Du bist unmittelbar hinter Gina

gefahren. Das muss entsetzlich für dich gewesen sein. Ich mag mir gar nicht vorstellen …«

»War das Ecke Rawson und King Street?«, fiel Alice ihr ins Wort.

»Ja. Kannst du dich wieder erinnern?«

»Nein, nicht wirklich. Aber ich glaube, ich kann mich an meine Gefühle in diesem Moment erinnern. Ich habe schon zweimal eine richtige Panikattacke gekriegt, als ich diese Straßenecke gesehen habe. Das ist wie in einem Albtraum!«

Ob diese Angstzustände jetzt, wo sie die Ursache kannte, aufhören würden?

Sie war sich nicht sicher, ob sie sich wirklich daran erinnern wollte, wie jemand vor ihren Augen ums Leben kam.

Schweigend tranken sie ihre Milch. Alice hob die Hand und zog an einer der herunterhängenden Ballonschnüre. Sie beobachtete, wie der Ballon von einer Seite auf die andere torkelte, und musste wieder an die zu Sträußen gebündelten rosaroten Luftballons denken, die vom Wind in einen grauen Himmel gepeitscht wurden.

»Rosa Luftballons«, sagte sie zu Elisabeth. »Ich erinnere mich an rosa Ballons und ein furchtbares Gefühl von tiefem Kummer. Hat das etwas mit Gina zu tun?«

»Das war auf ihrer Beerdigung«, antwortete Elisabeth. »Du und Michael, ihr Mann, hattet das mit den Luftballons arrangiert, die man dann auf dem Friedhof steigen ließ. Es war wunderschön. Und unsagbar traurig.«

Alice versuchte sich vorzustellen, wie sie sich mit einem gramgebeugten Witwer namens Michael über Luftballons unterhielt.

Michael. Das war der Name, der auf der Visitenkarte in ihrer Brieftasche stand. Michael Boyle, der Physiotherapeut aus Melbourne, musste Ginas Ehemann sein. Deshalb die Anspielung auf »glücklichere Zeiten« auf der Rückseite der Karte. Es gab für alles eine ganz einfache Erklärung.

»Starb Gina, bevor Nick und ich uns trennten?«

»Ja, ungefähr sechs Monate vorher. Du hast ein verdammt schweres Jahr hinter dir.«

»Scheint mir auch so.«

»Tut mir leid«, murmelte Elisabeth.

»Schon in Ordnung.« Alice blickte auf. Sie wollte nicht den Eindruck erwecken, in Selbstmitleid zu baden. »Ich kann mich nicht einmal an Gina erinnern. Oder an die Scheidung.«

»Du solltest wirklich diesen Neurologen aufsuchen«, sagte Elisabeth, aber es klang nicht besonders überzeugt.

Eine Weile schwiegen sie beide. Es war still im Haus, nur aus dem Aquarium war ein gelegentliches Gluckern zu hören.

»Was ist mit den Fischen? Muss ich die eigentlich füttern?«, fragte Alice unvermittelt.

»Keine Ahnung.« Elisabeth zuckte die Schultern. »Ich glaube, das ist Toms Aufgabe. Soviel ich weiß, hat er es nicht gern, wenn sich jemand anderes um das Aquarium kümmert.«

Tom. Der blonde kleine Junge mit der schniefenden Stimme, mit dem sie telefoniert hatte. Alice graute regelrecht vor ihrer Begegnung mit ihm. Er war also für das Aquarium verantwortlich. Er hatte Aufgaben, und er hatte feste Ansichten. Alle drei Kinder würden ihre eigene Meinung haben. Auch über Alice. Vielleicht mochten sie sie nicht einmal sonderlich. Weil sie zu streng war. Oder weil sie sie in Verlegenheit brachte, indem sie die falschen Sachen anzog, wenn sie sie von der Schule abholte. Vielleicht mochten sie Nick lieber. Vielleicht gaben sie ihrer Mutter die Schuld daran, dass er ausgezogen war.

»Wie sind sie denn so?«, fragte sie.

»Die Fische?«

»Nein, die Kinder.«

»Ach so. Oh, sie sind … großartig.«

»Beschreib sie mir. Erzähl mir etwas über ihren Charakter.« Elisabeth machte den Mund auf und klappte ihn wieder zu. Dann sagte sie: »Ich komme mir blöd vor, wenn ich dir etwas über deine Kinder erzählen soll. Du kennst sie doch so viel besser als ich.«

»Aber ich kann mich nicht an sie erinnern! Ich kann mich nicht einmal mehr an ihre Geburt erinnern!«

»Ich weiß. Und trotzdem fällt es mir schwer, das zu glauben. Du siehst aus wie immer! Ich hab das Gefühl, dass du dich jeden Moment wieder an alles erinnern wirst, und dann wirst du mich anfahren und sagen: Ich bitte dich, erzähl *mir* doch nichts über *meine* Kinder!«

Alice verdrehte die Augen. »Du lieber Himmel!«

»Schon gut, schon gut.« Elisabeth hob beschwichtigend beide Hände. »Ich versuch's. Also. Madison ist … na ja, Madison ist …« Sie hielt inne und sagte dann: »Mum könnte das viel besser als ich. Sie sieht die Kinder andauernd. Du solltest sie fragen.«

»Was meinst du damit? Du kennst doch meine Kinder! Ich dachte, niemand kennt sie besser als du. Du hast mir mein allererstes Geschenk für das Baby gekauft. Winzige Söckchen.«

Elisabeth war die Erste gewesen, die Alice angerufen hatte, nachdem sie und Nick jeden einzelnen positiven Schwangerschaftstest auf den Couchtisch gelegt hatten. Elisabeth war furchtbar aufgeregt gewesen, als sie die Neuigkeit gehört hatte, und war mit einer Flasche Champagner (»für Nick und mich, du kriegst nichts davon!«), einem Schwangerschaftsratgeber und den Babysöckchen aufgekreuzt.

»Im Ernst?« Elisabeth zog die Stirn kraus. »Das weiß ich gar nicht mehr.« Sie stellte ihren Becher ab und griff nach dem gerahmten Foto auf dem Beistelltisch. »Als die Kinder noch klein waren, habe ich sie fast jeden Tag gesehen. Ich habe sie abgöttisch geliebt. Natürlich liebe ich sie immer noch. Aber ihr habt nie Zeit, immer habt ihr irgendetwas vor. Die Kinder haben so viele Hobbys. Alle nehmen Schwimmunterricht. Olivia hat Ballettstunden. Tom spielt Fußball und Madison Korbball. Und die vielen Geburtstagspartys! Immerzu hat irgendjemand Geburtstag, dessen Party sie besuchen. Sie führen ein unglaublich aktives Leben. Ich weiß noch, als sie klein waren, wusste ich immer ganz genau, womit ich ihnen zum Geburtstag eine Freude machen konnte. Sie haben meine Geschenke nie behutsam ausgepackt, sondern ungeduldig und in wilder Vorfreude das Papier aufgerissen. Heute muss ich erst dich anrufen und fragen, was sie sich wünschen, und du sagst mir dann, wo ich hingehen und wonach ich fragen muss. Oder du kaufst es gleich selber, und ich gebe dir dann das Geld. Und die Kinder müssen mir jedes Mal eine Dankeschönkarte schreiben. *Liebe Tante Libby, vielen Dank für mein Blablabla.*«

»Eine Dankeschönkarte«, wiederholte Alice langsam.

»Ja, ich weiß, ich weiß, sie sollen Manieren lernen und all so was, aber ich kann diese Dankeschönkarten nicht ausstehen. Ich stelle mir immer vor, wie die Kinder genervt aufstöhnen und zum Schreiben gezwungen werden müssen. Ich komme mir wie ein ältliches Tantchen vor.«

»Oh. Entschuldige, das wollte ich nicht.«

»Nein, nein!« Elisabeth machte eine abwehrende Handbewegung. »O Gott, ich kann nicht glauben, dass ich mich jetzt schon über Dankeschönkarten beklage! Ich bin ein verbitterter alter Drachen geworden. Ist dir das schon aufgefallen?«

»Ich hab eher das Gefühl, dass ich eine …« Alice brach ab. Wie sollte sie die Person beschreiben, die sie offenbar geworden war? Als unausstehlich?

»Egal«, fuhr Elisabeth fort. »Wir waren bei deinen Kindern. Madison ist einfach Madison.« Sie lächelte liebevoll.

Madison ist einfach Madison. Dieser Satz barg eine ganze Welt voller Erinnerungen. Der Gedanke, diese Welt könnte für immer verloren sein, war mehr, als Alice ertragen konnte.

»Mum sagt immer: ›Ich frage mich, woher wir dieses Mädchen haben‹«, fuhr Elisabeth fort.

»Hm«, machte Alice. Viel anfangen konnte sie nicht mit dieser Aussage.

»Na ja, Madison ist immer schon sehr gefühlsbetont gewesen, schon als ganz kleines Kind. Sie kennt nur sehr tiefe Empfindungen. Sie fieberte vor Aufregung, wenn Weihnachten vor der Tür stand, aber kaum war das Fest vorbei, hockte sie schluchzend in einer Ecke, weil sie jetzt wieder ein ganzes Jahr auf Weihnachten warten musste. Tja, was sonst noch? Sie hat immer irgendwelche Unfälle. Letztes Jahr rannte sie durch die Glastüren hier und musste mit zweiundvierzig Stichen genäht werden. Ein Albtraum! Überall Blut. Tom rief einen Krankenwagen, und Olivia fiel in Ohnmacht. Ich hab gar nicht gewusst, dass eine Fünfjährige ohnmächtig werden kann. Aber Olivia kann kein Blut sehen, sie hat panische Angst davor. Das heißt, damals war es so, ich weiß nicht, ob das heute auch noch so ist. Da fällt mir ein, eine Zeit lang wollte sie doch sogar Krankenschwester werden! Als Mum ihr diese Schwesterntracht geschenkt hat, weißt du noch?«

Alice sah sie nur an.

»Entschuldige«, murmelte Elisabeth zerknirscht. »Ich vergesse andauernd, wie furchtbar das für dich sein muss.«

»Erzähl mir mehr über die Rosine – ich meine, Madison«, verbesserte sich Alice rasch.

»Sie kocht gern. Ich nehme jedenfalls an, dass das immer noch so ist. In letzter Zeit ist sie ein bisschen launisch gewesen, glaube ich. Früher erfand sie eigene Rezepte. Und zwar richtig gute. Allerdings sah die Küche hinterher immer aus, als hätte eine Bombe eingeschlagen, und Aufräumen und Saubermachen war nicht unbedingt ihr Ding. Beim Kochen war sie auch ein wenig mimosenhaft. Gelang ihr das Rezept nicht so, wie sie sich das vorgestellt hatte, fing sie an zu heulen. Einmal knallte sie eine dreischichtige Schokoladentorte, die sie stundenlang dekoriert hatte, in den Mülleimer, weil ihr das Ergebnis nicht gefiel. Du bist schier geplatzt vor Wut!«

»Ehrlich?« Alice versuchte, diesen neuen Zug mit ihrem Bild von sich selbst in Einklang zu bringen. Sie wurde nie wütend. Sie war eher der schmollende Typ.

»Ja. Du bist anscheinend extra losgefahren, um die speziellen Zutaten für den Kuchen zu besorgen. Ich kann es dir also nicht verdenken, dass du an die Decke gegangen bist.«

»Das alles hört sich sehr nach den Zicken an«, sagte Alice. Der Gedanke, dass die Gene von Nicks Schwestern in ihre Kinder einfließen könnten, war ihr noch nie gekommen. Sie hatte immer gedacht, ihre Tochter – falls sie eine bekäme – würde eine Miniaturausgabe ihrer selbst werden (vielleicht mit Nicks Augen, um das Ganze ein wenig aufzupeppen), eine neue, verbesserungsfähige Alice.

»Nein, sie ist überhaupt nicht wie die Zicken«, entgegnete Elisabeth mit Bestimmtheit. »Madison ist eben Madison.«

Alice legte ihre Handflächen fest auf ihren Bauch und dachte daran, wie abgöttisch sie und Nick die Rosine geliebt hatten. Es war eine so reine, schlichte, fast narzisstische Liebe gewesen. Jetzt rannte die Rosine durch Glastüren, knallte Kuchen in die Mülltonne und kriegte Alice dazu, dass sie »fast platzte vor Wut«. Das alles war so viel komplexer und chaotischer, als sie sich je hätte vorstellen können.

»Und Tom? Wie ist er so?«

»Er ist ein gescheiter Junge. Und er kann erstaunlich witzig sein. Er ist misstrauisch, ihm kann man nichts vormachen. Er läuft sofort an den PC und sieht im Internet nach. Wenn er sich für etwas begeistert, dann will er alles, wirklich alles darüber wissen. Eine Zeit lang hat er sich für Dinosaurier interessiert. Dann für Achterbahnen. Ich weiß nicht, was er zurzeit besonders toll findet. Er ist auch ein ausgezeichneter Schüler. Er bekommt Preise und ist Klassensprecher. All solche Sachen eben.«

»Das ist schön«, sagte Alice.

»Ja, das muss nach Madison eine ziemliche Erleichterung gewesen sein.«

Alice sah ihre Schwester fragend an. »Wie meinst du das?«

»Na ja, Madison hat immer schon Probleme in der Schule gehabt. Sie war ›verhaltensauffällig‹, wie es so oft heißt.«

»Äh ….«

»Aber ich glaube, du hast mittlerweile alles im Griff. Ich habe jedenfalls schon eine ganze Weile nicht mehr von irgendwelchen Dramen gehört.«

Dramen. Es gab *Dramen* in Alice' Leben.

»Und dann Olivia«, fuhr Elisabeth fort. »Sie ist eins von den Kindern, die alle süß und niedlich finden. Früher, als sie noch ganz klein war und wir sie im Kinderwagen spazieren gefahren haben, blieben die Leute auf der Straße stehen und haben dir Komplimente gemacht. Sogar ernst dreinblickende Geschäftsleute, die zu ihren Terminen hetzten, lächelten Olivia zu, wenn sie sie in ihrem Sportwagen sitzen sahen. Es war, als wäre man mit einem Promi unterwegs. Alle Köpfe drehten sich nach ihr um. Sie ist auch heute noch ein liebes Ding. Wir warten immer noch darauf, dass sie sich in ein kleines Monster verwandelt, aber das ist bisher nicht der Fall. Sie hat ein überaus weiches Herz. Einmal ging sie in der Küche in die Hocke und sagte liebevoll ›Hallo, Kleiner‹, und wir guckten alle, mit wem sie redete, und da sahen wir, dass sie versuchte, eine Küchenschabe zu streicheln. Mum hätte fast der Schlag getroffen!« Elisabeth gähnte ausgiebig. »Du würdest deine Kinder vermutlich anders beschreiben«, fügte sie dann in leicht aggressivem Ton hinzu. »Du bist immerhin ihre Mutter.«

Alice' Gedanken schweiften in die Vergangenheit ab. Sie dachte an ihre allererste Begegnung mit Nick. Es war in einem Kochkurs für thailändische Küche gewesen. Alice' Freundin Sophie war nicht mitgekommen, weil sie sich den Knöchel verstaucht hatte, und so saß Alice in ihrer gestreiften Schürze allein auf dem Barhocker an der langen Holztheke, als Nick mit einer jungen Frau hereinkam, die Alice für seine Freundin hielt. (Später stellte sich heraus, dass es sich um Dora, die zickigste seiner zickigen Schwestern, handelte.) Beide lachten vergnügt, als sie hereinkamen, was Alice, die seit Kurzem wieder unfreiwillig Single war, maßlos auf die Nerven ging. Typisch! Wieder eines dieser glücklichen, fröhlichen Liebespärchen! Alice erinnerte sich, wie ihre Blicke sich getroffen hatten, als Nick sich nach einem freien Platz umschaute. (Dora starrte unterdessen wie gebannt an die Decke, wo es ihr aus irgendeinem Grund der Deckenventilator angetan hatte.) Nick zog fragend seine buschigen Brauen hoch, und Alice lächelte höflich und dachte: Ja, von mir aus, dann setzt euch eben zu mir, ihr Turteltäubchen, damit wir eine langweilige Unterhaltung führen können.

Weiter vorn wären noch zwei Plätze frei gewesen. Hätten ihre Blicke sich nicht getroffen, hätte sie das Fischpastetenrezept, das vor ihr lag, gelesen, oder wäre Sophie zwei Zentimeter weiter links gelaufen, nicht in das Schlagloch getreten und an diesem Abend mit einem verstauchten Knöchel ausgefallen, oder hätten sie statt des Kochkurses das Weinseminar besucht, was sie beinah getan hätten, dann wären diese drei Kinder nie geboren worden. Madison Love. Thomas Love. Olivia Love. Drei kleine Individuen, die ihre eigene Persönlichkeit, ihre eigenen Macken und ihre eigenen Geschichten hatten.

In dem Moment, als Nick Alice angesehen und seine buschigen Brauen hochgezogen hatte, war quasi das Gesuch der drei genehmigt worden: Ja, ja, ja, ihr sollt euer Leben haben!

Alice empfand eine tiefe Freude. Es war schon erstaunlich.

Sicher, in jeder Sekunde kamen eine Milliarde Babys oder so zur Welt, von daher war das nichts Besonderes, aber trotzdem … Müsste das Glück ihnen nicht fast die Brust sprengen, sooft sie ihre Kinder auch nur ansahen? Warum in aller Welt ließen sie sich scheiden?

»Nick und ich streiten uns also um das Sorgerecht für die Kinder?« Der Begriff kam ihr regelrecht exotisch vor, so furchtbar erwachsen war er.

»Nick möchte die Kinder zur Hälfte bei sich haben«, sagte Elisabeth. »Wie er das bei seinem vollen Terminkalender schaffen will, ist uns allerdings ein Rätsel. Und für die Erziehung und Betreuung der Kinder bist bisher vorrangig du zuständig gewesen. Das Ganze ist irgendwie … na ja, es ist eine hässliche Geschichte geworden. Aber wahrscheinlich liegt das in der Natur einer Scheidung.«

»Bin ich denn nach Nicks Ansicht …« Alice brach ab, so wehtat der Gedanke. »Bin ich denn nach Nicks Ansicht keine gute Mutter?« *Konnte es sein, dass sie tatsächlich keine gute Mutter war?*

Elisabeth reckte ihr Kinn, und ihre Augen blitzten. In diesem Moment war sie ganz die alte Elisabeth. »Falls er das denkt, dann irrt er sich ganz gewaltig! Es gibt eine Million Zeugen, die vor Gericht bestätigen werden, dass das Gegenteil der Fall ist. Du bist eine *großartige* Mutter. Mach dir keine Gedanken. Er wird damit nicht durchkommen. Er hat nicht die geringste Chance! Ich weiß nicht, was er damit beweisen will. Ich glaube, er sieht das Ganze als eine Art Machtprobe an.«

Alice freute sich zwar, dass Elisabeth Partei für sie ergriff und sich über Nick empörte, aber andererseits empfand sie automatisch Loyalität Nick gegenüber. Das Dilemma stürzte sie in Verwirrung. Elisabeth hatte Nick immer vergöttert. Wenn Alice und Nick sich gestritten hatten, hielt Elisabeth immer zu Nick.

Er sei ein Traummann, schwärmte sie.

Elisabeth steigerte sich in Wut. »Er ist so was von dumm! Er hat doch keine Ahnung von Kindern! Er kann nicht kochen, und ich bezweifle, dass er jemals die Waschmaschine benutzt hat. Er ist andauernd auf Reisen. Er ist so verdammt ...«

Alice hob eine Hand, um ihre Schwester zum Schweigen zu bringen. Sie mochte es gar nicht, dass sie so über Nick herzog. »Ich vermute, der Gedanke, ein Teilzeitvater zu sein, so wie sein eigener Vater es war, ist ihm zuwider. Er hat es so gehasst, wenn Roger ihn und seine Schwestern abholen kam. Roger hat dann immer auf Teufel komm raus versucht, den Vater zu spielen, du kennst ihn ja, und die Ausflüge mit ihm waren verkrampft und gezwungen, und die Mädchen haben sich nur gezankt und die Gelegenheit genutzt, seine Kreditkarte zu benutzen. Wenn wir in einem Restaurant einen Mann allein mit seinen Kindern sehen, schüttelt sich Nick jedes Mal und sagt: ›Ein geschiedener Vater.‹ Jedenfalls war das früher so, vor zehn Jahren.«

Alice' Stimme war brüchig geworden. »Er nahm sich fest vor, jeden Abend für seine Kinder da zu sein, sich von ihnen erzählen zu lassen, wie es in der Schule gewesen war, und an den Wochenenden mit ihnen das Frühstück zuzubereiten. Er hat viel darüber gesprochen. Es war, als wollte er wiedergutmachen, was in seiner eigenen Kindheit schiefgelaufen war. Ich liebte es, wenn er so redete, weil wir ja auch keinen Vater hatten und Nick mich dadurch auch irgendwie für meine Kindheit entschädigte. Er hatte so bezaubernde, romantische Vorstellungen von uns als Familie. Die hatten wir beide. Ich kann einfach nicht glauben … Ich kann einfach nicht glauben …« Alice' Stimme versagte.

Elisabeth stand auf, setzte sich neben sie und nahm sie unbeholfen in den Arm. »Weißt du«, begann sie zögernd, »vielleicht hat dieser Gedächtnisverlust auch eine gute Seite. Er könnte dir helfen, die Dinge objektiver zu sehen, unbelastet von allem, was in den letzten zehn Jahren geschehen ist. Und diese neue Perspektive wirst du auch dann noch haben, wenn dein Erinnerungsvermögen zurückkehrt, und das wird euch beiden, dir und Nick, helfen, eure Probleme sachlich anzugehen und zu lösen.«

»Und wenn mein Erinnerungsvermögen nun nicht zurückkehrt?«

»Ach was, Unsinn! Natürlich wird es das. Du kannst dich doch jetzt schon an das eine oder andere erinnern.«

»Vielleicht ist mein altes Ich aus der Vergangenheit in die Gegenwart geschickt worden, damit es die Scheidung stoppt«, sagte Alice. »Vielleicht kehrt mein Erinnerungsvermögen erst wieder zurück, wenn ich meine Mission erfüllt habe.«

»So wird's sein!«, rief Elisabeth betont munter aus. Nach einer Pause fuhr sie fort: »Dominick ist übrigens ein netter Mann. Ein wirklich netter Mann.«

Alice dachte daran, wie er sie auf dieser Couch, auf der sie gerade saßen, geküsst hatte. Schuldgefühle stiegen in ihr auf. »Ja, das ist er. Aber er ist nicht Nick.«

»Das stimmt. Ich würde sagen, er ist genau das Gegenteil von Nick.«

Alice fragte sich, wie das gemeint war. War das ein Angriff gegen Nick? Sollte sie empört sein? Sie hatte jedenfalls nicht die Absicht, die Vorzüge und Nachteile der beiden Männer miteinander zu vergleichen, als handelte es sich um zwei Rivalen, die um ihre Zuneigung warben. Nick war ihr Ehemann. Sie wechselte das Thema. »Da wir gerade von Männern sprechen, Ben ist auch ein netter Kerl. Ich mag ihn.«

»Das hört sich an, als hättest du ihn gerade erst kennengelernt. Das ist echt komisch.«

»Was hat er damit gemeint, als er sagte, er habe über unsere Unterhaltung neulich nachgedacht?« Alice sah ihre Schwester scharf an. Sie wusste, dass es sich bei dieser Unterhaltung um ein für Elisabeth heikles Thema gedreht haben musste. Und es war Zeit, die Sache aus der Welt zu schaffen.

»Hmmm.« Elisabeth gähnte und streckte sich. »Willst du auch ein Glas Wasser?«

»Nein, danke.«

»Ich hab einen Mordsdurst.« Sie stand auf und ging in die Küche.

Alice sah ihr nach. Sie fragte sich, ob Elisabeth allen Ernstes so tun würde, als hätte sie die Frage nicht gehört.

Als sie mit dem Glas in der Hand zurückkam, setzte sie sich Alice gegenüber in den Sessel. »Es ist schon ganz schön spät.«

»Libby!«

Elisabeth seufzte resigniert. »Am Donnerstag, also einen Tag vor deinem Unfall, hast du Ben gebeten herzukommen, weil angeblich irgendetwas mit deinem Auto nicht in Ordnung war. Wie sich herausstellte, war das aber nur ein Vorwand, um ihn hierherzulocken.«

Ach du meine Güte! Was hatte sie getan? Alice setzte sich stocksteif hin. Sie spürte, wie ihr die Röte ins Gesicht schoss. Sie hatte sich doch hoffentlich nicht an ihren Schwager rangemacht? (Der Mann war abartig groß! Allein das sollte abschreckend wirken.) Hatte die Trennung von Nick sie etwa um den Verstand gebracht?

»Du hast ihm Bananenmuffins vorgesetzt, frisch aus dem Ofen. Er liebt deine Bananenmuffins.«

O mein Gott!

»Mit viel Butter. Bei mir kriegt er nie Butter zu essen. Seine Cholesterinwerte sind viel zu hoch, weißt du. Ich meine, *du* bist doch die Gesundheitsbewusste.«

Sie hatte ihren Schwager mit Butter verführt! Alice schlug das Herz bis zum Hals.

»Und dann hast du deine kleine Rede gehalten.«

»Kleine Rede?«, echote Alice mit dünner Stimme.

»Ja, dass wir deiner Meinung nach mit der künstlichen Befruchtung aufhören und stattdessen ein Kind adoptieren sollten. Du hattest alles parat, Informationsbroschüren, Antragsformulare, Adressen von Websites. Du hattest alles bereits recherchiert.«

Alice starrte ihre Schwester einige Sekunden lang benommen an. Sie musste erst verarbeiten, was sie gehört hatte. Im Geist hatte sie schreckliche Bilder vor sich gesehen, Bilder von sich selbst, wie sie nach oben ging, um sich »frisch zu machen«, und in einem verführerischen roten Negligé wieder herunterkam.

»Ein Kind adoptieren«, wiederholte sie verwirrt.

»Ja. Du dachtest, wir sollten mal eben in ein Entwicklungsland düsen wie Angelina und Brad und uns ein süßes kleines Waisenkind aussuchen.«

»Das war sehr anmaßend von mir«, sagte Alice ernst, während ihr fast schwindlig war vor Erleichterung, dass sie nicht versucht hatte, ihren Schwager zu verführen. »Ich meine, das geht mich ja nun wirklich nichts an! Wie komme ich dazu, meine Nase in euer Leben zu stecken?«

Andererseits, dachte sie dann, wieso eigentlich nicht? Ein Kind zu adoptieren ist doch gar keine schlechte Idee.

»Ich war stocksauer, das kann ich dir sagen«, fuhr Elisabeth fort. »Als Ben nach Hause kam und mir alles erzählte, habe ich dich sofort angerufen, und wir hatten einen Mordskrach deswegen. Es sei höchste Zeit, dass wir den Tatsachen ins Auge sehen, hast du gemeint.«

»Das habe ich gesagt?«

»Ja.«

»Tut mir leid«, murmelte Alice.

»Schon gut. Du hast es wahrscheinlich gut gemeint. Aber ich hatte das Gefühl, du hältst mich für total verblödet. Als ob *du* es nie so weit hättest kommen lassen. Als ob *du* nie so chaotisch wärst, eine Fehlgeburt nach der anderen zu haben. Als ob … ich weiß auch nicht … als ob ich die ganze Angelegenheit viel zu emotional angehe.«

»Es tut mir leid«, beteuerte Alice noch einmal. »Es tut mir wirklich leid.«

»Du kannst dich ja nicht einmal daran erinnern. Wenn dir alles wieder einfällt, wirst du anders darüber denken. Außerdem hab ich dir ein paar ziemlich hässliche Dinge an den Kopf geworfen.«

»Zum Beispiel?«

»Das werde ich ganz gewiss nicht wiederholen! Ich hab's ja nicht einmal so gemeint. Dank deines Gedächtnisverlusts bin ich jetzt aus dem Schneider.«

Sie schwiegen beide eine Weile. Dann sagte Alice: »Sind Angelina und Brad Freunde von euch?«

Elisabeth schnaubte belustigt. »Ich hab von Brad Pitt und Angelina Jolie gesprochen. Den ganzen Gesellschaftsklatsch hast du offenbar auch vergessen.«

»Ich dachte, Brad Pitt ist mit Gwyneth Paltrow verlobt.«

»Schnee von gestern! Er war in der Zwischenzeit mit Jennifer Aniston verheiratet, von der er aber geschieden ist. Und Gwyneth hat ein Baby bekommen, das sie Apple getauft haben. Das ist kein Witz. Es heißt wirklich so.«

»Oh.« Alice fand es unerklärlicherweise schade, dass Brad und Gwyneth nicht mehr zusammen waren. »Auf den Fotos sahen sie immer so glücklich aus.«

»Auf Fotos sieht jeder glücklich aus.«

»Was ist mit Bill und Hillary Clinton? Sind sie immer noch zusammen?«

»Du meinst, wegen der Lewinsky-Affäre? Ja, die Ehe hat gehalten. Ich glaube, heute denkt kaum noch jemand an die Geschichte von damals.«

Alice sah Elisabeth an und sagte in aufgekratztem Ton: »Wenn ich das richtig verstanden habe, willst du also kein Kind adoptieren?«

Elisabeths Lächeln wirkte gezwungen. »Vor Jahren wäre ich vielleicht noch dazu bereit gewesen, aber für Ben kam das nicht infrage. Er ist grundsätzlich gegen das Adoptieren, aus Überzeugung, weil er selbst adoptiert wurde und seine Mutter ... schwierig ist. Er hat keine schöne Kindheit gehabt. Meine reizende Schwiegermutter erklärte ihm, seine richtige Mutter hätte es sich nicht leisten können, ihn zu behalten. Ben sparte daraufhin jeden Cent, weil er dachte, wenn er hundert Dollar beisammenhätte, könnte er seiner richtigen Mum schreiben, dass er jetzt für sich selbst sorgen könne und ob sie ihn nicht bitte zurückholen würde. An seinem Geburtstag rannte er immer als Erstes zum Briefkasten, weil er hoffte, seine richtige Mum hätte ihm vielleicht doch einmal eine Karte geschickt.« Nach einer kurzen Pause fuhr Elisabeth fort: »Er fand sich hässlich auf seinen Babyfotos – er sah schon komisch aus als Baby – und glaubte, das sei vielleicht der Grund dafür, dass seine leibliche Mutter ihn weggegeben habe. Er dachte, seine Eltern hätten sich einen kleineren, klügeren Sohn gewünscht. Seine ganze Kindheit hindurch hielt er sein Zimmer peinlich sauber, sprach nicht viel und fühlte sich wie ein tapsiger, unbeholfener Besucher in seinem eigenen Zuhause. Der Gedanke daran bricht mir fast das Herz. Du hast vorhin gesagt, Nick habe an seinen Kindern wiedergutmachen wollen, was in seiner eigenen Kindheit schiefgelaufen war. Mit Ben verhielt es sich ganz ähnlich. Er wollte sein eigenes, sein leibliches Kind, jemanden, der ihm ähnlich sah, der seine Augen oder was auch immer hatte. Und ich hatte mich so darauf gefreut, ihm dieses Kind zu schenken. Ich habe mir so sehr gewünscht, es ihm zu schenken.«

»Natürlich hast du das.«

»Deshalb habe ich Bens Ansichten über Adoption immer respektiert.«

»Ja, das kann ich mir vorstellen.«

Elisabeths Lippen verzogen sich zu einem angedeuteten, gequälten Lächeln.

Alice sah sie fragend an. »Was?«

»Am Donnerstag hast du zu Ben gesagt, er müsse darüber hinwegkommen.«

»Worüber?«

»Über seine Abneigung gegen eine Adoption. Eine Menge Leute kämen nicht mit ihren leiblichen Eltern aus, hast du zu ihm gesagt, und das Ganze sei ein reines Glücksspiel, aber ein Kind, das Ben und mich als Eltern bekäme, hätte das große Los gezogen. Übrigens danke für das liebe Kompliment.«

»Schon gut.« Wenigstens hatte sie einmal das Richtige gesagt. »Ben hat mir das sicher übel genommen, oder?«

»Das ist ja das Komische. Als ich gestern vom Lunch nach Hause kam, sagte er, er habe über deine Worte nachgedacht, und er finde, du habest recht. Wir sollten ein Kind adoptieren. Er ist ganz aus dem Häuschen vor Aufregung. Er hat im Internet praktisch alles recherchiert, was es Wissenswertes über dieses Thema gibt. Anscheinend hätte ich vor fünf Jahren nur zu ihm sagen müssen: Du musst darüber hinwegkommen! Stattdessen führe ich dumme Gans diesen Eiertanz um ihn auf, um nur ja nicht an seine traumatische Kindheit zu rühren.«

Alice versuchte sich vorzustellen, wie sie dem hünenhaften Ben erklärte, er müsse »darüber hinwegkommen«, während sie ihn mit Bananenmuffins verwöhnte. (Bananenmuffins. Nach welchem Rezept sie die wohl gebacken hatte? Dann musste sie also auch eine Muffinform besitzen.) Sie hatte Elisabeth nie Vorschriften gemacht, wie sie ihr Leben führen sollte. Elisabeth hingegen hatte ihre eigenen Ansichten darüber, wie Alice *ihr* Leben führen sollte. Doch das war schon in Ordnung, schließlich war sie ja die große Schwester. Und als solche war es ihre Aufgabe, die Vernünftige zu sein, diejenige, die sagte, wo's langging, die ihre Steuererklärung pünktlich abgab, ihr Auto regelmäßig zur Inspektion brachte und erfolgreich im Beruf war. Alice dagegen durfte launisch und ein hoffnungsloser Fall sein und sich über Elisabeths motivierende Poster von Bergen und Sonnenuntergängen lustig machen. Jetzt, wo sie darüber nachdachte, fiel ihr ein, dass es Elisabeth gewesen war, die sie zu diesem Kochkurs für thailändische Küche gedrängt hatte, während Alice lieber ihre Zeit damit vergeudet hätte, diesem zynischen IT-Berater nachzutrauern.

Und jetzt war Alice diejenige, die Druck ausübte.

»Aber das ist doch gut, wenn Ben sich mit dem Gedanken an eine Adoption anfreundet«, sagte sie hoffnungsvoll.

»Nein, das ist es nicht!« Elisabeths Stimme war schneidend geworden. Sie setzte sich kerzengerade hin. Jetzt kommt's, dachte Alice. »Das ist überhaupt nicht gut. Du hast doch keine Ahnung, wovon du redest, Alice.«

»Aber …«

»Jetzt ist es zu spät. Wir haben den Zeitpunkt verpasst. Weißt du eigentlich, wie lange so ein Adoptionsverfahren dauert? Was für ein Hürdenlauf das ist? Man kann sich ein Kind nicht einfach im Internet bestellen. Wir sind nicht Brad und Angelina. Wir müssen durch Reifen springen und etliche Tausend Dollar hinblättern, die wir nicht haben. Das dauert Jahre und ist mit ungeheuren Belastungen verbunden, und es kann alles Mögliche schiefgehen, und ich habe einfach nicht mehr die Kraft dafür! Mir reicht's. Wir wären fast fünfzig, bis wir ein Kind adoptieren könnten. Ich hab einfach keine Lust, mich mit diesen Bürokraten herumzuschlagen und zu versuchen, ihnen darzulegen, warum ich eine gute Mutter wäre und dass wir genug verdienen und blablabla! Ich weiß nicht, woher dieses plötzliche Interesse an meinem Leben kommt, aber ich kann dir sagen, jetzt ist es zu spät dafür.«

»Dieses plötzliche Interesse?«, wiederholte Alice zutiefst gekränkt. Sie hätte sich gern verteidigt, hatte aber keine Fakten zur Hand. Sie konnte es nicht fassen, dass sie sich bisher nicht für Elisabeths Leben interessiert haben sollte. »Willst du damit sagen, dass du mir gleichgültig gewesen bist?«

Elisabeth atmete geräuschvoll aus, fiel in sich zusammen wie ein Luftballon, aus dem die Luft entwich, und ließ sich zurücksinken.

»Nein, natürlich nicht.«

»Warum sagst du dann so etwas?«

»Ach, ich weiß auch nicht. Manchmal ist es mir eben so vorgekommen. Ich ziehe meine Bemerkung zurück, okay?«

»Wir sind doch hier nicht vor Gericht.«

»Ich hab's nicht so gemeint. Außerdem könntest du wahrscheinlich das Gleiche über mich sagen. Ich habe nicht mehr so viel Kontakt mit den Kindern. Ich hätte nach Ginas Unfall mehr für dich da sein müssen. Und nach deiner Trennung von Nick. Aber du bist immer so ... ich weiß auch nicht ... so furchtbar beschäftigt. So ... souverän.« Sie gähnte. »Vergiss es einfach.«

Alice blickte auf ihre seltsam gealterten Hände. »Was ist schiefgelaufen zwischen uns?«, fragte sie ruhig.

Als Elisabeth nicht antwortete, sah Alice auf. Elisabeth hatte ihren Kopf an die Rückenlehne gelehnt und die Augen geschlossen. Sie sah erschöpft und traurig aus.

Nach einer Weile sagte sie, ohne die Augen zu öffnen: »Wir sollten jetzt wirklich wieder ins Bett gehen.«

19

Alice verspürte ein nervöses Kribbeln in der Magengrube, wie vor einer ersten Verabredung. Es war früher Sonntagabend, und jeden Augenblick würde Nick mit den Kindern kommen.

Sie hatte zuerst ein hübsches Kleid mit Blumendruck ausgesucht, sich geschminkt und ihre Haare zu einer mütterlichen Frisur verwuschelt, dann aber entschieden, dass das alles des Guten zu viel war. Normalerweise würde sie sich sicher nicht wie eine Mutti aus den 1950er-Jahren kostümieren. Also war sie wieder nach oben gehetzt, hatte sich das Kleid heruntergerissen und ihr Make-up vom Gesicht geschrubbt. Dann zog sie eine Jeans und ein weißes T-Shirt heraus und glättete sich die Haare. Abgesehen von Nicks Armband und ihrem Trauring, den sie zusammen mit Granny Loves Verlobungsring ganz hinten in einer Schublade gefunden hatte, legte Alice keinen Schmuck an. Sie fragte sich, warum sie ihren Verlobungsring nicht zurückgegeben hatte. Riss man sich nicht den Ring vom Finger und schleuderte ihn dem Mann wutentbrannt ins Gesicht, wenn man die Absicht hatte, sich scheiden zu lassen?

Als sie sich umgezogen hatte, betrachtete sie sich im Schlafzimmerspiegel. So war es besser. Sie sah natürlich und lässig aus. Auch wenn ihr Gesicht sehr blass war und sie ihrem Gefühl nach sehr alt aussah, widerstand Alice der Versuchung, sich zu schminken. An einem Sonntagabend zu Hause trug sie normalerweise bestimmt kein Make-up.

Elisabeth und Ben waren schon einige Stunden zuvor nach Hause gefahren. Als sie fort waren, kam Alice plötzlich der Gedanke, dass diese drei Kinder, *ihre* Kinder, vermutlich Hunger hatten, wenn sie nach Hause kamen. Sie hatte ihre Mutter angerufen und gefragt, was sie kochen sollte, sie würde ihnen gern ihr Lieblingsgericht zubereiten, hatte sie hinzugefügt. Barb hatte sich geschlagene zwanzig Minuten lang über die Essgewohnheiten jedes einzelnen Kindes, über seine Vorlieben und Abneigungen ausgelassen. »Weißt du noch, als Madison ihre vegetarische Phase hatte? Natürlich zur selben Zeit, als Tom sich strikt weigerte, irgendein Gemüse zu essen. Und Olivia konnte sich nicht entscheiden, ob sie ausschließlich Grünzeug essen wollte, so wie Madison, oder überhaupt kein Grünzeug, so wie Tom! Du hast jeden Tag die Krise gekriegt, wenn es Zeit zum Kochen war!«

Nachdem Alice eine ganze Weile hin und her überlegt hatte, entschied sie schließlich, dass selbst gemachte Hamburger die beste Lösung wären. »Du hast doch dieses gesunde Rezept aus deinem Kochbuch von der Herzstiftung. Erst letzte Woche hast du zu mir gesagt, dir kommen die Hamburger bald schon zu den Ohren raus, aber die Kinder sind ganz wild darauf. Das weißt du doch sicher noch, nicht wahr, Schatz? Das war doch erst letzte Woche!«

Alice hatte das Kochbuch gefunden. Es hatte sich von ganz allein an der richtigen Stelle aufgeblättert. Die Seite mit dem Rezept war voller Fettspritzer und Essensflecken. Sämtliche Zutaten, die sie dafür brauchte, fanden sich im Kühlschrank und in der Vorratskammer, die beide erstaunlich gut bestückt waren. Aus den Vorräten hätte man Essen für einige Hundert Kinder zubereiten können. Jedenfalls kam es Alice so vor. Als sie das Hackfleisch für die Hamburger vorbereitete, bemerkte sie, dass sie das Kochbuch gar nicht brauchte. Sie wusste ganz von allein, was hineingehörte: Sie raspelte zwei Möhren und eine Zucchini in das Fleisch, gab zwei Eier dazu und vermengte alles miteinander. Die fertige Masse stellte sie zurück in den Kühlschrank, nahm Brötchen zum Auftauen aus dem Tiefkühlfach und machte dann einen grünen Salat.

Ob die Kinder überhaupt grünen Salat aßen? Wenn nicht, würden sie und Nick ihn eben essen. Er würde doch sicher zum Essen bleiben, oder? Er würde doch nicht einfach die Kinder absetzen und wieder gehen? Alice hatte das ungute Gefühl, dass es aber genau das war, was geschiedene Eltern taten. Schön, dann würde sie ihn eben bitten zu bleiben. Ihn anflehen, falls nötig. Man durfte sie auf keinen Fall mit den Kindern allein lassen. Das war zu gefährlich. Sie kannte sich doch gar nicht aus mit Kindern. Wuschen sie sich zum Beispiel selbst? Las sie ihnen Geschichten vor? Oder sang sie mit ihnen? Wann mussten sie ins Bett? Und was sollte sie tun, wenn sie sich weigerten?

Als sie in ihren Jeans wieder nach unten ging, sah sie sich in ihrem wunderschönen, blitzsauberen Haus um. Zur Mittagszeit waren zwei mit Mopps und Eimern bewaffnete Putzfrauen gekommen, hatten sich erkundigt, ob es eine schöne Party gewesen sei, und die Staubsauger eingeschaltet. Während sie aufwischten und staubsaugten und alles auf Hochglanz brachten, war Alice peinlich berührt durchs Haus getappt und hatte nicht gewusst, was sie tun sollte. Den Putzfrauen helfen? Ihnen nicht im Weg herumstehen? Sie beaufsichtigen? Die Wertsachen verstecken? Als sie fertig waren, hatte Alice ihren Geldbeutel bereitgehalten, aber sie hatten kein Geld verlangt, sondern ihr mit den Worten »Dann bis Donnerstag zur gewohnten Zeit!«

fröhlich zugewinkt und waren gegangen. Alice hatte die Tür hinter ihnen zugemacht, den Geruch von Möbelpolitur tief eingeatmet und gedacht: Ich bin eine Frau mit Swimmingpool, Klimaanlage und Putzhilfen!

Als sie sich jetzt in ihrer Küche umschaute, fiel ihr Blick auf das Weinregal. Sie beschloss, eine Flasche aufzumachen, damit der Wein atmen konnte, bis Nick da war. Sie suchte eine Flasche aus. Als sie den Korkenzieher ansetzen wollte, bemerkte sie, dass die Flasche keinen Korken, sondern einen ganz gewöhnlichen Schraubverschluss hatte. Das war ja merkwürdig! Sie schraubte den Deckel ab, und der Duft des Weins stieg ihr in die Nase. Sie schenkte sich ein großes Glas ein, hielt es sich an die Nase und schnüffelte. Ein Teil von ihr dachte: Was tust du denn da, du dumme Kuh? Und ein anderer Teil dachte: Mmmm.

Brombeeren!

Es war ein ausgesprochen süffiger Wein. Sie spürte, wie er ihr die Kehle hinunterrann, und sie fragte sich unwillkürlich, ob sie zur Alkoholikerin geworden war. Es war ja noch nicht einmal sechs Uhr. Und sie hatte nie viel Wein getrunken. Aber diesen Wein zu trinken fühlte sich richtig und vertraut an, auch wenn es ihr auf der anderen Seite falsch und merkwürdig vorkam. Hatte Nick sie deswegen verlassen und kämpfte um das Sorgerecht für die Kinder? Weil sie eine Trinkerin geworden war? Eine heimliche Trinkerin. Nur Nick und die Kinder wussten von ihrem schrecklichen Geheimnis. Dann würde sie sich eben Hilfe suchen müssen, um von ihrer Sucht loszukommen. Sie trank noch einen großen Schluck. Vielleicht sollte sie zu den Anonymen Alkoholikern gehen und deren Zwölf-Punkte-Programm absolvieren, damit sie nie wieder einen Tropfen anrührte.

Alice nahm einen weiteren kräftigen Schluck und trommelte mit den Fingern auf der Arbeitsfläche. Nicht mehr lange, dann würde sie Nick wiedersehen, und alles würde sich aufklären. Obwohl es unlogisch war, hatte sie das starke Gefühl, dass ihre Erinnerungen vollständig in dem Moment zurückkehren würden, da sie Nicks Gesicht sah.

Sie dachte an Dominick, der am Nachmittag mit heißer Schokolade und kleinen Polentakuchen aus dem Straßenverkauf vorbeigekommen war. (Alice ahnte, dass sie beides wohl besonders gern mochte, und hatte sich entsprechend entzückt gezeigt.) Sie hatte selbst gestaunt, wie sehr sie sich über seinen Besuch gefreut hatte. Ob das an seiner leichten Nervosität lag, die ihn in ihrer Gegenwart überkam? Er gab ihr das Gefühl, regelrecht vergöttert zu werden. Nick liebte sie zwar auch abgöttisch, aber sie liebte ihn auf die gleiche Weise, sodass ihre Liebe sich die Waage hielt. Mit Dominick verhielt es sich anders. Bei ihm hatte sie das Gefühl, dass jedes Wort, das sie sagte, etwas ganz Besonderes war.

»Was macht dein … Erinnerungsvermögen heute?«, hatte er sich höflich erkundigt, als sie auf der hinteren Veranda ihre Schokolade getrunken und den Kuchen gegessen hatten.

»Oh, ein klein wenig besser, denke ich«, hatte Alice geantwortet. Die Leute hörten es gern, wenn Kranke Fortschritte machten.

Jasper war anscheinend bei »seiner Mutter«. Dominick war also auch ein geschiedener Vater. Wie merkwürdig das alles war! Wäre es nicht viel einfacher, wenn jeder bei dem Partner bliebe, den er ursprünglich einmal geheiratet hatte?

Die Scheidung war folglich etwas, das sie gemeinsam hatten. Ein Gedanke durchzuckte Alice. »Haben wir jemals über Nick gesprochen und warum wir uns getrennt haben?«

Dominick streifte Alice mit einem sonderbaren Seitenblick. »Ja.«

Aha!

»Könntest du mir vielleicht eine kurze Zusammenfassung geben?«, bat sie leichthin, bemüht, sich nicht anmerken zu lassen, wie verzweifelt sie die Antwort hören wollte.

»Du erinnerst dich nicht, warum ihr euch getrennt habt?«, fragte er langsam.

»Nein! Ich konnte es gar nicht glauben! Ich war total schockiert!«

Die Worte waren schon aus ihr herausgesprudelt, als ihr klar wurde, wie verletzend sie für jemanden sein mussten, der hoffte, eine Beziehung zu ihr aufbauen zu können.

Dominick fuhr sich durchs Haar. »Na ja … Ich kenne natürlich nicht alle Einzelheiten, aber … er – Nick – war anscheinend mit seinem Beruf verheiratet. Er war viel auf Reisen, und er arbeitete bis spät nachts, und irgendwann habt ihr euch wohl auseinandergelebt. So hast du es ausgedrückt, glaube ich. Tja, so ist es eben passiert. Und dann kamen … noch sexuelle Probleme dazu. Du hast einmal erwähnt …« Dominick hustete und verstummte.

Sex? Sie hatte mit diesem Mann über ihr Sexleben gesprochen? Das war ein unverzeihlicher Verrat an Nick. Und was bitte schön sollte das heißen: *sexuelle Probleme*? Ihr Sexleben war prickelnd, unterhaltsam, zärtlich und hochgradig befriedigend.

Es hatte sie peinlich berührt, Dominick über Sex sprechen zu hören. Er war einfach zu nett, zu erwachsen und zu anständig. Sogar jetzt, als Alice nur daran zurückdachte, spürte sie, wie ihr die Hitze ins Gesicht stieg.

Dominick schien das Ganze nicht weniger peinlich gewesen zu sein. Er hatte sich so oft geräuspert, dass Alice ihm ein Glas Wasser geholt hatte. Kurz darauf hatte er sich mit den Worten, sie solle auf sich aufpassen, verabschiedet. Und an der Haustür hatte er sie unversehens in seine Arme genommen, sie kurz an sich gezogen und ihr ins Ohr geflüstert: »Du bedeutest mir sehr viel.« Dann war er davongeeilt.

Weitergebracht hatte sie das alles nicht. Sie hatten sich auseinandergelebt, weil Nick bis spätnachts arbeitete. Was für ein grauenhaftes Klischee. Daran mochten andere Ehen zerbrechen, aber doch nicht ihre! Sie hätten eine Lösung gefunden, hätten die Zeit, die ihnen geblieben wäre, einfach besser genutzt, wenn Nick tatsächlich so viel zu tun hatte.

Alice sah ihr Weinglas an, das inzwischen fast leer war. Ob ihre Lippen und Zähne vom Wein rot verfärbt waren? Sie hatte keine Lust, wie ein Vampir auszusehen, wenn sie Nick und den Kindern öffnete. Sie eilte zum Spiegel in der Diele und betrachtete sich prüfend. Nein, Lippen und Zähne waren makellos. Nur ihre Augen blickten leicht gehetzt und irre, und sie sah immer noch schrecklich alt aus.

Auf dem Weg zurück in die Küche blieb Alice vor dem grünen Zimmer stehen, das nicht mehr grün war. Der kleine, vom Flur aus zugängliche Raum war ursprünglich in einem grellen Limonengrün gestrichen gewesen. Es war von einem geschmackvollen Beige abgelöst worden. Alice lehnte sich an den Türrahmen. Sie vermisste das alte Grün. Jeder, der es gesehen hatte, hatte gelacht und sich die Augen zugehalten. Natürlich hatte es nicht bleiben können. Aber trotzdem. Das Haus war buchstäblich perfekt. Doch statt prickelnder Freude empfand Alice jetzt ein Gefühl von Niedergeschlagenheit.

Aus dem grünen Zimmer war wie geplant ein Arbeitszimmer geworden. Auf einem Schreibtisch standen ein Computerbildschirm und eine Tastatur, Bücherregale zogen sich an den Wänden entlang. Alice ging hinein, setzte sich an den PC, griff mechanisch hinunter und drückte einen runden silberfarbenen Knopf an einem schwarzen Kasten auf dem Fußboden. Der PC begann zu summen. Als sie einen weiteren Knopf am Monitor drückte, erschien eine weiße Schrift auf blauem Hintergrund:

Zum Starten Benutzernamen anklicken. Sie sah vier Icons:

Alice, Madison, Tom, Olivia. (Hieß das, dass auch die Kinder den Computer benutzten? Waren sie nicht noch zu klein für so was?) Sie klickte auf »Alice«. Ein Farbfoto füllte den Monitor aus, ein Foto der drei Kinder, wie sie, dick eingemummt in Parkas und Schals, auf einem Schlitten einen verschneiten Hang hinuntersausten. Madison saß hinten, Tom in der Mitte, Olivia vorn. Madison hielt das Seil zum Lenken des Schlittens. Alle drei hatten den Mund weit aufgerissen, so als ob sie lachten oder kreischten, und ihre Augen waren riesengroß vor Aufregung und fröhlicher Ausgelassenheit.

Alice griff sich mit der Hand an den Hals. Wie wunderschön die drei waren! Sie wünschte sich nichts sehnlicher, als sich an diesen Tag im Schnee erinnern zu können. Den Blick unverwandt auf das Foto geheftet, glaubte sie eine Sekunde lang, wie von fern Kindergeschrei zu hören, eine eiskalte Nase und taube Fingerspitzen zu spüren ... Doch als sie die Erinnerung festzuhalten versuchte, schlüpfte sie wieselflink davon.

Alice atmete tief durch und klickte dann auf ein Icon, unter dem »E-Mail« stand. Ein Passwort wurde verlangt.

Schon gaben ihre Finger automatisch und für sie völlig unerklärlich das Wort OREGANO ein.

Was war das denn? Doch anscheinend vermochte sich ihr Körper besser zu erinnern als ihr Verstand, denn das Foto löste sich gehorsam auf. Stattdessen flatterte ein Briefumschlag über den Bildschirm und dazu die Worte: *Sie haben sieben neue Nachrichten.*

Wie war sie bloß auf die Idee gekommen, ein Gewürz als Passwort auszuwählen?

Eine E-Mail stammte von Jane Turner. In der Betreffzeile stand: Was macht der Kopf? Eine weitere Nachricht war von Dominick Gordon (*Wer?* Ach so, ja. Ihr *Freund.*) mit der Betreffzeile: Nächstes Wochenende? Die Namen der fünf anderen

Absender sagten ihr nichts; in allen Betreffzeilen stand dasselbe: Muttertagsmegabaiser.

Muttertagsmegabaiser. Alice konnte nur mühsam ein spöttisches Schnauben unterdrücken. So etwas hätte Elisabeth – die alte, energiegeladene Elisabeth – organisiert, aber doch nicht sie.

Auch eine E-Mail von Nick Love war dabei. Sie stammte von Freitag, dem Tag, an dem sie gestürzt war, und hatte keinen Betreff. Alice klickte sie an und las:

Von jetzt an wird sich so manche Tradition zwangsläufig ändern, meinst du nicht? So ein Schwachsinn! Weihnachten wird nie mehr so sein, wie es einmal war, ganz egal, was wir machen. Du kannst doch nicht allen Ernstes erwarten, dass du die Kinder am Morgen des Heiligen Abends hast UND am Abend, sodass ich sie irgendwann am Nachmittag bloß fünf Scheißminuten lang zu sehen kriege. Wieso sollen sie Heiligabend nicht bei Ella verbringen, wo sie so gern mit ihren Cousins zusammen sind? Kannst du zur Abwechslung nicht mal an die KINDER denken statt an dich?

Immer muss sich alles um DICH drehen. Wie üblich.

PS: Bitte sorg dafür, dass sie ihre Badesachen fürs Wochenende einpacken. Wenn ich zurück bin am Sonntag, will ich mit ihnen ins Aquatic Centre gehen.

PPS: Gestern Abend haben mir zwei meiner Schwestern am Telefon die Ohren vollgeheult wegen Granny Loves Ring. Nimm doch bitte Vernunft an! Du hast den Ring doch sowieso kaum getragen. Falls du daran denken solltest, ihn zu verkaufen, wärst du wirklich tief gesunken. Sogar für deine Verhältnisse.

Alice war, als hätte ihr jemand in den Magen geboxt. Sie rang buchstäblich nach Luft. *Sogar für deine Verhältnisse.* Diese Kälte. Diese Bösartigkeit. Dieser Hass.

Sie konnte nicht glauben, dass diese Zeilen von demselben Mann geschrieben waren, der Tränen in den Augen hatte, als sie seinen Heiratsantrag annahm; der sie übermütig aufs Bett warf, ihre Haare hochschob und ihren Hals küsste; der ihr beim Fernsehen sagte, wann sie die Augen wieder aufmachen konnte, weil die blutrünstige Szene vorbei war; der ihr beim Duschen alle Strophen von *Living next door to Alice* vorsang.

Wieso weigerte sie sich eigentlich, Granny Loves grässlichen Ring zurückzugeben? Er war ein Familienerbstück. Es verstand sich von selbst, dass sie ihn der Familie Love zurückgab.

Sie scrollte nach unten und sah, dass Nicks Nachricht Teil einer Auseinandersetzung war, die sich seit Tagen hinzog.

Sie selbst hatte ihm erst drei Tage zuvor eine Mail geschickt.

Die Kinder sollten dieses Jahr an Heiligabend in ihrem eigenen Bett aufwachen. In diesem Punkt lasse ich nicht mit mir reden. Sie haben schon genug Vertrautes verloren, deshalb möchte ich wenigstens an Weihnachten an den gewohnten Ritualen und Traditionen festhalten – ihnen den Sack mit Geschenken ans Fußende des Bettes stellen usw. Das Ganze ist doch nur eine Machtprobe für dich. Dir geht es nur ums Gewinnen. Meinetwegen kannst du dich gern so fühlen, als hättest du mich kleingekriegt, solange die Kinder nicht dafür büßen müssen. Da fällt mir ein, ich habe dich schon mindestens zweimal gebeten, die Kinder, besonders Olivia, übers Wochenende nicht mit Bergen von Junkfood vollzustopfen. Es gibt dir sicher das Gefühl, ein toller Vater zu sein, wenn du ihnen jeden Wunsch von den Augen abliest, aber nach einem Wochenende mit dir sind sie montags immer müde und schlecht gelaunt, und ich bin diejenige, die es ausbaden muss.

Es war erst Mai! Wieso stritten sie sich jetzt schon darüber, was an Weihnachten sein würde? Alice hatte das Gefühl, eine Betrügerin hätte ihr Leben für sie gelebt. Sie war bestürzt über ihren selbstgerechten, verächtlichen Ton.

Als sie weiter nach unten scrollte, sprangen ihr weitere bittere Worte, verletzende Sätze ins Auge.

Darf ich dich daran erinnern …

Du bist ja so was von engstirnig …

Tu doch nicht so scheinheilig …

Du hast sie ja nicht mehr alle, wenn du glaubst …

Was ist eigentlich LOS MIT DIR?

Können wir die Sache nicht wie zwei vernünftige Menschen angehen?

Du bist doch derjenige, der …

Der Kies in der Auffahrt knirschte, Scheinwerfer streiften an der Hauswand entlang. Ein Auto hielt in der Einfahrt. Alice stand auf, ihr Herz hämmerte wie verrückt. Sie fuhr sich mit den Fingern durch die Haare, als sie durch den Flur zur Haustür wankte. Sie wünschte, sie hätte sich geschminkt, bevor sie diesem Mann, der sie scheinbar hasste, gegenübertrat.

Autotüren wurden zugeknallt. Ein Kind quengelte: »Aber das ist nicht fair, Dad!«

Alice öffnete die Haustür. Ihre Beine zitterten so sehr, dass sie fürchtete, gleich zusammenzubrechen. Vielleicht wäre das gar nicht so schlecht.

»*Mummy!*« Ein kleines Mädchen sauste die Treppe herauf auf sie zu, warf ihre Arme um Alice und prallte mit dem Kopf gegen ihren Bauch. Ihre Stimme klang gedämpft, weil sie in Alice' T-Shirt nuschelte: »Geht es deinem Kopf wieder besser? Hast du meine Karte bekommen? Wie war das, als du im Krankenhaus geschlafen hast?«

Alice drückte das Mädchen stumm an sich. Sie brachte kein Wort hervor.

Ich kann mich nicht einmal daran erinnern, wie ich mit dir schwanger war.

»Olivia?«, krächzte sie schließlich und legte ihre Hand auf den verwuschelten weißblonden Lockenkopf. Die Kleine hatte Sand in den Haaren, der krumme Scheitel legte rosarote Kopfhaut frei. Ihre Haare waren seidenweich, aber sie hatte einen harten Schädel, und als sie aufschaute, blickte Alice in ein unsagbar schönes Gesicht: glatte, mit zimtfarbenen Sommersprossen überstäubte Haut und riesige, dunkel bewimperte blaue Augen.

Es waren ihre eigenen Augen, die zu ihr aufblickten, und doch auch wieder nicht, denn sie waren größer und eindeutig schöner als ihre eigenen. Alice wurde schwindlig.

»O Mummy«, sagte Olivia mitleidig, »bist du immer noch ein bisschen krank? Arme, liebe Mummy. Ich weiß was! Ich werde dein Herz abhorchen und deine Krankenschwester sein! Au ja!«

Schon war sie ins Haus gestürmt. Die Fliegentür fiel hinter ihr zu, man hörte eilige Schritte durch den Flur tappen.

Alice schaute auf und sah, dass Nick sich über den Kofferraum eines schicken silbergrauen Wagens gebeugt hatte.

Als er sich wieder aufrichtete, hatte er beide Arme voller Rucksäcke und nasser Strandtücher.

»Hi«, sagte er.

Alice fragte sich, wo seine Haare geblieben waren. Erst als er näher kam, sah sie, dass sie vollständig grau geworden und nur wenige Millimeter lang waren. Sein Gesicht war schmaler, sein Körper hingegen fülliger geworden, seine Schultern waren breiter, sein Bauch dicker. Er hatte Krähenfüße in den Augenwinkeln. Das grüne T-Shirt und die Shorts, die er trug, hatte sie noch nie gesehen. Natürlich nicht, aber merkwürdig war es trotzdem.

Er kam die Treppe herauf und blieb vor ihr stehen. Sie schaute zu ihm auf. Obwohl er anders und fremd aussah, war er im Wesentlichen immer noch der Nick, den sie kannte. Vergessen war alles, was sie gerade in ihren E-Mails gelesen hatte, vergessen war seine Aggressivität während ihres Telefonats. Sie empfand nichts weiter als reine, kindliche Freude über seine Heimkehr nach einer langen Reise. Sie strahlte ihn an.

»Selber hi.«

Sie machte einen Schritt auf ihn zu. Nick wich einen Schritt zurück, ganz mechanisch, wie es schien, so als wäre sie ein lästiges Insekt, dem er ausweichen wollte. Seine Augen waren ausdruckslos und fixierten einen Punkt irgendwo auf ihrer Stirn.

»Wie geht es dir?«, fragte er in dem frostigen Ton, den er anschlug, wenn unfähige Geschäftsleute seine Zeit vergeudeten.

»Mummy! Du hättest die Welle sehen sollen, die ich heute genommen habe! Die war bestimmt sechs Meter hoch! Die war so hoch wie das Dach da! Schau mal! Nein, Mummy, das Dach dort, siehst du? Genauso hoch war sie. Vielleicht ein paar Zentimeter weniger. Dad hat ein tolles Foto gemacht! Zeig Mummy das Foto, Dad. Kannst du es ihr mal zeigen?«

Das war also Tom. Er trug lange Boardshorts und eine Kappe, die er jetzt abnahm. Er fuhr sich mit der Hand kräftig über den Kopf und verstrubbelte sich die Haare, die genauso weißblond waren wie die Olivias. Nick hatte als Kind genau die gleiche Haarfarbe gehabt. Tom war hager und braun gebrannt und muskulös. Er hatte die Figur eines Teenager-Wellenreiters in Miniaturformat. Ach du großer Gott! Er hatte Rogers Nase! Das war eindeutig Rogers Nase. Alice hätte beinah laut herausgelacht. Rogers Nase in diesem lebhaften Kleinjungengesicht. Am liebsten hätte sie Tom in die Arme genommen, aber sie war sich nicht sicher, ob das eine passende Geste gewesen wäre.

Stattdessen sagte sie: »Ja, zeig mir das Foto, Nick!«

Vater und Sohn starrten sie an. Etwas an ihrem Ton hatte sie offenbar irritiert. War er zu flapsig gewesen?

»Du hörst dich ein bisschen merkwürdig an, Mummy«, sagte Tom. »Hast du im Krankenhaus am Kopf genäht werden müssen? Ich hab Tante Libby gefragt, ob du einen Hirntumor hast, aber sie hat gesagt, nein, ganz sicher nicht. Ich hab einen Lügendetektortest mit ihr gemacht.«

»Es ist ganz sicher kein Hirntumor«, versicherte Alice ihm. »Ich bin nur unglücklich gefallen.«

»Ich hab einen Bärenhunger«, seufzte Tom.

»Es gibt Hamburger zum Abendessen.«

»Nein, ich meine, ich hab jetzt einen Bärenhunger.«

»Ach so.«

Ein Mädchen kam auf die Veranda herauf. Sie ließ das nasse Handtuch in ihrer Hand auf den Boden fallen, stemmte die Hände in die Seiten und sagte: »Hast du gerade gesagt, es gibt *Hamburger* zum Abendessen?«

»Ja«, antwortete Alice.

Madison. Die Rosine. Die zwei blauen Linien auf den vielen Schwangerschaftstests. Der Herzschlag auf dem Monitor. Das geheimnisvolle, unsichtbare Wesen, das durch eine Klopapierrolle Nicks Stimme gelauscht hatte.

Madison hatte sehr helle, beinah durchsichtige Haut. Am

Hals hatte sie einen zornigen roten, sonnenverbrannten Fleck, in dem man helle Fingerabdrücke erkennen konnte, so als hätte jemand vorzeitig damit aufgehört, das Sonnenschutzmittel aufzutragen. Ihre glatten, dunkelbraunen Haare fielen ihr in die Augen, und sie hatte wunderschöne kräftige weiße Zähne. Ihre Augen hatten die gleiche Form wie die von Nick, aber eine dunklere, sehr ungewöhnliche Farbe; ihre Brauen erinnerten Alice an jemanden. Nach einer Sekunde fiel es ihr ein: Elisabeth hatte als Kind auch solche Brauen gehabt, an den Enden leicht nach oben gezogen, wie die von Mr. Spock. Madison war kein süßer Fratz wie Olivia, sie war auch nicht zum Knuddeln wie Tom. Sie hatte einen kräftigen, stämmigen Körper. Ihre Unterlippe stand schmollend hervor. Aber eines Tages, dachte Alice, eines Tages wird eine hinreißende Schönheit aus dir werden, meine geliebte Rosine.

»Du hast es mir *versprochen*«, sagte die Rosine anklagend zu Alice. Ihre Augen blitzten zornig. Sie war Furcht einflößend.

Sie nötigte Alice Respekt ab.

»Was hab ich dir versprochen?«

»Dass du alle Zutaten für die Lasagne besorgen würdest, die ich heute Abend machen wollte! Ich hab gleich gewusst, dass du das nicht tun würdest! Warum versprichst du etwas, wenn du es sowieso nicht halten willst?« Diesen letzten Satz unterstrich sie, indem sie rhythmisch mit dem Fuß aufstampfte.

»Sei nicht so frech, Madison«, wies Nick sie zurecht. »Deine Mutter hat einen Unfall gehabt. Sie musste über Nacht im Krankenhaus bleiben.«

Alice hätte fast gelacht über Nicks strengen Ton. Madison schob trotzig ihr Kinn vor, ihre Augen sprühten. Sie stürmte ins Haus und knallte die Fliegentür hinter sich zu.

»Mach gefälligst die Tür anständig zu!«, rief Nick ihr nach.

»Und hol dein Handtuch!«

Keine Antwort. Madison kam nicht wieder heraus.

Nick zog seine Unterlippe zwischen die Zähne, seine Nasenflügel blähten sich. Diesen Gesichtsausdruck hatte Alice noch nie an ihm gesehen. »Geh ins Haus, Tom«, sagte er. »Ich möchte mit deiner Mutter reden. Nimmst du bitte Madisons Handtuch mit?«

Tom, der an der Hausmauer stand und mit den Fingerspitzen an den Backsteinen entlangfuhr, sagte: »Wie viele Backsteine hat das ganze Haus wohl, was meinst du, Dad?«

»Tom!«

Tom seufzte theatralisch, hob dann aber Madisons Handtuch auf und trottete ins Haus.

Alice atmete tief durch. Sie konnte sich beim besten Willen nicht vorstellen, rund um die Uhr mit diesen drei Kindern zusammen zu sein. Sie hatte sich bisher nie ausgemalt, wie es sein würde, wenn sie sprächen. Alle drei summten und knisterten regelrecht vor Energie. Ihre Persönlichkeiten befanden sich unmittelbar an der Oberfläche, lagen ganz frei da, ohne den schützenden Firnis des Erwachsenseins.

»Die Rosine«, begann Alice, wusste aber nicht weiter. Ihr fehlten die Worte. Madison war nicht mit Worten zu fassen.

»Wie bitte?«, sagte Nick leicht befremdet.

»Die Rosine … Ich hätte mir nie träumen lassen, dass sie einmal so wird, so … so … Ich weiß auch nicht.«

»Die Rosine?« Er hatte offenbar keine Ahnung, wovon sie sprach.

»Als ich mit Madison schwanger war, haben wir sie immer die Rosine genannt, weißt du nicht mehr?«

Er zog die Stirn in Falten. »Nein, daran erinnere ich mich nicht. Was ich sagen wollte: Könnten wir uns vielleicht irgendwie wegen Weihnachten einigen?«

»Ach so, das.« Sie dachte an die vielen bösen E-Mails und

hatte auf einmal einen schlechten Geschmack im Mund. »Wieso reden wir eigentlich jetzt schon über Weihnachten? Es ist doch erst Mai!«

Er starrte sie an, als ob sie den Verstand verloren hätte.

»Wie bitte? Du bist doch diejenige, der ihre kostbare tabellarische Übersicht so verdammt wichtig ist! Du hast gesagt, du willst das ganze Jahr im Voraus planen, schwarz auf weiß, jeden Geburtstag, jedes Konzert, alles. Du hast gesagt, für die Kinder wäre es so das Beste.«

»Hab ich das?« Wusste sie überhaupt, wie man eine tabellarische Übersicht erstellte?

»Ja, allerdings.«

»Gut. Na schön. Wie du willst. Du kannst sie an Heiligabend haben.«

»Wie ich will?«, wiederholte er misstrauisch, fast nervös. »Wo ist der Haken bei der Geschichte?«

»Es gibt keinen. Hey, wie war's in Portugal?«

»Gut, danke«, antwortete er förmlich.

Alice bohrte sich die Nägel in ihre Handflächen, so sehr musste sie sich beherrschen, damit sie ihr Gesicht nicht an seine Brust legte. Sprich doch normal mit mir!, hätte sie am liebsten zu ihm gesagt.

»Ich geh jetzt besser«, meinte er.

»Was? Nein! Du kannst nicht gehen! Du musst zum Essen bleiben.« In ihrer Panik hätte sie sich beinah an ihn geklammert.

»Ich glaube nicht, dass das eine gute Idee ist.«

»Au ja, Daddy, bleib doch zum Essen!« Olivia war wieder herausgekommen. Sie trug einen roten Umhang um die Schultern, und von ihrem Hals baumelte ein Spielzeugstethoskop. Sie hängte sich mit beiden Händen an Nicks Arm. Alice war neidisch, weil die Kleine ihn so ungeniert anfassen durfte.

»Ich glaube, es ist besser, wenn ich gehe«, sagte Nick.

»Bitte bleib«, bat Alice. »Ich mach uns Hamburger.«

»Au ja! Siehst du, Mummy will auch, dass du bleibst!« Olivia vollführte einen Freudentanz auf der Veranda. »Tom!«, schrie sie. »Weißt du, was? Dad bleibt zum Abendessen da!«

»Großer Gott, Alice«, stieß Nick gedämpft hervor. Dieses Mal sah er ihr direkt in die Augen.

Alice lächelte ihn an. »Ich hab uns eine schöne Flasche Wein aufgemacht.«

Sie brauchte keinen Lippenstift, um ihren Mann zurückzugewinnen.

20

Nick, der Alice ins Haus gefolgt war, schien nicht zu wissen, was er mit sich anfangen sollte. Die Hände in den Taschen seiner Shorts schlenderte er durchs Wohnzimmer, blieb gelegentlich stehen und schaute sich um, wie jemand, der in einer fremden Wohnung zu Besuch ist.

»Hast du den Pool unter Kontrolle?«, fragte er und nickte mit dem Kinn in Richtung Garten.

Alice war in der Küche und schenkte zwei Gläser Wein ein. Wovon redete er denn? Wie kriegte man einen Swimmingpool unter Kontrolle?

»Er war in letzter Zeit sehr ruhig und friedlich«, antwortete sie. »Ich glaube, ich habe ihn ganz fest im Griff.«

Nick, der am Fenster stand, drehte sich um und sah sie mit durchdringendem Blick an. »Gut«, sagte er.

Alice kam ins Wohnzimmer und reichte ihm ein Glas Wein. Er nahm es ihr ganz vorsichtig ab, sehr darauf bedacht, dass ihre

Hände sich nicht berührten. »Danke«, murmelte er. Als Alice vor ihm stehen blieb, wich er abermals zurück, so als wäre sie ansteckend.

Tom schlurfte durch die Küche und guckte nacheinander in sämtliche Schränke. Schließlich öffnete er den Kühlschrank.

Die Tür vor- und zurückschwingend fragte er:

»Was könnte ich essen, Mum?«

Alice blickte sich suchend nach ihrer Mutter um.

»*Mummy!*«, quengelte Tom.

Alice zuckte zusammen. Ach so, ja. *Sie* war ja die Mum.

»Worauf hättest du denn Lust?« Sie bemühte sich, ihrer Stimme einen heiteren, liebevollen Klang zu verleihen. »Ein Sandwich vielleicht?«

»Bald gibt's Abendessen, Tom. So lange wirst du es noch aushalten«, sagte Nick.

Oh. Das wäre also die korrekte Antwort gewesen.

»Genau«, sagte Alice. Nicks schroffen Ton nachahmend, fügte sie hinzu: »Dein Vater hat vollkommen recht.« Dann kicherte sie los. Sie konnte nichts dafür. Sie warf Nick einen schelmischen Blick zu. Fand er das nicht auch lustig? Sie beide als gestrenge Eltern?

Aber Nick schien das keineswegs komisch zu finden. Er sah sie nur beunruhigt an. Sein Blick streifte das Glas Wein in ihrer Hand. Ob er sie für beschwipst hielt?

Tom schlug die Kühlschranktür so fest zu, dass es schepperte, und murrte: »Wenn ich nicht bald was zu essen kriege, werde ich unterernährt sein. Guck mal, mein Bauch wölbt sich schon wie bei einem Verhungernden. Siehst du?« Er streckte seinen Bauch heraus.

Alice lachte, aber Nick fuhr den kleinen Jungen an: »Hör mit dem Blödsinn auf! Und zieh endlich deine nassen Sachen aus!«

Na ja, vielleicht war es keine besonders gute Idee, die eigenen

Kinder dazu zu ermuntern, sich über die Not hungernder Menschen lustig zu machen.

Die Kleinste, Olivia, kam wieder herein. Sie hatte sich die Lippen leuchtend rot angemalt, sogar ihre Zähne waren mit Lippenstift verschmiert. War das gestattet, oder sollte sie getadelt werden? Alice sah Hilfe suchend zu Nick hinüber, der an der Hintertür stand und auf den Swimmingpool hinausblickte. »Die Farbe kommt mir ein bisschen grün vor«, sagte er. »Wann war der Typ denn das letzte Mal da?«

»So, Mummy, ich bin jetzt so weit, jetzt bin ich deine Krankenschwester. Du setzt dich da hin, damit ich zuerst Fieber messen kann.« Olivia nahm Alice bei der Hand und führte sie zum Sofa hinüber. Das Gefühl der kleinen, warmen Hand, die ihre Handfläche berührte, faszinierte Alice.

»So, schön hinlegen, so ist's brav«, sagte Olivia.

Als sich Alice auf das Sofa gelegt hatte, schob das Mädchen ihr ein Spielzeugthermometer in den Mund. Dann strich sie Alice das Haar aus der Stirn und meinte: »Und jetzt werde ich dein Herz abhorchen, Frau Patientin.« Sie stöpselte sich das Stethoskop in die Ohren, legte das andere Ende auf Alice' Brust und runzelte professionell die Stirn. Alice konnte nur mühsam ein Lachen unterdrücken. Die Kleine war einfach göttlich.

»Gut, Frau Patientin, dein Herz schlägt«, sagte sie schließlich.

»Puh!«, machte Alice erleichtert.

Olivia nahm das Thermometer wieder heraus und warf einen Blick darauf. Ihre Kinnlade fiel herunter. »Du hast aber schrecklich hohes Fieber, Frau Patientin! Du verbrennst ja!«

»Ach, du lieber Himmel! Kann man denn gar nichts dagegen tun?«

»Doch, du musst zuschauen, wie ich ein Rad schlage! Das wird dich wieder gesund machen.«

Gekonnt schlug Olivia ein Rad. Alice klatschte Beifall, und Olivia verbeugte sich. Als sie zu einem zweiten Rad ansetzte, fauchte Nick: »Nicht im Haus, Olivia! Wie oft soll ich dir das noch sagen!«

Olivia schob schmollend die Unterlippe vor. »Nur noch eines, Daddy, bitte!«

»Findest du es in Ordnung, dass sie sich mit deinem Lippenstift vollschmiert?«, fragte Nick.

»Oh … ich weiß nicht genau«, erwiderte Alice.

Nick sah Olivia an. »Lass deine Mutter jetzt das Abendessen machen.« Er wirkte genauso erschöpft und ausgelaugt wie Elisabeth am Abend zuvor. Warum waren 2008 alle so müde und schlecht gelaunt?

»Entschuldige, liebster Daddy.« Olivia schlang ihre Arme um Nicks Beine.

»Geh jetzt und zieh deine nassen Sachen aus«, brummte Nick. Olivia hüpfte davon.

Als Alice mit Nick allein war, sagte er: »Ich bin übrigens nicht ganz fertig geworden mit Olivias Hausaufgaben.« Es hörte sich an wie ein Geständnis, wie etwas, für das er sich rechtfertigen musste.

»Du meinst, du machst ihre Hausaufgaben für sie?«

»Natürlich nicht!«, knurrte er gereizt. »Mein Gott! Du hältst mich wohl für absolut unfähig.«

Alice setzte sich auf. »Nein, das stimmt nicht.«

»Es fehlen nur noch acht Fragen. Es lässt sich eben nicht so gut arbeiten, wenn man sich zu viert in einer kleinen Wohnung drängt. Mit Toms Lektüre sind wir auch nicht ganz durch. Und heute haben wir drei Stunden an Madisons naturwissenschaftlichem Experiment gesessen. Tom hätte es ihr am liebsten abgenommen.«

»Nick.«

Er verstummte, trank einen Schluck Wein und sah sie an.

»Was?«

»Warum lassen wir uns scheiden?«

»Was soll die Frage?«

»Ich will es einfach wissen.«

Sie verspürte ein unbändiges Verlangen, aufzustehen und ihn zu berühren, ihren Kopf unter sein Kinn zu schmiegen. Sie legte die Hände fest auf ihre Oberschenkel, um sich zu zwingen, sitzen zu bleiben.

»Es spielt keine Rolle, warum wir uns scheiden lassen«, sagte Nick. »Sparen wir uns diese Unterhaltung, okay? Ich meine, was soll das Ganze? Ich hab keine Lust auf irgendwelche Spielchen, Alice. Ich bin völlig erledigt. Falls du also versuchen willst, mich zu irgendeiner Aussage zu bewegen, die du dann gegen mich verwenden kannst, lass es lieber. Es wird nicht funktionieren.«

»Oh«, sagte Alice nur.

Ob sich ihre Kapazität, schockiert zu sein, irgendwann erschöpfen würde? Seit Elisabeth im Krankenhaus das erste Mal von Scheidung gesprochen hatte, hatte sie dem Wiedersehen mit Nick regelrecht entgegengefiebert. Er würde schon dafür sorgen, dass dieses Wort gegenstandslos wurde, hinfällig, zu einem Wort, das mit ihnen nichts zu tun hatte.

»Vielleicht sollte ich jetzt besser gehen«, sagte Nick. Er stellte sein Weinglas auf dem Couchtisch ab.

»Du hast einmal zu mir gesagt, dass du, falls wir irgendwann einmal Probleme in unserer Beziehung hätten, Himmel und Erde in Bewegung setzen würdest, damit alles wieder in Ordnung käme«, sagte Alice. »Das war in diesem neuen italienischen Restaurant. Wir haben das Wachs vom Kerzenständer abgeknibbelt. Ich sehe es ganz deutlich vor mir.«

»Alice.«

»Du hast gesagt, wir würden zusammen alt und mürrisch

werden und Busreisen machen und Bingo spielen. Das Knoblauchbrot war kalt, aber wir waren so hungrig, dass wir es trotzdem gegessen haben.«

Nicks Unterlippe hing herunter, was ihm einen einfältigen Gesichtsausdruck verlieh.

»Eines Abends standen wir in Sarah O'Briens Auffahrt und warteten auf ein Taxi, und ich habe dich gefragt, ob du Sarah an diesem Abend noch attraktiver gefunden hättest als sonst, und du hast geantwortet: Alice, ich könnte niemals jemanden lieben, so wie ich dich liebe, und ich habe gelacht und gesagt, das ist keine Antwort auf meine Frage, aber genau das war es, was ich im Grunde gefragt habe, weil ich mich so schrecklich unsicher gefühlt habe. Das war es, was du zu mir gesagt hast. Genau das. Es war kalt. Du hast diesen weiten Kuschelpullover angehabt, den du später in Katoomba verloren hast. Weißt du nicht mehr?«

Sie spürte, wie ihre Nase dicht wurde und zu kribbeln anfing.

Nick hob beinah panisch beide Hände, die Handflächen nach außen gekehrt, so als hätte es unmittelbar vor ihm zu brennen angefangen und er fände nichts, um das Feuer zu löschen.

Alice schniefte geräuschvoll. »Entschuldige«, murmelte sie und schaute auf den Fußboden, weil sie es nicht ertragen konnte, in dieses vertraute und doch so fremde Gesicht zu blicken.

»Die Fliesen haben genau die richtige Farbe«, sagte sie. »Woher haben wir die?«

»Keine Ahnung«, erwiderte Nick achselzuckend. »Das ist zehn Jahre her, dass wir die gekauft haben.« Alice hob ihren Blick. Da endlich dämmerte es Nick. Er ließ seine Hände sinken und riss die Augen auf. »Alice, dein Erinnerungsvermögen ist doch zurückgekehrt, oder? Ich hab angenommen … ich meine, sonst wärst du doch nicht zu Hause, sondern noch im Krankenhaus. Denkst du etwa immer noch, wir hätten 1998?«

»Ich weiß, dass wir 2008 haben. Ich glaube es auch. Es fühlt sich nur nicht so an.«

»Aber du kannst dich doch an die letzten zehn Jahre erinnern, oder? Ich meine, du stellst so merkwürdige Fragen.«

»Hast du eine Affäre mit dieser Frau gehabt, die gegenüber wohnte?«, fragte Alice unvermittelt. »Die, die tödlich verunglückt ist? Diese Gina?«

Nick fiel aus allen Wolken. »Eine Affäre? Mit *Gina*? Das kann nicht dein Ernst sein!«

»Oh. Gut.«

»Du kannst dich nicht an Gina erinnern?«

»Nein. Ich erinnere mich nur an die Luftballons bei ihrer Beerdigung.«

»Aber, Alice ...« Nick beugte sich abrupt vor, blickte sich dann nach allen Seiten um, ob sie allein waren, und raunte ihr gedämpft zu: »Aber an die Kinder kannst du dich doch erinnern, oder?«

Alice sah ihm in die Augen und schüttelte nur stumm den Kopf.

»Überhaupt nicht?«

»Das Letzte, woran ich mich wirklich erinnere, ist, dass ich mit der Rosine schwanger war. Mit Madison, meine ich.«

Nick schlug sich mit beiden Händen auf die Knie. (Er hatte sich so viele neue, erwachsene Gesten der Gereiztheit angeeignet.) »Warum bist du nicht im Krankenhaus geblieben, verdammt noch mal?«

»Hattest du eine Affäre mit einer anderen Frau?«

»Was? Nein, natürlich nicht.«

»Und ich? Hatte ich etwas mit einem anderen Mann?«

»Nicht dass ich wüsste. Können wir vielleicht wieder zur Sache kommen?«

»Es gab also keine Seitensprünge?«

»Nein! Herrgott! Wir hatten gar keine *Zeit* für Seitensprünge. Wir hatten keine Kraft für so was. Ich jedenfalls nicht. Ich weiß nicht, wie es bei dir war, ob du zwischen deinen kostbaren Aerobic-Kursen und Kosmetikbehandlungen noch Zeit für ein Abenteuer hattest. Wenn ja, schön für dich.«

Alice dachte daran, wie sie Dominick geküsst hatte.

»Hast du jetzt eine Freundin? Nein, nein, sag nichts!« Sie hielt sich schnell die Ohren zu. »Ich will es gar nicht wissen. Ich könnte es nicht ertragen, wenn du eine Freundin hättest. Sag nichts!« Sie nahm ihre Hände wieder herunter. »Hast du eine?«

»Du musst dir den Kopf ganz schön kräftig angeschlagen haben, Alice«, bemerkte Nick.

Eine Sekunde lang schien es, als wäre der alte Nick wieder da. Er schüttelte in komischer Ungläubigkeit den Kopf, so wie er es getan hatte, als sie wegen der Margarinereklame mit den Entenküken geweint hatte oder als sie fluchend herumhüpfte, weil sie der Waschmaschine einen Tritt versetzt und sich dabei die Zehen angestoßen hatte, oder als sie hektisch alles aus dem Kühlschrank herausgerissen hatte in der Hoffnung, doch noch irgendwo einen Schokoriegel zu finden.

Doch dann verschwand der Ausdruck so plötzlich, wie er gekommen war, und Nick machte ein Gesicht, als wäre ihm gerade etwas überaus Ärgerliches eingefallen. »Außerdem hast du doch selbst einen Freund, hat Olivia jedenfalls erzählt. Jaspers Dad. Kein Geringerer als der Schulleiter höchstpersönlich. Kannst du dich wenigstens an den erinnern?«

Sie spürte, wie sie rot wurde. »Ich konnte mich nicht an ihn erinnern, nein, aber ich hab ihn gestern getroffen.«

»Wunderbar«, knurrte Nick gereizt. »Scheint ein netter Kerl zu sein. Ich glaube, ich bin ihm irgendwann mal in der Schule begegnet. So ein großer, linkischer Typ. Freut mich jedenfalls, dass alles so gut läuft für dich. Die Frage ist jetzt nur, kannst du dich um die Kinder kümmern? Oder soll ich sie wieder mit zu mir nehmen?«

Ohne darauf einzugehen, sagte Alice: »Wenn niemand anders im Spiel war, warum haben wir uns dann getrennt? Was kann so schlimm sein, dass es uns auseinanderbringt?«

Nick atmete geräuschvoll aus. Er schaute sich hilflos um, als suchte er Unterstützung bei einem unsichtbaren, nicht minder verwirrten Publikum. »Ich kann nicht glauben, dass sie dich mit einer so schweren Kopfverletzung aus dem Krankenhaus entlassen haben.«

»Sie haben ein CT gemacht. Physisch ist alles in Ordnung.« Alice zuckte mit den Schultern. »Und außerdem habe ich ihnen quasi versichert, dass ich mich wieder erinnern könne.«

Nick verdrehte die Augen. Noch so eine neue Angewohnheit. »Oh, großartig! Ganz fantastisch! Die Ärzte belügen! Das hast du wirklich gut gemacht, Alice.«

»Warum bist du so gemein zu mir?«

»Oh, befinden wir uns jetzt im Kindergartenmodus? Ich bin nicht gemein zu dir.«

»Doch, das bist du. Du hörst dich nicht einmal an wie du selbst. Du bist sarkastisch geworden und klischeehaft und … ordinär.«

»Danke, sehr freundlich. Tausend Dank! Klischeehaft und ordinär. Was für ein Wunder, dass unsere Ehe den Bach runter ist!«

Einen triumphierenden, höhnischen Ausdruck im Gesicht blickte er sich abermals nach seinem unsichtbaren Publikum um, so als wollte er sagen: Da seht ihr, was ich mir bieten lassen muss!

»Entschuldige«, murmelte Alice. »Ich wollte nicht …« Sie brach ab, weil ihr plötzlich einfiel, wie solche Gespräche mit jemandem, mit dem man Schluss machen wollte, verliefen. Man verhedderte sich hoffnungslos. Man musste höflich sein, weil jedes Wort auf die Goldwaage gelegt wurde. Man durfte nicht kritisieren, weil man kein Recht mehr dazu hatte. Man hatte seine Immunität verloren.

»Ach, Nick«, sagte sie hilflos.

All die vertrauten Symptome einer Trennung stellten sich ein. Die Übelkeit. Das Gefühl eines riesigen, schweren Klotzes mitten auf der Brust. Das Zittern und das Bedürfnis zu weinen.

Es war nicht vorgesehen, dass sie das alles noch einmal fühlte. Schlussmachen war etwas aus ihrer Jugendzeit. Eine schmerzliche Erinnerung. Das heißt, eigentlich schmerzte es gar nicht so sehr, weil es irgendwie auch schön war, im Rückblick zu denken: Ach, du dummes Ding, und wegen dieses Trottels hast du dir die Augen ausgeweint!

Die Beziehung mit Nick gehörte einer anderen Kategorie an, sie war dazu bestimmt, für alle Ewigkeit zu halten.

Alice stellte ihr Weinglas ab und wandte sich Nick zu. »Sag mir einfach, warum wir uns scheiden lassen. Bitte!«

»Das ist nicht so einfach zu beantworten. Ich könnte dir eine Million Gründe nennen. Und du würdest mir wahrscheinlich eine Million andere Gründe nennen.«

»Na, dann gib mir doch wenigstens eine Zusammenfassung.«

»Du meinst, in maximal fünfundzwanzig Worten oder so?«

»Genau.«

Ein angedeutetes Lächeln spielte um seine Lippen. Da war er wieder, der alte Nick. Er kam und ging.

»Na ja, ich schätze …«, begann er, verstummte und senkte den Kopf. »O Alice.« Ein Ausdruck quälenden Kummers huschte über sein Gesicht.

Das war zu viel für sie. Ihr Instinkt befahl ihr, ihn zu trösten, und sie wollte selbst auch getröstet werden, und das war doch Nick, *ihr* Nick, um Himmels willen!

Sie sprang auf, warf sich in seine Arme und vergrub ihr Gesicht an seiner Brust. Sie atmete tief ein. Das war immer noch der Nick, den sie kannte. Das war eindeutig sein Geruch, den sie tief in ihre Lungen zog.

»Egal, was schiefgelaufen ist, wir werden eine Lösung finden! Wir gehen zur Eheberatung, machen eine Therapie! Wir fahren zusammen in Urlaub!«, sprudelte sie hervor. »Mit den Kindern! Wir nehmen sie einfach mit! *Unsere* Kinder! Wäre das nicht ein Mordsspaß? Oder wir bleiben hier und machen es uns hier gemütlich! Wir gehen schwimmen, in unserem Pool. In *unserem* Pool! Ich liebe diesen Pool! Wie haben wir uns den bloß leisten können? Durch deinen neuen Job, nicht wahr? Gefällt er dir, dein neuer Job? Ich konnte es gar nicht glauben! Du hast eine persönliche Assistentin! Besonders nett war sie nicht zu mir, aber was soll's, das ist schon in Ordnung.«

»Alice.«

Nick erwiderte ihre Umarmung nicht. Aber Alice redete und redete. Alles würde gut werden, sie durfte nur nicht aufhören zu reden.

»Ich bin ganz schön dünn, nicht wahr? Vielleicht sogar zu dünn. Was meinst du? Wie bin ich denn so ein Gerippe geworden? Esse ich keine Schokolade mehr? Ich hab im ganzen Haus nichts Süßes gefunden. Mein Passwort ist OREGANO. Das ist richtig unheimlich. Hey, warum spricht Mrs. Bergen eigentlich nicht mehr mit mir? Hab ich ihr was getan? Und ich hab das Gefühl, Elisabeth ist auch sauer auf mich. Aber du liebst mich noch, nicht? Du musst mich immer noch lieben!«

»Hör auf, Alice.« Er fasste sie an den Schultern und schob sie behutsam von sich.

»Wir haben doch drei Kinder! Und ich liebe dich immer noch.«

»Nein, Alice.« Er schüttelte streng den Kopf, als wäre sie ein Kleinkind, das an eine Steckdose fassen will.

»Worüber streitet ihr euch denn jetzt schon wieder?«

Alice und Nick drehten gleichzeitig den Kopf. Madison lehnte im Türrahmen. Anscheinend hatte sie geduscht. Sie trug einen Bademantel, ihr Gesicht sah rosig aus, als hätte sie es kräftig geschrubbt, und ihre nassen Haare hatte sie nach hinten gekämmt.

»Wie wunderschön du aussiehst«, entschlüpfte es Alice unwillkürlich.

Von einer Sekunde zur anderen verzerrte sich Madisons Gesicht vor Wut.

»Warum sagst du immer so schwachsinnige, hirnrissige Sachen?«

»Madison!«, donnerte Nick. »So redest du nicht mit deiner Mutter!«

»Ist doch wahr! Warum verteidigst du sie überhaupt? Ich hab gehört, wie du zu Tante Ella gesagt hast, Mummy wär ein dreckiges Miststück. Ich weiß, dass du sie hasst.«

Alice schnappte nach Luft.

»Ich hasse deine Mutter nicht«, sagte Nick. Vor Anspannung straffte sich die Haut um seinen Mund. Er sah furchtbar alt aus in diesem Moment.

»Und ob du sie hasst«, stieß Madison hervor.

»Das stimmt nicht, er hasst Mummy nicht!«, widersprach Tom. Er boxte Madison auf den Arm. »Aber ich hasse dich!«

»Tom!«, schnauzte Nick.

»Auuu!« Sich den Arm haltend, ging Madison in die Knie und ließ sich auf den Fußboden fallen. »Er hat mich geschlagen! Mädchen darf man nicht schlagen! Das ist häusliche Gewalt! Das ist Gewalt gegen Frauen!«

»Pah«, prustete Tom verächtlich, »du bist doch keine Frau! Du bist bloß eine dumme Göre!«

Madison versetzte ihrem Bruder einen kräftigen Tritt gegen das Schienbein. Tom warf den Kopf in den Nacken und brüllte los. Dann sah er Alice an, sein hochrotes Gesicht zu einer Grimasse gerechten Zorns verzerrt. »Hast du das gesehen, Mummy? Hast du gesehen, wie sie mich getreten hat? Ich hab ihr doch bloß einen kleinen Klaps gegeben!«

»Einen kleinen Klaps?« Madison schob den Ärmel ihres Bademantels hoch. »Und was ist das?« Sie zeigte auf den roten Fleck auf ihrem Arm. »Das wird einen blauen Fleck geben! Ich werde einen Bluterguss kriegen!«

»Du meine Güte«, murmelte Alice atemlos. Sie griff nach ihrem Weinglas und sah sich Hilfe suchend nach einem Erwachsenen um, der die Lage unter Kontrolle bekommen könnte.

»Ich glaube, ich gehe jetzt besser«, sagte Nick.

»Das kann nicht dein Ernst sein!«, erwiderte Alice panisch. »Du kannst mich doch nicht mit ihnen allein lassen!«

Es hatte den Anschein, als wollten Madison und Tom sich gegenseitig umbringen. Sie rollten ineinander verkeilt über den Fußboden wie zwei tollwütige Katzen, traten sich, rissen sich an den Haaren und stießen markerschütternde Schreie aus. Es war wirklich ein beeindruckendes Schauspiel.

Alice hielt sich die Ohren zu. »Kommt das öfter vor? Dann sollten wir sie vielleicht doch besser hierlassen, wenn wir in Urlaub fahren.«

Nick lachte laut heraus, verstummte aber sofort wieder.

»Hast du wirklich zu Ella gesagt, ich wär ein dreckiges Miststück?«, fragte Alice leise. Nach einer Pause fügte sie hinzu: »Bin ich ein dreckiges Miststück?«

Statt einer Antwort ging Nick zu den beiden Kindern hinüber, schnappte Tom hinten am T-Shirt, zerrte ihn vom Boden hoch, trug ihn zur Couch hinüber und ließ ihn in die Polster fallen. Dann drehte er sich zu Madison um. »In dein Zimmer! Sofort!«

»Ich? Wieso ich? *Er* hat angefangen! Er hat mich zuerst geschlagen! Das ist ungerecht! *Mummy!*«

Madison hatte sich aufgesetzt und an die Wand gelehnt und sah Alice flehentlich an.

In diesem Moment kam Olivia hereingesaust. Sie hatte nur ein T-Shirt und eine mit Erdbeeren gemusterte Unterhose an. »Mummy, wo sind meine Shorts? Die Jeansshorts, meine ich. Und frag bitte nicht, ob ich auch richtig nachgeschaut habe, weil ich wirklich nachgeschaut habe, ganz, ganz lang, und meine Augen hab ich dabei auch aufgemacht.« Sie drehte sich anmutig um die eigene Achse, ihre Arme graziös über dem Kopf.

»Das machst du sehr gut«, lobte Alice, froh über die Ablenkung.

»Ja, ich weiß«, seufzte Olivia, als wäre sie sich der Verantwortung durchaus bewusst. Sie streckte ein mageres, braun gebranntes Bein aus und bewunderte ihre gestreckten Zehenspitzen. Plötzlich kam ihr ein Gedanke. »Mummy, wer wird mich eigentlich zu der Familientalentshow in Frannies Seniorenresidenz fahren? Du oder Daddy? Und wo werde ich über Nacht bleiben?«

»Ich bin mir nicht sicher«, erwiderte Alice zögernd.

»Bei Dad übernachten wir nur am Wochenende«, sagte Madison und sah ihre Mutter scharf an. »Olivias Auftritt findet an einem Mittwochabend statt, oder nicht?«

»Ja, ich denke, du hast recht, Madison«, sagte Alice.

»Ich sterbe fast vor Hunger«, stöhnte Tom auf der Couch. »Wann gibt's endlich was zu essen? Mummy? Entschuldige bitte, aber kriegen wir bald was zu essen? Ich glaube, mein Blutzuckerspiegel ist schon dramatisch gesunken.«

»Okay, Tom …«

»Warum sagst du andauernd unsere Namen?«, fiel Madison ihr ins Wort.

»Oh … entschuldige, ich dachte nur, ich … entschuldige«, stammelte Alice.

»Du kannst dich nicht an uns erinnern, stimmt's?«, sagte Madison.

Tom fuhr hoch, und Olivia erstarrte mitten in ihrer Pirouette.

»Sie weiß nicht einmal mehr, wer wir sind«, sagte Madison zu ihren Geschwistern.

21

Alice schürzte die Lippen, wie eine strenge, erboste Mutter es tun würde, und war äußerst bemüht, sich ihre Panik nicht anmerken zu lassen.

»Natürlich weiß ich, wer ihr seid«, sagte sie zu Madison. »Red doch keinen Unsinn!«

»Wie kann das sein, dass Mummy sich nicht an uns erinnert?« Olivia stemmte die Hände in die Seiten und streckte ihren Bauch heraus. »Madison? Was heißt das denn?«

Madison bedachte ihre kleine Schwester mit einem gelangweilten, überheblichen Blick. »Mummy ist im Fitnessstudio hingefallen und hat sich den Kopf angeschlagen. Ich hab gehört, wie Tante Libby zu Onkel Ben gesagt hat, dass die letzten zehn Jahre aus ihrem Gedächtnis gelöscht wurden. Und wisst ihr, was? Vor zehn Jahren waren wir noch gar nicht auf der Welt!«

»Ja, schon, aber sie weiß doch trotzdem, wer wir sind! Wir sind ihre *Kinder*«. Olivia fand das Ganze anscheinend sehr aufregend und beunruhigend zugleich.

»Gut, warum setzt ihr euch nicht noch ein bisschen vor den

Fernseher?«, mischte Nick sich ein. »Oder wie wär's mit Playstation? Und du solltest aufhören zu lauschen, wenn Erwachsene sich unterhalten, Madison.«

»Ich hab nicht gelauscht!«, protestierte das Mädchen. »Ich war zufällig da! In der Küche! Ich wollte mir ein Glas Saft aus dem Kühlschrank holen. Was soll ich denn tun? Vielleicht die ganze Zeit so herumlaufen?« Sie steckte sich die Zeigefinger in die Ohren.

»Amnesie«, sagte Tom. »Das nennt man Amnesie. Ist es das, was du hast, Mummy?«

»Eurer Mutter fehlt nicht das Geringste«, sagte Nick.

»Mummy?« Tom sah sie an.

»Machen wir doch einen Test«, schlug Madison vor. »Stellt ihr ein paar Fragen.«

»Was denn für Fragen?«, sagte Olivia.

»Ich weiß eine!« Tom hob die Hand wie in der Schule. »Okay, Mummy, was esse ich am liebsten?«

»Pommes frites«, antwortete Nick. »Das reicht jetzt, okay?«

»Falsch!«, rief Tom. »Hähnchenschnitzel wäre die richtige Antwort gewesen. Oder Sushi.«

»Tja, dann habe ich wohl auch Amnesie. Das reicht jetzt«, sagte Nick zum zweiten Mal.

»Mein Lieblingsessen ist auch Hähnchenschnitzel«, sagte Olivia.

»Gar nicht wahr«, widersprach Tom. »Denk dir gefälligst selbst was aus. Immer musst du mir alles nachmachen.«

»Wie heißt meine Lehrerin, Mummy?«, fragte Madison.

»Das reicht jetzt«, mahnte Nick abermals.

»Ich weiß es!« Alice hätte um ein Haar die Hand gehoben, aber sie konnte sich gerade noch bremsen. An der Kühlschranktür war ihr ein Zettel aufgefallen. Es ging um einen Ausflug der fünften Klasse, der Name einer Lehrerin stand mit dabei. »Mrs.

Ollaway! Ich meine, Alloway. Oder Ollaway? So ähnlich jedenfalls.« Ein unheilvolles Schweigen trat ein.

»Mrs. *Holloway* ist stellvertretende Schulleiterin«, sagte Madison ganz ruhig und in einem Tonfall, als wollte sie auf einen unglaublich dummen und möglicherweise brandgefährlichen Fehler aufmerksam machen.

»Äh … ja … genau das hab ich gemeint«, murmelte Alice zerknirscht.

»Das ist nicht wahr«, sagte Madison.

»Wann hab ich Geburtstag, Mummy?«, fragte Tom und richtete seinen Zeigefinger warnend auf seinen Vater. »Nichts sagen! Ich möchte es von Mummy hören!«

»Okay!« Nick klatschte in die Hände, es klang laut und hohl. »Eure Mutter hatte einen Unfall, und deshalb bringt sie ein paar Dinge durcheinander, das ist alles. Ihr könnt ihr helfen, indem ihr besonders leise seid und ihr ein bisschen zur Hand geht. Was sie ganz bestimmt nicht brauchen kann, ist, dass ihr sie einem Verhör unterzieht. So, und jetzt möchte ich, dass ihr den Tisch deckt, alle zusammen.«

Olivia trat neben Alice und schob ihre Hand in die ihrer Mutter. »Aber du weißt bestimmt noch, dass ich am 20. August Geburtstag habe, oder?«, flüsterte sie.

»Aber natürlich weiß ich das, Schätzchen«, antwortete Alice. Auf einmal fühlte sie sich tatsächlich wie eine Mutter. »An diesem Tag bist du auf die Welt gekommen. Das könnte ich niemals vergessen.«

Sie schaute auf. Madison stand im Flur und starrte Alice durchdringend an.

»Du lügst«, sagte das Mädchen.

*

Lieber Dr. Hodges, wissen Sie, was? Ich habe mich entschlossen, Sie jetzt doch beim Vornamen zu nennen. Heute musste ich daran denken, wie Sie gleich in unserer ersten Sitzung so vehement darauf bestanden. Jedes Mal, wenn ich Sie mit »Dr. Hodges« anredete, haben Sie mich verbessert: »Jeremy.« Mögen Sie Ihren Namen nicht? Ich könnte es Ihnen nicht verdenken. Hodges klingt so plump und ölig, und Sie sind weder das eine noch das andere. Im Gegenteil, Sie sehen richtig gut aus, was ich reichlich verwirrend finde. Ihr gutes Aussehen erinnert mich ständig daran, dass Sie eine reale Person sind, und ich will nicht, dass Sie eine reale Person sind. Wirkliche Menschen haben keine Lösungen. Sie machen Fehler. Sie sagen Dinge mit großer Bestimmtheit, aber sie irren sich.

Egal. Hiermit hole ich Sie offiziell von Ihrem Podest herunter.

Wie geht es Ihnen, Jeremy? Was machen Sie an diesem Sonntagabend? Trinken Sie ein Glas Wein mit Ihrer hübschen, fruchtbaren Frau, während sie das Abendessen zubereitet und Sie Ihren blonden Kindern bei den Hausaufgaben helfen? Ist es warm und kuschelig im Haus, duftet es nach Knoblauch und Rosmarin?

Bei uns ist kein Essen im Ofen. Es findet keine Unterhaltung statt. Nur der Fernseher läuft. Der Fernseher läuft immer. Ich ertrage es nicht, ihn abzuschalten. Ich ertrage die Stille nicht. »Könnten wir nicht mal Musik hören?«, bittet Ben. Nein.

Ich will fernsehen. Ich will Schüsse und Gelächter vom Band und Hundefutterwerbung. Nichts scheint wirklich tragisch, solange der Fernseher plärrt. (Als ich zwischen zwanzig und dreißig war, habe ich zwei Jahre ohne Fernseher gelebt. Wie habe ich das bloß geschafft? Heute ist Fernsehen wie ein Betäubungsmittel für mich.)

Was wollte ich Ihnen eigentlich erzählen? Ach so, ja. Ben.

Wir haben Krach.

Als wir heute von Alice nach Hause fuhren, erzählte mir Ben von einem Mann, den er auf der Party gestern kennengelernt hat. Ich hatte die beiden gesehen, als ich mich mit Alice' neuem Freund unterhielt, einem reizenden, schüchternen Mann. Es kam mir irgendwie merkwürdig vor. So als ob ich Nick untreu wäre. Aber er war mir sympathisch, dieser Dominick. Also jedenfalls habe ich Ben beobachtet und gedacht: Oh, wunderbar, er hat jemanden gefunden, mit dem er über Autos fachsimpeln kann.

Von wegen.

Sie unterhielten sich über Unfruchtbarkeit und Adoption. Plötzlich gehört Ben zu jenen, die vor Wildfremden auf einer Cocktailparty für Schülereltern Einzelheiten aus ihrem Privatleben ausbreiten. Anscheinend habe ich ihn all die Jahre völlig falsch eingeschätzt. Er ist nicht der schweigsame, starke, traumatisierte Typ. O nein!

Jedenfalls hat die Schwester seines Gesprächspartners nach elf gescheiterten IVF-*Zyklen ein kleines Mädchen aus Thailand adoptiert, und das Mädchen ist eine begabte Geigenspielerin, und alle sind glücklich und zufrieden, und wenn sie nicht gestorben sind usw. usw. usw.*

Ben hat sich die Telefonnummer dieser Frau geben lassen. Er will sie unbedingt anrufen. Mein Mann hat so einen neuen, enthusiastischen Ausdruck in den Augen. Als ob er eine Religion oder das Golfspielen für sich entdeckt hätte. Aus Mr. Adoptionsunwillig ist Mr. Adoptionsversessen geworden.

Ich habe Ben gefragt, wie viele Jahre es bei der anderen gedauert hat, aber das konnte er mir nicht sagen.

Ich habe das Thema gewechselt.

Dann, heute Abend, sehen wir uns die Nachrichten an. Bilder von einem verheerenden Wirbelsturm in Myanmar werden gezeigt.

Vor einem Trümmerhaufen, der einmal die Schule ihrer Tochter war, steht eine Frau in einem roten Kleid, das ein bisschen wie das von Alice aussieht. Sie hält ein Foto von einem ernst dreinblickenden Mädchen in die Kamera. Die Kleine dürfte ungefähr in Olivias Alter sein. Die Mutter erklärt dem Reporter in gutem Englisch, dass die Behörden alles tun, was in ihrer Macht steht. Sie ist höflich, wirkt gefasst, beinah geschäftsmäßig. Die Kamera schwenkt von ihr weg. Als sie kurz darauf wieder ins Bild kommt, krümmt sie sich am Boden, wimmert, presst ihren Handrücken an den Mund und beißt sich in die Knöchel. Der Reporter erklärt, dass sie gerade erfahren hat, man werde die Bergungsarbeiten in der eingestürzten Schule einstellen, weil die Gefahr für die Hilfskräfte zu groß sei.

Da erlebte eine Frau den vermutlich schlimmsten Moment ihres Lebens, und ich sah zu und knabberte Maischips.

Ich habe kein Recht, traurig zu sein. Ich habe kein Recht, mich von teuren Ärzten wie Ihnen therapieren zu lassen, weil ich Kinder verliere, die niemals gelebt haben. Es gibt so viel echtes Leid in der Welt. Es gibt so viele richtige Mütter, die richtige Kinder verlieren. Ich gehe mir selbst auf die Nerven.

Und in diesem Moment sagte Ben: »Da haben bestimmt viele Kinder ihre Eltern verloren.« Er sagte es zwar mit ernster Stimme, aber dennoch war der frohlockende Unterton nicht zu überhören. So als wollte er sagen: He, wie praktisch! So viele tote Eltern! So viele überzählige Kinder, die noch zu haben sind! Vielleicht kriecht irgendwo ein süßer kleiner Geigenspieler unter dem Schutt hervor. O Gott!

»Ja, ist dieser Wirbelsturm nicht wunderbar?«, sagte ich bissig.

»Was soll das? Wieso bist du so?«

Und plötzlich schrie ich los: »Ich hätte ja ein Kind adoptiert! Ich hätte es ja getan! Ich hätte es ja getan! Aber DU HAST NEIN GESAGT! *Du hast gesagt, du hättest einen seelischen Knacks, weil du adoptiert worden bist, du hast …«*

Er ließ mich nicht ausreden. »Ich habe niemals gesagt, ich hätte einen seelischen Knacks.«

Das stimmt. Gesagt hat er es nicht. Aber gemeint.

»Und ob du das gesagt hast!«, fauchte ich. Ich meine, alles, was er sagte, lief schließlich darauf hinaus, Jeremy. Was spielt es da für eine Rolle, ob er es tatsächlich ausgesprochen hat oder nicht.

»So eine Kacke!«

Ich hasse dieses Wort. Ich finde es eklig. Und Ben weiß das.

Und dann sagte er – und das war echt der Hammer, Jeremy –, er sagte: »Ich dachte immer, du seist gegen eine Adoption.«

Ich hatte das Gefühl, mir platzt der Schädel. »Wie kommst du denn darauf?«

»Jedes Mal, wenn uns jemand darauf anspricht, wirst du wütend und sagst, das kommt überhaupt nicht infrage, wir wollen ein eigenes Kind.«

»Aber das sage ich doch nur deinetwegen«, erwiderte ich. »Weil du so strikt gegen eine Adoption warst.«

»Ja, das war ich ja auch«, sagte er, »aber nach all den Fehlgeburten wäre eine Adoption doch das Beste gewesen, aber ich habe das Thema nicht zur Sprache gebracht, weil du dich immer so darüber aufgeregt hast.«

Jetzt sind Sie dran, Jeremy. So viel zum Thema erfolgreiche Kommunikation in der Ehe.

Das erinnert mich an diese Fernsehsendung, in der es um die

Untersuchung von Flugzeugabstürzen ging. Manchmal ist ein winzig kleiner, dummer Fehler für eine Katastrophe größten Ausmaßes verantwortlich.

»Was soll's – jetzt ist es sowieso zu spät«, sagte ich.

»Das ist nicht wahr«, meinte er.

»Ich will kein Kind mehr adoptieren. Ich bin viel zu müde.«

Das ist die Wahrheit, Jeremy. Mir ist neulich klar geworden, dass ich die letzten Jahre in einem Dauerzustand von Müdigkeit verbracht habe. Ich habe es satt, es immer wieder und immer wieder zu versuchen. Ich habe keine Kraft mehr. Ich bin ausgelaugt. Ich würde so gern ein oder auch zwei Jahre einfach nur schlafen.

»Wir werden keine Eltern mehr werden«, sagte ich. »Es ist vorbei.«

Nachdem er eine Weile Maischips gekaut hatte (er mahlte dabei mit den Kiefern wie ein Meerschweinchen), sagte er: »Wollen wir den Rest unseres Lebens bloß herumhocken und in die Glotze starren?«

»Von mir aus gern«, erwiderte ich.

Da stand er auf und ging hinaus.

Ich habe ihn seitdem nicht mehr gesehen. Aber ich weiß, wir werden nicht miteinander reden, wenn er zurückkommt. Und falls doch, werden wir sehr, sehr höflich und kalt miteinander reden – und das ist das Gleiche wie nicht miteinander reden.

Im Augenblick fühle ich … nichts.

Rein gar nichts.

Ein gigantisches, leeres, endloses Nichts, das ich mit Maischips und dem Anschauen von Sendungen, in denen Videos von den lustigsten Pannen Australiens gezeigt werden, fülle.

22

Nach einem kurzen peinlichen Moment, als Alice sich auf Olivias Platz setzen wollte, dann aber von Nick mit einem Kopfnicken zu dem Platz gegenüber dirigiert wurde, war die ganze Familie um den Esstisch versammelt.

Die Kinder zappelten herum und kicherten, als ob sie beschwipst wären. Sie konnten nicht eine Sekunde still sitzen. Sie rutschten von ihren Stühlen, ließen ständig eine Gabel, ein Messer oder einen Löffel auf den Fußboden fallen und redeten mit schrillen Stimmen durcheinander. Alice wusste nicht, ob das normal war oder nicht. Entspannen konnte man sich in dieser Atmosphäre jedenfalls nicht. Nick hatte die Kiefer fest zusammengebissen, so als wäre dieses Essen eine qualvolle medizinische Behandlung, die es irgendwie zu überstehen galt.

»Ich hab gleich gewusst, dass du nicht mehr daran denken würdest, dass ich heute Abend Lasagne machen wollte«, maulte Madison erneut, während sie angewidert in ihrem Hamburger stocherte.

»Sie hat doch Amnesie, du Blödi«, nuschelte Tom mit bemerkenswert vollem Mund.

»Manieren, Kinder«, sagte Alice automatisch. Sie stutzte. War sie das eben gewesen, die »Manieren, Kinder« gesagt hatte?

»Ja, ja.« Madison sah Alice mit ihren dunklen Augen an. »'tschuldigung.«

»Schon gut«, sagte Alice und wandte ihren Blick zuerst ab. Die Kleine konnte einem regelrecht Angst machen.

»Was gibt's zum Nachtisch, Mummy?«, fragte Olivia, die beim Essen mit dem Fuß rhythmisch gegen das Tischbein stieß. »Eiscreme? Oder ich weiß – Schokoladenbrei?«

»Was ist Schokoladenbrei?«, wollte Alice wissen.

»Ach, das weißt du doch, du Dummerchen«, sagte Olivia.

Tom schlug sich mit der Hand an die Stirn. »Mann, wann kapiert ihr das endlich! Sie hat Amnesie!«

»Meine liebste Mummy«, sagte Olivia mitleidig, »ist es immer noch nicht weg, dein Am-dingsda? Soll ich dir eine Schmerztablette holen? Das mach ich gern. Ich geh gleich.« Sie schob ihren Stuhl zurück.

»Bleib sitzen und iss deinen Teller leer, Olivia«, befahl Nick.

»Dad*dy*«, stöhnte das Mädchen, »ich will doch nur helfen!«

»Als ob eine Schmerztablette helfen würde.« Tom tippte sich an die Stirn. »Wahrscheinlich muss sie operiert werden. Am Gehirn. Von einem Gehirnchirurgen. Neulich abends habe ich eine Sendung über einen Gehirnchirurgen im Fernsehen gesehen.« Seine Miene hellte sich auf. »Hey, ich würd zu gern mal eine Maus sezieren, mit einem Skalpell, und mir ihr Hirn und all ihre Eingeweide ansehen! Das wär echt stark.«

»O mein *Gott!*« Madison legte Gabel und Messer aus der Hand und ließ ihren Kopf auf den Tisch sinken. »Mir wird schlecht! Ich glaub, ich muss kotzen!«

»Jetzt reicht's!«, sagte Nick scharf.

»Guck mal, Madison, das ist ein Mäusehirn!« Tom drückte seine Gabel in seinen Hamburger und zerquetschte das Fleisch mit den Zinken. »Matsch, matsch, matsch, Mäusehirn!«

»Sag ihm, er soll damit aufhören!«, wimmerte Madison.

»Tom«, sagte Nick und seufzte gereizt.

»Und, wie war's im Aquatic Centre?«, fragte Alice.

Madison hob den Kopf und sah sie an: »Hast du dich daran erinnert, dass ihr euch scheiden lassen wollt, du und Dad? Ich meine, nach deinem Sturz? Hast du dich daran erinnert?«

Nick gab einen erstickten Laut der Ohnmacht von sich.

Alice dachte kurz nach. Dann sagte sie: »Nein, ich hab mich nicht daran erinnert.«

Keiner sprach ein Wort. Olivia schlug mit ihrem Messer an ihren Teller. Tom verdrehte seinen Arm und starrte grimmig auf einen Punkt an seinem Ellbogen. Auf Madisons Backenknochen zeichneten sich zwei hochrote Flecken ab.

»Liebst du Dad noch?«, fragte Madison. Ihre Stimme zitterte ein wenig. Sie hörte sich sehr viel jünger an.

»Madison«, sagte Nick drohend, während Alice gleichzeitig antwortete: »Ja, natürlich liebe ich ihn noch.«

Olivia schaute hoffnungsvoll auf. »Kann Daddy dann nicht wieder nach Hause kommen? Und in seinem eigenen Bett schlafen?«

»Okay, das reicht, Themenwechsel!«, befahl Nick. Er vermied es, Alice anzusehen.

»Sie würden sich doch sowieso nur wieder die ganze Zeit streiten«, meinte Tom.

»Worüber streiten wir denn?«, fragte Alice wissbegierig.

»Woher soll ich das wissen«, erwiderte Tom mürrisch. »Du hast gesagt, deshalb könntet ihr nicht länger zusammenleben. Weil ihr euch zu viel streitet. Obwohl ich mich ja auch andauernd mit meinen blöden Schwestern streite und trotzdem mit ihnen zusammenleben muss. Logisch war das also nicht, was du gesagt hast.«

»Ihr streitet euch wegen Gina«, warf Madison ein.

»Du sollst nicht über Gina reden!«, sagte Olivia. »Das macht mich ganz traurig. Das ist eine absolute *Tragödie*!«

»Gott hab sie selig«, sagte Tom mit todernster Stimme. »Das sagt man, wenn man über jemanden spricht, der gestorben ist. Das sagt man jedes Mal, wenn der Name des Toten fällt.«

»Und warum haben wir uns wegen Gina gestritten?«, fragte Alice.

»Gott hab sie selig!«, schrie Tom in einem Tonfall, als riefe er beim Ballspielen einem seiner Kumpel zu: »Fang!«

»Wir hatten eine Menge Spaß im Aquatic Centre, nicht, Kinder?«, sagte Nick.

»Ich glaube, Dad dachte, du magst Gina lieber als ihn«, antwortete Madison.

»Gott hab sie selig!«, schrien Tom und Olivia gleichzeitig.

»Ach, haltet doch die Klappe!«, fuhr Madison die beiden an. »Das ist überhaupt nicht witzig, wenn jemand tot ist!«

Alice starrte Nick an. Sein Gesicht war rot und sah aus, als wäre es wund oder einem scharfen Wind ausgesetzt gewesen. Sie wusste nicht, ob das ein Zeichen von Verärgerung oder von Verlegenheit war. Du meine Güte! Hatte sie etwa eine heiße lesbische Affäre mit dieser Gina gehabt?

»Ihr zofft euch auch ständig wegen American Expense«, sagte Tom.

»American Express«, verbesserte Madison ihn.

»Oh, ich finde, American Expense* ergibt durchaus Sinn«, bemerkte Nick trocken. Er hob sein Glas zu einem spöttischen Toast, vermied es aber nach wie vor, Alice anzusehen.

»Und einmal hattet ihr einen Mordskrach meinetwegen«, sagte Olivia voller Genugtuung.

»Wieso deinetwegen?«, fragte Alice.

»Ach, du weißt schon.« Olivias Gesicht nahm einen verlegenen Ausdruck an. »Damals, am Strand.«

Tom verdrehte die Augen. »Zum zwanzigbillionsten Mal, sie weiß es eben *nicht*, weil sie sich nicht mehr erinnern kann!«

»Olivia war plötzlich verschwunden«, erklärte Madison. »Die Polizei kam. Du hast geheult.« Sie warf Alice einen boshaften Blick zu. »Olivia! Olivia! Meine Tochter! Wo ist meine arme *Tochter*?«, äffte sie Alice nach, schlug die Hände vors Gesicht und tat so, als schluchzte sie sich die Seele aus dem Leib.

---

* Kosten, Ausgaben (A.d. Ü.).

»Wirklich?« Madisons Spott kränkte Alice so tief, dass es geradezu lächerlich war.

»Nur für den Fall, dass du dich wunderst – Olivia ist dein Liebling«, fügte Madison hinzu.

»Deine Mutter hat keinen Liebling«, sagte Nick.

Alice fragte sich, ob das wirklich so war. Sie hoffte es.

»Als ich mit dir schwanger war, Madison«, sagte sie, »haben dein Dad und ich dich die Rosine genannt. Hast du das gewusst? Weil du anfangs so winzig wie eine Rosine warst.«

Madison machte ein skeptisches Gesicht. »Das hast du mir aber nie erzählt.«

»Und wie habt ihr mich genannt?«, wollte Olivia wissen.

»Wirklich nicht?«, sagte Alice. »Ich hab dir nie davon erzählt?«

Madison wandte sich Nick zu. »Stimmt das? Habt ihr mich die Rosine genannt?«

»Dein Dad hat durch eine Klopapierrolle auf meinem Bauch mit dir gesprochen«, fuhr Alice fort. »Er sagte: ›Ahoi, Rosine! Ich bin's! Dein Vater!‹«

Madison lächelte. Alice starrte sie verblüfft an. Nie zuvor hatte sie ein so bezauberndes Lächeln gesehen. Reine, unverfälschte Liebe schoss ihr so kräftig in die Brust, dass es schmerzte.

Als sie ihren Blick auf ihren Teller senkte, plumpste von irgendwoher eine Erinnerung direkt in ihren Kopf.

Sie saß in einem Auto, das in goldenem, dunstigem Licht gebadet war. Es roch nach Salz und Tang. Das Genick tat ihr weh. Sie drehte sich um. Ein Wunder! Das Baby auf dem Rücksitz war eingeschlafen. Dralle, rosige Bäckchen. Lange Wimpern. Das Köpfchen seitlich an den Kindersitz gelehnt. Während Alice das kleine Mädchen betrachtete, fiel ein Lichtstreifen quer über sein Gesicht. Die Augenlider zuckten und öffneten sich, die Kleine gähnte und streckte sich schläfrig. Dann fiel ihr Blick auf Alice.

Ein strahlendes, überraschtes Lächeln hellte ihr Gesichtchen auf, so als wollte sie sagen: Hey! Na, so was! Du bist ja auch da! Vom Fahrersitz dröhnte plötzlich ein lautes, grollendes Schnarchen herüber, und das Baby machte ein erschrockenes Gesicht. »Keine Angst«, sagte Alice beruhigend. »Das ist nur dein Daddy.«

»Als du ein Baby warst, wolltest du nie schlafen.« Alice sah Nick an. »Wir mussten sie ins Auto packen und herumfahren, damit sie einschlief.«

Nick schaufelte sich ungerührt sein Essen in den Mund und blickte stur geradeaus.

Alice wandte sich Madison zu. Das Baby war zu diesem zornigen, fremden Mädchen herangewachsen. Das vergnügt glucksende Baby im Auto war die Rosine.

»Wir sind die ganze Nacht herumgefahren«, sagte Alice zu Madison. »Sobald wir anhielten, hast du angefangen zu schreien.«

»Ja, ich weiß«, meinte Madison, jetzt wieder mit düsterer Miene. »Ihr seid mit mir bis nach Manly gefahren, und dort habt ihr den Wagen auf dem Parkplatz abgestellt, und du und Daddy und ich sind eingeschlafen, und später seid ihr mit mir zum Strand hinuntergegangen, und da habe ich mich zum ersten Mal von allein auf den Bauch gerollt. Irgendwas in der Art.«

»Ja, genau!«, rief Alice aufgeregt. »Das Baby hat sich auf der Picknickdecke auf den Bauch gerollt. Wir hatten Kaffee aus dem Straßenverkauf dabei, von diesem Laden mit der blauen Markise. Und überbackene Sandwiches mit Schinken und Käse.«

Ihr kam es so vor, als wäre es gestern gewesen; ihr kam es so vor, als wäre es vor einer Million Jahren gewesen.

»Ich habe schon die ganze Nacht durchgeschlafen, da war ich erst acht Wochen alt«, sagte Olivia. »Nicht, Mummy? Im Schlafen war ich ganz große Klasse.«

»Warte ... schsch«, machte Alice und hob die Hand.

Sie versuchte, sich zu konzentrieren. Sie konnte jenen Morgen klar und deutlich vor sich sehen. Der gestreifte Strampler des Babys. Nicks unrasiertes Gesicht, seine roten Augen. Eine weiße, kreischende Möwe vor einem intensiv blauen Himmel. Sie waren dermaßen übermüdet, dass ihnen schwindlig war. Das herrliche Gefühl von Koffein, das in ihre Blutbahnen schoss. Sie waren Eltern. Sie waren überwältigt vom Wunder und dem Grauen, von dem Glücksgefühl und der Erschöpfung, Eltern zu sein.

»Mum*my*!«, quengelte Olivia weinerlich.

Wenn sie sich an jenen Tag erinnern konnte, sollte sie eigentlich auch imstande sein, sich zu jenem Tag zurückzutasten, an dem Madison geboren worden war. Und sie sollte in der Lage sein, sich in die andere Richtung vorzutasten bis zu dem Tag, an dem Nick seine Koffer gepackt und sie verlassen hatte.

»Mummy!«, drängte Olivia abermals.

Oh, sei doch bitte STILL!

Alice tastete in der Dunkelheit umher, aber da war nichts mehr.

Alles, was sie hatte, war jener Morgen im Auto.

»Nick«, begann sie.

»Was?«, knurrte er gereizt.

Er konnte sie wirklich nicht mehr leiden. Nicht nur, dass er sie nicht mehr liebte, nein, er mochte sie nicht einmal mehr.

»Wir waren doch so glücklich.«

*

ELISABETHS TAGEBUCH FÜR JEREMY

Drei Uhr morgens.

Hi, Jeremy. Ben ist weggefahren. Ich habe keine Ahnung, wo er steckt.

Ich bin so müde.

Hey, ist Ihnen schon mal aufgefallen, wie merkwürdig sich ein Wort anhört, wenn man es immer und immer wieder ausspricht?

Nehmen wir zum Beispiel … oh … äh … wie wär's mit UNFRUCHTBARKEIT?

Unfruchtbarkeit, Unfruchtbarkeit, Unfruchtbarkeit, Unfruchtbarkeit.

Was für ein verdrehtes, hässliches Wort. So viele Silben.

Egal. Was ich damit sagen will, Jeremy, mein allerliebster Therapeut (wie Olivia sagen würde), ist, dass viele Dinge merkwürdig und sinnlos werden, wenn man sie zu lange prüfend betrachtet. Ich habe so viele Jahre darüber nachgedacht, eine Mutter zu sein, dass mir die bloße Vorstellung inzwischen merkwürdig vorkommt. Ich habe es mir so sehr gewünscht, so sehr gewünscht, so sehr gewünscht. Jetzt bin ich mir nicht einmal mehr sicher, ob ich mir das tatsächlich gewünscht habe.

Nehmen wir Alice und Nick. Die beiden waren so glücklich miteinander, bevor die Kinder kamen. Sicher, sie lieben ihre Kinder, aber seien wir doch mal ehrlich: Kinder zu haben ist verdammt anstrengend. Und es ist ja nicht so, als ob man diese niedlichen Babys behalten dürfte. Babys verschwinden. Sie wachsen. Sie verwandeln sich in Kinder, die nicht mehr zwangsläufig süß und niedlich sind.

Madison war das schönste Baby, das man sich vorstellen kann. Wir vergötterten sie regelrecht. Aber die Madison von heute hat mit dem Baby von damals nichts mehr gemeinsam. Sie ist so zornig und sonderbar, und sie kann einem das Gefühl geben, ein Vollidiot zu sein. (Jawohl, Jeremy, eine Neunjährige gibt mir das Gefühl, ihr geistig unterlegen zu sein. Zeugt das nicht von mangelnder emotionaler Reife oder so was Ähnlichem?)

Tom hat früher sein Gesicht an meinen Hals geschmiegt, heute windet er sich und zappelt, wenn ich ihn in den Arm nehmen oder auch nur anfassen möchte. Und er erzählt einem den Inhalt von Fernsehsendungen mit einer Fülle unnötiger Einzelheiten. Das ist irgendwie ermüdend. Manchmal denke ich an etwas anderes, wenn er mit mir spricht.

Olivia ist immer noch ein süßer Fratz, aber sie kann einen ganz schön um den Finger wickeln. Ich habe oft das Gefühl, sie weiß, wie entzückend sie ist, und nützt das aus.

Und dann dieses Gezanke! Sie sollten die drei einmal streiten sehen. Das ist unglaublich.

Da haben Sie's. Ich bin eine schreckliche Tante. Ich sage gehässige Dinge über drei wunderbare Kinder, die ich sowieso kaum noch zu Gesicht bekomme. Was für eine Mutter wäre ich denn? Eine grauenvolle. Möglicherweise sogar eine, die ihre Kinder schlägt. Wahrscheinlich würden sie mir meine Kinder wegnehmen und jemand anderem geben. Einer Unfruchtbaren, die sie adoptieren würde.

Wissen Sie, Jeremy, als Olivia noch ganz klein war, habe ich einmal einen Tag auf sie aufgepasst. Alice und Gina waren bei irgendeiner Schulveranstaltung. Olivia war sehr brav, und sie war so süß, dass sie einen Preis als süßestes Kleinkind hätte gewinnen können. Aber als dieser Tag vorüber war, hätte ich mir VOR LANGEWEILE DIE HAARE EINZELN AUSREISSEN KÖNNEN! *Die ganze Zeit hinter ihr herlaufen und sagen »Nein, nicht anfassen!« oder »Oooh, guck mal, wie hell das Lichtlein brennt!«.*

Ich war gelangweilt. Erschöpft. Gereizt. Was für eine Erleichterung, als Alice nach Hause kam und ich die Kleine wieder abgeben konnte! Ich fühlte mich leicht wie eine Feder.

Nicht schlecht, oder? Da jammere ich ständig rum und bedauere mich, weil ich keine Kinder bekommen kann, und dann lang-

weile ich mich nach nur einem Tag in Gesellschaft eines Kindes zu Tode.

Insgeheim hab ich immer gedacht, dass Anna-Marie, meine Freundin von der Selbsthilfegruppe, eine fürchterliche Mutter sein würde. Sie ist viel zu ungeduldig und reizbar. Aber vielleicht denken die anderen genau das Gleiche von mir. Vielleicht wären wir alle fürchterliche Mütter. Bens Mutter sagt immer: »Die Natur weiß schon, was das Beste für uns ist.« Wahrscheinlich hat sie recht. Die Natur weiß, dass ich eine schreckliche Mutter wäre. Und so entscheidet sie bei jeder Schwangerschaft von mir: »Dieses Kind ist tot besser dran als mit so einer Mutter.«

Bens Mutter konnte ja auch keine Kinder bekommen, also hat sie einen Jungen adoptiert, und was ist? Sie ist TATSÄCHLICH *eine schreckliche Mutter geworden.*

Fazit: Wir sollten kein Kind adoptieren.

Ich will keine Mutter mehr sein, Jeremy.

Mutter. Mutter. Mutter. Mutter.

Noch so ein komisches Wort.

Ich weiß nicht einmal, warum ich weine.

*

GEISTREICHE GEDANKEN EINER URGROSSMAMA!

Ich weiß selbst nicht genau, warum ich deinen Rat befolgt habe, Doris aus Dallas, aber ich habe es getan! Ich habe X. zu mir zum Abendessen eingeladen. Ich werde meine Käse-Zwiebel-Quiche backen.

Ich weiß im Grunde nicht, was ich zu erreichen hoffe, aber ich halte es einfach nicht mehr aus. Ich werde von allen bemitleidet. Ich muss mir von griesgrämigen alten Frauen anhören, ich solle nicht so »verbiestert« dreinblicken.

Ich bin gefragt worden, warum ich von der Liebe enttäuscht bin. Das ist eine ganz simple, alberne Geschichte. Zu Beginn des Zweiten Weltkriegs war ich in einen jungen Mann namens Paul verliebt. Ich dachte, wir würden irgendwann heiraten. Er wurde Soldat, und ich ging zum Bahnhof, um mich von ihm zu verabschieden. Ich war nicht die Einzige. Seine andere Freundin war auch da. Ich sehe sie heute noch vor mir, eine hübsche Dunkelhaarige. Er hatte gleichzeitig was mit einer Blondine und mit einer Brünetten. Er lachte doch tatsächlich, als er uns miteinander auf dem Bahnsteig stehen sah. Hielt das Ganze für einen Mordswitz. Vielleicht war das der Moment, in dem ich meinen Humor verlor.

Paul starb in einem japanischen Kriegsgefangenenlager. Der arme, egoistische, gut aussehende, junge Paul. Was für eine Verschwendung. Er hätte noch so viele Herzen brechen können.

Die Brünette erholte sich übrigens wieder. Sie heiratete einen anderen und hatte sechs Kinder mit ihm. Ich war kein solches Stehaufmännchen. Ich sagte danach jedes Mal »nein, danke«, wenn ein junger Mann sich für mich interessierte. Vielleicht war das ein Fehler, vielleicht auch nicht, aber meiner Erfahrung nach ist die Ehe kein Zuckerschlecken! Ich musste nie am Herd stehen und Abendessen kochen oder Hemden waschen, ich musste mir nie von einem Mann sagen lassen, was ich zu tun hatte. Ich hatte einen wunderbaren, interessanten Beruf und bin viel gereist. Es war weiß Gott kein schlechtes Leben.

*

KOMMENTARE

Groovy Granny schreibt:

Die Ehe ist ein Segen, Frannie – für die Männer. Das war nur ein Scherz. Dein Beitrag hat mich nachdenklich gemacht. Ed und ich feiern im August unseren fünfzigsten Hochzeitstag. Fünfzig Jahre, in denen wir glückliche, aber auch traurige Zeiten hatten. Ich kann mir nur schwer vorstellen, wie mein Leben verlaufen wäre, hätte ich einen anderen Weg gewählt. Ich würde nichts ändern, rein gar nichts. (Obwohl ich mir schon wünschen würde, er hielte die Hand nicht ganz so fest auf der Tasche!)

AB74 schreibt:
Ehe ist Liebe. Liebe macht blind. Die Ehe ist also eine Einrichtung für Blinde. HAHAHAHAHA! Das ist einer meiner Lieblingsscherze. Den bringe ich auf jeder Hochzeit an. Ernte immer Gelächter dafür. (Ich selbst bin übrigens mein Leben lang Junggeselle geblieben.)

Frank Neary schreibt:
Sie hätten dem richtigen Mann begegnen sollen! Einem jüngeren Mann. Einem Mann, der Sie auf Händen getragen hätte. Ich schäme mich nicht zu gestehen, dass ich eine Träne verdrückt habe, als ich mir vorstellte, wie Sie damals auf jenem Bahnsteig standen.

Doris aus Dallas schreibt:
Ich freue mich sehr, dass du versuchst, einen Schritt auf X. zuzugehen! Das ist wunderbar! Halt uns auf dem Laufenden! Du sprichst übrigens, als ob dein Leben schon vorbei wäre! Dabei hast du noch viele gute Jahre vor dir, Frannie, das weiß ich.

23

»Na dann! Alle angeschnallt?« Alice' Hand zitterte ein wenig, als sie den Schlüssel im Zündschloss drehte. Fuhr sie tatsächlich Tag für Tag in diesem gigantischen Auto herum? Ihr kam es so vor, als hätte es die Größe eines Sattelschleppers. Dabei war es ein stadttauglicher Geländewagen, wie man ihr erklärt hatte.

»Bist du sicher, dass du die Kinder morgen zur Schule fahren kannst? Sag's mir lieber, wenn du ein mulmiges Gefühl dabei hast, dann bring ich sie selbst hin«, hatte Nick am Abend zuvor gesagt, als er ging.

Natürlich hab ich ein mulmiges Gefühl dabei, du Idiot! Ich weiß ja nicht mal, wo die verdammte Schule ist, hätte Alice am liebsten erwidert. Bei seinem Ton sträubten sich ihr die Nackenhaare, und ein seltsam vertrautes, starkes Gefühl überwältigte sie, ein Gefühl von … Wut? Nick hatte so eine sarkastische Art, mit ihr zu reden. Sie konnte wieder die blasierte Stimme in ihrem Kopf hören: *Dieser selbstgerechte Dreckskerl will mich als schlechte Mutter hinstellen.* »Ich schaff das schon«, hatte sie nur geantwortet. Nick hatte missmutig geseufzt und war gegangen.

Alice hatte ihm nachgeschaut, wie er zu seinem glänzenden Auto ging, und einerseits fast so etwas wie Erleichterung empfunden, während sie andererseits dachte: Warum kommst du nicht einfach mit mir nach oben ins Bett?

Jetzt saßen ihre drei Kinder auf der Rückbank hinter ihr. Sie hatten alle drei fürchterlich schlechte Laune. Waren sie ihr am Abend zuvor wie beschwipst vorgekommen, so schienen sie jetzt unter einem kräftigen Kater zu leiden. Sie waren blass und muffig und hatten Schatten unter den Augen. Alice fragte sich, ob sie schuld daran war, dass sie so übernächtigt aussahen. Vermutlich hatte sie sie viel zu lange aufbleiben lassen. Auf ihre

Frage, wann sie denn normalerweise ins Bett gingen, hatte sie nur ungenaue Antworten erhalten.

Sie rückte den Innenspiegel zurecht.

»Weißt du noch, wie man fährt?«, fragte Tom.

»Ja, klar.« Alice' Hand verharrte unschlüssig über der Handbremse.

»Wir sind schon spät dran«, sagte Tom. »Du wirst wahrscheinlich um einiges schneller fahren müssen als erlaubt.«

Es war ein merkwürdiger, höchst anstrengender Morgen gewesen. Tom war um sieben Uhr in der Tür zu Alice' Schlafzimmer aufgetaucht und hatte gefragt: »Ist dein Erinnerungsvermögen zurückgekehrt?«

»Noch nicht ganz«, hatte Alice gemurmelt, während sie die Träume der vergangenen Nacht, die alle von Nick gehandelt hatten, wie er sie anschrie, loszuwerden versuchte.

»Sie kann sich noch nicht wieder erinnern!«, hörte sie Tom brüllen. Gleich darauf wurde der Fernseher eingeschaltet.

Als sie hinunterkam, hockten Madison und Tom in ihren Pyjamas vor dem Fernseher und aßen ihre Frühstückscornflakes. »Guckt ihr normalerweise vor der Schule immer fern?«

»Manchmal«, hatte Tom vorsichtig geantwortet, ohne den Blick von der Mattscheibe zu wenden. Zwanzig Minuten später war er in fieberhafte Hektik ausgebrochen und schrie, sie müssten in fünf Minuten los. Da erst stellte sich heraus, dass Olivia noch tief und fest schlief. Anscheinend war es Alice' Aufgabe, sie zu wecken. Als Olivias Kopf immer wieder aufs Kissen zurückfiel und auf die Seite rollte und das Mädchen nur schlaftrunken murmelte »Nein, danke, ich bleib lieber da, danke, auf Wiedersehen«, hatte Alice befürchtet, der Kleinen könne etwas fehlen. »Sie wird doch nicht krank sein?«

»Sie ist jeden Morgen so, Mummy«, hatte Tom sie angewidert aufgeklärt.

Nachdem Alice die halb besinnungslose Olivia in ihre Schuluniform gesteckt und ihr ein paar Löffel voll Cornflakes in den Mund geschoben hatte, während Madison im Bad eine halbe Stunde lang mit einem röhrenden Föhn hantierte, hatten sie endlich das Haus verlassen – wahnsinnig spät, Tom zufolge.

Alice' Finger schlossen sich um die Handbremse.

»Du hast dich nicht mal frisiert heute Morgen, oder?«, sagte Madison zu Alice. »Nimm's nicht persönlich, aber du siehst irgendwie … schlampig aus.«

Alice fuhr sich mit der Hand durch die Haare. Hätte sie sich schick machen müssen, nur um die Kinder zur Schule zu fahren? Auf diese Idee war sie gar nicht gekommen. Sie hatte sich weder mit Kämmen noch mit Schminken aufgehalten und war schnell in Jeans, T-Shirt und einen alten wassermelonenfarbenen Pulli geschlüpft, den sie ganz hinten in einer Schublade gefunden hatte. Er war verwaschen und ausgefranst, und Alice war regelrecht erschrocken, als ihr plötzlich einfiel, dass sie ihn erst in der Woche zuvor zusammen mit Elisabeth gekauft hatte.

Erst in der Woche zuvor – zehn Jahre zuvor.

»Sei nicht so gemein zu meiner allerliebsten Mummy«, rügte Olivia ihre ältere Schwester.

»Sei nicht so gemein zu meiner allerliebsten Mummy!«, äffte Madison sie mit zuckersüßer Stimme nach.

»Du sollst mich nicht immer nachmachen!« Alice spürte, wie Olivia gegen ihre Rückenlehne kickte.

»Wir sind so was von spät dran!«, stöhnte Tom.

»Wie wär's, wenn ihr drei jetzt einfach mal die Klappe halten würdet«, fauchte Alice in einer Stimme, die sich nicht wie ihre eigene anhörte.

Gleichzeitig löste sie die Handbremse, fuhr rückwärts aus der Einfahrt und bog nach links ein. Ihre Hände lagen sicher auf dem Lederlenkrad, und es war, als hätte sie exakt diesen Satz unzählige Male zuvor gesagt und exakt dieses Manöver unzählige Male zuvor ausgeführt.

Sie fuhr auf die Ampelanlage zu, eine Hand schon auf dem Blinker, weil sie wusste, dass sie nach rechts abbiegen musste.

Im Fond herrschte trotzige Stille.

»Und, was steht heute an in der Schule?«, fragte Alice.

Madison seufzte theatralisch, als wäre dies die dümmste Frage, die sie je gehört hatte.

»Vulkane«, antwortete Tom. »Wir wollen darüber reden, wieso Vulkane überhaupt ausbrechen. Ich hab ein paar Fragen aufgeschrieben, die ich Mrs. Buckley stellen will. Ein paar ziemlich haarige Fragen.«

Die arme Mrs. Buckley.

»Wir machen eine Überraschung zum Muttertag«, sagte Olivia.

»Jetzt ist es aber keine Überraschung mehr«, meinte Madison.

»Ist es wohl!«, protestierte Olivia. »Oder, Mummy?«

»Klar ist es immer noch eine, ich weiß ja nicht, *was* ihr macht.«

»Wir wollen besondere Kerzen gießen«, sagte Olivia.

»Ha!«, prustete Madison.

»Na ja, aber die Farbe weiß ich immer noch nicht«, sagte Alice.

»Rosa«, antwortete Olivia prompt.

Alice lachte.

»Blöde Kuh«, sagte Madison zu ihrer Schwester.

»Nenn sie nicht so«, tadelte Alice.

Waren sie und Elisabeth auch so miteinander umgegangen? Na ja, immerhin hatte Elisabeth einmal ihre Nagelschere nach ihr geworfen. Zum allerersten Mal empfand Alice Mitleid mit ihrer Mutter. Soweit sie sich erinnern konnte, hatte Barb sie nie angeschrien, wenn sie sich zankten, sondern nur ausgiebig geseufzt und gejammert: »Könnt ihr nicht mal Ruhe geben, ihr zwei?«

Sie mussten an einer roten Ampel halten. Es wurde grün, und Alice hatte keinen blassen Schimmer, in welche Richtung sie fahren musste.

»Äh …«

»Geradeaus, die zweite links«, wies Tom sie kurz und knapp an. Er hörte sich so sehr wie sein Vater an, dass Alice sich das Lachen verbeißen musste.

Sie fuhr weiter. Das Auto kam ihr wieder riesengroß und fremd vor.

Vor ihr fuhr ein ähnlich großes Auto. Eine Frau saß am Steuer, und hinten konnte man zwei Kinderköpfe sehen.

Alice war eine Mutter, die ihre drei Kinder zur Schule fuhr. Und das tat sie jeden Tag. Es war einfach unglaublich. Zum Totlachen.

»Wie bin ich denn so, verglichen mit den anderen Müttern?«, fragte sie. »Bin ich streng?«

»Streng ist gar kein Ausdruck«, brummte Madison. »Du bist die reinste Gefängnisaufseherin.«

»Du bist ungefähr Durchschnitt«, meinte Tom. »Brunos Mum zum Beispiel lässt ihn nicht mal an den Klassenausflügen teilnehmen, so gemein ist sie. Aber Alistairs Mum erlaubt ihm, bis um neun aufzubleiben, und er darf sich was von Kentucky Fried Chicken bestellen, wann immer er Lust darauf hat, und er darf beim Frühstück fernsehen.«

Alice räusperte sich vielsagend.

»Ach so, ja.« Tom kicherte. »Sorry, Mummy.«

»Wann benehme ich mich denn wie eine Gefängnisaufseherin?«, wollte Alice wissen.

»Ach, vergiss es«, seufzte Madison. »Du kannst nichts dafür.«

»Ich finde nicht, dass du streng bist«, sagte Olivia. »Aber manchmal, na ja, manchmal bist du ein bisschen stinkig.«

»So? Weswegen denn?«

»Meinetwegen«, antwortete Madison. »Du brauchst mich bloß anzugucken, und schon bist du auf hundertachtzig.«

»Und wenn wir morgens zu spät dran sind, gehst du echt an die Decke«, fügte Tom hinzu. »Und was bringt dich sonst noch auf die Palme? Hm, mal überlegen. Türenknallen. Du kannst es nicht ausstehen, wenn jemand eine Tür zuschlägt. Du musst ganz schön zarte Ohren haben.«

»Und Daddy. Der macht dich auch wütend«, ergänzte Olivia.

»Stimmt«, pflichtete Tom ihr bei. »Dad bringt dich am meisten auf Touren.«

»Und wieso?« Alice bemühte sich um einen beiläufigen Tonfall. »Was macht er denn, dass ich so wütend werde?«

»Du hasst ihn«, stellte Tom fest.

»Das kann ich mir nicht vorstellen«, entgegnete Alice.

»Es ist aber so«, sagte Madison mit matter Stimme. »Das weißt du bloß nicht mehr.«

Alice blickte in den Innenspiegel und betrachtete ihre drei außergewöhnlichen Kinder. Tom guckte stirnrunzelnd auf seine klobige Plastikarmbanduhr, Olivia schaute verträumt geradeaus, und Madison hatte die Stirn an die Fensterscheibe gelehnt und die Augen zugemacht. Alice fragte sich, was sie und Nick ihren Kindern nur angetan hatten. Sie redeten über Hass, als ob das etwas ganz Selbstverständliches wäre. Alice schämte sich zutiefst.

»Es tut mir leid«, sagte sie.

»Was tut dir leid?« Olivia schien als Einzige zugehört zu haben.

»Das mit eurem Vater und mir.«

»Oh, das ist schon in Ordnung«, meinte Olivia. »Kriegen wir eine heiße Schokolade nach der Schule?«

»Da ist ein grüner Pfeil«, warf Tom ein. »Du kannst abbiegen.«

In der Straße, in die sie einbogen, reihte sich ein Auto ans andere, und alle waren ähnlich groß wie ihr eigenes. Es sah aus wie ein Festival. Ein Festival für Frauen und Kinder. Die Frauen, ihre Sonnenbrillen in den Haaren, einen leichten Schal um den Hals geschlungen, standen zu zweit oder zu dritt zusammen. Sie trugen Jeans, Stiefel, elegante Wildlederjacken. Waren Mütter immer so attraktiv und dünn? Alice versuchte, sich an die Mütter aus ihrer eigenen Schulzeit zu erinnern. Waren sie nicht eher mollig und unscheinbar gewesen? Irgendwie nichtssagend und mauerblümchenartig? Ein paar Frauen winkten ihr zu. Eine von ihnen hatte sich auf ihrer Cocktailparty für die Eltern der Kindergartenkinder ganz schön betrunken. Alice griff sich unwillkürlich an ihre Haare und wünschte, sie hätte sich wenigstens frisiert.

Die Kinder kreischten und schwirrten in ihren blauen Schuluniformen umher wie Schwärme kleiner blauer Vögel. So viele unschuldige Gesichter!

»Wir sind nicht zu spät«, sagte Alice.

»Für unsere Verhältnisse schon«, maulte Tom. »Ich muss zu einem Treffen von meinem Spionklub. Die sind ohne mich aufgeschmissen.«

Alice fuhr rückwärts in eine Parklücke. Es rummste, als sie gegen den Randstein prallte.

Tom verzog genervt das Gesicht. »Pass doch auf!«

Sie atmete auf, als sie den Schlüssel aus dem Zündschloss abzog. Die Kinder schnallten sich sofort ab, stießen die schweren Türen auf und stiegen aus, die Riemen ihrer Rucksäcke über die Schultern geschlungen.

»He, wartet auf mich!«, rief Alice, die keine Ahnung hatte, wie man sich vor der Schule von seinen Kindern verabschiedete.

Als sie ausstieg, fiel ihr Blick auf Dominick. Er trug einen

Schlips, seine Hemdärmel waren sorgfältig bis zu den Ellbogen aufgerollt. Er war in die Hocke gegangen, um sich mit drei Jungen zu unterhalten, die ihm anscheinend etwas über einen Fußball zu erzählen hatten. Dominick hörte ihnen aufmerksam zu und nickte so gewichtig, als befände er sich in einer Unterredung mit irgendwelchen Wirtschaftsbossen. Zwei Mütter warteten in der Nähe darauf, bis er fertig war. Als er Alice entdeckte, zwinkerte er ihr zu. Alice lächelte verlegen. Er war nett, gar keine Frage. Er war sehr, sehr … nett.

»Hast du schon mit ihm geschlafen?«, raunte eine vornehme Stimme hinter ihr. Der schwere, süßliche Duft eines Kosmetiksalons stieg Alice in die Nase.

Sie drehte sich um. Schon wieder diese schreckliche Kate Harper.

»Oh, hi!« Alice taumelte zurück.

Kate trug einen todschicken Trenchcoat, ihre Haut war makellos, ihre Lippen schimmerten. Sie hatte ein bisschen zu dick aufgetragen für diese Tageszeit.

»Gott, wie ich dich beneide!«, fuhr sie fort. »Bei uns ist es jetzt ein Jahr her.«

»Ich verstehe nicht, was meinst du?«

»Dass wir es getan haben, du weißt schon. Ich hab bestimmt schon Spinnweben da unten.«

Erstaunlich, was fremde Leute einem so alles anvertrauten.

Kate sah immer noch zu Dominick. »Die Krallen sind übrigens schon ausgefahren. Miriam Dane hat ja schon lange ein Auge auf ihn geworfen. Anscheinend hat sie zu Felicity gesagt, sie finde es reichlich geschmacklos von dir, dass du dir nur drei Monate nach der Trennung von Nick schon einen anderen geangelt habest. Ich musste ihr versprechen, das für mich zu behalten, aber ich dachte mir, du würdest es bestimmt gern wissen!« Sie senkte die Stimme, und ihr schönes Gesicht nahm einen boshaften Zug an. »Du wirst dich totlachen, wenn du das hörst. Auf der Party vorgestern hat Miriam, als sie ein paar Drinks intus hatte, dich anscheinend mit dem ›F‹-Wort beschimpft.« Alice sah sie verständnislos an.

Kate senkte ihre Stimme zu einem Flüstern. »*Flittchen!*«

Dann kreischte sie laut: »Ist das nicht zum Brüllen? Das ist so was von achtzigerjahremäßig! Das muss ich gleich Alice erzählen, hab ich mir gesagt, die findet das bestimmt zum Schießen! Die Frau ist erbsengrün vor Eifersucht. Die hat sich garantiert in den Hintern gebissen vor Wut, als Tom das Tor schoss, wo sie doch ihrem Harry ein zusätzliches Fußballtraining bezahlt, weil er ja angeblich *so* talentiert ist! Ha ha, das kleine Schweinchen!«

Alice wurde schlecht. Sie schaute sich nach ihren Kindern um, auf der Suche nach einer Ausrede, um sich von Kate loszureißen. Tom saß auf einer Bank und hielt zwei anderen Jungs einen Vortrag; die beiden lauschten aufmerksam, einer schien sich sogar Notizen zu machen. Olivia schlug ein Rad, eine Gruppe Mädchen klatschte Beifall. Madison war nirgends zu sehen.

»Du kannst Miriam sagen, sie kann unbesorgt sein«, sagte sie. »Wir werden uns nicht scheiden lassen, Nick und ich.«

Kate packte sie so fest am Arm, dass es wehtat. »Das ist nicht dein Ernst!«

»Und ob das mein Ernst ist.« Alice dachte an die Kälte, mit der Nick sich am Abend zuvor von ihr verabschiedet hatte. »Na ja, zumindest arbeiten wir daran, es noch einmal zu versuchen.«

»Aber wieso denn? Was ist denn passiert? Ich meine, so wie du letzte Woche noch geredet hast … Das hat sich angehört, als ob eure Entscheidung unwiderruflich wäre! Du hast gesagt, du kannst seinen Anblick nicht mehr ertragen, dir wird körperlich schlecht, wenn du ihn nur siehst! Du hast gesagt, du könntest ihm das niemals verzeihen! Du hast …«

»Was könnte ich ihm niemals verzeihen?«, fiel Alice ihr ins Wort.

»Ich fass es nicht! Das haut mich echt um!« Kate zupfte sich eine ihrer goldblonden Strähnen von den schimmernden, klebrigen Lippen. Vor lauter Aufregung hatte sie sogar ihren vornehmen Akzent vergessen.

»Was könnte ich ihm niemals verzeihen?«, wiederholte Alice. Sie musste sich beherrschen, um ihre Hände nicht um Kate Harpers Schwanenhals zu legen und zuzudrücken.

»Hallo zusammen.«

Eine Hand legte sich sanft auf Alice' Schulter.

Als Alice aufschaute, stand Dominick neben ihr.

»Wie geht's Ihnen, Kate?«, fragte er, während er mit seiner Hand unauffällig Alice' Schulter liebkoste. Das war ein ganz nettes Gefühl, aber *Nick* tat das in aller Öffentlichkeit. »Meinen Glückwunsch an euch beide. Der Samstag war wirklich gelungen.«

Was für eine seltsame Mischung aus Autorität und Schüchternheit er doch an den Tag legte.

»Und wie geht's Ihnen, Dominick?« Kates Gesicht leuchtete vor Anteilnahme und stillem Jubel über diese neueste Tratschgeschichte.

»Ich bin fit wie ein Turnschuh für einen Montagmorgen.« Er nahm seine Hand von Alice' Schulter (sie vermisste die Berührung sofort) und vollführte ein paar absurde Bewegungen zum Beweis für seine Fitness. Dann lächelte er Alice zu, berührte kurz ihren Arm und meinte: »Wir sehen uns später.«

Sie erwiderte sein Lächeln. Er sah sie so an, wie Nick sie zu Beginn ihrer Beziehung angesehen hatte, auf eine Weise, die ihr das Gefühl gab, begehrenswert und aufregend zu sein. Sie dachte daran, wie Nick sie jetzt ansah.

»Gut. Bis dann.«

»O Dominick, könnten Sie mal kurz rüberkommen?«, trillerte eine Frauenstimme.

Er trottete gehorsam hinüber.

»Ich gehe wohl recht in der Annahme, dass er es noch nicht weiß? Von dir und Nick?«, sagte Kate gespannt.

»Was? Oh … äh … nein, noch nicht.«

»Aber das ist endgültig?«

»Oh, na ja, ich denke schon. Ja. Ich hoffe es. Aber es ist noch geheim.«

»Verstehe. Meine Lippen sind versiegelt.« Kate tat so, als verschlösse sie ihre Lippen mit einem Reißverschluss.

»Was könnte ich Nick niemals verzeihen?«, fragte Alice abermals.

»Hm?« Kate machte ein zerstreutes Gesicht. »Ach so, das. Na ja, wir hatten uns über Gina unterhalten.«

»Was ist mit Gina?« Alice stellte sich im Geist vor, wie sie Kate an den Schultern packte und schüttelte, bis ihr die Zähne klapperten.

»Du hast gesagt, er habe nicht mal den Anstand besessen, zu Ginas Beerdigung zu kommen. Du hast auf mich den Eindruck gemacht, als ob …« Kate zuckte die Achseln. »… na ja, deshalb kommt das mit eurem Versöhnungsversuch ziemlich überraschend für mich.«

Nick war also nicht zur Beerdigung von Alice' bester Freundin gegangen. Wieso nicht? Er musste einen guten Grund gehabt haben. Aber selbst wenn nicht – deswegen ließ man sich doch nicht scheiden.

»Darf ich etwas dazu sagen?« Kate fingerte nervös an einem Knopf ihres Trenchcoats herum. Als sie aufblickte, hatte ihr Gesicht einen unsicheren Ausdruck angenommen. »Bleibt nicht zusammen, wenn es nur wegen der Kinder ist. Meine Eltern sind wegen der Kinder«, sie malte Anführungszeichen in die

Luft, »zusammengeblieben. Aber glaub mir, Kinder wissen ganz genau, wenn ihre Eltern nur noch Verachtung füreinander übrig haben. Das ist alles andere als schön. Das ist keine glückliche Kindheit. Und außerdem ist Dominick ein echter Traummann. Denk daran. Okay, das war Kates Kommentar zum Tage! Und jetzt muss ich los! Mein Terminkalender ist voll, voll, voll!«

Sie schwang sich den Riemen ihrer Handtasche über die Schulter, zog den Gürtel ihres Trenchcoats enger und stöckelte davon.

Na ja, vielleicht war sie ja doch nicht ganz so schrecklich.

*

ELISABETHS TAGEBUCH FÜR JEREMY

Heute Morgen habe ich mir ernsthaft überlegt, ob ich die Blutuntersuchung ausfallen lasse. Einfach nicht hingehe. Den Termin schwänze.

Aber dann war ich doch Punkt acht Uhr da. Habe meinen Namen auf das Klemmbrett geschrieben. Der Krankenschwester meinen Unterarm hingestreckt. Die Schreibweise meines Namens und mein Geburtsdatum auf dem Reagenzglas überprüft.

Den Wattebausch auf den Blutstropfen gedrückt.

»Viel Glück«, wünschte mir die Schwester, als ich ging.

Das sagt sie jedes Mal: »Viel Glück.« Irgendwie klingt es herablassend. Stecken Sie sich Ihr Glück doch in den Arsch, habe ich erwidert und ihr eins auf die Nase gehauen.

Reingefallen, Jeremy! Das habe ich natürlich nicht gesagt. Nein, ich sagte höflich: »Danke!« Anschließend ging ich ins Büro, wo Layla, ganz Geschäftigkeit, mich schon erwartete und mir mit glänzenden Augen berichtete, wie gut die Freitagsseminare gelaufen sind, nachdem ich gegangen war, und wie positiv die Bewertungen waren und dass sie zwölf Anmeldungen für das Fortgeschrittenenseminar hat.

»Interessiert es Sie denn gar nicht, wie es meiner Schwester geht?«, fragte ich. »Sie wissen schon, die, derentwegen ich früher gehen musste? Die, die im Krankenhaus war?«

Sie hätten ihr verdattertes Gesicht sehen sollen, Jeremy. Sie blickte so bestürzt drein, dass ich mir vorkam, als hätte ich einem Kätzchen einen Tritt verpasst. Sie stammelte eine Entschuldigung nach der anderen und stotterte, sie habe gedacht, ich wünschte nicht, über Privatangelegenheiten zu reden.

Das stimmt! Das habe ich nie getan! Die arme Frau.

Das ist der definitive Beweis dafür, dass ich ein grässlicher Mensch bin.

*

Alice saß im Herbstsonnenschein auf der Verandatreppe vor dem Haus, aß den restlichen Kuchen, den ihre Mutter dagelassen hatte, und fragte sich, ob sie bald irgendwo erwartet wurde. In ihrem Terminkalender war für diesen Tag eingetragen: »L – 10 Uhr«. War L eine Person, die irgendwo auf sie wartete? War L wichtig? Sie sollte Elisabeth oder ihre Mutter anrufen, um das herauszufinden, aber sie konnte sich nicht dazu aufraffen. Vielleicht sollte sie sich ein bisschen hinlegen.

Ein bisschen hinlegen? Spinnst du? Du musst tausend Dinge erledigen!

Da war sie wieder, diese patzige Stimme in ihrem Kopf.

»Hau ab«, sagte Alice laut. »Ich kann mich nicht mal daran erinnern, was das für tausend Dinge sind.«

Sie schloss die Augen und genoss den warmen Sonnenschein auf ihrem Gesicht. Nur das ferne Röhren eines Motorrads durchbrach die mittägliche Vorstadtstille. Es war ungewöhnlich ruhig.

Was für ein herrliches Gefühl! Das kannte sie sonst nur, wenn sie sich nicht wohlfühlte und sich den Tag frei nahm.

Alice öffnete die Augen wieder, gähnte und sagte sich, dass sie das letzte Stück Kuchen eigentlich auch noch essen könnte. Es war ja nur ein ganz schmales. Von ihrem Platz auf der Treppe aus konnte sie das »Zu-verkaufen«-Schild vor dem Haus gegenüber sehen. Dort also hatte diese Gina gewohnt. Vermutlich hatte Alice dieses »geschmackvoll renovierte Haus von besonderem Charme« (wie es auf dem Schild angepriesen wurde) viele Male betreten, um sich Zucker zu borgen oder aus welchem Grund auch immer. Eigentlich hätte sie nicht gedacht, dass sie mit dreißig Jahren noch neue Freundschaften schließen würde. Ihr Freundeskreis war groß genug. Außerdem war sie am liebsten mit Nick und Elisabeth zusammen, und ein Baby erwartete sie ja auch. Damit hätte ihre Zeit doch ausgefüllt sein müssen.

Und dennoch schien die Freundschaft mit Gina ein wesentlicher Bestandteil ihres Lebens gewesen zu sein.

Und dann war Gina gestorben, und sie war am Boden zerstört gewesen. Bei dem Gedanken daran kam sich Alice irgendwie dumm vor. So als hätte sie aus einer Mücke einen Elefanten gemacht.

Das röhrende Dröhnen des Motorrads kam näher.

Du meine Güte! Es bog in ihre Auffahrt ein. War das etwa »L«?

Alice wischte sich den Mund mit dem Handrücken ab und stellte ihren Teller neben sich auf die Treppenstufe.

Der Mann in der schwarzen Lederjacke hob grüßend seine behandschuhte Hand, als er das Motorrad vor der Veranda zum Stehen brachte. Sein Gesicht konnte man hinter dem Visier des Helms nicht erkennen. Er trat den Ständer herunter und stellte den Motor ab.

»Hey, du!«, rief er Alice zu, als er seinen Helm abnahm und den Reißverschluss seiner Jacke aufzog.

»Hey«, erwiderte Alice und musste husten, weil sie noch nie irgendjemanden mit »Hey« begrüßt hatte. Der Fremde sah so gut aus, dass es fast schon komisch war. Breite Schultern, ausgeprägter Bizeps, durchdringende Augen und Dreitagebart.

Alice schaute sich verstohlen nach einer Freundin oder einer Schwester um, mit der sie einen vielsagenden Blick hätte wechseln können. Was hatte es für einen Sinn, einem so tollen Mann zu begegnen, wenn niemand da war, dieses Erlebnis mit einem zu teilen?

Sie fragte sich, ob sie mit ihm auch etwas hatte. Nein, unmöglich. Der spielte in einer ganz anderen Liga. Er war eine Comicfigur, der Prototyp des umwerfend attraktiven Helden. Sie verspürte den unbändigen Drang loszukichern.

»Du isst vorher?«, fragte der Sexgott. »Wir wollen doch gleich anfangen.«

»Anfangen?«, echote Alice.

Ihre Gedanken rasten. O mein Gott, womöglich war er ein Callboy, ein Mann für gewisse Stunden! Immerhin war sie eine Frau mittleren Alters mit einem Swimmingpool.

»Das sieht dir aber gar nicht ähnlich.«

Als er sich aus seiner Lederjacke schälte, rutschte sein weißes T-Shirt nach oben, sodass Alice seinen Bauch sehen konnte.

Na ja, das Ende der Welt wäre das nicht.

O nein, ganz gewiss nicht. Vielleicht hatte sie ihn ja im Voraus bezahlt …

Alice konnte sich nicht mehr beherrschen. Sie lachte los.

Er lächelte unsicher. »Was ist denn so komisch?« Er legte seinen Helm auf den Tank des Motorrads und ging dann auf sie zu. Was sollte sie sagen? *»Sie sind so attraktiv, dass es zum Lachen ist«?*

Alice schüttelte es förmlich vor Lachen, so heftig, dass ihre Beine sich wie Pudding anfühlten. Der Mann starrte sie konsterniert an. Ach herrje, was dachte sie sich nur dabei! Auch attraktive Menschen waren richtige Menschen. Sie hatten Gefühle, die verletzt werden konnten. Alice riss sich zusammen.

»Ich hatte einen Unfall«, sagte sie, als sie sich beruhigt hatte, und schaute zu ihm auf. »Letzte Woche. Im Fitnessstudio. Bin auf den Kopf gefallen. Und seitdem leide ich ein bisschen an Gedächtnisverlust. Und deshalb … weiß ich weder wer Sie sind, noch … warum Sie hier sind.«

»Du machst Witze, oder?« Er sah sie misstrauisch an. »Ist hier irgendwo eine versteckte Kamera installiert?«

»Nein«, seufzte Alice. Ihr Lachanfall war verebbt. Sie hatte Kopfschmerzen. Dieser verdammte Kopf. »Ich weiß wirklich nicht, wer Sie sind.«

»Ich bin Luke«, antwortete er, noch immer nicht ganz sicher, ob sie ihn nur auf den Arm nehmen wollte, »und wir sind per Du.«

»Es tut mir leid, Luke, aber ich brauche mehr Informationen.«

Er lachte kurz auf, und seine Blicke huschten nervös nach allen Seiten, ob ihn jemand dabei beobachtete, wie er einen Narren aus sich machte. »Ich bin dein Personal Trainer. Ich komme jeden Montagmorgen, um mit dir zu trainieren.«

O Gott! Kein Wunder, dass sie so dünn war.

»Und was … was trainieren wir denn so?«

»Jedes Mal etwas anderes. Mal Kardio-, mal Krafttraining. In letzter Zeit haben wir gute Erfolge mit dem Intervalltraining erzielt.«

Alice hatte keinen blassen Schimmer, wovon er redete.

»Ich hab gerade drei Stück Kuchen gegessen«, sagte sie und hielt den Teller mit dem letzten Stück hoch.

Luke setzte sich neben sie und griff nach dem angebotenen

Kuchen. »Ich werd dir lieber nicht sagen, wie viele Kalorien du verdrückt hast.«

»Oh, garantiert Tausende! Tausende göttlicher, köstlicher Kalorien.«

Er warf ihr einen seltsamen Blick zu. »Wenn du eine Kopfverletzung hast, sollten wir das Training heute ausfallen lassen.«

»Ja, der Meinung bin ich auch.« Alice wollte auf keinen Fall in seiner Gegenwart irgendwelche Turnübungen absolvieren. Der bloße Gedanke machte sie befangen. »Aber ich werde die Stunde natürlich bezahlen.«

»Das ist schon in Ordnung.«

»Nein, nein, ich bestehe darauf.«

»Na schön, sagen wir einen Hunderter.« Wow. Was verlangte er denn normalerweise?

»Das mit dem Gedächtnisverlust ist sicher nur vorübergehend, oder?«, fragte Luke. »Was sagen denn die Ärzte?«

Alice machte eine unwillige Handbewegung. Sie wollte das nicht mit ihm diskutieren. *Einhundert Dollar!* »Wie lange bist du denn schon mein Personal Trainer?«

Luke streckte seine langen Beine aus und stützte sich auf die Ellbogen. »Oh, das müssen so an die drei Jahre sein. Ihr beide, du und Gina, wart meine zweiten Kundinnen. Scheiße, was habe ich am Anfang über sie gelacht! Weißt du noch, was sie jedes Mal für einen Aufstand gemacht hat, wenn wir die Treppen im Park rauf- und runtergerannt sind? Nein, Luke, nicht die Treppen, alles, bloß nicht die Treppen! Sie hatte sich wirklich super gemacht. Ihr seid beide unglaublich fit geworden.«

Er verstummte, und Alice stellte erschrocken fest, dass er die Tränen zurückhalten musste.

»Entschuldige«, nuschelte er gedämpft. »Ich hab noch nie jemanden gekannt, der dann gestorben ist. Das macht mich echt fertig. Jedes Mal, wenn ich zu dir komme, muss ich an Gina denken. Blöd, ich weiß. Ich meine, dir fehlt sie bestimmt viel mehr.«

»Ich kann mich nicht an sie erinnern«, sagte Alice.

Luke starrte sie bestürzt an. »Du kannst dich nicht an *Gina* erinnern?«

»Nein. Ich weiß, dass sie meine Freundin war. Und dass sie tot ist. Das ist alles.«

»Wow.« Anscheinend hatte es ihm die Sprache verschlagen.

Schließlich sagte er: »Irre.«

Alice streckte ihren Hals nach links, nach rechts und wieder nach links. Sie hatte Lust auf etwas ganz Bestimmtes, wusste aber nicht, worauf. Das machte sie ganz kribbelig.

»Luke«, sagte sie gereizt, »hab ich mit dir je über Nick gesprochen?«

Ein paar nützliche Informationen waren das Mindeste, was sie für einhundert Dollar erwarten konnte.

Er lächelte und entblößte dabei kräftige weiße Zähne. Der Mann war eine wandelnde Vitaminpillenreklame. »Du und Gina, ihr wolltet immer hören, wie ich als Mann über die Probleme in eurer Ehe denke. Ich hab dann jedes Mal gesagt: He, Mädels, ich bin in der Unterzahl!«

»Ja.« Alice staunte über die schlechte Laune, die sich in ihr aufstaute. »Die Sache ist nur die: Ich kann mich nicht erinnern, warum Nick und ich uns trennen wollen.«

»Oh.« Luke drehte sich um, stemmte die Hände auf die oberste Verandastufe und begann mit Liegestützen. »Ich weiß noch, dass du einmal zu mir gesagt hast, letzten Endes gäbe es nur einen einzigen Grund für deine Scheidung. Als ich an jenem Abend nach Hause kam, habe ich es meiner Freundin erzählt, weil ich wusste, dass sie das interessieren würde.«

Ohne mit den Liegestützen innezuhalten, legte er einen Arm auf den Rücken. Alice fragte sich, ob das wirklich nötig war.

»Und was für ein Grund war das?« Sie beobachtete, wie er mit einem kurzen Ächzen den Arm wechselte.

»Ich weiß es nicht mehr.« Er drehte sich wieder um und grinste, als er Alice' Gesichtsausdruck sah. »Soll ich sie anrufen und fragen?«

»Könntest du das tun?«

Er zog sein Handy aus einer Jeanstasche und drückte eine Taste.

»Hey, Kleines. … Nein, nein, alles in Ordnung. Ich bin gerade bei einer Kundin. Hör mal, kannst du dich daran erinnern, wie ich dir von jener Dame erzählte, die sagte, schuld an ihrer Scheidung sei letztendlich nur eine Sache? … Nein, es hat mich nur interessiert, weißt du noch, was diese eine Sache war?«

Er lauschte. »Wirklich? Bist du sicher? Okay. Hab dich lieb.«

Er drückte die Auflegen-Taste und sah Alice an. »Schlafmangel.«

»Schlafmangel«, wiederholte Alice. »Das ergibt keinen Sinn.«

»Das war es aber anscheinend, was du damals gesagt hast. Und ich weiß noch, dass Gina genau zu wissen schien, was du damit meintest.«

Alice seufzte und schlug die Hände vors Gesicht. Sie konnte den Namen Gina nicht mehr hören. »Ich bin richtig schlecht gelaunt. Ich glaube, ich brauche Schokolade oder so was. Irgendwas, was mich in Schwung bringt.«

»Du solltest deinen Dealer aufsuchen.«

»Meinen Dealer?«, wiederholte Alice entgeistert. War sie etwa drogenabhängig? Zog sie sich zu Hause manchmal eine Line Koks rein, nachdem sie die Kinder zur Schule gefahren hatte? Wahrscheinlich, sonst würde sie wohl kaum Jargonausdrücke wie »sich eine Line reinziehen« kennen.

»Dein Café«, erklärte Luke. »Dein Körper schreit nach einem Kaffee.«

»Ich trinke keinen Kaffee«, erwiderte Alice verwundert. Luke sah sie belustigt an. »Du bist regelrecht süchtig nach Kaffee. Ich hab dich noch nie ohne Kaffeebecher aus dem Straßenverkauf gesehen.«

»Ich hab seit meinem Unfall keine einzige Tasse getrunken.«

»Hast du Kopfweh?«

»Ja, aber ich dachte, das käme von meinem Sturz.«

»Wahrscheinlich ist es auch eine Entzugserscheinung, weil dein Körper kein Koffein mehr bekommt. Das ist eine gute Gelegenheit, das Kaffeetrinken aufzugeben. Ich versuche dich schon seit einer Ewigkeit davon zu überzeugen, weniger zu trinken.«

»Nein.« Alice schüttelte den Kopf. Ihr Verlangen hatte jetzt einen Namen. Sie konnte die Kaffeebohnen riechen. Sie konnte den Kaffee auf der Zunge schmecken. Sie wollte einen, jetzt sofort. »Weißt du, wo ich mir meinen Kaffee hole?«

»Klar. Bei *Dino's*. Deinen Worten zufolge gibt's dort den besten Kaffee in ganz Sydney.«

Alice sah ihn ausdruckslos an.

»Neben dem Kino an der Schnellstraße.«

»Gut.« Alice stand auf. »Tja, dann vielen Dank.«

»Oh. War's das schon?« Luke erhob sich ebenfalls. Er schien auf etwas zu warten.

Natürlich, sein Geld. Alice lief ins Haus, fand ihren Geldbeutel und zog zwei Fünfzigdollarscheine heraus. Sie ging wieder nach draußen und reichte Luke die Banknoten. Es tat ihr körperlich weh, sich von dem Geld zu trennen. So attraktiv war Luke nämlich gar nicht.

Seine große Pranke schloss sich freudig um die Geldscheine. »Okay, ich hoffe, nächste Woche geht's dir wieder besser. Dann werden wir eine Trainingseinheit hinlegen, dass es knallt, um alles nachzuholen!«

»Super!«, strahlte Alice. Sie zahlte diesem Mann über hundert Dollar jede Woche, nur damit er ihr sagte, welche Fitnessübungen sie machen sollte?

Sie beobachtete, wie er auf seinem Motorrad davonbrauste, und schüttelte den Kopf. Richtig, der Kaffee. Ihr Blick fiel auf die Verandastufen. Bevor sie wusste, was sie tat, hatte sie sich schon mit den Händen auf der obersten Stufe abgestützt. Alice zog den Bauch ein, winkelte die Ellbogen an und senkte ihre Brust geschmeidig auf die Stufe hinunter.

Eins, zwei, drei, vier …

Du lieber Himmel, sie machte Liegestütze!

Sie zählte bis dreißig, dann konnte sie nicht mehr. Ihre Brust brannte, ihre Arme schmerzten, aber sie schrie: »Das musst du mir erst mal nachmachen!« Sie blickte sich triumphierend nach jemandem um, der gar nicht da war.

Ringsum herrschte tiefe Stille.

Alice ließ sich auf eine Stufe fallen, zog die Knie an und starrte zu dem »Zu-verkaufen«-Schild auf der anderen Straßenseite hinüber.

Sie hatte das Gefühl, es war Gina, nach der sie sich umgesehen hatte.

Gina.

Es war äußerst seltsam, jemanden zu vermissen, den man nicht einmal kannte.

24

ELISABETHS TAGEBUCH FÜR JEREMY

Also, ich weiß nicht recht, aber Sie sind mir heute Morgen ein bisschen übellaunig vorgekommen. Ist das erlaubt? Dürfen Therapeuten Gefühle zeigen? Glaube ich nicht. Sparen Sie sich die für Ihre eigenen Therapiesitzungen auf, Sportsfreund, anstatt sie auf meine Kosten auszuleben.

Ich hätte mir ehrlich gesagt ein bisschen mehr Anerkennung gewünscht, als ich Ihnen gezeigt habe, wie viele Seiten für mein Tagebuch schon zusammengekommen sind. Als Therapeut hätten Sie sich doch denken können, dass ich mir ein Lob erhofft habe, oder? Ich weiß ja, dass es nicht Sinn dieser Aufzeichnungen ist, dass Sie sie lesen. Ich habe mein Notizbuch nur deshalb mitgebracht, damit Sie sagen: »Wow! Ich wünschte, alle meine Patienten würden sich so ins Zeug legen wie Sie!«

Sie hätten mir wenigstens ein Kompliment für meine schöne Handschrift machen können, irgendetwas in der Art jedenfalls.

Ich meine, Sie sind doch derjenige, der sich auf den Umgang mit Menschen verstehen sollte. Aber stattdessen haben Sie mich nur verdutzt angesehen, so als hätten Sie gar nicht mehr gewusst, dass Sie mich gebeten haben, ein Tagebuch zu führen. Es hat mich früher immer gewurmt, wenn ein Lehrer nicht nach den Hausaufgaben fragte, die er aufgegeben hatte. Ich hatte dann das Gefühl, dass auf nichts mehr Verlass war.

Aber heute wollten Sie unbedingt mit mir über den Zwischenfall im Café sprechen. Ich persönlich glaube ja, dass Sie einfach nur neugierig waren. Sie hofften, meine Geschichte würde ein bisschen Abwechslung in Ihren langweiligen Montagmorgen bringen, hab ich recht?

Sie haben ziemlich unwirsch reagiert, als ich sagte, ich würde lieber über Ben und das Thema Adoption reden. Der Kunde hat eigentlich immer recht, Jeremy!

Wenn Sie es jedoch unbedingt wissen müssen, werde ich Ihnen erzählen, was im Café passiert ist.

Es war an einem Freitagmorgen, als ich auf dem Weg zur Arbeit bei Dino's reinschaute. Ich hatte mir einen großen Cappuccino bestellt, weil ich weder schwanger noch mitten in einem IVF-Zyklus war. Am Nebentisch saß eine Frau mit einem Baby und einem etwa zweijährigen Mädchen.

Das Mädchen hatte lockiges braunes Haar. Ben hat auch lockiges braunes Haar. Das heißt, er hätte lockiges Haar, wenn er es nicht millimeterkurz trüge wie ein Autodieb. Aber ich habe Fotos von früher gesehen, aus der Zeit, als wir uns noch nicht kannten, und darauf hat er lockiges Haar. Unsere Kinder habe ich mir immer mit Bens Haaren vorgestellt.

Abgesehen davon war die Kleine aber nicht besonders niedlich. Sie hatte ein schmutziges Gesicht und war quengelig.

Die Mutter telefonierte auf ihrem Handy und rauchte eine Zigarette.

Na ja, Letzteres stimmt nicht, sie hat gar nicht geraucht.

Aber sie sah wie eine Raucherin aus. Sie hatte so ein hageres, kantiges Gesicht. Sie erzählte ihrem Gesprächspartner, wie sie jemanden abgekanzelt hatte, und warf dazwischen immer wieder ein: »Das war einfach zu komisch.« Wie kann etwas zu komisch sein, Jeremy?

Jedenfalls hat sie überhaupt nicht auf das kleine Mädchen geachtet. Als ob sie vergessen hätte, dass es existierte.

Dino's liegt am Pacific Highway. Ständig kommen und gehen Leute, reißen die Tür auf, lassen sie wieder zufallen. Ich habe das kleine Mädchen also beobachtet. Nicht auf die zwanghafte Art und Weise einer Unfruchtbaren mit Kinderwunsch, sondern müßig, eher beiläufig.

Die Tür ging auf, und eine Schar Mütter kam herein. Samt ihren Kinderwagen.

Zeit zu gehen, sagte ich mir.

Ich stand auf. Die Mütter bahnten sich einen Weg quer durchs Café, stießen Stühle und Tische mit ihren großen Kinderwagen beiseite, und da sah ich, wie das kleine Mädchen zur Tür hinausschlüpfte und auf die Straße trat.

Die Mutter der Kleinen telefonierte immer noch. »Entschuldigung!«, rief ich, aber niemand achtete auf mich. Zwei Mütter hatten sich bereits hingesetzt, knöpften ihre Blusen auf und entblößten ihre Brüste, um ihr Baby zu stillen (diese lockere Einstellung dem Stillen gegenüber ist ein bisschen zu locker geworden, wenn Sie mich fragen), während sie ihre Bestellungen quer durch das Café schrien.

Ich eilte hinaus. Das kleine Mädchen tappte über den Bürgersteig direkt auf die Schnellstraße zu, auf der riesige Trucks und Geländewagen vorbeidonnerten. Ich rannte los, schnappte die Kleine und riss sie genau in dem Moment, als sie von der Bordsteinkante auf die Straße treten wollte, zurück.

Ich habe dem Kind das Leben gerettet.

Ich schaute zurück in das Café, wo die schmalgesichtige Mutter immer noch an ihrem Handy hing und die Mütter mit den Kinderwagen in ihre Unterhaltungen vertieft waren, und das kleine Mädchen in meinen Armen roch nach Zucker und vielleicht einer Spur Zigarettenrauch. Es hatte sein kleines Patschhändchen vertrauensvoll auf meine Schulter gelegt.

Da ging ich weiter. Ich bin einfach mit dem Kind auf dem Arm weitergegangen.

Ich weiß nicht, was ich gedacht habe. Vermutlich gar nichts.

Es war ja nicht so, als hätte ich das alles geplant, als hätte ich der Kleinen die Haare blond färben und mit ihr in einen anderen Bundesstaat flüchten wollen, ins Northern Territory vielleicht, wo wir in einem Wohnwagen direkt am Meer leben und uns von der Sonne bräunen lassen und uns von Meeresgetier und frischem Obst ernähren würden, und wo ich sie zu Hause unterrichten könnte und … Quatsch! Nicht im Entferntesten habe ich an so etwas gedacht.

Ich ging einfach weiter.

Das kleine Mädchen kicherte, als ob das ein herrliches Spiel wäre. Hätte sie geweint, hätte ich sie auf der Stelle wieder zurückgebracht, aber sie lachte. Sie mochte mich. Vielleicht war sie dankbar, dass ich ihr das Leben gerettet hatte.

Und dann höre ich plötzlich eilige Schritte hinter mir, und die Schmalgesichtige packte mich an der Schulter, riss mich herum und brüllte: »Hey!« Nacktes Entsetzen malte sich auf ihrem Gesicht ab. Sie kratzte mich mit ihren Nägeln, als sie die Kleine aus meinen Armen zerrte, und dann fing das Mädchen tatsächlich zu weinen an, weil es sich erschrocken hat, und die Mutter beruhigte es: »Alles in Ordnung, Schätzchen, alles in Ordnung.« Sie sieht mich an mit einem Ausdruck tiefsten Abscheus.

O Gott, ich wäre vor Scham am liebsten im Boden versunken.

Einige Mütter waren aus dem Café gekommen, sie standen stumm, die Köpfchen ihrer Babys stützend, auf dem Bürgersteig und starrten mich an. Auch der Besitzer des Cafés war herausgeeilt, Dino persönlich, wie ich vermute. Ich hatte ihn immer nur von der Taille an aufwärts hinter seiner Theke gesehen, so wie man von einem Nachrichtensprecher nur die obere Hälfte kennt. Ich war überrascht: Er war kleiner, als ich dachte. Nie zuvor hatte ich ihn so ernst erlebt. Normalerweise lacht er immer.

All diese Leute standen da und verurteilten mich. Es war, als hätte ich meine Periode bekommen und alle könnten es sehen. In diesem Moment spürte ich, wie in meinem Verstand etwas aushakte. Ich konnte es wirklich spüren. Ich konnte es körperlich spüren, dass ich im Begriff war, den Verstand zu verlieren. Gibt es vielleicht ein Wort dafür, Jeremy?

Ich fiel auf dem Bürgersteig auf die Knie, was nicht nur völlig überflüssig, sondern auch sehr schmerzhaft war. Es dauerte über eine Woche, bis die aufgeschürften Stellen verheilt waren.

Und da tauchte Alice auf. Sie trug eine nagelneue Jacke und wollte, ihre Handtasche schwingend, in das Café eilen, als ihr Blick auf die zusammengekrümmte Gestalt auf dem Gehsteig fiel. Ich konnte ihren Gesichtsausdruck sehen, als sie mich erkannte. Sie prallte zurück, als ob sie eine Ratte entdeckt hätte.

Das muss ihr furchtbar peinlich gewesen sein. Ausgerechnet ihr Lieblingscafé hatte ich mir für meinen öffentlichen Zusammenbruch ausgesucht.

Aber sie benahm sich großartig. Ich muss zugeben, sie war wirklich freundlich. Sie eilte zu mir und kniete sich neben mich, und als unsere Blicke sich trafen, musste ich an unsere Kindheit denken: Wenn wir uns auf dem Schulhof zufällig begegnet waren, kam es mir plötzlich so vor, als hätte ich den ganzen Tag geschauspielert, weil niemand außer Alice mein wahres Ich kannte.

»Was ist denn passiert?«, flüsterte sie.

Ich wurde von einem Weinkrampf geschüttelt und brachte kein Wort heraus.

Alice regelte alles. Es stellte sich heraus, dass sie die Mutter des kleinen Mädchens sowie einige der anderen Mütter kannte. Während ich auf dem Bürgersteig knien blieb, führte sie lange, intensive Gespräche von Mutter zu Mutter. Sie schaffte es, dass die Gemüter sich beruhigten, die Mienen sich entspannten. Die Menge zerstreute sich.

Sie half mir hoch, brachte mich zu ihrem Auto und schnallte mich auf dem Beifahrersitz fest.

»Willst du darüber reden?«, fragte sie.

Nein, das wolle ich nicht, sagte ich.

»Wo soll ich dich hinbringen?«, fragte sie.

Das sei mir egal, sagte ich.

Sie tat genau das Richtige: Sie fuhr mit mir zu Frannie. Wir setzten uns auf Frannies winzige Veranda, tranken Tee, aßen Kekse und plauderten über die Probleme des öffentlichen Nahverkehrs in New South Wales und über die unmöglichen Leute, die in den Supermärkten immer noch Plastiktüten verlangen. (Ich gehöre übrigens auch dazu, aber das behielt ich für mich.) Es war alles sehr schlicht und alltäglich und tröstend.

Ich weiß, dass Frannie der Meinung ist, ich solle meinen Kinderwunsch aufgeben. Vor zwei Jahren sagte sie zu mir, manchmal müsse man den Mut aufbringen, seinem Leben eine neue Richtung zu geben. Ein Kind sei keine »Richtung«, habe ich damals ziemlich patzig erwidert. Außerdem finde ich diesen Ratschlag aus ihrem Mund ein wenig seltsam: Soweit ich erkennen kann, hat sie ihrem Leben nie eine neue Richtung gegeben. Dass wir in ihr Leben getreten sind, hat sich nach dem Tod unseres Vaters einfach ergeben.

Zum Glück, wie ich betonen möchte! Und wer weiß, vielleicht gibt es ja in unserer Wohngegend irgendwann einen sich ähnlich glücklich fügenden Todesfall. Positiv denken! Dieser Vater zwei Häuser weiter zum Beispiel sieht beim Rasenmähen immer so aus, als würde er gleich tot umfallen.

Jedenfalls habe ich am Tag nach meinem Aussetzer meine Ärztin aufgesucht und sie um die Adresse eines guten Psychiaters gebeten. Zahlen Sie ihr eigentlich eine Vermittlungsprovision?

Tja, und so bin ich in Ihr Leben getreten, Jeremy.

*

Als Alice *Dino's Café* betrat, wurden ihre Sinne mit vertrauten Gerüchen und Geräuschen überflutet. Das Aroma von Kaffee und Gebäck. Das rhythmische Blubbern und Zischen der Espressomaschine.

»Alice!«, rief ein kleiner, dunkelhaariger Mann hinter der Theke. Er bediente die Kaffeemaschine so elegant und gewandt, als handle es sich um ein Musikinstrument. »Sie hatten einen Unfall, hab ich gehört! Sie haben Ihr Gedächtnis verloren! Aber an Dino erinnern Sie sich doch, oder?«

»Na ja, zumindest an Ihren Kaffee«, antwortete Alice zögernd.

Dino lachte, als hätte sie einen guten Witz gemacht. »Aber natürlich, Schätzchen! Aber natürlich! Kaffee kommt sofort! Ich weiß doch, dass Sie's eilig haben. Keine Zeit, keine Zeit, nicht wahr? So, bitte sehr!«

Er reichte ihr einen Kaffeebecher zum Mitnehmen. »Wie geht es Ihnen? Alles wieder in Ordnung? Können Sie sich wieder erinnern? Sind Sie bereit für Sonntag? Großer Tag, hm? Endlich ist er da, der Megazitronenbaiserkuchentag! Meine Tochter ist schrecklich aufgeregt! Daddy, Daddy, das wird der größte Kuchen auf der ganzen Welt werden! Ich höre nichts anderes mehr!«

»Hmmm«, machte Alice.

Hoffentlich war ihr Erinnerungsvermögen bis Sonntag zurückgekehrt; sie hatte nämlich nicht die geringste Ahnung, wie sie den größten Zitronenbaiserkuchen der Welt backen sollte. Doch wohl nicht ganz allein? Ihr fiel ihr Traum mit dem gigantischen Nudelholz ein. Er hatte also offenbar keine symbolische Bedeutung. Nein, das Nudelholz war schlicht ein Nudelholz. Ihre Träume waren immer so enttäuschend eindeutig.

Alice nahm den Deckel des Bechers ab und trank einen Schluck. Der Kaffee war ungesüßt und extrem stark. Sie nahm noch einen Schluck. Und er war ausgezeichnet. Sie brauchte keinen Zucker. Sie trank noch einen Schluck und noch einen und noch einen. Am liebsten hätte sie den Kopf in den Nacken gelegt und die Flüssigkeit in sich hineingeschüttet. Das Koffein schoss durch ihre Blutbahn, machte ihr den Kopf frei, ließ ihr Herz schneller schlagen und schärfte ihren Blick.

Dino lachte leise. »Vielleicht brauchen Sie heute einen zweiten?«

»Keine schlechte Idee«, stimmte Alice ihm zu.

»Wie geht's eigentlich Ihrer Schwester?«, fragte Dino, immer noch vergnügt glucksend. Er schien ein witziger Typ zu sein. Er schnippte mit den Fingern. »Ah, fast hätte ich es vergessen! Meine Frau hat mir etwas für sie mitgegeben.«

»Für meine Schwester?« Alice fuhr sich mit der Zunge über die Lippen. Sie fragte sich, wie gut Dino Elisabeth kannte. »Der geht's gut, denke ich.«

Sie ist ein völlig anderer Mensch. Sie scheint todunglücklich zu sein. Ich weiß nicht genau, was ich ihr getan habe.

»Ich hab's meiner Frau erzählt, wie die Lady einfach davonspaziert ist mit dem Kind, und dann ist sie zusammengeklappt und hat geweint und keiner wusste, was er tun sollte! Ich wollte ihr einen Kaffee machen, aber sie hat mich gar nicht wahrgenommen! Das hilft ja auch nicht wirklich in so einem Moment, oder? Nicht einmal Dinos Kaffee! Und dann wollten diese Frauen tatsächlich die Polizei rufen.«

O Gott! Hatte Elisabeth etwa versucht, ein Kind zu entführen? Alice empfand Mitleid (Arme Elisabeth, armer Schatz, was musste sie durchmachen, dass sie öffentlich gegen eine Regel verstieß?), Scham und Entsetzen (Wie peinlich! Wie kriminell!) und Schuldgefühle (Was sorgte sie sich um die Meinung anderer Leute, wenn es ihrer Schwester so elend ging?).

»Ist doch nichts passiert, habe ich zu ihnen gesagt«, fuhr Dino fort. »Ein Glück, dass Sie in diesem Moment gekommen sind und sie zur Vernunft gebracht haben! Und dann haben Sie mir ihre Geschichte erzählt, ist ja so traurig! Und deshalb hat meine Frau mir das hier mitgegeben. Das ist eine afrikanische Fruchtbarkeitsfigur. Wer so eine Puppe besitzt, bekommt ein wunderschönes Baby! So erzählt man sich jedenfalls.«

An der kleinen dunklen Holzpuppe klebte ein Haftzettel mit der Aufschrift »Alice«. Die Figur stellte offenbar eine Afrikanerin in einem Stammesgewand dar. Ihr Kopf war unverhältnismäßig groß.

»Das ist ganz reizend von Ihrer Frau.« Alice hielt die Puppe ehrfürchtig in der Hand. Ob Dinos Frau Afrikanerin und das hier ein heiliges Erbstück ihres Stammes war?

»Sie hat sie im Internet entdeckt«, raunte Dino ihr zu, »für ihre Cousine, die einfach nicht schwanger wurde. Und neun Monate später – ein Baby! Allerdings kein besonders schönes.« Er schlug sich in einem neuerlichen Heiterkeitsausbruch auf die Knie. »Ich sage zu meiner Frau, das ist vielleicht ein hässliches Kind! Hat genauso einen großen Kopf wie die Puppe!« Er lachte so heftig, dass er kaum noch sprechen konnte. »So ein großer Kopf, sage ich zu ihr, wie die Puppe!«, japste er.

Alice lächelte. Dino stellte noch einen Kaffeebecher vor sie hin und wurde wieder ernst.

»Nick war übrigens neulich hier«, sagte er. »Hat gar nicht gut ausgesehen. Sie sollten sich mit Ihrer Frau versöhnen, sage ich zu ihm. Das ist nicht gut so, sage ich. Ich weiß noch, wie ich hier angefangen habe und Sie beide jedes Wochenende mit der kleinen Madison hergekommen sind. Alle drei in Overalls. Sie hat Ihnen beim Streichen geholfen. Sie und Ihr Mann waren so stolz auf sie. Hab nie stolzere Eltern gesehen! Wissen Sie noch?«

»Hmmm«, machte Alice.

»Ihr zwei solltet es noch einmal miteinander versuchen, sage ich zu Nick. Wieder eine Familie sein. Was ist denn so schiefgelaufen, dass man es nicht wieder in Ordnung bringen kann?, sage ich zu ihm. Geht mich nichts an, richtig? Das geht dich nichts an, Dino, sagt meine Frau auch. Mir egal, sage ich, ich sage, was ich denke, so bin ich nun mal.«

»Und was hat Nick darauf erwidert?«, fragte Alice, die ihren nächsten Kaffeebecher schon halb ausgetrunken hatte.

»Er sagte: Wenn ich könnte, würde ich es wieder in Ordnung bringen, Kumpel.«

Auf dem Nachhauseweg wiederholte Alice im Stillen ein ums andere Mal Nicks Worte. Er würde es wieder in Ordnung bringen, wenn er könnte. Na, dann sollte er es doch tun!

Ihr Kaffeebecher stand in einem Becherhalter nahe am Lenkrad. Sie hatte herausgefunden, dass sie dieses riesige Auto mit einer Hand steuern und mit der anderen nach dem Becher greifen konnte. Was für eine Vielfalt neuer, nützlicher Talente sie an sich entdeckte! Das Koffein verlieh ihr einen solchen Energieschub, dass sie zitterte. Sie hatte das Gefühl, ihre Augen würden gleich aus den Höhlen treten. Als die Ampel auf Grün sprang und der Wagen vor ihr nicht sofort anfuhr, half sie ihm mit einem ungeduldigen, herrischen Hupen auf die Sprünge.

Wieder hörte sie diese scharfe Stimme in ihrem Kopf. Sie zählte alles auf, was bis halb vier, wenn die Kinder von der Schule abgeholt werden mussten, zu erledigen war. »Sei ja pünktlich, Mummy«, hatte Tom gemeint. »Montagnachmittags ist unser Terminkalender proppenvoll.«

Du kannst nicht den ganzen Tag herumhängen und Kuchen essen! Sonst passt du bald nicht mehr in diese wunderschönen Sachen in deinem Kleiderschrank! Apropos, was ist eigentlich mit der Wäsche? Solltest du nicht mal waschen? Mütter beklagen sich doch immer über die Berge schmutziger Wäsche, die sie zu waschen haben.

Worüber beklagen sie sich denn sonst noch? Richtig, die leidigen

Einkäufe! Wann willst du die erledigen? Schau nach, was in der Vorratskammer fehlt. Mach eine Liste. Du hast bestimmt irgendwo eine Liste. Du scheinst mir die Sorte Mensch zu sein, die Listen aufstellt. Was ist mit dem Abendessen? Ein kleiner Imbiss für die Kinder, wenn sie aus der Schule kommen? Waren sie es gewohnt, dass nachmittags frisch gebackene Kekse auf dem Tisch standen?

Ruf Sophie an. Die kann dir sicherlich den einen oder anderen nützlichen Tipp geben.

In deinem Terminkalender ist für eins ein »Treffen Kuchenkomitee« eingetragen. Wahrscheinlich unter deinem Kommando. Fantastisch! Wird bestimmt ein Brüller. Find erst mal raus, wo es stattfindet. Wie? Ruf jemanden an. Diese Kate Harper, wenn's sein muss. Oder deinen »Freund«.

Nick würde es wieder in Ordnung bringen, wenn er könnte.

Die Wäsche.

Ja, das hatten wir bereits.

Die WÄSCHE!

Ja, ja, schon gut, krieg dich wieder ein.

Sie hätte nicht gleich zwei Becher Kaffee trinken sollen. Ihr Herz klopfte viel zu schnell.

Alice holte ein paarmal zittrig Luft. Sie hatte größte Mühe, mit ihrem eigenen Körper mitzuhalten. Sie barst schier vor Energie, die sie am liebsten losgeworden wäre, indem sie ausgelassen über eine große Wiese getobt wäre, wie ein junger Hund, den man von der Leine gelassen hat.

Zu Hause angekommen, rannte sie wie besessen durch das Haus und sammelte schmutzige Wäsche aus den Wäschekörben und von den Fußböden der Kinder- und Badezimmer auf. Es kam eine ganze Menge zusammen. Sie stapfte in die Waschküche hinunter und war nicht überrascht, als sie die moderne, glänzend weiße Waschmaschine sah, die den halben Raum einnahm. In dem Moment, als sie den Deckel hochklappte, um die

Wäsche hineinzuwerfen, stürzte eine Vielzahl von Emotionen auf sie ein. Sie fühlte sich peinlich berührt, verraten, schockiert.

Was hatte das zu bedeuten? Die Erinnerung schnellte in den Vordergrund ihres Gehirns wie eine Karteikarte in einer Rotationskartei. Natürlich! Irgendetwas war hier passiert, genau hier in dieser außergewöhnlich sauberen Waschküche. Etwas Schreckliches.

Richtig. Es war während einer Party gewesen.

Eine warme Sommernacht. Wannen voller Eis auf dem Fußboden der Waschküche. Bier- und Wein- und Champagnerflaschen schauten zwischen den schmelzenden Eiswürfeln hervor. Sie war nach unten gegangen, um eine neue Flasche Champagner heraufzuholen, sie lachte, als sie die Tür aufstieß, und als sie die beiden sah, sagte sie automatisch »Hi!«, wie ein Vollidiot, weil ihr Gehirn erst einen Sekundenbruchteil später erfasste, was ihre Augen registriert hatten. Eine zierliche, anmutige Frau mit kurz geschnittenen roten Haaren saß auf der Waschmaschine, und zwischen ihren gespreizten Beinen stand Nick, die Hände links und rechts neben ihr auf die Waschmaschine gestützt. Ihr Ehemann küsste eine andere Frau in der Waschküche.

Alice starrte auf die Wäsche in der Waschmaschinentrommel. Sie konnte das Gesicht der Frau, ihre feinen Züge, klar und deutlich vor sich sehen. Sie konnte sogar ihre Stimme hören, zuckersüß und wie die eines Kindes. Die Stimme passte zu ihrem zierlichen Körper. Alice bekam regelrecht Zahnschmerzen davon.

Sie schüttete Waschpulver in die Trommel und knallte den Deckel zu. Was fiel Nick ein, sich über sie lustig zu machen, als sie ihn gefragt hatte, ob er ihr untreu gewesen war? Dieser Kuss war schlimmer, als wenn sie die beiden im Bett überrascht hätte, weil es ein Kuss aus dem Anfangsstadium einer Beziehung gewesen war, und diese Küsse waren sehr viel erotischer als Sex in diesem Stadium. Ging man das erste Mal mit einem neuen Partner ins Bett, hatte der Sex etwas Unbeholfenes und Albernes und entfernt Gynäkologisches, so als hätte man einen Termin beim Arzt. Küsse, die man tauschte, bevor man miteinander geschlafen hatte, waren geheimnisvoll und köstlich.

Sie hatten sich im Kino *Lethal Weapon 4* angeschaut, als Nick sie das erste Mal geküsst hatte. Er drängte sie sanft gegen das Auto, und er schmeckte nach Popcorn mit einem Hauch Schokolade. Er trug einen schwarzen Pulli über einem weißen T-Shirt und Jeans, und sein Kinn kratzte ein wenig. Noch während er sie küsste, speicherte sie die Erinnerung sorgfältig ab, weil sie wusste, sie würde sie am folgenden Tag vor ihrem PC aufs Neue durchleben wollen. Wie oft schon hatte sie diese Erinnerung hervorgekramt und im Geist abgespielt! Sie hatte ihrer Freundin Sophie die Szene in allen Einzelheiten beschrieben, und obwohl Jack, mit dem sie seit fünf Jahren zusammen war, die Liebe ihres Lebens war, hatte Sophie laut gestöhnt vor Neid.

Sophie. Ihre älteste Freundin. Ihre Brautjungfer.

Sie würde sie auf der Stelle anrufen.

Sie hatte Sophie garantiert von dem Kuss in der Waschküche erzählt. Erst hatte sie Elisabeth angerufen und dann Sophie, da war sie sich ganz sicher. Für Elisabeth hatte sie sich bei der Wiedergabe der Geschichte auf ihre eigenen Gefühle konzentriert. »Wie konnte er mir das nur antun?«, so oder so ähnlich musste sie mit bebender Stimme geklagt haben. Für Sophie hatte sie es bestimmt besonders spannend gemacht, damit der Schock noch größer war. »Ich geh also in die Waschküche, um eine Flasche Champagner zu holen. Was glaubst du, was ich da sehe? Das errätst du nie, nicht in einer Million Jahren! Na los, rate mal!«

Elisabeth hatte ihr mit Sicherheit voller Anteilnahme zugehört und ihr dann klare Anweisungen für ihre nächsten Schritte gegeben. Sophie war der Typ, der seinem Entsetzen und seiner Wut Luft machte. Sie hatte sich zweifellos gemeinsam mit ihr irgendwo volllaufen lassen.

Alice fand ihr Adressbuch und darin Sophies Handynummer. Anscheinend wohnte Sophie in Dee Why. An den Stränden im Norden. Schön für sie! Sie hatte sich immer gewünscht, am Meer zu wohnen, aber Jack war ein Stadtmensch. Allem Anschein nach hatte Sophie sich durchgesetzt. Die beiden mussten inzwischen verheiratet sein und Kinder haben. Es sei denn, Sophie hätte die gleichen Probleme wie Elisabeth, was Alice nicht hoffte. Vielleicht hatte sie sich ja von Jack getrennt? Nein.

Nein, das war ausgeschlossen.

Sie gab die Nummer ein.

»Sophie Drew.«

Du meine Güte! Alle waren so schrecklich förmlich und erwachsen geworden.

»Sophie? Hi, ich bin's, Alice.«

Eine kleine Pause. Dann: »Oh, hi, Alice. Wie geht's?«

»Du wirst nicht glauben, was mir passiert ist!«

Alice brach unvermittelt ab. Sie kam sich auf merkwürdige Weise dumm vor, spürte sogar einen Anflug von Nervosität. Sie konnte es sich selbst nicht erklären. Schließlich war das Sophie am anderen Ende der Leitung.

Eine weitere Pause. Dann: »Was ist dir denn passiert?«

Irgendetwas stimmte nicht. Sophies Stimme klang viel zu höflich. Alice musste sich beherrschen, um nicht in Tränen auszubrechen.

O Gott, habe ich dich etwa auch verloren? Mit wem soll ich denn reden?

Sie machte sich nicht die Mühe, ihre Geschichte auszuschmücken, sondern sagte nur: »Ich hatte einen Unfall, einen Sturz auf den Kopf. Ich habe mein Gedächtnis verloren.«

Dieses Mal zog sich die Pause noch länger hin. Dann hörte sie Sophie zu jemandem im Hintergrund sagen: »Nur eine Sekunde! Ich komme sofort!« Als sie wieder in den Hörer sprach, schwang ein ungeduldiger Unterton in ihrer Stimme mit. »Entschuldige, Alice. Du ... hattest einen Unfall?«

»Sind wir noch Freundinnen?«, brach es verzweifelt aus Alice hervor. »Wir sind doch noch Freundinnen, oder, Soph?«

»Aber natürlich sind wir das«, erwiderte Sophie ohne zu zögern. Allerdings hatte ihre Stimme jetzt einen Beiklang von »Das ist mir jetzt aber doch unheimlich! Da ist Vorsicht geboten!«.

»Das Letzte, woran ich mich wirklich erinnern kann, ist meine erste Schwangerschaft, weißt du. Und jetzt stelle ich fest, dass ich drei Kinder habe und dass Nick und ich uns getrennt haben und ich mir gar nicht erklären kann wieso und dass Elisabeth ...«

»Nein, nein, doch nicht das! Das grüne!«, fauchte Sophie in scharfem Ton. »Entschuldige. Ich bin mitten in einer Fotosession für die neue Kollektion. Und hier geht's zu wie im Irrenhaus!«

»Oh. Was machst du denn?«

Eine weitere Pause. »Bist du farbenblind? Ist das deiner Meinung nach grün? Alice, es tut mir leid, aber kann ich dich zurückrufen?«

»Oh. Sicher.«

»Wir müssen uns unbedingt mal treffen und über die alten Zeiten plaudern.«

»Gerne, warum nicht.«

Sie waren also keine Freundinnen mehr. Nicht wirklich.

»Ich meine, das letzte Mal haben wir uns gesehen, als wir uns mit dieser Freundin von dir auf einen Drink trafen. Du weißt schon, deine Nachbarin. Gina. Wie geht's ihr eigentlich?«

Gina, Gina, Gina. Alice kam der Gedanke, dass sie wegen des Kusses in der Waschküche wahrscheinlich weder Elisabeth noch Sophie angerufen hätte. Sie hätte Gina angerufen.

»Sie ist tot.«

»Was sagst du? Was ist sie? Grün, grün! Herrgott noch mal, ist das denn zu fassen! Hör zu, Alice, ich muss jetzt wirklich Schluss machen. Ich ruf dich an, okay?«

»Sag mir nur noch eines«, begann Alice. Aber die Leitung war tot. Sophie hatte aufgelegt.

Noch jemand, der sich von ihr abgewandt hatte.

In diesem Moment klingelte das Telefon in ihrer Hand, und Alice fuhr erschrocken zusammen.

»Hallo?«

»Oh, du hörst dich schon viel besser an!«

Es war ihre Mutter. Alice atmete auf. Barb mochte zwar Rogers Salsa tanzende, tief dekolletierte Ehefrau sein, aber sie war immer noch ihre Mutter.

»Ich hab gerade mit Sophie gesprochen«, sagte Alice.

»Oh, wie schön! Sie ist eine richtige Berühmtheit, nicht wahr? Nach diesem Artikel wurde sie so richtig bekannt. Ich habe mich erst vor ein paar Tagen mit jemandem über sie unterhalten. Wer war es doch gleich? Ach, ich weiß! Rogers Fußpflegerin. Die Chiropraktikerin. Nein, nein, falsch. Die Podologin! Sie sagte, ihre Tochter wünsche sich eine Sophie-Drew-Handtasche zum Geburtstag. Ach Gott, ich kenne Sophie, seit sie elf Jahre alt war, sage ich, und dann hätte ich ihr fast angeboten, dass ich versuchen würde, einen Rabatt für sie herauszuschlagen, weil, das muss wirklich einmal gesagt werden, Roger hat furchtbar haarige Füße, die Ärmste tut mir fast ein bisschen leid, aber dann sagte ich mir, ihr habt kaum noch Kontakt miteinander, du und Sophie, nicht wahr? Von den Weihnachtsgrüßen einmal abgesehen. Da habe ich vorsichtshalber schnell das Thema gewechselt, nur für den Fall, dass sie die Absicht hatte, mich zu fragen, weil ich sie für einen Menschen halte, der gern Beziehungen nutzt, um etwas für sich herauszuholen. Gina war auch ein bisschen so, nicht wahr? Da ist ja auch nichts dabei, ich meine, auf die Art und Weise kommt man clever durchs Leben, ach herrje, was für eine absolute Tragödie, wie bin ich denn jetzt auf Gina gekommen? Ach ja, ich weiß, Beziehungen. Also, ich rufe aus drei Gründen an, du wirst es nicht glauben, aber ich hab's mir aufgeschrieben, weil mein Gedächtnis mich in letzter Zeit katastrophal im Stich lässt, womit wir beim ersten Grund meines Anrufs sind. Wie geht es dir denn, mein Schatz?«

»Mir geht's gut«, sagte Alice.

»Oh, das ist schön, das freut mich aber! Frannie hat ein solches Tamtam gemacht, aber ich hab zu ihr gesagt, pass auf, hab ich zu ihr gesagt, spätestens am Montag kann sie sich wieder an alles erinnern.«

»An einiges kann ich mich tatsächlich erinnern«, sagte Alice langsam.

Sollte sie ihre Mutter fragen, ob sie etwas über Nick und den Kuss in der Waschküche wusste?

»Wundervoll!« Ihre Mutter zögerte und gab sich dann einen Ruck. »Wundervoll! Hör mal, Schatz, als du im Krankenhaus gesagt hast, dass du dich vielleicht mit Nick versöhnen wirst, hätte ich das für mich behalten sollen? Ich bin heute beim Einkaufen nämlich zufällig Jennifer Turner über den Weg gelaufen.«

»Jennifer Turner?«, wiederholte Alice, die mit diesem Namen nichts anfangen konnte.

»Ja, du weißt schon, diese resolute Person, die Anwältin.«

»Ach so, du meinst *Jane* Turner.«

Hm. Das erste Gesicht, das sie erblickt hatte, als sie in diesem fremden neuen Leben aufgewacht war. Jane, die ihr bei der Scheidung von Nick zur Seite stand.

»Ja, genau die. Sie hat mich gefragt, wie es dir geht. Du hättest nicht auf ihre SMS geantwortet.«

SMS? Was war das denn?

»Also jedenfalls hab ich ihr gesagt, dass es dir gut geht, und dann hab ich erwähnt, dass du und Nick es noch einmal miteinander versuchen wollt. Sie ist aus allen Wolken gefallen. Ich soll dir ausrichten, dass du unter gar keinen Umständen irgendetwas unterschreiben sollst. Unter gar keinen Umständen! Das hat sie immer wieder betont. Vielleicht hätte ich den Mund halten sollen, was meinst du? Hab ich was falsch gemacht?«

»Nein, Mum, natürlich nicht«, antwortete Alice automatisch.

»Da bin ich aber froh! Roger und ich freuen uns nämlich riesig darüber! Wir dachten, wir könnten die Kinder vielleicht mal übers Wochenende zu uns holen, damit ihr beide euch ein paar romantische Stunden machen könnt. Das war das Zweite auf meiner Liste. Das kann ich also streichen. Du brauchst nur ein Wort zu sagen, hörst du? Wir würden die Kinder wirklich gern nehmen. Roger hat gemeint, er würde uns dann richtig schick zum Essen einladen. Er ist ein so großzügiger Mensch.«

»Das klingt fantastisch.«

»Wirklich? Ich bin ja so froh. Als ich mit Elisabeth darüber sprach, meinte sie nämlich, du würdest garantiert anders darüber denken, wenn dein Erinnerungsvermögen erst einmal zurückgekehrt wäre. Aber sie sieht in letzter Zeit alles so schwarz, das arme Ding, und das ist der dritte Grund meines Anrufs. Hast du zufällig schon etwas von ihr gehört? Weißt du, ob sie das Ergebnis schon hat? Ich habe sie schon ein paarmal versucht zu erreichen, aber ich erwische sie nicht.«

»Was denn für ein Ergebnis?«

»Heute war doch die Blutuntersuchung. Nach dem letzten Ei, du weißt schon. Halt, warte, ich sage das immer verkehrt. Embryo. So muss es heißen.« Barbs Stimme wurde brüchig. »O Alice, ich bete und bete, aber manchmal bin ich schon ein bisschen sauer auf den lieben Gott. Elisabeth und Ben geben sich solche Mühe. Ich meine, ein kleines Baby, das ist doch nicht zu viel verlangt, oder?«

»Nein, sicher nicht.« Alice betrachtete die Fruchtbarkeitspuppe auf der Küchentheke. Wieso hatte Elisabeth ihr nichts von der Blutuntersuchung gesagt?

Ihre Mutter seufzte. »Ich bin jetzt so glücklich, habe ich zu Roger gesagt, warum können meine Mädchen nicht auch glücklich sein?«

*

ELISABETHS TAGEBUCH FÜR JEREMY

Heute haben eine Menge Leute Nachrichten für mich hinterlassen.

Mum hat fünfmal angerufen.

Gerade sehe ich, dass Alice auch versucht hat, mich zu erreichen.

Ach ja, und die Krankenschwester hat zweimal wegen der Ergebnisse der Blutuntersuchung angerufen.

Layla hat auch eine Nachricht hinterlassen. Sie wundert sich wahrscheinlich, weil ich in der Mittagspause gegangen und nicht mehr ins Büro zurückgekehrt bin. Sie wird denken, dass ich nicht zurückgekommen bin, weil sie mich gekränkt habe. Aber ich hatte einfach nicht mehr die Kraft für einen Nachmittag im Büro.

Ben hat dreimal angerufen.

Ich fühle mich nicht in der Lage, irgendjemanden zurückzurufen. Ich sitze hier im Auto vor Ihrer Praxis und schreibe mein Tagebuch für Sie.

Jetzt klingelt mein Handy schon wieder. Ringring, ringring! Tritt mit der Welt in Verbindung, Elisabeth! Ach, haut doch ab, lasst mich in Ruhe, alle miteinander.

*

Alice hängte die Wäsche auf (was eine Ewigkeit dauerte), als das Telefon klingelte. Sie eilte im Laufschritt an den Apparat.

»Hallo«, sagte sie ganz außer Atem.

»Oh, hi, ich bin's. Nick.«

»Stell dir vor, ich hab deine Stimme gleich erkannt.«

Du hast in der Waschküche eine andere Frau geküsst! Ich kann nicht glauben, dass du das getan hast!

Sollte sie mit der Tür ins Haus fallen? Nein. Erst würde sie sich überlegen, wie sie das Thema am besten zur Sprache brachte. »Ich dachte, ich ruf mal an und frag, wie es dir … wie es deinem … äh … Kopf, deiner Verletzung geht. Hat alles geklappt heute Morgen? Mit den Kindern, meine ich?«

»Du bist ja wirklich früh dran«, erwiderte Alice ein wenig spitz. Am Abend zuvor hatte sie die Schuluniformen der drei bügeln, alles aufräumen und die Lunchpakete für den nächsten Tag zubereiten müssen, wobei jedes Kind seine speziellen Wünsche hatte. Tom hatte sie höflich darauf aufmerksam gemacht, dass sie all diese Dinge jeden Sonntagabend erledigte.

»Oh, gut«, sagte Nick. »Dann ist die Sache behoben? Kannst du dich wieder an alles erinnern?«

»Zumindest an eine Sache erinnere ich mich sehr gut«, brach es aus Alice hervor. Sie musste über diesen Kuss reden, sie konnte nicht anders, sonst erstickte sie daran. »Ich erinnere mich, wie du diese Frau in der Waschküche geküsst hast.«

»Was? Ich hab keine Ahnung, wovon du redest.«

»Es war auf einer Party. Im Sommer. Ich habe euch überrascht, als ich etwas zu trinken holen wollte.«

Schweigen, dann lachte Nick kurz und bellend auf.

»Sie saß auf der Waschmaschine, richtig?«

»Genau.« Dieser überhebliche Unterton in seiner Stimme! Dabei ging dieser Punkt eindeutig an sie.

»Du erinnerst dich, wie *ich* eine Frau geküsst habe, die auf unserer Waschmaschine saß?«

»Ja!«

»Ich werde dir jetzt mal etwas sagen. Solange wir zusammen waren, habe ich nie eine andere Frau auch nur angesehen. Ich habe nie eine andere Frau geküsst. Ich habe nie mit einer anderen Frau geschlafen.«

»Aber ich erinnere mich …«

»Ja, ich weiß ganz genau, woran du dich erinnerst, und ich finde das äußerst interessant.«

Alice war wie vom Donner gerührt. »Aber …«

»Wirklich äußerst interessant. Hör zu, ich muss jetzt Schluss machen. Und du solltest zum Arzt gehen, mit deinem Kopf ist offensichtlich etwas nicht in Ordnung. Gib mir Bescheid, wenn du nicht in der Lage bist, dich um die Kinder zu kümmern. Du trägst die Verantwortung für sie.«

Oh, aber letzte Nacht hatte er sie ohne zu zögern in ihrer Obhut zurückgelassen, obwohl er wusste, dass sie sie nicht einmal wiedererkannte, geschweige denn sich richtig um sie kümmern konnte. Logisch war das nicht, was er da sagte, aber seine Stimme strotzte nur so vor Selbstgerechtigkeit und Arroganz. Alice kannte diese Stimme von früheren Auseinandersetzungen, sie hatte sie zum Beispiel an jenem Morgen gehört, als ihnen die Milch ausgegangen war, oder an jenem Abend, als sie zu spät zur Taufe des Erstgeborenen seiner Schwester kamen, oder an dem Tag, an dem keiner von beiden genug Geld für die Fährfahrscheine dabeihatte. Jedes Mal hatte sie diese überhebliche, sachlich kühle Stimme gehört, in der ein gereizter Seufzer anklang. Sie machte sie rasend, diese Stimme, die zum Ausdruck brachte: Ich bin dir ja so überlegen.

Und jedes Mal, wenn er ihr gegenüber diesen selbstherrlichen Ton anschlug, wurde sie wieder an frühere, ähnliche Gelegenheiten erinnert, bei denen er so mit ihr geredet hatte, und dann dachte sie: Richtig, ich kann es nicht leiden, wenn du so mit mir redest.

»Weißt du, was?«, fauchte sie. »Ich bin ja so froh, dass wir uns scheiden lassen!«

Als sie das Telefon hinknallte, hörte sie noch, wie er lachte.

25

Um ein Uhr stand das Kuchenkomitee vor Alice' Tür. Sie hatte das Treffen vollkommen vergessen.

Als es an der Haustür klingelte, saß sie inmitten von Fotoalben im Wohnzimmer auf dem Fußboden. Sie hockte seit Stunden da, blätterte in den Alben, nahm Fotos heraus, hielt sie sich dicht unter die Nase und suchte nach Hinweisen.

Es gab Fotos von Picknicks und Ausflügen in den Busch und Tagen am Strand, von Geburtstagsfeiern, von Ostern und von Weihnachten. So viele Weihnachtsfeste, die aus ihrem Gedächtnis gelöscht worden waren! Es gab ihr einen Stich, als sie die Bilder der Kinder sah, die mit zerzausten Haaren und noch im Schlafanzug unter einem riesigen, prächtig geschmückten

Christbaum saßen und mit ernsten Gesichtern ihre Geschenke auspackten.

Vielleicht sollte sie zum Arzt gehen und ihn bitten, ihr ihre glücklichen Erinnerungen zurückzugeben und die traurigen einfach auszuradieren.

Da die meisten Fotos Nick und die Kinder zeigten, waren sie offensichtlich von Alice gemacht worden. Nick wirkte mit einer Kamera in der Hand zwar immer sehr professionell, aber in Wirklichkeit war er ein lausiger Fotograf, der den Leuten regelmäßig den oberen Teil des Kopfes abschnitt.

Alice hatte schon als Kind entdeckt, dass sie ein Talent zum Fotografieren besaß. Nach dem Tod ihres Vaters war niemand mehr da gewesen, der sie und ihre Schwester fotografierte. Ihre Mutter wäre genauso wenig auf den Gedanken gekommen, seinen Fotoapparat zu benutzen, wie es ihr eingefallen wäre, eine Glühbirne auszuwechseln. Alice hatte sich eines Tages die Kamera geschnappt und sich selbst beigebracht, wie man damit umging. Doch das war noch längst nicht alles. In jenen Jahren, als ihre Mutter sich ganz in sich selbst zurückzog und aus der alten Miss Jeffrey von nebenan Frannie, ihre Großmutter ehrenhalber, wurde, lernte Alice auch, wie man Glühbirnen auswechselte, die Toilettenspülung reparierte, Koteletts briet und Gemüse kochte. Elisabeth eignete sich unterdessen andere Kenntnisse an: wie man Rückerstattungen beantragte, Rechnungen bezahlte, Formulare ausfüllte und sich mit Fremden unterhielt.

Auf den Fotos von Nick betrachtete Alice den Ausdruck in seinen Augen ganz genau im Hinblick darauf, ob sich irgendein Hinweis fand, wie ihre Ehe langsam in die Brüche gegangen war. Aber sie konnte nichts Auffälliges entdecken. Den Schwund seiner Haare im Lauf der Jahre konnte man zwar nachverfolgen, aber sein Lächeln blieb unverändert: glücklich und von Herzen kommend.

Auf den Aufnahmen, auf denen sie beide zu sehen waren, hatten sie immer ihre Arme umeinandergelegt und sich aneinandergeschmiegt. Müsste ein Experte für Körpersprache ihre Ehe anhand dieser Fotos beurteilen, würde er vermutlich zu dem Schluss kommen: »Ein glückliches, zärtliches, gut gelauntes Paar, und die Wahrscheinlichkeit, dass diese Ehe zerbricht, tendiert gegen null.«

Alice hielt sich nicht mit den Fotos von Leuten auf, die sie nicht wiedererkannte, aber ein Gesicht tauchte immer und immer wieder auf, und schließlich dämmerte es ihr: Das musste Gina sein. Eine Frau mit viel Busen, großen Zähnen und einem dunklen Lockenkopf. Fast auf jedem Bild, das sie mit Alice zeigte, hielten beide entweder ein Champagner- oder ein Cocktailglas wie eine Trophäe in die Kamera. Alice fiel auf, wie viel Körperkontakt sie mit dieser Frau hatte. Dabei war sie nie der Typ gewesen, der andere überschwänglich umarmte oder herzte. Aber hier, auf diesen Fotos, hatten sie und Gina die Köpfe zusammengesteckt, sodass ihre Wangen sich berührten, während sie mit geschminkten Lippen in die Kamera strahlten. Alice fühlte sich peinlich berührt. »Großer Gott, du kennst sie ja nicht einmal«, rief sie laut beim Anblick eines Fotos, auf dem sie Gina doch tatsächlich einen herzhaften Kuss auf die Wange drückte.

Sie betrachtete die Schnappschüsse von Gina lange und eindringlich und wartete auf den Moment des Wiedererkennens, wartete darauf, dass sich Trauer und Schmerz einstellten. Aber nichts geschah. Sie schien ein lustiger Typ zu sein, diese Gina, aber eigentlich nicht die Sorte Frau, die sich Alice als Freundin aussuchen würde. Sie sah aus, als neigte sie dazu, herrisch zu sein. Ein eher lauter, überdrehter, anstrengender Typ.

Vielleicht auch nicht. Alice sah auf manchen Fotos selbst ein bisschen laut und überdreht aus. Vielleicht *war* sie sogar laut und überdreht, jetzt wo sie so schlank war und so viel Kaffee trank. Auf einigen Fotos waren Alice und Nick mit Gina und einem Mann, offenbar ihrem Ehemann, zu sehen. Michael Boyle oder Mike, wie er wohl genannt wurde, der Physiotherapeut, der nach Melbourne gezogen war. Das also waren die glücklicheren Zeiten, die er auf der Karte für Alice schriftlich erwähnt hatte. Viele Schnappschüsse waren auf Grill- und Dinnerpartys entstanden (eine Unmenge leerer Weinflaschen auf dem Tisch in einem unbekannten Zimmer vermutlich in Ginas und Mikes Haus). Anscheinend hatten Gina und Mike zwei Töchter, zwei hübsche dunkelhaarige Mädchen – Zwillinge? – ungefähr in Olivias Alter. Unter den Aufnahmen waren zahlreiche Schnappschüsse von den Kindern, wie sie alle miteinander spielten, in große Wassermelonenschnitze bissen, im Pool planschten, sich zum Schlafen auf einem Sofa zusammengerollt hatten.

Die beiden Familien waren gemeinsam zum Zelten gefahren und hatten anscheinend regelmäßig in einem Haus am Strand mit spektakulärem Meerblick Ferien gemacht.

Freundschaft und Urlaub. Swimmingpool, Champagner, Sonnenschein, Gelächter. Ein märchenhaftes Leben.

Aber vielleicht sah jedes Leben so wundervoll aus, wenn man es nur aus Fotoalben kannte. Die Leute lächelten in die Kamera, und kaum hatte man auf den Auslöser gedrückt, verfinsterten sich ihre Mienen. Vielleicht waren sie und Nick auch schnell auseinandergesprungen, als die Kamera nicht mehr auf sie gerichtet war, und ihr Lächeln war einem verächtlichen Ausdruck gewichen.

Sie betrachtete die Fotos von Elisabeths und Bens Hochzeit (wie jung und naiv die beiden aussahen, ihre Gesichter rosig, Elisabeth gertenschlank und strahlend), als es an der Haustür klingelte. Alice sprang auf und ließ die Alben voller vergessener Erinnerungen auf dem Fußboden liegen.

Zwei Frauen standen vor der Tür, drei weitere kamen die Auffahrt herauf. Drei Besucherinnen kannte sie von der Party oder hatte sie am Morgen vor der Schule gesehen, die anderen kannte sie nicht.

»Das Kuchenkomitee?«, riet sie, als sie ihnen die Tür aufhielt. Sie trugen Aktenordner und Notebooks und sahen erschreckend effizient aus.

»Nur noch sechs Tage!«, sagte eine große, elegante grauhaarige Frau. Ihre Augenbrauen über den rechteckigen Brillengläsern hoben und senkten sich im raschen Wechsel.

»Wie geht es dir?«, fragte eine andere Frau. Sie hatte Grübchen und begrüßte Alice mit einem Kuss auf die Wange. »Ich wollte schon das ganze Wochenende anrufen. Bill sagte, er habe es nicht fassen können, als du auf einer Trage liegend am Laufband an ihm vorbei seist. Er habe nie damit gerechnet, Alice Love einmal in der Horizontalen zu sehen, meinte er. Ach herrje, das hat sich jetzt ein bisschen dumm angehört!«

Alice erinnerte sich: Ein rotgesichtiger Mann auf dem Laufband hatte ihr zugerufen, Maggie werde sich bei ihr melden.

»Maggie?«, fragte sie zögernd.

Die Frau drückte liebevoll ihren Arm. »Entschuldige, ich bin heute in einer albernen Stimmung!«

Die Besucherinnen marschierten unaufgefordert ins Esszimmer und setzten sich an den Tisch.

»Tee, Kaffee?«, fragte Alice unsicher. Ob sie erwarteten, von ihr verköstigt zu werden?

»Ich habe mich schon den ganzen Morgen auf deine Muffins gefreut«, sagte die Grauhaarige, die ihre Brauen hatte spielen lassen.

»Warte, ich helfe dir beim Tragen«, bot Maggie an.

Oje. Anscheinend hatten sie tatsächlich mit einem Imbiss gerechnet.

Maggies erstauntes Gesicht, als sie sah, in welchem Zustand sich die Küche befand, entging Alice nicht. Das schmutzige Geschirr vom Vorabend und von diesem Morgen stand immer noch herum. Auf den Arbeitsflächen klebten Reste vom Hackfleisch, dazwischen halb angetrocknete Milchspritzer. Eigentlich hatte Alice aufräumen wollen, nachdem sie die Wäsche aufgehängt hatte, aber dann war sie bei den Fotoalben hängen geblieben.

Während Alice im Tiefkühlfach eilig nach Muffins suchte, stellte Maggie Wasser auf und sagte: »Ich hab Kate Harper heute Morgen getroffen. Sie hat mir erzählt, du und Nick wollt es noch einmal miteinander versuchen.«

»*Richtig!*« Alice zog einen Behälter heraus, der mit »Bananenmuffins« und einem jüngeren Datum beschriftet war. Sie war sehr stolz auf sich. *Du bist ein Genie, Alice.*

»Ich muss sagen, das hat mich schon ein bisschen überrascht.«

Alice blickte auf. Maggie klang richtiggehend gekränkt.

»Ich meine, für Dominick ist die Sache ziemlich ernst, das weiß ich«, fuhr Maggie fort, die sich offenbar bemühte, diplomatisch zu sein.

»Seid ihr gute Freunde, du und Dominick?«

Maggie fuhr überrascht herum. »Nun, er ist mein großer Bruder, und er ist ein sensibler Mensch. Vielleicht solltest du es ihm besser sagen, wenn das Ganze doch zu nichts führt.«

O Gott, sie war seine Schwester! Jetzt fiel Alice eine gewisse Ähnlichkeit um die Augen herum auf. Diese Kate Harper war ja vielleicht ein Luder.

»Und was du da neulich alles zu mir gesagt hast, Alice«, fuhr Maggie kopfschüttelnd fort. »Nick würde deine Meinung nicht respektieren und dich als dumm hinstellen, während Dominick dir das Gefühl geben würde, ihm eine ebenbürtige Partnerin zu sein, und du würdest es so lieben, wenn er mit dir über die Schule spricht, weil Nick nie mit dir über seine Arbeit gesprochen hat. Ich meine, wieso hast du das alles gesagt, wenn es nicht stimmt? Ich will ja nicht unhöflich sein, aber könnte das möglicherweise mit deiner Kopfverletzung zusammenhängen? Ich weiß, das hört sich an, als ob ich sagen wollte: ›Du musst ja verrückt sein, wenn du meinem Bruder den Laufpass gibst‹, aber ich denke, du solltest keine vorschnellen Entscheidungen treffen, weißt du, sonst …«

Die Angewohnheit, einen Satz nicht zu Ende zu sprechen, schien in der Familie zu liegen.

Nick respektierte ihre Meinung nicht? Blödsinn! Manchmal fand er ihre Ansichten über das aktuelle Geschehen ein bisschen einfältig, aber auf liebenswerte Weise einfältig.

Alice machte den Mund auf, um etwas zu entgegnen, wusste aber eigentlich gar nicht, was sie erwidern sollte. Die Türglocke rettete sie.

»Eine Sekunde«, sagte sie und hob die Hand.

Sie lief durch den Flur, vorbei am Stimmengewirr, das aus dem Esszimmer drang, und riss die Haustür auf.

»Entschuldigen Sie die Verspätung«, flötete eine kleine rothaarige Frau mit einer süßen Kinderstimme.

Es war die Frau, die auf der Waschmaschine gesessen und Nick geküsst hatte.

*

ELISABETHS TAGEBUCH FÜR JEREMY

Ich habe also angerufen und nach dem Ergebnis der Blutuntersuchung gefragt.

*

»Kommen Sie rein«, sagte Alice zu der Rothaarigen.

Ihr Körper erinnerte sich eindeutig an diese Frau. Der Klang ihrer süßlichen Stimme rief leichte Übelkeit in ihr hervor, so wie der Geruch oder der Geschmack einer Avocado sie auslöste, nachdem es ihr einmal von einer Guacamole speiübel geworden war.

»Ich hab gehört, Sie sind im Fitnessstudio gestürzt«, sagte die Frau. »Ich hab Ihnen doch gleich gesagt, Sport ist ungesund.«

O Gott, jetzt beugte sie sich auch noch vor, um sie auf die Wange zu küssen! Dieses Küsschen-Küsschen-Gehabe nahm wirklich überhand. Hier ging es um den Zitronenbaiserkuchen! Sollten sie da nicht ein wenig professioneller zu Werke gehen?

Die Frau wickelte sich aus ihrem Schal und warf ihn lässig über den Hutständer. Sie sah Alice unbefangen und ohne einen Anflug von Schuldbewusstsein an. Wäre sie dazu imstande, wenn sie tatsächlich Alice' Mann in der Waschküche dieses Hauses geküsst hätte? »Ich habe nie eine andere Frau auch nur angesehen. Ich habe nie eine andere Frau geküsst«, hatte Nick behauptet.

Wieso konnte sie sich dann aber so deutlich daran erinnern? Und woher wusste Nick, wo es passiert war?

»Sie kommen zu spät, Mrs. Holloway«, rief eine Stimme aus dem Esszimmer.

Holloway. Holloway. Ah! Alice schnippte im Geist mit den Fingern. Die stellvertretende Schulleiterin. Wie konnte so eine winzige, hübsche, possierliche Person stellvertretende Schulleiterin sein?

Mrs. Holloway rauschte ins Esszimmer, als ob sie hier zu Hause wäre, während Alice in die Küche zurückeilte, wo Dominicks Schwester die Muffins in die Mikrowelle gestellt hatte.

Der Duft von Bananen erfüllte die Küche.

»Mrs. Holloway«, sagte Alice.

»Hmpf.« Maggie verzog das Gesicht. Sie blickte erst auf, nachdem sie den Wasserkocher abgestellt und Kaffee in die aufgereihten Tassen gegossen hatte. »Lass dir von Mrs. H. nicht die Zügel aus der Hand nehmen«, raunte sie Alice augenzwinkernd zu. »Das hier ist deine Versammlung. *Du* leitest sie.«

»Ehrlich gesagt, glaube ich nicht, dass ich das kann.«

»Und warum nicht?«

»Dominick hat dir anscheinend nicht erzählt …«

Maggie ließ sie nicht ausreden. »Dominick erzählt mir nie etwas! Du weißt doch, wie Brüder sind. Ach so, nein, das kannst du ja nicht wissen. Na, jedenfalls sind sie nicht wie Schwestern.«

Und so erklärte Alice ein weiteres Mal, dass sie ihr Gedächtnis verloren hatte, und ja, sie würde einen Arzt aufsuchen, und nein, sie fand nicht, dass sie ins Bett gehörte, und nein, das war kein Scherz, und ja, sie musste sich den Kopf ganz schön kräftig angeschlagen haben.

»Wo bleibt ihr denn so lange?«, rief jemand aus dem Esszimmer. »Es duftet schon so herrlich nach Muffins!«

»Einen Augenblick noch!«, rief Maggie zurück. An Alice gewandt, fügte sie vergnügt hinzu: »Daher also das Gerede von deiner Versöhnung mit Nick! Du hast die letzten zehn Jahre vergessen! Du gütiger Himmel! Das muss ja ein echt unheimliches Gefühl sein. Ich kann mir das gar nicht vorstellen! Mal sehen, was hab ich denn mit sechsundzwanzig gemacht?«

Alice erschrak ein wenig, als ihr bewusst wurde, dass Maggie vier Jahre jünger war als sie. All diese Frauen in ihrem Esszimmer waren vermutlich im selben Alter wie sie.

Maggie kicherte. »Ich würde sagen: O mein Gott, wieso hast du ausgerechnet das Dickerchen aus deiner Autowerkstatt geheiratet! Und dann würde ich meine Hüften angucken und denken: Wo kommt denn der ganze Speck her?« Sie gab sich mit beiden Händen einen Klaps auf ihre Hüften, die Alice' Meinung nach wunderbar schlank waren.

»Da drinnen wird's mir allmählich zu langweilig.« Die großgewachsene grauhaarige Brillenträgerin kam herein. Sie schwang sich auf die Küchentheke und schlenkerte mit ihren langen, schlanken Beinen, die in Bluejeans steckten. Mit gedämpfter Stimme fuhr sie fort: »Geh lieber rein, Alice, ich hab das Gefühl, Mrs. H. plant einen Coup. Bis jetzt ist es mir gelungen, ihre Bemühungen unauffällig zu torpedieren.« Sie senkte ihre Stimme zu einem Flüstern. »Wenn sie glaubt, wir würden den skandalösen Zwischenfall in der Waschküche einfach unter den Teppich kehren, irrt sie sich gewaltig! Dieser kleine Giftzwerg.«

»Ihr wisst davon?« Alice' Finger schlossen sich fester um das Messer, mit dem sie die Muffins aufschneiden wollte.

»Alice hat ihr Gedächtnis verloren«, erklärte Maggie. »Sie weiß vermutlich nicht einmal, wer du bist. Alice, das ist Nora.« Sie sah Alice verblüfft an. »Wenn ich es mir richtig überlege, weißt du vermutlich nicht einmal, wer *ich* bin! Ich bin Maggie! Hast du mich überhaupt erkannt?« Auf ihrem Gesicht malte sich jener ungläubige Ausdruck, den Alice inzwischen viele Male gesehen hatte. Es war jedem unbegreiflich, dass man sich ausgerechnet an *ihn* nicht erinnerte.

»Hab schon so was läuten hören«, sagte Nora. »Ich hab's nicht geglaubt. In *Dino's Café* hab ich mitgekriegt, wie jemand gesagt hat, du hättest dein Gedächtnis verloren, aber ich dachte, das ist bloß wieder so ein aberwitziges Gerücht. Du meine Güte! Was sagen denn die Ärzte?«

»Hat Nick diese Mrs. Holloway in der Waschküche geküsst?«, fragte Alice, die sich mit dieser Frage wie ein Teenager vorkam.

»Nick?« Nora schüttelte den Kopf. »Nein, Schätzchen. Das war Michael. Ginas Mann. Gina hat die beiden überrascht.« Sie sah Maggie an. »Sie hat tatsächlich ihr Gedächtnis verloren.«

Maggie biss herzhaft in einen Muffin. »Sie kann sich an überhaupt nichts erinnern«, nuschelte sie ganz aufgeregt. »Das ist wie in diesem Märchen von Rumpelstilzchen.«

»Ich glaube, du meinst die Legende von Rip Van Winkle.«

»Wirklich?«

»Aber ich kann mich so deutlich daran erinnern«, murmelte Alice wie betäubt. »Ich kann mich daran erinnern, als ob es mir passiert wäre.«

»Du hast dich auch schrecklich darüber aufgeregt und mit Gina gelitten«, erwiderte Maggie. »O Gott, ich kann immer noch nicht glauben, dass sie nicht mehr da ist. Ich denke, sie müsste jeden Moment hereinspazieren, eine Flasche Champagner in der Hand. Jedes Mal, wenn irgendwo ein Sektkorken knallt, muss ich an sie denken. Ich habe es immer noch nicht akzeptiert, scheint mir.«

»Es sei denn, der Giftzwerg hätte auch Nick geküsst«, meinte Nora nachdenklich.

»Kann ich etwas helfen?«, flötete ein zartes Stimmchen.

»Mrs. H.!«, sagte Nora gelassen. »Gerade haben wir von Ihnen gesprochen.«

»Nur Gutes, hoffe ich?«

»Aber natürlich. Unsere unbescholtene stellvertretende Schulleiterin wird doch keine schmutzige Wäsche irgendwo im Keller haben, oder?«, bemerkte Nora.

Maggie verschluckte sich an ihrem Muffin.

»Hier, Sie können die Becher reintragen«, fuhr Nora fort.

»Gerne«, erwiderte Mrs. Holloway ungerührt. »Fangen wir bald an, Alice?« Sie warf einen Blick auf ihre Armbanduhr. »Ich muss in die Schule zurück, wissen Sie.«

»Nur eine Sekunde noch«, sagte Nora mit harter, kalter Stimme und eisigem Blick.

Mrs. Holloway nahm die Becher und ging.

Als sie die Küche verlassen hatte, gab Maggie Nora einen Klaps auf den Rücken und zerzauste ihr die Frisur. »Das war echt ein Hammer!«

Alice fühlte sich an ihre Schulzeit erinnert, nur dass die Mädchen jetzt Falten und graue Haare hatten und sich über ihre Kinder unterhielten. Dass man auch im Erwachsenenalter noch herumblödeln konnte, tröstete sie.

»Eines verstehe ich nicht«, sagte sie. »Wie kann diese Mrs. Holloway noch stellvertretende Schulleiterin sein, wenn sie …«

»… anderer Kinder Väter in der Waschküche küsst?«, beendete Nora den Satz. »Außer uns weiß niemand davon. Wir mussten Gina versprechen, den Mund zu halten. Mrs. H. hat selbst Kinder an der Schule. Gina sagte, sie wolle nicht dafür verantwortlich sein, dass noch eine Ehe zerstört wird.«

»Du kannst dir nicht vorstellen, wie oft ich mir schon auf die Zunge beißen musste, wenn Dominick über sie redet«, sagte Maggie. »Er hält sie für unglaublich professionell.« Sie zuckte mit den Achseln. »Na ja, wahrscheinlich hat sie in jener Nacht damals einen in der Krone gehabt. Wir alle machen Fehler.«

»Komm mir nicht auf die Tour, Maggie«, knurrte Nora. »Dieses Miststück hat es nicht verdient, dass du sie in Schutz nimmst. Sie hat nicht mal mit der Wimper gezuckt, als ich die schmutzige Wäsche erwähnte.«

»Vielleicht hat sie's vergessen. Es ist immerhin drei Jahre her.«

»Hatten Mrs. Holloway und Mike eine Affäre?«, fragte Alice.

Sie wappnete sich innerlich. Das böse Gefühl, betrogen worden zu sein, wollte nicht weichen, obwohl sie jetzt wusste, dass sie nicht von Nick hintergangen worden war.

»Soviel wir wissen, war es bloß dieser eine Kuss in alkoholisiertem Zustand«, erwiderte Maggie. »Aber damit begannen Ginas und Mikes Eheprobleme. Uns kam das so ungerecht vor. Gina und Mike trennen sich, während die Holloways nach außen hin immer noch eine mustergültige Ehe führen. Ich hab sie neulich beim Quizabend Händchen haltend gesehen, könnt ihr euch das vorstellen? Ich hab gedacht, ich muss mich übergeben!«

»Vielleicht lassen sie sich ja gegenseitig ihre Freiheit und führen eine tolerante Ehe«, sinnierte Nora.

»Meinst du?« Maggie machte große Augen. Dann schüttelte sie sich. »Lasst uns rübergehen und diese Versammlung durchziehen.«

»Ich glaube, ich bleibe besser hier«, murmelte Alice. »Sagt ihnen, ich fühle mich nicht so besonders.« Sie hatte keine Ahnung, wie man eine Versammlung »durchzog«.

»Überlass die Tagesordnung ruhig mir«, schlug Nora vor. »Du nickst die einzelnen Punkte einfach ab. Du hast alles so fantastisch vorbereitet, dass wir genau wissen, was zu tun ist. Ich kenne niemanden, der besser organisiert oder effizienter wäre als du, Alice.«

»Ehrlich? Kann ich mir gar nicht vorstellen«, seufzte Alice.

Sie befeuchtete eine Fingerspitze mit der Zunge und tupfte die Muffinkrümel auf ihrem Teller auf. Die beiden Frauen beobachteten sie mit einem Gesichtsausdruck, als benähme sie sich reichlich merkwürdig.

Statt ihre Fingerspitze abzulecken, ließ sie die Hand sinken und sagte: »Warum backen wir eigentlich einen Zitronenbaiserkuchen und nicht einen Käsekuchen oder was weiß ich?«

»Der Zitronenbaiserkuchen war Ginas Spezialität«, antwortete Maggie. »Weißt du nicht mehr? Du hast diesen Tag Gina gewidmet.«

Wie könnte es auch anders sein. Letzten Endes lief immer alles auf Gina hinaus.

Sobald sie sich an Gina erinnern könnte, würde sie sich auch an alles andere erinnern können.

*

ELISABETHS TAGEBUCH FÜR JEREMY

Ich habe die Wahl zwischen zwei Möglichkeiten.

Ich könnte aus Sydney hinausfahren und vielleicht die Südküste hinunter, dort wo sich die Straße zwischen den sattgrünen Hügeln und dem türkisfarben blitzenden Meer entlangschlängelt. Das würde meiner Seele sicher guttun.

Und dann könnte ich mir eine lange, gerade Strecke mit einem geeigneten Telegrafenmast aussuchen. Einem, der geradezu nach einem Gedenkkreuz schreit.

Und dann könnte ich mit Vollgas auf ihn drauffahren.

ODER:

Ich könnte ins Büro zurückkehren. Ich könnte Layla bitten, mir einen Feinschmeckersalat zu besorgen – ja, mit Sardellen, bitte – und eine Diät-Cola oder vielleicht einen Bananenfruchtsaft. Und dann könnte ich beim Mittagessen meine programmatische Rede für die Konferenz des australischen Direktmarketingverbands schreiben, die nächsten Monat stattfindet.

Eines von beiden könnte ich tun.

Ich habe die Wahl zwischen dem Telegrafenmast und dem Büro.

Die Entscheidung kommt mir so belanglos vor wie die zwischen einer Diät-Cola oder einem Bananenfruchtsaft.

*

»Oh, Alice, gut, dass ich Sie treffe! Ich hab doch das übernächste Wochenende diese Sache, von der ich Ihnen erzählt habe, und da habe ich mir überlegt, dass ich doch Tom von der Party bei Harry abholen könnte, ich meine, ich weiß doch, dass Sie jetzt am Wochenende diese große Sache geplant haben, und dann könnten die Jungs bis zum Fußballspiel bei mir bleiben, und Sie könnten beide nach dem Spiel abholen.«

»Entschuldige, bitte, Mummy. Entschuldige, bitte, Mummy. *Bitte entschuldige*, Mummy!«

»Alice! Weiß Olivia schon, was sie auf Amelias Kostümparty anziehen wird? Haben Sie schon von dem Drama gehört? *Sieben* Kinder wollen sich als Hannah Montana verkleiden, Amelia will aber auch als Hannah Montana gehen, und sie ist immerhin das Geburtstagskind, also werden alle anderen sich etwas Neues einfallen lassen müssen.«

»Endlich ist er da, der große Tag, nicht wahr, Alice?«

»Mummy, ich habe ›bitte‹ gesagt und ›entschuldige‹, und du beachtest mich trotzdem nicht!«

»Mummy, kann Clara heute Nachmittag rüberkommen? Bitte, bitte, bitte, bitte! Ihre Mum hat gesagt, sie ist einverstanden.«

»Mummy?«

»Mummy?«

»Nicht mehr lange, Alice, stimmt's?«

»Mrs. Love?«

»Kann ich Sie einen Moment sprechen, Alice?«

Alice stand auf dem Schulhof, und von allen Seiten wurde auf sie eingeredet. Es ging um die Einteilung zum Dienst in der Schulkantine, um Geburtstagspartys und Verabredungen zum Spielen. Ihr schwirrte der Kopf.

Sie konnte sich an nichts von alledem erinnern. Und dennoch kam ihr die Situation auf sonderbare Weise vertraut vor.

Ich habe mich fürs Büro entschieden, nur für den Fall, dass es Sie interessiert.

Der Feinschmeckersalat hat fürchterlich geschmeckt. Ein matter Abklatsch eines richtigen Feinschmeckersalats. Verwelkte Salatblätter, fade Croutons. Eine einzige Enttäuschung. Wie das Leben.

Das mit dem Telegrafenmast habe ich nicht ernst gemeint.

So etwas würde ich nie fertigbringen. Ich bin viel zu vernünftig und langweilig für so was.

Unsere nächste Sitzung habe ich übrigens abgesagt. Ich entschuldige mich in aller Form, falls ich Ihnen dadurch irgendwelche Unannehmlichkeiten bereite.

*

GEISTREICHE GEDANKEN EINER URGROSSMAMA!

Was für ein außergewöhnlicher, offen gestanden beunruhigender Abend! X. war auf die Sekunde pünktlich. Er hatte sich fein gemacht, seine Haare ordentlich auf eine Seite gekämmt, und – man stelle sich vor – er stand mit einer Flasche Wein und einem Blumenstrauß vor meiner Tür.

Ich kam gleich zur Sache. Als ich die Quiche anschnitt, fragte ich ihn rundheraus, warum er meinen Ausflug zu der Diskussionsrunde über Sterbehilfe sabotiert habe. Mir komme es so vor, als führe er eine Art Rachefeldzug gegen mich, sagte ich zu ihm, und ich könne einfach nicht verstehen, weshalb er seine Hafenrundfahrt für denselben Tag angesetzt habe wie ich meinen Ausflug.

Er reagiere äußerst empfindlich auf das Thema Sterbehilfe,

antwortete er mir, weil er miterlebt hätte, wie seine Mutter Selbstmord beging, als er acht Jahre alt war.

Ihr könnt euch sicher vorstellen, was für ein Schock das für mich war. Ich wäre am liebsten im Boden versunken! Mir wurde regelrecht schlecht, so elend fühlte ich mich. Ich wusste nicht, was ich sagen sollte. Mir kamen die Tränen.

Da schaute er zwischen zwei kräftigen Bissen von meiner Quiche mit blitzenden Augen zu mir auf und meinte, eigentlich sei seine Mutter im Alter von neunzig Jahren friedlich im Bett gestorben, aber sie hätte Selbstmord begehen können, weil sie manchmal ganz schrecklich deprimiert gewesen sei.

Ich hätte ihm um ein Haar die Salatschüssel über den Kopf gestülpt.

Danach führten wir eine äußerst lebhafte Debatte – oder sollte ich besser Streitgespräch sagen? – über das Thema. Es zog sich über Stunden hin, und keiner von uns wich von seinem Standpunkt ab. X. brachte keine neuen Argumente vor. Seiner Meinung nach ist jeder Augenblick ein kostbares Geschenk, und es zeugt von verdammt schlechten Manieren, auch nur eine einzige Sekunde wegzuwerfen.

Zu guter Letzt machte ich ihn darauf aufmerksam, dass er seine Hafenrundfahrt nichtsdestoweniger auf einen anderen Tag hätte legen können.

Da sagte er: »Wenn ein Junge ein Mädchen gern hat, zieht er sie am Zopf, zerrt ihr die Haarschleife herunter und rennt mit seiner Trophäe davon. Kennen Sie das?«

»Nun ja, ich denke schon«, antwortete ich.

»Tja, wissen Sie, ich bin im Grunde nie erwachsen geworden«, erwiderte er.

Was zum Teufel meint er denn damit? Kannst du mir das erklären, Internet?

KOMMENTARE

Doris aus Dallas schreibt:
Sag mal, stellst du dich absichtlich dumm, Frannie? Er will dir sagen, dass er dich GERNHAT! Und du, was empfindest du für ihn? Hört sich nach einem lustigen Burschen an, finde ich. Einer von diesen ungeschliffenen Diamanten.

Anonymus schreibt:
Ich bin der gleichen Meinung wie Doris, aber seid ihr beide nicht viel zu alt für so was? Iiiihhh!

Frank Neary schreibt:
Hey, mir scheint, ich hab Konkurrenz bekommen! Ich bin um einiges jünger als dieser X. Warum versuchen Sie es nicht mit mir?

Groovy Granny schreibt:
Dieser X. scheint mir ein ziemliches Schlitzohr zu sein. Ich würde ihm ganz schnell Beine machen. Was ist mit Alice? Ist ihr Erinnerungsvermögen inzwischen zurückgekehrt?

*

Ohrenbetäubende Schreie hallten durch das Haus.

»Mummy! Nein, nicht! Mach, dass es aufhört! *Mummy!*«

Alice fuhr aus dem Schlaf auf, stürzte aus dem Bett und taumelte benommen durch den dunklen Flur. Ihr Herz raste, ihr Mund war trocken. Reste von Träumen wirbelten ihr durch den Kopf.

Wer hatte so geschrien? Olivia?

Nein. Das hysterische Kreischen kam aus Madisons Zimmer.

Alice stieß die Tür auf. Es war dunkel im Zimmer, sie konnte nur eine Gestalt ausmachen, die sich im Bett herumwarf, mit beiden Armen um sich schlug und kreischte: »Tu ihn weg! Tu ihn weg!«

Als Alice' Augen sich an die Dunkelheit gewöhnt hatten, knipste sie die Lampe im Bücherregal neben Madisons Bett an.

Madison hatte die Augen geschlossen, ihr Gesicht war zu einer starren Maske der Angst verkrampft. Sie hatte sich in ihrem Bettzeug verheddert und schlug mit den Fäusten auf das Kopfkissen auf ihrer Brust ein.

»Tu ihn weg!«

Alice nahm das Kissen, warf es auf die Bettdecke und setzte sich auf die Bettkante.

»Es ist nur ein Traum, mein Schatz«, flüsterte sie beruhigend und strich Madison die schweißnassen Haare aus der Stirn. »Es ist nur ein Traum.« Sie wusste von ihren eigenen Albträumen, wie heftig Madisons Herz klopfen musste, wie die Worte aus der Realität allmählich in ihre Traumwelt sickern und den Albdruck von ihr nehmen würden.

Madison schlug die Augen auf. Sie schnellte hoch, prallte mit dem Kopf schmerzhaft gegen Alice' Rippen, schlang die Arme um sie und klammerte sich an sie.

»Tu ihn weg, Mummy! Du musst ihn von Gina runternehmen!«, schluchzte das Mädchen.

»Es ist nur ein Traum«, sagte Alice tröstend und streichelte Madisons Hinterkopf. »Ich verspreche dir, das ist nur ein böser Traum. Es ist alles gut.«

»Aber du musst ihn von Gina runternehmen, Mummy! Tu ihn weg!«, wimmerte Madison.

»Was denn? Was soll ich denn runternehmen?«

Madison antwortete nicht. Ihr Griff lockerte sich, ihr Atem ging wieder ruhiger. Sie kuschelte sich bequemer in Alice' Schoß.

»Was soll ich runternehmen?«, wisperte Alice.

»Es ist bloß ein Traum«, murmelte Madison und schlief wieder ein.

26

»Tante Alice! Tante Alice!«

Ein etwa dreijähriger Junge kam auf Alice zugerannt.

Sie bückte sich unwillkürlich, nahm ihn in die Arme und schwang den stämmigen kleinen Körper durch die Luft, bevor sie ihn an sich drückte. Er legte ihr seine Beinchen um die Hüften wie ein Koala, der sich an einen Baumstamm klammert. Alice steckte ihre Nase in seine dunklen Haare, von denen ein Duft wie nach Hefe aufstieg. Ein Duft, der ihr unerträglich köstlich vertraut war. Sie schnupperte noch einmal. Erinnerte sie sich an diesen kleinen Jungen? Oder an einen anderen? Manchmal wünschte sie, sie könnte ihren Geruchssinn einfach abschalten, so frustrierend waren diese Erinnerungen, die unverhofft auf sie einstürzten und sich dann wieder verflüchtigten, bevor sie sie zu fassen bekam.

Der kleine Junge legte Alice seine Patschhändchen ins Gesicht und brabbelte etwas mit ernstem Blick.

»Er hat gefragt, ob du ihm Smarties mitgebracht hast«, übersetzte Olivia. »Du bringst ihm immer welche mit.«

»Oje, Schätzchen«, sagte Alice.

»Du weißt gar nicht, wer er ist, stimmt's?«, bemerkte Madison hämisch.

»Natürlich weiß sie das«, widersprach Olivia.

»Das ist unser Cousin Billy«, erklärte Tom. »Seine Mum ist Tante Ella.«

Nicks jüngste Schwester hatte ein Kind bekommen! Das war ein Skandal! Das Mädchen war erst fünfzehn und ging noch zur Schule!

O Alice, du bist wirklich nicht besonders clever! Wir haben 2008! Sie ist fünfundzwanzig und vermutlich ein ganz anderer Mensch als damals.

Aber so ganz anders war Ella doch nicht, wie Alice feststellte, als sie die junge Frau sah, die sich grimmig einen Weg durch die Menge bahnte. Ella pflegte immer noch ihren Gruftielook. Weißer Teint, schwarz umrandete Augen, die schwarzen Haare in der Mitte gescheitelt und zu einem exakten Bob geschnitten. Zu einem schwarzen Rock und schwarzen Strümpfen trug sie schwarze Ballerinas und einen schwarzen Rollkragenpulli, selbst ihr Schmuck war schwarz. Nur Ella brachte es fertig, in so einem Aufzug zu einer Seniorenveranstaltung zu erscheinen.

»Billy! Komm sofort wieder her«, sagte sie scharf und versuchte, ihren Sohn aus Alice' Armen zu ziehen.

»Ella«, sagte Alice. Billy legte seine Beine noch fester um sie und schmiegte sein Gesicht an ihren Hals. »Ich hab gar nicht damit gerechnet, dich hier zu sehen.«

Hätte sie sich für eine von Nicks Schwestern entscheiden müssen, wäre ihre Wahl auf Ella gefallen. Als Teenager war sie sentimental und gefühlsintensiv, kriegte aber auch mitunter hysterische Lachanfälle. Sie hatte mit Alice gern über Mode geplaudert und ihr die Vintage-Kleider gezeigt, die sie in Secondhandshops erstanden hatte und deren Reinigung mehr kostete als das, was sie für sie bezahlt hatte.

»Hast du ein Problem damit?«, schnauzte Ella.

»Was? Nein. Natürlich nicht.«

An diesem Abend fand die Familientalentshow in Frannies Seniorenresidenz statt, in einem Saal mit Holzboden, an dessen Seiten hoch oben rot glühende Heizstrahler montiert waren, die eine solche Hitze abgaben, dass die Leute sich eilig aus ihren Jacken und Mänteln schälten. Vor der Bühne mit dem einzelnen Mikrofon, das irgendwie rührend wirkte vor den roten, schon leicht ausgefransten Samtvorhängen, waren in einem Halbkreis mehrere Stuhlreihen aufgestellt worden. Unterschiedliche Modelle von Gehhilfen standen ordentlich nebeneinander vor dem Podest; manche waren mit Bändern gekennzeichnet wie Gepäckstücke in einem Flughafen.

Lange, provisorische Tische waren an einer Wand entlang aufgebaut worden. Auf den weißen Tischdecken standen Tee- und Kaffeemaschinen, hohe Türme von Styroporbechern, Pappteller mit Sandwiches, Kleingebäck, Pfannkuchen mit Marmelade und einem Klacks Schlagsahne darauf, die in der Hitze zerlief.

Die vordersten Plätze waren bereits von Bewohnern des Seniorenheims belegt worden: winzige, schrumpelige alte Damen, jede in ihrem besten Kleid, an dem eine Brosche steckte, gebeugte alte Männer, das schüttere Haar sorgfältig über die altersfleckige Kopfhaut gekämmt, den Schlips unter dem Pullover mit V-Ausschnitt. Den alten Leuten schien die Hitze nichts auszumachen.

Alice konnte Frannie sehen. Sie saß in der mittleren Reihe und schien in eine recht hitzige Unterhaltung mit einem weißhaarigen, grinsenden Mann vertieft, der auffiel in seiner glänzenden getüpfelten Weste über einem weißen Hemd.

»Es war übrigens deine Mutter, die angerufen und uns gefragt hat, ob wir kommen würden«, sagte Ella, der es endlich gelungen war, Billy aus Alice' Armen zu lösen. »Sie sagte, Dad hätte schreckliches Lampenfieber. Das kann ich zwar kaum glauben, aber na ja. Die anderen haben sich geweigert mitzukommen.«

Komisch, dass Barb Nicks Schwestern anrief und sie um etwas bat, so als ob sie den gleichen Kreisen angehörten.

Alice stutzte.

Was für ein sonderbarer Gedanke war das denn? Natürlich gehörten sie den gleichen Kreisen an.

In ihrem tiefsten Inneren jedoch (oder vielleicht näher an der Oberfläche, als sie sich eingestehen wollte) war sie nie der Meinung gewesen, dass ihre eigene Familie sich auf derselben Stufe wie die von Nick befand.

Die Loves waren in einem Vorort im Osten von Sydney zu Hause. »Ich fahre so gut wie nie über die Brücke«, hatte Nicks Mutter einmal zu Alice gesagt. Freitags besuchte sie manchmal die Oper, so wie Alice' Mutter zum freitäglichen Quizabend im Gemeindesaal ihrer Kirche ging (und mit etwas Glück eine Bratenplatte oder eine Obstschale gewann). Die Loves kannten eine Menge Leute, wichtige Leute wie Parlamentsmitglieder und Schauspielerinnen, Ärzte und Anwälte und andere Persönlichkeiten, deren Namen man eigentlich kennen sollte. Sie waren Anglikaner und gingen nur an Weihnachten in die Kirche, sehr gelangweilt, als handelte es sich um ein entzückendes, aber nicht unbedingt notwendiges Ereignis. Nick und seine Schwestern hatten Privatschulen und die Universität von Sydney besucht. Sie kannten die besten Bars und die richtigen Restaurants. Es war irgendwie, als ob ihnen Sydney gehörte.

Alice' Familie dagegen stammte aus dem Nordwesten, wo frohgemute Christen, Führungskräfte aus dem mittleren Management, Wirtschaftsprüfer und Notare zu Hause waren. Auch Alice' Mutter fuhr so gut wie nie über die Brücke, doch das kam daher, dass sie unsicher war, weil sie sich in der Stadt nicht auskannte. Eine Bahnfahrt in die City war ein monumentales Abenteuer. Alice und Elisabeth besuchten katholische Mädchenschulen in ihrem Stadtteil, wo man von den Schülerinnen erwartete, dass sie Krankenschwester oder Lehrerin wurden, nicht Ärztin oder Anwältin. Sie gingen jeden Sonntag in die

Kirche, wo die Gottesdienstbesucher zum Gitarrenspiel einiger Kinder mit schrillen Stimmen die Kirchenlieder sangen, deren Texte über dem kahlen Kopf des Pfarrers an die Wand projiziert wurden, während sich die Buntglasscheiben in seinen Brillengläsern spiegelten.

Alice hatte oft gedacht, sie wäre lieber in den westlichen Vororten aufgewachsen. Dann wäre sie einer dieser toughen, großmäuligen Halbstarken gewesen und hätte sich vielleicht ihren Fußknöchel tätowieren lassen. Manchmal hatte sie sich auch gewünscht, ihre Eltern wären Einwanderer mit irgendeinem fremden Akzent. Dann wäre sie zweisprachig aufgewachsen, und ihre Mutter hätte ihre eigene Pasta zubereitet. Doch stattdessen waren sie die guten alten Jones, eine ganz und gar durchschnittliche Familie. So fade und reizlos wie ballaststoffreiche Getreidekekse.

Und dann kam Nick. Er gab Alice das Gefühl, aufregend und exotisch zu sein.

»Was beichtet man eigentlich bei der Beichte?«, hatte er einmal gefragt. »Darfst du darüber reden?«

Als er Fotos von ihr in ihrer katholischen Schuluniform sah, deren Faltenrock bis weit über ihre Knie reichte, hatte er ihr zugeflüstert: »Das macht mich richtig heiß, weißt du das?« Er saß auf dem geblümten Sofa von Alice' Mutter, neben sich einen rechteckigen braunen Beistelltisch mit einem bestickten Deckchen darauf, aß ein dick gebuttertes, mit grellrosa Glasur verziertes Hefeteilchen und trank seinen Tee.

»Wann wurde das Haus eigentlich gebaut?«, fragte er. Als ob ihr roter Backsteinbungalow so eine respektvolle Frage verdient hätte!

»1965«, antwortete Barb. »Wir haben fünfhundert Pfund Sterling dafür bezahlt.«

Das hörte Alice zum ersten Mal. Dank Nick hatte ihr Haus

eine Geschichte bekommen! Während Barb erzählte, nickte er, warf hin und wieder eine Bemerkung ein, über die Elektroinstallationen oder andere Dinge, und benahm sich nicht anders als am antiken Esstisch seiner Mutter, wo er frische Feigen und Ziegenkäse aß und Champagner trank. Alice hatte ihn so angehimmelt, dass sie sich einer Ohnmacht nahe fühlte.

»Werden wir uns zu Daddy setzen, wenn er kommt?« Olivia zupfte Alice am Ärmel. »Werdet ihr beide nebeneinandersitzen? Damit ihr mir beim Tanzen zuschauen und zueinander sagen könnt: ›Oh, sieh nur, unsere allerliebste Tochter! Wir sind ja so stolz auf sie!‹«

Olivia, in Trikot, Tüllröckchen und Ballettschuhen, war fertig angezogen für ihren Auftritt. Alice hatte sie geschminkt, aber viel zu dezent, wie Olivia fand.

»Natürlich werden wir nebeneinandersitzen«, versicherte Alice ihr.

»Du bist echt so was von peinlich, Olivia«, sagte Madison.

»Nein, das ist sie nicht.« Ella drückte Olivia liebevoll und zupfte Madison dann am Ärmelsaum ihres langärmeligen dunkelroten Shirts. »Ich hab recht gehabt. Das steht dir ganz fantastisch.«

»Es ist mein Lieblingsshirt«, erklärte Madison trotzig. »Aber Mummy braucht immer eine Ewigkeit, bis sie es gewaschen hat.«

Alice beobachtete Ella, wie diese Madison ansah. Ihr fiel der zärtliche Ausdruck in Ellas Gesicht auf. Kein Zweifel, Nicks Schwester liebte Alice' Kinder, und so wie Billy sich an Alice geklammert hatte und auf der Suche nach seinen Smarties immer noch an ihre Handtasche heranzukommen versuchte, liebte Alice auch Ellas kleinen Jungen. Sie war Billys Tante, so wie Ella die Tante von Madison, Tom und Olivia war. Auch wenn sie durch Barbs und Rogers Heirat nicht Stiefschwestern geworden wären, so waren sie doch eine Familie. Eine tiefe Zuneigung erfasste Alice.

»Du bist zu einer wunderschönen, eleganten jungen Frau herangewachsen«, sagte sie zu Ella.

Ella straffte sich. »Willst du mich auf den Arm nehmen?« Sie presste die Kiefer zusammen.

»Mummy wird dir heute Abend vielleicht ein bisschen seltsam vorkommen, Tante Ella«, sagte Tom. »Sie hat eine traumatische Kopfverletzung gehabt. Ich hab mir aus dem Internet ein paar Seiten darüber ausgedruckt, wenn du's lesen willst. Nur zu deiner Information.«

»Allerliebster Daddy!«, rief Olivia.

Nick hatte gerade den Saal betreten. Er blieb an der Tür stehen und ließ seine Blicke suchend über die Menge schweifen. Er trug einen Anzug, der sehr teuer aussah, und hatte seinen Hemdkragen lässig aufgeknöpft. Er sah erfolgreich und sexy aus, wie ein reifer Mann, der wichtige Entscheidungen traf, der seinen Platz in der Welt gefunden hatte und der sich vor einer Präsentation nicht mehr das Hemd bekleckerte.

Als er die Kinder erblickte, strahlte er. Dann sah er Alice, und seine Miene verfinsterte sich. Er kam auf die kleine Gruppe zu.

Olivia warf sich in seine Arme.

»Hey, ihr Küken, ich hab euch vermisst«, nuschelte er, das Gesicht an Olivias Hals. Mit einer Hand zerzauste er Tom die Haare, mit der anderen tätschelte er Madisons Schulter.

»Hey, Dad, rate mal, wie viele Kilometer es von zu Hause bis hierher sind«, sagte Tom. »Was meinst du? Rate mal.«

»Hm, fünfzehn?«

»Du bist nah dran! Dreizehn Kilometer.«

»Hey, Kleines«, sagte Nick zu Ella. Das war immer schon sein Kosename für sie gewesen. Ella sah ihn an mit einem Ausdruck grenzenloser Bewunderung. In diesem Punkt hatte sich offenbar nichts geändert. »Und der Kleine meiner Kleinen!« Er bückte sich und nahm Billy auf den anderen Arm. Billy gluckste vergnügt.

»Wie geht es dir, Alice?«, fragte Nick in unpersönlichem Ton, den Blick auf die Kinder gerichtet.

Er sah Alice nicht einmal flüchtig an. Sie war die Letzte, die er begrüßte. Die, die ihm am gleichgültigsten war.

»Danke, gut.«

Nicht weinen! Fang jetzt auf gar keinen Fall zu weinen an!

Merkwürdigerweise wünschte Alice, Dominick wäre da. Jemand, der sie mochte. Es war furchtbar, verachtet zu werden. Sich als verachtenswerter Mensch zu fühlen.

Aus den Lautsprechern tönte eine vertraute, zittrige Stimme. »Meine Damen und Herren, Jungen und Mädchen, es ist mir eine außerordentliche Freude, Sie alle zur Familientalentshow der Seniorenresidenz Waldfrieden begrüßen zu dürfen. Wenn ich Sie jetzt bitten dürfte, Platz zu nehmen?«

»Frannie!«, rief Olivia.

Frannie, die ganz bezaubernd aussah in ihrem royalblauen Kleid, stand auf der Bühne und sprach ruhig und mit kultivierter Stimme ins Mikrofon.

»Sie wirkt kein bisschen nervös«, staunte Madison. »Wenn ich vor so vielen Leuten reden müsste, würde ich vor lauter Nervosität wahrscheinlich in Ohnmacht fallen.«

Alice nickte. »Ja, ich auch.«

Madison kräuselte verächtlich die Lippen. »Du doch nicht!«

»O doch, ganz bestimmt sogar!«, protestierte Alice.

Als sie ihre Plätze einnehmen wollten, entstand ein ziemliches Durcheinander. Madison, Tom und Olivia wollten alle neben ihrem Vater sitzen. Olivia musste aber auch ganz außen sitzen, damit sie gleich zur Bühne gehen konnte, wenn ihr Name aufgerufen wurde. Außerdem wollte sie, dass Nick neben Alice saß, während Billy unbedingt auf Alice' Schoß wollte, was Ella wiederum unter keinen Umständen wollte. Zu guter Letzt gab sie aber nach. Und so kam es, dass Alice zwischen Madison und Nick saß und ihre Arme um Billy gelegt hatte, der es sich auf ihrem Schoß bequem machte. Wenigstens einer, der sie gut leiden konnte.

Wo blieb Elisabeth nur? Alice verrenkte sich den Hals, konnte ihre Schwester aber nirgends entdecken. Vielleicht hatte sie es sich anders überlegt und kam doch nicht. Das Ergebnis der Blutuntersuchung sei negativ, hatte ihre Mutter ihr erzählt, aber Elisabeth habe einen gefassten, wenn auch ein bisschen merkwürdigen Eindruck gemacht. Sie war ihr vorgekommen, als hätte sie getrunken.

Alice trug immer noch Dinos Fruchtbarkeitspuppe in ihrer Handtasche herum. Würde sie Elisabeth damit nur verärgern? Aber wenn die Figur nun tatsächlich Zauberkräfte besaß und Alice ihrer Schwester diese vorenthielt? Sie beschloss, Nick um Rat zu fragen.

Sie streifte ihn mit einem Seitenblick. Er wirkte sehr verschlossen. Durfte sie ihn in solchen Dingen überhaupt noch um Rat fragen? Vielleicht interessierte ihn so etwas gar nicht mehr.

Nachdem die Zuschauer Platz genommen hatten, klopfte Frannie ans Mikrofon und sagte: »Wir kommen jetzt zu unserer ersten Darbietung. Mary Barbers Urenkelin wird für uns *Somewhere over the Rainbow* singen.«

Ein kleines Mädchen in einem paillettenbestickten Glitzerkleid trat auf die Bühne. Sie trug eine dicke Schicht Make-up im Gesicht (»Siehst du, Mummy?«, zischte Olivia und beugte sich vor, um Alice vorwurfsvoll anzusehen) und wackelte mit dem Oberkörper wie eine alternde Barsängerin. »Jesus«, murmelte Nick gedämpft. Das Mädchen umklammerte das Mikrofon mit beiden Händen und begann zu singen, mit derart übertrieben schmachtender Stimme, dass die Zuschauer bei jeder hohen Note unwillkürlich zusammenzuckten.

Es folgten weitere Auftritte: steppende Enkelkinder mit Zylindern und Stöcken, Zauberkunststückchen eines Großneffen (»Ich weiß ganz genau, wie er das gemacht hat, nur zu eurer Information«, flüsterte Tom laut) und eine Nichte mit einer Gymnastiknummer. Ellas kleinem Jungen wurde das Ganze zu langweilig. Er kletterte von einem Schoß zum nächsten, legte jemandem seine Hand auf die Nase und sagte »Kinn« oder auf das Kinn und sagte »Nase«. Dann krümmte er sich vor Lachen, so lustig fand er das.

Schließlich trat Frannie wieder ans Mikrofon. »Und jetzt kommen wir zu Olivia Love, meiner Wahl-Urenkelin. Sie wird uns eine Nummer vorführen, die sie selbst einstudiert hat und die sie ›Der Schmetterling‹ genannt hat.«

Selbst einstudiert? Alice geriet in Panik. Sie hatte angenommen, Olivia würde etwas vorführen, das sie im Ballettunterricht gelernt hatte. O Gott, das würde sicher grauenvoll werden! Ihre Handflächen waren schweißnass. Sie fieberte, als müsste sie selbst auf die Bühne.

»Hmmm«, machte Olivia, ohne sich vom Fleck zu rühren.

Tom sah seine Schwester an. »Hey, du bist dran, Olivia.«

»Ich glaube, mir ist schlecht«, murmelte das Mädchen.

»So geht es allen großen Künstlern vor ihrem Auftritt, Schätzchen«, sagte Nick. »Das ist ein gutes Zeichen. Das heißt, du wirst deine Sache großartig machen.«

»Wenn du nicht willst, dann …«, begann Alice.

Nick legte ihr seine Hand auf den Arm, und sie verstummte.

»Sobald du auf der Bühne stehst, wird es dir besser gehen«, sagte Nick zu Olivia.

»Wirklich?« Olivia blickte vertrauensvoll zu ihm auf.

»Großes Ehrenwort!« Nick legte sich eine Hand aufs Herz.

»Ich verspreche es dir! Sonst soll ein tollwütiger Hund mich fressen!«

Olivia verdrehte die Augen. »Du bist doof, Dad.«

Sie rutschte von ihrem Stuhl und trottete durch den Mittelgang zur Bühne. Ihr Tüllröckchen hüpfte auf und ab. Alice versetzte ihr Anblick einen Stich. Sie sah so furchtbar klein aus. Vollkommen verloren.

»Hast du diese Nummer schon einmal gesehen?«, flüsterte Nick Alice zu, während er durch den Sucher seiner silbernen, zigarettenschachtelgroßen Kamera blickte.

»Nein. Du?«

»Nein.«

Sie beobachteten, wie Olivia die Stufen zur Bühne hinaufstieg. »Mir ist ehrlich gesagt selbst ein bisschen flau im Magen«, fügte er hinzu.

»Mir auch«, gestand Alice.

Olivia trat in die Mitte der Bühne, senkte den Kopf, legte ihre Arme um sich und schloss die Augen.

Alice rieb sich mit einer Hand über den Bauch. Sie konnte Nicks Anspannung förmlich spüren.

Die Musik setzte ein. Olivia hob langsam den Kopf, machte erst das eine, dann das andere Auge auf, gähnte ausgiebig, schüttelte sich und schlenkerte mit den Gliedern. Sie war eine Raupe, die sich verpuppt hatte und schlaftrunken aus ihrem Kokon schlüpfte. Verwirrt guckte sie über ihre Schulter und tat so, als hätte sie einen Flügel auf ihrem Rücken entdeckt. Ihr Unterkiefer klappte in komischer Verblüffung herunter.

Die Zuschauer lachten.

Sie brachen tatsächlich in Gelächter aus!

Alice hatte eine Tochter, die komisch war! In aller Öffentlichkeit komisch!

Olivia schaute über ihre andere Schulter und taumelte entzückt über die Bühne. Die Raupe hatte sich in einen Schmetterling verwandelt, der seine neuen Flügel ausprobierte, dahin und dorthin torkelte, flatterte, stürzte. Doch dann hatte er den Bogen heraus.

Olivia bewegte sich zwar nicht ganz im Takt zur Musik, und einige ihrer Tanzschritte waren reichlich … ungewöhnlich, aber ihre Mimik war genial. Nach Alice' Meinung (und sie fand, sie war ziemlich objektiv) hatte es nie eine lustigere, niedlichere Darstellung eines Schmetterlings gegeben.

Als die Musik verstummte, taten Alice die Gesichtsmuskeln weh vom Dauerlächeln. Es sprengte ihr fast die Brust, so stolz war sie. Sie warf einen Blick in die Runde. Obwohl die entzückten Zuschauer lächelten und Beifall klatschten, hatte Alice das Gefühl, sie hielten sich aus Rücksicht auf die anderen Künstler ein wenig zurück. (Sonst hätten sie Olivia doch sicher stehende Ovationen dargebracht.) Eine Frau überprüfte ihr Handy doch tatsächlich auf den Eingang neuer Nachrichten! Alice war empört. Was fiel dieser Person ein, ihren Blick auch nur eine Sekunde von der Bühne abzuwenden?

»Sie ist eine begnadete Komikerin, findest du nicht?«, flüsterte Alice Nick zu.

Er ließ seine Kamera sinken und sah sie an. Sein Gesicht drückte Begeisterung und ehrfürchtiges Staunen aus.

»Mummy? Ich hab ihr ein bisschen geholfen«, sagte Madison zaghaft.

»Wirklich?« Alice legte den Arm um die Schultern ihrer Tochter und zog sie an sich. »Du hast ihr bestimmt mehr als nur ein bisschen geholfen, hab ich recht?«, wisperte sie. »Du bist eine tolle große Schwester. Genau wie es deine Tante Libby für mich war.«

Eine Sekunde lang blickte Madison verblüfft drein. Aber

dann verzog sich ihre Miene zu jenem unvergleichlich bezaubernden Lächeln, das ihr ganzes Gesicht verwandelte.

»Woher habe ich nur so begabte Kinder?«, flüsterte Alice mit rauer Stimme und fragte sich gleichzeitig, warum Madison sie so überrascht angesehen hatte.

»Das haben sie von ihrem Vater«, bemerkte Nick trocken.

Olivia kam durch den Mittelgang zu ihnen zurückgehüpft. Sie setzte sich neben ihren Vater und lächelte schüchtern. »Wie war ich? Gut? Hervorragend?«

»Du warst die Beste!«, lobte Nick. »Alle sagen, jetzt wo wir Olivia Love gesehen haben, können wir wieder nach Hause gehen.«

»Ach, Dad, du bist wirklich doof!«, kicherte die Kleine.

Vier weitere Darbietungen folgten, darunter eine angeblich lustige Nummer von irgendjemandes Tochter, einer Frau mittleren Alters, die so unglaublich unkomisch war, dass es schon wieder komisch war, sowie ein kleiner Junge, der ein Gedicht von Banjo Paterson aufsagen wollte, aber mittendrin von fürchterlichem Lampenfieber gepackt wurde, sodass zu guter Letzt sein Großvater auf die Bühne kam und ihm die Hand hielt. Gemeinsam lasen Opa und Enkel das Gedicht zu Ende vor. Alice kamen die Tränen, so rührend war die Szene.

Als Frannie danach wieder vors Mikrofon trat, sagte sie: »Meine Damen und Herren, liebe Jungen und Mädchen, das war ein ganz besonderer Abend. In Kürze gibt es etwas zu essen, aber vorher möchte ich Ihnen noch eine letzte Darbietung ankündigen. Ich hoffe, Sie verzeihen mir, dass es sich ein weiteres Mal um ein Mitglied meiner Familie handelt. Einen herzlichen Applaus für Barb und Roger, die uns eine Salsa vorführen werden!«

Es wurde dunkel auf der Bühne, nur ein einziger Scheinwerfer war auf das Paar gerichtet, das in seinen lateinamerikanischen

Kostümen regungslos verharrte. Barb hatte Kopf und Oberkörper weit zurückgebogen, und Roger, einen Arm um ihre Taille gelegt und ein Knie zwischen ihre Beine geschoben, beugte sich über sie, einen dramatischen Ausdruck auf seinem finsteren Gesicht.

Nick gab ein Geräusch von sich, als wäre ihm etwas im Hals stecken geblieben, und auch Ella hörte sich an, als hätte sie sich verschluckt.

»Grandma und Grandpa sehen wie die Leute im Fernsehen aus«, stieß Tom aufgeregt hervor. »Sie sehen richtig berühmt aus!«

»Ist gar nicht wahr«, murrte Madison.

»Und ob das wahr ist!«

»Schsch!«, machten Alice und Nick gleichzeitig. Die Musik setzte ein, und es kam Bewegung in Barb und Roger. Sie waren gut, gut auf eine schaurige Art und Weise. Sie schwenkten ausgiebig ihre Hüften, sanken sich in die Arme und lösten sich wieder voneinander. Ihre Bewegungen hatten etwas so ausgesprochen Sexuelles, dass es geradezu peinlich war. Sich vor all diesen *alten* Menschen so aufzuführen!

Nach fünf qualvollen Minuten blieb Roger vor dem Mikrofon stehen, während Barb, ihren Rock wirbelnd und provokativ mit ihren Absätzen klappernd, ein letztes Mal um ihn herumtänzelte. Alice verspürte einen unbändigen Lachreiz.

Um Gottes willen, Mum, was tust du da nur?

»Leute!«, rief Roger in seiner besten sonoren Radiomoderatorenstimme ins Mikrofon. Im Scheinwerferlicht konnte man die Schweißperlen auf seiner gebräunten Stirn glitzern sehen. »Wie ihr vielleicht schon gehört habt, werden meine bezaubernde Frau und ich jeden zweiten Dienstag Salsa-Stunden geben. Das ist gut für die Fitness und macht obendrein eine Menge Spaß! Jeder kann Salsa tanzen. Ich werde es euch beweisen. Ich möchte zwei Leute aus dem Publikum, die noch nie vorher Salsa getanzt haben, zu mir auf die Bühne bitten! Nur Mut! Na, wer möchte es versuchen?«

Alice beobachtete, wie der Scheinwerfer über die Zuschauer schwenkte. Sie hoffte, Roger hatte so viel Verstand, zwei Leute auszuwählen, die noch imstande waren, sich ohne Gehhilfe fortzubewegen.

Der Scheinwerfer erfasste Alice und Nick und stoppte. Beide hoben die Hände, um ihre Augen gegen das grelle Licht abzuschirmen.

»Die beiden, die da zu uns rüberstarren wie zwei verschreckte Kaninchen, scheinen mir die perfekten Opfer zu sein, was meinst du, Barb?«, rief Roger ins Mikrofon.

Olivia, Tom und Madison sprangen jubelnd von ihren Sitzen, als hätten sie in der Lotterie gewonnen. Sie versuchten, ihre Eltern hochzuzerren, und kreischten: »Au ja! Mum und Dad tanzen! Au ja! Los, kommt schon!«

»Nein, nein! Kommt nicht infrage! Sucht euch jemand anders!«

Alice klopfte panisch auf die Kinderhände, die sie von ihrem Platz zu zerren versuchten. Für solche Dinge hatte sie sich noch nie freiwillig gemeldet.

»Du hast völlig recht, Roger, die beiden sind in der Tat das perfekte Paar«, sagte Barb auf der Bühne, den Mund zu einem breiten Lächeln verzogen wie eine Spielshowmoderatorin.

»Ich werde ihn umbringen«, stieß Nick gedämpft hervor. Laut rief er: »Tut mir leid, geht nicht! Rückenschmerzen!«

Das kauften ihm die alten Leute aber nicht ab. So ein junger Hüpfer wie er! Sie waren diejenigen mit Arthritis.

»Rückenschmerzen, dass ich nicht lache!«, gackerte eine alte Dame.

»Nur nicht so schüchtern, du Hasenfuß!«

»Seid keine Spielverderber!«

»Keine Angst, Daddy, sobald du auf der Bühne stehst, geht es dir besser«, flötete Olivia zuckersüß.

»Tanzen, tanzen, tanzen!«, skandierten die alten Leute und stampften erstaunlich kraftvoll mit den Füßen.

Nick seufzte tief und stand auf. Er sah Alice an. »Komm schon, bringen wir's hinter uns.«

Alice blieb nichts anderes übrig, als ihm zur Bühne zu folgen. Sie zupfte befangen an ihrem Rock und schaute Frannie an, die in der vordersten Reihe saß, abwehrend beide Hände hob und den Kopf schüttelte, als wollte sie sagen: Ich hab nicht das Geringste damit zu tun.

Oben auf der Bühne drehten sie sich auf Rogers Bitte einander zu. Roger stellte sich hinter Nick, Barb hinter Alice. Barb platzierte Alice' Hand auf Nicks Schulter, Roger legte Nicks Arm um Alice' Taille.

»Enger zusammen«, donnerte Roger. »Nur nicht so schüchtern! Und jetzt seht euch in die Augen.«

Alice sah kläglich zu Nick auf.

Sein Gesicht war nichtssagend höflich, so als wären sie zwei Fremde, die willkürlich ausgewählt worden waren. Sie konnte es kaum ertragen.

»Was ist, bist du ein Mann oder eine Maus?« Roger schlug seinem Sohn auf die Schulter. »Der Mann führt, die Frau folgt!«

Nicks Nasenflügel zuckte, ein Zeichen höchster Gereiztheit.

Aber dann zog er Alice mit einer raschen Bewegung an sich und beugte sich mit einer finsteren Miene, die jene seines Vaters bei dessen Auftritt bei Weitem übertraf, über seine Partnerin.

Die Zuschauer johlten vor Begeisterung.

»Ich glaube, wir haben hier ein Naturtalent, Leute!«, rief Roger.

Sein und Alice' Blick kreuzten sich, und sie hatte den Eindruck, dass er ihr eine aufmunternde Botschaft zukommen lassen wollte.

Er mochte ein blasierter alter Trottel sein, aber er meinte es sicherlich gut.

»Und los geht's!«, sagte Barb und machte Nick die entsprechenden Schritte vor. »Rechter Fuß vor, linker Fuß zurück, Gewicht nach vorn auf rechten Fuß, linker Fuß einen Schritt zurück. Gewicht auf linken Fuß, rechter Fuß zurück. Jawohl, genau so! Sehr gut, sehr gut!«

»Die Hüften nicht vergessen!«, rief Roger dazwischen.

Alice und Nick hatten nie viel in der Öffentlichkeit getanzt. Alice war zu gehemmt, und Nick hatte keine Lust. Aber zu Hause, nach einem Abendessen mit einer Flasche Wein und der richtigen CD, während sie den Geschirrspüler vollluden, tanzten sie in der Küche, albern und ausgelassen. Die Initiative dazu ging immer von Alice aus, weil sie im Grunde gerne tanzte und sogar ganz gut.

Sie orientierte sich an ihrer Mutter, versuchte beim Hüftschwung ihren Oberkörper ruhig zu halten. Abermals johlte die Menge anerkennend. Ein Kind, wahrscheinlich Olivia, kreischte: »Los, Mummy!« Nick musste lachen. Er trat Alice auf die Zehen. Barb und Roger grinsten übers ganze Gesicht. Alice konnte die anfeuernden Schreie ihrer Kinder aus dem allgemeinen Tumult heraushören.

Die Chemie war noch da. Es knisterte immer noch zwischen ihnen. Sie konnte es in ihren Händen spüren. Sie konnte es in seinen Augen sehen. Auch wenn es nur eine Erinnerung an die Chemie von einst war. Etwas war noch da. Ihr wurde regelrecht schwindlig vor Hoffnung.

Dann brach die Musik ab.

»Na, was hab ich gesagt! Jeder kann Salsa tanzen lernen!«, dröhnte Roger.

Im gleichen Moment ließ Nick Alice' Taille los und wandte sich ab.

*

Wir waren auf dem Weg zur Familientalentshow, als mich plötzlich eine wilde Gier nach Fernsehen packte.

Dr. House *lief an diesem Abend. Ich musste das unbedingt sehen, musste seine bissigen, sarkastischen Kommentare hören, wenn Dr. House seine aussichtslosen Fälle diagnostizierte. Was würde Dr. House wohl über mich sagen? Ich wünschte, Sie hätten mehr von Dr. House, Jeremy. Sie sind viel zu nett und höflich. Das nervt. Mit Freundlichkeit kann man niemanden heilen. Warum konfrontieren Sie mich nicht einfach mit ein paar unbequemen Wahrheiten?*

»Sie sind unfruchtbar. Finden Sie sich damit ab«, würde Dr. House mich seinen Stock schwingend anpfeifen und mich damit schockieren und gleichzeitig auf Trab bringen.

»Können wir umdrehen?«, habe ich Ben gefragt.

Er versuchte gar nicht erst, mich umzustimmen. Er fasst mich zurzeit mit Samthandschuhen an. Die Adoptionsunterlagen sind aus der Küche verschwunden. Er hat sie weggeräumt.

Zumindest vorläufig. Die Idee leuchtet immer noch in seinen Augen, ich kann es sehen. Noch hegt er Hoffnung. Und genau das ist das Problem. Ich kann mir keine weitere Hoffnung mehr leisten.

Als ich ihn anrief, nachdem ich das Ergebnis der Blutuntersuchung hatte, brachte ich kein Wort heraus. Er sagte nichts, und da wusste ich, dass er gegen die Tränen ankämpfte. Man merkt es ihm immer an, wenn er sich beherrschen muss, um nicht zu weinen. Es ist, als versuchte er, etwas Unsichtbares abzuwehren, das die Kontrolle über seinen Kopf zu erreichen sucht.

»Es wird alles gut«, sagte er schließlich.

Nein, wird es nicht, dachte ich. »Ja, bestimmt«, sagte ich.

Ich hätte ihm fast die Wahrheit gesagt.

Nein, das stimmt nicht. Ich habe nicht einmal mit dem Gedanken daran gespielt.

Nach Dr. House *habe ich mir* Medium *angesehen, dann* Boston Legal *und danach* Cheaters! *Das ist diese Sendung, wo sie Leuten, die ihre Ehepartner betrügen, nachspionieren und sie filmen und dann vor laufender Kamera mit den Aufnahmen konfrontieren. Das ist schäbig, niveaulos und billig. Wir leben in einer wirklich schäbigen, niveaulosen und billigen Welt, Jeremy.*

Kann gut sein, dass meine geistige Verfassung zurzeit nicht die beste ist.

*

Die Show war zu Ende. Die Erwachsenen standen zusammen, tranken Tee oder Kaffee aus Styroporbechern und balancierten in Servietten gewickelte Pfannkuchen in der Hand.

Eine ganze Bande fröhlich kreischender Enkel und Urenkel veranstaltete ein Wettrennen mit Rollstühlen an einer Seite des Saals entlang.

»Ist das in Ordnung, dass sie mit den Rollstühlen spielen?«, fragte Alice, ganz die verantwortungsbewusste Erwachsene, als sie Madison einen Rollstuhl schieben sah, in den sich Olivia und Tom gequetscht hatten, ihre Beine waagrecht nach vorn ausgestreckt.

»Natürlich nicht«, seufzte Frannie. »Aber solange einer unserer Senioren sie dazu anstiftet …«

Sie zeigte auf den weißhaarigen Mann in der glänzenden getüpfelten Weste, mit dem sie zu Beginn des Abends eine lebhafte Auseinandersetzung geführt hatte und der jetzt in einem Rollstuhl saß, dessen Räder er mit beiden Händen antrieb. Er schrie: »Fangt mich doch, fangt mich doch!«

Um Frannies Mundwinkel zuckte es. »Er ist fünfundachtzig

und benimmt sich wie ein Fünfjähriger.« Nach einer kurzen nachdenklichen Pause fügte sie hinzu: »Eigentlich könnte ich ein paar Bilder für unseren Newsletter machen.« Sie eilte davon und überließ Nick, Alice und Ella sich selbst.

»Das war echt eine tolle Nummer, die ihr da abgezogen habt«, bemerkte Ella. Sie hatte Billy auf dem Arm, der seinen Kopf an ihre Schulter gebettet und sich den Daumen in den Mund gesteckt hatte. Sie betrachtete Nick und Alice, als wären sie Proben eines wissenschaftlichen Experiments. »Damit hätte ich zuallerletzt gerechnet.«

»Tja, ich konnte es kaum erwarten, Dad dumm aussehen zu lassen.« Nick rollte einen kleinen Pfannkuchen auf und schob ihn sich komplett in den Mund.

»Hast du Hunger?« Alice ließ ihre Blicke über die Tische wandern. »Soll ich dir ein Sandwich holen? Da sind welche mit Curryeiern.« Nick liebte Sandwiches mit Curryeiern.

Er räusperte sich unbehaglich, warf einen Seitenblick auf Ella und meinte dann: »Nein, danke.«

Ella starrte die beiden jetzt mit unverhohlener Verblüffung an.

»Wieso sind deine Schwestern eigentlich nicht mitgekommen, Ella?«, fragte Alice. Normalerweise waren die Zicken nur im Rudel unterwegs.

»Nun, offen gestanden weigern sie sich, mit dir im selben Raum zu sein, Alice.«

Alice zuckte zusammen. »Du lieber Himmel!« Sie war es nicht gewohnt, derart heftige Reaktionen in anderen Leuten auszulösen. Andererseits hatte der Gedanke, eine solche Macht über die Zicken auszuüben, etwas geradezu Berauschendes.

»Ella«, sagte Nick tadelnd.

»Ich sage nur, wie es ist«, erwiderte Ella spitz. »Ich versuche, neutral zu bleiben. Es würde allerdings helfen, wenn du dich entschließen könntest, Granny Loves Ring zurückzugeben, Alice.«

»Oh, gut, dass du mich daran erinnerst!« Alice zog den Reißverschluss an ihrer Handtasche auf und nahm ein kleines Etui heraus. »Hier, den wollte ich dir heute Abend geben.«

Nick nahm das Ringetui entgegen und hielt es dann auf seiner Handfläche, als wüsste er nicht recht, was er damit anfangen sollte. »Danke.« Er steckte es in seine Hosentasche.

»Nun, wenn das so einfach ist«, meinte Ella, »sollte ich vielleicht noch ein paar andere Punkte zur Sprache bringen. Die finanzielle Regelung zum Beispiel.«

»Ella, das geht dich wirklich nichts an«, sagte Nick mit Bestimmtheit.

»Und wieso machst du so ein Theater wegen des Sorgerechts? Du benimmst dich wie die letzte Kuh!«, fauchte Ella Alice an, ohne auf Nick zu achten.

»Ella, jetzt reicht's!« Nicks Ton wurde schärfer.

»Muh«, machte Alice.

Ella und Nick starrten sie an.

»Wer macht muh? Die Kuh, die Kuh!«, sagte Alice. Sie kicherte. »Entschuldigung, fiel mir grad so ein.«

Billy hob seinen Kopf, nahm den Daumen aus dem Mund und echote: »Muh!«

Er strahlte Alice an, steckte sich den Daumen dann wieder in den Mund und legte seinen Kopf erneut an die Schulter seiner Mutter. Ella und Nick schien es die Sprache verschlagen zu haben.

»Es muss aus einem Buch sein, aus dem wir den Kindern vorgelesen haben«, fügte Alice hinzu.

So etwas passierte ihr oft. Plötzlich fiel ihr ein seltsames Wort, eine Redewendung oder irgendeine Zeile aus einem Lied ein. Es war, als wären die Erinnerungen der letzten zehn Jahre in einen viel zu kleinen Schrank ganz hinten in ihrem Kopf gequetscht worden, und hin und wieder quoll irgendein unsinniges Teil daraus hervor.

Nicht mehr lange und die Schranktür würde dem Druck nicht mehr standhalten können und aufspringen, und dann würden all die glücklichen und die traurigen Erinnerungen aus ihrem Kopf regelrecht über ihr zusammenstürzen. Sie wusste nicht, ob sie sich auf diesen Augenblick freuen oder sich vor ihm fürchten sollte.

»Neulich ist mir etwas aus der Hand gerutscht«, fuhr sie fort. »Und ich sagte: ›Ach du lieber Dott!‹ Das kam mir so vertraut vor. Ach du lieber Dott.«

»Das hat Olivia immer gesagt, als sie noch klein war.« Nick lächelte. »Eine Weile haben wir das alle gesagt. Ach du lieber Dott. Das hatte ich völlig vergessen. Ach du lieber Dott.«

»Habe ich hier irgendetwas verpasst?«, warf Ella ein.

Nick sah sie an. »Wolltest du nicht Billy ins Bett bringen?«

»Richtig. Schön, dann bis Sonntag.« Sie gab Nick einen Kuss auf die Wange.

»Sonntag?«

»Muttertag. Lunch mit Mum. Weißt du nicht mehr? Sie hat gesagt, du würdest kommen.«

»Ach ja, richtig. Gut, dann also bis Sonntag.«

Alice fragte sich, wie er ohne sie zurechtkam. Es war *ihre* Aufgabe, ihm zu sagen, was er am Wochenende vorhatte. Wahrscheinlich versäumte er ständig irgendwelche Termine und Verabredungen, weil er nicht daran erinnert wurde.

»Mach's gut, Alice«, sagte Ella kühl. Sie schien die Einzige zu sein, die keinen Wert darauf legte, ihr ein Begrüßungs- oder Abschiedsküsschen zu geben. Nach einer kurzen Pause fügte sie hinzu: »Danke, dass du den Ring zurückgegeben hast. Das bedeutet unserer Familie sehr viel.«

Unserer Familie. Mit anderen Worten: *Du gehörst nicht mehr dazu.*

»Nichts zu danken«, erwiderte Alice. Ich bin froh, dass ich dieses grässliche Ding los bin, dachte sie.

Als Ella gegangen war, wandte sich Nick Alice zu. »Dein Erinnerungsvermögen ist noch nicht zurückgekehrt?«

»Noch nicht ganz, nein. Aber es wird bestimmt nicht mehr lange dauern.«

»Kommst du klar mit den Kindern?«

»Kein Problem, alles bestens.«

Wozu ihm die täglichen Pannen beichten, die ihr unterliefen, angefangen von unauffindbaren Einverständniserklärungen über schmutzige Schuluniformen bis hin zu vergessenen Hausaufgaben. Ganz zu schweigen davon, dass sie nicht wusste, wie sie sich verhalten sollte, wenn die drei sich wegen des Computers oder der Playstation stritten. »Sie sind wunderbar. Wir haben wunderbare Kinder.«

»Ja, ich weiß.« Für einen Augenblick wich die Anspannung aus Nicks Gesicht. »Ich weiß, dass wir wunderbare Kinder haben.« Er verstummte, schwieg unschlüssig und fügte dann hinzu: »Deshalb bringt es mich auch fast um, dass ich sie nur an den Wochenenden sehen soll.«

Alice sah ihn an. »Falls wir uns tatsächlich scheiden lassen, sollten wir uns das Sorgerecht teilen. Eine Woche hast du die Kinder, eine Woche ich. Wieso machen wir es nicht so?«

Nick verschlug es die Sprache. »Das ist nicht dein Ernst.«

»Und ob das mein Ernst ist. Du kannst es schriftlich haben, wenn du willst.«

»Schön. Ich werde meinen Anwalt bitten, etwas aufzusetzen. Ich werde es dir morgen per Boten schicken.« Schlagartig hatte der Hass erneut von ihm Besitz ergriffen.

»Kein Problem.«

»Warte nur, bis du dich wieder an alles erinnern kannst, dann wirst du deine Meinung ganz schnell ändern.« Nick lachte bitter. »Und dann wirst du auch nicht mehr versuchen wollen, unsere Ehe zu retten, da gehe ich jede Wette ein.«

»Zwanzig Piepen«, sagte Alice und streckte ihm ihre Hand hin.

Nick schlug ein. »Abgemacht.«

Sie stellte fest, dass sie die Berührung seiner Hand immer noch liebte. Würde ihr Körper es ihr nicht sagen, wenn sie eine Abneigung gegen ihn hätte?

»Ich habe übrigens herausgefunden, dass es Ginas Mann war, der diese Frau in der Waschküche geküsst hat, und nicht du.«

»Ah ja, der berüchtigte Waschküchenzwischenfall.« Nick lächelte einer alten Dame zu, die sich mit einer Hand auf ihren Stock stützte und in der anderen ein voll beladenes Tablett mit Sandwiches balancierte, die sie ihm anbot. »Oh, na schön, überredet!« Nick nahm sich ein Sandwich. Mit Curryeiern, wie Alice bemerkte.

»Was hast du eigentlich damit gemeint, als du sagtest, du fändest das äußerst interessant, dass ich dachte, du wärst es gewesen?« Alice schnappte sich ebenfalls ein Sandwich, das im Begriff war, vom Tablett zu rutschen.

»Weil ich immer zu dir gesagt habe, ich bin nicht Mike Boyle.« Obwohl er den Mund voll hatte, konnte sie die Verärgerung in seiner Stimme heraushören. »Du hast dich so sehr mit Gina identifiziert, dass es war, als wäre es dir passiert. ›Das war nicht ich‹, habe ich immer wieder zu dir gesagt. Aber du wolltest nichts davon wissen, plötzlich waren alle Männer für dich Schweine.«

»Das tut mir leid«, murmelte Alice.

Der Geschmack des Senfs auf ihrem Schinkensandwich erinnerte sie plötzlich wieder an etwas. Es machte sie rasend, diese schwach anklingenden Erinnerungen nicht zu fassen zu bekommen. Es war, als hörte man im Schlaf eine Stechmücke sirren, und sobald man das Licht anknipste, um sie zu fangen, war sie verschwunden; kaum hatte man sich aber wieder hingelegt und die Augen zugemacht, ging es von vorne los: *sssssss* …

Nick wischte sich mit der Serviette den Mund ab. »Das braucht dir nicht leidzutun. Das ist Schnee von gestern.« Seine Augen nahmen einen abwesenden Ausdruck an, als er in eine Vergangenheit zurückblickte, die für Alice im Dunkeln lag.

»Manchmal denke ich, wir vier waren viel zu eng befreundet«, fuhr er leise fort. »Wir wurden in Mikes und Ginas Eheprobleme mit reingezogen. Ihre Scheidung hat uns angesteckt. Wie ein Virus.«

»Dann sollten wir zusehen, dass wir dieses Virus schleunigst wieder loswerden«, meinte Alice.

Was fiel Mike und Gina ein, ihre verdammten Eheprobleme in ihr Leben zu tragen und sie damit zu infizieren?

Nick lächelte und schüttelte den Kopf. »Du klingst so …« Er suchte nach dem richtigen Wort. »… jung«, sagte er schließlich.

Wieder verstummte er. »Es lag nicht nur an Mike und Gina. Das wäre zu einfach. Vielleicht haben wir zu jung geheiratet.« Sein Blick heftete sich auf die Bühne. »Sag mal, meinst du, Olivia ist der Ruhm zu Kopf gestiegen?«

Alice folgte seinem Blick. Olivia hatte sich das Mikrofon geschnappt und gab ein Lied zum Besten, das sie aber nicht hören konnten, weil das Mikrofon nicht mehr angeschlossen war.

Tom kroch auf allen vieren über die Bühne, um das Mikrofonkabel zur Steckdose zurückzuverfolgen. Madison saß vorne in der ersten Reihe und unterhielt sich angeregt mit dem weißhaarigen Rollstuhlrennenveranstalter.

»Erzähl mir eine glückliche Erinnerung der letzten zehn Jahre«, bat Alice.

»Alice!«

»Na los, sag schon. Was fällt dir ein, ganz spontan?«

»Hmmm. Gott, ich weiß nicht. Wahrscheinlich, als die Kinder geboren wurden. Ist die Antwort zu klischeehaft? Ich meine aber nicht die Geburten an sich. Die mochte ich nicht.«

»Nein?« Alice war enttäuscht. Sie hatte sich vorgestellt, dass sie sich lachend und weinend zugleich in die Arme gesunken waren, während im Hintergrund dramatische Filmmusik spielte. »Und wieso nicht?«

»Na ja, ich hatte totale Panik, und ich fühlte mich so ausgeliefert, ich konnte dir nicht helfen. Alles, was ich machte, war verkehrt.«

»Das kann ich mir nicht vorstellen.« Nick streifte sie mit einem flüchtigen Blick.

»Und das viele Blut, und du hast gebrüllt vor Schmerzen, und dieser unfähige Geburtshelfer, der erst kam, als Madison schon da war. Ich hätte ihm am liebsten eine reingehauen. Aber die Hebamme war ganz großartig, das war die, von der wir sagten, sie hätte Melanie Barkers Zwillingsschwester sein können.«

Er schaute zerstreut auf seine Hände. Ob ihm bewusst war, dass er seinen Knöchel an der Stelle rieb, wo sein Trauring hätte sein sollen? An seinem Ring herumzuspielen, wenn er nachdachte, war ihm zur Gewohnheit geworden. Den Ring trug er nicht mehr, aber seine Marotte hatte er beibehalten.

»Und als sie Olivia mit einem Kaiserschnitt holen mussten, dachte ich wirklich, ich kriege gleich einen Herzinfarkt«, fuhr er fort und schob die Hände in die Hosentaschen.

»Das muss ja furchtbar für dich gewesen sein«, bemerkte Alice, dachte aber im Stillen, dass es für sie selbst sicher auch kein Zuckerschlecken gewesen war.

Nick lächelte. »Ich weiß noch, ich wollte auf gar keinen Fall, dass sie von dir und dem Baby abgelenkt wurden. Weißt du, so wie im Film, wo der werdende Vater in Ohnmacht fällt. Also sagte ich mir, zieh dich in eine Ecke zurück und stirb leise und unauffällig. Ich dachte, du würdest womöglich auch sterben, und dann wären unsere Kinder Waisen. Habe ich dir das je erzählt? Wahrscheinlich schon.«

»Ich dachte, wir wollten über glückliche Erinnerungen sprechen.«

Alice war entsetzt. Sie hatte das Gefühl, als ob alles, was er gerade geschildert hatte, noch vor ihr läge.

»Der glückliche Teil war der, als alles vorbei war und wir allein waren mit unserem Baby, das in seine Decke eingewickelt war, und alles war ruhig und friedlich, und wir tranken Tee und sprachen darüber, welche Ärzte und Schwestern wir nicht ausstehen konnten, und wir betrachteten unser Kind zum ersten Mal. Dieser neue kleine Mensch. Wir zählten seine winzigen Fingerchen. Das war ein magischer Augenblick.« Nick räusperte sich.

»Und welches ist deine traurigste Erinnerung der letzten zehn Jahre?«, wollte Alice wissen.

»Oh, schwer zu sagen, davon gibt es eine ganze Menge.« Ein eigenartiges Lächeln spielte um seine Lippen. Alice wusste nicht, ob es Ausdruck von Bosheit oder von Traurigkeit war. »Such dir eine aus. Der Tag, an dem wir den Kindern sagten, dass wir uns trennen. Der Tag, an dem ich auszog. Die Nacht, als Madison mich anrief, herzzerreißend weinte und mich anflehte, wieder nach Hause zu kommen.«

Sie waren umgeben von lachenden, plaudernden, Tee trinkenden Menschen. Alice konnte die Wärme der Heizstrahler auf ihrem Kopf spüren. Sie hatte das Gefühl, dass ihr Kopf oben weich wurde von der Hitze und schmolz wie Schokolade. Sie stellte sich vor, wie Madison sich am Telefon die Seele aus dem

Leib geschluchzt und ihren Dad angebettelt hatte, doch wieder nach Hause zu kommen.

Er hätte auflegen und auf der Stelle zurückkommen sollen. Sie hätten sich alle miteinander auf die Couch kuscheln, sich ein Familienvideo ansehen und Fish and Chips dazu essen sollen. Es hätte so einfach sein sollen, glücklich zu sein. Sie dachte an Elisabeth und Ben, die sich verzweifelt eine Familie wünschten. Und sie und Nick ließen zu, dass ihre auseinanderbrach.

Alice machte einen Schritt auf Nick zu.

»Sollten wir es nicht noch einmal miteinander versuchen? Um der Kinder willen? Das heißt, nein, nicht nur um der Kinder willen. Um unsertwillen. Um der Menschen willen, die wir einmal waren.«

»Entschuldigen Sie!« Eine alte Dame, die bläulichen Haare sorgfältig onduliert, trat auf sie zu. Ihr runzliges Gesicht leuchtete glücklich. »Sie sind doch Nick und Alice, nicht wahr?«

Sie beugte sich vertraulich näher. »Ich lese Frannies Blog. Ich habe vor langer Zeit einen Kommentar über euch beide geschrieben. Soll ich euch verraten, was ich geschrieben habe?«

»Über uns?« Nick machte ein bestürztes Gesicht. »Frannie hat einen Blog? Davon höre ich zum ersten Mal. Sie meinen, Frannie schreibt über *uns*?«

»Nichts wirklich Persönliches, machen Sie sich keine Sorgen.« Die alte Dame tätschelte beruhigend Nicks Arm. »Aber sie erwähnte, dass ihr euch getrennt habt, und da habe ich geschrieben, dass ihr beide meiner Meinung nach zusammengehört. Ich meine, auf dem Foto sieht man doch, dass es wahre Liebe ist, was euch verbindet.«

»Sie stellt *Fotos* von uns ins Internet?« Nick konnte es nicht fassen. »Warum hat mir das noch nie jemand erzählt?«

»Upps!« Die alte Dame legte sich peinlich berührt die Fingerspitzen an den Mund. »Hoffentlich habe ich jetzt nichts

Falsches gesagt!« Sie wandte sich Alice zu. »Was macht Ihr Gedächtnis, Schätzchen? Können Sie sich wieder erinnern? Wissen Sie, einer Freundin von mir ist 1954 etwas Ähnliches passiert. Wir konnten sie nicht davon überzeugen, dass der Krieg tatsächlich zu Ende war. Zu guter Letzt vergaß sie allerdings sogar ihren eigenen Namen, was bei Ihnen sicherlich nicht der Fall ist, nicht wahr?«

»Nein. Ich heiße Alice. Alice, Alice, Alice.«

»Sagen Sie mir jetzt bitte nicht, dass sie auch Fotos von unseren Kindern ins Internet stellt«, knurrte Nick.

»Oh, Sie haben ja so reizende, wunderschöne Kinder«, schwärmte die alte Dame.

»Na, großartig. Warum verschickt sie nicht gleich Einladungen an Mörder und Pädophile?«, stieß Nick gereizt hervor.

»Ich bitte dich!«, protestierte Alice. »Ich kann mir nicht vorstellen, dass sie Leute dazu auffordert, unsere Kinder zu ermorden! Aufgepasst, Mörder, hier haben wir ein paar entzückende kleine Opfer für euch!«

»Damit spaßt man nicht. Glaubst du, uns könnte so etwas nicht passieren? Denkst du, so schreckliche Dinge passieren immer nur den anderen? Das erinnert mich an damals, als du Olivia am Strand verloren hast. Du bist so was von gleichgültig.«

»Ach ja, bin ich das?« Was meinte er damit, sie hatte Olivia am Strand verloren?

»Wir sind nicht gefeit gegen Schicksalsschläge.«

»Ich werd's mir merken«, versetzte Alice, und Nicks Gesicht zuckte vor Ärger.

Alice sah ihn an. »Was? Was hab ich jetzt wieder gesagt?«

»Ist Ihre Schwester auch hier?«, fragte die alte Dame. »Wissen Sie, sie sollte ein Baby adoptieren. Nach diesem Wirbelsturm in Myanmar gibt es doch bestimmt eine ganze Menge süßer kleiner Babys, die keine Eltern mehr haben. Zu meiner Zeit wurden Babys vor der Kirchentür abgelegt, aber das geschieht heute wohl nicht mehr so oft, was eigentlich ein Jammer ist. Oh, da ist Ihre Mutter!« Die alte Dame hatte Barb entdeckt, die, noch immer in ihrem Kostüm, ein Klemmbrett im Arm hielt und von alten Damen umringt wurde. »Ich werde mich für den Salsa-Kurs anmelden! Ihr beide habt mir richtig Lust darauf gemacht.« Damit trippelte sie davon.

»Würdest du Frannie bitte sagen, dass ich es gar nicht mag, wenn sie in ihrem Blog über mich und meine Familie schreibt«, sagte Nick in seiner blasierten, geschäftsmäßigen Stimme.

»Sag's ihr doch selbst!«, gab Alice zurück.

Nick liebte Frannie. Der alte Nick hätte sich längst auf eine lebhafte Diskussion mit ihr eingelassen. Bei Familienfesten hatten sie immer über Politik diskutiert und Karten miteinander gespielt.

Nick stieß einen tiefen Seufzer aus. Er rieb sich beide Wangen, als ob er Zahnschmerzen hätte, und sein Gesicht verzerrte sich zu einer Fratze.

»Hör auf damit!« Alice zupfte ihn am Ärmel.

»Was? Womit soll ich aufhören?«, fragte er genervt.

»O Gott! Wann sind wir nur so empfindlich geworden?«

Nick schüttelte den Kopf. »Ich geh jetzt besser.«

»Was ist mit George und Mildred passiert?«

Nick sah Alice verständnislos an.

»Den Sandsteinlöwen«, fügte sie hinzu.

»Ich hab keinen blassen Schimmer«, erwiderte Nick.

27

Am Morgen nach der Familientalentshow brachte Alice die Kinder zur Schule und setzte sich dann an ihren Schreibtisch im Arbeitszimmer, um ihren Papierkram nach Hinweisen, die ihrem Gedächtnis auf die Sprünge helfen konnten, zu durchstöbern. Es dauerte nicht lange, da hatte sie herausgefunden, warum Mrs. Bergen sie schnitt.

Alice lehnte sich zurück, legte ihre Füße auf den Schreibtisch und starrte an die Decke. »O Alice! Was hast du dir nur dabei gedacht?«, sagte sie zu sich selbst.

Allem Anschein nach zählte sie zu den aktiven Mitgliedern einer Bürgervereinigung, die sich beim Gemeinderat für eine Neuordnung der Bebauungspläne einsetzte, damit in ihrer Straße der Bau fünfstöckiger Wohnhäuser genehmigt würde. Mrs. Bergen hatte eine Gegenaktion gestartet, die diese Änderung der Bebauungspläne verhindern wollte.

Alice schwang ihre Füße vom Schreibtisch, nahm sich das nächste Blatt Papier im Aktenordner vor und biss herzhaft in einen Schokoriegel, um sich zu stärken. Sie hatte die Vorratskammer mit Schokolade gefüllt – in ihren Augen lebensnotwendig. Die Kinder taten zwar so, als sei das nichts Besonderes, aber in Wirklichkeit waren sie hellauf begeistert.

Auf dem Blatt klebte ein Ausschnitt aus der Lokalzeitung. Unter der Überschrift ANWOHNER DER RAWSON STREET AUF KONFRONTATIONSKURS waren Fotos von Mrs. Bergen und Alice abgebildet. Mrs. Bergen war im Vorgarten neben ihren Rosensträuchern fotografiert worden, mit dem breitkrempigen Hut, den sie zur Gartenarbeit trug, und einer Kanne in der Hand. Sie sah reizend und traurig aus.

»Dieses Vorhaben ist ein Skandal«, las Alice. *»Es wird den besonderen Charakter dieses über Jahrzehnte gewachsenen Viertels*

für immer verändern«, sagte Mrs. Bergen, die seit vierzig Jahren in ihrem Haus in der Rawson Street wohnt und hier fünf Kinder großgezogen hat.

»Natürlich wird es das«, murmelte Alice vor sich hin.

Das Bild von ihr zeigte sie in dem Stuhl, in dem sie in diesem Moment saß. Sie sah grimmig und wichtigtuerisch und definitiv wie vierzig aus.

Sie stöhnte laut auf, als sie las, was sie von sich gegeben hatte.

»Das ist unvermeidbar«, sagte Mrs. Alice Love, die vor zehn Jahren in diese Gegend zog. »Sydney braucht verdichtete Wohngebiete mit einer guten Anbindung an den öffentlichen Nahverkehr. Als wir dieses Haus kauften, wurde uns gesagt, die Bebauungspläne würden innerhalb der nächsten fünf Jahre geändert werden. Das Investitionspotenzial des Grundstücks hat bei unserer Kaufentscheidung eine wichtige Rolle gespielt. Der Gemeinderat kann seine Zusicherung nicht einfach zurücknehmen und die Leute auf einem Verlust sitzen lassen.«

Wie bitte? Was redete sie denn da für einen Unsinn? Sie hatten damals keine Ahnung gehabt, dass die Bebauungspläne möglicherweise geändert würden. Sie hatten davon gesprochen, in diesem Haus alt zu werden, und nicht davon, es irgendwann an einen Investor zu verkaufen, der es abreißen und einen scheußlichen, modernen Wohnblock auf dem Grundstück errichten würde.

Sie las weiter, und als sie zum letzten Absatz kam, war sie nicht einmal sonderlich überrascht.

Alice Love hat nach dem tragischen Tod der Gründerin der Bürgervereinigung Für eine Neuordnung der Bebauungspläne Rawson Street, *Gina Boyle, den Vorsitz übernommen.*

Wie könnte es auch anders sein. Immer wieder Gina. Diese verdammte Gina.

Sie sprang auf und ging in die Küche, wo auf einem Blech frisch gebackene Schokoladenkekse abkühlten.

»Hab ich die schon mal für euch gebacken?«, hatte sie die Kinder am Abend zuvor gefragt und auf das Foto im Kochbuch gezeigt. »Ich hab dich mal gefragt, ob du uns die machst, aber du hast gesagt, da wär viel zu viel Zucker drin«, erwiderte Olivia.

»Zucker, na und?«, meinte Alice daraufhin nur. Olivia fing zu kichern an, und Tom und Madison wechselten sorgenvolle Erwachsenenblicke.

Alice zog eine Tupperwaredose hervor, stapelte die Kekse hinein und marschierte zum Nachbarhaus hinüber.

Als Mrs. Bergen auf ihr Klingeln hin an die Tür kam und Alice erkannte, erlosch ihr freundliches Lächeln. Sie ließ die Hand, die die Fliegentür hatte öffnen wollen, wieder sinken.

»Mrs. Bergen!« Alice legte ihre Handfläche auf die Fliegentür, als besuchte sie die alte Dame im Gefängnis und wäre durch eine Glasscheibe von ihr getrennt. »Es tut mir furchtbar leid! Ich habe einen schrecklichen Fehler gemacht.«

*

ELISABETHS TAGEBUCH FÜR JEREMY

Heute habe ich ein eintägiges Seminar vor dem Fleischereieinzelhandelsverband gehalten: »Ran an den Speck – wie Sie Ihren Umsatz mit Postwurfsendungen steigern können«.

Nein, das ist kein Witz. Postwurfsendungen können in jeder Branche effektiv genutzt werden. Auch in Ihrer, Jeremy.

Spielen Sie mit dem Gedanken, Ihr Auto gegen den nächsten Telegrafenmast zu lenken?

Therapeut Jeremy Hodges kann Ihnen helfen, Ihrem Leben eine neue Richtung zu geben!

Zu Ihren ersten zehn Sitzungen bekommen Sie eine Packung Antidepressiva GRATIS *dazu!*

Oder etwas in der Art. Ich bin ein bisschen aus der Übung.

Die Fleischer waren freundlich und interessiert. Sie plauderten viel übers Geschäft und stellten einige erstaunlich kluge Fragen. (Ich habe erwartet, schlichte, rotwangige und lustige Gesellen vor mir zu sehen, aber ich glaube, sie geben sich nur so leutselig, damit sie mehr Würste verkaufen.) Es lief wirklich gut. Und solange man erklären muss, wie man einem Schreiben über Lammkoteletts eine persönliche Note gibt, kommt man nicht auf Selbstmordgedanken.

Dann fiel mein Blick auf eine Teilnehmerin, die schon durch ihre Aufmachung aus der Menge hervorstach.

Es war Alice. Sie sieht seit ihrem Unfall verändert aus. Ich glaube, es liegt zum Teil daran, dass sie sich weniger schminkt, nicht mehr so sorgfältig frisiert ist. Sie trägt zwar die gleichen Sachen wie früher, aber auf andere Art und Weise, und sie zieht alte Klamotten hervor, die ich seit Jahren nicht mehr an ihr gesehen habe. Heute hatte sie einen langen Rock an, einen verwaschenen cremefarbenen Pulli, über dem sie einen breiten Gürtel trug, und einen Glitzerschal mit Quasten dran, der aus Olivias Kostümkiste stammt. Sie sah bezaubernd aus, Jeremy, und ich war zum ersten Mal nicht neidisch auf sie, weil sie die Zeit und das Geld hat, auf ihre Figur zu achten, und sich nicht jeden Abend Nadeln in den Bauch stechen muss. Sie winkte, als ich in ihre Richtung schaute, und hielt sich dann eine Hand vors Gesicht, was heißen sollte: Tu einfach so, als wär ich gar nicht da.

Ich war tief bewegt, ich weiß selbst nicht, warum. Als ich eine Frage von Bill von Ryde, Fresh Meats, über Portokosten beantwortete, zitterte meine Stimme.

In der Pause kam Alice zu mir nach vorn und flüsterte atemlos: »Ich bin richtig nervös, so als ob ich mich mit einem Promi unterhielte!« Ich glaube nicht, dass das sarkastisch gemeint war. Es war eine freundliche Bemerkung.

»Warum bist du gestern Abend nicht zur Talentshow gekommen?«, wollte sie wissen.

Ich hätte ihr beinah die Wahrheit gesagt. Es lag mir auf der Zungenspitze, bereit zum Absprung. Aber das wäre keine Antwort auf ihre Frage gewesen, und außerdem wusste ich, dass sie falsch reagieren würde.

Das ist nicht ihre Schuld. Jeder würde wie sie reagieren.

Aber genau diese Reaktion würde mich über den Rand des Abgrunds katapultieren, ins Ballaballa-Land. Es gelingt mir sowieso nur mit größter Mühe, mich festzuhalten, damit ich nicht abrutsche.

Ich könnte einen Termin vereinbaren und mich Ihnen anvertrauen, Jeremy.

Nein. Nein, lieber nicht. Ich werde es nicht laut aussprechen. Ich werde einfach … abwarten, denke ich.

So tun, als wäre nichts, und auf das Unvermeidliche warten und mich nicht davon erschüttern lassen.

*

GEISTREICHE GEDANKEN EINER URGROSSMAMA!

Heute habe ich ganz allein die Diskussionsrunde über Sterbehilfe besucht, während die anderen ihre Hafenrundfahrt machten. Es war eine äußerst interessante, informative Veranstaltung.

Unglaublich, wie viele Dinge zu bedenken sind.

Wenn es nur nicht so ein wunderschöner, klarer Tag gewesen wäre! Bei dem Gedanken daran, wie die anderen sich auf dem Wasser den Wind um die Nase wehen ließen, habe ich mich schon ein bisschen geärgert.

Trotzdem bin ich froh, dass ich hingegangen bin!

Ich habe unserem Stadtrat bereits diesen Brief geschrieben. Ich bin gespannt, was ihr davon haltet.

Zu einem anderen Thema: Eure Kommentare über X. haben mich ganz schön in Verlegenheit gebracht. Ich bin überzeugt davon, dass er keineswegs versucht, mir den Hof zu machen, und wenn doch, nun, dann wäre mir das schrecklich peinlich. Das wäre einfach lächerlich in unserem Alter. Die Zeit für solche Dinge ist schon lange vorüber.

Die Familientalentshow war übrigens ein Riesenerfolg! Hier sind einige Fotos davon. Meine kleine Urenkelin Olivia war der absolute Hit mit ihrer Schmetterlingsnummer. Sie hat den dritten Preis gewonnen. (Nein, ich habe der Jury nicht angehört!) Ich habe alle Komplimente zurückgewiesen, ich wollte nicht eitel erscheinen.

X. hat sich lange mit meiner ältesten Urenkelin, Madison, unterhalten. Das Mädchen habe Köpfchen, meinte er, und damit hat er zweifellos recht.

Von meinem Urenkel Tom hat er erfahren, dass ich ziemlich gut an der Playstation bin. Er hat mit seinem eigenen Enkel auch schon einige Zeit an der Spielkonsole verbracht, und jetzt will er gegen mich antreten. Er wird »den Boden mit mir aufwischen«, hat er gemeint. Wir werden ja sehen. Heute Abend gehe ich zu ihm hinüber. Er hat seine eigene Playstation. Und er hat versprochen, dass er mir etwas kochen wird.

Ich muss zugeben, er ist kein schlechter Kerl.

Ich mache mir übrigens große Sorgen um meine Enkelin Elisabeth. Sie ist nicht zur Familientalentshow gekommen, obwohl sie es versprochen hatte. Das sieht ihr gar nicht ähnlich. Ich sage es nur ungern, aber mit diesen endlosen Versuchen, schwanger zu werden, macht sie sich ihr ganzes Leben kaputt.

Oh, und Alice kann sich immer noch nicht erinnern. Ihr hättet sie sehen sollen, als sie mit Nick tanzte! Wenn ich es nicht besser wüsste, würde ich sagen, ihre Ehe hat durchaus noch eine Chance.

KOMMENTARE

AB74 schreibt:
Der Kerl will dir an die Wäsche, Frannie!

Groovy Granny schreibt:
Dieser letzte Kommentar war echt widerlich.

Good Egg schreibt:
Hi, alle miteinander! Habe diesen Blog gerade erst entdeckt und mich durch sämtliche Archive gearbeitet. Fantastischer Blog! Ich muss sagen, ich sehe die Sache genauso wie AB74. Dieser X. hat etwas übrig für dich, Frannie! Und warum auch nicht!? Meine Großmama hat sich mit dreiundachtzig noch einmal Hals über Kopf verliebt und dann zum dritten Mal geheiratet. Es ist erst vorbei, wenn man den letzten Schnaufer macht.

Doris aus Dallas schreibt:
Was wirst du tun, wenn X. dich zu küssen versucht, Frannie? Wirst du seinen Kuss erwidern?

Frank Neary schreibt:
Miss Jeffrey, ich glaube, es ist an der Zeit, dass ich das Feld räume. Sie haben mir das Herz gebrochen. (Hey, sind Sie zufällig mit Mrs. Pascoe in Kontakt geblieben? Sie hat Geografie unterrichtet. Wissen Sie vielleicht, wie ich sie erreichen könnte?)

*

»Guck mal, Tom, ein Polizeiauto!«, rief Alice, als ein Streifenwagen mit Blaulicht und Sirene vorbeijagte. »Tatü, tata!«

Als sie den Kopf drehte, in der Annahme, ein aufgeregtes Kindergesicht im Fond zu erblicken, merkte sie, dass sie allein im Auto saß. Tom würde sich wahrscheinlich sowieso nicht mehr von einem Polizeiauto aus der Fassung bringen lassen.

Und außerdem konnte sie sich nicht wirklich an ihn als kleinen Jungen erinnern.

Diese unbewussten Erinnerungsblitze, oder wie man das nennen wollte, zuckten jetzt fast alle paar Minuten durch ihr Gehirn. Es war wie ein komischer nervöser Tick. Als sie zum Beispiel an diesem Morgen in der Pause während Elisabeths Seminar beobachtet hatte, wie ein Fleischer sich zwei Schokoladenkekse auf einmal nahm, wollte sie ihm auf seine haarigen Finger klopfen und sagen: »Einer reicht!« Sie konnte sich gerade noch bremsen.

Sie ertappte sich ständig dabei, wie sie zielstrebig irgendwo hinging, ins Arbeitszimmer oder in die Küche oder in die Waschküche, und dann auf einmal merkte, dass sie gar nicht wusste, was sie dort eigentlich wollte. Einmal hatte sie schon die Straße überquert und ging die Auffahrt zu Ginas früherem Zuhause hinauf, als sie plötzlich stehen blieb und laut sagte: »Oh.« Sie griff nach dem Telefon, wählte eine Nummer und drückte schnell wieder die Auflegen-Taste, weil sie keine Ahnung hatte, wen sie da anrief. Einmal, als sie vor der Schule auf die Kinder gewartet hatte, wiegte sie ihre Handtasche in den Armen, tätschelte sie und summte ein Lied, das sie nicht kannte. Neulich beim Abendessen hatte sie gesagt: »Und jetzt noch ein Löffelchen für die Mummy« und die Hand ausgestreckt, um Olivia einen Löffel voll Essen in den Mund zu schieben. »Ich glaube, jetzt spinnst du aber doch ein bisschen, allerliebste Mummy«, hatte Olivia gemeint, die Augen weit aufgerissen vor Entsetzen.

Ihr Erinnerungsvermögen würde jeden Augenblick zurückkehren. Sie spürte es, wie man an dem Kratzen im Hals und der Benommenheit im Kopf spürte, dass eine Erkältung im Anzug war. Sie wusste nur noch nicht, ob sie sich dagegen wehren oder den Prozess beschleunigen sollte.

Jetzt kam sie von Elisabeths Seminar und war auf dem Weg zur Schule, um »in der Bücherei auszuhelfen«. Das tat sie anscheinend jeden dritten Donnerstag, was äußerst selbstlos von ihr war.

Sie dachte über Elisabeth nach. Wie lässig sie ihr Seminar geleitet hatte, wie souverän sie zu den Fleischern gesprochen, sie zum Lachen gebracht, ihnen gesagt hatte, was sie tun sollten. Sie hatte hinter dem Mikrofon so natürlich gewirkt. Ganz sie selbst. So wie Prominente ungezwungen mit Journalisten plauderten, ohne sich an den Kameras zu stören. Doch dann, als sie sich mit Elisabeth in der Pause unterhalten hatte, überkam sie das seltsame Gefühl, dass diese Frau da nur so tat, als wäre sie Elisabeth. Dass sie auf dem Podium mehr sie selbst gewesen war als danach im Gespräch mit ihr.

Alice war noch nicht dazu gekommen, mit ihr über den erfolglosen IVF-Zyklus zu reden. Am Abend zuvor, als sie Elisabeth nach der Talentshow von zu Hause aus angerufen hatte, hatte Ben gemeint, sie sehe sich gerade ihre Lieblingssendung im Fernsehen an und ob sie später zurückrufen könne. Elisabeth hatte nicht zurückgerufen. Und während des Seminars hatte Alice sie nicht darauf ansprechen wollen. Es war absurd, dass sie keine Ahnung hatte, wie es in diesem Moment in Elisabeth aussah. War sie wütend? Niedergeschmettert? Hatte sie die Nase gestrichen voll?

Sie nahm sich vor, sie an diesem Abend noch einmal anzurufen. Sie wusste nur nicht, wo sie die Zeit dafür abknapsen sollte. Nachdem sie die Kinder zu ihren zahlreichen Aktivitäten chauffiert, ihnen bei den Hausaufgaben geholfen (sie hatten eine Unmenge von Hausaufgaben auf. Alice bekam richtig Kopfweh davon. Als Tom zwei Tage zuvor seine Arbeitsblätter aus seinem Rucksack gezogen hatte, hatte Alice beim Anblick des dicken Bündels tatsächlich laut gestöhnt, was nicht sehr professionell von ihr gewesen war), das Abendessen gekocht, aufgeräumt, die Lunchpakete für den nächsten Tag vorbereitet und dann die Streitereien wegen des Computers oder des Fernsehers zu schlichten versucht hatte, war sie total erledigt.

Die Zeit war 2008 einfach zu knapp. Zeit war eine begrenzte Ressource geworden. 1998 waren die Tage noch so viel ausgedehnter gewesen. Morgens beim Aufwachen hatte sich der Tag vor ihr erstreckt wie ein langer Flur, durch den sie gemächlich schlendern konnte, um dort, wo es ihr gefiel, nach Belieben zu verweilen. Jetzt knauserten die Tage mit sich selbst. Flitzten vorbei wie Rennwagen. Wenn sie abends ins Bett fiel, kam es ihr so vor, als hätte sie die Bettdecke erst eine Sekunde zuvor zurückgeschlagen, um aufzustehen.

Vielleicht lag es daran, dass sie dieses Leben einfach nicht gewöhnt war. Dieses Leben als alleinerziehende Mutter von drei Kindern.

Sie veränderte ein paar Dinge, in der Hoffnung, dadurch mehr Zeit herauszuschlagen. Sie hatte das Gefühl, dass die andere Alice, die mit der schnippisch forschen Stimme, diese Veränderungen gar nicht gern sah.

Als sie die Kinder am Vortag von der Schule abgeholt hatte, hatte Olivia gemault: »Ich will nicht zum Geigenunterricht, Mummy.« Alice, die zum ersten Mal vom Geigenunterricht hörte, hatte erwidert »In Ordnung« und war mit den dreien zu *Dino's* gegangen, wo sie sich an einen runden Tisch gesetzt und bei heißer Schokolade ihre Hausaufgaben erledigt hatten. Dino hatte Tom sogar bei seinen Matheaufgaben geholfen.

Später war ein Anruf wegen der ausgefallenen Geigenstunde gekommen, und eine erzürnte Stimme hatte Alice darauf hingewiesen, dass sie die Stunde trotzdem bezahlen müsse, weil sie nicht wie vereinbart vierundzwanzig Stunden vorher abgesagt worden war. »In Ordnung«, hatte Alice nur erwidert, was dem schockierten Anrufer die Sprache verschlagen hatte.

Als sie von der Familientalentshow nach Hause gekommen waren, durfte Madison bis nach elf aufbleiben und eine große Schwarzwälder Kirschtorte für ihre Schule backen, wo ein Tag unter dem Motto »So isst man anderswo« stattfinden sollte.

»Ich will nicht, dass du mir hilfst«, hatte Madison energisch gesagt, noch bevor Alice auch nur den Mund aufgemacht hatte. »Ich will es allein machen.«

»Gut, in Ordnung.«

»Das sagst du immer, und dann mischst du dich doch jedes Mal ein.«

»Ich wette mit dir um tausend Dollar, dass ich keinen Finger rühren werde.« Alice hatte ihre Hand ausgestreckt.

Madison starrte sie einen Augenblick an. Dann verzog sich ihr Gesicht zu diesem wunderschönen Lächeln, und sie schlug ein. »Die Wette gilt!«

»Wette mit mir auch um tausend Dollar«, rief Tom. »Komm schon, Mummy, um irgendwas!«

»Mit mir auch!«, krähte Olivia. »Mit mir musst du auch wetten!«

»Ich war zuerst«, sagte Tom. »Mummy, ich wette mit dir … äh … ich wette mit dir … äh … warte, ich hab's gleich, ich werde mir was richtig Tolles ausdenken … äh …«

»Ich wette mit dir, dass ich fünf Minuten einen Handstand machen kann«, schrie Olivia. »Nein, zwei! Nein, sagen wir eine Minute!«

»Ich wette mit dir um tausend Dollar, dass ich nicht bis eine

Million zählen kann!«, rief Tom. »Ich meine, dass ich es kann! Du musst mir tausend Dollar geben, wenn ich es schaffe.«

»Niemand kann bis eine Million zählen«, sagte Olivia ernst. »Das würde ja eine Woche oder so dauern.«

»Nein, würde es nicht«, widersprach Tom. »Okay, dann sagen wir, dass es sechzig Sekunden dauert, bis sechzig zu zählen. Oder warte. Okay, du könntest in sechzig Sekunden bis neunzig zählen. Wo ist der Taschenrechner, Mummy? Mummy? Weißt du, wo der Taschenrechner ist? Hörst du überhaupt zu, Mummy?«

»Sagt mal, Kinder, seid ihr immer so anstrengend?«, fragte Alice. Manchmal hatte sie das Gefühl, als würden sie ihr jeden Gedanken aus dem Hirn saugen.

»Meistens«, antwortete Tom.

*

ELISABETHS TAGEBUCH FÜR JEREMY

Während die Fleischer sich zu Gruppen zusammentaten und ihre Ideen zu Papier brachten, saß ich da und dachte an den Transfer des letzten Embryos vor zwei Wochen.

Er war ein Jahr eingefroren gewesen.

Ein winziges, eisverkrustetes, potenzielles menschliches Wesen.

Als wir mit der künstlichen Befruchtung begannen, stand ich oft an der Gefrierschranktür, tupfte mir ein paar Eiskristalle auf die Fingerspitze und dachte über meine tiefgefrorenen potenziellen Kinder nach. So viele Menschen waren hier angelegt. Einmal hatten wir sieben gleichzeitig eingefroren. Was für eine unglaubliche Fülle von Möglichkeiten. Der hier könnte ein Schwimmer werden. Der hier könnte musikalisch werden.

Der hier könnte groß werden. Der hier könnte klein werden. Der hier könnte lieb und schüchtern werden. Der hier könnte lustig werden. Der hier könnte wie Ben werden. Der hier könnte wie ich werden.

Ben und ich haben andauernd darüber gesprochen. Wir haben diesen Embryos telepathische Botschaften übermittelt:

Haltet durch! Hoffentlich habt ihr es nicht zu kalt!

Doch die Jahre vergingen, und irgendwann hörten wir damit auf. Wir haben uns von dem ganzen Vorgang innerlich distanziert. Es wurde zu einer reinen Wissenschaft. Nichts als eine unangenehme medizinische Prozedur. Der wissenschaftliche Fortschritt vermochte uns nicht einmal mehr zu beeindrucken. Ja, ja, sie machen Babys im Reagenzglas. Unglaublich. Nur leider hilft uns das überhaupt nicht.

Das letzte Mal vor zwei Wochen waren wir zu spät dran, und dann kriegten wir noch einen Strafzettel, weil wir verbotenerweise rechts abgebogen waren. Das war meine Idee gewesen, weil ich dachte, wir wären dann schneller. Ben war stinksauer auf sich selbst, weil er auf mich gehört hatte und wir dadurch noch mehr Zeit verloren hatten. »Das Schild ist doch groß genug, das kann man doch nicht übersehen, oder?«, hatte der Polizist gesagt. Um Bens Mund zuckte es. Man konnte ihm ansehen, dass er sich nur mühsam beherrschen konnte. Wahrscheinlich hätte er am liebsten gesagt: »Daran ist nur sie schuld!« Der Polizist brauchte eine Ewigkeit, bis er den Strafzettel geschrieben hatte, so als wüsste er, dass wir zu spät dran waren, und würde uns zusätzlich bestrafen wollen.

»Komm, fahren wir nach Hause«, sagte ich danach zu Ben. »Das klappt doch sowieso nicht. Das war ein Zeichen. Warum sollen wir unser Geld noch für Parkgebühren verschwenden!« Ich hatte es gut gemeint, aber er war jetzt richtig wütend. »Das ist ja eine großartige Einstellung! Wirklich großartig«,

gab er bissig zurück. Normalerweise ist er überhaupt nicht sarkastisch.

Heute weiß ich jedoch, dass auch er nicht daran geglaubt hat, dass es klappen würde. Eine Woche später saß er nämlich bei Alice und aß ihre Bananenmuffins und ließ sich von dem Gedanken an eine Adoption begeistern, obwohl wir da noch gar nicht wussten, ob es geklappt hatte oder nicht.

Die medizinische Assistentin war ein junges Mädchen, das nicht viel älter als Madison aussah. Als wir den Behandlungsraum betraten, stolperte sie, was für mich kein gutes Zeichen war. Upps! Sorry, jetzt ist er futsch, Ihr schöner Embryo!

Als ich im Behandlungsstuhl lag, mit elegant gespreizten Beinen, und auf die gigantische Injektionsnadel wartete, brummelte die Assistentin etwas Unverständliches vor sich hin.

»Da ist Ihr Embryo«, wiederholte sie verlegen. Vielleicht war das für sie das erste Mal. Wir schauten auf die Leinwand, auf die sie unser potenzielles Baby projiziert hatte.

Es sah genauso aus wie seine Nichtbrüder und Nichtschwestern davor. Ein paar schaumige Bläschen. Ein aufgeblasener Wassertropfen.

Ich verschwendete keine Zeit mit Staunen. Ich verschwendete keine Zeit mit bewundernden Worten wie: »Das ist so faszinierend!« Ich verschwendete keine Zeit damit, mir diese Erinnerung einzuprägen, damit ich eines Tages zu meinem Kind sagen könnte: »Ich habe dich gesehen, als du nichts weiter als ein hübsches kleines Keimbläschen warst, mein Schatz.«

Den Arzt, der den Transfer vornahm, kannte ich nicht. Meine reizende Ärztin hält sich zurzeit in Paris auf, wo ihre Tochter einen französischen Anwalt heiraten wird. Der Arzt hatte ein langes, melancholisches Gesicht und erinnerte mich an unseren Steuerberater. Ein besonders schlechtes Zeichen (wir kriegen nämlich nie eine Rückerstattung). Meine Ärztin plaudert während der Prozedur mit mir, über alles Mögliche, was ihr gerade in den Sinn kommt. Dieser Arzt jedoch sagte kein Wort, bis alles vorüber war. Dann zeigte er uns den Embryo auf der Ultraschallaufnahme.

»Sehr gut. Sitzt perfekt«, murmelte er mit ausdrucksloser Stimme, als ob mein Uterus ein Maschinenteil wäre.

Der Embryo sah auf dem Ultraschall nicht anders aus als alle anderen vor ihm. Ein schwach funkelnder Stern.

Ich wusste, dass er nicht lange funkeln würde.

Ich wandte meinen Blick ab und sah Ben an. Er starrte auf seine Hände.

Überall nur böse Vorzeichen.

Einatmen. Ausatmen. Einatmen. Ausatmen.

Als die Fleischer ihr Brainstorming beendet hatten, stieg ich aufs Podium hinauf und erklärte, dass meine Assistentin Layla das Seminar fortführen werde.

Da wir das keineswegs so geplant hatten, war Layla völlig überrumpelt. Als sie aufstand, mit verwirrter Miene, klatschten die Fleischer aufmunternd Beifall.

Ich verließ den Saal. Ich kriegte diesen funkelnden Stern einfach nicht mehr aus meinem verdammten Kopf.

*

Alice ging auf die Schulbücherei zu (ihr Körper wusste offenbar, dass sie hinter der zweiflügeligen roten Tür in der Ecke des Schulhofs lag), als Dominick auf sie zueilte. Er wirkte aufgelöst und zutiefst beunruhigt.

»Alice«, sagte er. »Ich hab dich kommen sehen. Ich versuche schon die ganze Zeit, dich zu erreichen.«

»Sorry, ich vergesse immer, mein Handy aufzuladen. Schlechtes Gedächtnis, weißt du.«

Er lächelte nicht. »Ich habe Nick angerufen. Er ist auf dem Weg hierher.«

»Du hast Nick angerufen? Aber wieso?« Wollte er mit ihm um sie kämpfen? Sich mit ihm duellieren? (Dumm nur, dass Nick sie gar nicht mehr haben wollte. *Kein Problem, Kumpel, du kannst sie haben.*)

»Wir haben ein Problem«, erwiderte Dominick. »Ein ernstes Problem mit Madison.«

*

ELISABETHS TAGEBUCH FÜR JEREMY

Als ich das Seminar verlassen hatte, erreichte mich ein Anruf von Ben.

»Warum hast du es mir nicht gesagt?«, fragte er mit einer Stimme wie Schmirgelpapier.

Ich drückte die Auflegen-Taste.

Sein Ton gefiel mir gar nicht.

28

»Was ist mit Madison? Geht es ihr nicht gut?« Panik erfasste Alice, das Adrenalin jagte durch ihren Körper, und ihre Beine begannen so heftig zu zittern, dass sie sich an Dominicks Arm klammerte.

»Doch, doch. Entschuldige. Doch, es geht ihr gut.« Dominick lächelte zerstreut und tätschelte Alice' Hand. »Ihr fehlt nichts, jedenfalls nicht körperlich. Aber es gab da wieder einen Zwischenfall, und ich fürchte, diesmal können wir ihn nicht einfach ignorieren.«

»Was heißt, es gab wieder einen Zwischenfall?«

»Einen weiteren Fall von aggressivem Verhalten.«

»Hat ihr jemand etwas getan?« Sie würde den Bengel erwürgen! Sie würde dessen Eltern zur Rede stellen! Sie war außer sich vor Wut. Jemand hatte ihrer Rosine wehgetan! Sie würde diesen verdammten Balg zum Frühstück verspeisen!

»Alice«, sagte Dominick mit strenger Miene. Mit strenger Schulleitermiene. »Es ist Madison, die andere schikaniert. Nicht umgekehrt.«

»Madison würde niemals jemanden schikanieren«, erwiderte Alice empört. Sie kannte ihre Tochter. Sie kannte sie zwar erst seit fünf Tagen, aber sie kannte sie.

Sicher, sie konnte launisch sein und sogar ein bisschen rabiat ihren Geschwistern gegenüber, wenn diese sie neckten, aber das war ganz normal unter Geschwistern (hoffte sie jedenfalls). Madison hatte das Herz am rechten Fleck, so viel stand fest. Hatte sie Olivia nicht beim Einstudieren ihres Schmetterlingtanzes geholfen? Hatte sie neulich nicht Tom bei seinen Geografiehausaufgaben geholfen? Schön, Tom hatte sie zwar angeschnauzt, sie gehe ihm auf den Senkel, und es hatte damit geendet, dass Madison tränenüberströmt davongestapft war und Tom sich mit der Hand an die Stirn geschlagen und die Augen verdreht hatte wie eine Miniaturausgabe seines Vaters, aber trotzdem ... Alice' Tochter würde, könnte niemals jemanden schikanieren.

»Es hapert noch mit deinem Gedächtnis, oder?«, fragte Dominick vorsichtig.

»Ja, ein wenig«, gestand Alice.

»Nun, es ist nicht das erste Mal, dass Madison Schwierigkeiten macht. Vor ein paar Wochen musste ein kleiner Junge nach einem heftigen Streit mit ihr genäht werden.«

Ah, dachte Alice. Das dürfte der »kleine Zwischenfall« gewesen sein, den diese Kate Harper im Fitnessstudio erwähnt hat.

»Ich weiß, dass das alles nicht leicht für sie ist. Erst Ginas Tod, dann eure Scheidung.« Dominick hatte seine Stirn in schulleitermäßiger Besorgnis in Falten gezogen. »Trotzdem, Alice, so leid es mir tut, aber ich kann nicht … Oh!« Sein Blick richtete sich über ihre Schulter. »Da kommt dein …«

Alice drehte sich um. Nick kam auf sie zu, in Anzug und Krawatte, das Handy am Ohr, ganz Geschäftsmann, der wichtige Entscheidungen traf und an Konferenzen teilnahm, auf denen er keinesfalls gestört werden durfte. Er wirkte völlig fehl am Platz auf diesem sonnigen Schulhof, auf den durch ein geöffnetes Fenster singende Kinderstimmen herausdrangen.

Dominick warf Alice einen flüchtigen Blick zu. »Dumme Situation«, murmelte er.

»Ja.«

Als Nick näher kam, hörten sie ihn sagen: »Gut, sagen wir zwei Millionen. Ist das akzeptabel? Wunderbar. Wiederhören.«

Er klappte sein Handy mit einer Hand zu, und Alice hätte ihm am liebsten zugerufen: O Nick, Schätzchen, benimm dich doch nicht wie ein borniertes Arschloch!

»Dominick, nicht?«, sagte Nick, als ob Dominick gekommen wäre, um ihnen etwas zu verkaufen. Er streckte ihm seine Hand entgegen.

»Richtig. Hi. Wie geht es Ihnen?«

Dominick, der ungefähr einen Kopf größer war als Nick, sah neben ihm wie ein schlaksiger Schuljunge aus. Alice verspürte das Bedürfnis, ihn in die Arme zu nehmen, aber sie hätte auch Nick gern umarmt. Beide kamen ihr wie kleine Jungs vor, die sich als Erwachsene verkleidet hatten.

»Es muss ja reichlich wichtig sein, wenn Sie uns beide herbestellt haben«, sagte Nick, in dessen Stimme ein scharfer Unterton mitschwang.

»Das ist es allerdings«, erwiderte Dominick in nicht minder scharfem Ton. »Madison hat Chloe Harper mit einer Schere bedroht, ihr die Haare abgeschnitten und ihr eine Torte ins Gesicht geworfen. Ich werde sie von der Schule verweisen müssen, und zwar mindestens bis zu den Ferien. Meiner Meinung nach sollte sie einen Therapeuten aufsuchen.«

»Ich verstehe«, murmelte Nick, der förmlich in sich zusammenfiel. Alle Macht war auf Dominick übergegangen.

»Ich kann mir nicht vorstellen, dass sie einfach so auf dieses Mädchen losgegangen ist«, sagte Alice. »Sie muss doch einen Grund gehabt haben.«

»Es spielt keine Rolle, ob sie einen Grund hatte oder nicht«, entgegnete Dominick (ein bisschen von oben herab, wie Alice fand, für jemanden, der seine Beziehung zu ihr gern vertieft hätte). »Ein solches Verhalten ist unentschuldbar. Und du kannst dir vorstellen, dass Kate Harper außer sich ist. Sie ist übrigens auch auf dem Weg hierher.«

Chloe war also die Tochter dieser grässlichen Kate Harper. Na bitte, das erklärte doch alles.

»Wir werden ihr … ich weiß nicht … eine Art Schadenersatz anbieten müssen«, seufzte Nick.

»Mit Geld kann man nicht alles regeln«, versetzte Dominick mit schneidender Stimme.

Kawumm!

»So war das nicht gemeint, ich …«

»Gehen wir«, fiel Dominick ihm ins Wort. »Die beiden Mädchen warten in meinem Büro.«

Er wandte sich zum Gehen, und Alice und Nick folgten ihm wie zwei ungezogene Kinder, die ihrer Bestrafung entgegensahen. Alice drehte sich Nick zu und machte ein Gesicht, das ausdrückte: Ist das nicht furchtbar?, und Nick schnitt eine Grimasse.

In Dominicks Büro saßen Madison und ein anderes Mädchen auf Stühlen vor dem Schreibtisch. Das Mädchen schluchzte hemmungslos, auf eine Art und Weise, die besagen wollte: Ich weine völlig zu Recht! Sie hielt etwas in ihren Armen, und Alice erkannte voller Entsetzen, dass es ein langer blonder Zopf war. Schokoladenteig und Sahne und Kirschen klebten ihr im Gesicht und an ihrer Schuluniform, und hinten über dem Kragen stand der Stumpf ihrer blonden Haare heraus.

»O Madison, wie konntest du nur?«, entfuhr es Alice unwillkürlich.

Madisons Gesicht war kalkweiß, aber ihre Augen sprühten vor Wut. Sie saß ganz still und ganz gerade, die Fäuste im Schoß geballt, wie eine psychopathische kleine Mörderin, die zum Verhör aufs Polizeirevier gebracht worden war.

»Ich schätze, du musst uns einiges erklären, junge Dame«, sagte Nick, und Alice hätte fast laut herausgelacht. Er hörte sich an wie jemand, der in einer miserablen Laienaufführung einen zornigen Vater spielt.

Madison schwieg.

»Möchtest du deinen Eltern nicht erzählen, was passiert ist?«, fragte Dominick, der sich schon authentischer anhörte.

Madison schüttelte so heftig den Kopf, als weigerte sie sich, ihren Folterknechten Staatsgeheimnisse zu verraten.

Dominick sah Alice an. »Sie hat bisher kein einziges Wort gesagt.«

Das kleine Mädchen, dem immer noch die Tränen übers Gesicht liefen, hielt seinen blonden Zopf hoch. »Guck dir mal meine Haare an! Meine Mum wird dich umbringen, Madison Love! Meine wunderschönen Haare! Es wird Jahre dauern, bis die nachgewachsen sind. Ich werde, was weiß ich, ich werde vierzig sein, bis sie nachgewachsen sind! Du hast das doch nur getan, weil du neidisch bist, und du hast nicht einmal …«, ihre Stimme zitterte, als würde ihr das ganze entsetzliche Ausmaß dessen, was ihr zugefügt worden war, jetzt erst bewusst, »… du hast dich nicht einmal entschuldigt!«

»Okay, Chloe«, schaltete sich Dominick ein, »beruhige dich, in Ordnung?«

»Madison, du entschuldigst dich bei Chloe«, befahl Alice ihrer Tochter mit einer grimmigen, drohenden Stimme, die sie nicht wiedererkannte. »Und zwar augenblicklich!«

»Tut mir leid«, brummelte Madison.

»Gar nicht wahr!« Chloe blickte zu Alice und Nick auf. »Das sagt sie bloß so! Wartet nur, wenn meine Mum da ist!«

»Ich glaube nicht, dass wir so lange warten werden«, meinte Dominick. »Ich denke, Mr. und Mrs. Love können Madison jetzt mitnehmen.« Er ging vor Madison in die Hocke und sah sie eindringlich an. »Madison, du bist ab sofort vom Unterricht suspendiert. Du kannst nicht Teil dieser Schule sein und dich derart benehmen, verstehst du das? Das ist eine sehr, sehr ernste Angelegenheit.«

Madison nickte. Ihre Gesichtsfarbe hatte von weiß zu hochrot gewechselt.

»Gut.« Dominick richtete sich auf. »Und jetzt geh und hol deine Tasche, du triffst deine Eltern dann draußen am Tor.«

Madison flitzte hinaus, und Chloe begann aufs Neue zu schluchzen.

»Deine Mum wird sicher gleich kommen, Chloe«, sagte Dominick abgekämpft. »Warte hier, okay?«

Er forderte Alice und Nick mit einer Handbewegung auf, ihm nach draußen in den Gang zu folgen, und schloss die Tür hinter ihnen.

»Es ist besser, wenn ihr Kate jetzt nicht begegnet, solange die Gemüter noch dermaßen erhitzt sind«, sagte er leise. »Ich denke, ihr solltet Madison nach Hause bringen und mit ihr reden und versuchen herauszufinden, was in ihrem Kopf vorgeht. Ich würde euch dringend zu einer Therapie raten. Ich kann euch ein paar Leute empfehlen.« In der Ferne war das eilige Klappern von Absätzen zu hören. »Das ist bestimmt Kate. Los, verschwindet! Beeilt euch!« Er scheuchte Nick und Alice davon, als müsste er sie vor der Geheimpolizei retten.

Sie flüchteten über den Schulhof und hielten erst an, als sie das Tor erreichten. Nick war völlig außer Atem. Alice nicht. Sie hatte eine wesentlich bessere Kondition.

»Das war ja grauenvoll«, sagte Alice. »Mir kommt es so vor, als hätte ich dem Kind selbst die Haare abgeschnitten. Und die schöne Torte! Sie hat sich solche Mühe damit gegeben. Armes kleines Ding.«

»Chloe?«

»Nein, ich spreche von Madison. Wen interessiert schon Chloe?«

»Alice, unsere Tochter hat das Mädchen mit einer Schere bedroht!«

»Ja, ja, ich weiß.« Alice winkte ab.

Nick zog sein Handy aus seiner Tasche und klappte es auf. »Ich kann mir nicht vorstellen, was dieser Schulverweis bringen soll«, meinte er, während er stirnrunzelnd auf das Handydisplay schaute. »Damit stellen sie sich doch selbst ein Armutszeugnis aus. Sie wissen nicht mehr weiter, also wird sie einfach vom Unterricht suspendiert.« Er blickte auf und sah Alice an. »Was keine Kritik an deinem Freund sein soll.«

»Wahrscheinlich ist der Schulverweis in solchen Fällen Vorschrift«, erwiderte Alice, die einerseits glaubte, Dominick verteidigen zu müssen, und sich andererseits von ihm verraten fühlte. Sollte es nicht einen Vorteil mit sich bringen, wenn man den Schulleiter küsste?

»Wie auch immer, ich muss zurück ins Büro.« Nick warf einen Blick auf seine Armbanduhr. »Wir reden später darüber. Ich weiß nicht, an welche Strafe du denkst, aber sie sollte empfindlich ausfallen, sonst …«

»Was willst du damit sagen? Ich finde, wir sollten jetzt gleich mit ihr reden. Auf der Stelle. Und zwar wir beide.«

Nick machte ein erschrockenes Gesicht. »Jetzt gleich? Und du willst, dass ich dabei bin?«

»Natürlich, was hast du denn gedacht? Warum fahren wir nicht irgendwohin mit ihr? Und außerdem finde ich, dass wir nichts überstürzen und sie bestrafen sollten. Ich hasse dieses Wort: Strafe.«

»Oh, entschuldige, du hast recht. Wahrscheinlich sollten wir sie für ihr Verhalten belohnen. Zu ihr sagen: Gut gemacht, Schatz, aus dir wird sicher mal eine prima Friseurin.«

Alice kicherte los. Nick lächelte. Die Sonne schien ihm ins Gesicht. Er schirmte sich mit einer Hand die Augen ab und sagte: »Weißt du, woran ich es erkennen werde, wenn du dich wieder an alles erinnern kannst?«

»Nein. Woran denn?«

»An deiner Art, mich anzusehen. Ich werde es in deinen Augen sehen, wenn du dich wieder erinnerst.«

»Warum? Werden sie Todesstrahlen auf dich abfeuern?«

Nick lächelte traurig. »Etwas in der Art.« Wieder schaute er auf seine Uhr. »Ich hab um zwölf Uhr einen Termin. Aber den könnte ich sicher verschieben.« Er schien unschlüssig. »Und du meinst also, wir beide sollten mit ihr irgendwo hinfahren?«

»Wäre das wirklich so ungewöhnlich?«, fragte Alice verwundert.

»Normalerweise würdest du die Sache in die Hand nehmen

und keinen Zweifel daran lassen, dass meine Hilfe unerwünscht ist.«

»Es ist eine neue Alice in der Stadt«, erwiderte sie.

»Ja, das ist mir auch schon aufgefallen.« Nick schien noch etwas hinzufügen zu wollen, doch dann heftete sich sein Blick auf etwas hinter ihr. »Da kommt ja unsere kleine Schlägerin.«

Madison trottete mit hängendem Kopf auf sie zu, während ihr Rucksack, den sie in der einen Hand hielt, fast über den Boden schleifte.

»Mit wem gehe ich?«, fragte sie, ohne aufzublicken, als sie bei ihren Eltern angelangt war.

»Mit uns beiden«, antwortete Alice.

»Mit euch beiden?« Madison schaute erschrocken auf.

»Komm her zu mir«, sagte Alice.

Madison, den Blick wieder zu Boden gerichtet, stapfte zu ihr. Alice nahm sie in die Arme, zog sie an sich und drückte sie fest.

»Wir schaffen das schon«, flüsterte sie, die Lippen auf die Haare ihrer Tochter gepresst. »Du, dein Dad und ich werden an den Strand fahren, ein Eis essen und eine Lösung finden, was immer das Problem sein mag.«

Madison schnappte überrascht nach Luft. Dann brach sie in Tränen aus.

*

ELISABETHS TAGEBUCH FÜR JEREMY

Schalt den Fernseher aus, sagt er in einem fort.

Nein, noch nicht, sage ich jedes Mal.

Vor einer Weile hat er ihn selbst abgeschaltet, und da habe ich angefangen zu schreien und nicht mehr aufgehört, so als ob er mich verprügeln, mir wehtun würde.

Ein klein wenig dramatisch. Das wird mir später sicher peinlich sein.

Aber es tat mir tatsächlich weh. Diese laute, summende Stille, als der Fernseher plötzlich ausgeschaltet war, setzte meinen Trommelfellen richtig zu.

Wahrscheinlich fürchtete er, die Nachbarn könnten die Polizei rufen. Immerhin sieht er genau wie die Sorte Mann aus, die in Handschellen abgeführt werden, weil sie ihre Frauen verprügelt haben. Also zuckte er mit den Schultern und schaltete den Fernseher wieder ein.

Ich sehe mir jetzt Oprah an. Sie stellt eine aufregende neue Diät vor. Die Zuschauer sind begeistert. Ich auch, Jeremy.

Vielleicht probier ich sie mal aus. Ich mache mir jedenfalls Notizen.

*

Sie saßen am Strand von Manly, unweit des Fähranlegers, an der gleichen Stelle, wo sie damals ihren Kaffee getrunken hatten, nachdem sie mit dem Baby Madison die ganze Nacht durch die Gegend gefahren waren.

Sogar die Picknickdecke war noch dieselbe, eine blau-weiß karierte. Sie lag im Kofferraum von Nicks Auto. Das Blau leuchtete zwar nicht mehr so kräftig wie in Alice' Erinnerung, aber ihre Handflächen erinnerten sich an die winzigen Knötchen im Stoff.

»Wo haben wir die Decke eigentlich her?«, fragte sie, als sie sich daraufsetzten.

»Keine Ahnung«, antwortete Nick. »Du kannst sie haben, wenn du willst, ich hab gar nicht gewusst, dass die noch im Kofferraum liegt.«

Du lieber Himmel! Sie hatte das nicht gefragt, weil sie die Decke haben wollte. Was war nur aus ihnen geworden? Hätte sie tatsächlich einen Wirbel um diese Decke veranstaltet, sich mit ihm darüber gestritten, wer die Picknickdecke bekam?

Madison ließ sich auf die Decke plumpsen und schlang die Arme um ihre angezogenen Knie. Ihre glatten Haare fielen wie ein Vorhang rechts und links von ihrem Gesicht herunter. (Alice juckte es in den Fingern, sie ihr abzuschneiden. Sie würde so viel hübscher mit einer Kurzhaarfrisur aussehen. Vielleicht wäre das ja die perfekte »Strafe«. *Du hast ihr die Haare abgeschnitten, Schatz, dafür schneide ich dir jetzt deine ab.*)

Madison hatte auf der Fahrt zum Strand kein einziges Wort gesagt. Nick, der am Steuer gesessen hatte, hatte über seine Freisprecheinrichtung eine Menge Telefonate geführt. Er lachte, er hörte zu, er gab knappe, scharfe Anweisungen. Er sagte: »Ich werde es mir überlegen.« Er sagte: »Das ist eine absolute Katastrophe«, während er einen flüchtigen Blick über seine Schulter warf, weil er die Spur wechseln wollte. Er sagte: »Gut gemacht. Das sind fantastische Neuigkeiten.« Er war der Inbegriff eines Chefs.

»Gefällt dir deine Arbeit?«, hatte Alice einmal zwischen zwei Telefonaten gefragt.

Nick streifte sie mit einem Seitenblick. »Ja«, antwortete er nach ein paar Sekunden. »Sogar sehr.«

»Das ist schön.« Alice freute sich für ihn.

Nick zog spöttisch eine Braue hoch. »Meinst du das im Ernst?«

»Natürlich. Wieso nicht?«, erwiderte Alice verwundert.

»Ach, nur so«, gab er zurück.

Alice spürte, dass Madison im Fond aufmerksam lauschte.

Am Strand angekommen, hatte Nick sein Handy ausgeschaltet und es samt Jackett und Schlips im Auto gelassen. Jetzt zog er Schuhe und Socken aus. Alice betrachtete seine nackten Füße, die sich in den warmen Sand gruben. Sie waren ihr so vertraut wie ihre eigenen. Wie konnte sie nicht den Rest ihres Lebens mit jemandem verbringen, wenn sogar dessen Füße – dessen große, nicht besonders attraktive Füße mit den langen, haarigen Zehen – ihr derart vertraut vorkamen?

»Wunderschön«, murmelte Nick. Seine Handbewegung schloss den glatten gelben Sand ein, den weiten türkisfarbenen Himmel, die Fähre, die durch den Hafen Richtung Stadt tuckerte. »*Wunderschön!*« Er sagte es im gleichen zufriedenen Ton, wie er ein gutes Essen im Restaurant loben würde, so als wären das Wetter und der Strand eigens für ihn arrangiert und auf einem Teller präsentiert worden: O ja, danke, wunderbar, alles zu seiner Zufriedenheit und seinen hohen Ansprüchen genügend. Zum Dank dafür würde es ein großzügiges Trinkgeld geben. Das war so typisch Nick. Er streckte sein Gesicht der Sonne entgegen und schloss die Augen.

Alice zog ihre Stiefel aus (elegante, teure Stiefel – sie hatte einen ausgezeichneten Geschmack, wenn sie das selbst sagen durfte) und schälte sich ihre Socken von den Füßen.

»Das sind ja Toms Fußballsocken«, meinte Madison.

»Ich hab auf die Schnelle nichts anderes gefunden«, erwiderte Alice.

Madison guckte sie schräg an. »Und dieser Schal stammt aus Olivias Kostümkiste!«

»Ja, ich weiß, aber er gefällt mir so.«

Madison warf ihr einen unergründlichen Blick zu und senkte ihr Kinn wieder.

Nick öffnete die Augen. »Tja, also, Madison …«

»Du hast versprochen, dass wir ein Eis essen würden«, sagte das Mädchen und funkelte Alice finster an, als erwartete es, dass sie auch dieses Versprechen nicht halten würde.

Alice nickte. »Stimmt, das habe ich.«

Nick seufzte. »Ich geh schon.« Er schlüpfte in seine Schuhe

und sah Madison an. »Aber erzähl das bloß nicht deinen Geschwistern, verstanden? Sonst stellen sie auch was an, damit sie von der Schule verwiesen werden und zur Belohnung am Strand Eis essen dürfen.«

Madison kicherte. »Ich werde kein Sterbenswörtchen verraten.«

Als Nick außer Hörweite war, sagte sie: »Ich will nicht vor Daddy erzählen, was passiert ist.«

Aha, anscheinend war es nur was für Mädchen. »Gut, dann erzähl's mir.«

Madison stützte ihr Kinn wieder auf ihre Knie und nuschelte: »Chloe hat behauptet, du und Mr. Gordon ... ihr hättet ...« Alice hatte den Rest nicht verstanden.

»Wie bitte?«

»Ihr hättet *Sex* gehabt«, brach es aus Madison hervor. »Sie hat gesagt, du und Mr. Gordon hättet bestimmt schon hundertmal Sex in seinem Büro gehabt.« Mr. Gordon? Ach so, *Dominick*.

»Liebes«, begann Alice und wusste nicht weiter. Wenn diese Behauptung nun den Tatsachen entsprach? Aber sie würden doch sicher keinen Sex in seinem Büro haben! Oder etwa doch?

»Mir ist so schlecht geworden, ich hätte fast brechen müssen. Ich musste tief Luft holen und mir den Mund zuhalten, sonst wär mir alles hochgekommen. Das ist doch gelogen, oder? Du hast dich doch nicht vor Mr. Gordon ausgezogen, oder?«

Nun, falls doch, würde Chloe es ganz sicher nicht erfahren haben. Alice konnte sich nicht vorstellen, dass Dominick es per Anschlag am Schwarzen Brett verkündet hatte.

»Chloe Harper ist eine abscheuliche Lügnerin«, erwiderte sie mit Bestimmtheit.

»Ja, genau das Gleiche habe ich auch zu ihr gesagt«, meinte Madison sichtlich erleichtert. Sie schaute aufs Wasser hinaus und strich sich ihre Haare hinter die Ohren zurück. »Dann hat sie noch gesagt, ich wäre das hässlichste Mädchen an der ganzen Schule, und das war nicht gelogen.«

Alice brach es schier das Herz. »Und ob das gelogen war. Das ist eine ganz gemeine Lüge.«

»Und da hatte ich auf einmal so ein komisches Gefühl, so als ob mein Kopf explodieren würde. Sie stand direkt vor mir, und da habe ich meine Schere für den Kunstunterricht aus meiner Tasche gezogen und ihr ihren Zopf abgeschnitten. Einfach so. Es machte *schnipp!*, und er fiel auf den Boden. Und als sie sich zu mir umdrehte, habe ich ihr meine Torte ins Gesicht geklatscht, bevor auch nur irgendjemand ein Stück davon versucht hat. Schade drum. Das war die beste Torte, die ich je gebacken habe.«

»Hast du Chloe mit der Schere bedroht?«

»Nein! Das hat sie sich aus den Fingern gesogen, um mich noch tiefer reinzureiten.«

»Lüg mich bitte nicht an, Madison.«

»Ich lüge nicht! Das ist die Wahrheit.«

Alice nickte. »In Ordnung.« Nach einer kleinen Pause fuhr sie fort: »Weißt du, Madison, es wird dein ganzes Leben lang immer wieder Leute geben, die gemeine Dinge zu dir sagen, und wenn du dann jedes Mal so reagierst, wirst du früher oder später im Gefängnis landen.«

Madison dachte darüber nach, und Alice fragte sich, ob ihre klugen, schonungslosen, aus Liebe gesprochenen Worte wohl auf fruchtbaren Boden fielen.

»Sie können mich nicht ins Gefängnis stecken, weil ich noch zu jung bin«, sagte Madison schließlich.

»Ja, okay, jetzt noch nicht, aber wenn du älter bist …«

»Wenn ich älter bin, macht mir das nichts mehr aus.«

»Meinst du? Ich glaube aber schon, dass es dir etwas ausmachen wird, wenn du ins Gefängnis kommst.«

Madison verrollte die Augen. »Nein, ich meine, es wird mir nichts mehr ausmachen, wenn die Leute gemein zu mir sind. Dann gehe ich eben woandershin, was weiß ich, nach Frankreich vielleicht.«

Ach so, ja, natürlich. Alice erinnerte sich, dass sie als Kind ähnlich gedacht hatte. War sie erst einmal erwachsen, würde sie von niemandem mehr verletzt werden können, denn wie sollte jemand in der Lage sein, sie zu kränken, wenn sie imstande war, *sich ins Auto zu setzen und hinzufahren, wohin immer sie wollte*?

Während sie noch nach einer feinfühligen Antwort suchte, die Madison nicht ihre Illusionen nehmen würde (woran sonst sollte sie sich klammern, wenn sie ihr diese Hoffnung zerstörte?), fiel ein Schatten auf sie beide.

»Der Eismann kommt!« Nick hielt drei Eistüten in den Händen. »Ich hoffe, Trauben-Rum-Eis magst du immer noch«, sagte er zu Alice.

»Na klar.« Dass er ihr diese Frage überhaupt stellen musste!

Sie saßen da und schleckten ihr Eis und blickten aufs Wasser hinaus.

»Madison hat mir erzählt, was Chloe zu ihr gesagt hat«, begann Alice. »Es war etwas Gemeines und Unwahres.«

»Aha«, sagte Nick vorsichtig. Er sah Alice und Madison abwechselnd an.

»Ich finde, wir sollten Madison Wege zeigen, wie sie besser mit ihrer Wut umgehen kann.«

»Ich atme immer tief durch und zähle bis zehn, bevor ich etwas sage, wenn ich mich ärgere«, meinte Nick.

»Gar nicht wahr!«, widersprach Madison. »Du brüllst einfach los. Mummy genauso. Einmal hat sie sogar einen Pizzakarton nach dir geworfen.«

Großartig! Sie waren ihren Kindern wirklich tolle Vorbilder gewesen.

Alice räusperte sich. »Nun, die Sache ist doch die …«

»Komm wieder nach Hause, Dad, bitte! Du solltest jetzt sofort mit uns nach Hause kommen und wieder Mummys Mann sein. Dann würde ich auch nicht mehr so wütend sein. Ich würde nie wieder in meinem ganzen Leben irgendetwas anstellen! Wir könnten einen Vertrag machen, weißt du, dann könntest du mich, ich weiß auch nicht, verklagen oder so, falls ich einmal unartig wäre, was ich aber ganz bestimmt nie wieder sein würde!« Madison sah ihren Vater flehentlich an.

»Schätzchen«, begann Nick, dessen Gesicht sich verkrampft hatte, als hätte er fürchterliche Zahnschmerzen.

Er hielt inne, blickte zum Strand hinunter, wo plötzlich Aufregung herrschte. Etliche Leute liefen eilig in dieselbe Richtung, gestikulierten und riefen sich etwas zu. Alice sah, dass sich auf dem Felsen über dem Aquarium ein Menschenauflauf gebildet hatte. Alle zeigten auf etwas im Wasser.

»Da sind Buckelwale im Hafen!«, schrie ihnen ein Mann im Vorbeirennen zu. Die Kamera, die er um seinen Hals hängen hatte, hüpfte auf seiner Brust.

Nick sprang auf. Madison und Alice blickten zu ihm auf.

»Na los, worauf wartet ihr?«

Eine Sekunde später rannten alle drei über den Strand, am Ufer entlang und um den Steg herum, ihre Eistüten vorsichtig vor dem Körper balancierend.

Sie mussten eine steile Betontreppe hinauf. Alice lief voraus, in der einen Hand ihr Eis, mit der anderen ihren Rock raffend. Sie kam als Erste oben an und sah gerade noch eine gewaltige Fontäne aus dem Wasser spritzen.

»Das ist ein Weibchen mit ihrem Jungen«, sagte eine Frau zu Alice. »Passen Sie auf, die tauchen bestimmt gleich wieder auf.«

Nick und Madison kamen die Stufen heraufgestampft. Nick

keuchte vor Anstrengung. Anscheinend war er überhaupt nichts mehr gewöhnt.

»Wo? Wo?«, stieß Madison atemlos und mit rotem Gesicht hervor.

»Warte, du wirst sie sicher gleich sehen«, sagte Alice.

Sekundenlang tat sich gar nichts. Die Wasseroberfläche im Hafen kräuselte sich im Wind, eine Möwe kreischte in klagendem Ton.

»Sie sind fort«, sagte Madison enttäuscht. »Wir haben sie verpasst. Typisch!«

Nick schaute auf seine Armbanduhr.

Nun kommt schon, ihr Wale, dachte Alice. Tut uns den Gefallen.

In diesem Moment brach ein gigantisches Lebewesen durch die Wasseroberfläche und schoss senkrecht nach oben. Es war, als hätte sich ein Geschöpf aus der Urzeit durch eine unsichtbare Wand in die Gegenwart katapultiert. Alice sah eine muschelverkrustete weiße Unterseite. Der Wal schien einen Augenblick regungslos zu verharren, bevor er ins Wasser zurückklatschte. Ein Regen eiskalter, salziger Tröpfchen sprühte ihnen ins Gesicht.

Madison griff nach Alice' Arm. Ihr Gesicht, auf dem Wassertröpfchen glänzten, leuchtete vor Freude und Begeisterung.

»Sieh doch nur, Mummy! Sieh doch nur!«

Der Wal wälzte sich genüsslich um die eigene Achse, peitschte mit der Schwanzflosse das Wasser und zeigte seine schwarze, samtige Haut, die sich über seinen gewaltigen Leib spannte. Er schien sein Bad zu genießen.

»Madison, Alice! Da drüben! Da ist das Junge!«, schrie Nick. Er hörte sich an wie ein Zehnjähriger.

Der junge Wal machte es seiner Mutter nach und planschte fröhlich im Wasser herum. Alice stellte sich vor, wie er vergnügt glucksend lachte.

»Ha!«, machte Nick einfältig. »Ha!«

Auf den Gesichtern der Menschen ringsum zeichnete sich staunende, verzückte Freude ab. Die Meeresbrise fühlte sich kühl an auf ihren Gesichtern, während die Sonne ihnen den Rücken wärmte.

»Mach's noch einmal!«, rief Madison. »Spring noch einmal hoch, Walmutter!«

»Ja, zeig dich noch einmal«, sagte auch der Mann mit der Kamera.

Und als hätte er nur auf dieses Stichwort gewartet, schnellte der Wal ein weiteres Mal aus dem Wasser.

*

ELISABETHS TAGEBUCH FÜR JEREMY

Ben droht, Sie anzurufen. Er hält mich für übergeschnappt.

*

GEISTREICHE GEDANKEN EINER URGROSSMAMA!

Ich habe ihn an der Playstation besiegt.

Und er hat tatsächlich versucht, mich zu küssen.

Keine Kommentare zugelassen.

*

Madison tanzte euphorisch um sie herum, als sie zu ihrer Picknickdecke zurückgingen. Sie hüpfte auf und ab, nahm erst Nicks Hand und schwang sie hin und her, dann die von Alice, und zu guter Letzt ging sie zwischen ihnen, fasste den einen rechts an der Hand, den anderen links. Jeder, der ihnen begegnete, lächelte ihr zu.

»Das war das Beste, was ich jemals gesehen habe!«, sagte sie ein ums andere Mal. »Ich werde mir das Foto als Poster vergrößern lassen und über meinem Bett aufhängen!«

Der Mann mit der Kamera hatte sich Nicks E-Mail-Adresse geben lassen und versprochen, ihm das Foto des Wals zu mailen.

»Hoffentlich hat er ihn überhaupt draufgekriegt«, meinte Nick.

»Ganz bestimmt!«, erwiderte Madison überzeugt. »Er hat ihn bestimmt drauf. Darf ich ans Wasser? Ein bisschen rumplanschen?«

Sie sah Alice an, und Alice sah Nick an. Der zuckte mit den Schultern.

»Klar«, antwortete Alice. »Warum nicht?«

Sie schauten ihr nach, als sie zum Wasser hinunterlief.

»Glaubst du, sie sollte therapiert werden?«, fragte Alice.

Abermals zuckte Nick mit den Achseln. »Sie hat eine Menge durchgemacht. Ginas Unfall. Du und ich. Und sie nimmt sich immer alles sehr zu Herzen.«

»Ginas Unfall?« Alice dachte an Madisons Albtraum. *Tu ihn weg! Du musst ihn von Gina runternehmen!*

»Madison war dabei, sie hat alles mitangesehen. Du erinnerst dich nicht, oder?«

Alice schüttelte den Kopf. »Nein, ich erinnere mich nur an dieses schreckliche Gefühl, dieses nackte Entsetzen.« Wie unwirklich ihr das Grauen vorkam an einem Tag wie diesem, mit seinem Sonnenschein und dem Meer, seiner Eiscreme und seinen Walen.

»Es gab einen schweren Sturm«, sagte Nick. »Ein Baum stürzte auf Ginas Auto. Du und Madison seid unmittelbar hinter ihr gefahren.«

Ein Baum. Dann entsprang dieses schaurige Bild eines schwarzen, unbelaubten Baumes, der vor einem düsteren Himmel schwankte, also der Wirklichkeit.

»Es muss ein Albtraum gewesen sein, für euch beide.« Nick griff in den Sand und ließ ihn durch seine Finger rieseln. »Und ich habe nicht … ich war nicht …«

»Was?«

»Ich fürchte, ich war dir keine große Hilfe«, sagte er leise.

Alice sah ihn neugierig an. »Und warum nicht?«

»Das weiß ich offen gestanden selbst nicht. Ich fühlte mich irgendwie ausgegrenzt. Mir kam es so vor, als ob du mein Mitgefühl nicht wolltest. Ich hatte das Gefühl … ich hatte das Gefühl, dass es dir lieber gewesen wäre, wenn ich gestorben wäre und nicht Gina. Ich weiß noch, wie ich dich einmal in die Arme nehmen wollte und du mich weggestoßen hast, als könntest du mich nicht ertragen. Ich hätte mir mehr Mühe geben sollen. Es tut mir leid.«

Alice war wie vor den Kopf geschlagen. »Aber wie kommst du nur auf so etwas? Wie kannst du denken, dass es mir lieber gewesen wäre, wenn du gestorben wärst und nicht sie?« Was für ein dummer, kindischer, furchtbarer Gedanke!

»Wir haben uns seinerzeit nicht besonders gut verstanden. Und ihr beide wart so eng befreundet. Ich meine, das war schon in Ordnung … das war wunderbar, aber …« Nicks Lippen machten etwas Seltsames. »Als du mit Olivia schwanger warst, hast du es zuerst Gina erzählt. Noch bevor du es mir gesagt hast.«

»Wirklich?« Warum hätte sie das tun sollen? »Das tut mir leid.«

»Ach, na ja, im Grunde war es unwichtig.« Er hielt inne, fuhr dann fort: »Einmal habe ich zufällig gehört, wie du mit ihr über unser Sexleben geredet hast. Besser gesagt, über unser nicht vorhandenes Sexleben. Ich weiß ja, dass Frauen untereinander über Sex reden. Es war dein Ton, der mich schockiert hat. Diese ungeheure Verachtung für mich. Und dann, als sie und Mike sich trennten, bist du abends mit ihr ausgegangen, in irgendwelche Bars, damit sie einen Mann aufreißen kann, und ich hatte das Gefühl, du hast sie um ihre Freiheit beneidet. Du wolltest Single sein, so wie sie. Ich habe dir nur im Weg gestanden. Dich eingeengt.«

»Es tut mir so unendlich leid«, murmelte Alice hilflos.

Sie konnte nicht glauben, dass er tatsächlich von ihr sprach. Ihr war, als hätte er ihr eine grässliche Ex-Freundin beschrieben, die ihm das Herz gebrochen hatte.

»Und dann kam Gina ums Leben, und das war's dann. Du bist zu einem Eisklotz erstarrt. So hat es sich jedenfalls angefühlt.«

»Ich verstehe das nicht.« Alice schüttelte benommen den Kopf. Wäre Sophie gestorben, hätte sie sich in Nicks Arme geflüchtet und stundenlang geweint. »Bist du deshalb nicht zu ihrer Beerdigung gekommen?« Nick seufzte.

»Ich musste dringend nach New York, zu einer wichtigen Konferenz, die wir seit Monaten geplant hatten. Aber ich habe dir x-mal gesagt, dass es mir nichts ausmachen würde, meine Teilnahme abzusagen. Ich habe dich mehr als einmal gefragt, ob du mich bei der Beerdigung dabeihaben willst, und du hast jedes Mal geantwortet: ›Mach, was du willst.‹ Und da dachte ich, vielleicht ist es dir lieber, wenn ich nicht dabei bin. Ich wäre hingegangen. Immerhin war auch ich mal mit ihr befreundet, das scheinst du immer zu vergessen. Es machte mich zwar rasend, wie sie dich herumkommandiert hat, aber trotz allem mochte ich sie.« Nick schwieg einen Augenblick. »Nachdem die Ehe mit Mike in die Brüche gegangen war, wurde alles furchtbar kompliziert. Ich wollte auch mit ihm befreundet bleiben, aber du hast das als Verrat an Gina betrachtet, und Gina hat es genauso gesehen. Sie war stinksauer auf mich. Jedes Mal, wenn wir uns begegnet sind, stichelte sie: ›Na, hast du Mike mal wieder gesehen?‹ Und dann habt ihr mir bitterböse Blicke zugeworfen, als ob ich der Bösewicht wäre. Ich habe aber einfach nicht eingesehen, warum ich einen guten Kumpel fallen lassen sollte, bloß weil er ein einziges Mal in angeheitertem Zustand ... Egal, das alles haben wir schon hundertmal durchdiskutiert. Was ich damit sagen will, ist, dass ich so, ich weiß auch nicht, so ratlos war, als sie starb. Ich wusste nicht, was du von mir erwartest. Ich hätte mir gewünscht, dass du sagst: ›Natürlich sollst du die Konferenz absagen. Natürlich sollst du zur Beerdigung kommen.‹ Ich hatte das Gefühl, dass ich deine Erlaubnis brauchte.«

»Das heißt, all unsere Probleme sind von Gina und Mike verursacht worden«, sagte Alice langsam. Zwei *völlig Fremde* hatten ihre Ehe zerstört.

»Ich glaube, wir können sie nicht für alles verantwortlich machen. Wir haben uns ständig gestritten. Über jede Kleinigkeit.«

»Zum Beispiel?«

»Na, zum Beispiel ... über Kirschen. Einmal waren wir zu meiner Mutter zum Essen eingeladen. Wir wollten ihr Kirschen mitbringen. Ich habe ein paar davon gegessen. Das war das Verbrechen des Jahrhunderts. Du hast mir das noch monatelang unter die Nase gerieben.«

»Kirschen ...«, wiederholte Alice bedächtig.

»Im Büro war meine Meinung gefragt und respektiert, und dann kam ich nach Hause und fühlte mich wie der Dorftrottel. Ich konnte den Geschirrspüler nicht richtig beladen. Ich habe die falschen Klamotten für die Kinder ausgesucht. Ich konnte dir nichts recht machen. Irgendwann habe ich aufgehört, dir meine Hilfe anzubieten. Diese ständige Nörgelei wurde mir zu dumm.«

Eine Zeit lang schwiegen sie beide. Ein Paar mit einem Kleinkind und einem Baby breitete ein Stück neben ihnen eine Decke aus. Der Kleine griff mit entschlossener Miene in den Sand und schickte sich an, ihn seiner kleinen Schwester ins Gesicht rieseln zu lassen. »Pass auf!«, rief die Mutter, und der Vater zog ihn gerade noch rechtzeitig weg. Die Mutter verdrehte die Augen, und der Vater brummelte etwas Unverständliches vor sich hin.

»Ich sage nicht, dass ich vollkommen war«, fuhr Nick fort, den Blick auf den Vater gerichtet. »Ich war mit meiner Arbeit verheiratet, könnte man sagen. Du redetest immer von dem Jahr, als ich am Goodman-Projekt arbeitete. Ich war ständig auf Reisen. Du musstest zusehen, wie du ganz allein mit drei Kindern zurechtkamst. Ich hätte dich im Stich gelassen, hast du mir einmal vorgeworfen. Ich habe dieses Jahr immer als Beginn meines beruflichen Aufstiegs betrachtet, aber vielleicht ...« Er brach ab und schaute blinzelnd zum Hafen hinüber. »Vielleicht war es das Jahr, das das Ende unserer Ehe einläutete.«

Das Goodman-Projekt. Die Worte hinterließen einen schlechten Geschmack in Alice' Mund. *Das verdammte Goodman-Projekt.* Das Wort »verdammt« schien untrennbar mit »Goodman-Projekt« verbunden.

Alice seufzte. Wie kompliziert das alles war. Ihre Fehler.

Nicks Fehler. Zum ersten Mal kam ihr der Gedanke, dass ihre Ehe vielleicht doch nicht mehr zu retten war.

Sie blickte zu der Familie mit den beiden kleinen Kindern hinüber. Der Vater wirbelte den kleinen Jungen durch die Luft, und die Mutter lachte und machte Fotos mit einer Digitalkamera.

Madison schlenderte vom Wasser herauf. Sie strahlte übers ganze Gesicht und hielt anscheinend etwas in ihren hohlen Händen.

Nicks Hand lag neben ihrer auf der Decke.

Sie spürte, wie er eine ihrer Fingerspitzen ganz leicht berührte.

»Vielleicht sollten wir es doch noch einmal miteinander versuchen«, sagte er leise.

29

George und Mildred tauchten am Freitag wieder auf.

Alice entdeckte sie ganz hinten in der Garage. George lag auf der Seite, als wäre er über den Haufen gerannt worden. Er hatte grünliche Flecken in seinem einst so würdevollen Löwengesicht und sah aus, als schämte er sich, wie ein alter Mann, der sich das Gesicht mit Essen bekleckert hat. Mildred hockte auf einem Regalbrett neben einem Stapel alter Blumentöpfe. Sie wirkte traurig und resigniert. Von einer ihrer Pfoten war ein großes Stück abgesprungen. Beide Figuren starrten vor Schmutz.

Alice schleppte sie auf die hintere Veranda und schrubbte sie gründlich mit einer Mischung aus Bleichmittel und Wasser. Mrs. Bergen hatte ihr das empfohlen. Die alte Dame war entzückt, dass Alice bezüglich des Bebauungsplans die Seiten gewechselt hatte. Jetzt winkte sie ihr wieder lächelnd zu, wenn sie sie sah, und betonte, die Kinder könnten jederzeit rüberkommen und auf ihrem Klavier spielen. »Wir sind doch keine kleinen Kinder mehr«, hatte Tom gemault. »Weiß sie denn nicht, dass wir eine Playstation haben?«

Alice hatte Barb am Abend zuvor angerufen und ihr von dem unglücklichen Vorfall in der Schule erzählt. Ihre Mutter hatte spontan angeboten, Madison zu einem Einkaufsbummel abzuholen, um ihr den ersten Tag ihrer Beurlaubung etwas zu erleichtern. »Keine Angst«, hatte sie Alice beruhigt, »ich werde ihr keine neuen Klamotten kaufen. Außer sie sieht etwas ganz besonders Hübsches natürlich. Dann werde ich es bis zu ihrem nächsten Geburtstag zurücklegen.«

Während Alice die beiden Steinfiguren reinigte, fragte sie

sich, ob George und Mildred je wieder die Gleichen sein würden. War es zu spät? Hatte die jahrelange Vernachlässigung unauslöschliche Spuren hinterlassen?

Galt das womöglich auch für ihre Ehe? Hatte jeder Streit, jeder Verrat, jedes hässliche Wort etwas mit einer harten Kruste überzogen, das einmal so zart und aufrichtig gewesen war?

Nun, dann würden sie diese Kruste eben wegmeißeln müssen, Stück für Stück, bis sie vollkommen abgesprengt war. Darunter wäre alles in Ordnung, unversehrt, so gut wie neu. Sie schrubbte Mildreds Mähne so ungestüm, dass ihr die Zähne klapperten.

Das Telefon klingelte. Erleichtert ließ Alice die Scheuerbürste fallen.

Es war Ben. Am Telefon klang seine Stimme tief und langsam und überaus australisch, so als riefe jemand aus dem Outback an. Elisabeth sitze im Bett und gucke seit vierundzwanzig Stunden fern, sagte er, und sobald er den Fernseher ausschalte, finge sie an zu schreien, und er frage sich, wie lange das noch so weitergehen solle.

»Das ist bestimmt die Enttäuschung über den letzten gescheiterten IVF-Zyklus«, erwiderte Alice.

Ihr Blick fiel auf den Kühlschrank, an dessen Tür Fotos der Kinder und die Newsletter der Schule mit Magneten befestigt waren. Sie wünschte, sie könnte dieses Leben irgendwie mit ihrer Schwester teilen.

Nach einer Weile sagte Ben: »Tja, weißt du, das ist die andere Geschichte. Ich hab nämlich herausgefunden, dass der Zyklus gar nicht gescheitert ist. Die Klinik hat angerufen wegen der ersten Ultraschalluntersuchung. Sie ist schwanger.«

*

Ich höre, wie er nebenan mit Alice telefoniert. Er hat mir versprochen, niemandem zu sagen, dass ich schwanger bin.

Ich hab gewusst, dass er sein Versprechen nicht halten würde.

Dieser Lügner.

Sie ahnen nicht, wie es in mir aussieht. Ich spüre einen so unbändigen Hass in mir. Gegen Ben. Gegen seine Mutter. Gegen meine Mutter. Gegen Alice. Auch gegen Sie, Jeremy. Ich hasse euch alle. Aus keinem bestimmten Grund.

Wahrscheinlich ist es das Mitgefühl, das Mitleid und das Verständnis, am meisten aber die Hoffnung, die mich so rasend machen. Die Bemerkungen, die ich mir werde anhören müssen: »Diesmal klappt es bestimmt!« Und: »Ich habe dieses Mal so ein gutes Gefühl!«

Wellen glühender Wut steigen in mir auf, eine nach der anderen. Ich versuche, mich nicht dagegen zu wehren, sondern mich von ihnen tragen zu lassen, so wie man es mit den Schmerzen in den Wehen macht, könnte ich mir vorstellen.

Mir ist schlecht, meine Brüste tun weh, ich hab einen schalen Geschmack im Mund. Das alles haben wir schon so viele Male durchgemacht, und ich verkrafte das nicht noch einmal. Ich verkrafte es einfach nicht mehr.

Und trotz allem, obwohl ich fest davon überzeugt bin und im Grunde meines Herzens weiß, dass ich dieses Baby genauso verlieren werde wie alle anderen, höre ich dieses zaghafte, hirnrissig optimistische, jämmerliche Stimmchen zirpen: Aber wer weiß, vielleicht klappt es ja dieses Mal doch? Und das, Jeremy, das bringt mich am allermeisten in Rage.

*

Alice setzte sich ins Auto und fuhr zu Elisabeth hinüber.

Ben hatte ihr den Weg beschreiben müssen. Die Gegend war ihr völlig fremd, keine einzige Straße kam ihr auch nur entfernt bekannt vor. Vielleicht besuchte sie Elisabeth nicht besonders oft? Sie war ja immer so beschäftigt, hatte nie, nie, nie Zeit.

Elisabeth und Ben wohnten in einem neueren Cottage. Der Rasen vor dem Haus war ordentlich gemäht. Es war eine Gegend für Familien. Im Vorgarten des Nachbarhauses stand eine Kinderschaukel, und auf der anderen Straßenseite beugte sich gerade eine Frau in ihr Auto und schnallte ihr kleines Kind im Kindersitz an. Die Straße erinnerte Alice an ihre eigene zehn Jahre zuvor.

Als Ben ihr die Tür öffnete, konnte sie den Fernseher im Hintergrund plärren hören. »Sie will es so laut«, erklärte Ben. »Mach dich darauf gefasst. Wenn du versuchst, ihn auszuschalten, kreischt sie los wie ein Tier, das in eine Falle geraten ist. Das zerrt echt an den Nerven. Ich hab heute Nacht im Gästezimmer geschlafen. Ich weiß nicht, ob sie überhaupt ein Auge zugemacht hat.«

»Was geht deiner Meinung nach in ihr vor?«, fragte Alice.

Ben hob seine breiten Bärenschultern. »Schätze, sie hat Angst davor, es wieder zu verlieren. Genau wie ich. Weißt du, irgendwie war ich fast erleichtert, als ich dachte, das Ergebnis der Blutuntersuchung sei negativ.«

Alice folgte Ben durch das Haus (es war tadellos sauber und geschmackvoll eingerichtet, ohne überflüssigen Schnickschnack) ins Schlafzimmer. Elisabeth saß im Bett, in der einen Hand die Fernbedienung, einen Notizblock und einen Stift im Schoß.

Sie hatte sich nicht umgezogen. Sie trug die Sachen, die sie am Donnerstag zu dem Fleischer-Seminar angehabt hatte. Ihre Haare waren verfilzt, die Wimperntusche verschmiert.

Ohne ein Wort zu sagen, kickte sich Alice die Schuhe von den Füßen, kletterte zu Elisabeth ins Bett, schlug die Bettdecke über ihre Beine und stopfte sich ein Kissen in den Rücken.

Ben verharrte unschlüssig in der Tür. »Schön«, meinte er schließlich, »ich geh dann wieder. Ich hab am Auto zu tun.«

»Okay.« Alice lächelte ihm zu. Sie streifte Elisabeths Profil mit einem flüchtigen Blick. Ihr Gesicht war verschlossen, der Blick starr auf den Fernseher gerichtet.

Alice schwieg. Sie wusste nicht, was sie hätte sagen können.

Vielleicht genügte es ja, dass sie einfach da war.

Im Fernsehen lief eine alte Folge von *M.A.S.H.* Die vertrauten Charaktere und die plötzlichen Ausbrüche aufgezeichneten Gelächters aus dem Off versetzten Alice ins Jahr 1975 zurück. Damals hatte sie mit Elisabeth nach der Schule auf dieser alten beigefarbenen Couch gesessen und ferngesehen, bis ihre Mutter von der Arbeit nach Hause kam, und sie hatten Rindfleisch und Tomatensoße auf Weißbrot gegessen.

Alice' Gedanken schweiften ab. Sie dachte über diese höchst merkwürdige Episode in ihrem Leben nach, die begonnen hatte, als sie am letzten Freitag nach ihrem bösen Sturz im Fitnessstudio aufgewacht war. Ihr kam es so vor, als hätte sie in dieser vergangenen Woche in einem exotischen Land Urlaub gemacht und sich für diesen Aufenthalt viele ungewöhnliche Fähigkeiten aneignen müssen. So viele Dinge waren geschehen. Die Begegnung mit den Kindern. Ihre Mum und Roger als Paar zu sehen. Die Familientalentshow.

Sie spürte, dass Elisabeth sich regte, und hielt den Atem an.

»Hast du nichts Besseres zu tun?«, knurrte Elisabeth gereizt.

»Im Augenblick nicht, nein.«

Elisabeth schnitt ein Gesicht und zog Alice die Bettdecke von den Beinen. Alice langte hinüber und deckte sich wieder zu.

Als *M.A.S.H.* zu Ende war, schaltete Elisabeth um. Audrey

Hepburns feine, aparte Züge füllten den Bildschirm aus. Elisabeth schaltete auf den nächsten Kanal. Eine Kochshow.

Alice hatte plötzlich Lust auf einen Kaffee. Ob es den Augenblick ruinieren würde, wenn sie sich in der Küche schnell eine Tasse aufbrühte? Oh, jetzt einen großen extrastarken Espresso mit einem Schuss Magermilch wie von *Dino's*!

Dino.

Sie beugte sich zu ihrer Handtasche hinunter, die sie neben das Bett gelegt hatte, und kramte darin herum, bis sie die Fruchtbarkeitsfigur gefunden hatte. Sie legte sie behutsam auf die Bettdecke zwischen sich und Elisabeth, sodass die unergründlichen riesigen Augen auf ihre Schwester gerichtet waren.

Nach einer ganzen Weile sagte Elisabeth: »Okay, was soll das Ding da?«

»Das ist eine Fruchtbarkeitsfigur. Dino vom Café hat sie mir für dich mitgegeben.«

Elisabeth nahm die Figur in die Hand und betrachtete sie genauer. »Wahrscheinlich will er verhindern, dass ich noch mehr Kinder kidnappe.«

»Ja, wahrscheinlich.«

»Und was soll ich jetzt damit?«

»Keine Ahnung.« Alice zuckte mit den Schultern. »Vielleicht solltest du ihr ein rituelles Opfer darbringen.«

Elisabeth rollte mit den Augen. Ein angedeutetes Lächeln zuckte um ihre Mundwinkel.

Sie legte die Puppe auf das Nachttischchen. »Es würde im Januar auf die Welt kommen. Falls es …«

Alice ließ sie nicht ausreden. »Das ist eine prima Zeit, ein Baby zu bekommen. Dann ist es nachts nicht so kalt, wenn du zum Stillen aufstehen musst.«

»Es wird kein Baby geben«, fauchte Elisabeth.

»Wir könnten Dad bitten, ein gutes Wort für dich einzulegen«, schlug Alice vor. »Er hat doch bestimmt einen Draht zu den richtigen Instanzen.«

»Glaubst du, ich hätte Dad bei den anderen Schwangerschaften nicht um Hilfe gebeten? Ich habe zu Jesus gebetet, zur Muttergottes, zu allen Heiligen! Keiner hat mir zugehört. Sie ignorieren mich schlichtweg.«

»Dad würde dir bestimmt zuhören.« Alice sah plötzlich das Gesicht ihres Vaters ganz deutlich vor sich, so wie er zu Lebzeiten gewesen, nicht wie er auf Fotos abgebildet war. »Vielleicht gibt es einfach zu viele Bürokraten im Himmel, mit denen er sich herumschlagen muss.«

»Im Grunde glaube ich sowieso nicht an ein Leben nach dem Tod«, sagte Elisabeth. »Früher hatte ich die romantische Vorstellung, dass sich Dad meiner toten Babys annehmen würde, aber dann geriet die Sache außer Kontrolle. Ich meine, inzwischen müsste er eine ganze verdammte Tagesstätte leiten!«

»Das würde ihn wenigstens von dem Anblick ablenken, wie Mum mit Roger Salsa tanzt«, bemerkte Alice schmunzelnd.

Dieses Mal lächelte Elisabeth tatsächlich.

»Mum hat keinen einzigen meiner Geburtstermine vergessen«, sagte sie leise. »Sie ruft dann immer früh am Morgen an und plaudert mit mir, sie erwähnt das Datum mit keinem Wort, sie schwatzt einfach drauflos.«

»Sie kann gut mit Kindern umgehen, scheint mir«, sagte Alice. »Die Kinder hängen jedenfalls sehr an ihr.«

»Ja, sie ist eine prima Granny«, seufzte Elisabeth.

»Ich denke, wir haben ihr verziehen.«

Elisabeth sah Alice scharf an, fragte aber nicht, was sie ihrer Mum verziehen hatten.

Sie hatten nie wirklich darüber gesprochen (jedenfalls nicht, soviel Alice wusste), wie Barb nach dem Tod ihres Ehemannes einfach aufgehört hatte, Mutter zu sein. Sie kümmerte sich einfach nicht mehr um ihre beiden Töchter. Es interessierte sie nicht, ob sie warm genug angezogen waren oder ob sie sich die Zähne putzten oder ob sie ihr Gemüse aßen. Noch Monate später ließ sie sich treiben, hockte schluchzend vor ihren Fotoalben, die Hände ihrer Mädchen umklammernd. Da griff Frannie ein. Sie gab ihrem Leben wieder eine Struktur und feste Regeln.

Alice und Elisabeth betrachteten Barb nicht länger als ihre Mutter, sondern sahen in ihr eher eine etwas einfältige jüngere Schwester. Das änderte sich auch dann nicht, als Barb sich erholte und ihre Autorität von Neuem auszuüben versuchte. Die Mädchen ließen es nicht mehr zu. Das war ihre subtile Form von Rache.

»Ja«, sagte Elisabeth nach einer Weile. »Ich denke, wir haben ihr verziehen. Ich weiß zwar nicht genau, wann das passiert ist, aber wir haben ihr verziehen.«

»Merkwürdig, wie sich die Dinge irgendwie von allein regeln.«

»Stimmt.«

Sie schauten sich eine Werbung für einen Teppichsonderverkauf an. Dann sagte Elisabeth: »Ich bin so was von wütend! Ich kann dir gar nicht sagen, wie stinkwütend ich bin.«

»Okay.«

Neuerliches Schweigen.

»Wir haben die letzten sechs Jahre damit verbracht, uns ein Leben aufzubauen, ein durchschnittliches Vorstadtleben mit zwei Komma eins Kindern. Das ist alles, was wir gemacht haben – wir haben im Grunde nicht wirklich *gelebt* –, und jetzt wird das alles noch ein paar Monate so weitergehen, bis ich das Baby verloren habe, und dann werde ich das wieder irgendwie wegstecken müssen, und dann wird Ben mir keine Ruhe lassen, bis ich die Adoptionsformulare ausfülle, und alle werden begeistert sein und sagen: O ja, eine Adoption, was für eine wunderbare Idee, wie reizend, wie *multikulturell*! Und von mir werden sie erwarten, dass ich dieses Baby vergesse.«

»Es könnte doch sein, dass du es nicht verlierst«, gab Alice zu bedenken. »Es könnte doch sein, dass du es bekommst.«

»Natürlich werde ich es verlieren«, erwiderte Elisabeth unwirsch.

Der Moderator der Kochshow ließ Honig in eine Pfanne tröpfeln. »Sie müssen ungesalzene Butter verwenden. Das ist das ganze Geheimnis«, erklärte er lächelnd.

»Ich müsste bloß so tun, als ob ich nicht schwanger wäre«, fuhr Elisabeth fort, »dann tut es nicht so weh, wenn ich es verliere. Aber das schaffe ich einfach nicht. Dann sage ich mir wieder, okay, denk positiv, denk einfach, es wird schon gut gehen. Aber ich werde diese Angst nicht los. Jedes Mal, wenn ich aufs Klo gehe, habe ich Angst, Blut in der Schüssel zu sehen. Jedes Mal, wenn ich zum Ultraschall gehe, habe ich Angst, der Ausdruck in den Gesichtern könnte sich ändern. Man soll sich nicht aufregen, weil Stress schädlich für das Baby ist, aber ich sorge mich ständig, ich kann einfach nicht anders!«

»Wie wär's, wenn ich dir das abnehme«, schlug Alice vor. »Ich könnte mir den lieben langen Tag an deiner Stelle Sorgen machen! Ich bin hervorragend darin, mir Sorgen zu machen, das weißt du doch.«

Elisabeth lächelte und wandte sich wieder dem Fernseher zu. Der Moderator zog eine Form aus dem Backofen und schnupperte verzückt daran. »Voilà!«

»Ich hätte gleich zu dir kommen sollen, als Gina verunglückt ist«, sagte Elisabeth leise. »Aber ich habe es nicht getan. Das tut mir leid.«

Seltsam, dachte Alice. Jeder entschuldigt sich für etwas, was mit Ginas Tod zusammenhängt.

»Und warum bist du nicht gekommen?«

»Ich wusste nicht, ob du mich dahaben willst. Ich hatte das Gefühl, ich würde sowieso nur etwas Verkehrtes sagen. Du und Gina, ihr wart ein richtiges Gespann. Wir beide hingegen haben uns entfremdet.«

Alice rückte näher an Elisabeth heran, sodass ihre Schenkel sich berührten. »Dann wird's Zeit, dass wir wieder aufeinander zugehen.«

Der Abspann der Kochshow lief.

»Ich werde dieses Baby verlieren«, murmelte Elisabeth.

Alice legte ihre Hand auf den Bauch ihrer Schwester.

»Ich werde dieses Baby verlieren«, sagte Elisabeth noch einmal.

Alice beugte sich über Elisabeths Bauch und flüsterte: »Komm schon, Kleines! Könntest du diesmal nicht da drin bleiben? Deine Mummy hat deinetwegen schon so viel durchgemacht!«

Elisabeth schaltete den Fernseher aus und begann zu weinen.

*

GEISTREICHE GEDANKEN EINER URGROSSMAMA!

Ich habe seinen Kuss erwidert.

Niemand könnte darüber schockierter sein als ich.

Keine Kommentare zugelassen.

*

»Die Löwen gefallen mir«, sagte Dominick.

Es war neun Uhr abends. Er stand unrasiert, in Jeans und einem verwaschenen karierten Hemd vor Alice' Haustür, eine Schachtel Schokoladenkekse, eine Flasche Likör und einen Strauß Tulpen in den Armen.

Alice sah George und Mildred an, die ihre alten Plätze rechts und links von der Treppe eingenommen hatten und das Haus bewachten. Sie war sich nicht sicher, ob sie unkonventionell und pfiffig wirkten oder schmuddelig und kitschig.

»Ich dachte, ich schau mal vorbei, vielleicht hättest du gern ein bisschen Gesellschaft«, fuhr er fort. »Aber wenn du keine Zeit hast, weil du mit den Vorbereitungen für morgen beschäftigt bist …«

Alice war mit gar nichts beschäftigt gewesen. Sie hatte auf der Couch gelegen, an die Decke gestarrt und über Elisabeths Baby und Nicks Worte nachgedacht. Sie sollten es noch einmal »miteinander versuchen«, hatte er gemeint. Anscheinend schwebte ihm so eine Art Date vor. »Wie wär's mit Kino?«, hatte er gesagt. Alice fragte sich, wie er sich dieses Versuchen vorstellte. Sollten sie im Kino ihr Popcorn mit überschwänglicher Begeisterung knabbern? Hinterher eine besonders angeregte Unterhaltung führen? Sich gegenseitig Punkte dafür geben, wie witzig sie waren? Sich so romantisch wie irgend möglich küssen? Nein, nein, sie hatte keine Lust, es zu »versuchen«. Sie wollte nichts weiter, als dass Nick wieder nach Hause kam und alles bis an ihr Lebensende so war, wie es sein sollte. Sie hatte diesen ganzen Unsinn gründlich satt.

Es war ein anstrengender Tag gewesen. Alle drei Kinder hatten Sportveranstaltungen gehabt, nacheinander. Olivia spielte Korbball (viel theatralisches Herumgehüpfe, aber so gut wie keine Ballkontakte), Tom spielte Fußball (ganz ausgezeichnet – er schoss zwei Tore!), und Madison spielte Hockey (miserabel und todunglücklich. »Hat's Spaß gemacht?«, hatte Alice sie gefragt, als sie vom Spielfeld kam. »Du weißt doch, dass ich es hasse!«, hatte Madison geknurrt. »Warum spielst du es dann?« – »Weil *du* sagst, ich muss eine Mannschaftssportart treiben.« Daraufhin war Alice sofort zum Trainer marschiert und hatte Madison aus dem Team genommen. Sowohl der Trainer als auch Madison waren hellauf begeistert gewesen.)

Alice hatte bei allen drei Spielen verschiedene Funktionen übernommen, völlig souverän, so als wäre sie keine Hochstaplerin in ihrem eigenen Leben. Sie hatte den Spielstand bei Madisons Hockeyspiel angeschrieben. Sie hatte bei Toms Fußballspiel geholfen, die Würstchen zu grillen. Und sie hatte sogar Olivias Korbballspiel gepfiffen! Irgendjemand hatte ihr eine Trillerpfeife in die Hand gedrückt, und noch während sie sich sagen hörte »Nein, nein, das kann ich doch gar nicht!«, hatte sie gespürt, wie richtig sich die glatte Form der Pfeife in ihrer Hand anfühlte. Eine Sekunde später lief sie an der Seitenlinie entlang, stieß schrille Pfiffe aus, gefolgt von merkwürdigen Ausdrücken oder Redewendungen: »Schrittfehler!«, »Ball gehalten!«, »Angreifer im Abseits!« Die Kinder gehorchten ihr widerspruchslos.

Nick war bei allen drei Spielen dabei gewesen. Zum Reden hatten sie allerdings keine Zeit gehabt, denn auch er hatte seine Pflichten. So hatte er zum Beispiel Toms Fußballspiel geleitet. Wir sind die typischen Eltern, hatte Alice halb stolz, halb beunruhigt gedacht. Beunruhigt deshalb, weil sie sich fragte, ob genau das ihr Problem war. War das der Grund dafür, dass sie es noch einmal miteinander »versuchen« mussten? Weil sie eine Mum und er ein Dad war und Mum und Dad Begriffe waren, die keine Individuen bezeichneten, sondern langweilige, eher unattraktive Rollenträger? (Deshalb vielleicht das heimliche Knutschen in Waschküchen auf Partys? Um sich ins Gedächtnis zurückzurufen, dass man irgendwann einmal ein geiler Teenager war?)

Am kommenden Tag war Muttertag. Der Megazitronenbaiserkuchentag. Der »große Tag«. Alice hätte wahrscheinlich letzte Vorbereitungen treffen sollen – Papierkram erledigen, Telefonate führen, um sich zu vergewissern, dass jeder die ihm zugeteilten Aufgaben auch erfüllt hatte. Aber der Megazitronenbaiserkuchentag interessierte sie im Grunde herzlich wenig. Und außerdem schien das Komitee doch alles unter Kontrolle zu haben.

»Komm rein«, forderte sie Dominick auf, den Blick auf die Schokoladenkekse geheftet.

»Schlafen die Kinder schon?«

»Ja, obwohl …« Sie brach ab. Sie hatte eine lockere Bemerkung über Tom machen wollen, der unter der Bettdecke wahrscheinlich noch mit seinem Nintendo spielte, aber die Sache mit Madisons Schulverweis hatte sie vorsichtig gemacht. Sie wollte ihren Sohn nicht verpfeifen.

Stattdessen fragte sie: »Wie hat Kate wegen Chloes abgeschnittenem Zopf reagiert?«

»Hysterisch, wie zu erwarten war.«

»Ich hab ihr eine Nachricht hinterlassen und mich entschuldigt, aber sie hat nicht zurückgerufen.«

»Du verstehst doch hoffentlich, dass ich keine andere Wahl hatte, als Madison von der Schule zu verweisen«, sagte Dominick, als Alice ihm die Blumen abnahm. »Ich wollte nicht …«

»Ja. Ja, natürlich, mach dir deswegen keine Gedanken. Die sind übrigens wunderschön. Vielen Dank.«

Dominick, der ihr ins Haus gefolgt war, legte die Keksschachtel auf die Arbeitsplatte und drehte die Likörflasche nervös in den Händen.

»Ich werde es merken, wenn du dich wieder an alles erinnerst«, sagte er unvermittelt.

»So? Woran denn?«, fragte Alice.

»An der Art, wie du mich ansiehst. Jetzt hast du so einen freundlichen, unverbindlichen Ausdruck, so als ob du mich kaum kennen würdest, als ob wir nie miteinander …«

O Gott, die kleine Harper hatte also nicht gelogen! Sie hatten tatsächlich Sex miteinander gehabt!

Er stellte die Likörflasche ab und ging langsam auf Alice zu. Nein, nein, nein! Kein Kuss mehr. Das wäre völlig verkehrt.

Das würde dem Geist des »Versuchens« widersprechen.

»Dominick«, begann sie.

Die Türglocke ertönte.

»Entschuldige bitte.« Alice eilte durch den Flur.

Vor der Tür stand Nick.

Er hatte eine Flasche Wein, Käse, Brötchen und einen Tulpenstrauß, wie auch Dominick ihn mitgebracht hatte, in den Armen. Anscheinend gab es die Tulpen irgendwo im Angebot.

»Hey, du hast die Löwen wieder hergerichtet«, sagte Nick erfreut. Er bückte sich und gab George einen liebevollen Klaps auf den Kopf. »Hallo, Kumpel!«

Dominick war Alice zur Haustür gefolgt. »Ich mach mich dann wieder auf den Weg.« Alice sah, wie sein Blick den Wein und den Blumenstrauß in Nicks Armen streifte.

»Oh, hi.« Nick richtete sich auf, sein Lächeln erlosch. »Ich wusste nicht … ich wollte nicht …«

»Nein, nein, kein Problem, ich wollte sowieso gerade gehen«, sagte Dominick mit Bestimmtheit. »Wir sehen uns dann morgen.« Er berührte Alice am Arm und lief leichtfüßig die Verandatreppe hinunter.

»Ich habe hoffentlich nicht gestört?« Nick folgte Alice durch den Flur in die Küche. Sein Blick fiel auf Dominicks Tulpenstrauß. »Oh. Heute bringen sie dir alle Opfer dar, wie ich sehe.«

Alice gähnte. Sie wünschte sich nichts weiter, als dass ihr Leben endlich wieder seinen gewohnten Gang nahm. Ein ganz normaler Samstagabend zu Hause. Sie wünschte sich, einfach sagen zu können: »Ich bin müde, ich glaub, ich geh ins Bett«

und Nick, der vor dem Fernseher saß, antworten zu hören: »Okay, ich will mir den Film noch zu Ende ansehen, dann komm ich auch.« Noch ein bisschen lesen, dann das Licht ausknipsen und nebeneinander einschlafen. Wer hätte gedacht, dass ein Samstagabend in den eigenen vier Wänden ein so ausgefallener Wunsch sein könnte?

Sie riss die Kekspackung auf, die Dominick mitgebracht hatte, knabberte einen Schokokeks und beobachtete Nick, der verlegen in seiner eigenen Küche herumstand.

»Soll ich die aufmachen?« Er hielt die Weinflasche hoch.

»Klar.«

Als er die Flasche geöffnet und zwei Gläser eingeschenkt und Alice den Käse auf einer Platte angeordnet hatte, setzten sie sich an dem langen Tisch gegenüber.

»Kommst du morgen?«, fragte sie und nahm noch einen Schokokeks aus der Packung. »Zum Megazitronenbaiserkuchentag?«

»Hatte ich eigentlich nicht vor. Warum, willst du denn, dass ich komme?«

»Natürlich!«

Er lachte, als könnte er es nicht fassen. »Wenn das so ist ...«

»Bis Mittag dürfte alles vorbei sein, sodass du es noch rechtzeitig zu deiner Mutter schaffst.«

Nick sah sie verständnislos an.

»Zum Muttertagslunch«, fügte Alice hinzu. »Weißt du nicht mehr? Auf der Familientalentshow hast du Ella versprochen, dass du kommen würdest.«

»Ach ja, richtig.«

»Wie kommst du nur ohne mich klar?«, neckte Alice ihn.

Seine Miene wurde verschlossen. »Ich komme ganz gut klar, danke. Es ist nicht so, als ob ich zu gar nichts zu gebrauchen wäre.«

Alice zuckte zusammen. »Das hab ich auch nicht gesagt.« Sie pickte sich ein Stück Käse von der Platte. »Oder doch?«

»Du traust mir nicht zu, dass ich mich richtig um die Kinder kümmere. Du denkst, ich würde ihre außerschulischen Aktivitäten vergessen, ihre Einverständniserklärungen nicht unterschreiben oder was weiß ich. Ich würde natürlich auch nicht daran denken, den ach so wichtigen Newsletter der Schule zu lesen! Ich frage mich wirklich, wie ich es schaffe, ein Unternehmen zu leiten.«

Nun, du hast eine Sekretärin, die dir den ganzen lästigen Kleinkram abnimmt.

Sie war sich nicht sicher, welche Alice das gesagt hatte – die schnippische aus der Zukunft oder die wirkliche Alice. Nick war immer schon ein Mensch gewesen, der das große Ganze sah, darüber aber die Details vernachlässigte.

Er schenkte ihnen Wein nach. »Ich ertrage es nicht, die Kinder nur an den Wochenenden zu sehen. Ich merke selbst, wie verkrampft ich dann bin. Manchmal höre ich die Stimme meines Vaters aus meinem Mund kommen, wenn ich sie sehe – gezwungen lustig und gut gelaunt. Ich ertappe mich dabei, wie ich mir witzige Bemerkungen ausdenke, wenn ich unterwegs bin, um sie abzuholen. Und dann denke ich: Wie konnte es nur so weit kommen?«

»Hast du unter der Woche viel Zeit mit ihnen verbracht?«

»Okay, ich weiß schon, worauf du hinauswillst. Ja, es stimmt, ich bin meistens bis spätabends im Büro, aber es gibt auch Tage, an denen ich früh nach Hause gekommen bin, aber das scheinst du immer zu vergessen. Ich habe Fahrradtouren mit Madison gemacht, und im Sommer habe ich freitagabends mit Tom stundenlang Kricket gespielt. Du behauptest zwar, das sei nur ein einziges Mal gewesen, aber ich kann mich an mindestens zweimal erinnern und …«

»Ich wollte auf gar nichts hinaus«, fiel Alice ihm ins Wort.

Nick schwenkte seinen Wein im Glas und schaute Alice mit einem Ausdruck an, der besagen wollte: Ich werde jetzt reinen Tisch machen. »Ich weiß, dass unser Familienleben unter meiner Arbeit gelitten hat. Das wird sich ändern müssen. Wenn wir es noch einmal miteinander versuchen wollen, werde ich mich in diesem Punkt bessern. Dafür verpfände ich mein Wort.«

»Gut.«

Dafür verpfände ich mein Wort. Alice wollte ihn schon deswegen aufziehen, biss sich dann aber auf die Zunge. Nick betrachtete diesen Augenblick offensichtlich als eine Art feierlichen Durchbruch. Sie begriff nicht ganz, weshalb er so viel Aufhebens um diesen Punkt machte. Schön, er musste manchmal lange arbeiten. Na und? Wenn sein Beruf das von ihm verlangte, war das doch nur gerecht.

»Meine Konkurrenz kann wahrscheinlich pünktlicher Feierabend machen«, bemerkte Nick.

»Deine Konkurrenz?« Der Wein stieg Alice zu Kopf. Neblige Gedankenfetzen, unscharfe Gesichter, die sie nicht kannte, und undeutliche Erinnerungen an intensive Gefühle, die sie nicht beschreiben konnte, schwirrten ihr durch den Sinn.

»Dominick.«

»Ach so, der! Er ist ein netter Kerl, aber verheiratet bin ich mit dir.«

»Wir leben getrennt.«

»Ja, aber wir wollen es doch noch einmal *versuchen.*« Sie kicherte los. »Entschuldige. Ich weiß auch nicht, warum ich lachen muss. Das ist nicht komisch. Das ist überhaupt nicht komisch. Ich glaube, ich sollte ein Glas Wasser trinken.«

Alice stand auf. Als sie an Nick vorbeiging, hielt sie plötzlich inne und ließ sich auf seinen Schoß fallen wie ein flirtendes Mädchen auf einer Party.

»Willst du es denn versuchen, Nick?«, nuschelte sie an seinen Hals. »Wirst du dir so richtig Mühe geben?«

»Du bist beschwipst«, sagte er, und dann küsste er sie.

Endlich war alles so, wie es sein sollte. Sie schmiegte sich an ihn, und eine köstliche Zufriedenheit erfüllte sie. Es war, als ließe man sich in ein heißes Bad gleiten, nachdem man von einem kalten Regen durchnässt worden war, als schlüpfte man nach einem anstrengenden Tag in ein frisch bezogenes Bett.

»Daddy?«, piepste eine Stimme hinter ihnen. »Was machst du denn hier?«

Nick sprang auf, sodass Alice von seinem Schoß und auf ihre Füße katapultiert wurde.

Olivia stand in der Küche im Schlafanzug, die Wangen gerötet vom Schlaf. Sie rieb sich die Augen mit den Fingerknöcheln, gähnte ausgiebig und streckte dabei die Arme hoch über ihren Kopf. Sie blinzelte ganz verdattert, aber einen Augenblick später strahlte ihr Gesicht vor Freude.

»Magst du Mummy wieder leiden?«

*

GEISTREICHE GEDANKEN EINER URGROSSMAMA!

Bitte entschuldigt, dass ich bei meinen letzten beiden Beiträgen keine Kommentare zugelassen habe, ich kann mir denken, wie es euch unter den Nägeln gebrannt hat, einen Kommentar zu schreiben, aber aus irgendeinem Grund wollte ich zunächst einmal keine Reaktionen dazu hören.

Eines will ich jedoch klarstellen, bevor ihr aus dem Häuschen geratet: Es handelt sich nicht um eine Beziehung oder irgendetwas Albernes in der Art.

Nur ein harmloser Flirt. Warum auch nicht! Das bringt einen

auf andere Gedanken, so viel steht fest. Morgen werde ich X. zum Megazitronenbaiserkuchentag meiner Enkelin mitnehmen.

Oh, es gibt noch eine andere interessante Entwicklung. Ich komme gerade von einer weiteren Playstation-Schlacht mit X. zurück (die ich selbstredend gewonnen habe!), und da machte er mir ein Geständnis.

Wie sich nämlich herausstellte, liest er diesen Blog!

Ich war natürlich fassungslos, aber was soll ich machen? Ich darf mich nicht beschweren. Ich habe diesen Blog weder durch ein Passwort noch durch eine Registrierung geschützt. Ich bin gar nicht auf die Idee gekommen, dass Bewohner dieser Seniorenresidenz auf meinen Blog stoßen und ihn lesen könnten.

Aber es kommt noch besser. X. hat sogar Kommentare dazu geschrieben, unter einem Pseudonym. Dieser Halunke! Er weigert sich, sein Pseudonym preiszugeben. Irgendwelche Ideen?

KOMMENTARE

Groovy Granny schreibt:
Mir gefällt das alles gar nicht, Frannie. Er hat dich schon einmal hinters Licht geführt! Das ist doch keine Grundlage für eine Beziehung! (Ich glaube, dass es AB74 ist. Er hat sich immer wie ein Flegel angehört.)

AB74 schreibt:
Nein, ich war's nicht, Groovy Granny. Ich tippe auf diesen schmierigen Frank Neary!

Frank Neary schreibt:
Nein, ich war's nicht, Miss Jeffrey. Meine Kommentare sind immer aus tiefstem Herzen gekommen.

Beryl schreibt:
Ich glaube, es war Groovy Granny! Was für eine fantastische Tarnung! Aber ganz egal, wie du es nennen willst, Frannie, ob Flirt, Romanze oder ein Stück Käse – genieß es einfach!

Doris aus Dallas schreibt:
Du küsst wirklich ganz hervorragend, Frannie!

30

Der »große Tag« war gekommen.

Alice kam sich vor wie ein kleines Kleidungsstück inmitten einer großen Trommel voll Wäsche, die gerade geschleudert wurde. Die Leute zogen an ihr, zerrten sie hierhin und dorthin, einmal gleichzeitig nach links und nach rechts. Besorgte Gesichter, aufgeregte Gesichter, strahlende Gesichter schauten sie an, trieben vorbei und verschwanden wieder. Leute scharten sich um sie, feuerten Fragen ab, berichteten von Problemen, von Verzögerungen. »Wo sollen die Eier hin?«, »Wo sollen sich die Teigfrauen aufstellen?«, »Das Nachrichtenteam hat sich für zwölf Uhr angekündigt. Sie wollen das Interview um halb eins führen. Ist das in Ordnung? Sind wir noch in der Zeit?«

Nachrichtenteam? Interview?

Kamerablitze zuckten wie Stroboskope. Sie hätte beim Treffen des Komitees besser aufpassen sollen. Alice war das Ausmaß dieser Veranstaltung nicht bewusst gewesen. Es war in der Tat ein Megaprojekt.

Das Ganze fand auf dem Schulgelände statt, in einem großen bunten Zelt, vor dem ein Riesentransparent angebracht war:

MEGAZITRONENBAISERKUCHENTAG:
SEHEN SIE 100 MÜTTERN
BEIM BACKEN DES WELTGRÖSSTEN ZITRONENKUCHENS
ZU!
EINTRITT 10 $ (KINDER FREI).
DIE HÄLFTE DES ERLÖSES KOMMT DER BRUSTKREBS-
FORSCHUNG ZUGUTE.

Im Zelt waren um einen freien Raum in der Mitte ansteigende Reihen von Bänken für die Zuschauer aufgestellt worden. An den Zeltwänden waren Plakate mit den Namen der Firmen angebracht, die »stolz« darauf waren, sponsern zu dürfen. Unter den Sponsoren befand sich auch Dino. Die Maschinen, die für die Herstellung des Kuchens benötigt wurden, waren bereits hereintransportiert worden. Es sah aus wie auf einer Baustelle: ein Gabelstapler, ein Betonmischer, ein Kran (!), eine spezielle Kuchenform sowie ein gigantischer Backofen. Auf einem großen runden Konferenztisch waren in regelmäßigen Abständen Rührschüsseln aufgestellt worden. Neben jeder Schüssel standen die Zutaten bereit: Eier, Mehl, Butter, Zitronen und Zucker. Maggies Ehemann – der rotgesichtige Mann auf dem Laufband – leitete anscheinend irgendeinen Fabrikationsbetrieb, daher war er für die Maschinen zuständig und für die staunenden Arbeiter, die sie bedienten und die von ihm herumkommandiert wurden.

»Nur damit ich das richtig verstehe: Wir backen zuerst den Teig ohne Füllung, richtig?«, fragte er Alice.

Wenigstens auf diese Frage wusste sie die Antwort. »Ja, genau«, erwiderte sie und fügte energisch hinzu: »Ja, genauso ist es.«

»Alles klar, Boss!« Schon eilte er davon.

An der Kasse am Eingang, wo zwei Mitglieder des Komitees das Eintrittsgeld entgegennahmen, bildete sich eine Schlange.

Die Sitzreihen im Zelt füllten sich schnell. Eine Kinderkapelle mit Blechinstrumenten begann zu spielen.

In einer Ecke des Zeltes konnten sich die Kleinen vergnügen. Alle angebotenen Aktivitäten fielen wie das Hauptereignis selbst eine Nummer größer aus als normal: Man konnte riesengroße Seifenblasen pusten, mit einem gigantischen Schaumstoffball kicken, auf einer übergroßen Leinwand mit übergroßen Pinseln malen. Madison, Tom und Olivia hatten ihren Spaß.

»Na, läuft alles nach Plan?«, fragte jemand.

Alice drehte sich um. Es war Dominick. Jasper hatte ihn an der Hand gefasst und schwang sie fröhlich hin und her. Alice blickte zu Dominick auf und schaute rasch wieder weg. Sie hatte ein schlechtes Gewissen. Ihr kam es so vor, als hätte sie ihn betrogen. Was in gewisser Weise wohl auch der Fall war.

»Es tut mir leid wegen gestern Abend«, sagte sie.

»Kein Problem. Ich wollte nur fragen, wie es … heute Abend aussieht. Wir wollten in *Phantom der Oper*, erinnerst du dich?«

Sie hatte mit Nick ausgemacht, an diesem Abend zu ihrem Lieblingsitaliener zu gehen. Es sollte ihr erstes »Date« werden. Nick hatte ihr per SMS mitgeteilt, dass er den Tisch schon reserviert hatte.

»Äh … ehrlich gesagt, hab ich überhaupt nicht mehr daran gedacht«, begann Alice. Höchste Zeit, dass sie einen Schlussstrich unter die Beziehung mit diesem zwar netten, aber für sie völlig bedeutungslosen Mann zog. »Weißt du, Dominick, die Sache ist nämlich die …«

»Alice, *Schätzchen*!« Kate Harper bahnte sich einen Weg durch die Menge. In der Morgensonne, die ins Zelt flutete, sah sie besonders gestylt aus. Sie hatte einen unglücklich dreinblickenden Mann und eine griesgrämige Chloe im Schlepptau.

Chloe trug jetzt eine schicke Kurzhaarfrisur, war aber lange nicht mehr so hübsch wie mit ihrer langen Lockenpracht.

»Schon gut, wir reden später«, sagte Dominick. »Gib mir Bescheid, wenn ich dir irgendwie helfen kann. Ich bin für dich da.«

»Ich auch, Alice!«, versicherte der kleine Jasper.

»Ich muss sagen, ich bin überrascht, dass Madison auch hier ist«, sagte Kate mit schneidender Stimme. »Ich hätte gedacht, dass sie in Anbetracht des … *Vorfalls* Hausarrest hat.«

»Ja, sicher …« Alice verstummte. Sie wünschte, sie wäre im Recht. Dann könnte sie wesentlich gelassener mit dieser Situation umgehen. »Madisons Strafe ist sehr streng ausgefallen«, fuhr sie fort. Oder sie würde zumindest sehr streng ausfallen, sobald Alice sich etwas Geeignetes ausgedacht hatte.

Aus einem Augenwinkel sah sie, wie verzückt Madison Seifenblasen machte. Sie war in den letzten beiden Tagen so ausgeglichen und guter Dinge gewesen. Eigentlich ein Jammer, diesen Zustand mit einer Bestrafung zu verderben.

»Das will ich auch hoffen«, versetzte Kate eisig. Sie senkte ihre Stimme. »Chloe ist regelrecht traumatisiert. Sie hat keinen Appetit mehr und kann nicht mehr richtig schlafen. Sie hat einen Schock fürs Leben erlitten!«

»Nun hör schon auf, Kate«, mischte ihr Mann sich ein. »Die arme Frau hat alle Hände voll zu tun. Kannst du sie nicht in Ruhe lassen?«

Kates Nasenflügel blähten sich, als hätte Alice selbst darum gebeten, in Ruhe gelassen zu werden. »Auch wenn du im Moment viel um die Ohren hast, frage ich mich schon, ob dir der Ernst der Situation eigentlich bewusst ist. Deine Nachricht auf dem Anrufbeantworter klang fast schon unverschämt. Was Madison getan hat, ist ein Skandal!«

»Entschuldigung, aber wir müssen Alice leider entführen!«

Maggie und Nora nahmen Alice in ihre Mitte, fassten sie an den Ellenbogen und zogen sie mit sich.

»Sie gehören nicht zu den Komitee-Müttern, oder, Kate?«, rief Nora über die Schulter. »Dann nehmen Sie doch bitte auf den Zuschauerrängen Platz!«

Alice blickte sich flüchtig um. Kate, die eine Hand wie eine Kralle um den Arm ihres Mannes geschlossen, redete erbost auf ihn ein.

»Ich hab ehrlich gesagt keine Ahnung, was ich tun soll«, gestand sie Nora und Maggie. »Wenn mich jemand etwas fragt, nicke ich einfach.« Anders als beim Korbballspiel, wo ihr Verstand quasi auf Autopilot geschaltet hatte, war sie mit dieser Situation schlicht überfordert.

»Mach dir keine Gedanken«, beruhigte Maggie sie. »Dank deiner perfekten Vorbereitung läuft alles wie am Schnürchen.«

Sie wedelte ihr mit einem Blatt Papier vor der Nase herum. Darauf war der Ablauf der Veranstaltung minutiös festgehalten. Alice sah Anmerkungen in ihrer eigenen Schrift, konnte sich aber nicht erinnern, diese Hinweise geschrieben zu haben.

»ZEITPLAN STRIKT EINHALTEN!!« stand, doppelt unterstrichen, darunter.

Plötzlich verzog Maggie angewidert das Gesicht. »Ach herrje, dein Ex ist da! Was will der denn hier? Wahrscheinlich den engagierten Vater spielen!«

Ihr Ex? Bei diesem Wort dachte Alice sofort an ihren Verflossenen, Richard Bourke, diesen herablassenden Typ, der ihr das Herz gebrochen hatte. Der Mann vor Nick. Doch als sie sich umdrehte, sah sie Nick das Zelt betreten. Er sah fantastisch aus in seinem blauen Hemd. Er sollte immer Blau tragen, hatte sie einmal zu ihm gesagt.

»Ich hab ihn eingeladen«, erklärte sie Maggie.

Diese betrachtete sie prüfend. »Ach so. Na ja, dann ist das was anderes.«

»Wahrscheinlich wäre es dir recht, wenn eine von uns durch die Veranstaltung führte, oder?«, wollte Nora wissen. »Wir können ja sagen, dass du dich nicht wohlfühlst. Mrs. H., unser schuleigener Giftzwerg, würde vermutlich liebend gern das Mikrofon an sich reißen und die Idee mit der Torte als ihre eigene ausgeben. Aber da kann sie lange warten!«

»Was für ein Mikrofon denn?«, fragte Alice verwirrt.

Nora nickte mit dem Kinn auf ein an einem Ständer befestigtes Mikrofon in der Mitte des Zeltes.

O Gott!, schoss es Alice durch den Kopf. *Ich* hätte vor all diesen Leuten reden sollen?

»O nein! Nein, kommt nicht infrage! Ich meine natürlich *ja*, mir wäre es sehr recht, wenn eine von euch das übernehmen könnte.«

»Kein Problem«, erwiderte Nora. Ihre Miene wurde ausdruckslos »Hi, Nick.«

»Hi, Nora, Maggie.« Nick grüßte die beiden Frauen mit einem verlegenen Kopfnicken.

Er tat Alice leid in der Rolle des unbeliebten Ex-Mannes Sie erinnerte sich nur zu gut, wie sie sich mit seiner Schwester als »letzte Kuh« von einer Ex-Frau bei der Familientalentshow gefühlt hatte.

Nachdem Nora und Maggie sich unter die Menge gemischt hatten, sagte Nick: »Alles Gute zum Muttertag. Hat man dir das Frühstück ans Bett serviert?«

Alice nickte. »Pfannkuchen. Dem Krach und dem Geschrei nach müssen sie schon um fünf heute Morgen mit dem Kochen angefangen haben. Du solltest mal sehen, wie die Küche aussieht! Aber die Pfannkuchen waren ganz hervorragend. Ich könnte mir vorstellen, dass Madison eines Tages eine Starköchin wird.

So eine, die alle herumkommandiert und ihre komplette Umgebung ins Chaos stürzt.«

»Tut mir leid, dass ich nicht da war, um die Bande zu beaufsichtigen. Dein erster Muttertag ohne mich.«

»Und hoffentlich der letzte.«

»Hundertprozentig.« Nick sah ihr fest in die Augen. »Ich denke, es war hundertprozentig der letzte ohne mich.«

»Sieh einer an, wen haben wir denn da, Barb? Mich dünkt, das sind unsere reizenden jungen Salsa-Schüler!«

Roger schlug Nick und Alice auf die Schulter wie ein plumper Autoverkäufer einem unentschlossenen Kunden. Der vertraute Geruch seines Rasierwassers legte sich wie ein hauchdünner Film über ihre Gesichter. Barb stand daneben und strahlte vor Stolz, so als vollführe Roger irgendein besonders schwieriges Kunststück.

Sie wandte sich Alice zu. »Wie geht es dir, mein Schatz? Du siehst bezaubernd aus, aber du bist so schrecklich blass! Und du hast Schatten unter den Augen. Wahrscheinlich geht wieder irgendwas herum, Elisabeth ist nämlich erbsengrün im Gesicht.«

»Libby ist auch hier?«, entfuhr es Alice überrascht.

»Ja, sie sitzt dort drüben.«

Barb zeigte mit dem Finger auf eine der oberen Reihen. Elisabeth sah tatsächlich ziemlich elend aus. Als ob ihr speiübel wäre. Alice hoffte, dass es ein gutes Zeichen war. Wenigstens klebte sie nicht mehr vor dem Fernseher.

Ben war auch mitgekommen. Neben ihm hatten Frannie und der weißhaarige Mann, der auf der Familientalentshow das Rollstuhlrennen organisiert hatte, Platz genommen. Frannie saß kerzengerade da und blickte sich befangen um, aber als ihr Begleiter sich zu ihr beugte und ihr etwas ins Ohr flüsterte, lachte sie laut heraus und klatschte in die Hände.

»Das ist Frannies Freund«, erklärte Barb. »Xavier. Ist das

nicht reizend? Ehrlich gesagt hatte ich Frannie immer für eine Lesbe gehalten.«

Alice klappte die Kinnlade herunter. Sie starrte ihre Mutter entgeistert an.

»Was guckst du denn so?«, versetzte Barb schnippisch. »Ich kenne sie seit vierzig Jahren, und sie hat in der ganzen Zeit nicht einen einzigen Freund gehabt.«

»Sie wird eben wählerisch sein«, meinte Roger. »Sie hat gewartet, bis der Richtige kommt. So wie du.«

»Oh, du!« Barb klimperte neckisch mit den Wimpern und strahlte. »Ich kann von Glück sagen, dass ich dich gefunden habe.«

»Dad kann auch von Glück sagen, dass er dich gefunden hat«, meinte Nick ernst. Alice' Mutter sah ihn überrascht an. Ihre Wangen glühten vor Freude über das Kompliment. »Das ist lieb von dir, Nick, danke!«

Maggie kam auf sie zu. Sie hatte sich eine lange Schürze umgebunden. MEGAZITRONENBAISERKUCHENTAG stand über einem Bild von einer großen Torte. Und darunter konnte man lesen *Muttertag, Sydney 2008*. Maggie hielt Alice eine Schürze hin.

»Die sind wunderschön geworden, Alice«, meinte sie, während sie ihr die Schürze hinten zuband.

Alice sah, dass sich Frauen in identischen rosa Schürzen rings um den großen Tisch mit den Rührschüsseln aufgestellt hatten.

»Wir sind so weit. Es kann losgehen«, sagte Maggie. »Alles klar?«

»Alles klar. Fangen wir an!«

Maggie nickte. »Gut. Dein Platz ist gleich hier, neben mir.«

»Viel Glück, mein Schatz!«, wünschte Barb. »Ich hoffe bloß, dass sie vorsichtig sind mit diesem Backofen! Das Baiser wird schnell zu braun, wenn man nicht aufpasst. Ich weiß noch, einmal habe ich einen solchen Kuchen gebacken, weil der Chef deines Vaters zu uns zum Abendessen kam. Ich war furchtbar aufgeregt. Ich gucke in den Backofen und denke …«

»Komm jetzt, Barbie.« Roger fasste sie am Ellenbogen und zog sie mit sich. »Du kannst mir den Rest der Geschichte auf dem Weg zu unseren Plätzen erzählen.«

Er zwinkerte Alice zu, als er seine unaufhörlich plappernde Frau in Richtung der Zuschauerränge führte. Alice empfand in diesem Augenblick eine tiefe Zuneigung für ihn. Er liebte Barb. Auf seine eigene, selbstzufriedene Art liebte er sie.

»Ich werde mir mit den Kindern auch einen Platz suchen«, meinte Nick und steuerte in die Ecke hinüber, in der sich die Kinder vergnügten.

Alice trat an den Tisch neben Maggie.

»Was für eine Veranstaltung«, sagte eine Frau, die auf der anderen Seite neben ihr stand. Alice hatte keine Ahnung, wer sie war. »Sie sind schon ein verdammtes Teufelsweib, Alice«, fügte sie bewundernd hinzu.

Ich bin ein verdammtes Teufelsweib, dachte Alice, der ein wenig schwummerig war.

Nora war hinter das Mikrofon getreten. »Wenn Sie jetzt bitte Ihre Plätze einnehmen würden? Unsere Mütter sind bereit, es kann losgehen!«

Alice ließ ihre Blicke suchend über die Zuschauer schweifen, bis sie Nick entdeckt hatte. Olivia saß auf seinem Schoß. Ihre Feenflügel streiften sein Gesicht. Alice hatte sie nicht davon überzeugen können, sie zu Hause zu lassen. Tom saß links von Nick und machte Fotos mit einer Digitalkamera. Madison, die rechts neben ihrem Vater saß, beobachtete gespannt das Geschehen an dem großen Tisch. Nick sagte etwas und zeigte auf Alice, und alle drei Kinder strahlten und winkten ihr zu.

Alice winkte zurück. In diesem Moment wurden Dominick und Jasper auf sie aufmerksam. Sie saßen nur zwei Reihen hinter Nick und den Kindern. Sie winkten aufgeregt, wohl weil sie dachten, Alice meine sie.

Oje, durchzuckte es Alice. Jetzt winkten ihr auch Libby und Ben. Frannie, Xavier, Barb und Roger schlossen sich an.

Alice gab sich Mühe, jeden gleich herzlich anzulächeln und alle in ihr fröhliches Winken miteinzuschließen.

»Ich werde Sie heute durch diese Veranstaltung führen«, fuhr Nora fort. »Eigentlich war diese Rolle Alice Love zugedacht, aber wie viele von Ihnen sicher wissen, hatte Alice vergangene Woche einen Unfall im Fitnessstudio und ist noch nicht hundertprozentig wiederhergestellt. Nun, ich kann mich noch gut erinnern, wie Alice eines Tages zu mir sagte, sie wolle hundert Mütter zusammenbekommen und den weltgrößten Zitronenbaiserkuchen backen. Ich hielt sie schlicht für übergeschnappt.«

Die Zuschauer brachen in Gelächter aus.

»Aber Sie kennen Alice ja. Wenn sie sich etwas in den Kopf gesetzt hat, dann verbeißt sie sich regelrecht in diese Idee, sie lässt nicht mehr los, darin ähnelt sie einem Bullterrier.«

Abermals anerkennendes Gelächter.

Einem Bullterrier?, dachte Alice fassungslos. Wie hatte sie sich in zehn Jahren so verändern können? Sie war doch immer mehr wie ein Labrador gewesen, ein bisschen einfältig und ängstlich darauf bedacht, es allen recht zu machen.

»Und jetzt, nur wenige Monate später, ist es tatsächlich so weit! Ein herzlicher Applaus für Alice!«

Stürmischer Beifall brach los. Alice nickte und lächelte und fühlte sich einmal mehr wie eine Hochstaplerin.

»Wir widmen diesen Tag einer lieben Freundin, einem Mitglied unserer Schulgemeinde, einer Frau, die vergangenes Jahr auf tragische Weise ums Leben kam«, fuhr Nora in ernstem Ton fort. »Das Rezept für unseren Zitronenbaiserkuchen stammt von ihr, und sie wird sicher im Geist heute bei uns sein. Ich spreche natürlich von Gina Boyle. Du fehlst uns, Gina. Wir wollen eine Schweigeminute für Gina einlegen.«

Alice beobachtete, wie die Leute andächtig den Kopf senkten, im Gedenken an eine Frau, die offenbar eine wichtige Rolle in Alice' Leben gespielt hatte, an die sie selbst sich jedoch nicht zu erinnern vermochte. Ihr war ein bisschen flau zumute; die Frühstückspfannkuchen lagen ihr schwer im Magen.

Endlich, nach einer Zeitspanne, die ihr viel länger als eine Minute vorkam, hob Nora wieder den Kopf und rief ins Mikrofon: »Meine Damen, bitte greifen Sie nun zu den Schneebesen!«

31

Die Frauen griffen mit feierlichem Ernst, wie Orchestermusiker, die ihre Instrumente ergreifen, zu ihren Schneebesen.

»Eier, Sahne, Zucker, die abgeriebene Zitronenschale und den Zitronensaft zu einer cremigen Masse verrühren«, las Nora vor.

Ein paar Sekunden war Stille, dann wurden die Schneebesen auf den Tisch zurückgelegt und die Zutaten zusammengestellt. Alice schlug ihre Eier nacheinander in die Rührschüssel. Alle Frauen am Tisch taten das Gleiche. Einige kicherten nervös, andere flüsterten miteinander.

»Passt auf, dass keine Eierschalen reinfallen!«, rief jemand aus dem Publikum, sehr zur allgemeinen Erheiterung.

Als alle ihre Zutaten in die Schüsseln gegeben hatten, griffen sie abermals zum Schneebesen und begannen, alles gut miteinander zu verrühren.

Danach stellten sie sich in einer Reihe vor einem großen gelben Industriefass an, in das sie die schaumige Masse aus ihren Schüsseln gossen.

Das wird eine absolute Katastrophe geben, dachte Alice.

»Mehl, gemahlene Mandeln, Puderzucker und Butter in einem Mixer vermischen, bis kleine Krümel entstehen«, las Nora vor. »Wir werden statt eines Mixers einen Betonmischer verwenden. Keine Angst, wir haben ihn gut gereinigt! Wenn die Mütter jetzt bitte die genannten Zutaten in den Mischer geben würden?«

»Ich kann nicht glauben, dass wir das machen«, flüsterte Alice Maggie zu, als sie sich mit ihr vor dem Betonmischer anstellte. »Das ist doch Wahnsinn!«

Maggie lachte. »Das geht ganz allein auf dein Konto, Alice!«

Während einer der verdutzten Arbeiter den Betonmischer bediente, machten sich die Mütter daran, die Eier zu trennen.

»Die Eidotter zu der Masse dazugeben und alles miteinander vermischen«, las Nora vor.

Wieder stellten sich die Frauen in einer Reihe vor dem Mischer auf, um die Eidotter hineinzugeben. Einige Minuten später spie der Betonmischer einen gewaltigen gelben Teigklumpen auf die bemehlte Oberfläche des runden Tisches aus.

»Zu einem glatten Teig kneten!«, befahl Nora.

Die Frauen versammelten sich um den Tisch und fingen an, die Masse auseinanderzuzerren und zu kneten. Das Zeug wird ungenießbar sein, dachte Alice, als sie sah, wie dilettantisch die vielen Hände den Teig bearbeiteten. Blitzlichter flammten auf.

»So, jetzt sollte der Teig eigentlich eine halbe Stunde im Kühlschrank ruhen«, sagte Nora. »Aber heute kommt es uns auf Quantität und weniger auf Qualität an, deshalb werden wir diesen Teil überspringen und gleich mit dem Ausrollen des Teigs beginnen.«

Die Arbeiter schleppten ein überdimensionales Nudelholz an den Tisch.

Alice trat einen Schritt zurück und beobachtete, wie auf jeder Seite drei Frauen die Griffe mit beiden Händen packten und anfingen zu rollen. Sie waren sich anfangs nicht über die Richtung einig und kicherten und kreischten. Aus dem Publikum kamen anfeuernde Rufe und Vorschläge, wie sie es besser machen könnten. Doch nach einigen Minuten begann der Teigklumpen tatsächlich flacher zu werden. Es funktionierte! Kaum zu glauben, aber es funktionierte tatsächlich! Eine riesige Teigplatte nahm allmählich Gestalt an.

»Und jetzt kommt der schwierige Teil«, sagte Nora, als der Teig ausgerollt war. »Die Kuchenform mit dem Boden auslegen!«

Das schaffen wir nie, dachte Alice.

Die Frauen scharten sich um den Tisch, schoben ihre Hände flach unter den Teig und hoben ihn vorsichtig an, so als trügen sie ein kostbares, rahmenloses Gemälde. Alle Gesichter hatten den gleichen Ausdruck angespannter, ängstlicher Konzentration.

»Scheiße, scheiße, scheiße, scheiße«, fluchte eine der Frauen, als der Teig in der Mitte nach unten sackte. Eine andere Helferin eilte hinzu, um ihn abzustützen. Sie traten einander auf die Füße, riefen sich scharfe, knappe Befehle zu: »Aufpassen dort drüben!« Und: »Achtung, der Rand!«

Niemand lachte oder lächelte auch nur, bis sie die Teigplatte sicher in die übergroße Form bugsiert hatten. Geschafft! Ohne größere Brüche oder Risse. Es war wie ein Wunder.

Die Zuschauer brachen in lauten Jubel aus, und die Frauen grinsten sich erleichtert an, während sie den Teig an den Rändern festdrückten. Anschließend hoben die Arbeiter die Form hoch und schoben sie in den Ofen.

»Der Boden wird zehn Minuten lang gebacken«, sagte Nora so lässig, als ob nie ein Zweifel daran bestanden hätte, dass sie überhaupt so weit kamen. »In der Zwischenzeit werden unsere smarten Mütter das Baiser zubereiten.«

Die Frauen kehrten an ihre Plätze zurück, wo sie das Eiweiß zu Schnee schlugen und nach und nach Kristallzucker einrieseln ließen.

Die Hitze des Ofens staute sich im Zelt. Alice spürte, wie sie einen roten Kopf bekam und sich Schweißperlen an ihrem Haaransatz bildeten. Der Duft von frisch gebackenem Kuchen füllte die Luft. Alice brummte der Schädel. Hatte sie sich eine Erkältung eingefangen?

Der Duft des Kuchens weckte in ihr den Wunsch, sich an etwas Bestimmtes zu erinnern. Aber irgendwie war diese Erinnerung zu groß. So wie die Teigplatte. Alice allein war nicht imstande, sie zu fassen, es gelang ihr einfach nicht.

Maggie beugte sich zu ihr herüber. »Alles in Ordnung?«

»Ja, ja, mir geht's gut.«

Beifall erscholl, als die Kuchenform aus dem Ofen gezogen wurde. Der Teig war leicht gebräunt. Nun wurde die zitronengelbe Füllung auf den vorgebackenen Boden gegossen. Zum Schluss kam der Eischnee. Die Frauen schienen regelrecht beschwipst vor Erleichterung, als sie um die Kuchenform herumtänzelten, den Eischnee aus ihren Schüsseln löffelten und kleine weiße Gipfel aus der Masse formten.

Wieder zuckten die Blitzlichter unzähliger Kameras.

»Alice?«, rief Nora ins Mikrofon. »Haben wir dein Okay?«

Alice kam es so vor, als hätte sich plötzlich ein Gazeschleier über die Welt gelegt. Sie sah alles ein wenig verschwommen, und ihr Mund fühlte sich an wie mit Watte gefüllt. Es war, als wäre sie gerade aufgewacht und versuchte, sich von den Träumen der vergangenen Nacht zu befreien. Sie blinzelte und betrachtete den Kuchen. »Könnte jemand den Eischnee in der Ecke dort noch glatt streichen?«, bat sie und wunderte sich selbst, wie normal ihre Stimme klang. Eine Frau kam der Aufforderung eilig nach.

Alice nickte Nora zu.

»Und jetzt, meine Damen und Herren, wird gebacken!«, rief Nora.

Maggies Ehemann gab dem Gabelstaplerfahrer ein Zeichen. Alle Blicke waren auf den prächtigen Kuchen geheftet, als dieser von dem Gabelstapler angehoben und in den Ofen geschoben wurde. Applaus brandete auf.

»Bis unser Zitronenbaiserkuchen fertig ist, wird uns die vierte Klasse freundlicherweise ein wenig unterhalten«, sagte Nora.

»Wie viele von Ihnen sicher noch wissen, war unsere liebe Freundin Gina ein großer Elvis-Fan. Beim Kochen oder Backen lief immer Musik von Elvis, nie etwas anderes. Deshalb wird die vierte Klasse ein Medley von Elvis-Hits für uns spielen. Gina, Schätzchen, das ist für dich!«

Gelächter und anerkennende Pfiffe wurden laut, als Elvis dreißigmal im Miniaturformat und breitbeinig in die Mitte des Zeltes stolzierte, alle in weißen, strassbesetzten Satinjacketts und dunklen Sonnenbrillen. Ein Lehrer schaltete eine Musikanlage ein, und die Kinder begannen, Elvis imitierend, zur Musik von *Nothing but a Hound Dog* zu tanzen.

Da es für die Bäckerinnen keine Sitzplätze gab, lehnten sie sich in der Pause an die Tische. Einige banden sich die Schürze ab. Alice taten die Beine weh. Eigentlich tat ihr alles weh.

Ich weiß nicht, dieser Song kommt mir so bekannt vor.

Ja, das liegt daran, dass es ein Song von Elvis ist. Elvis kommt jedem bekannt vor.

Auf *Nothing but a Hound Dog* folgte *Love Me Tender*.

Der süßliche Zitronenduft des Kuchens verschlug einem schier den Atem. Man konnte an nichts anderes denken als an Zitronenbaiserkuchen.

Ich weiß nicht, dieser Duft kommt mir so bekannt vor.

Ja, das liegt daran, dass es Zitronenbaiserkuchen ist. Du weißt doch, wie ein Zitronenbaiserkuchen riecht.

Doch das war es nicht allein. Da steckte mehr dahinter.

Alice' Gesicht war glühend heiß gewesen. Jetzt fror sie plötzlich, als wäre sie in einen eisigen Wind hinausgetreten.

Oje, es ging ihr gar nicht gut. Es ging ihr überhaupt nicht gut.

Sie blickte verzweifelt, Hilfe suchend ins Publikum.

Sie sah, wie Nick Olivia von seinem Schoß hob und aufstand.

Sie sah, wie Dominick aufsprang, stirnrunzelnd und mit besorgter Miene.

Beide Männer zwängten sich an den Zuschauern vorbei, versuchten, so schnell wie möglich zu ihr hinunterzukommen. Jetzt lief *Jailhouse Rock*.

Der Duft nach Zitronenbaiser wurde immer stärker. Er stieg Alice in die Nase, sickerte in ihr Gehirn und löste eine Flut von Erinnerungen aus.

O mein Gott, aber natürlich, natürlich, *natürlich*! Alice wurde schwarz vor den Augen.

*

ELISABETHS TAGEBUCH FÜR JEREMY

Ich habe nicht gesehen, wie Alice zusammengebrochen ist, weil ich draußen auf der Toilette war.

Sie hatten einige von diesen blauen portablen Klohäuschen aufgestellt.

Ich blutete.

Das passt ja, dachte ich. Ich verliere mein letztes Baby in einem portablen Klohäuschen.

Wie abgeschmackt und absurd. So wie mein ganzes Leben.

32

»Hi!«

Die Frau, die ihr die Tür öffnete, lächelte so erfreut, als wäre Alice eine sehr gute Freundin. Sie wischte sich die Hände an einer vom Mehl staubigen Schürze ab und bat Alice herein.

Alice hatte eigentlich nicht kommen wollen. Sie war alles andere als begeistert gewesen, als diese »Gina« in das Haus gegenüber eingezogen und gleich am anderen Tag herübergekommen war, um Alice zu einem »Nachmittagsimbiss« einzuladen. Hätte die Einladung an die neue Nachbarin nicht von Alice ausgehen müssen?

Dass die andere ihr zuvorgekommen war, machte Alice ein schlechtes Gewissen, so als hätte diese Frau in puncto Benimm dadurch bereits einen leichten Vorsprung herausgeholt. Und außerdem war Gina absolut nicht ihr Typ, das erkannte sie auf den ersten Blick. Zu laut. Zu viele Zähne. Zu viel Make-up für tagsüber. Zu viel Parfüm. Zu viel von allem. Sie war eine jener Frauen, die Alice ihrer Persönlichkeit beraubten. Und »Nachmittagsimbiss«? Was war falsch am guten alten Nachmittagstee?

Das würde einfach grauenvoll werden!

»Wen haben wir denn da? HALLO, Schätzchen!« Gina bückte sich zu Madison hinunter.

Madison klammerte sich in einem Anfall von unerträglicher Schüchternheit an Alice' Bein und drückte ihr Gesicht an ihren

Unterleib. Alice hasste es, wenn sie das tat. Ob die Leute wohl dachten, sie hätte ihre schlechten Manieren von ihrer Mutter?

»Ich kann gar nicht gut mit Kindern«, sagte Gina. »Überhaupt nicht gut. Wahrscheinlich habe ich deshalb solche Probleme, schwanger zu werden.«

Alice folgte Gina durch das Haus und versuchte gleichzeitig, sich aus Madisons Umklammerung zu lösen. Überall standen unausgepackte Umzugskartons herum.

»Ich hätte Sie zu mir einladen sollen«, sagte Alice.

»Schon in Ordnung, ich bin doch diejenige, die unbedingt neue Freunde finden will«, erwiderte Gina. »Vielleicht gelingt es mir ja, indem ich Sie mit meinem Zitronenbaiserkuchen verführe.« Als sie sich im Gehen kurz nach Alice umblickte, stieß sie gegen einen Karton. »Verführen meine ich natürlich nur im übertragenen Sinn.«

»Oh, das ist schade«, entfuhr es Alice. Hastig fügte sie hinzu: »Das war natürlich nur ein Scherz!« Es klang irgendwie einfältig.

Gina lachte und ging ihr in die Küche voraus. Es war warm dort, der süße Duft von Zitronenbaiserkuchen hing in der Luft. Im Radio lief ein Song von Elvis Presley.

»Ich habe absichtlich Nachmittagsimbiss und nicht Nachmittagstee gesagt, damit wir uns ein Glas Champagner genehmigen können. Trinken Sie eins mit mir?«

»Sicher, warum nicht«, erwiderte Alice, obwohl sie sonst tagsüber nie etwas Alkoholisches trank.

Gina hüpfte auf der Stelle, als tanzte sie eine Gigue. »Gott sei Dank! Hätten Sie Nein gesagt, hätte ich schlecht allein trinken können, nicht? Und ich finde, mit einem Gläschen Champagner lässt es sich besser reden mit Leuten, die man noch nicht kennt.«

Sie ließ den Korken knallen und griff nach zwei bereitstehenden Gläsern. »Mike und ich kommen aus Melbourne. Ich kenne hier in Sydney keine Menschenseele. Deshalb mache ich Jagd auf neue Freunde. Mike muss zurzeit furchtbar viel arbeiten, ich fühle mich einsam unter der Woche.«

Alice hielt Gina ihr Glas hin.

»Nick kriege ich in letzter Zeit auch kaum noch zu Gesicht, weil er so viel arbeitet.«

»Alice?«

»Alice!«

Nick stützte sie auf der einen Seite, Dominick auf der anderen. Ihre Knie hatten sich in Pudding verwandelt, ihre Beine trugen sie nicht mehr.

»... rück«, murmelte sie undeutlich.

»Dein Rücken? Tut dir der Rücken weh?«, fragte Dominick.

Nein, ich meine, es kommt alles zurück. Meine Erinnerungen kehren zurück.

Als wäre ein Damm gebrochen, ergoss sich ein reißender Strom von Erinnerungen in ihr Gehirn.

»Ein Glas Wasser!«, rief jemand. »Schnell!«

Alice hatte eine neue Freundin gebraucht. Als Madison ungefähr ein Jahr alt war, hatte sich Sophie zum Entsetzen aller von Jack getrennt und sich einen neuen Freundeskreis zugelegt – ledige, gestylte Stilettoträgerinnen, die schrill und laut redeten und den Abend erst um neun Uhr begannen, indem sie sich im Taxi zu irgendeiner schicken Bar in der Stadt chauffieren ließen. Sophie und Alice wurden einander fremd, der Kontakt riss irgendwann ab.

Und Elisabeth war mit ihren Gedanken immer woanders, sie war dauerhaft traurig und hörte nie richtig zu.

So kam es, dass Alice sich in kürzester Zeit mit Gina anfreundete. Es war beinahe, als hätte sie sich frisch verliebt. Und Nick und Mike verstanden sich ebenfalls gut. Sie fuhren gemeinsam zum Zelten, trafen sich spontan zum Abendessen und blieben bis weit in die Nacht hinein sitzen, während die Kinder auf den Sofas schlummerten. Es war wunderbar.

Ginas Zwillinge, Eloise und Rose, waren ein paar Monate vor Olivia zur Welt gekommen. Mit großen braunen Augen, sommersprossigen Stupsnasen und Ginas schwer zu bändigenden Haaren. Sie spielten alle so schön miteinander.

Einmal mieteten sie zwei Hausboote auf dem Hawkesbury River, die sie nebeneinander festmachten. Besuchten sich gegenseitig mit dem Beiboot, ruderten bei Mondschein hinüber, um gemeinsam am Deck der einen Familie zu grillen. Olivia und die Zwillinge lackierten Alice' und Ginas Fußnägel in verschiedenen Farben. Gina und Alice gingen nach dem Frühstück schwimmen, ließen sich auf dem Rücken treiben und lachten über ihre bunten Nägel, während Nick und Mike mit den Kindern Marco Polo spielten. Das waren die schönsten Ferien ihres Lebens gewesen, darin waren sich alle einig.

Natürlich hatte sie es zuerst Gina erzählt, als sie mit Olivia schwanger war, und nicht Nick.

Nick hielt sich zwei Wochen in England auf. Er rief in dieser Zeit nur zweimal an.

Zweimal in zwei Wochen.

Er habe so viel um die Ohren, hatte er gesagt. So viel, an das er denken müsse. Aber sie hätten den Zuschlag für das Projekt bekommen! Er könne einen satten Bonus einstreichen! Sie könnten sich endlich einen Swimmingpool leisten!

»… da«, nuschelte Alice, das Gesicht Nick zugewandt.

»Was meinst du?«

Du warst ja nie da, versuchte sie zu sagen.

In jenem Jahr, als es um das Goodman-Projekt ging, war Nick nie da gewesen. Nie da. Wenn er nach Hause kam, roch er nach Büro. Nach Firmenschweiß. Er dachte selbst dann noch an seine Arbeit, wenn er sich mit ihr unterhielt.

Olivia hatte drei Ohrentzündungen in drei Monaten.

Tom bekam fürchterliche Wutanfälle.

Madison entwickelte über Nacht eine solche Angst vor der Schule, dass sie sich jeden Morgen übergeben musste. Das ist doch nicht normal, Nick. Wir müssen etwas unternehmen. Ich kann nachts vor lauter Sorge nicht mehr schlafen.

Das ist nur eine Phase, sagte Nick. Können wir nicht ein andermal darüber reden? Ich muss morgen in aller Frühe am Flughafen sein, damit ich meine Maschine erwische.

Ich kenne einen Kinderpsychologen, der dir vielleicht helfen könnte, sagte Gina. Willst du nicht mal mit dem Schulleiter reden? Was sagt denn Madisons Lehrerin dazu? Ich kümmere mich gern mal um Tom und Olivia, damit du mehr Zeit mit Madison verbringen kannst. Das sind schlimme Sorgen, nicht?

Gina gehörte zu den Frauen, die sich an der Schule engagierten. Sich für alles freiwillig meldeten. Alice wurde auch eine von diesen Frauen. Das gefiel ihr. Sie war richtig gut darin.

Mike und Gina hatten Eheprobleme. Gina erzählte Alice jede grausame Bemerkung, jede verletzende Geste. Mike erzählte Nick, er sei unglücklich. Alice und Nick veranstalteten an einem heißen Dezemberabend eine Weihnachtsparty. Mike betrank sich und küsste unten in der Waschküche diese grässliche Jackie Holloway. Gina, die Champagner heraufholen wollte, überraschte die beiden.

Eines Abends, als Nick und Alice im Bett lagen und das Licht gelöscht hatten, redeten sie.

Mike ist mein Freund.

Soll das heißen, du findest es gut, dass er in der Waschküche eine andere Frau geküsst hat?

Natürlich nicht, aber alles hat zwei Seiten. Wir sollten uns da raushalten.

Es gibt keine zwei Seiten! Was er getan hat, ist unentschuldbar! Er hätte sie niemals küssen dürfen.

Na ja, vielleicht sollte Gina endlich aufhören, ihn umkrempeln zu wollen.

Das tut sie doch gar nicht! Wovon sprichst du? Bloß weil sie versucht, ihn dazu zu bringen, dass er sich eine andere Stelle sucht? Das macht sie doch nur, weil er unglücklich in seinem Job ist.

Was soll das eigentlich? Wollen wir ihre Auseinandersetzungen nachstellen? Du spielst Gina, und ich spiele Mike?

Sie drehten einander den Rücken zu und vermieden sorgsam jede Berührung.

Es waren nicht »ein paar Kirschen«. Es war eine Obstplatte. Sie hatte Stunden damit verbracht, das Obst wunderschön zu arrangieren, weil sie die Platte seiner Mutter mitbringen wollten. Sie hetzte sich ab, weil sie die Kinder noch anziehen musste, und er saß da, las in aller Seelenruhe die Zeitung, futterte sich durch das Obst und rührte keinen Finger, so als ob Alice eine Hausangestellte wäre.

Nachdem Mike ausgezogen war, wollte Gina abnehmen. Sie und Alice beschlossen, einen Personal Trainer zu engagieren. Sie gingen ins Fitnessstudio. Sie fingen mit Step-Aerobic an. Die Pfunde purzelten nur so. Sie wurden fit und durchtrainiert. Alice war begeistert. Sie trug bald zwei Nummern kleiner.

Sie hatte ja keine Ahnung gehabt, dass Sport so viel Spaß machen konnte.

Gina hatte eine Verabredung mit einem Mann, den sie über das Internet kennengelernt hatte. Alice passte auf die Kinder auf.

Nick war noch im Büro.

Als Gina nach Hause kam, war sie ganz aufgeregt und sprühte vor guter Laune. Alice, die sich in Jogginghosen auf der Couch fläzte, beneidete sie. Erste Verabredungen. Es musste herrlich sein, noch einmal das Prickeln einer ersten Verabredung zu spüren.

Als Nick an diesem Abend aus dem Büro kam, meinte er: Du wirst zu dünn.

Als Nick erfuhr, dass sein Vater mit Alice' Mutter ausging, lachte er laut heraus.

Sie ist doch gar nicht sein Typ! Er steht auf Frauen aus den östlichen Vorstädten mit Brustimplantaten und großzügigen Scheidungsabfindungen. Frauen, die immer die richtigen Bücher lesen und sich die richtigen Theaterstücke ansehen.

Willst du damit sagen, dass meine Mutter zu ungebildet ist für deinen Vater?

Ich hasse die Sorte Frau, mit der mein Vater normalerweise ausgeht!

Du meinst, dein Dad begibt sich weit unter sein Niveau, wenn er sich mit meiner armen, einfachen Mutter aus Hills District abgibt?

Mit dir kann man einfach nicht reden. Du drehst mir das Wort absichtlich im Mund herum! Schön. Dad begibt sich weit unter sein Niveau. Ist es das, was du hören wolltest? Bist du jetzt zufrieden?

Elisabeth war unerreichbar. Ihre Schwester hatte sich in eine verbitterte, zornige Person mit einem harten, sarkastischen Lachen verwandelt. Sie war der einzige Mensch, dem jemals etwas so Schlimmes widerfahren war. Was Alice auch zu ihr sagte, es war immer verkehrt. Einmal hatte sie gefragt, ob ihr ein weiterer Embryo eingesetzt worden sei.

Elisabeths Lippen kräuselten sich verächtlich. Man spricht von Transfer, höhnte sie, nicht von Einsetzen. Wenn es bloß so einfach wäre! Woher hätte Alice sich mit dieser Terminologie auskennen sollen? Lud sie Elisabeth zur Geburtstagsparty eines der Kinder ein, seufzte sie, als wollte sie sagen: Was für eine Zumutung, aber na gut, wenn's sein muss, komme ich eben. Und dann setzte sie die ganze Zeit eine Märtyrermiene auf. Bot nicht an zu helfen, sondern stand bloß da mit zusammengepressten Lippen. Du brauchst nicht zu kommen, nur um mir einen Gefallen zu tun, hätte Alice am liebsten zu ihr gesagt. Nach der vierten Fehlgeburt versuchte sie, mit Elisabeth darüber zu reden. Sie bot ihr an, Eizellen zu spenden. Deine Eizellen sind auch zu alt, erwiderte Elisabeth abschätzig. Du hast doch keine Ahnung, wovon du redest.

Als Roger Barb einen Heiratsantrag machte, war Nick außer sich.

Das ist ja großartig! Wirklich fantastisch. Was glaubst du, wie meine Mutter sich dabei fühlen wird?

Als ob es Alice' Schuld wäre. Als ob ihre Mutter Roger mit einer List dazu gebracht hätte, sie zu heiraten.

Sie schliefen nicht mehr miteinander. Es passierte einfach so. Sie redeten nicht einmal darüber.

»Wir sollten sie nach draußen an die frische Luft bringen.«

Alice registrierte vage, dass sie halb aus dem Zelt geschleppt, halb getragen wurde. Die Leute starrten sie an, aber das Einzige, worauf sie sich konzentrieren konnte, waren die Erinnerungen, die ihr Gehirn fluteten.

Als sie mit Madison in die Wehen kam, dachte sie: Das soll wohl ein Scherz sein! Die können doch nicht von mir erwarten, dass ich das aushalte. Aber anscheinend erwarteten sie genau das von ihr. Sieben Stunden später war das Baby da, und weder sie noch Nick konnten fassen, dass es ein Mädchen war. Sie waren beide so lachhaft fest davon überzeugt gewesen, dass es ein Junge würde. Ein Mädchen, staunten sie ein ums andere Mal. Sie waren richtig euphorisch vor lauter Überraschung. Es war so ein außergewöhnliches Baby. Als ob noch nie zuvor ein Mädchen auf die Welt gekommen wäre.

Tom befand sich in Steißlage. Alice schrie die Hebamme mit dem sanften, erschöpften Gesicht in einem fort an. Mein Rücken, mein Rücken! Mein Rücken tut so weh! Und die ganze Zeit über schwor sie sich: Ich werde das nie, nie wieder durchmachen.

Olivia war am schlimmsten. Ihrem Baby geht es nicht gut. Es leidet. Wir müssen einen Kaiserschnitt durchführen, wurde ihr gesagt. Plötzlich war das ganze Zimmer voller Menschen, und dann wurde sie eilig durch einen langen Korridor geschoben. Über ihr leuchteten in regelmäßigem Abstand die Deckenlampen auf. Sie fragte sich, was sie getan hatte, dass ihr armes Baby bereits vor der Geburt leiden musste. Als sie aus der Narkose aufwachte, sagte eine Krankenschwester zu ihr: Sie haben ein wunderschönes kleines Mädchen.

Madison bekam ihren ersten Zahn, als sie acht Monate alt war. Die Stirn in Falten gelegt, griff sie sich immer wieder in den Mund, um ihn zu berühren.

Tom weigerte sich strikt, sich in den Hochstuhl zu setzen. Nicht ein einziges Mal saß er darin.

Olivia machte ihre ersten Schritte erst mit achtzehn Monaten.

Madisons kleine rote Kapuzenjacke mit den weißen Blumen drauf.

Toms schmuddeliger blauer Elefant, ohne den er keinen Schritt machte. Wo ist sein Elefant? Hast du seinen verdammten Elefanten gesehen?

Olivia kreischte vor Freude, als sie an ihrem ersten Kindergartentag aus dem Haus rannte. Madison klammerte sich an Alice und musste regelrecht aus ihren Armen gezerrt werden.

Als Alice einmal in die Küche kam, saß Tom da und stopfte sich gefrorene Erbsen in die Nasenlöcher. Ich wollte sehen, ob mir die Erbsen aus den Augen wieder rauskommen, erklärte er dem Arzt.

Olivia verschwand am Strand von Newport. Alice hyperventilierte vor Panik. Warum hast du nicht besser auf sie aufgepasst!, warf Nick ihr ein ums andere Mal vor. Als ob es in dem Moment darum ginge. Darum, dass Alice einen Fehler gemacht hatte. Wichtig schien nicht, dass Olivia verschwunden war, sondern dass es Alice' Fehler gewesen war.

»Alice? Tief durchatmen, hörst du? Tief durchatmen!«

Sie achtete nicht auf die Stimmen. Sie war voll und ganz damit beschäftigt, sich zu erinnern.

Es war ein richtig kalter Tag im August. Sie und Gina fuhren vom Fitnessstudio nach Hause, mit zwei Autos. Normalerweise wären sie zusammen gefahren, aber Alice war vorher noch mit Madison beim Zahnarzt gewesen. Mit Madisons Zähnen sei alles in Ordnung, meinte er, er könne sich auch nicht erklären, was diese Schmerzen im Kiefer verursache. Nachdem er Madison ins Wartezimmer geschickt hatte, fragte er Alice leise: Kann es sein, dass Stress die Ursache ist?

Alice hatte ungeduldig auf ihre Uhr geschaut, sie wollte endlich ins Training. Sie wollte den Anfang der Step-Aerobic-Stunde auf keinen Fall verpassen. Sie hatte am Tag zuvor schon eine Stunde wegen Olivias Schulaufführung versäumt. Stress? Was für Stress konnte Madison schon haben? Sie war schlicht und einfach schwierig. Wahrscheinlich wollte sie lediglich erreichen, dass sie nicht in die Schule musste.

Auf dem Heimweg quengelte Madison in einem fort, weil sie während Alice' Step-Aerobic-Kurs in der Kinderbetreuung des Fitnessstudios hatte bleiben müssen.

Da waren bloß plärrende kleine Kinder! Ich bin zu alt für die Kinderbetreuung!

Dann hättest du eben zur Schule gehen sollen, anstatt Zahnschmerzen zu markieren.

Ich hab nicht markiert!

Es war ein düsterer, stürmischer Tag. Blitze zuckten über den schwarzen Himmel. Es fing an zu regnen. Die Tropfen prasselten wie kleine Kieselsteine auf die Windschutzscheibe.

Ich hab nicht markiert, Mummy!

Sei still jetzt, ich muss mich auf die Straße konzentrieren.

Alice fuhr nicht gern bei Regen.

Der Sturm tobte. Die Bäume schwankten, als führten sie einen gespenstischen Tanz auf.

Sie bogen in die Rawson Street ein. Alice sah Ginas Bremslichter aufleuchten.

Gina fuhr das schrecklich unpraktische Auto, das sie sich selbst zum vierzigsten Geburtstag geschenkt hatte: einen roten Mini mit weißen Seitenstreifen und personalisiertem Kennzeichen. Keine Familienkutsche. Ich komme mir so jung und verrückt darin vor, sagte sie. Sie fuhr mit offenem Schiebedach, aus dem Autoradio dröhnte Elvis.

Alice, die dem Mini mit den Blicken folgte, wusste, dass Gina gut gelaunt den Elvis-Song mitsingen würde.

Der Baum sieht aus, als würde er gleich umfallen, sagte Madison. Alice schaute nach oben.

Es war einer der Liquidambarbäume. Im Herbst eine wahre Pracht mit seinem bunten Laub. Er wurde vom Sturm hin und her gerissen und gab ein grässliches Ächzen von sich.

Der fällt nicht um.

Er fiel um.

Es geschah blitzschnell, völlig unerwartet und mit erschreckender Heftigkeit. So als ob ein guter Freund einem plötzlich mit der Faust ins Gesicht schlüge. Als ob ein grausamer Gott absichtlich, aus reiner Bosheit, den Baum gepackt und ihn in einem Wutanfall quer über den Mini geschleudert hätte. Es hörte sich grauenvoll an. Eine Explosion von Geräuschen, die einem das Blut in den Adern gefrieren ließen. Alice trat voll auf die Bremse, den Arm seitlich ausgestreckt, als müsste sie Madison vor dem umstürzenden Baum retten. Madison schrie wie am Spieß. Mummy! Mummy! Mummy!

Und dann völlige Stille. Nur das Rauschen des Regens war zu hören. Das Zeitzeichen für die Ein-Uhr-Nachrichten im Radio.

Vor ihnen auf der Straße lag ein riesiger Baumstamm. Ginas kleiner roter Mini sah wie eine zerdrückte Konservendose darunter aus.

Eine Frau kam aus einem Haus gerannt. Sie blieb wie angewurzelt stehen, als sie sah, was passiert war, und schlug sich entsetzt die Hände vor den Mund.

Alice fuhr an den Straßenrand, schaltete die Warnblinkanlage ein. Du wartest hier, befahl sie Madison. Sie riss die Tür auf und rannte los. Sie hatte immer noch die Shorts und das T-Shirt von der Step-Aerobic-Stunde an. Sie rutschte auf dem nassen Boden aus, stürzte, knallte mit dem Knie hart auf den Asphalt, rappelte sich hoch und rannte weiter, hilflos mit den Armen rudernd, als könnte sie die Zeiger der Uhr dadurch zurückdrehen.

»Holt eine Decke! Sie zittert, wir müssen sie warm halten!«

Nick kam nicht zur Beerdigung. Er kam nicht zur Beerdigung. Er kam nicht zur Beerdigung.

Der Schulleiter kam zur Beerdigung. Mr. Gordon. Dominick. Es tut mir unendlich leid, Alice, sagte er. Ich weiß, dass Sie eng miteinander befreundet waren. Dann nahm er sie tröstend in die Arme. Alice drückte ihr Gesicht an sein Hemd und weinte. Er stand neben ihr, als sie die rosaroten Luftballons in den grauen Himmel aufsteigen ließen.

Sie wusste nicht, wie sie ihr Leben ohne Gina weiterleben sollte.

Gina war längst ein fester Bestandteil ihres Tagesablaufs geworden. Das Fitnessstudio. Kaffee trinken. Die Kinder zum Schwimmunterricht fahren. Private Trainingsstunden. Gegenseitiges Kinderhüten. Gemeinsam Filme anschauen. Über blöde Witze lachen.

Sicher, sie kannte eine Menge anderer Mütter von der Schule, aber keine war wie Gina.

Alle Freude war aus ihrem Leben verschwunden.

Alles schien so sinnlos. Jeden Morgen beim Duschen weinte sie hemmungslos, die Stirn an die Fliesen gelehnt, Shampoo in den Augen.

Sie stritt sich mit Nick. Manchmal brach sie absichtlich einen Streit vom Zaun, weil ein Krach sie von ihrem Kummer ablenkte. Sie musste sich beherrschen, um nicht handgreiflich zu werden. Sie hätte ihn am liebsten gekratzt und gebissen und ihm wehgetan.

Eines Tages sagte Nick: Ich glaube, ich sollte ausziehen.

Das glaube ich auch, erwiderte sie. Und dachte: Sobald er fort ist, werde ich Gina anrufen. Gina wird mir helfen.

Die Gehässigkeit, die sie im Umgang miteinander an den Tag legten, schien so schnell und mühelos gekommen zu sein, als hätten sie einander immer schon verachtet und jetzt endlich, endlich die Gelegenheit, mit dem Schauspielern aufzuhören und ihren wahren Gefühlen freien Lauf zu lassen. Nick wollte, dass die Kinder die halbe Zeit bei ihm wohnten. Das war ein absoluter Witz. Wie stellte er sich das vor? Wie wollte er das mit seinem aufreibenden Beruf vereinbaren? Die Kinder würden aus ihrer gewohnten Umgebung herausgerissen. Und es ging ihm ja nicht einmal so sehr um die Kinder, sondern darum, weniger Unterhalt zahlen zu müssen, wenn sie sich das Sorgerecht teilen würden. Zum Glück erinnerte sich Alice an ihre ehemalige Arbeitskollegin Jane, die Familienanwältin geworden war. Jane übernahm den Fall.

Vier Monate nach Nicks Auszug verabredete sie sich das erste Mal mit Dominick. Sie machten eine Wanderung durch den Nationalpark, wo sie vom Regen überrascht wurden. Dominick war unkompliziert und lieb und natürlich. Er kannte keines dieser teuren

Restaurants. Er mochte nette, einfache Cafés. Sie unterhielten sich viel über die Schule. Er respektierte ihre Ansichten. Er kam ihr so viel realer vor als Nick.

Sie hatten erst kürzlich das erste Mal miteinander geschlafen, bei ihm zu Hause. Die Kinder waren bei ihrer Mutter.

(Das war die Nacht vor ihrem Sturz im Fitnessstudio gewesen.)

Es war wunderschön gewesen.

Na ja, eigentlich war es eher unbeholfen und linkisch. (Zum Beispiel leckte er an ihren Zehen. Sie fragte sich, wie er auf diese alberne Idee gekommen sein mochte. Das kitzelte unerträglich, und sie hatte ihm versehentlich gegen die Nase getreten.)

Dennoch war es wunderbar gewesen, wieder mit einem Mann zusammen zu sein, der ihren Körper attraktiv fand. Bis hinunter zu den Zehen.

Dominick war genau der Richtige für sie. Nick war ein Fehler gewesen. Wenn man jung und dumm ist, entscheidet man sich immer für den Falschen.

Der Kummer verebbte ein klein wenig. Er war zwar noch da, aber er drückte ihr nicht mehr so schwer auf die Brust, dass sie glaubte ersticken zu müssen. Sie suchte sich ständig irgendeine Beschäftigung, kam nie zur Ruhe.

Eines Nachmittags, als sie auf einen Kaffee zu Dino's ging, hatte sich draußen auf dem Gehweg ein Auflauf ernst dreinblickender Menschen um eine Frau gebildet, die anscheinend eine Art Anfall hatte. Sogar Dino war aus dem Café geeilt. Alice wollte gerade den Blick abwenden – ihr kam es so vor, als ob die arme Frau geistig verwirrt sei –, als sie zu ihrem grenzenlosen Entsetzen sah, dass die Frau ihre eigene Schwester war. Als Dino ihr schilderte, was sich zugetragen hatte, war ihre erste Reaktion tiefe Erschütterung gewesen. Sie schämte sich. Wie hatte es so weit kommen können?

Wieso hatte sie nicht gemerkt, wie ernst die Lage war?

Während sie Dino erklärte, was Elisabeth durchgemacht hatte, empfand sie eine wachsende Wut auf sich selbst. Es war, als hätte sie die Fehlgeburten ihrer Schwester erst jetzt als Teil ihres Lebens akzeptiert. Nachdem sie Elisabeth zum Auto gebracht hatte, ging sie zum Café zurück. Es gelang ihr, die Mutter des kleinen Mädchens, das Elisabeth offenbar zu entführen versucht hatte, zu beschwichtigen. (Es war Judy Clarke. Judys Sohn ging in Madisons Klasse.) Auf dem Heimweg sagte Elisabeth außer »Danke« kein einziges Wort.

Alice fand, dass jetzt endlich Schluss sein musste. Eine Fehlgeburt nach der anderen, so konnte es nicht weitergehen. Die beiden rannten sich die Köpfe ein, und Elisabeth verlor allmählich den Verstand. Alice hatte ihre beste Freundin verloren, ihre Ehe war in die Brüche gegangen, aber sie war immer noch imstande, die Dinge in die Hand zu nehmen. Irgendjemand musste Elisabeth doch zur Vernunft bringen. Also setzte sie sich zu Hause gleich an den PC und sammelte im Internet Informationen zum Thema Adoption. Am letzten Donnerstag dann backte sie ein ganzes Blech Bananenmuffins. Danach rief sie Ben an. Ihr Auto wolle nicht anspringen, sagte sie. Er komme sofort, erwiderte er.

»Sollten wir nicht einen Arzt rufen?«

»Nein«, sagte Alice laut, ohne die Augen zu öffnen. »Mir geht's gut. Gebt mir noch eine Minute.«

Sie erinnerte sich an die vergangene Woche. Im Nachhinein kam es ihr so vor, als wäre sie die ganzen Tage über betrunken gewesen. Wie peinlich das alles war!

Vor dem Step-Aerobic-Kurs hatte sie in der Cafeteria des Fitnessstudios einen Frischkäsebagel zum Frühstück gegessen. Deshalb war der Frischkäse durch ihren verwirrten Verstand geschwirrt.

Man hatte sie aus dem Fitnessstudio tragen müssen! Wie war es möglich, dass sie das Studio nicht wiedererkannt hatte?

Genauso wenig wie die Leiterin des Step-Aerobic-Kurses? Oder Maggies Mann auf dem Laufband? Oder Kate Harper, die gerade aus dem Lift trat?

Der Schock, als sie herausfand, dass sie und Nick sich scheiden ließen.

Das Telefonat mit Nicks persönlicher Assistentin. Diese grässliche Person hatte sie noch nie leiden können (Alice vermutete, dass sie insgeheim in Nick verknallt war), aber seit ihrer Trennung war sie wirklich ausgesprochen unverschämt geworden.

Der Salsa-Tanz mit Nick auf der Familientalentshow. Sie hatte sich eingebildet, da knistere immer noch etwas zwischen ihnen. O Gott, sie hatte Granny Loves Ring zurückgegeben! Sie hatte den Ring doch für Madison aufbewahren wollen. Er war Teil ihres Erbes. Jetzt würde, sollte Nick sich noch einmal verheiraten, seine Frau ihn bekommen.

Er hatte mit ihr um zwanzig Dollar gewettet, dass sie sich nicht mit ihm würde versöhnen wollen, wenn sie sich erst wieder an alles erinnern könnte. Vermutlich hatte er sich die ganze Zeit ins Fäustchen gelacht.

Sie hatte ihn geküsst! Ihr wurde übel beim bloßen Gedanken daran. Er hatte ihren Gedächtnisverlust ausgenutzt, um sie dazu zu bringen, sich das Sorgerecht mit ihm zu teilen. Ein Glück, dass sie nichts unterschrieben hatte.

Und sie waren mit Madison an den Strand gefahren, hatten Eis gegessen und Wale beobachtet, nachdem sie Chloe die Haare abgeschnitten hatte. Um Himmels willen! Waren das etwa die geeigneten Erziehungsmethoden für eine kriminelle Jugendliche?

Sie hatte Mrs. Bergen versichert, sich in der Frage der Bebauungsplanneuordnung auf ihre Seite zu stellen. Nun, dann würde sie ihr eben sagen müssen, dass sie die Seiten abermals gewechselt hatte. Sie wollte auf keinen Fall in diesem Haus bleiben. Viel zu viele Erinnerungen.

Tom hätte heute auch als Elvis auftreten sollen! Sie hatte sein Kostüm schon gekauft. Der Bengel hatte sie absichtlich nicht daran erinnert.

Nora hatte vergessen, in ihrer Rede die Sponsoren zu erwähnen!

Sie musste unbedingt den ganzen Papierkram für das Guinnessbuch der Rekorde erledigen. Wenn nicht alles vorschriftsmäßig ausgefüllt und eingereicht wurde, würde der Rekord nicht offiziell anerkannt werden. Maggie und Nora meinten es zwar gut, waren aber in solchen Dingen nicht unbedingt die Fähigsten.

Die Mutter, die beim Backen am Tisch neben ihr gestanden hatte, war Anne Russell. Ihre Tochter Kerrie ging in Toms Klasse. Sie und Anne halfen am selben Tag in der Schulbücherei aus. Wie hatte sie Anne Russell vergessen können?

Wie hatte sie auch nur irgendetwas *vergessen können?*

Alice schlug die Augen auf.

Sie saß im Gras auf dem Schulgelände.

Nick und Dominick saßen vor ihr in der Hocke.

»Alles in Ordnung?«, frage Nick.

Alice sah ihn an. Er zuckte zurück, als hätte sie ihn geschlagen.

»Du kannst dich wieder erinnern«, sagte er. Es war eine Feststellung, keine Frage. Er richtete sich auf. Sein Gesicht verschloss sich zu einer kalten, starren Maske. »Ich werde den Kindern Bescheid sagen, dass es dir gut geht.« Er wandte sich ab, drehte sich dann noch einmal um und meinte: »Du schuldest mir zwanzig Dollar.«

Alice wandte sich Dominick zu.

Er lächelte, nahm sie in die Arme und drückte sie an sich.

»Jetzt ist alles wieder gut, Liebes.«

33

Alice hatte ihr Handy zum Joggen mitgenommen. Sie hielt es in der Hand, damit sie den Anruf auch ja nicht verpasste.

Sie nahm die Route, die sie immer mit Luke und Gina gelaufen war. Luke kam nicht mehr. Hundertfünfzig Dollar die Stunde für einen Personal Trainer waren nicht zu rechtfertigen, nicht, solange sie und Nick sich über die finanzielle Seite noch nicht geeinigt hatten. Ihre Mitgliedschaft im Fitnessstudio hatte sie ebenfalls gekündigt. Joggen und sich erinnern, das genügte ihr im Moment vollauf.

Nach ihrem vorübergehenden Gedächtnisverlust war sie regelrecht besessen davon, sich in allen Einzelheiten an ihr Leben zu erinnern. Sie führte täglich Tagebuch. Beim Joggen hing sie ihren Erinnerungen nach, und sobald sie zu Hause war, setzte sie sich hin und schrieb alles akribisch auf. Sie konnte natürlich nicht nachprüfen, ob sie sich tatsächlich an jedes Detail der vergangenen zehn Jahre erinnerte oder ob es Lücken gab. Vor ihrem Unfall wäre sie gewiss nicht imstande gewesen, sich an alle Details des letzten Jahrzehnts zu erinnern, aber jetzt durchforstete sie ihr Gedächtnis unermüdlich nach fehlenden Teilchen.

An diesem Morgen erinnerte sie sich an eine Nacht, als Tom noch ein Baby war. Alle hatten ihr versichert, dass es nach den Problemen mit Madison, die nie durchgeschlafen hatte, beim zweiten Kind ganz anders werden würde. Alle irrten sich. Tom wachte nicht alle drei bis vier Stunden auf, weil er hungrig war, nein, er wollte *stündlich* einen kleinen Snack. Das bedeutete, dass Alice nur vierzig Minuten am Stück schlafen konnte, bevor sein Schreien aus dem Babyfon sie wieder brutal weckte. Und Madison, die zu der Zeit ein Kleinkind war, hatte bis dahin noch nie auch nur eine einzige Nacht durchgeschlafen.

Alice konnte an nichts anderes mehr denken als an Schlaf. Schlafen wurde zur fixen Idee, zu einem unstillbaren Verlangen. Sooft sie im Fernsehen eine Werbung für Schlaftabletten sah oder Betten mit Schlafenden darin, hätte sie platzen können vor Neid. Hatte sie Tom gestillt, torkelte sie, so schnell ihre müden Beine sie trugen, ins Schlafzimmer zurück und ließ sich ins Bett fallen. Sie träumte immerzu von dem Baby: dass sie sich im Schlaf auf das Kind gelegt und es erstickt hatte oder dass es auf dem Wickeltisch lag und in einem unbeobachteten Moment auf den Fußboden gefallen war. Und kaum hatte sie jene Phase erreicht, in der sie tief und ganz wunderbar schlief, quäkte das Babyfon von Neuem und riss sie wieder aus dem Schlaf. Es war, als würde man einem Verdurstenden ein großes Glas mit kühlem Wasser reichen und es ihm dann, sobald er seine Lippen befeuchtet hatte, wieder aus der Hand reißen. Dann lieber gar kein Wasser.

In jener Nacht hatte sie sich gerade wieder hingelegt, nachdem sie Madison erklärt hatte, sie müsse jetzt schlafen (*Warum? Warum* kann ich nicht draußen spielen? *Warum* ist es mitten in der Nacht?), als Tom zu schreien anfing. Wieder quälte sie sich aus dem Bett. Benommen und schwindlig vor Müdigkeit beugte sie sich über die Wiege. Eine besinnungslose Wut packte sie, blinder Zorn auf diesen kleinen Menschen, der sie einfach nicht schlafen lassen wollte. *Was erwartest du eigentlich von mir?* Ihre Arme schlossen sich fester um den Säugling. *Hör … jetzt … endlich … mit … diesem … Geschrei … auf!*

Ganz, ganz vorsichtig legte sie ihn in die Wiege zurück. Tom brüllte wie am Spieß, so als hätte sie ihn auf ein Nagelbett gelegt. Sie ging ins Schlafzimmer zurück, knipste das Licht an und sagte zu Nick: »Du musst mich einsperren. Ich wollte dem Baby wehtun.«

Nick musste am anderen Morgen auf Geschäftsreise. Er

setzte sich schlaftrunken auf, verwirrt und mit vom Schlaf verschwollenen Augen. »Du hast dem Baby wehgetan?«

Alice zitterte am ganzen Leib. »Nein, aber ich war drauf und dran. Ich wollte ihn packen und zudrücken, bis er aufhört zu schreien.«

»Gut«, sagte Nick so ruhig, als wäre es völlig normal, was sie ihm gerade gestanden hatte. Er stand auf und führte sie an der Hand zum Bett. »Du musst schlafen.«

»Aber ich muss ihn doch stillen!«

»Ich werde ihm die abgepumpte Milch geben, die im Kühlschrank steht. Du legst dich jetzt hin und schläfst. Ich werde meine Reise morgen absagen. Schlaf jetzt.«

»Aber …«

»Schlaf. Leg dich hin und ruh dich aus.«

Er hatte nie etwas Erotischeres zu ihr gesagt. Er deckte sie zu, schaltete das Babyfon aus, löschte das Licht und ging. Er schloss die Tür hinter sich. Es war wunderbar still und dunkel im Zimmer.

Sie schlief.

Als sie aufwachte, mit schmerzenden, harten Brüsten, aus denen die Milch tröpfelte, schien die Sonne ins Zimmer. Es war still im Haus. Sie schaute auf die Uhr. Neun Uhr. Er hatte es tatsächlich getan! Er hatte seine Geschäftsreise tatsächlich verschoben. Sie hatte sechs wundervolle Stunden durchgeschlafen.

Ihr Verstand, ihre Wahrnehmung waren schärfer als seit langer Zeit. Als sie hinunterging, saß Nick in der Küche und gab Madison ihr Frühstück. Tom hing zufrieden glucksend und strampelnd in seiner Babyschaukel.

»Danke«, sagte Alice, die fast überfloss vor Erleichterung und Dankbarkeit.

Nick lächelte. »Kein Problem.«

Sie sah ihn heute noch vor sich, wie stolz er gewesen war, weil er sie gerettet hatte. Er hatte die Sache in Ordnung gebracht.

Das hatte er immer schon gerne für sie getan.

Es war also streng genommen nicht wahr, dass er nie da gewesen oder seine Arbeit ihm immer wichtiger gewesen war.

Vielleicht hätte sie ihn öfter um Hilfe bitten sollen. Hätte öfter zusammenbrechen sollen, damit er den Ritter in der glänzenden Rüstung spielen konnte (was sexistisch und falsch gewesen wäre, oder?). Vielleicht hätte sie sich nicht als Expertin in allem, was die Kinder betraf, aufspielen sollen, hätte ihn nicht so anmaßend abkanzeln sollen, wenn er die Kinder in Sachen steckte, die absolut nicht zusammenpassten. Sie stellte ihn als Trottel hin, und das vertrug er nicht. Also hörte er auf, ihr seine Hilfe anzubieten. Sein dummer Stolz.

Und ihr dummer Stolz, weil sie die beste, die professionellste Mutter sein wollte.

Ich habe es vielleicht in deiner Welt zu nichts gebracht, Nick, so wie Elisabeth und all die anderen Karrierefrauen in ihren Kostümen, aber in meiner Welt bin ich ein Ass!

Sie hatte inzwischen das steilste Stück der Route erreicht.

Hier hatte Gina immer ganz fürchterliche Ausdrücke gebraucht.

Sie spürte, wie ihre Wadenmuskeln zu brennen begannen.

Für jede unschöne Erinnerung an ihre Ehe gab es aber auch eine schöne. Nichts war nur schwarz oder nur weiß, dazwischen gab es eine Million Schattierungen. Schön, schlussendlich hatte es nicht funktioniert, aber auch das war in Ordnung. Dass eine Ehe zerbrach, bedeutete nicht, dass sie nicht zuweilen auch glücklich gewesen war.

Alice dachte an die seltsame Zeit unmittelbar nach der Wiedererlangung ihres Gedächtnisses zurück. Anfangs waren Bilder, Worte, Emotionen in Sturzwellen über sie hereingebrochen.

Das Chaos war so furchtbar gewesen, dass es ihr schier den Atem verschlagen hatte. Nach ein paar Tagen jedoch hatte sich ihr Verstand beruhigt, die Erinnerungen hatten sich wie Puzzleteilchen dort eingefügt, wo sie hingehörten, und Alice hatte eine süße Erleichterung verspürt. Ohne ihr Gedächtnis war sie halb blind in trübem Wasser getrieben, jetzt hatte sich ihr Blick wieder geschärft. Und sie sah Folgendes: Ihre Ehe war zu Ende, und sie war in Dominick verliebt. Und damit Punkt.

Dominick war verrückt nach ihr, fasziniert von ihr und von dem Wunsch beseelt herauszufinden, wer sie war; bei ihm fühlte sie eine zarte, beruhigende Geborgenheit. Dachte sie an Nick, empfand sie nichts als Bitterkeit, Wut, Gekränktheit. Er hatte bereits entschieden, wer sie war, er konnte alle ihre Schwächen, ihre ärgerlichen Angewohnheiten, ihre Fehler auflisten. Sie ertrug es fast nicht, sich mit ihm im selben Raum aufzuhalten. Die Vorstellung, dass sie allen Ernstes eine Versöhnung erwogen hatte, erschreckte sie zutiefst. Als ob sie unter Drogen gesetzt, hypnotisiert, betrogen und hintergangen worden wäre.

Nicht nur die Erinnerungen an die letzten zehn Jahre waren wieder da, sondern auch ihr wahres, *von diesen letzten zehn Jahren geformtes* Ich. Die Versuchung, den Kummer und den Schmerz der letzten zehn Jahre einfach auszulöschen, war groß gewesen – es wäre aber eine Lüge gewesen. Die junge Alice war eine Närrin. Eine treuherzige, arglose Närrin. Der jungen Alice fehlten zehn Jahre gelebtes Leben.

Doch so sehr sie sie auch ausschimpfte, ihr nachtrauerte, vernünftig mit ihr zu reden versuchte – die junge Alice weigerte sich hartnäckig, kampflos das Feld zu räumen.

Im Lauf der Monate war sie immer wieder unversehens aufgetaucht. An der Kasse der Tankstelle zum Beispiel, als sie die Hand nach einem göttlichen Lindt-Schokoriegel ausgestreckt hatte. Oder als sie mit Nick ein kompliziertes Arrangement bezüglich der Kinder besprach und ihn auf einmal in flapsigem Ton sonstwas fragte, etwa, was er zum Frühstück gegessen habe. Oder als sie auf dem Weg ins Fitnessstudio plötzlich Elisabeths Nummer wählte und vorschlug, sich auf einen Kaffee zu treffen. Oder als sie von einem Termin zum nächsten hetzte und eine Stimme in ihrem Kopf ihr zuflüsterte: *Langsam, langsam, wozu die Eile?*

Irgendwann hatte sie es aufgegeben und einen Waffenstillstand geschlossen. Die junge Alice durfte bleiben – solange sie nicht zu viel Schokolade in sich hineinstopfte.

Jetzt schien es, als könnte sie ihr Leben aus zwei völlig verschiedenen Blickwinkeln betrachten: einmal aus der Perspektive ihres jüngeren, dümmeren, unschuldigen Ichs und einmal aus der Perspektive ihres älteren, weiseren, zynischeren und vernünftigeren Ichs.

Und manchmal hatte die junge Alice gar nicht so unrecht.

Zum Beispiel, was Madison betraf. Vor ihrem Gedächtnisverlust war ihr Verhältnis zueinander äußerst schwierig gewesen. Alice hatte sie mit harter Hand angefasst, war völlig frustriert von ihrem aufsässigen Verhalten und hatte sie, so kindisch und beschämend das auch war, im tiefsten Inneren für Ginas Unfall verantwortlich gemacht. Hätte sie nicht mit Madison zum Zahnarzt gehen müssen, hätte Ginas Auto nicht zu genau diesem Zeitpunkt an genau dieser Straßenecke angehalten. Stattdessen hätten sie das Unwetter im Café abgewartet.

Madison war nicht dumm. Sie spürte den heimlichen Groll ihrer Mutter gegen sie. Für ein sensibles Kind wie sie waren der Unfalltod der Freundin ihrer Mutter und die Trennung der Eltern die Tropfen, die das Fass zum Überlaufen brachten.

Elisabeth empfahl ihrer Schwester einen Psychiater, von dem sie gehört hatte. Einen Dr. Jeremy Hodges. Madison ging zweimal die Woche zu ihm, mit Erfolg, wie es schien. Zumindest hatte sie in letzter Zeit niemanden mehr attackiert in der Schule. Da Kate Harpers Mann beruflich nach Europa versetzt worden war, hatte sich auch dieses Problem ganz von allein gelöst.

Jemand hupte freundlich. Alice schaute auf und sah Mrs. Bergen in ihrem kleinen blauen Honda vorbeifahren. Als sie sich wieder erinnern konnte, hatte Alice zu ihrer eigenen Überraschung festgestellt, dass die Sache mit dem Bebauungsplan sie nicht länger interessierte. Der Gedanke, ihr Haus mit Gewinn zu verkaufen und in ein neues Haus zu ziehen, das nicht mit Erinnerungen belastet war, schien ihr nicht mehr so wichtig. Die schlechten Erinnerungen würden ihr ohnehin folgen, egal, wohin sie ginge, und die guten wollte sie nicht zurücklassen.

Und falls ihre Straße doch von Investoren erobert würde, nun, dann war es eben so. Dinge änderten sich nun einmal. O ja, und ob die Dinge sich änderten.

Sie erreichte die Straßenecke, an der Gina ums Leben gekommen war, und rief sich einmal mehr das Entsetzen, die Fassungslosigkeit jenes furchtbaren Augenblicks ins Gedächtnis zurück. Ihr Schmerz hatte sich verändert, war schlichter, gefasster, trauriger geworden. Vor ihrem Gedächtnisverlust hatte sie ihren Kummer in verschiedene Bahnen gelenkt: Wut auf Nick (*Er hätte sich auf Ginas Seite stellen müssen, als sie sich von Mike trennte*), Kälte gegenüber Elisabeth (*Sie hat Gina ohnehin nie leiden können*), Groll gegen Madison (*Gina könnte noch am Leben sein, wenn sie zusammen im selben Auto gefahren wären*). Mit der schlichten, von Erinnerungen unbelasteten Tatsache »Deine Freundin ist tot« konfrontiert zu werden, hatte ihr geholfen, ihre Gefühle zu entwirren. Jetzt vermisste sie Gina ganz einfach.

Ihr Handy klingelte. Alice blieb stehen und nahm das Gespräch an, ohne auf das Display zu schauen.

»Hast du schon was gehört?«, fragte Dominick.

»Nein! Geh sofort aus der Leitung!«

»Sorry.« Er lachte. »Dann bis heute Abend. Ich bringe Hähnchen mit, ja?«

»Ja, ja! Nun leg schon auf!«

Er fragte lieber noch einmal nach. Vergewisserte sich zweimal, dreimal. Nur um ganz sicherzugehen. Das könnte sich zu einer ärgerlichen Marotte entwickeln. Aber hatte nicht jeder irgendeine ärgerliche Marotte? Sie wäre nie auf die Idee gekommen, Nick zu bitten, an einem normalen Werktag ein Grillhähnchen mitzubringen. Nick war viel zu beschäftigt, viel zu sehr Boss für diese Niederungen des Alltags. Dominick war voll und ganz präsent, wenn er abends nach seinem Arbeitstag zu ihr kam. Nick hingegen hatte ihr manchmal das Gefühl gegeben, dass sie und die Kinder irgendwie unwirklich waren, dass sein reales Leben sich in seinem Büro abspielte. Und es war ja nicht so, als ob Dominicks Beruf weniger anstrengend wäre. Nick leitete eine Firma, aber Dominick leitete eine Schule. Wer von beiden tat mehr für das Gemeinwohl?

Alice wünschte, sie würde endlich aufhören, Dominick und Nick zu vergleichen. Als ob sie Dominick nur deshalb liebte, weil er so ganz anders als Nick war. Manchmal kam es ihr so vor, als bestünde der Sinn ihrer Beziehung zu Dominick nur darin, wie sie im Vergleich zu ihrer Beziehung zu Nick abschnitt.

Neulich hatten sie bei einem Fußballspiel von Tom zugeschaut. Nick war auch da gewesen, auf der anderen Seite des Spielfelds. Sie hatte genau gespürt, wie er zu ihnen herübersah, und hatte besonders laut und herzlich über Dominicks Witze gelacht. Wenn sie ganz ehrlich war, widerte ihr Verhalten sie selbst an.

Sogar wenn Nick nicht da war, stellte sie sich vor, wie er sie und Dominick beobachtete. Das war das wirklich Schlimme. *Guck mal, wie wir uns auf der Couch vor dem Fernseher aneinanderkuscheln. Er massiert mir die Füße. Das hast du nie getan. Guck mal, wie wir Händchen haltend in das Café schlendern. Kein umständliches Suchen nach dem »richtigen« Tisch, wir setzen uns einfach hin. Guck mal, Nick, guck doch mal!*

Wurde ihre Beziehung zu Dominick dadurch zu einer bloßen schauspielerischen Vorstellung herabgewürdigt?

Alice drosselte ihr Tempo, ging zügig und schwer atmend weiter. Sie erinnerte sich an jenen Abend, als sie mit Nick in der Küche gesessen, Wein getrunken und ihn geküsst hatte. Sie erinnerte sich an das Gefühl glückseliger Zufriedenheit, das sie bei diesem Kuss empfunden hatte.

Dumm, dumm, dumm. Erbärmlich. Aber er hatte ihren Kuss erwidert. Hatte davon gesprochen, es noch einmal zu »versuchen«. Sie verspürte nicht das geringste Bedürfnis, es noch einmal zu versuchen. Nicht das geringste. Hatten wir alles schon einmal. Abgehakt. Erledigt. Das Leben ging weiter. Sie hatte die richtige Entscheidung getroffen. Die Kinder liebten Dominick. Er hatte bisher wahrscheinlich schon mehr Zeit mit ihnen verbracht, als sie je mit ihrem Vater verbracht hatten.

Und sie und Nick gingen jetzt so höflich und erwachsen miteinander um! Endlich hatten sie bezüglich des Sorgerechts eine Lösung gefunden, die ihnen beiden zusagte. Sie teilten sich das Sorgerecht zwar nicht zu jeweils fünfzig Prozent, aber Nick durfte die Kinder sehr viel öfter als nur an den Wochenenden sehen. Er nahm sich tatsächlich die Freitagnachmittage frei, damit er sie von der Schule abholen konnte.

In letzter Zeit freute sie sich sogar darauf, ihn zu sehen, wenn er ihr die Kinder brachte. Ja, sie würden sich in aller Freundschaft scheiden lassen.

Eine (im großen Ganzen) gute Ehe, gefolgt von einer guten Scheidung. Die Kinder hatten erzählt, Nick habe eine Freundin.

Megan.

Alice war sich nicht sicher, wie sie zu dieser Megan stand.

Wieder klingelte ihr Handy.

Endlich! Er war es. Sie setzte sich auf eine Gartenmauer aus Backsteinen.

»Und? Spann mich nicht auf die Folter! Sag schon!«

Sie konnte ihn nicht verstehen. Anscheinend musste er sich schnäuzen.

»Was? Ich versteh kein Wort! Was hast du gesagt?«

»Es ist ein Mädchen«, wiederholte Ben laut und deutlich. »Ein wunderschönes kleines Mädchen!«

34

ELISABETHS TAGEBUCH FÜR JEREMY

Ich habe nie geglaubt, dass ich ein Baby bekommen würde, bis ich die Kleine schreien hörte.

Tut mir leid, dass ich das sagen muss, Jeremy. Ich weiß ja, wie verzweifelt Sie sich um meine geistige Gesundheit bemüht haben.

Aber es ist so. Ich habe tatsächlich nicht daran geglaubt. An jenem Tag in dem blauen Klohäuschen, als drinnen im Zelt der weltgrößte Zitronenbaiserkuchen gebacken wurde, war ich fest davon überzeugt, mein Baby verloren zu haben.

Doch dann hörte die Blutung wieder auf. Es handelte sich nur um eine Schmierblutung – Spotting, wie es im Medizinerjargon so schön heißt.

Selbst dann, als die Blutung aufhörte, glaubte ich nicht daran, dass ich ein Baby bekommen würde. Auch nicht, als die Ultraschalluntersuchungen nichts Ungewöhnliches ergaben. Auch nicht, als ich spürte, wie sich das Baby bewegte, wie es mich trat, auch nicht, als ich den Schwangerschaftskurs besuchte, ein

Bettchen kaufte, die Babysachen wusch. Ich glaubte es nicht einmal, als sie mich aufforderten zu pressen. Ich glaubte nicht, dass ich wirklich und wahrhaftig ein Baby bekam.

Bis das Kleine schrie. Und da dachte ich: Das hört sich tatsächlich wie ein richtiges Neugeborenes an!

Und jetzt ist sie da, unsere kleine Francesca Rose.

In all den furchtbaren Jahren habe ich Ben so gut wie nie weinen sehen. Jetzt kann er gar nicht mehr damit aufhören. Als ob er gigantische Fässer voller Tränen gehortet hätte, denen er jetzt endlich freien Lauf lassen kann. Ich schaue zu ihm hinüber, wie er das schlafende Baby in den Armen wiegt, und die Tränen rollen ihm übers Gesicht. Wir baden sie, ich bitte ihn, mir ein Handtuch zu reichen, und sehe, wie er schon wieder weint. Ben, Schatz, bitte!, sage ich dann.

Ich weine lange nicht so viel. Ich habe genug damit zu tun, auch ja alles richtig zu machen. Ich rufe Alice an, weil ich etwas übers Stillen wissen will. Woher weiß ich, dass sie auch genug zu trinken bekommt? Ich mache mir Sorgen, wenn sie schreit. Was hat sie dieses Mal? Blähungen? Ich mache mir Sorgen wegen ihres Gewichts und auch wegen ihrer Haut (sie kommt mir ein bisschen trocken vor).

Aber manchmal, wenn ich sie mitten in der Nacht stille und sie zufrieden nuckelt, wird mir schlagartig bewusst, dass sie wirklich da ist, so lebendig und so wunderschön und einzigartig, und dann erfasst mich ein unbeschreibliches Glücksgefühl. Es ist, als explodierten Feuerwerkskörper in meinem Kopf. Ich weiß nicht, wie ich dieses euphorische Gefühl beschreiben soll. Ich könnte mir vorstellen, dass es so ist, wenn man das erste Mal auf einem Trip ist.

(Was kann ich tun, damit sie Nein zu Drogen sagt? Gibt es so etwas wie eine frühe Präventivtherapie? Was sagen Sie dazu, Jeremy? So viele Dinge, um die man sich sorgen muss!)

Was ich Ihnen eigentlich erzählen wollte, war, dass wir Ihrem Vorschlag gefolgt sind und endlich mit einer Zeremonie von unseren verlorenen Babys Abschied genommen haben. Wir sind an einem ruhigen, sonnigen Wintertag mit einem Strauß Rosen zum Strand hinuntergegangen, an den Felsen entlangspaziert und haben für jeden unserer verlorenen kleinen Astronauten eine Rose ins Meer geworfen. Ich bin froh, dass wir das getan haben. Ich habe nicht geweint. Als ich beobachtete, wie das Meer jede einzelne Rose davontrug, habe ich gespürt, wie sich etwas in mir löste, so als hätte mir viel zu lange etwas viel zu Enges die Brust eingeschnürt. Auf dem Rückweg zum Auto habe ich tief, tief durchgeatmet, und es fühlte sich wunderbar an.

Wir wollten eigentlich noch ein Gedicht vorlesen, aber ich hatte Angst, es könnte ein bisschen zu kalt für die Kleine werden. Ihre Ohren fühlten sich so kalt an. Bisher hat sie noch keine Erkältung gehabt. Neulich lief ihr Näschen ein bisschen, aber das ging zum Glück von allein wieder weg. Ich habe überlegt, ob ich ihr ein Multivitaminpräparat geben soll. Alice meint, das ist nicht nötig, aber – ach, egal, ich merke schon, ich schweife ab.

Ich wollte mich außerdem dafür entschuldigen, dass ich Sie für einen selbstgefälligen Vater mit einer perfekten Familie gehalten habe. Als Sie mir in unserer letzten Sitzung anvertrauten, dass Sie und Ihre Frau sich ebenfalls wegen Unfruchtbarkeit behandeln lassen und das Foto auf Ihrem Schreibtisch nicht Ihre Kinder, sondern Ihre Neffen zeigt, schämte ich mich für meine egoistischen Gedanken.

Das also sind meine Aufzeichnungen, Jeremy. Ich weiß, es war nie Ihre Absicht, dieses Tagebuch zu lesen, aber ich dachte, ich gebe es Ihnen trotzdem. Wer weiß, vielleicht ist es Ihnen eine Hilfe bei Ihren anderen Patienten. Oder bei Ihrer Frau, wenn sie einmal verrücktspielt, was sie sicher gelegentlich tun wird.

Gestern haben mich die Unfruchtbaren aus meiner Selbsthilfegruppe besucht, voll beladen mit teuren Geschenken. Es war furchtbar. Ich wusste genau, wie sie sich fühlten. Ich wusste, wie verzweifelt sie sich zusammenrissen, sich vornahmen, höchstens zwanzig Minuten zu bleiben, und danach im Auto zu weinen. Ich wusste, was es sie kostete, mit fröhlichen, hellen Stimmen zu sprechen, während ihre armen, ausgelaugten, aufgeblähten Körper vor Sehnsucht schmerzten, während sie nacheinander pflichtschuldigst das Baby in den Armen hielten.

Ich habe mich über die schlaflosen Nächte beklagt (wir hatten eine wirklich schlimme Nacht hinter uns) und schrecklich übertrieben, obwohl ich wusste, dass es für eine Unfruchtbare nichts Schlimmeres gibt, als sich anhören zu müssen, wie eine junge Mutter sich beklagt – so als würde die Kinderlosigkeit dadurch erträglicher. Das ist, als würde man zu einem Blinden sagen: »Sicher gibt es Berge und Sonnenuntergänge zu sehen, aber auch Müllhalden und verschmutzte Umwelt! Grauenvoll!« Ich weiß nicht, warum ich das getan habe, außer dass ich jetzt diesen verzweifelten, unbeholfenen Wunsch verstehe, der andere möge sich dadurch besser fühlen, was aber garantiert nicht der Fall sein wird. Beim nächsten Lunch werden die Unfruchtbaren vermutlich über mich herziehen. Ich werde sie nicht wiedersehen, die Kluft zwischen uns ist zu groß. Es sei denn, eine von ihnen wird irgendwann den Sprung auf meine Seite schaffen.

Vielleicht ist das anmaßend von mir, Jeremy, aber ich frage mich, ob Sie und Ihre Frau sich vielleicht mit der Frage beschäftigen, wann der richtige Zeitpunkt zum Aufgeben gekommen ist.

Falls das so ist, werde ich Ihnen jetzt etwas sagen, das keinen Sinn ergibt.

Wir hätten schon vor Jahren aufgeben sollen. Heute ist mir das ganz klar. Wir hätten uns nach Alternativen umsehen sollen.

Wir hätten ein Kind adoptieren sollen. Wir haben Jahre unseres Lebens geopfert und hätten um ein Haar unsere Ehe zerstört.

Unser Happy End hätte viel früher kommen sollen und müssen. Und obwohl ich ganz begeistert bin, weil Francesca Bens Augen hat, ist mir klar geworden, dass diese biologische Verwandtschaft völlig bedeutungslos ist. Sie ist ein eigenständiger kleiner Mensch. Sie ist Francesca. Wir würden sie genauso lieben, wenn wir nicht ihre leiblichen Eltern wären. Ich meine, du lieber Himmel, ich habe sie nach ihrer Urgroßmutter genannt, die keinerlei genetische Verbindung zu uns hat und die erst in unser Leben trat, als ich acht Jahre alt war. Ich könnte Frannie nicht mehr lieben, wäre sie meine »richtige« Großmutter.

So sieht es also aus.

Doch wenn ich ehrlich bin, muss ich mir jetzt widersprechen.

Würde Ihre Frau mich nämlich fragen, ob ich das alles noch einmal auf mich nehmen würde, würde meine Antwort lauten: Ja. Absolut. Auf jeden Fall. Gar keine Frage. Ich würde alles noch einmal über mich ergehen lassen, die Injektionsnadeln, die Verluste, die völlig ausgeflippten Hormone, die herzzerreißenden Momente, nur damit ich hier sein kann, mit meiner wunderschönen Tochter, die neben mir schläft.

PS: *Ich füge eine seltsame, ziemlich hässliche Puppe bei, eine Fruchtbarkeitsfigur. Vielleicht hilft sie Ihnen. Viel Glück, Jeremy! Sie werden ein wundervoller Vater sein. Wie lange es auch dauern mag, welchen Weg Sie auch wählen werden, um ans Ziel zu gelangen.*

35

GEISTREICHE GEDANKEN EINER URGROSSMAMA!

Sie hat DEN ERSTEN PREIS GEWONNEN!

Heute fand Madisons Vortragswettbewerb statt. Wie ich bereits berichtet habe, trat sie gegen die Besten aus anderen Schulen an. Das war also eine ziemlich große Sache.

Sie hielt einen äußerst informativen, unterhaltsamen Vortrag über Weltrekorde. (Wusstet ihr, dass es einen Weltrekord im Sich-in-den-Mund-Stecken lebender Klapperschlangen gibt? Er liegt bei acht Schlangen gleichzeitig!)

Wir waren alle schrecklich aufgeregt. Mein Schatz Xavier war ganz blass um die Nase und schwitzte fürchterlich, und Alice hat jeden angefaucht. Als verkündet wurde, dass Madison den ersten Preis gewonnen hat, schwebten wir alle auf Wolke sieben. Olivia tanzte im Mittelgang herum. Roger sprang auf und rammte dabei irgendeiner armen Frau seinen Ellenbogen ins Auge. (War ziemlich peinlich!) Barb brach in Tränen aus.

Elisabeth und Ben waren auch da mit ihrer kleinen Francesca Rose, die mit jedem Tag hübscher wird. Tom klimperte mit Bens Schlüsseln vor ihrem Gesicht herum und brachte sie damit zum Strahlen. Er kann gut mit Babys umgehen. Er hat ein wissenschaftliches Interesse an ihnen.

Alice und Dominick machten einen glücklichen Eindruck. (Alice ist viel relaxter seit ihrem Sturz. Sie hat nicht mehr diesen angespannten, gehetzten Ausdruck im Gesicht. Vielleicht brauchen wir alle von Zeit zu Zeit einen kräftigen Schlag gegen den Kopf?) Ich hab gehört, die beiden wollen zusammenziehen. Mmmm. Ihr kennt meine Ansichten darüber, nicht wahr? Nick hat auch eine Freundin, habe ich mir sagen lassen, aber sie ist zum Glück nicht mitgekommen. Nick hatte auch so genug zu tun mit seiner Mutter und seinen Schwestern. Ich glaube, heutzutage nennt man solche Frauen »gestylt«.

Alle sagen, es bestünde nicht die geringste Chance, dass Alice und Nick wieder zusammenfinden. »Nicht die geringste«, betonen sie, als ob ich eine verpeilte alte Frau wäre. Und dennoch …

Xavier und ich saßen zufällig neben Nick, unmittelbar hinter Alice und Dominick. Als Madison zur Siegerin des Wettbewerbs erklärt wurde, sah Alice nicht Dominick an, sondern drehte sich sofort zu Nick um und streckte spontan die Hand nach ihm aus. Er ergriff sie. Nur ihre Fingerspitzen, nur eine flüchtige Sekunde lang. Ich habe den Ausdruck auf ihren Gesichtern gesehen. Mehr will ich dazu nicht sagen.

KOMMENTARE

Doris aus Dallas schreibt:
Ich habe es auch gesehen, und ich finde, du bist eine sehr kluge junge Frau, Frannie. Kommst du ins Bett?

Epilog

Die Arme ausgebreitet, trieb sie im Wasser, das sanft gegen ihren Körper plätscherte, und nahm den sommerlichen Duft von Salz und Kokosnuss wahr. Sie hatte einen angenehmen Geschmack vom Frühstück im Mund – Croissants, Schinken und Kaffee. Als sie das Kinn hob, musste sie die Augen zusammenkneifen und blinzeln, um ihre Füße sehen zu können, so grell wurde die Morgensonne vom Wasser reflektiert. Ihre Fußnägel waren lackiert, jeder in einer anderen Farbe: rot, gold, lila. Lustig. Der Nagellack war unordentlich aufgetragen worden und warf kleine Blasen.

Neben ihr befand sich noch jemand im Wasser. Jemand, den sie schrecklich gern hatte, der sie häufig zum Lachen brachte und dessen Fußnägel genauso lackiert waren wie ihre. Diese andere Person wackelte ihr freundschaftlich mit ihren nassen Zehen zu.

Träge Zufriedenheit erfüllte sie. Irgendwo in der Ferne rief eine Männerstimme »Marco?«, und ein Chor aus Kinderstimmen antwortete: »Polo!« Der Mann schrie abermals »Marco, Marco, Marco?«, und die Stimmen riefen zurück: »Polo, Polo, Polo!« Ein Kind lachte ausgelassen.

Wir schwimmen im Hawkesbury River. Das sind unsere märchenhaften Hausbootferien.

Alice hob den Kopf und sah Gina an. Sie hatte die Augen geschlossen, ihre langen, lockigen Haare trieben wie Seegras im Wasser.

»Gina! Du bist doch nicht tot, oder?«

Gina öffnete ein Auge. »Seh ich vielleicht tot aus?«

Eine unsagbare Erleichterung erfasste Alice. »Darauf stoßen wir mit Champagner an, einverstanden?«

»Einverstanden«, murmelte Gina schläfrig. »Das ist eine glänzende Idee.«

Jemand schwamm auf sie zu, in Brustlage. Ein ungeübter Schwimmer, das sah man an der Art, wie er sich bewegte. Braun gebrannte Schultern hoben sich aus dem Wasser und tauchten wieder unter. Es war Dominick. Seine nassen Haare klebten ihm am Kopf. Wassertropfen glitzerten an seinen Wimpern.

»Hi, Mädels«, sagte er, als er sie erreicht hatte. Er strampelte mit den Beinen, um nicht unterzugehen.

Gina antwortete nicht.

Alice war peinlich berührt. Es war nicht richtig, dass Dominick hier war.

Gina drehte sich auf den Bauch und schwamm davon.

»Nein, nicht, bleib doch da!«, rief Alice ihr nach.

»Sie ist fort«, sagte Dominick traurig.

»Du hast hier nichts verloren«, fuhr Alice ihn an. Sie spritzte ihm Wasser ins Gesicht. Es nahm einen gekränkten Ausdruck an. »Das sind nicht deine Ferien!«

Der Radiowecker plärrte los. Ein Song aus den Achtzigern zerriss die morgendliche Stille.

Neben Alice regte sich etwas, die Decke rutschte ihr von den Schultern. »Sorry«, murmelte eine Stimme. Der Radiowecker wurde ausgeschaltet.

Sie drehte sich um und zog die Decke wieder hoch.

Ein Traum von Gina. Sie hatte eine Ewigkeit nicht von ihr geträumt. Sie liebte diese Träume, die ihr so wirklich vorkamen, als verbrächte sie tatsächlich einen Tag mit ihrer Freundin. Dominick hätte allerdings nicht darin vorkommen dürfen. Er hatte in der Erinnerung an die Hausbootferien nichts zu suchen. Das kam ihr wie ein Verrat an Nick vor. Nick hatte diese Ferien geliebt. Sie sah ihn vor sich, wie er mit federnden Schritten über das Bootsdeck stolziert war und so getan hatte, als wäre er ein Seeräuber. »Wuaaah!« Er packte Tom um die Taille. »Zeit, dass du über die Planke gehst, mein Junge!« Dann warf er ihn in hohem Bogen ins Wasser. Und Tom hatte gejauchzt vor Freude. Das Bild seines kleinen, sehnigen, braun gebrannten Körpers vor einem strahlend blauen Himmel hatte sich Alice ins Gedächtnis eingebrannt.

Tom.

Sie schlug die Augen auf.

War Tom gestern Abend nach Hause gekommen?

Er hatte versprochen, spätestens um Mitternacht da zu sein, und sie waren früh zu Bett gegangen. Eigentlich hatte sie später noch einmal aufstehen und nach ihm sehen wollen, aber sie war schnell eingeschlafen.

Hatte sie im Halbschlaf gehört, wie er die Tür aufgeschlossen hatte und die Treppe heraufgepoltert war? Das Knirschen der Autoreifen auf dem Kies, das Radio, das hastig ausgeschaltet wurde, das Knallen, Poltern, Rumsen, das ein Teenager veranstaltete, wenn er leise zu sein versuchte – war das letzte Nacht gewesen oder in einer anderen Nacht?

Vielleicht sollte sie lieber nachsehen, ob er in seinem Zimmer war. Aber es war noch so früh, und es war Sonntag, und sie war so schön faul. Das war der einzige Tag, an dem sie ausschlafen konnte. Wenn sie jetzt aufstünde und nachschaute, würde er sicher auf seinem Bett liegen und wieder in seinen Klamotten schlafen. Es wäre dumpf und muffig im Zimmer und würde nach Rasierwasser und ungewaschenen Socken riechen. Und dann wäre sie hellwach und würde auf keinen Fall mehr einschlafen können. Sie würde zwei Stunden in der Küche herumhocken und warten, bis die anderen auch endlich aus dem Bett fanden.

Und heute war Muttertag! Eigentlich müsste sie ihr Frühstück ans Bett serviert und Geschenke bekommen. Falls sie den Muttertag nicht wieder vergaßen, so wie letztes Jahr. Es waren eben Teenager, die vollauf mit all den Tragödien und dem rauschhaften Glück ihres eigenen Lebens beschäftigt waren.

Wenn Tom nun aber doch nicht nach Hause gekommen war? Und sie ihn erst um zehn Uhr als vermisst meldete? »Ich habe so schön geschlafen«, würde sie den Polizeibeamten erklären müssen, wenn sie gefragt wurde, warum ihr jetzt erst aufgefallen sei, dass ihr achtzehnjähriger Sohn nicht da war. Die Polizeibeamten würden vielsagende Blicke wechseln. Was für eine schlechte, bequeme Mutter! Eine solche Mutter hatte es verdient, dass ihr Sohn am Muttertag umkam.

Sie schlug die Bettdecke zurück.

»Tom ist da«, murmelte eine schlaftrunkene Stimme neben ihr. »Ich hab einen Blick in sein Zimmer geworfen.« Sie zog die Bettdecke wieder herauf.

Natürlich war Tom da. Man konnte sich auf ihn verlassen. Wenn er sagte, er werde das und das machen, dann machte er das auch. Er mochte es zwar nicht, wenn man ihm allzu viele persönliche Fragen stellte (höchstens drei auf einmal, lautete seine Regel), aber er war ein guter Junge. Er arbeitete fleißig für seinen Highschool-Abschluss, spielte Fußball, ging mit seinen Freunden aus, brachte hübsche Mädchen mit nach Hause, die erwartungsvoll dreinblickten und offenbar dachten, wenn sie sich mit Alice gut stellten, hätten sie so gut wie gewonnen. (Was für ein Irrtum! Zeigte Alice zu großes Interesse an einem der Mädchen, kam es nie wieder.)

Nein, wenn jemand eines Nachts nicht nach Hause käme, dann wäre es Olivia.

Alice staunte jeden Tag aufs Neue über die Verwandlung ihrer Jüngsten: vom süßen, engelsgleichen kleinen Mädchen zum mürrischen, zornigen, verschlossenen Teenager. Sie hatte sich ihre wunderschönen blonden Locken schwarz gefärbt und geglättet, sodass sie aussah wie Morticia von der Addams Family.

»Wer?«, hatte Olivia bissig gefaucht. Man konnte nicht mit ihr reden. Was man auch sagte, sie fasste es als Angriff auf. Regelmäßig schallte das Knallen ihrer Zimmertür durchs ganze Haus.

»Ich hasse mein Leben!«, brüllte sie. Dann informierte sich Alice sofort im Internet über selbstmordgefährdete Jugendliche. Aber meist noch während sie sorgenvoll am PC saß, hörte sie Olivia fröhlich kreischend mit ihren Freundinnen telefonieren. Drogen. Teenagerschwangerschaft. Tätowierungen. Bei Olivia musste man auf alles gefasst sein. Alice war ziemlich sicher, dass eine gezielte Therapie nötig sein würde, wenn Olivia in zwei Jahren ihren Highschool-Abschluss machte – und zwar für sie selbst.

Das ist nur eine Phase, Mummy, tröstete Madison sie oft. Da musst du durch. Das geht vorbei.

Madison war vierzehn, als sie ihre pubertären Ängste und Probleme überwunden hatte. Jetzt bereitete sie ihren Eltern nur Freude. Sie war so wunderschön, dass es Alice regelrecht den Atem verschlug, wenn sie sie morgens zum Frühstück herunterkommen sah, mit zerzausten Haaren und zarter, schimmernder Haut. Sie ging auf die Uni, studierte Volkswirtschaft und hatte einen Freund, der völlig vernarrt in sie war. Alice betrachtete Pete fast als einen zusätzlichen Sohn (unglücklicherweise, denn sie hatte das dumpfe Gefühl, dass Madison ihm in nicht allzu ferner Zukunft das Herz brechen würde). Wie schnell das alles gegangen war! Gerade eben waren sie mit ihr aus dem Krankenhaus nach Hause gekommen, und jetzt war aus dem winzigen, schrumpeligen, quäkenden Baby eine junge Frau geworden, die schöne lange Beine, hohe Wangenknochen und gefestigte Ansichten hatte. Die Zeit raste so, dass Alice ganz schwindlig wurde.

»Das geht so wahnsinnig schnell!«, hatte sie zu Elisabeth gesagt, doch Elisabeth nahm ihr das nicht ab. Sie hatte Alice als

Expertin in Erziehungsfragen abgelöst. Sie wusste immer alles am besten, auch wenn sie noch gar keine pubertierenden Jugendlichen im Haus hatte. Warte nur, hätte Alice am liebsten zu ihr gesagt, warte nur, bis deine wunderschöne kleine Francesca erst mittags aus den Federn findet, im Haus herumgammelt und einen Wutanfall kriegt, wenn du zu ihr sagst, sie soll sich doch mal anziehen, bevor es wieder Zeit zum Schlafengehen ist.

Elisabeth hätte sowieso keine Zeit gehabt, ihr zuzuhören.

Sie war immer beschäftigt, sie hatte nie Zeit, nie.

Sie und Ben hatten nach Francescas Geburt drei kleine Jungen aus Vietnam adoptiert.

Zwei waren Brüder. Der Jüngste litt an schwerem Asthma und musste immer wieder ins Krankenhaus. Einer stotterte und wurde von einem Logopäden behandelt. Francesca war eine begeisterte Schwimmerin und musste frühmorgens zum Training gebracht werden. Elisabeth engagierte sich in der vietnamesischen Exilgemeinde, in einer Selbsthilfegruppe für Adoptiveltern, und sie war Kassenwart im Förderkreis Eltern und Freunde ihrer Schule. Außerdem hatte sie wieder angefangen zu rudern. Sie war dünn wie ein Hering.

Abgesehen von den Kindern hatten sie und Ben noch zwei Hunde, eine Katze, drei Meerschweinchen und ein Aquarium.

Aus dem stillen, sauberen, ordentlichen kleinen Haus, wie Alice es aus der Zeit kannte, als Elisabeth sich geweigert hatte, ihr Bett zu verlassen, war das reinste Tollhaus geworden. Alice kriegte, wenn sie sie besuchte, nach fünf Minuten Kopfschmerzen.

Zum Glück kamen an diesem Sonntag alle zum Muttertagslunch zu ihr. Madison, der Schatz, hatte versprochen zu kochen.

Schlaf, Alice. In ein paar Stunden wird das Haus voller Menschen sein.

Mum und Roger würden als Erste eintreffen. Sie brannten sicherlich darauf, ihnen ihre Fotos von ihrem Aufenthalt in Las

Vegas zu zeigen, wo sie an einem Festival für lateinamerikanische Tänze teilgenommen hatten. Salsa war immer noch ihre große Leidenschaft.

»Sie haben das Salsatanzen zum Mittelpunkt ihres Lebens gemacht«, hatte Frannie einmal gesagt, ein Jahr, bevor sie starb. »Im Gegensatz zu uns«, hatte Xavier erwidert. »Wir haben Sex zum Mittelpunkt unseres Lebens gemacht.« Daraufhin hatte Frannie eine Woche lang kein Wort mit ihm gesprochen. Sie vor ihren Enkelinnen derart zu demütigen!

Frannie war ein Jahr zuvor friedlich, wenn auch völlig unerwartet, im Schlaf gestorben. Sie hatte sich die letzten Jahre ihres Lebens für die Legalisierung der Sterbehilfe eingesetzt, sich mit Xavier darüber gestritten und wieder versöhnt und weiter in ihrem Blog geschrieben. Hunderte von Blog-Lesern aus aller Welt hatten Blumen und Beileidskarten geschickt, als sie von ihrem Tod erfuhren.

Xavier würde auch zum Lunch kommen. Er hatte nach Frannies Tod stark abgebaut. Meistens setzte er sich irgendwo in die Sonne und nickte ein. Er sprach nie viel.

Es konnten Tage oder gar Wochen vergehen, ohne dass Alice an Frannie dachte, aber bei Familientreffen, so wie an diesem Tag, würde es mindestens eine Gelegenheit geben, bei der Frannies Abwesenheit sie so schmerzlich traf wie ein Schlag vor den Kopf.

Ach, Frannie, es wäre schön gewesen, wenn wir dich noch ein paar Jahre für uns gehabt hätten.

Schlaf jetzt. Beeil dich und schlaf noch ein bisschen.

Sie schlief wieder ein und träumte aufs Neue von Gina.

Sie, Mike, Nick und Alice saßen nach einem ausgedehnten Abend, den sie mit Essen und Trinken verbracht hatten, am Esstisch.

»Manchmal frage ich mich, was wohl in zehn Jahren sein wird«, sagte Gina.

»Wir werden mehr graue Haare und mehr Pfunde auf den Rippen und mehr Falten haben«, sagte Nick, der ein bisschen angeheitert war. »Aber mit ein wenig Glück werden wir dann immer noch Freunde sein und an einem Tisch wie diesem sitzen und über unsere Erinnerungen plaudern.«

»Ooohh«, sagte Gina und erhob ihr Glas. »Du bist so süß, Nick.«

»Hoffentlich auf einer Jacht«, ergänzte Mike.

War das ein Traum oder eine Erinnerung?

»Alice«, flüsterte ihr eine Stimme ins Ohr.

Sie schlug die Augen auf.

Nicks Gesicht war zerknittert vom Schlaf. »Hast du von Gina geträumt?«

»Warum? Hab ich ihren Namen gesagt?«

»Ja. Und du hast Mikes Namen gesagt.«

Ein Glück, dass sie im Schlaf nicht von Dominick gesprochen hatte. Er war immer noch ein bisschen komisch, was Dominick betraf. Ob Nick manchmal von dieser Megan träumte?

Sie sah ihn misstrauisch an.

»Was?«

»Ach, nichts.«

»Alles Gute zum Muttertag.«

»Danke.«

»Ich werde uns gleich einen Kaffee heraufholen«, sagte er.

»Wunderbar.«

Nick machte die Augen zu und schlief sofort wieder ein.

Alice verschränkte die Hände hinter dem Kopf, schloss die Augen und dachte über ihren Traum nach. Sie wusste, warum Dominick darin vorgekommen war: weil sie ihn am Tag zuvor im Supermarkt gesehen hatte. Er studierte die Anweisungen einer Schachtel Zahnseide, als hinge sein Leben davon ab. Vermutlich hatte er sie zuerst gesehen und war nicht in Stimmung für eine ihrer übertrieben herzlichen Plaudereien, bei denen sie so taten, als wäre ihnen die Situation keineswegs unangenehm.

Alice war flugs in den nächsten Gang abgetaucht.

Komisch, dass sie ernsthaft erwogen hatte, ihr Leben mit diesem Mann zu verbringen. (Er hatte eine der anderen Mütter von der Schule geheiratet; wahrscheinlich dachte er über Alice genau das Gleiche wie sie über ihn.)

Madison hatte Alice in letzter Zeit eine Menge Fragen über ihre Trennung von Nick gestellt.

»Glaubst du, du hättest dich auch dann mit Dad versöhnt, wenn du dein Gedächtnis nicht verloren hättest?«, hatte sie erst kürzlich gefragt.

Alice hatte furchtbare Schuldgefühle, wenn sie daran dachte, was ihre Kinder in jener Zeit durchgemacht hatten. Sie und Nick waren so jung gewesen, so beschäftigt mit ihren eigenen weltbewegenden Gefühlen.

»Habt ihr einen seelischen Knacks davongetragen, was meinst du?«, hatte sie Madison besorgt gefragt.

»Kein Grund, hysterisch zu werden, Mummy«, hatte Madison abgeklärt geseufzt.

Hätten sie sich versöhnt, wenn sie ihr Gedächtnis nicht verloren hätte?

Ja. Nein. Vermutlich nicht.

Sie erinnerte sich an einen heißen Sommernachmittag kurz nach Francescas Geburt. Nick war vorbeigekommen, um die Schultasche zu bringen, die Tom in seinem Auto hatte liegen lassen. Die Kinder planschten im Pool hinter dem Haus, und Alice, Dominick und Nick hingen im Vorgarten Erinnerungen an die Sommer ihrer eigenen Kindheit nach, als sie sich vergnügt mit Rasensprenklern abgekühlt hatten. Damals durfte Wasser noch ungeniert verschwendet werden. Alice und Dominick standen nebeneinander, Nick ein kleines Stück abseits.

Irgendwie kam die Unterhaltung darauf, wie Alice und Nick an einem glühend heißen Tag die vordere Veranda gestrichen hatten. Es war eine einzige Katastrophe gewesen. Bei vierzig Grad im Schatten war die Farbe so schnell getrocknet, dass sie gleich nach dem Auftragen rissig geworden war.

»Du hast eine Stinklaune gehabt«, sagte Nick zu Alice. »Bist herumgestapft und hast mir die Schuld gegeben.« Er ahmte ihr wütendes Herumstapfen nach.

Alice knuffte ihn. »Du warst selbst ganz schön sauer.«

»Ich hab einen Kübel Wasser über dir ausgeleert, um dich abzukühlen.«

»Ja, und dann hab ich den Farbeimer nach dir geworfen, und du bist regelrecht ausgerastet. Du wolltest dich auf mich stürzen. Du hast ausgesehen wie Frankenstein.«

Sie lachten beide und konnten nicht mehr aufhören. Sooft sie sich anschauten, mussten sie noch heftiger lachen.

Dominick lächelte unsicher. »Das muss man wahrscheinlich gesehen haben, um mitlachen zu können.«

Daraufhin hatten sie noch unbändiger gelacht.

Als sie sich endlich beruhigt und sich die Tränen aus den Augen gewischt hatten, waren die Schatten auf dem Rasen schon länger geworden, und Alice sah, dass sie jetzt neben Nick stand, während Dominick ein Stück abgerückt war, so als ob sie und Nick ein Paar und Dominick der Besucher wäre. Sie sah Dominick an und bemerkte den traurigen Ausdruck in seinen Augen. Er wusste es. Sie alle wussten es. Vielleicht hatten sie es schon seit Monaten geahnt.

Drei Wochen später zog Nick wieder bei ihr ein.

Das Komische war, dass Nick sich an diesen Moment auf dem Rasen gar nicht erinnerte. Er glaubte, sie habe sich das nur eingebildet. Für ihn war der entscheidende Augenblick jener gewesen, als sie sich bei Madisons Vortragswettbewerb an den Händen berührt hatten.

»Du hast dich zu mir umgedreht und mich angeschaut, und da sagte ich mir: Es ist so weit, sie will mich wiederhaben.« Daran wiederum konnte sich Alice nicht erinnern.

»Woran denkst du?«

Alice schlug die Augen wieder auf.

Nick stand am Fußende des Bettes und schaute auf sie hinunter. »Du machst so ein ernstes Gesicht.«

»An Pfannkuchen«, erwiderte Alice. »Ich hoffe, ich kriege richtig gute Pfannkuchen.«

»Kriegst du. Madison macht sie nämlich.«

Sie beobachtete, wie er die Vorhänge zurückzog und den Tag begutachtete. Er öffnete das Fenster und sog genüsslich die frische Luft ein. Anscheinend fand das Wetter seine Zustimmung. Er schlurfte ins angrenzende Bad, schob sein T-Shirt hoch, kratzte sich am Bauch und gähnte.

Alice schloss die Augen und ließ jene ersten Monate nach Nicks Einzug Revue passieren.

Es gab Tage, da war es erfrischend einfach, wieder glücklich miteinander zu sein. Es gab aber auch Tage, an denen sie es »versuchen« mussten, und dieses Versuchen schien sinnlos und dumm, und dann wachte Alice mitten in der Nacht auf, dachte an die vielen Kränkungen, die Nick ihr zugefügt hatte, und fragte sich, warum in aller Welt sie nicht bei Dominick geblieben war. Doch dann wiederum gab es jene unverhofften, stillen Momente, in denen ihre Blicke sich trafen, und plötzlich verschmolzen all die Jahre, in denen sie glücklich gewesen und in denen sie sich wehgetan hatten, all die guten und all die schlechten Zeiten zu einer Empfindung, die so viel stärker, vielschichtiger und wirklicher war als ihre aufkeimenden Gefühle für Dominick oder sogar als ihre Liebe zu Nick in den ersten Jahren.

Sie hatte immer geglaubt, das ungetrübte Glück zu Beginn ihrer Beziehung sei das höchste Gefühl, jenes, das am erstrebenswertesten war. Doch sie hatte sich geirrt. Das war, als vergliche man Mineralwasser mit Champagner. Liebe am Anfang einer Beziehung ist aufregend und erfrischend, leicht und prickelnd. Diese Liebe ist keine Kunst. Aber Liebe nach drei Kindern, nach einer Trennung und einer Beinahescheidung, nachdem man sich verletzt und sich wieder verziehen hat, sich angeödet und sich überrascht hat, nachdem man das Schlimmste und das Beste durchgestanden hat – eine solche Liebe stellt alles in den Schatten. Eigentlich müsste ein neues Wort dafür erfunden werden.

Möglicherweise hätte sie eines Tages auch mit Dominick diese Empfindung erreicht. Es war ja nicht so, dass Dominick im Unrecht und Nick im Recht gewesen wäre. Sie hätte vermutlich ein glückliches Leben mit Dominick führen können.

Aber Nick war Nick. Er war zuerst da gewesen, und er war der Vater ihrer Kinder. Er wusste genau, was sie meinte, wenn sie sagte: »Ach du lieber Dott!« Sie hatten zu viele gemeinsame Erinnerungen. So einfach und so kompliziert war das.

Als Olivia auf die Highschool wechselte, hatte Alice angefangen, als Beraterin für Wohltätigkeitsveranstaltungen zu arbeiten. Ihre Tätigkeit schien ihrer Beziehung zu Nick eine neue Dimension zu verleihen. Manchmal, wenn sie nach einem Arbeitstag noch irgendwo essen gingen, stellte sie fest, dass er eine neue Anziehungskraft auf sie ausübte. Ein Flirt zwischen einem Geschäftsmann und einer Geschäftsfrau. Das hatte etwas Prickelndes, etwas von einer heimlichen Affäre. Es war wunderbar herauszufinden, dass ihre Beziehung immer noch imstande war, sich zu verändern, sich weiterzuentwickeln.

Nick kam plötzlich aus dem Bad und blieb neben ihrem Bett stehen, eine Hand auf seine Brust gepresst.

»Was ist?« Alice schnellte hoch. »Hast du Schmerzen in der Brust?«

Sie witterte ständig Schmerzen in der Brust, weil sie solche Angst davor hatte. Schmerzen in der Brust konnten einen Herzinfarkt bedeuten.

Nick ließ seine Hand sinken und lächelte. »Nein, nein. Entschuldige. Ich hab nur nachgedacht.«

»Herrgott!« Sie sank aufs Bett zurück. »Jetzt hätte *ich* fast einen Herzinfarkt gekriegt.«

Er kniete sich neben sie aufs Bett. Sie schlug spielerisch nach ihm. »Lass mich, ich hab mir die Zähne noch nicht geputzt.«

»Du meine Güte! Ich versuche, dir etwas wirklich Tiefgründiges zu sagen.«

»Du kannst tiefgründig sein, sobald ich mir die Zähne geputzt habe.«

»Ich habe gerade überlegt, wie dankbar ich bin, dass du dir damals den Kopf so kräftig angestoßen hast. Ich danke dem lieben Gott jeden Tag dafür, dass er Step-Aerobic erschaffen hat.«

Sie lächelte. »Das ist wirklich sehr tiefgründig. Und so romantisch!«

»Vielen Dank. Man tut, was man kann.«

Er beugte sich zu ihr hinunter. Sie wollte ihn nur freundschaftlich und flüchtig küssen (erst Zähneputzen und Kaffeetrinken), aber es wurde unversehens ein zärtlicher, langer Kuss daraus. Ihre Augen brannten hinter ihren Lidern, als sie an die vielen Küsse der Vergangenheit dachte: an den allerersten mit ihrem damals noch ganz neuen Freund, an jenen vor dem Traualtar (»Sie dürfen die Braut jetzt küssen!«), an jenen, nachdem Madison geboren worden und der junge Vater unrasiert, rotäugig und völlig durcheinander war, und an jenen wunderbaren

Kuss, nachdem sie sich von Dominick getrennt und Nick gebeten hatte: »Kommst du jetzt bitte wieder nach Hause?« (Das war auf dem Parkplatz bei McDonald's gewesen, und die Kinder hatten sich im Fond gestritten.)

Die Schlafzimmertür wurde aufgestoßen. Nick sprang auf seine Seite des Bettes zurück und grinste. Madison trug ein Frühstückstablett herein, Tom hielt einen großen Strauß Sonnenblumen in der Hand und Olivia ein Geschenk.

Zur Melodie von *Zum Geburtstag viel Glück* brachten sie Alice ein Muttertagsständchen.

»Das soll eine Wiedergutmachung für letztes Jahr sein«, meinte Madison, als sie das Tablett auf Alice' Schoß stellte.

»Das hab ich auch verdient«, erwiderte Alice. Sie zerteilte einen Pfannkuchen mit der Gabel und schob sich ein Stück in den Mund. »Mmmm!«

Wahrscheinlich dachten sie, sie überließe sich genussvoll dem Geschmack des leckeren Pfannkuchens (Blaubeeren, Zimt, Sahne – köstlich!), aber in Wirklichkeit schwelgte sie in diesem Morgen, wollte ihn einfangen, festhalten, aufbewahren wie eine Kostbarkeit, bevor auch er sich in eine Erinnerung verwandelte.

Danksagung

Besonders herzlich danke ich meinen großartigen Schwestern Jaclyn und Nicola Moriarty, dass sie meine ersten Entwürfe gelesen und mit ihren Anmerkungen versehen haben.

Ich danke meiner Cousine Penelope Lowe für ihren Rat in medizinischen Fragen und meiner Freundin Rachel Gordon, die meine Fragen über den Alltag einer Mutter von schulpflichtigen Kindern mit großer Geduld beantwortet hat.

Ich danke meinen wunderbaren Lektorinnen auf der ganzen Welt – insbesondere Cate Paterson und Julia Stiles in Australien, Melanie Blank-Schröder in Deutschland und Lydia Newhouse in Großbritannien. Sie alle haben dazu beigetragen, ein besseres Buch aus diesem Roman zu machen.